Penelope Douglas

Kill Switch – Gefährliche Leidenschaft

PENELOPE DOUGLAS

KILL SWITCH

GEFÄHRLICHE LEIDENSCHAFT

Roman

Aus dem Amerikanischen
von Christina Kagerer

everlove
by PIPER

Mehr über unsere Autorinnen, Autoren und Bücher:
www.everlove-verlag.de

Wenn dir dieser Roman gefallen hat, schreib uns unter Nennung des Titels »Kill Switch – Gefährliche Leidenschaft (Devil's Night 3)« an *empfehlungen@piper.de,* und wir empfehlen dir gerne vergleichbare Bücher.

Von Penelope Douglas liegen im Piper Verlag vor:
Punk 57
Birthday Girl

Devil's Night:
Band 1: Corrupt – Dunkle Versuchung
Band 2: Hideaway – Verborgenes Verlangen
Band 3: Kill Switch – Gefährliche Leidenschaft

Unser Versprechen für mehr Nachhaltigkeit
Klimaneutrales Produkt
FSC®-zertifiziertes Papier
Hergestellt in Deutschland

FSC
www.fsc.org
MIX
Papier | Fördert gute Waldnutzung
FSC® C014496

ISBN 978-3-492-06533-7

Titel der amerikanischen Originalausgabe:
»Kill Switch«, Penelope Douglas LLC, Las Vegas, 2019

Redaktion: Svenja Kopfmann
Satz auf Grundlage eines CSS-Layouts von digital publishing competence (München) mit abavo vlow (Buchloe)
Druck und Bindung: GGP Media GmbH, Pößneck
Printed in Germany

Für Z. King

Es hat seine Gründe, dass die Dinge nun einmal so sind.

– Bram Stoker, Dracula

LIEBE LESERINNEN UND LESER,

Obwohl der Roman *Kill Switch* ein alleinstehendes Buch ist, baut die Handlung auf Ereignissen auf, die in *Corrupt* und *Hideaway* stattgefunden haben. Wir empfehlen, erst die beiden anderen Bände der Reihe zu lesen, bevor ihr mit diesem Roman beginnt.

Dieses Buch enthält potenziell triggernde Inhalte. Um euch das bestmögliche Leseerlebnis zu ermöglichen, findet ihr deshalb auf S. 655 eine Contentwarnung.

Euer everlove-Team

PLAYLIST

»37 Stitches« von Drowning Pool
»And the World Was Gone« von Snow Ghosts
»Bad Company« von Fiver Finger Death Punch
»Beggin for Thead« von Banks
»Black Magic Woman« von VCTRYS
»Bloodletting (The Vampire Song)« von Concrete Blonde
»Cannibal Song« von Ministry
»Cry Little Sister« von Marilyn Manson
»Dark Paradise« von Lana Del Rey
»Deathwish« von Red Sun Rising
»Don't Say a Word« von Ellie Goulding
»Fear the Fever« von Digital Daggers
»Girls Just Wanna Have Fun« von Chromatics
»Go to Hell« von KMFDM
»Go to War« von Nothing More
»Hater« von Korn
»Holy Water« von Laurel
»Human« von Rag 'n' Bone Man
»Is Your Love Strong Enough?« von How to Destroy Angels
»Me Against the Devil« von The Relentless
»Mouth« von Bush
»My Pregogative« von Bobby Brown
»Nothing Else Matters« von Apocalytica
»Plastic Heart« von Nostalghia
»Season of the Witch« von Donovan
»Serenity« von Godsmack
»Seven Nation Army (The Glitch Mob Remix)« von The White Stripes
»Sleep Walk« von Santo & Johnny

»S. O. S. (Anything but Love)« von Apocalytica
(feat. Cristina Scabbia)
»Something I Can Never Have« von Nine Inch Nails
»Then He Kissed Me« von The Crystals
»Voices« von Motionless in White

KAPITEL 1

WINTER

Meine Ballettschläppchen schlurfen über den Holzboden, als ich langsam den langen Gang entlanggehe. Der Schein der Kerzen in ihren Haltern säumt die dunklen Wände, und ich spiele mit meinen Fingern, als ich bei jeder geschlossenen Tür, an der ich vorbeigehe, von links nach rechts blicke.

Ich mag dieses Haus nicht. Ich habe es noch nie gemocht.

Aber wenigstens sind die Feste nur zweimal im Jahr – nach den Sommerproben im Juni und nach der Premiere der jährlichen Nussknacker-*Aufführung im Dezember. Madame Delova liebt Ballett, und als Gönnerin meiner Schule betrachtet sie es als ein »Geschenk an die Massen, von Zeit zu Zeit aus ihrem Turm herabzusteigen, um die Dorfbewohner zu unterhalten und uns in ihr Haus einzuladen«.*

So oder so ähnlich hatte ich es meine Mom einmal sagen hören.

Das Haus ist so groß, dass ich es wahrscheinlich nie ganz sehen werde, und es ist voll mit Dingen, die alle immer bewundern und über die sich alle unterhalten. Aber es macht mich nervös. Ich habe das Gefühl, dass ich jedes Mal, wenn ich mich umdrehe, etwas kaputt mache.

Und es ist zu dunkel. Heute ist es sogar noch schlimmer, da das Haus nur von Kerzenschein erleuchtet wird. Ich nehme an, das ist Madames Art, alles wie einen Traum wirken zu lassen. So, wie sie sich selbst sieht: surreal, zu perfekt und aus Porzellan. Nicht wirklich existent.

Ich presse die Lippen aufeinander und bleibe stehen, bevor ich rufe: »Mom?«

Wo ist sie?

Mit vorsichtigen Schritten gehe ich weiter, ohne sicher zu wissen, wo ich bin oder wie ich wieder zur Party zurückkomme. Aber ich bin mir absolut sicher, dass ich gesehen habe, wie meine Mom nach oben gegangen ist. Ich glaube, es gibt auch ein zweites Stockwerk, aber ich bin mir nicht sicher, wo die Treppe ist, die nach oben führt. Warum sollte sie hier hochkommen? Alle anderen sind doch unten.

Mit jedem Schritt, mit dem ich mich von der Party entferne, presse ich meine Lippen fester zusammen. Die Lichter, die Stimmen und die Musik verschwinden, und langsam verschluckt mich die Dunkelheit des Gangs.

Ich sollte zurückgehen. Sie wird wütend werden, weil ich ihr gefolgt bin.

»Mom?«, rufe ich wieder und zupfe an der Strumpfhose, die ich seit heute Morgen unter meinem Kostüm trage und die unangenehm an meiner Haut reibt. »Mom?«

»Was zum Teufel ist los mit dir?«, schreit jemand.

Ich zucke zusammen.

»Alle fühlen sich in deiner Gegenwart unwohl«, fährt die Männerstimme fort. »Du stehst nur rum! Wir haben darüber gesprochen.«

Ich sehe einen schmalen Lichtstreifen durch eine angelehnte Tür im Gang und gehe näher. Ich bezweifle, dass meine Mom da drin ist. Meine Mom wird nicht angeschrien.

Aber vielleicht ist sie ja doch dort?

»Was geht nur in deinem Kopf vor?«, schreit der Mann weiter. »Kannst du nicht sprechen? Wenigstens ein Mal?«

Aber es kommt keine Antwort. Auf wen ist der Mann wütend?

Ich trete näher und versuche, durch den Türspalt zu sehen, wer im Raum ist.

Zuerst sehe ich nur Gold. Den goldenen Schein der goldenen Lampe auf einem goldenen Schreibtisch. Aber als ich meinen Kopf nach links drehe, schlägt mein Herz wie wild, als ich Madames Ehemann Mr Torrance hinter dem Schreibtisch stehen sehe. Er steht schwer atmend und mit angespanntem Kiefer da, während er auf die Person auf der anderen Seite des Tisches hinabblickt.

»Mein Gott«, zischt er verächtlich. »Mein Sohn. Mein Erbe … Bringst du denn kein verdammtes Wort aus deinem Mund? Du musst ja nur ›Hallo‹ und ›Danke, dass Sie gekommen sind‹ sagen. Du kannst nicht einmal eine einfache Frage beantworten, wenn dich jemand fragt. Was ist nur los mit dir, verdammt?«

Mein Sohn. Mein Erbe.

Ich versuche, einen Blick um die Tür herum zu erhaschen, aber ich kann die andere Person nicht sehen. Madame und Mr Torrance haben einen Sohn. Aber ich sehe ihn selten. Er ist ungefähr so alt wie meine Schwester, geht aber auf die katholische Schule.

»Sag endlich was!«, schreit sein Vater im nächsten Moment.

Ich ziehe scharf die Luft ein und mache instinktiv einen Schritt. Aber aus Versehen gehe ich nach vorne anstatt zurück, die Scharniere quietschen, als sich die Tür noch einen Spalt öffnet, und ich weiche zurück.

O nein.

Schnell trete ich von der Tür zurück, drehe mich um und bin bereit davonzulaufen. Aber bevor ich die Flucht ergreifen kann, wird die Tür geöffnet, Licht strömt über den dunklen Fußboden, und ein großer Schatten thront über mir.

Augenblicklich habe ich das Gefühl, mir in die Hose machen zu müssen, und presse meine Oberschenkel zusammen. Langsam drehe ich den Kopf und sehe Mr Torrance in einem dunklen Anzug dastehen. Der böse Ausdruck in seinem Gesicht wird weicher, und er seufzt auf.

»Hi«, sagt er, und seine Lippen verziehen sich zu einem vagen Lächeln, als er mich begutachtet.

Instinktiv trete ich einen Schritt zurück. »Ich … ich habe mich verlaufen.« Ich muss schlucken und schaue ihm in die dunklen Augen. »Wissen Sie, wo meine Mom ist? Ich kann sie nicht finden.«

Aber da reißt sein Sohn die Tür noch weiter auf, sodass der Türknauf an die Wand schlägt, und stürmt um seinen Vater herum aus dem Zimmer. Schwarzes Haar hängt ihm in die Augen, er hält den Kopf gesenkt, und seine Krawatte hängt ihm lose um den Hals. Ohne mich eines Blickes zu würdigen, läuft er die Treppe runter.

Ich blicke ihm nach, und erst als seine Schritte verhallt sind, drehe ich mich wieder zu Mr Torrance um.

Er grinst und kommt näher auf mich zu. Ich weiche einen Schritt vor ihm zurück.

»Du bist Margots Tochter«, sagt er. »Winter, richtig?«

Ich nicke und mache noch einen Schritt zurück.

Aber er streckt seine Hand aus und legt sie unter mein Kinn. »Du hast die Augen deiner Mutter.«

Das habe ich nicht. Niemand hat das je gesagt.

Ich hebe das Kinn, damit es seine Hand nicht mehr berührt.

»Wie alt bist du?«, fragt er.

Er greift wieder nach meinem Kinn und dreht meinen Kopf nach links und rechts, während er mich begutachtet. Dann schweift sein Blick von meinem Gesicht hinab zu meinem weißen Turnanzug und dem Tutu, über meine Oberschenkel bis zu meinen Füßen. Dann schaut er mir wieder in die Augen, aber jetzt ist das Lächeln verschwunden. Etwas anderes liegt nun in seinem Blick, und ich weiß nicht, ob es sein Schweigen, seine Größe oder die Tatsache ist, dass ich die Party nicht mehr hören kann, aber ich ziehe mich noch ein paar Zentimeter vor ihm zurück.

»Ich bin acht«, murmle ich und senke den Blick.

Ich brauche seine Hilfe nicht, um meine Mom zu finden. Ich will jetzt einfach nur gehen. Er war so gemein zu seinem Sohn. Meine Eltern sind nicht perfekt, aber noch nie haben sie mich so angeschrien.

»Du wirst eines Tages sehr hübsch sein«, fügt er fast im Flüsterton hinzu. »Wie deine Mutter.«

Nach ein paar Sekunden schaffe ich es, den Kloß in meinem Hals runterzuschlucken.

»Das erste Mal, als ich meine Frau gesehen habe«, fährt er fort, »hatte sie ein Kostüm wie du an.«

Ich weiß, wie Madame in Ballettkostümen aussieht. Im Haus und im Tanzstudio hängen überall Fotos und Gemälde von ihr.

Mr Torrance bleibt einen Moment so stehen, und seine Größe und sein Blick, der auf mich gerichtet ist, verursachen mir ein ungutes Gefühl.

Schließlich lässt er die Hand fallen und atmet tief ein, als wäre er aus den Gedanken gerissen worden. »Geh spielen«, sagt er zu mir.

Ich drehe mich um und laufe den Weg zurück, den ich gekommen bin. Aber ich muss noch einmal einen Blick über die Schulter werfen, um sicherzugehen, dass er weit weg ist und mir nicht folgt. Er geht den Gang nach hinten und öffnet eine Tür, hält einen Moment inne, als sähe er jemanden.

Ich hätte mich fast wieder umgedreht, um weiterzugehen, aber als er aus dem Türrahmen tritt und sich umdreht, um die Tür zu schließen, sehe ich sie.

Meine Mom.

Ich kneife die Augen zusammen und blinzle, um sicherzugehen, dass sie es ist. Weißes Kleid, langes Haar in derselben Farbe wie meine Haare, ein verspieltes Lächeln auf den Lippen …

Die Tür wird geschlossen, und ich bleibe im dunklen Gang stehen. Das Geräusch eines Schlüssels, der im Schloss umgedreht wird, hallt von den Wänden wider.

Ich sollte gehen. Ich weiß nicht, was hier los ist, aber ich glaube nicht, dass ich sie belästigen sollte. Ich drehe mich um, laufe die Treppe runter durch das Foyer und wieder zurück in den hinteren Teil des Hauses zur Party.

Die Hintertür wird geöffnet, ein Kellner geht mit einem Tablett hindurch, und ich flitze nach draußen über die Steinterrasse und durch einen Haufen Erwachsene hindurch. Unterhaltungen ertönen um mich herum, Menschen lachen und essen, während rechts von mir eine Flötenspielerin in hellblauem Kleid bei einem Streicherquartett steht. Sie spielen Vivaldis Vier Jahreszeiten – Musik, die ich von meinem Tanzunterricht nur zu gut kenne.

Die Kellner räumen Geschirr ab, während mit Gläsern angestoßen wird, und ich blicke in den dunkler werdenden Himmel hinauf, wo die Wolken die Sonne verdecken und einen Schatten über die Party werfen. Perfekt für das Kerzenlicht.

Ich sehe eine Gruppe von Leuten und erkenne meine Freunde, die alle in Weiß gekleidet sind, da wir vorhin erst unsere Aufführung hatten. Sie laufen hinter eine Hecke und bilden kichernd *einen Kreis um meine drei Jahre ältere Schwester, die in ihrer Mitte steht. Ich zögere nur einen Moment, bevor ich einen Schritt nach vorne mache und ihnen folge.*

Ich laufe um die Hecke herum hinter das Haus auf den riesigen Rasen, der links und rechts von Blumenbeeten gesäumt und in der Ferne von Bäumen und Hügeln begrenzt wird. Er erstreckt sich weit und sieht aus wie aus einem Märchen. Abrupt bleibe ich stehen und atme den Wind ein, der mir durch die Bäume entgegenbläst. Ich kriege Gänsehaut auf den Armen und werfe einen Blick zum Haus zurück, auf die Fenster im ersten Stock, von wo ich gerade gekommen bin. Meine Mom könnte nach mir suchen.

Aber die Party ist langweilig, und ich wende mich wieder ab. Weiter hinten sehe ich meine Schwester mit meinen Klassenkameradinnen stehen. Was tun sie da? *Sie wirft mir einen Blick zu, grinst und sagt schnell etwas zu den anderen, bevor sie hinter den großen Hecken im Gartenlabyrinth verschwinden.*

»Wartet!«, rufe ich. »Ari, warte auf mich!«

Ich laufe den flachen Hügel hinunter Richtung Labyrinth und bleibe nur kurz am Eingang stehen, wo mein Blick auf die Hecken auf der anderen Seite fällt. Der Pfad ist nur noch für ein paar Meter sichtbar, bevor ich gezwungen bin, um eine Kurve zu gehen. Ich habe nicht gesehen, wohin sie gelaufen sind. Was, wenn ich mich verirre?

Ich schüttle den Kopf. Nein. Das konnte nicht gefährlich sein. Wenn es gefährlich wäre, hätten sie es abgesperrt, richtig? Gerade ist ein Haufen Kinder darin verschwunden. Es muss also in Ordnung sein.

Ich laufe los, während der Wind durch die Zypressen weht. Meine Härchen auf den Armen richten sich angesichts des grauen Himmels und der bedrohlichen Wolken auf. Ich biege nach rechts ab, um die Bäume herum, und folge dem Pfad, lasse den Eingang zum Labyrinth immer weiter hinter mir, je tiefer ich hineingehe.

Schon bald weiß ich nicht mehr, wo ich bin.

Der Geruch von Erde erfüllt meine Lunge, wenn ich einatme, und obwohl der Boden grasbewachsen ist, gelangt Dreck in mei-

ne Ballettschläppchen, was sehr unangenehm ist. Sie werden kaputtgehen, so viel steht fest.

Aber Madame hat darauf bestanden, dass wir auch nach der Vorstellung unsere Kostüme anbehalten.

Lachen und Rufe ertönen in der Ferne. Ich blicke mich nach allen Seiten um, gehe schneller und folge dem Klang. Sie sind immer noch hier.

Aber nach etwa einer Minute erstirbt der Klang, und ich bleibe stehen und versuche zu hören, wo meine Schwester und meine Freunde sein könnten.

»Ari?«, rufe ich.

Aber ich bin ganz alleine.

Vorsichtig gehe ich den Pfad weiter und komme auf eine offene grüne Lichtung mit einem großen Brunnen in der Mitte. Der Platz ist ungefähr doppelt so groß wie mein Zimmer, umgeben von großen Zypressen und mit drei weiteren Pfaden, die von dem großen offenen Platz wegführen. Bin ich jetzt in der Mitte des Labyrinths?

Der Brunnen ist riesig mit einem grauen Steinbecken am Boden und einem kleineren ganz oben. Aus den Fontänen sprudelt Wasser, das das obere Becken füllt und dann in dicken Wasserfällen ins untere fließt. Ein sehr schönes Geräusch. Wie tosende Stromschnellen. So friedlich.

Da ich nicht aufpasse, wo ich hingehe, laufe ich in jemanden hinein und stolpere zurück.

Die Frau hebt erschrocken die Arme und rückt von mir ab, als wäre ich schmutzig und als würde sie mich nicht anfassen wollen.

Ich blicke in die überraschten Augen von Madame. Dann wird ihr Blick sanfter und ihr Körper anmutig und fließend, als wäre das hier ein Theater und sie auf der Bühne.

»Hallo, Süße.« Ihre Stimme trieft nur so vor Lieblichkeit. »Hast du Spaß?«

Ich trete einen Schritt zurück, senke den Blick und nicke.

»Hast du meinen Sohn gesehen?«, fragt sie. »Er liebt Partys, und ich will nicht, dass er die hier verpasst.«

Er liebt Partys? *Ich runzle verwirrt die Stirn. Da scheint sein Vater anderer Meinung zu sein.*

Ich will ihr gerade sagen, dass ich ihn nicht gesehen habe, da erweckt etwas in meinem rechten Augenwinkel meine Aufmerksamkeit. Ich blicke nach rechts und schaue die dunkle Gestalt an.

Die dunkle Gestalt im *Brunnen.*

Sie sitzt im unteren Becken hinter dem Wasser und ist fast vollkommen versteckt.

Damon. Ihr Sohn, der vorhin im Haus von seinem Vater angeschrien wurde.

Ich halte einen Moment inne, dann geht mir die Lüge über die Lippen, bevor ich sie aufhalten kann. »Nein.« Ich schüttle den Kopf. »Nein, ich habe ihn nicht gesehen, Madame. Tut mir leid.«

Ich weiß nicht, warum ich ihr nicht sage, dass er direkt neben uns ist, aber nachdem sein Dad ihn gerade so angeschrien hat, nehme ich an, dass er in Ruhe gelassen werden will.

Ich weiche Madames Blick aus, als könnte sie die Lüge in meinen Augen erkennen, und starre stattdessen geradeaus. Ihr schwarzes Kleid geht ihr bis zur Mitte der Waden und glitzert vor lauter kleinen Juwelen und Perlen. Das Oberteil umschmiegt ihren schlanken Körper, und der Rock des Kleides flattert, wenn sie sich bewegt. Ihr langes schwarzes Haar liegt auf ihrem Rücken und ist so glatt und glänzend wie ein kühler Wasserstrom.

Ich habe meine Mom noch nie gut über sie reden hören, aber obwohl die Leute Angst vor ihr haben, sind sie ihr gegenüber immer nett. Sie sieht nicht viel älter aus als meine Babysitter, aber sie hat einen Sohn, der älter ist als ich.

Ohne noch ein Wort zu sagen, geht sie um mich herum und zurück Richtung Eingang des Labyrinths, während ich einen Moment lang still stehen bleibe und mich frage, ob ich ihr einfach folgen sollte.

Aber das tue ich nicht.

Ich weiß, dass er wahrscheinlich niemanden sehen will, aber irgendwie tut er mir leid, weil er so alleine ist.

Langsam gehe ich auf den Brunnen zu.

Ich blicke durch die nach unten fließenden Wasserfälle hindurch und versuche, ihn zu sehen, während er sich schnell versteckt. Seine Arme, die in einem schwarzen Jackett stecken, liegen auf seinen Knien, und das dunkle Haar hängt ihm über die

Augen und klebt an seinen Wangenknochen, die wie Porzellan aussehen.

Warum sitzt er im Brunnen?

»Damon?«, sage ich vorsichtig. »Geht's dir gut?«

Er sagt nichts, und durch das herabfallende Wasser kann ich sehen, dass er sich nicht bewegt. Als würde er mich überhaupt nicht hören.

Ich räuspere mich und sage mit lauterer Stimme: »Warum sitzt du da drin?« Dann füge ich hinzu: »Kann ich auch reinkommen?«

Das wollte ich eigentlich gar nicht sagen, aber plötzlich bin ich aufgeregt. Es könnte ja Spaß machen, und irgendetwas in mir will, dass es ihm besser geht.

Er bewegt seinen Kopf zur Seite, dreht sich dann aber wieder um.

Ich beuge mich zwischen zwei Wasserfällen hindurch und sehe, dass er seinen Kopf gesenkt hat und ihm das Haar ins Gesicht hängt. Dann sehe ich etwas Rotes an seiner Hand. Blutet er etwa?

Vielleicht will er ein Pflaster. Wenn ich verletzt bin, will ich immer meine Mom und ein Pflaster.

»Ich sehe dich manchmal in der Kathedrale. Aber du nimmst nie das Brot, stimmt's?«, frage ich ihn. »Wenn die ganze Reihe aufsteht, um die Kommunion zu empfangen, bleibst du immer sitzen. Ganz alleine.«

Er bewegt sich nicht hinter dem Wasser. Genau wie in der Kirche. Er sitzt einfach nur da, wenn alle anderen den Gang entlanggehen, obwohl er alt genug ist. Ich weiß noch, dass er in derselben Kommunionsgruppe wie meine Schwester war.

Ich bin unruhig. »Ich habe auch bald Kommunion«, erzähle ich ihm. »Also, das ist zumindest der Plan. Aber man muss zuerst zur Beichte gehen, und das gefällt mir nicht.«

Vielleicht bleibt er deswegen während der Messe immer sitzen. Man darf das Brot und den Wein nur nehmen, wenn man gebeichtet hat, und wenn er das genauso hasst wie ich, dann sitzt er es vielleicht einfach aus.

Ich suche durch das Wasser hindurch seinen Blick. Der Strahl der Wasserfälle trifft meine Haut und mein Kostüm, und die

Härchen auf meinen Armen stellen sich wieder auf. Ich will auch da reingehen. Ich will es sehen. Aber er macht keinen freundlichen Eindruck. Ich bin mir nicht sicher, was er tun wird, wenn ich auch reinsteige.

»Willst du, dass ich gehe?« Ich lege den Kopf zur Seite und versuche, ihm in die Augen zu blicken. »Wenn du willst, dann gehe ich. Mir gefällt es hier nur nicht besonders. Meine blöde Schwester zerstört alles.«

Sie ist mit meinen Freunden vor mir davongelaufen, und meine Mom ist … beschäftigt. In einem Brunnen zu sitzen, könnte durchaus Spaß machen.

Aber er sieht nicht so aus, als wolle er mich hier haben. Oder überhaupt irgendjemanden.

»Ich werde gehen«, sage ich schließlich, trete zurück und will ihn in Ruhe lassen.

Aber als ich mich umdrehe, verändert sich das leise Geräusch des Wassers plötzlich, und ich sehe, dass es jetzt auf seine Hand fällt. Er streckt sie langsam durch den Wasserstrahl hindurch und lädt mich ein reinzukommen.

Ich zögere einen Moment und versuche, seinen Gesichtsausdruck zu erkennen, aber ihm hängen immer noch die nassen Haare ins Gesicht. Ich blicke mich um, sehe niemanden. Meine Mom wird wahrscheinlich sauer sein, wenn ich nass werde, aber … ich will es.

Ich kann mir ein Grinsen nicht verkneifen, als ich meine Hand ausstrecke und seine kalten Finger anfasse. Dann hebe ich ein Bein und steige in den Brunnen.

So lange her.

Das war vor so langer Zeit, aber dieser Tag hat sich in mein Gedächtnis gebrannt, weil es der letzte war, an dem ich das Gesicht meiner Mutter gesehen habe. Es war der letzte Tag, an dem ich mein Zimmer gesehen habe und die neuen Möbel, mit denen sie es ausstatten wollte. Das letzte Mal, dass ich hinlaufen konnte, wo ich wollte, und das Gefühl gehabt hatte, dass der Weg vor mir ungefährlich war. Das letzte Mal, dass die Menschen sich in meiner Gegenwart nicht unwohl gefühlt haben. Das letzte Mal, dass meine Eltern mich geliebt und nicht als eine Last empfunden haben.

Es war das letzte Mal, dass ich noch ohne Hinterfragen integriert wurde oder dass ich einen Film, einen Tanz oder eine Aufführung so genießen konnte, wie man es sollte.

Es war der letzte Tag, an dem ich mich so gekannt habe, wie ich war, und der erste Tag einer neuen Realität, die niemals mehr rückgängig gemacht werden konnte. Ich konnte nicht zurück. Ich konnte nichts mehr zurückspulen und nicht in dieses Labyrinth gehen. Ich konnte es nicht mehr rückgängig machen, dass ich in diesen Brunnen gestiegen bin.

Denn ich wünschte bei Gott, dass ich es nie getan hätte. Von manchen Fehlern erholt man sich nie, denn nach diesem Tag konnte ich nie wieder sehen.

Und als meine Mutter und ich dreizehn Jahre später an ihrem Hochzeitstag neben meiner älteren Schwester standen, ihr Parfüm rochen und den Priester das heilige Sakrament der Ehe murmeln hörten, kämpfte ich gegen die Erinnerung an, dass dieser Brunnen vor all den Jahren für einen kurzen, wundervollen Moment wirklich ein himmlisches Versteck gewesen war. Und wie sehr ich mir wünschte, jetzt dort zu sein – nur weg von hier.

Die Ringe, der Kuss, der Segen …

Dann war es vollbracht. Sie war verheiratet.

Mein Magen verkrampfte sich, und meine Augen brannten, als ich sie schloss. *Nein.*

Ich stand da, hörte Geflüster und das Geräusch sich bewegender Menschen und wartete darauf, dass die Hand meiner Mutter mich die Treppe runter aus der leeren Kathedrale führen würde.

Ich brauchte Luft. Ich wollte nur weglaufen.

Aber die Stimmen meiner Mutter und meiner Schwester entfernten sich von mir.

Dann berührten dieselben kalten Finger wie vor all den Jahren in dem Brunnen meine Hand.

»Jetzt …«, flüsterte mir der neue Ehemann meiner Schwester ins Ohr. »Jetzt gehörst du mir.«

KAPITEL 2

WINTER

Gegenwart

Ich erstarrte, ballte meine Hand zur Faust und spürte ihn nach der Zeremonie mir gegenüber in der Limousine sitzen. Damon Torrance. Der Junge im Brunnen.

Der Junge mit dem zerknitterten Anzug, den Haaren im Gesicht und einer blutigen Hand, der mich kaum hatte ansehen und mit mir sprechen können.

Aber jetzt war er ein Mann – groß, selbstbewusst, und er hatte definitiv gelernt zu reden. In seinen finsteren Worten in der Kirche hatte eine Bedrohung gelegen, aber ich konnte immer noch den Brunnen an ihm riechen. Er roch, wie kalte Dinge rochen. Wie eiskaltes Wasser.

»Dein Vater hat uns einen ziemlich hohen Betrag geboten, wenn ich ein Jahr lang mit dir verheiratet bleibe«, sagte meine Schwester, als sie und Damon meiner Mutter und mir gegenüber nebeneinander im Auto saßen. »Ich habe vor, das durchzuziehen. Egal, was du tust.«

Sie sprach in seine Richtung, aber seine Stimme war ruhig und resolut, als er sich schließlich an sie wandte. »Wir werden uns nicht scheiden lassen, Arion. Niemals.«

Seine Stimme wandte sich ab, als würde er aus dem Fenster sehen oder irgendwo anders hin außer zu ihr.

Keine Scheidung? Mein Herz schlug schneller. Natürlich würde er sich von ihr scheiden lassen. Eines Tages, oder? Ich hatte gar nicht glauben können, dass er überhaupt so weit gegangen war. Es ging hier schließlich nur um Rache an meiner Familie. Warum sollte er es ein Leben lang mit ihr aushalten?

Es war sein Plan gewesen, uns zu ruinieren. Einen Beweis für die Veruntreuungen und Steuerhinterziehungen meines Vaters zu finden und ihn dazu zu zwingen, das Land zu verlassen. Die Behörden hatten fast unseren gesamten Besitz beschlagnahmt, unsere Bankkonten eingefroren, und jetzt … sprang der Verursacher der ganzen Misere ein, um drei mittellose Frauen auszunutzen, die Hilfe brauchten. Die jemanden brauchten, der ihr Zuhause rettete und ihnen wieder zu dem luxuriösen Lebensstil und dem gesellschaftlichen Ansehen verhalf, die sie gewohnt waren.

Aber nein, ich verstand es schon. Sosehr ich auch vorgeben wollte, das Ende des Spiels nicht zu kennen, wusste ich tief in mir drin, dass ich es eben doch kannte.

Sein Plan war nicht, uns zu ruinieren, er wollte uns *quälen.*

So lange, wie es ihm Freude bereitete.

»Du willst mit mir verheiratet bleiben?«, fragte meine Schwester.

»Ich will nicht mit einer anderen verheiratet sein«, verbesserte sie Damon mit monotoner und desinteressierter Stimme. »Du bist so gut wie jede andere, nehme ich an. Du bist hübsch und jung. Du verkörperst Thunder Bay. Du bist gebildet und vorzeigbar. Außerdem bist du gesund, weshalb Kinder kein Problem sein sollten …«

»Du willst *Kinder*?«

Die Frage meiner Schwester klang fast hoffnungsvoll, und ich schloss meine Augen hinter der Sonnenbrille und zuckte innerlich zusammen.

»O Gott«, keuchte ich und konnte meinen Ekel und meine Übelkeit kaum verbergen.

Schweigen legte sich über das Auto, und ich war mir sicher, dass alle gehört hatten, was ich gesagt hatte. Und obwohl ich ihn nicht sehen konnte, wusste ich, dass sein Blick auf mir lag.

Wie konnte sie ihn immer noch wollen? Und sie würden Kinder in diesen Wahnsinn mit reinziehen? Was er getan hatte, als wir Kinder gewesen waren, war nicht genug, um sie zu überzeugen, wie böse er war. Auch nicht, was er mir auf der

Highschool angetan hatte. Sie wusste, dass er sie nicht ausstehen konnte, aber trotzdem wollte sie ihn. Sie hatte ihn schon immer gewollt.

Arion war es egal, dass sie ihn überhaupt nur wegen der schlimmen Lage, in die er uns gebracht hatte, heiraten musste. Wegen ihm hatten wir alles verloren, aber hier war er und gab uns alles zurück, indem er die älteste Tochter heiratete, uns unter seine Fittiche nahm und uns finanziell versorgte. Er machte sich selbst zu unserem Retter, den wir gar nicht erst gebraucht hätten, wenn er uns nicht in diese Notlage gebracht hätte.

Ich hasste ihn. Der neue Ehemann meiner Schwester war der einzige Mann, von dem ich mir vorstellen könnte, ihn eines Tages umzubringen.

»Wenn du außereheliche Affären hast«, warnte Arion ihn, »sei diskret. Und erwarte dann auch nicht von mir, dass ich treu bin.«

»Ari…«, ermahnte meine Mom meine Schwester, den Mund zu halten.

Aber sie redete weiter. »Hast du verstanden?«, wollte sie von ihrem Ehemann wissen.

Ich drehte den Kopf zum Fenster, um mein Gesicht zu verbergen – oder zumindest die Hälfte davon. Vielleicht wollte ich auch nur den Anschein erwecken, dieser Konversation nicht zu folgen. Aber das Auto war zu klein, um seiner Gegenwart zu entkommen. Ich konnte jedes Wort verstehen.

Hätten sie das nicht bereden müssen, bevor sie geheiratet hatten? Oder war das etwa kein Deal Breaker für meine Schwester?

»Lass uns eins klarstellen«, sagte er ruhig. »Ich glaube, du hast vergessen, in welcher Lage du dich befindest, Arion.« Er hielt inne und fuhr dann fort. »Du bekommst meinen Namen. Du bekommst ein finanzielles Polster. Du darfst dein soziales Ansehen in dieser Gemeinde behalten, einschließlich deiner Shoppingtouren, Treffen zum Lunch und der verdammten Wohltätigkeitsveranstaltungen.« Mit jedem Wort klang seine Stimme schroffer. »Deine Mutter und deine Schwester landen nicht auf der Straße, und hier endet meine Verpflichtung dir gegenüber. Rede nur, wenn du gefragt wirst, und stell mir keine Fragen. Das nervt mich.«

Meine Brust hob und senkte sich beim Atmen, und mein Magen verkrampfte sich.

Er fuhr fort. »Ich werde mit anderen Frauen schlafen, aber du wirst nicht mit anderen Männern ins Bett gehen, weil kein anderer Mann der Vater meiner Kinder sein kann. Punkt«, fügte er abfällig hinzu. »Ich werde kommen und gehen, wie es mir gefällt, und ich erwarte, dass du bereit und gut gekleidet bist, wenn wir uns mal als Paar in der Öffentlichkeit zeigen müssen. Du wirst nicht die glücklichste Ehefrau sein, Arion, aber mir wurde gesagt, dafür hat der liebe Gott Shoppingcenter und Antidepressiva erfunden.«

Niemand sagte etwas, und ich ballte meine Faust um meinen Rock. Mir wurde leicht schlecht, weil sie sich nicht traute, ihm zu widersprechen. Aber sosehr ich seine Ehrlichkeit auch hasste, so sehr schätzte ich sie auch. In ihrer Ehe würde es keine Illusionen und falsche Hoffnungen geben.

Damon log nie.

Außer wenn er es tat.

»Und wenn du das durchziehen willst«, warnte er sie, »würde ich mich an deiner Stelle so schnell wie möglich daran gewöhnen, denn der einzige Ausweg aus dieser Ehe für dich ist dein Tod.«

»Oder deiner«, murmelte ich.

Alle schwiegen einen Moment, und ich bekam eine Gänsehaut, aber innerlich grinste ich. Ich stellte mir vor, dass er mich wahrscheinlich mit denselben schwarzen Augen ansah, an die ich mich erinnerte – nicht ganz versteckt hinter demselben, weichen, dicken Haar, von dem ich mir sicher war, dass es noch nie jemand außer mir berührt hatte. Aber es war mir egal. Das hier würde so oder so schlimm werden. Ich würde ihm oder seiner Familie keinen Gefallen tun und auf rohen Eiern laufen.

»Wir haben es verstanden, Damon«, sagte meine Mutter schließlich.

Das Auto wurde langsamer, und ich hörte, wie sich das Tor zu unserem Anwesen quietschend öffnete. Dann wurde das

Auto wieder schneller und brachte uns nach Hause. Ich drängte mich am Ende der Rückbank gegen das Fenster und spürte, wie mein Körper gezogen wurde, als wir die Einfahrt umrundeten und vor unserem Haus stehen blieben.

Vielleicht sollte ich dankbar sein, dass wir das Haus noch hatten. Mein Vater – der Bürgermeister von Thunder Bay – war weg, unsere Geschäfte, unser Vermögen und unsere Immobilien beschlagnahmt, und fast jeder Dollar, der auf unseren Namen lief, war eingezogen. Meine Mutter war dankbar, dass Ari und ich wenigstens in unseren Betten schlafen konnten und den Ort, an dem wir aufgewachsen waren, nicht verloren hatten.

Aber sie machte sich etwas vor. Nichts von alldem gehörte noch uns. Das Haus und alles, was darin war, lief jetzt auf den Namen von Damons Vater. Wir hatten wirklich gar nichts mehr.

Man könnte meinen, das würde mir das Herz zerreißen, aber irgendwie fühlte es sich befreiend an zu wissen, dass ich nichts mehr zu verlieren hatte. Er hatte noch nie gegen jemanden gekämpft, der keine Angst hatte.

Die Tür öffnete sich, und ich hörte, wie sich die anderen bewegten und aufstanden.

»Ich komme nicht mit rein«, sagte Damon.

Kurz herrschte Stille, dann setzte meine Schwester zu einem Protest an. »Aber …«, begann sie, aber beendete den Satz nicht.

Keine Ahnung, ob sie beschlossen hatte, dass es die Mühe nicht wert war, ob meine Mutter ihr bedeutet hatte, leise zu sein, oder ob sie sich an seine Anweisung erinnerte, keine Fragen zu stellen. So oder so stieg sie an mir vorbei aus dem Auto, und der leichte Duft ihres Gucci-Parfüms stieg mir in die Nase. Ihr Kleid strich über meine Sandalen.

Meine Mutter stieg nach ihr aus, immer vor mir, um mich zur Eingangstür zu führen.

Aber als ich ihr folgen wollte, wurde ich am Kragen gepackt und gegen einen harten Körper gezogen. Die Autotür wurde zugeschlagen, und ich hörte ein Klicken.

Ich schnappte nach Luft und verspürte einen elektrischen

Schlag unter der Haut, als sein warmer Atem auf meine Lippen fiel.

»Winter?«, rief meine Mom von draußen. »Damon, was ist los?«

Ich hörte, wie eine von ihnen am Türgriff rüttelte und versuchte, die Tür wieder zu öffnen.

»Hey.« Der Stimme meiner Schwester folgte ein Klopfen am Fenster.

Ich wollte meine Arme ausstrecken, um ihn wegzuschieben, aber dann ließ ich sie sofort wieder fallen. Er wollte, dass ich mich gegen ihn wehrte, und ich war noch nicht bereit, ihm diese Genugtuung zu geben.

Noch nicht.

»Weise Entscheidung«, flüsterte er. »Spar dir deine Kräfte, Winter Ashby. Du wirst sie noch brauchen.«

Sein Atem streifte meinen Mund und kitzelte mich in den Mundwinkeln, während sich seine Brust schneller als zuvor hob und senkte.

Jetzt war er nicht mehr ruhig.

Die Tür wurde wieder geöffnet, und ich wurde aus dem Auto gezogen. Dann stolperte ich in die Arme meiner Mutter, bevor ich hörte, wie die Autotür wieder zugeschlagen wurde.

Jemand packte mich am Arm – meine Schwester vermutlich –, und ich straffte die Schultern.

»Was sollte das?«, zischte sie.

»Bist du wirklich so schwer von Begriff?«, fuhr ich sie leise an. Wusste sie es wirklich nicht?

Nichts von alldem hatte etwas mit *ihr* zu tun, und das wusste sie.

Meine Mutter führte mich ins Haus, vorbei an dem erbärmlichen Geplätscher unseres eigenen kleinen Brunnens in der Einfahrt. Sobald wir das Marmorfoyer betraten, spürte ich das Kleid meiner Schwester an mir vorbeirauschen, und ich ließ den Arm meiner Mutter los, um die Hand nach der Treppe vor mir auszustrecken. Im Haus kannte ich meinen Weg.

Über mir knarzten die Stufen. Wahrscheinlich ging Ari gerade in ihr Zimmer.

Was für ein Hochzeitstag. Keine Gäste, kein Empfang, keine Hochzeitsnacht – zumindest noch nicht.

»Mom?«, rief Ari, als ich um das Geländer herum und auf mein Zimmer am Ende des Gangs zugehen wollte. »Er und ich werden ein größeres Zimmer und mehr Privatsphäre brauchen. Und das Hauptbadezimmer.«

Ich knirschte mit den Zähnen und schlug leicht gegen das Holzgeländer, als ich zu meinem Zimmer ging. Ich öffnete die Tür, ging rein, schlug sie wieder zu und schloss sie hinter mir ab. Meine Nerven waren zum Zerreißen gespannt, und ich griff nach rechts, wo ich sofort den Stuhl spürte, den ich aus dem Esszimmer gestohlen hatte. Ich klemmte ihn zum zusätzlichen Schutz unter die Türklinke.

Er war zwar vielleicht gerade weg, aber er könnte jederzeit wiederkommen.

An jedem Tag. Zu jeder Stunde in der Nacht. Jede Minute.

Mikhail schmiegte seine feuchte Nase an mein Bein, und ich bückte mich, streichelte ihn und zog seinen Kopf an meinen. Ich genoss das Gefühl der einzigen Sache, bei der es mir noch gut ging. Abgesehen vom Tanzen.

Ich hatte den Golden Retriever letztes Jahr geholt, und obwohl ich seine Gesellschaft liebte, würde es schwer sein, nur ihn mitzunehmen, wenn ich jetzt weglaufen würde.

Ich stand auf und rieb mir die Augen.

Mein Gott, ich konnte nicht fassen, was Ari da abzog. Sie wollten meiner Mutter ihr Schlafzimmer wegnehmen. Wut kochte in mir auf, aber das war wahrscheinlich gut. Wir sollten uns nicht hinter irgendwelchen Illusionen verstecken. Wir lebten, aßen und schliefen nur wegen der Gnade eines anderen Menschen. Jetzt waren wir in unserem eigenen Haus nur noch Gäste.

Wie konnte uns mein Vater so zurücklassen?

Wenn er geschnappt worden wäre, wäre er ins Gefängnis gekommen, und ich war mir sicher, dass das Damons Absicht gewesen war. Auge um Auge. Ein kleines bisschen Rache. Eine Dosis seiner eigenen Medizin.

Aber mein Vater hatte gerade noch genug Zeit zum Fliehen gehabt, und niemand wusste, wo er jetzt war. Wenn er etwas von dem Geld benutzt hätte, um uns zu verstecken, um uns mit sich aus dem Land zu nehmen oder um uns im Schutz von Freunden unterzubringen, dann hätte ich ihm vielleicht vergeben können. Oder ich hätte zumindest gewusst, dass wir ihm etwas bedeuteten.

Aber er war einfach gegangen. Und er hatte uns zurückgelassen in dem Wissen, dass wir auf jemand anderen angewiesen wären.

Was würde Damon mit uns machen?

Er würde mit Sicherheit seinen Spaß haben. Meine Schwester war bildhübsch. Meine Mutter hatte immer noch ihre Figur und ihr gutes Aussehen, wenn man den Bemerkungen, die ich gehört hatte, glauben konnte. Meine Schwester würde alles tun, was er von ihr verlangte – genau wie meine Mutter. Wenn sie sich weigerte, würde er einfach mich bedrohen, und sie würde ebenfalls alles tun.

Sie wäre vielleicht sogar eine Option für diese Allianz gewesen, wenn sie nicht noch mit meinem Vater verheiratet wäre. Und ich war auch keine ideale Wahl gewesen, weil ich mich gegen ihn wehrte und das immer tun würde. Ari war die leichteste Wahl.

Aber dass dieser Kelch an mir vorübergegangen war, bedeutete nicht, dass ich in Sicherheit war. Was sollte ich also tun?

Ich musste gehen. Es war an der Zeit, das wusste ich.

Ich hätte gar nicht erst zurückkommen dürfen. Nach der Highschool hatte ich zwei Jahre das College in Rhode Island besucht, hatte dann aber abgebrochen und war zurückgekommen, um mich auf mein Tanztraining zu konzentrieren und zu versuchen, die Choreografen oder Studioleiter davon zu überzeugen, mir eine Chance zu geben. Es war ein schreckliches Jahr gewesen, und es wurde noch schlimmer.

Ich kniete mich hin, schob meine Hände unter das Bett und fühlte nach dem Nylonriemen. Dann zog ich eine gepackte Reisetasche hervor. Die kühle, längliche Tasche hatte ich in meinem Schrank versteckt, seit ich Damon vor fünf Jahren ins Gefängnis gebracht hatte – immer bereit zum Fliehen, weil ich wusste, dass ich den unausweichlichen Kampf nicht gewinnen konnte. In der Tasche befanden sich zwei Sätze Klamotten, ein zweites Paar Sneaker, ein Prepaid-Handy mit Ladegerät, eine

Kappe, eine Sonnenbrille, ein Erste-Hilfe-Set, ein Schweizer Taschenmesser und das ganze Geld, das ich seitdem heimlich angespart hatte: Bis jetzt waren es neuntausendzweiundachtzig Dollar.

Natürlich hatte ich Freunde und Verwandte, zu denen ich gehen könnte, aber zu verschwinden war die einzig sichere Möglichkeit. Ich musste untertauchen. Das Land verlassen.

Doch ich brauchte Hilfe, um dorthin zu gelangen. Jemand, dem ich über alles vertraute und der keine Angst vor Damon, seiner Familie oder der Elite dieser Stadt hatte. Jemand, der den neuen Ehemann meiner Schwester überlisten und mich hier rausbringen konnte.

Jemand, den ich nur ungern in die Sache hineinzog, aber ich war mir nicht sicher, ob ich eine Wahl hatte.

»Hey«, rief Ethan aus dem laufenden Auto. »Alles klar?«

Ich nickte, spürte, wie das Auto mich an den Oberschenkeln berührte, und wusste, dass er eine Tür für mich geöffnet hatte. »Klar.«

Es war kurz nach Mitternacht, und eine Gänsehaut breitete sich auf meinen Armen aus, als ich die kühle Luft vor unserem Eingangstor einatmete und Mikhail festhielt. Natürlich hätte meine Mutter die Scheinwerfer gesehen, also hatte ich meinen Freund gebeten, mich die Straße weiter runter abzuholen und dreimal zu hupen – zweimal kurz, einmal lange –, damit ich wusste, dass er es war.

Ich war völlig angespannt. Damon war heute Abend nicht zurückgekommen, aber wenn sich nichts geändert hatte, dann war er immer noch der Alte. Er war gerne nachts auf, also könnte er schon auf dem Weg sein, und ich musste mich beeilen, wenn ich ein paar Meilen zwischen mich und diese Stadt bringen wollte, bevor jemand herausfand, dass ich weg war.

Ich hätte gehen sollen, als das FBI vor über einem Monat nach meinem Vater gesucht hatte. Ich hatte gewusst, dass noch so viel mehr los war. Spätestens vor zwei Tagen hätte ich gehen sollen, als meine Mutter und meine Schwester zu einem Treffen mit Damons Vater gerufen worden waren und Arion verlobt zurückgekehrt war.

Aber ich ging jetzt. Ich würde keine einzige Nacht mit ihm in diesem Haus verbringen.

Meine Tasche wurde mir aus den Händen genommen, und ich wusste, dass Ethan sie genommen hatte, um sie auf den Rücksitz zu legen.

»Beeil dich, es ist kalt«, sagte er.

Ich schob den Hund auf den Rücksitz, stieg vorne ein, schloss die Tür und schnallte mich schnell an. Eine Haarsträhne, die sich aus meinem Pferdeschwanz gelöst hatte, streifte meine Lippen, bevor ich sie einatmete, weil ich so schwer keuchte. Ich strich sie zur Seite.

»Bist du dir wirklich sicher, dass du das willst?«, fragte Ethan.

»Ich kann nicht in diesem Haus bleiben«, sagte ich zu ihm. »Sollen sie doch ihre kranken Spielchen ohne mich spielen.«

»Er wird dich nicht gehen lassen.« Ich konnte hören, wie er den ersten Gang einlegte und der Motor lauter wurde. »Er wird keine von euch gehen lassen. Nicht deine Mutter, nicht deine Schwester, nicht dich ... Für ihn gehört ihr jetzt alle ihm. Vor allem du.«

Das Auto fuhr los, ich drückte mich an die Lehne, und mit jedem Meter, den wir uns von meinem Elternhaus entfernten, wurde der nicht existierende Atem in meinem Nacken heißer. Ich hatte schon seit langer Zeit nicht mehr gut geschlafen, aber von diesem Moment an würde ich immer über meine Schulter blicken.

Vor allem du. Ethan war einer meiner besten Freunde, und er kannte die ganze Geschichte und wusste, wie schlimm das für mich war.

»Er konnte Arion nur heiraten, weil sie leichte Beute war. Sie hat Ja gesagt«, warnte Ethan mich. »Aber *du* bist es, die er will.«

Ich sagte nichts und presste die Zähne so fest aufeinander, dass sie schmerzten.

Damon wollte mich nicht. Er wollte mich *quälen.* Er wollte, dass ich ihn jede Nacht im Zimmer nebenan mit meiner Schwester hörte. Er wollte sehen, wie ich still am Frühstückstisch saß, nervös war, mit den Knien zitterte und mich fragte, ob er mich gerade ansah und was er als Nächstes tun würde.

Er wollte jeglichen Seelenfrieden in mir zerstören, den ich in den letzten Jahren, in denen er im Gefängnis gewesen war, erlangt hatte.

Ich stieß die Luft aus. »Es ist mir egal, ob er hinter mir her ist. Ich bin einundzwanzig. Ob ich in diesem Haus bleibe oder nicht, ist nicht seine Entscheidung.«

»Aber er hat die Macht, dich nicht gehen zu lassen«, entgegnete Ethan. »Er wird sich Leute besorgen, wenn es sein muss. Wir müssen bereit sein.«

Ich wusste, dass er recht hatte. Rechtlich gesehen konnte ich tun, was immer ich wollte, aber Damon wäre das egal. Mit oder ohne meine Zustimmung würde er mich dort festhalten, wo er mich haben wollte. Aber ich musste es trotzdem versuchen. Und nie damit aufhören.

»Ich habe keine Angst vor ihm«, murmelte ich. »Nicht mehr.«

»Und deine Mom und deine Schwester? Was er mit ihnen machen wird, wenn du nicht nach Hause kommst …«

Ist nichts anderes, als er sowieso vorgehabt hat, beendete ich seinen Satz in Gedanken.

»Sie wussten, was mit mir passiert ist, als wir Kinder waren. Und was er mir vor fünf Jahren angetan hat«, sagte ich. »Und trotzdem haben sie ihn in unser Leben zurückgeholt. Sie haben mich wegen des Geldes mit ihm konfrontiert. Nicht nur, dass sie mich nicht beschützt haben, nein, sie haben uns alle wieder in Gefahr gebracht. Damons Familie ist böse.«

Arions Verhalten überraschte mich nicht. Wir waren unser ganzes Leben lang wohlhabend gewesen, und sie hatte ihn schon immer gewollt. Wieder Geld zu haben und seine Frau zu sein – selbst wenn er der Grund für unsere ganzen Schwierigkeiten war –, war mehr, als sie sich erhofft hatte. Vielleicht war sie sogar froh, dass das alles überhaupt erst passiert war.

Aber meine Mutter war eine andere Geschichte. Sie hatte gewusst, was es bedeuten würde, ihn wieder in unser Leben zu lassen. Sie kannte das Ende dieses Spiels, und sie hatte mich nicht beschützt.

Und obwohl Ari und ich uns nicht gut verstanden, wollte ich nicht, dass sie litt.

Damon würde ihr das Leben zu Hölle machen. Was er im Auto gesagt hatte, war zweifellos keine Lüge gewesen. Sie würde früher oder später Tabletten nehmen, weil sie sein Verhalten nicht mehr ertrug. Wie konnte meine Mutter das zulassen? Hatte sie wirklich so viel Angst, ihr Zuhause zu verlieren? Machte sie sich solche Sorgen, wie wir überleben würden? Oder ergab dieser intime Blick, den ich zwischen ihr und Damons Vater gesehen hatte, als ich noch ein kleines Mädchen gewesen war, endlich Sinn?

Meine Mutter hatte eine Affäre mit ihm gehabt, oder? Vielleicht war es nicht nur Angst, die sie kontrollierte.

Und trotz allem, was sie zu ertragen bereit waren, würde ich sie diese Entscheidung nicht für mich treffen lassen.

»Wir könnten heiraten«, sagte Ethan, und seine normalerweise lockere und verschmitzte Stimme nahm einen zweideutigen Unterton an.

Obwohl ich nervös war, prustete ich los. »Das würde ihn nicht aufhalten. Es würde uns nicht mal Zeit verschaffen.«

Nicht einmal ein Ehemann könnte mich vor Damon Torrance beschützen.

»Ach, Scheiße«, sagte Ethan leise.

»Was?«

»Cops. Hinter mir.«

Cops? Wir waren erst ein paar Minuten unterwegs. Ich hatte noch nicht einmal gespürt, wie wir auf den Highway abgebogen waren, also waren wir immer noch auf der Landstraße. Hier draußen waren *nie* Cops. Das wusste ich, weil meine Schwester als Teenager unzählige Male mit mir im Auto auf dieser Straße zu schnell gefahren und nie erwischt worden war.

»Ist das Blaulicht an?«, fragte ich.

»Ja.«

»Sind wir immer noch auf der Shadow Point?«

»Ja.«

»Bleib nicht stehen.« Ich schüttelte den Kopf. »Du bist nicht zu schnell gefahren. Sie haben keinen Grund, uns anzuhalten.«

»Ich *muss* anhalten.«

Er machte sich keine Sorgen, aber ich steckte meine Hände

in die Mitteltasche meines Hoodies und ballte sie zu Fäusten. Hier draußen waren nur Cops unterwegs, wenn sie jemand gerufen hatte.

Irgendetwas stimmte nicht.

»Bitte fahr weiter«, flehte ich ihn an.

»Ist schon okay, Babe.« Ich spürte, wie das Auto langsamer wurde. »Wir sind erwachsen und haben nichts Falsches getan. Wir stecken nicht in Schwierigkeiten.«

Ich fasste an die Stelle, von der ich wusste, dass dort der Türgriff sein musste, und stellte das Radio ab. Meine Ohren konzentrierten sich jetzt auf jedes Geräusch von draußen. Kies knirschte unter den Reifen, und ich wusste, dass Ethan an den Straßenrand fuhr. Er trat auf die Bremse, und mein Körper wurde nach vorne gedrückt. Ich legte meine Hände auf das Armaturenbrett, um mich abzustützen, als er stehen blieb.

Scheiße. Ich hatte nur ein einziges Mal in meinem ganzen Leben in einem Auto gesessen, das angehalten worden war. Und jetzt, gerade heute Nacht …

Eine Autotür wurde geschlossen, und ein leises Geräusch verriet mir, dass Ethan sein Fenster runterfuhr. Der Klang seines schnellen Atems erfüllte das Auto. Er war auch nervös.

»Guten Abend«, sagte eine männliche Stimme. »Wie geht es euch?«

Ich erkannte die Stimme. Kleine Stadt, wenige Polizisten, aber ich hatte noch nicht genug mit ihm zu tun gehabt, um mich an seinen Namen zu erinnern.

»Hey! Ja, uns geht's gut«, sagte Ethan zu ihm und rutschte auf seinem Ledersitz umher. »Stimmt was nicht? Ich glaube nicht, dass ich zu schnell gefahren bin, oder?«

Stille. Ich stellte mir vor, wie sich der Beamte bückte, um durch Ethans Fenster zu schauen. Ich verhielt mich ganz ruhig.

»Etwas spät, um draußen zu sein, oder?«, sagte er schließlich und ignorierte die Frage völlig.

Sämtliche Härchen auf meinen Armen stellten sich auf. Was ging ihn das an?

Ethan lachte nervös auf. »Kommen Sie, Mann. Sie klingen ja wie meine Mom.«

»Winter?«, sagte der Cop. »Ist alles okay?«

Hitze schoss mir ins Gesicht. Er richtete seine Taschenlampe auf mich.

Schnell nickte ich. »Ja, alles klar bei uns.«

Aber meine Hände begannen zu zittern. Wir hätten nicht anhalten sollen. Wenn wir es nur in den Ort geschafft hätten … unter Leute …

»Kannst du den Kofferraum für uns öffnen?«, fragte der Cop mit schroffem Tonfall. »Ein Rücklicht geht nicht. Ich werde mir das mal ansehen.«

Für uns. Sie waren zu zweit.

»Wirklich?« Ethan rutschte wieder auf seinem Sitz umher. »Das ist ja seltsam.«

Der Kofferraum ging auf, und Ethan atmete aus, während ich still wartete und immer noch die Hitze der Taschenlampe auf meinem Gesicht spürte.

»Wenn Sie dahinten irgendwelche Leichen finden, die sind nicht von mir!«, rief Ethan dem zweiten Cop, der an seinem Kofferraum stand, scherzhaft zu.

Das Auto bewegte sich etwas unter mir, als der zweite Polizist um den Kofferraum herumging, und ich legte meine Hände in den Schoß.

»Gratulation an deine Schwester, Winter«, sagte der Polizist, der immer noch am Fenster stand. »Sieht so aus, als hätte deine Familie endlich mal wieder ein bisschen Glück. Du bist bestimmt sehr dankbar.«

Ich presste die Lippen aufeinander.

»Wo wollt ihr zwei denn hin?«, fragte er.

»In meine Wohnung in der Stadt«, antwortete Ethan.

Eine Pause entstand, die Hitze verließ meine Wange, dann fuhr er fort. »Hast du vor, länger wegzubleiben, Winter?«, fragte der Polizist. »Ist das *deine* Tasche auf dem Rücksitz?«

Ich schluckte, und plötzlich schlug mein Herz wie wild.

Dann hörte ich die leise tadelnde Stimme des Cops. »Ts, ts, ts … das wird Damon aber gar nicht gefallen.«

Ich drehte mein Gesicht zum Beifahrerfenster. *Scheiße.* Ich hatte es doch gewusst.

»*Wie bitte?*«, rief Ethan.

Aber er wurde von dem Polizisten unterbrochen, der von hinten rief: »Ich habe etwas gefunden!«

»Was?«, rief Ethan.

Ich drehte meinen Kopf wieder in ihre Richtung. Sie haben etwas gefunden? In seinem Kofferraum?

»Steigen Sie bitte aus dem Auto aus, Mr Belmont.«

Nein.

»*Was* haben Sie gefunden? Was ist hier los?«, wollte Ethan wissen.

Aber da wurde schon seine Tür geöffnet, und ich spürte, wie er aus dem Auto stieg. Ich wusste nicht, ob der Cop ihn rauszog oder ob er aus freien Stücken aus dem Wagen kletterte.

Ich öffnete den Mund, um etwas zu sagen. »Ethan …« Aber ich wusste nicht, was ich sagen sollte. Jetzt hatten sie ihn.

Ich hörte Geraschel und Gemurmel, und ich konnte spüren, wie sich das Auto unter mir bewegte, als sie sich wieder am Kofferraum zu schaffen machten.

Dann …

»Was?«, rief Ethan. »Das gehört mir nicht!«

Ich drehte mich im Sitz um und hörte Mikhail leise wimmern, als ich versuchte zu hören, was sie redeten.

»Kokain«, sagte einer der Polizisten. »Das ist ein Verbrechen.«

Ich riss die Augen auf. Kokain? Richtiges Kokain? *Nein.* Schnell schnallte ich mich ab, öffnete die Tür und stieg aus. Ich ließ die Tür offen und legte meine Hand ans Auto, um sie als Stütze zu verwenden, während ich nach hinten ging. Ich sollte nicht aussteigen. Sie würden mich anschreien, aber …

»Sie wollen mich doch verarschen«, knurrte Ethan. »Das haben Sie da reingetan!«

Ich hörte Grunzgeräusche und schnappte nach Luft.

»Woah, woah«, sagte einer der Polizisten. »Stehst du gerade unter Drogeneinfluss?«

Was geschah gerade?

Mehr Grunzen, Kies unter ihren Füßen, und dann wusste ich, dass sie ihn angegriffen hatten.

»Aufhören!«, rief ich und ließ meine Hände nach unten

gleiten, als ich beim offenen Kofferraum angekommen war. »Er würde nie Drogen nehmen. Was tun Sie da?«

Ich hörte schweres Atmen – vermutlich Ethan –, während mir die kalte Nachtluft in die Nase drang.

»Wir haben hier mindestens fünfzehn Beutel«, sagte ein Cop.

»Wir haben es wohl mit Dealerei zu tun«, fügte der andere hinzu.

Dealerei. Zwei mögliche Verbrechen? In meinem Kopf drehte sich alles.

»Ihr Mistk…«, knurrte Ethan, wurde aber zum Schweigen gebracht.

»Warten Sie!«, rief ich. »Bitte hören Sie auf. Das ist meine Schuld.«

Das war alles gestellt. Auf keinen Fall hatte er Drogen in seinem Kofferraum gehabt. Diese Cops hatten uns aus einem bestimmten Grund aufgehalten, und das war kein kaputtes Rücklicht.

Ich trat näher. »Ich habe ihn angerufen«, sagte ich, wollte die Schuld auf mich nehmen. »Was soll ich tun? Bitte … tun Sie ihm nichts.«

Einen Augenblick herrschte Schweigen, aber dann hörte ich ein Klicken. Jemand tippte auf sein Handy.

»Sir?«, sagte einer der Cops. »Ich habe sie.«

Damon. Das war er. Ihn hatte der Cop angerufen.

Eine kühle Hand berührte meine, und ich zuckte zurück. Dann wurde mir klar, dass der Polizist das Handy in meine Hand gelegt hatte. Meine Angst und Verwirrung wichen purer Wut. Ich atmete tief ein und presste die Zähne zusammen. Dann hielt ich das Handy an mein Ohr.

»Ich bin sehr enttäuscht, dass du wirklich gedacht hast, das würde funktionieren«, hörte ich eine eisige Stimme sagen. »Obwohl es mich auch überrascht, dass du es überhaupt aus dem Haus geschafft hast.«

Das war nicht Damon.

»Gabriel?«, murmelte ich schockiert.

Damons *Dad* hatte das alles arrangiert? Ich war mir ziemlich sicher, dass er nicht auf der Hochzeit gewesen war. Ich wusste, dass er alles, was Damon tat, vollkommen unterstützte, aber ich hatte nicht erwartet, dass er ihm auch helfen würde. Er hatte mich beobachtet.

»Mach dir keine Sorgen«, fuhr er fort. »Sie werden ihn morgen gehen lassen.«

»Sie werden ihn *jetzt* gehen lassen!«, knurrte ich.

Ich würde nicht zulassen, dass mein Freund wegen mir leiden musste. Das war dumm gewesen. Ich hätte es besser wissen müssen. Selbst wenn ich es rausgeschafft hätte, ich hätte Ethan trotzdem auf Damons Abschussliste gesetzt, indem ich ihn involviert hatte.

»Oder wir können ihn bis zur Verhandlung im Knast lassen«, fuhr Mr Torrance fort. »Deine Entscheidung.«

Ich knirschte mit den Zähnen und war zu wütend, um nachzudenken. Ethan war nicht tough. Ich liebte ihn, aber eine Nacht im Gefängnis wäre nicht gut für ihn. Noch schlimmer wären Wochen, Monate oder Jahre. Tränen traten mir in die Augen, aber ich versuchte, sie zu unterdrücken.

»Was willst du?«

»Ich will, dass du deinen kleinen Arsch wieder nach Hause und in dein Bett bewegst«, zischte er.

Ich schüttelte den Kopf und wusste, dass er mich hatte – zumindest jetzt.

Aber nicht für immer.

»Denkst du, ich bin leichte Beute?«, fragte ich ihn herausfordernd.

»Natürlich nicht.« Sein Tonfall wurde sanfter, und er klang fast amüsiert. »Deshalb will er dich ja, Winter. Versuch das nächste Mal nur, nicht so vorhersehbar zu handeln.«

»Was interessiert es dich überhaupt? Ihr habt Arion.«

»Arion ist Mrs Torrance«, stellte er klar. »Das Gesicht seiner Familie und die Frau, die seine Kinder großziehen wird. Aber du?« Er hielt inne, sein Tonfall wurde finsterer, und meine Nackenhaare stellten sich auf. »Du bist sein Sahnehäubchen obendrauf.«

KAPITEL 3

DAMON

Sieben Jahre zuvor

Ich lege meinen Arm um sie, ziehe sie an mich und halte mich an ihr fest, während ich meine Nase in ihren Haaren vergrabe. Die rauen kleinen Juwelen, die an ihr Kostüm genäht sind, schneiden mir in den Arm. Sie ist so klein und zerbrechlich wie ein Zahnstocher in meiner Spirale.

Der Brunnen sprudelt um uns herum, als sie ihre Zähne in meiner Hand vergräbt, aber ich ziehe meinen Arm nicht weg. Stattdessen erfüllt der Schmerz ihres scharfen kleinen Bisses meine Adern mit Wärme, und meine Augenlider flattern. Es kribbelt unter meiner Haut, und ich atme aus.

Es fühlt sich nicht schlecht an. Es tut nicht so weh, wie es sollte.

Ich blicke in ihr kleines Gesicht und weiche nicht zurück, als der Druck fester wird. Ich bin mir sicher, die Haut ist gerissen.

Ja.

Ich werde nicht zurückweichen.

Niemals.

Ich hielt sie fester im Arm, und die Kurven ihres Körpers verschmolzen mit meinem, als ich mich weigerte, sie loszulassen. Selbst als ich langsam aufwachte, der Brunnen verschwand und sich ihr Duft nach Blumen in den Geruch meiner Seife verwandelte. Das Kostüm, das sie jetzt anhatte, war weich wie Baumwolle, und ihre nackten Beine ohne weiße Strumpfhose lagen neben meinen.

Es war anders. Etwas war anders.

Ich blinzelte, das Gewicht des Schlafs lag noch schwer auf mir, als der Traum verschwamm und ich den Raum erkannte. Genau wie den Körper neben mir.

Leider war es nicht das Mädchen aus dem Traum.

Ich starrte auf den Hinterkopf meiner Schwester, deren Haare über dem Kissen lagen und fast so schwarz wie meine waren. Ich konnte sie atmen spüren, während sie in meinen Armen schlief, und ich ballte die Hand, die auf ihrem Bauch lag, zur Faust.

Ich hatte sie im Schlaf umarmt.

Das hatte ich noch nie getan. Wir teilten uns jetzt seit vier Jahren ein Bett. Schon zu wissen, dass sie da war, genügte mir.

Als ich meine Faust wieder öffnete, berührte ich aus Versehen ihre Haut am Bauch, wo ihr Hemd nach oben gerutscht war. Ich hielt inne und runzelte die Stirn, als ein ungutes Gefühl in mir aufstieg.

Ich hob die Decke an, schaute darunter und sah die ausgeprägte Rundung ihrer Hüfte – ausgeprägter, als ich sie in Erinnerung hatte – und ihren runden Hintern, der gegen meinen Unterleib drückte.

Ihre Oberschenkel waren jetzt definierter, und ihre Haut sah so weich aus.

Fuck. Ich schloss die Augen, das schöne Gefühl aus dem Traum war längst weg.

Sie begann, wie andere Mädchen auszusehen. Mädchen, die alt genug waren, damit Jungs ganz bestimmte Dinge mit ihnen taten. Sie fühlte sich an wie die Mädchen, mit denen ich ausgegangen war.

»Damon«, sagte sie plötzlich, leicht schlaftrunken. »Ich bin es, Banks.«

Wahrscheinlich hatte meine Berührung am Bauch sie geweckt. Sie dachte wahrscheinlich, ich hielt sie für eine andere.

Ich öffnete dic Augen, knirschte mit den Zähnen und zog mich von ihr zurück. »Ja, ich weiß, wer du bist.«

Ich warf die Decke zurück, stand auf und nahm mein Handy vom Ladegerät. »Ich dachte, ich hätte dir gesagt, du sollst dich einbandagieren«, murmelte ich, entsperrte mein Display und scrollte durch meine Nachrichten.

Sie sagte nichts, aber ich hörte, wie sie sich aufrichtete. »Auch wenn ich schlafe?«, jammerte sie. »Es ist wie ein Korsett, Damon. Ich kann kaum darin atmen.«

Du wirst dich daran gewöhnen.

Nachdem ich ein paar Nachrichten von Will überflogen und ein paar Kommentare zu meinen Posts gelesen hatte, legte ich das Handy auf dem Schreibtisch ab und machte auf dem Computer Musik an. Dann ging ich zum Schrank, holte eine lange Hose und ein weißes T-Shirt heraus und ließ meinen Blick zu meiner schwarzen Jeans schweifen, die neben meinem schwarzen Hoodie hing. Nächste Woche war Devil's Night, und eine vertraute Euphorie durchflutete meine Adern.

Ich griff nach der Jeans und ging ins Bad. Ich hatte ein heftiges Verlangen.

»Vielleicht ...«, hörte ich Banks vom Bett aus sagen. »Vielleicht sollte ich hier nicht mehr schlafen.«

Ich hielt inne, runzelte die Stirn und drehte mich zu ihr um.

Sofort senkte sie den Blick. Sie wusste, dass ich darüber nicht reden wollte.

Banks war die Tochter meines Vaters, aber sie gehörte mir seit dem Tag, an dem sie hier eingezogen war. Ihre Mom war eine schäbige Nutte, eine von vielen, die mein Vater bezahlte, und wenn ihre Mutter vor vier Jahren nicht an unsere Tür geklopft hätte, weil sie Geld gewollt hatte, hätte ich nie erfahren, dass Banks existierte. Mein Vater hatte sie nie beachtet und tat es immer noch kaum.

Aber das war in Ordnung. Sie gehörte nicht ihm. Niemand konnte sie mir wegnehmen.

Nachdem ich sie zum ersten Mal gesehen hatte, hatte ich Tage damit verbracht, alles Geld zusammenzusammeln und zu stehlen, das ich im Haus finden konnte. Ebenso jeglichen Schmuck, dessen Verschwinden meiner Mutter gar nicht auffallen würde. Es waren mehrere Tausend Dollar, und Banks' drogensüchtige Mutter hatte genau zwölf Sekunden mit der Entscheidung gekämpft, bevor sie das Geld und den Schmuck genommen und mir Banks überlassen hatte. Ich hatte sie mit nach Hause gebracht, und niemand hatte etwas dagegen gesagt. Meine Mutter hatte – solange sie noch hier gelebt hatte – nicht zugelassen, dass etwas ihre kleine, glückliche Traumwelt zerstörte, und mein Vater hatte alles zugelassen, das *mich* glücklich machte.

Banks war in meinem Zimmer geblieben. Sie passte auf mich auf, und ich versorgte und beschützte sie. Sie hatte ihre eigene Matratze in einem kleinen Raum im Turmzimmer über meinem Zimmer, aber dort schlief sie fast nie.

»Nur in diesem Bett, meine ich«, stellte sie klar. »In ... deinem Bett. Vielleicht sollte ich wieder in meinem Zimmer schlafen. Wir sind keine zwölf und dreizehn mehr. Du bist größer geworden. Du brauchst mehr Platz.«

Ich zog eine Augenbraue hoch, war wütend, obwohl ich wusste, dass es dafür keinen guten Grund gab. Dafür dass ich sie verheimlichte, allerdings schon. Oder dafür warum ich kein anderes Mädchen in mein Zimmer ließ und meinen Freunden nie erzählen würde, dass meine Schwester die einzige Frau war, die ich je in meinem Bett schlafen lassen würde.

Ich wusste, dass ich krank war.

Aber es war mir egal. Solange ich glücklich war, erklärte ich mich niemandem.

Als sie sich wegdrehte, wusste ich, dass sie die Diskussion aufgegeben hatte, und ich ging weiter ins Badezimmer. Dort drehte ich die Dusche auf, zog meine Pyjamahose aus, stieg in die Kabine und seifte und shampoonierte mich ein. Ich legte den Kopf nach vorne und ließ das heiße Wasser über meinen Nacken und Rücken laufen.

Ich schloss die Augen und krallte meine Finger in die Wand. *Es ist aber nur noch eine Frage der Zeit.* Mein letztes Jahr auf der Highschool hatte vor einem Monat begonnen, und es war mein letztes Jahr zu Hause. Nächsten Sommer würde ich aufs College gehen, und Banks würde mich nicht begleiten. Ich sollte sie wieder in ihr eigenes Zimmer ziehen lassen. Damit wir uns beide daran gewöhnten. Wir hatten schließlich jede Menge Schlafzimmer, aus denen sie sich eins aussuchen konnte.

Und ich zweifelte nicht daran, dass sie sich schnell daran gewöhnen würde und sogar gerne ein eigenes Zimmer hätte.

Nein, *ich* war das Problem. Sie gehörte mir. Sie war die einzige Person, die alles wusste. Aber wir wurden erwachsen, und ich wusste, sie würde mich irgendwann verlassen.

Ich kratzte mit den Fingern noch stärker über die geflieste Wand der Dusche, als wäre ein Gesicht darunter – irgendein Gesicht –, das ich in meiner Faust zerquetschen wollte. Das vertraute Brennen kroch mir den Rücken hinauf in meinen Kopf, und ich konnte spüren, wie mir die Hitze in den Penis schoss. Jeder Zentimeter meiner Haut flehte danach, nichts von dem zu fühlen, was ich gerade fühlte.

Ich musste hier raus.

Als ich mich fertig abgeduscht hatte, stellte ich das Wasser ab, stieg aus der Dusche und nahm mir ein Handtuch aus dem Regal links von mir. Ich trocknete mich ab, zog meine Jeans und mein T-Shirt an und ging wieder ins Schlafzimmer zurück.

»Ich habe die Matheaufgaben gemacht und dein Rechercheprotokoll auf den neuesten Stand gebracht«, sagte Banks zu mir und blätterte durch die Papiere auf dem Schreibtisch, den ich nie benutzte. Dann steckte sie alles in meine Tasche. »Du musst die Matheaufgaben nur noch in deiner Handschrift abschreiben. Und vergiss nicht, dir heute vor dem Test noch Physik durchzulesen. Zumindest so viel, dass du ihn bestehst.«

Ich warf das Handtuch auf den Boden, nahm meinen schwarzen Hoodie und schlüpfte mit den Armen hindurch. »Ich bestehe immer. Ist dir das schon mal aufgefallen?« Ich warf ihr noch einen Blick zu, bevor ich mir den Kapuzenpulli über den Kopf zog. »Ich könnte den ganzen Test anpissen und würde ihn trotzdem noch bestehen.«

Ich hörte sie leise lachen. »Ja, es scheint fast so, als würden sie nichts tun wollen, das dich länger an der Schule hält.«

Nein. Ich würde nie einen Test nicht bestehen, geschweige denn durchfallen. Das Sekretariat zählte praktisch die Tage, bis ich weg sein würde. Sie würden mich nie aufhalten.

Ich erledigte alle Arbeiten, die ich erledigen musste, um mir die Lehrer vom Hals zu halten, aber Banks machte die Hausaufgaben, Projekte und Arbeiten. Ich war nicht faul – ich riss mir für die Basketballmannschaft den Arsch auf –, aber es war mir einfach egal. Und es fiel mir schwer, mich zu zwingen, etwas zu tun, für das ich mich nicht interessierte. Ich war egoistisch, und für mich war das total in Ordnung.

Ich nahm ihr die Tasche aus der Hand, in der auch meine Schuluniform war, hängte sie mir über die Schulter und steckte Geldbeutel, Handy und Schlüssel in die Tasche. Dann ging ich aus dem Zimmer und zog die Tür hinter mir zu. Ich war noch nicht einmal bei der Hälfte der kurzen Treppe angekommen, da hörte ich schon, wie sie abschloss. Sie kannte die Regeln.

Normalerweise war es mir egal, dass mein Haus nicht unbedingt ein sicherer Ort für hübsche junge Mädchen war, aber ich wollte nicht, dass jemand Banks belästigte. Diese Tür blieb verschlossen, bis sie angezogen und vollkommen wachsam war.

Ich ging um das Geländer herum durch das Foyer, noch einmal ein paar Stufen hinunter ins Esszimmer und direkt zum Esstisch.

»Guten Morgen«, ertönte eine fröhliche Stimme.

Ich blinzelte genervt. Aus den Augenwinkeln sah ich ein Mädchen, das die weiße Standarduniform anhatte, die alle Bediensteten im Haus trugen, aber sie musste neu sein. Ich nahm mir eine Scheibe Brot vom Tablett und begann, es mit Eiern und Bacon zu belegen. Dann steckte ich noch ein paar Wasserflaschen vom Tisch für den Tag in meine Tasche.

Unsere Köchin Marina stellte eine Silberschüssel mit Obst auf den Tisch.

»Wann kommt mein Vater zurück?«, fragte ich und riss die Rinde vom Brot.

»Morgen Abend, Sir.«

»Haben Sie heute einen speziellen Wunsch zum Abendessen, Mr Torrance?«, mischte sich das Mädchen ein.

Mein Gott.

Ich legte das Brot so zusammen, dass nichts rausfallen konnte, während das Mädchen auf eine Antwort wartete. Ich nahm einen Bissen, warf Marina einen Blick zu und verließ den Raum. Beim Gehen hörte ich, wie sie mit dem neuen Mädchen schimpfte.

Das Leben fühlte sich wie die Hölle an, weil wir erwartet haben, dass es sich wie der Himmel anfühlen würde. So ungefähr lautet ein Zitat, das ich vor Jahren einmal gelesen habe, aber ich habe es nie verstanden. Wenn man sein ganzes Leben lang in der Scheiße steckte und irgendwann lernte, auf eine Weise zu leben, wie es niemand anderes tat, dann lernte man, in der Hitze gut zu schlafen und Feuer zu essen. Bis das eines Tages alles war, was man brauchte.

Es war der Himmel, dem ich nicht traute. Große Hoffnungen und falsche Erwartungen ...

Nein, ich *brauchte* den Ärger.

Ich drehte den Zigarettenstummel zwischen den Fingern und spürte, wie mein Handy schon zum zweiten Mal in der hinteren Hosentasche vibrierte, als ich meine Hand an den Mund hob und noch einen Zug nahm. Das Zigarettenpapier brannte bis zum Ende ab, und ich zog den heißen Rauch in meine Lunge, bevor ich ihn wieder ausblies.

Ich lehnte an einer Säule neben dem Schwarzen Brett. Die Schule war noch weitgehend leer, jedenfalls fünfundvierzig Minuten vor dem Gong. Und der zweite Stock war mein Lieblingsplatz. Der Trubel der Cafeteria und der Turnhalle war weit unten, und hier oben gab es nur wenige Klassenzimmer. Also war es so leise, dass man jeden Schritt hören konnte. Jede Tür. Jeden Stift, der zu Boden fiel ... Man wusste, wenn man nicht allein war.

Und sie war nicht allein. Ich fragte mich, ob sie es schon bemerkt hatte.

Ich wandte den Kopf und blickte um die Säule herum. Dort sah ich ihren Umriss durch das Glas auf der anderen Seite des Stockwerks, dessen Mitte an der frischen Luft lag, weil sich darunter der Innenhof befand. Sie war ein bisschen zu groß für ihre Kniebundhosen geworden, aber das war bei neuen Lehrerinnen normal, vor allem bei den jungen. Alle dachten sie, das College bereitete sie darauf vor, aber selbst wenn es das tat, es bereitete sie nicht auf *Thunder Bay* vor. Hier liefen die Dinge etwas anders, und sie war nicht die Chefin, weil ich mich nicht kontrollieren ließ. Es war an der Zeit, ihr zu klarzumachen, dass sich die Lehrkräfte an die Regeln hielten und nicht andersrum.

Sie ging in den Raum, machte ihre Kopien am Kopiergerät,

und ich benetzte meine Lippen, weil mein Mund ganz trocken wurde.

Komm schon. Geh irgendwohin, wo es ruhig ist, oder ich nehme dich gleich hier.

Ich stellte mir vor, wie sich ihr Pferdeschwanz löste. Diese langen Beine in den Stöckelschuhen, während sie über einen Tisch gebeugt war ...

Mein Handy vibrierte wieder, ich nahm es heraus, wischte über das Display und hielt es mir ans Ohr. »Fick dich.«

»Dir auch einen wunderschönen guten Morgen«, sagte Will. »Was ist dein Problem?«

Ich schluckte und richtete den Blick einmal mehr auf meinen Preis. »Keins, das mein Schwanz nicht lösen kann, wenn du mich mal zehn Minuten in Ruhe lässt«, sagte ich zu ihm, während ich sie anstarrte. »Was willst du?«

»Dich zum Lachen bringen.«

Ich runzelte die Stirn. *Mich zum* ... Mein Gott. Ich verdrehte die Augen. Aber da gab ich fast schon nach. Er hatte eine besondere Gabe, mich aufzuheitern – und das sogar ziemlich schnell.

»Ha ha. Ich kann dich grinsen hören.«

Und ich konnte die Belustigung in seiner Stimme hören, in der das Lachen immer präsent war.

»Du kannst mich also grinsen hören, ja?«

Er war der Einzige – wirklich der Einzige –, der in meiner Gegenwart nicht wie auf rohen Eiern ging, und dafür hätte ich ihn ein paarmal schon fast umgebracht. Aber mittlerweile tat ich kaum noch etwas ohne ihn. »Ich hab's dir gesagt«, fuhr er fort. »Wir sind miteinander verbunden. Es ist etwas Spirituelles.«

Ich konnte mir ein Grinsen nicht mehr verkneifen. »Ich hasse dich.«

Idiot.

Will, Michael und Kai waren meine Freunde, und ich würde für jeden Einzelnen von ihnen durchs Feuer gehen. Aber Will war der Einzige, von dem ich glaubte, dass er auch für mich durchs Feuer gehen würde.

»Also, was trägt sie?«, fragte er.

Ich richtete meinen Blick wieder auf sie und sah ihr nach, als sie den Kopierraum verließ und den Gang entlangging. »Einen Verlobungsring.«

»Pervers.«

Ich lachte in mich hinein, machte einen Schritt nach vorne, dann noch einen und passte mich ihrer Geschwindigkeit an. »Es wäre sogar noch perverser, wenn sie auch noch das Hochzeitskleid anhätte.«

»Da wäre ich dabei.«

»Gerne. Ich bin gut im Teilen.«

Und manchmal war es auch nötig zu teilen. Was Frauen anging, hielt ich nicht immer meine Versprechen. Wenn ich das Interesse verlor, brachte Will es zu Ende.

Sie näherte sich der Ecke, und ich wusste, dass sie gleich nach links abbiegen würde. Es war fast an der Zeit.

»Ich muss los«, sagte ich zu ihm. »Wir treffen uns um halb acht am Parkplatz.«

»Ja, ich habe meine Sporttasche in deinem Auto gelassen, also brauche ich sie vor dem Training. Wir sehen uns …«

Ich ließ ihn den Satz nicht beenden, legte auf und nahm das Handy vom Ohr, ohne sie aus den Augen zu lassen. Sie ging um die Ecke und tauchte dann wieder hinter den Fenstern im rechten Winkel zu mir auf, womit sie mir näher und näher kam. Ich blieb stehen, steckte mein Handy wieder in die Hosentasche, lehnte mich mit der Schulter gegen die Wand und steckte meine Hände in die Tasche meines Hoodies, während ich auf sie wartete.

Sie bog noch einmal links ab, verschwand kurz aus meinem Blickfeld und tauchte dann wieder auf.

Als sie mich sah, blieb sie abrupt stehen. »Mr Torrance.«

Ich nickte knapp. »Ms Jennings. Sie wollten mich sehen?«

Sie trat einen Schritt zurück und sah sich um. Ich war mir nicht sicher, ob sie rein intuitiv handelte oder ob sie verwirrt war, aber es amüsierte mich. Sie trug ein schwarzes Kleid mit V-Ausschnitt und kurzen Ärmeln, das jede Kurve betonte. Ganz anders als die kleinen Cardigans und die knielangen Röcke mit Blumenmuster, die sie am Anfang des Schuljahres getragen hatte. Eine neue Lehrerin, die anfangs noch ausgesehen hatte wie die Frau des Pastors, schien die lüsternen Blicke der männlichen Schüler auf sich zu genießen und konnte nicht anders, als sich dementsprechend anzuziehen. Die Brille trug sie allerdings immer noch, und ihr Haar hatte sie zu einem straffen Dutt zusammengebunden.

Sie schluckte und wurde rot. »Ähm, während der Schulzeit, ja. Ich, ähm …« Sie ließ den Blick fallen und trat nervös von einem Fuß auf den anderen.

Ich verkniff mir ein Grinsen. Obwohl sie sich jetzt aufreizender kleidete, war sie immer noch schüchtern. Und das gefiel mir. Selbstbewusstsein nervte mich. Ich mochte es nicht, wenn man mich zur Beute machte.

»Aber gut, da Sie nun einmal hier sind«, sagte sie und lächelte mich schüchtern an. »Treten Sie ein.«

Ich folgte ihr in den Kursraum und spürte, wie das Blut plötzlich wärmer durch meinen Körper strömte.

Das war es, was mich antörnte.

Da unten gab es so viele Mädchen in meinem Alter. Die Cheerleaderinnen, die Turnerinnen, die fleißigen Schülerinnen in der Cafeteria … Ich könnte innerhalb von fünf Minuten einen Quickie klarmachen, wenn ich wollte, aber Sex hatte für mich wenig mit meinem Körper zu tun.

Es ging um genau das hier. Mein Blick auf ihren Rücken gerichtet. Während ich die Tür hinter mir schloss und absperrte. Die Angst, die Anziehungskraft und die Gefahr, die von ihr ausging, weil sie mit mir alleine war. Der Gedanke, dass sie mich für den Rest des Jahres bis zu meinem Abschluss jeden Tag anschauen müsste – in dem Wissen, was ich heute mit ihr getan hatte, und die Panik, dass sie es zugelassen hatte. Aber auch das Verlangen danach, dass es wieder passierte.

Für mich fand Sex im Kopf statt. Fast ausschließlich.

Sie legte ihren kleinen Papierstapel auf den Schreibtisch und drehte sich zu mir um. Ihr Blick fiel auf die Tür, und sie bemerkte, dass ich abgeschlossen hatte. Es folgte ein bedeutungsvolles Schweigen, und ich sah, wie sich ihr Körper versteifte. Aber sie machte weiter. Sie verschränkte ihre Finger vor ihrem Körper und machte ein strenges Gesicht. Ein ziemlich niedlicher Versuch für eine Dreiundzwanzigjährige, die dachte, dass der siebzehnjährige Kerl vor ihr, der breiter und größer als sie war, sie tatsächlich als eine Autoritätsperson ansah.

Ich machte zwei Schritte, kam beim ersten Tisch in der vorderen Reihe an und setzte mich auf die Tischkante.

»Hören Sie, ich bin nicht gut darin, um den heißen Brei herumzureden«, sagte sie. »Also kommen wir zum Punkt.«

Ich starrte sie an.

»Zwischen der Arbeit, die Sie zu Hause erledigen, und der Arbeit, die Sie im Unterricht leisten, liegt ein signifikanter Unterschied«, fuhr sie fort. »Und mir ist auch die unterschiedliche Handschrift aufgefallen. Ich werde Sie nicht bitten, sich selbst zu verteidigen, weil wir beide wissen, was hier wirklich los ist, und ich werde auch nicht die Zeit von uns beiden vergeuden.«

Ich zog eine Augenbraue hoch.

Sie hielt inne, benetzte ihre Lippen und räusperte sich. »Ich will nur sagen, dass Sie aufhören müssen.« Sie reckte ihr Kinn in meine Richtung. »Machen Sie die Aufgaben *selbst*, oder Sie werden durchfallen.«

Ja genau. Ich schaute ihr in die Augen, konnte aber trotzdem die harten kleinen Knospen ihrer Nippel sehen, die sich durch den Stoff ihres Kleids abzeichneten. Vielleicht war ihr kalt. Vielleicht auch nicht. Ich wollte sie nur sehen.

Mein Atem ging schneller, und mein Schwanz begann anzuschwellen, als ich sie mir nackt vorstellte. Ich presste meine Zähne zusammen, um mich so lange wie möglich unter Kontrolle zu halten.

Als ich nicht antwortete, fragte sie nach. »Haben Sie das verstanden?«

Ich richtete meinen Blick wieder nach oben und stellte mir ihren glitzernd roten Lippenstift überall auf meinem Kissen vor, während sie mit dem Gesicht nach unten und dem Hintern in die Höhe gereckt auf meinem Bett lag.

»Ja, Ma'am«, antwortete ich.

Sie schaute mich verwirrt an, als hätte sie nicht erwartet, dass das so einfach wäre. Aber dann nickte sie und schenkte mir ein halbherziges Lächeln. »Na gut. Dann noch einen schönen Tag«, sagte sie und entließ mich.

Ich hätte fast laut gelacht. Wir waren noch nicht fertig.

Jetzt war ich an der Reihe.

»Darf ich Sie was fragen?«, sagte ich und öffnete ein Bild von ihr auf meinem Handy. »Sind *Sie* das?«

Ich stand auf, ging zu ihr und blieb erst stehen, als ich nahe genug war, um auf sie hinabblicken zu können. Sie riss den Blick von dem Handy in meiner Hand nach oben und schaute dann wieder nach unten, als ihr bewusst wurde, wie nahe wir uns waren. Sie versuchte, einen Schritt nach hinten zu machen, stieß aber sofort gegen ihren Schreibtisch.

Ich hielt das Handy hoch und sagte leise: »Sie sehen nicht viel anders aus.«

Sie schluckte erneut. Es war eins von vielen Fotos, die ich in ihren Social-Media-Accounts gefunden hatte. Anscheinend war es nach ihrem ersten Jahr in der Highschool während eines Sommercamps aufgenommen worden. Sie posierte mit ein paar Freundinnen auf ihrem Stockbett, lächelnd und unschuldig mit offenen Haaren und braun gebrannten Beinen in niedlichen Jeansshorts und mit Zahnspange …

Sie schürzte die Lippen. »Ich weiß jetzt, wie man Mascara benutzt.«

Sie ging um mich herum, nahm die Kreide und begann, etwas auf die Tafel zu schreiben.

»Sie werden ja rot«, bemerkte ich. »Ist Ihnen das peinlich?«

»Das reicht.«

Die junge Ms Jennings war ein graues Mäuschen gewesen, hatte aber Potenzial gehabt. Ich ließ meinen Blick über die Rundung ihrer Hüfte zu ihrem Hintern und auf ihre sexy Beine wandern.

Ganz offensichtlich hatte sie Potenzial.

»Wissen Sie, ich bin nicht faul oder dumm«, sagte ich und trat hinter sie, ohne sie zu berühren. »Ich interessiere mich nur nicht für Dinge, die ich nicht genieße. Aber Dinge, die ich gerne tue?« Meine Stimme wurde leiser, ich spielte mit ihr. »Die könnte ich die *ganze Nacht* tun, Ms Jennings.«

Sie drehte ihren Kopf zur Seite, und ihre Hand schwebte vor

der Tafel. Ihr Mund öffnete und schloss sich zweimal, bevor die Worte herauskamen. »Ich muss arbeiten.«

Ich legte eine Hand an die Tafel vor ihr und beugte mich so nah vor, dass ihre Haare meine Lippen kitzelten. »Kerle wie ich waren auf der Highschool nicht hinter dir her, oder?«, fragte ich mit leiser Stimme. »Niemand hat dich auf dem Rücksitz seines Autos geleckt. Niemand hat dir dein Höschen ausgezogen und es dir auf der Couch deiner Eltern besorgt, während sie im Nebenraum waren.« Langsam fuhr ich mit meinem Finger über den Reißverschluss an ihrem Rücken, als sie sich versteifte und ihr Atem schneller ging. »Niemand hat an deinen Nippeln gesaugt und deine Pussy feucht gemacht, während du auf irgendeiner Party in einem Haus, das du nicht kanntest, auf einem Bett in einem fremden Zimmer im ersten Stock lagst.«

Sie drehte sich mit leicht geöffnetem Mund um. »Ich werde Sie melden.«

»Bitte nicht.« Ich grinste. »Wenn ich dort gewesen wäre, hätte ich dich entjungfert.« Dann beugte ich mir vor und flüsterte: »Ich stehe auf die Stillen.«

Sie schüttelte den Kopf, und das Braun ihrer Augen war warm und dunkel. »Man hat mich vor Jungs wie dir gewarnt. Das wird dir keine Eins einbringen. Eines Tages wirst du lernen, dass du dafür arbeiten musst, wenn du im Leben etwas erreichen willst.«

»Oh, ich habe absolut kein Problem damit, hart zu arbeiten.« Jetzt legte ich meine andere Hand neben ihren Kopf an die Tafel und blickte auf sie hinab.

Meine kleine Lehrerin war nur sechs Jahre älter als ich, und obwohl ihr jeder Typ auf der Schule hinterherschaute, war ich derjenige, der sie haben würde, weil alles andere nicht infrage kam. Ich war gelangweilt. So gelangweilt von den ganzen dummen Mädchen da unten, die nie Nein sagten und das dunkle Verlangen in mir nicht befriedigen konnten, bei allem, was ich tat, pervers zu sein. Ich wollte keinen Sex. Ich wollte heftige Dinge tun, und ich wollte sie erniedrigen. Ich wollte nicht der Einzige sein, der ...

Ich konnte den Gedanken nicht zu Ende bringen. Meine

Freunde – so gerne sie die bösen Jungs spielten – waren alle brav. Ihre Wünsche waren normal, sexuelle Befriedigung war etwas Körperliches, und hinter jeder Ecke lauerte Spaß.

Aber für mich war alles härter. Ich konnte meinen Körper nicht von meinem Verstand trennen, und ich war erst zufrieden, wenn mein Gehirn genug hatte. Ich wollte nicht, dass Ms Jennings es genoss. Sie sollte es hassen, dass es ihr gefiel.

Ich trat näher auf sie zu, blickte ihr tief in die Augen und bewegte mich in Richtung ihres Mundes.

Aber sie legte beide Hände an meine Brust und hielt mich auf. »Aufhören.«

Ich drückte das Gewicht meines Körpers langsam an sie, und die Hitze ihres Atems streifte meine Lippen, während ich den Kopf schüttelte.

Sie atmete schneller und blickte auf meine Lippen. Ich konnte den Ausdruck in ihrem Gesicht sehen, den ich schon hundertmal zuvor gesehen hatte. Jeder gibt sich in einem Moment der Abwägung hin.

»Ich brauche keine Eins. Und ich habe keine Angst davor, was du mir antun kannst«, sagte ich und fuhr mit meiner Zunge über ihre Oberlippe. Sie stöhnte auf. »Ich will nur, dass du dein Kleid hochziehst, dich auf den Schreibtisch legst und deine Beine für mich spreizt, wie es eine gute Lehrerin für ihren Schüler tun würde, der sein Frühstück genießen will.«

Sie hob ihre Hand und schlug mir ins Gesicht.

Aber ich rührte mich nicht, und das Brennen ihres Schlags entlud sich innerhalb von Sekunden in meinem Nacken. Ich packte ihre Handgelenke, drückte sie seitlich von ihr gegen die Tafel und versuchte, mir das Grinsen zu verkneifen. »Sie haben gerade einen Minderjährigen geschlagen, Ms Jennings.«

Ihre Brust hob und senkte sich schneller, als sie nach Luft schnappte und versuchte, sich aus meinem Griff zu befreien.

»Ich weiß, dass du es willst.« Ich ließ meinen Blick über ihren Körper wandern. »Deine Röcke werden immer kürzer. Deine Oberteile immer enger. Du bist nicht mein erstes Rodeo. Ich weiß, wie man das geheim hält.«

»Nur weil eine Frau sich so anzieht, bettelt sie nicht danach.«

»Bist das also nicht du?« Ich nickte mit dem Kopf in Richtung Fenster. »Die immer durch das Fenster schaut, wenn das Team draußen auf dem Platz trainiert? Die mich beobachtet?«

Mein letztes Jahr lief jetzt schon seit acht Wochen, und der Coach wollte, dass wir nach der Schule so oft wie möglich draußen trainierten, solange das Wetter noch hielt. Vor ein paar Wochen war mir aufgefallen, dass sie mich durch das Fenster beobachtete und dann schnell wegschaute, wenn ich es bemerkte.

Aber wir wollen, was wir wollen, und wir waren geboren, um zu brennen.

»Du starrst mich ganz besonders lange an, wenn ich mein T-Shirt ausgezogen habe.« Ich richtete meinen Blick auf ihre Lippen. »Und ich ziehe es jetzt sehr oft aus, weil ich weiß, dass dir das gefällt.«

Sie schnappte nach Luft und öffnete den Mund, während sie auf meinen starrte.

»Wenn ich auf deiner Highschool gewesen wäre«, sagte ich zu ihr und beugte mich an ihr Ohr, »dann wäre ich vor deinen Freunden auf dich zugekommen und hätte dir ins Ohr geraunt.« Die letzten Worte flüsterte ich, dann schaute ich ihr wieder in die Augen. »Und dann hätte ich deine Hand genommen und dich in den Keller in den dunklen Kraftraum geführt, wo nie jemand ist, und hätte angefangen, dich auszuziehen.«

»Mr Torrance«, keuchte sie und flehte dann. »Damon, bitte.«

Angst legte sich über ihr Gesicht, aber nicht die Angst davor, mich nicht aufhalten zu können. Es war die Angst davor, etwas zu wollen, aber nicht dabei erwischt werden zu wollen.

»Dann hätte ich dich auf die Matte geschubst«, fuhr ich fort, »und deinen Rock hochgeschoben.« Ich ließ ein Handgelenk los und legte meine Hand in ihren Nacken. »Und dann hätte ich dich genommen, während ich an deinen harten Nippeln gesaugt hätte.«

Sie rang nach Atem, und bevor sie etwas sagen konnte, legte ich meinen Mund auf ihren, und ihr Stöhnen erstarb unter meinen Lippen. Ich küsste sie fest, schmeckte die Erdbeeren, die sie zum Frühstück gehabt haben musste. Dann spürte ich, wie sie ihre Arme um meinen Hals legte.

Ich zog sie weg, hob sie hoch und drehte mich um, setzte sie auf den Schreibtisch und schob sofort ihr Kleid nach oben. Dann griff ich nach unten und steckte meine Finger unter ihr Höschen, zog es ihre weichen braun gebrannten Beine hinunter und ließ es auf den Boden fallen. Ich schloss die Augen und spürte, wie mein Herz ein bisschen schneller schlug.

Ich werde es mit ihr treiben. Ich werde sie dazu bringen, mich anzuflehen, sie zum Höhepunkt zu bringen. Und ich werde es genießen, wenn sie später die Klasse unterrichtet und genau weiß, dass ich ihr verdammtes Höschen in meiner Tasche habe. Morgen werde ich für die zweite Runde wiederkommen, und vielleicht werde ich Will mitbringen und zusehen, wie sie es mit ihm auf ihrem eigenen Schreibtischstuhl treibt.

Ja. Mein Herz machte einen Sprung, und ich hielt für einen Moment die Luft an. Mein Schwanz wurde noch härter, und ich leckte an der Innenseite ihres Oberschenkels an ihrem Bein entlang, während ich aufstand.

»Warum ich?«, fragte sie, wobei sie sich auf ihre Hände stützte und sich auf die Unterlippe biss.

Ich drückte sie runter und zwang sie, sich mit dem Rücken auf den Schreibtisch zu legen. »Weil es pervers ist«, knurrte ich.

Dann zog ich ihr Kleid ganz nach oben, blickte noch einmal zur Tür und erinnerte mich daran, dass ich sie abgeschlossen hatte. Ich senkte den Kopf und bedeckte ihre verdammte Pussy mit meinem Mund. Das leise Stöhnen, das darauf folgte, ließ mich vor Befriedigung die Augen schließen.

Spreiz einfach deine verdammten Beine für mich und lass mich meine Sache erledigen. Dafür bist du hier.

Ich legte meine Hand um ihren Oberschenkel und hielt sie fest, während ich saugte, küsste, zog und biss. Ich penetrierte sie, schmeckte ihre Klit und brachte sie dazu, sich bei jeder Berührung unter mir zu winden und zu stöhnen. Sie war nicht die erste Lehrerin, die ich so sah, aber sie war die erste, die ich berührte. Als ich zu ihr aufblickte, während ich an ihr saugte, sah ich, wie sehr es ihr gefiel.

Das war fast zu einfach. Es törnte mich nicht so an, wenn es einfach war.

»Zieh das Oberteil deines Kleids nach unten«, befahl ich, während ich mit meiner Zunge über ihre Klit schnalzte.

Sie stöhnte wieder leise auf und zog erst die eine, dann die andere Seite ihres Kleides nach unten, um ihre Brüste freizulegen. *Besser.* Jetzt sah sie verletzlich aus. Halb nackt, mit gespreizten Beinen für einen ihrer Schüler, Brille …

»Das machst du so gut«, keuchte sie.

Ich biss sie leicht, und sie schrie leise auf.

Halt den Mund.

Sie begann, sich in meinem Mund zu bewegen, und nahm meinen Kopf in ihre Hände. Ich schob sie zur Seite und drückte sie auf ihren Bauch, um ihren Hintern auf dem Schreibtisch zu halten. Ich leckte und saugte wieder und wieder. Es gefiel mir, sie in meinem Mund zu haben, weil es mir die Kontrolle verlieh und sie auf meine Gnade angewiesen war. Alles, was gerade mit *ihr* passierte, war das, was *ich* ihr geben wollte.

»O Gott, ja«, stöhnte sie. »Das ist so gut.«

Ich schweifte einen Moment mit meinen Gedanken ab und hörte eine andere Stimme in meinem Kopf.

Das ist mein guter Junge. Du wirst immer besser darin, Baby.

Ich hörte auf, Ms Jennings zu bearbeiten, und musste schlucken, weil mein Mund plötzlich ganz trocken war.

Ich zwang mich selbst, die Stimme aus meinem Kopf zu vertreiben, und drang mit zwei Fingern in sie ein, während meine Zunge mit ihrer Klit spielte.

»Mein Gott, du machst das so gut«, sagte Ms Jennings, sie wollte einfach nicht leise sein. »Hör nicht auf. Mach weiter, Baby.«

Baby? What the fuck?

Ich knirschte mit den Zähnen und stellte mich aufrecht hin. Ich atmete schnell und riss beinahe an meinem Gürtel, um ihn zu öffnen. Vielleicht hatte sie ein Tape in ihrem Schreibtisch. Sie musste zum Schweigen gebracht werden. Hitze stieg mir in den Nacken und in die Brust, während ich versuchte, wieder einen klaren Kopf zu bekommen, weil ich so abgelenkt war.

Aber sie erhob sich vom Schreibtisch, versuchte, mich zu küssen, und wollte mir beim Öffnen des Gürtels helfen. »Ich will dir einen blasen«, keuchte sie. »Ich will dich schmecken.«

Er wird hart, wenn ich das tue. Das bedeutet, dass es dir gefällt.

Die Erinnerung an diese Worte verursachten mir einen Knoten im Bauch, und ich zog ihre Hände weg. »Nein.«

Das gefiel mir nicht.

»Tu, was ich dir sage«, befahl sie spielerisch.

Aber ich verlor die Kontrolle. Ich packte sie am Hals und hielt sie fest, während ich ihr ins Gesicht fauchte. »Das gefällt mir nicht.«

Doch, das gefällt dir, oder Baby? Du bist so ein guter Junge.

Ich schob sie weg, richtete mich auf und begann, meinen Gürtel wieder zu schließen. Mein Puls hämmerte in meinen Ohren, und meine Haut kribbelte, als sich die Wände um mich herum zu schließen begannen. Ich bekam keine Luft mehr. Ich konnte nicht mehr atmen.

Fuck.

»Was?«, hörte ich Ms Jennings sagen, als sie ihre Arme vor ihren Oberkörper legte, um sich zu bedecken. »Ich will es, Damon. Du wusstest, dass ich dich wollte. Das war so scharf. Komm schon.« Sie ging auf mich zu und versuchte, ihre Arme um meinen Körper zu schlingen. »Bring mich zum Höhepunkt«, flüsterte sie, und ihre schlangenartigen Arme brannten wie Feuer auf meiner Haut.

Ich stieß sie weg und raufte mir die Haare. »Dumme Schlampe.«

Dann ließ ich sie stehen, sperrte die Tür auf und riss sie weit auf, um in den immer noch fast leeren Gang zu treten. Übelkeit stieg in mir auf.

Warum konnte sie ihren Mund nicht halten? Warum konnte sie nicht einfach ihren verdammten Mund halten?

Die meisten Menschen taten, was man ihnen sagte.

Ich rannte die Treppe hinunter, dann die nächste, umrundete die Ecke und stürmte durch die Tür der Männertoilette. Ich hätte sie nicht anfassen sollen. Ich ging zum Waschbecken und spuckte aus, weil ich sie immer noch schmecken konnte. Ich spuckte und spuckte. Dann drehte ich den Wasserhahn auf, ließ das Wasser in meine Hände laufen und spritzte es mir ins Gesicht, um mich abzukühlen. Das tat ich immer und immer wieder, bevor ich mir das Gesicht am Ärmel abwischte.

Dann starrte ich mich im Spiegel an, raufte mir die Haare und kratzte mit den Fingernägeln über meine Kopfhaut und meinen Hals. Immer tiefer und tiefer.

Komm, schlaf mit mir, Liebling.

Die Erinnerung daran, wie ich in ihr großes rotes Bett mit der dicken Decke geklettert war und sie mich an ihren nackten Körper gepresst hatte, stieg in mir auf.

Ich schloss meine Augen und ließ meine Stirn gegen den Spiegel fallen, während ich Luft holte. »Ich hätte sie einfach nehmen sollen«, murmelte ich mir selbst zu. »Ich hätte sie knebeln, umdrehen und sie nehmen sollen.«

Hinter meinen Augenlidern wurde es schwarz, und ich sank in ein tiefes dunkles Loch, spürte die Nadeln, die in meiner Kehle stachen.

Schnell holte ich mein Handy heraus und drückte auf die Tasten, ohne überhaupt hinzusehen. Es begann zu klingeln, und ich hielt es an mein Ohr.

»Damon?« Banks ging ran.

Ich hielt inne und holte tief Luft. »Banks ...«

»Brauchst du mich?«

Ich öffnete blinzelnd meine Augen und schaute zur Tür, um sicherzugehen, dass niemand reinkam. »Wir haben keine Zeit.«

Wir mussten das am Telefon erledigen.

Aber sie wollte widersprechen. »Damon ...«

»Verdammt, wozu bist du eigentlich gut?« Ich umklammerte das Handy so fest mit meiner Hand, dass es knackte.

Sie wurde still, und ich stellte sie mir in meinem Zimmer vor, wo sie wahrscheinlich gerade aufräumte oder las oder sich um meine Schlangen kümmerte, und ich wünschte, sie wäre hier, weil das so viel einfacher wäre.

Tu es. Tu es einfach.

Ich hörte, wie sie sich räusperte und seufzte. »Weißt du ...« Sie versuchte, verärgert zu klingen. »Ich habe jede Menge zu tun. Rufst du mich nur deshalb an? Mein Gott, was bist du doch für ein Baby.«

Meine Finger zuckten und wollten sich zur Faust ballen.

Gut. Weiter so.

Ich ging in eine Kabine und schloss ab. »Mach weiter«, drängte ich sie. »Sag das noch mal.«

»Oder was?«, entgegnete sie. »Was wirst du sonst tun? Bist du so ein verdammter Schwächling, dass du mich anrufen musst, weil jemand deine Gefühle verletzt hat? Ist dir jemand auf den kleinen Zeh getreten, Baby? Michael, Kai und Will müssen dem lieben Gott einen großen Gefallen tun, indem sie überhaupt dieselbe Luft wie du einatmen.«

Mein Kiefer verkrampfte.

»Der einzige Grund, warum ich noch hierbleibe, ist das Geld. Aber nicht mal darum geht es mir noch«, fuhr sie fort. »Weil ich jedes Mal kotzen könnte, wenn ich dein dämliches Gesicht sehen muss. Mein Gott, du machst mich wirklich krank.«

Meine Brust bebte, und ich ballte die Fäuste.

Sie lügt. Sie tut, was sie tun muss. Sie muss mir wehtun, weil Schmerz anderen Schmerz überlagert. Und wenn ich einen Schmerz fühle, dann fühle ich den anderen nicht mehr. Sie muss das, was mich zugrunde zu richten versucht, unterdrücken.

»Was?«, fuhr sie fort. »Was willst du jetzt sagen? Nichts mehr, oder? Du schaffst es nicht mal eine Stunde ohne mich, ohne eine Panikattacke zu kriegen, wie ein Barbiepüppchen am Strand von Malibu. Kein Wunder, dass Daddy mich am meisten mag. Ich bin der Sohn, den er immer wollte.«

Da spürte ich einen Stich in meiner Brust. Das hatte gesessen. Weil ich glaubte, dass sie recht haben könnte. Mein Vater wollte sie als Kind nicht einmal anerkennen, aber er vertraute ihr.

Ihr. Einer Bastardratte, die genau solche Tricks wie ihre Junkie-Mutter versuchen würde, wenn ich ihr nicht mit zwölf den Arsch gerettet hätte. Sie lebte wegen mir in einer Villa. Wegen mir bekam sie drei Mahlzeiten am Tag. Nur wegen mir war sie in Sicherheit.

»Was hast du gesagt?«, zischte ich.

Ich konnte hören, wie ihr der Atem stockte. Sie verlor die Nerven. »Damon, bitte …«

»Sag das noch mal!«

Sie schnappte nach Luft, schluckte ihre Tränen runter und

zwang sich dazu, die Worte auszusprechen. »Wir lachen jeden Tag über dich, wenn du weg bist.« Ihr Tonfall wurde härter. »Er kann nicht darauf vertrauen, dass du erwachsen wirst. Er kann dir keine Verantwortung übertragen. Alle lachen über dich. Vor allem der Kerl, der es mir gerade in deinem Bett besorgt.«

Ich schüttelte den Kopf und hielt mich an der Türkante der Kabine fest. Niemand durfte sie anfassen.

»Mein Gott, du warst noch nicht mal aus dem Haus, bevor der Erste schon in mir war«, sagte sie und stach immer tiefer zu. »Sie haben es schon den ganzen Morgen mit mir getrieben. Warum gehst du nicht wieder zum Unterricht zurück und lässt uns verdammt noch mal endlich in Ruhe?«

Ich knirschte mit den Zähnen und stellte sie mir in meinem Bett vor, wie mehrere Männer darauf warteten, dass sie an die Reihe kamen. Sie grinsten sie an. Sie genossen sie. Sie benutzten sie. Sie behandelten sie wie Müll.

Dann trat ich gegen die Tür. Ich trat immer und immer wieder zu, bis sie nachgab, aufging und gegen die Wand dahinter krachte.

Ja, verdammt.

Und plötzlich war ich wieder entspannt. Meine Gliedmaßen waren völlig erschöpft, und ich sah meine Schwester in meinem Zimmer zu Hause – komplett angezogen, zugeknöpft bis zum Hals und weinend. Ihre Bücher lagen auf dem Fußboden zerstreut, weil sie so unschuldig und rein war – und das süßeste Mädchen, das ich je kennen würde.

Alles, was sie gesagt hatte, hatte sie gesagt, weil wir nur einen Schmerz zu einem Zeitpunkt spüren konnten. Und wenn es mir gelang, genug Dreck zu stapeln, dann war ich vielleicht irgendwann darunter begraben und könnte nicht mehr denken.

Und manchmal konnte ich das, was in meinen Kopf vor sich ging, dadurch überwältigen, indem ich mir meine eigenen Opfer suchte.

Wie Ms Jennings. Wie Banks. Vielleicht gefiel es mir nicht, alleine zu sein. Und das wäre ich auch nicht, wenn alle anderen genauso drauf wären wie ich.

Zu Hause befahl ich ihr, andere Dinge zu tun, um den Schmerz aufzuhalten, aber wenn sie nicht vor mir stand, mussten wir improvisieren.

Die Gedanken, die mir in Jennings' Büro gekommen waren, waren jetzt so weit weg, dass ich mich nicht mal mehr daran erinnern konnte, was sie ausgelöst hatte. Ich ging zum Waschbecken, drehte den Wasserhahn auf und ließ mir etwas Wasser in die Hand laufen, bevor ich es trank. Das kühle Wasser beruhigte die Hitze in meinem Kopf.

Die letzten zwanzig Minuten waren nie passiert.

»Damon?«, hörte ich Banks rufen. »Damon!«

Ich stellte mich aufrecht hin und hielt das Handy wieder an mein Ohr.

»Besser?«, fragte sie.

»Ja.« Ich überprüfte mein Gesicht im Spiegel und sah, wie die Wut verschwand und meine Haut wieder blasser wurde. »Ja …«

»Bitte verlang nicht von mir, dass ich das noch mal …«

Ich nahm das Handy vom Ohr, ignorierte sie und legte auf. Was sie wollte, war letztendlich unwichtig. Wir würden tun, was wir tun mussten.

Ich glättete meine Klamotten und spürte, wie das Telefon in meiner Hand vibrierte. Ich schaute auf das Display, um zu sehen, wer es war.

****Damon K. Torrance, ****
bitte kommen Sie vor dem ersten Gong in Mr Kincaids Büro.
Danke.

cc: Gabriel Torrance

Verdammt noch mal.

Ich schaute auf die Uhr und sah, dass ich noch acht Minuten bis zum ersten Gong hatte. Und dabei hatte ich noch eine rauchen wollen.

Ich steckte das Handy in meine hintere Hosentasche, holte tief Luft, wippte meinen Kopf von links nach rechts und hörte die Halswirbel knacken. Jedes Mal, wenn ich ins Sekretariat gerufen wurde, bekam mein Vater dieselbe Nachricht, damit er auf dem Laufenden über meine Vergehen blieb. Als ob ihn das interessierte. Ich freute mich nicht gerade darauf, nächsten Sommer aufs College zu gehen, aber ich konnte es auch kaum erwarten, aus diesem Haus zu kommen.

Was hatte ich denn jetzt schon wieder verbrochen, dass Mr Kincaid mich sehen wollte?

Ich verließ die Herrentoilette und rempelte einem anderen Schüler gegen die Schulter, als ich den Gang überquerte, um ins Sekretariat zu gelangen. Ich riss die Tür auf, ging zu dem langen, dunklen Holztresen und warf der Sekretärin Mrs Devasquez einen bösen Blick zu.

»Setzen Sie sich«, sagte sie, und ihr kurzes graues Haar bewegte sich nicht, als sie auf die Stühle hinter mir deutete. »Der Rektor wird Sie reinbitten, wenn er fertig ist.«

Ich drehte mich nur um, stützte die Ellbogen auf den Tresen und wartete. Meine Hand hing über die Kante des Tresens, und ich trommelte mit den Fingern dagegen. Niemand sonst war im Büro. Aber ich hörte Stimmen aus Kincaids Büro links von mir kommen. Als ich durch die getönten Glasscheiben blickte, sah ich, dass sich Menschen erhoben, als hätten sie gerade dort gesessen.

»Warum haben Sie Ihre Schuluniform nicht an?«, fragte Mrs Devasquez herausfordernd hinter mir.

»Ist es schon sieben Uhr fünfundvierzig?« Ich drehte mich nicht um, um sie anzuschauen, und sie sagte auch nichts mehr.

Ich hasste diesen Raum. Die meisten Kursräume dieser alten Schule waren über die Jahre hinweg renoviert worden, wobei man die schicke graue Steinfassade erhielt und alles in einen Zustand versetzte, wie es die Eltern erwarteten, die jedes Jahr eine große Summe Schulgebühren zahlten. Aber dieser Raum erinnerte mich an zu Hause. Dunkles glänzendes Holz, das einen Geruch von jahrealter Möbelpolitur verströmte, hohe Decken mit Dachsparren, in denen sich der Staub sammelte, und Pflastersteinböden, die mir nie das Gefühl gaben, dass meine Füße sie wirklich berührten.

Kincaids Tür wurde geöffnet, und Stimmen drangen heraus.

Als ich mich umdrehte, sah ich Margot Ashby als Erste aus

dem Büro kommen. »Danke, Charles. Ich weiß, dass Sie und die Lehrer Ihr Bestes getan haben, um Winter dabei zu helfen, sich wieder zu akklimatisieren.«

Winter.

Ich runzelte die Stirn.

Und dann erschien sie. Sie hielt sich am Arm ihrer Mutter fest und folgte ihr langsam.

Für einen Moment vergaß ich zu atmen. *Fuck.* Was machte sie hier?

Das kleine Mädchen im Brunnen. Sie war groß geworden. Sie konnte nicht älter als vierzehn oder fünfzehn Jahre alt sein, aber der Babyspeck war weg genau wie ihr weißes Tutu. Und auch ihr Blick auf mir ... Verschwunden. Sie würde mich nie wieder ansehen.

Ihre ältere Schwester, die in meinem Alter war, folgte den beiden, danach kam ihr Vater, der Bürgermeister, aus dem Büro.

»Wir werden sie hier oben behalten, bis Ms Fane da ist«, hörte ich Kincaid sagen, als sie alle in den Vorraum des Büros traten. »Sie hat alle Anweisungen, wie sie Winter in ihren ersten Wochen hier helfen kann, und da sie in derselben Stufe sind, war es leicht, sie auch in dieselben Kurse zu stecken.«

Dieselben Kurse.

Ms Fane. Erika Fane? Sie und Winter würden dieselben Kurse belegen? Das bedeutete, dass Winter im ersten Jahr war. Und sie war nach Hause gekommen, um auf die Highschool zu gehen.

Ich musste mir ein Grinsen verkneifen und war ganz begeistert von dieser neuen potenziellen Ablenkung.

Sie stellte sich neben ihre Mutter und ließ die Hand sinken, als alle anderen auch stehen blieben. Ich konnte meinen Blick nicht von ihr nehmen. Ihre blauen Augen sahen immer noch so unschuldig und sorglos aus, aber wahrscheinlich nur, weil sie nicht wusste, wer hier zwei Meter neben ihr stand. Ich fragte mich, wie gut sie sich erinnerte.

Aber sie hatte ihr Kinn trotzig in die Höhe gereckt, was mich faszinierte.

Wie leicht ein Schmerz einen anderen ersetzen konnte. Kaum

noch konnte ich mich an den Schmerz in meinem Kopf vor ein paar Minuten erinnern, und Ms Jennings erschien mir wie eine weit entfernte Erinnerung. Ich atmete tief und leise ein und füllte meine Lunge mit der willkommenen frischen Luft.

»Muss sie einen Blazer tragen?«, fragte Mrs Ashby. »Wir haben es versucht, aber sie ...«

»Nein, nein, ist schon in Ordnung«, antwortete Kincaid. »Solange sie die Farben von Thunder Bay trägt, sind wir zufrieden.«

Winter trug den standardmäßigen blau-grün karierten Rock, aber während die meisten anderen unter ihren Blazern Bluse oder Oxfordhemden trugen, spitzte unter ihrem marineblauen Hoodie ein weißes Poloshirt raus.

Eine Rebellin.

»Was sagt der Dresscode über Schuhe aus dem Müll?«, mischte sich ihre Schwester Arion ein, als sie sich hinkniete, um Winters Doc Martens zu binden, die vollkommen abgewetzt waren und deren Schnürsenkel lose auf den Boden hingen. »Man sollte meinen, jemand, der immer an der Hand geführt werden muss, um nicht zu stolpern, wüsste, wie man sich richtig die Schuhe bindet.«

»Leck mich.« Winter zog ihren Fuß weg und griff nach dem Tresen neben mir.

Ich war mir nicht sicher, woher sie wusste, dass er da war, aber sie hatte ihn gefunden und kniete sich dann hin, um ihre Schuhe zu binden. Dabei fiel ihr das lange blonde Haar auf beiden Seiten herunter.

Alle im Raum wurden plötzlich still, und als ich aufblickte, sah ich, dass ihre Eltern mich anstarrten. Offensichtlich hatten sie gerade erst bemerkt, dass ich auch hier war. Und das nur wenige Zentimeter von ihrer Tochter entfernt.

Winter stand auf, und ihre Hand berührte meine Jeans. »Oh, Entschuldigung«, sagte sie, als ihr bewusst wurde, dass da noch jemand war.

Ihre Mutter holte tief Luft und kam auf uns zu. »Ähm, Charles, ich denke, wir werden mit Winter in der Bibliothek warten.« Sie griff nach Winter und zog sie von mir weg.

»Wenn Sie Erika dorthin schicken könnten, wenn sie kommt …«

»Natürlich.«

Margot, Arion und Winter gingen in den Flur hinaus, und mein Kopf drehte sich plötzlich vor all den Möglichkeiten, die jetzt vor mir lagen. Ich war mir nicht sicher, ob sie an mich dachte oder was sie von mir dachte, aber ich wusste, dass sie mich nicht vergessen hatte. Sie würde mich nie vergessen können.

Die Tür fiel hinter ihnen zu, und ich sah, wie Griffin Ashby, unser Bürgermeister, ihnen folgen wollte, dann aber bei mir stehen blieb.

Ich musterte sein Gesicht, seinen dunkelgrauen Anzug und die perfekt gebundene blaue Krawatte, während er den Kopf stur geradeaus gerichtet hatte, um mir nicht in die Augen schauen zu müssen.

»Eines Tages wirst du im Knast sitzen«, sagte er. »Und hoffentlich früher als später, damit du nicht noch mehr Schaden anrichten kannst. Mr Kincaid wird dir berichten, was du tun und lassen sollst, während meine Tochter auf dieser Schule ist.« Dann drehte er sich plötzlich zu mir um und sah mich angewidert an. »Denk an meine Worte. Wenn du dich nicht benimmst, dann werde ich dich fertigmachen – und zwar endgültig.«

Er drehte sich um und verließ das Büro. Meine Mundwinkel zuckten, weil ich mir das Grinsen nicht mehr verkneifen konnte. Vor sechs Jahren hatten dieses kleine Mädchen und ich uns gegenseitig verändert, und ich konnte die Veränderung an ihr zwar nicht mehr rückgängig machen, aber ich konnte ihr definitiv ein paar neue Erinnerungen an mich verschaffen.

Und das würde ich auch tun.

Das war beschlossene Sache.

Ich hörte, wie Mr Kincaid sich räusperte, als er seine Bürotür für mich offen hielt. »Mr Torrance, würden Sie bitte eintreten?«

KAPITEL 4

DAMON

Gegenwart

»Noch zehn Züge, und du hast mich«, sagte Mr Garin zu mir. »Siehst du es?«

Ich schaute auf das Brett zwischen uns und überdachte die Züge, die ich für ein Schachmatt brauchte, während ich mir seine Gegenzüge vorzustellen versuchte.

Ja, ich sah es. Aber das würde ja keinen Spaß machen, oder?

Ich griff nach meiner Figur auf E2.

»Nicht«, sagte er vorwurfsvoll und warf mir den gleichen Blick zu, den ich schon seit meiner Kindheit gesehen hatte.

Aber ich konnte nicht widerstehen. Unfähig, mir das Grinsen zu verkneifen, ignorierte ich ihn und stellte die Figur auf E4.

Er seufzte auf und schüttelte den Kopf – erschöpft von so viel Mangel an Kontrolle und Strategie. Obwohl das genau die Fähigkeiten waren, die er mir an all den langen Nachmittagen vor vielen Jahren, als er noch für meinen Vater gearbeitet hatte, beizubringen versucht hatte – ohne Erfolg.

Zumindest *dachte* er, dass er darin versagt hätte. Die Menschen nahmen an, dass ich vollkommen impulsiv handelte, obwohl es tatsächlich eine gewisse Strategie erforderte, sich so krank zu verhalten, wie ich es tat.

Von unten ertönte House Music, der Club war bereits voller College-Mädchen, junger Geschäftsmänner und anderer Leute im selben Alter, die sich eine Dreihundert-Dollar-Flasche

Champagner leisten konnten, nur um an einem dieser verdammten Tische zu sitzen.

Während der Highschool hatte ich viel Zeit mit meinen Freunden dort unten inmitten der Leute und des Lärms verbracht. Jetzt hatte ich oben einen Privatbereich, wo ich mich mit Kostya Garin unterhalten konnten, einem früheren Bodyguard meines Vaters, der inzwischen die Security für diesen Club leitete. Noch immer trug er diesen grauen Ziegenbart und dieselben schwarzen Anzüge wie schon damals, und obwohl er bereits neunundfünfzig war, hatte er immer noch mehr Muskeln als ich und war einer der wenigen Menschen, für die ich zumindest Achtung empfand.

Ich würde mit ihm Geschäfte machen.

Ich würde ihm alles glauben, was er sagte.

Ich würde zu seiner Beerdigung kommen.

Und es gab nicht viele Menschen, für die ich einen ganzen Gottesdienst durchhalten würde.

Wir waren keine Freunde, und wir haben nie über persönliche Dinge gesprochen. Er brachte mir Dinge bei, aber er verkomplizierte die Sache nie, indem er versuchte, mein Vater zu sein. Er war einer der Gründe, warum ich hierherkam.

Der andere …

»Ich will jetzt gehen«, sagte ein Mädchen wie abgesprochen von der anderen Seite des Raumes.

Als Mr Garin über seinen nächsten Zug nachdachte, wandte ich ihr meinen Kopf zu.

Sie trug ein enges pinkes Kleid mit Pailletten, die in dem schwachen Licht von den Wandleuchtern glitzerten, und sie saß auf dem Schoß von irgendeinem Idioten, dessen Namen ich nicht kannte. Ihr Freund saß ihnen gegenüber am Ende einer schwarzen Ledercouch und beobachtete, wie sein Kumpel seine Freundin befummelte. Ich betrachtete sie und versuchte, mich in ihre Lage zu versetzen.

Gefiel es ihr, wenn ein anderer Mann sie berührte? War ihr Freund eifersüchtig? Törnte ihn das an? Machte es ihn wütend? Ließ sein bester Freund eine langersehnte Fantasie für sie wahr werden? Genoss er es? Hatte er einen Ständer?

Ich blinzelte und wartete darauf, dass es kam. Seine Eifersucht. Ihre Entwürdigung. Sein Verlangen. Ihre Angst und die Aufregung, beobachtet zu werden.

Aber es kam nichts. Noch nicht. Es wurde mit den Jahren immer schwerer, sich in jemanden hineinzuversetzen.

Verdammt.

Vielleicht wenn es meine neue kleine Ehefrau wäre, die befummelt würde?

Oder …

Der Kerl berührte sie leicht und zögerlich an der Hüfte, während er mit seinem Mund über ihre Schulter fuhr und sich wahrscheinlich zurückzuhalten versuchte, damit sie nicht wusste, wie sehr er das genoss.

»Können wir jetzt gehen?«, fragte sie mich, doch der Kerl unter ihr machte nicht im Geringsten den Eindruck, dass er jetzt schon gehen wollte.

Ich ignorierte sie, wandte mich wieder dem Schachbrett zu und sah, dass Mr Garin auf meinen Zug reagiert hatte, indem er seinen Bauern auf E5 gestellt hatte.

Ich grinste in mich hinein.

»Sieh genau hin«, fuhr er fort. »Du kannst mich immer noch schlagen. In zehn Zügen.«

Zehn? Ich nahm meinen Springer und setzte ihn auf F3.

Garin stöhnte auf, als er seinen Springer nahm und ihn wie auf Autopilot zurück auf C6 stellte. »Damon …«, sagte er vorwurfsvoll, und ich konnte an seiner Stimme hören, dass er langsam sauer auf mich wurde.

Mein Puls schlug etwas schneller, als er mit dem Spiel fortfuhr und die Züge durchmachte, als würden wir schon seit Jahren Runde für Runde spielen und als hätte er genug von meinen dummen Fehlern und meinem impulsiven Handeln. Er wollte einfach nur mit dem Spiel fertig werden und seinen unweigerlichen Sieg hinter sich bringen, damit er wieder zurück zur Arbeit gehen konnte, jetzt, wo ich mit den Gedanken nicht mehr beim Spiel war.

Meinen Läufer auf C4, seinen Bauern auf D6, meinen anderen Springer auf C3, und als er nach seinem Läufer griff, hielt ich die Luft an, als ich beobachtete, wie er ihn auf G4 stellte und meinen Springer zu meiner Dame drängte.

Du Idiot.

Das hatte tatsächlich funktioniert, und er sah noch nicht, was er gerade getan hatte. Ich bewegte meinen Springer auf E5, schlug seinen Bauern und ließ meine Dame vollkommen frei in der Bahn seines Läufers stehen. Er sah es, schüttelte den Kopf und schlug sie. Er nahm sie vom Brett und stellte seinen Läufer an ihre Stelle.

Das Herz schlug mir bis zum Hals. Er dachte, dass er mich geschlagen hatte.

Aber jetzt war ich an der Reihe, und sobald ich meinen Läufer auf G7 setzte, stand sein verdammter König im Schach.

Er hielt inne, als ihm klar wurde, was gerade passiert war, und betrachtete das Schachbrett. Sein Blick fiel kurz auf mich.

Wie erwartet, versuchte er, seinen König auf E7 zu stellen, aber ich konnte in seinen Augen sehen, dass er wusste, dass er verloren hatte.

Ich stellte meinen Springer auf D5. »Schachmatt«, sagte ich.

Er starrte auf das Brett und setzte einen bösen Blick auf, als wüsste er nicht genau, wie das passieren konnte. »Sieben Züge ...«, murmelte er.

Ja.

Nicht zehn.

Dann blickte er mir in die Augen. »Du hast deine Dame geopfert. Das habe ich dir nicht beigebracht.«

Da klopfte es an der Tür, und mein Fahrer öffnete sie. Erika Fane betrat den Raum, und ich stand auf und strich mein Jackett glatt, als der Fahrer die Tür hinter ihr schloss.

»Die Dame ist die wertvollste Figur auf dem Spielbrett«, sagte ich zu Mr Garin, sah dabei aber Rika an. »Warum sollte man sie nicht benutzen?«

Rika, die Verlobte eines meiner Highschool-Freunde, ging weiter in den Raum hinein und sah nicht so aus, als wäre sie bereit für eine Nacht in einem Club. Ich musste grinsen. Sie hatte ihre Baseballkappe tief ins Gesicht gezogen, was einen Schatten über ihre Augen warf. Ihr langes blondes Haar fiel ihr über den Rücken. Sie trug Jeans, und unter ihrer hellbraunen Jacke schaute die Kapuze eines grauen Sweatshirts hervor. Die Hände hatte sie in die Taschen gesteckt. Als ich mich ihr langsam näherte, blieb sie stehen, vermutlich um einen Sicherheitsabstand zu wahren.

Ich ging zur Couch und setzte mich ans Ende gegenüber des Freundes, der immer noch beobachtete – oder versuchte, nicht zu schauen –, was sein bester Freund mit seiner Freundin anstellte.

»Einen schönen Abend noch, Damon«, hörte ich Mr Garin sagen.

Ich nickte, und als ich wieder aufblickte, war er weg. Rika hielt sich im Hintergrund und beobachtete, wie ich meinen Geldbeutel aus der Brusttasche zog und ein paar Scheine herausnahm.

»Ich will aufhören«, sagte das junge Mädchen und zog sich von dem Mund des Typen zurück.

»Du kannst aufhören, wann immer du willst«, sagte ich. »Die Tür ist nicht abgeschlossen.«

Dann begann ich langsam, einen Hundert-Dollar-Schein nach dem anderen auf den Milchglastisch zwischen uns zu legen. Zusätzlich zu dem Geld, das ich ihnen bereits dafür gezahlt hatte, dass sie das taten.

»Oder du kannst bleiben«, fuhr ich fort und legte noch mehr Scheine auf den Tisch, »und es einfach geschehen lassen, dass der beste Freund deines Freundes eine Hand in dein Kleid steckt.« Ich legte den letzten Hundert-Dollar-Schein auf den Tisch. »Und während du das tust, kannst du dir die nächste Monatsmiete verdienen.«

»Was ist verdammt noch mal mit dir los?«, herrschte Rika mich an.

Ich blickte zu ihr und fing den bösen Blick auf, den sie mir zuwarf. »Du kannst zuschauen«, sagte ich. »Ich werde es Michael nicht erzählen. Ich bin gut darin, unsere Geheimnisse für mich zu behalten.«

Sie schaute weg, und ich blickte wieder zu dem Mädchen, das vorhin versucht hatte, mit ihrem Freund und dessen Freund in den Club zu kommen, obwohl noch keiner von ihnen einundzwanzig war. Sie war scharf, und ich hatte gedacht, es könnte Spaß machen, mit ihnen zu spielen. Also waren sie hier.

Die braunen Augen der jungen Frau sahen auf das Geld auf dem Tisch, und für einen Moment blieb ihr Blick dort haften. Und wie bei Mr Garin fuhr mir langsam die Hitze durch die Arme, in meinen Bauch, vorbei an meinem Unterleib und in meine Oberschenkel, während ich darauf wartete, ob sie tun würde, was ich von ihr verlangte.

Ihre Brust hob und senkte sich, als sie nervöser wurde und es ohne Zweifel tun wollte, aber Angst davor hatte, was das für sie, ihren Freund und seinen besten Freund bedeuten würde, wenn sie den Raum wieder verlassen hatten.

Wollte sie einfach nur das Geld?

Ich schluckte, sah die Unentschlossenheit in ihrem Gesicht.

Oder gefiel ihr das Spielchen? Die Gefahr.

Sie warf ihrem Freund einen Blick zu, in dessen Gesicht sich das Unbehagen deutlich abzeichnete. Aber er würde nicht aufstehen und sie da rausholen.

Komm schon, Mann. Triff eine Entscheidung. Hol dir dein Mädchen oder genieß die Show.

Was für ein Weichei.

Dann traf sie schließlich die Entscheidung für ihn. Sie entspannte sich auf dem Schoß seines Freunds, und er griff nach ihrem kastanienbraunen Haar und vergrub seinen Mund in ihrem Nacken, als er mit einer Hand unter ihr Kleid fuhr und ihre Brust umfasste. Sie schloss die Augen und atmete schneller, aber ihr Körper war steif.

Zumindest für einen Moment.

Nach einem weiteren Moment war ich er, mit ihr auf meinem Schoß, und nahm mir das, was mir jemand anders nicht geben wollte.

Ihr Freund auf der Couch sah das Verlangen seines besten Freundes und kannte jetzt die Wahrheit. Etwas, das sein Kumpel verborgen hatte. Jetzt war alles anders zwischen ihnen, und eine unbändige Freude erfüllte meine Brust.

Ja.

Ich schloss für eine Sekunde die Augen und spürte endlich etwas. Nur ein kleines bisschen, aber das war besser als gar nichts.

Rika seufzte. »Und du fragst dich ernsthaft, warum dich alle hassen.«

Ich öffnete die Augen und schüttelte den Kopf. »Nein, das frage ich mich nicht.« Ich stand auf und steckte meinen Geldbeutel wieder zurück in die Brusttasche. »Ich mag Schach«, erklärte ich, während ich auf sie zuging, und mir fiel auf, dass sie ihre Hände immer noch in den Taschen hatte. »Zu wissen und vor mir zu sehen, was ich will. Zu wissen, dass es nicht einfach wird. Zu wissen, dass es Geduld und eine Reihe von sorgfältig konstruierter Manöver braucht, die alle in einer speziellen Reihenfolge ausgeführt werden müssen.« Ich hielt inne und blickte auf sie hinab. »Zu wissen, dass es – je länger ich warten und vielleicht meinen Kurs ändern muss – immer genussvoller wird, das zu bekommen, was ich will.«

Ich liebte es, ihr Unbehagen zu bereiten. Spielchen mit dem Verstand eines Menschen waren manchmal besser als richtiger Sex.

Und in diesem Moment hatte ich das Gefühl, direkt auf *sie* hinabzublicken.

Auf Winter.

Sie hatten die gleichen Haare, auch wenn Winters eine Nuance heller waren, und die gleiche Augenfarbe, außer dass Rikas dunkler waren. Winter hatte diesen dunkelblauen Ring um ihre Pupillen, die sie so ... stechend machten. Ich war froh, dass sie sie nicht benutzen konnte, denn wenn sie mich mit diesen Augen ansehen könnte ...

Ja, Winter und Rika waren sich sehr ähnlich, und das nicht nur in ihrem Aussehen. Sie waren beide trotzig. Beide liebten ein wenig Gefahr. Und beide wehrten sich.

»Und zu wissen, dass sich der Weg zum Erfolg ändert, je nachdem, welche Spielfiguren ich mir aussuche«, fuhr ich fort. »Und Menschen sind meine Lieblingsspielfiguren, Rika.«

Sie kniff die Augen zusammen, sagte aber nichts. Wahrscheinlich versuchte sie, gelangweilt, ungeduldig oder unbeeindruckt auszusehen, aber ich wusste es besser.

»Sieh sie dir an.« Ich nickte in Richtung des Mädchens auf dem Stuhl. »Dieser wunderschöne Körper. Zuerst hat sie gezögert, aber jetzt reagiert sie. Sie will ihn berühren.« Ich warf Rika einen Blick zu, dann wieder dem Pärchen. »Siehst du, wie sie ihr Kleid umklammert. Sie ist angetörnt, aber ihr Freund schaut zu, und sie hat Angst davor, was er denkt. Sie will nicht zeigen, wie sehr sie die Hände und den Mund seines besten Freundes auf ihrer Haut mag, also fühlt sie ihrem Freund auf den Zahn. Sie wartet auf ein Zeichen von ihm, dass es okay ist, es zu genießen.«

»Warum hat sie dir dann gesagt, dass sie gehen will?«, entgegnete Rika.

»Weil es das ist, was Mädchen sagen sollten, oder?«, gab ich zurück. »Es ist riskant, deine Dame oder deinen König so früh zu setzen.«

Das Paar fuhr damit fort, sich zu befummeln, zu küssen und zu berühren, während wir uns unterhielten.

»Das bringen sie dir bei, oder?«, fuhr ich fort. »Das habe ich Banks beigebracht.«

Frauen sollten es nicht so sehr wollen wie Männer, richtig? Und sie sollten mit Sicherheit keine lockeren Beziehungen wollen. Das hatte ich meiner Schwester beigebracht, um sie in Sicherheit zu wissen.

Ich fuhr fort. »Warum ist sie also geblieben?«, fragte ich Rika.

Ihr Kiefer zuckte, und sie blickte weg, als würde sie nicht mitspielen wollen, aber dann sah ich, wie ihr Blick auf die College-Kids fiel und dann auf das Geld auf dem Tisch.

»Weil du am Zug warst und dich zurückgezogen hast«, antwortete sie.

»Ja, sehr gut.«

Das Mädchen mochte es wegen des Geldes tun. Oder vielleicht hatte sie nur eine gute Ausrede gebraucht, um sich einverstanden zu erklären.

»Jetzt zu ihm.« Ich warf dem besten Freund einen Blick zu, während er ihre Brust unter ihrem Kleid mit einer Hand knetete. »Er tut es umsonst. Ich habe ihm gesagt, er solle sie küssen, aber jetzt verschlingt er sie förmlich. Das hat er sich schon lange gewünscht.« Ich sah, wie er die Augen öffnete – bestimmt hatte er gehört, was ich gesagt hatte. »Wahrscheinlich hat er von ihr fantasiert und sie angegafft, wenn sein

Freund nicht hingeschaut hat. Ich wette, er würde jetzt gerne beide Hände an ihre Brüste legen.«

Dann blickte ich zu ihm. »Richtig?«

Er nickte, während er seinen Mund immer noch auf die Lippen des Mädchens drückte. Er ließ ihre Haare los und legte seine andere Hand auf ihre Hüfte – bereit für den nächsten Schritt, wenn er die Erlaubnis dazu bekam.

»Und ihr Freund«, sagte ich zu Rika. »Es macht ihn wahnsinnig. Er will wütend sein, aber ...«

»Er will das Geld«, beendete sie meinen Satz.

»Oder vielleicht törnt es ihn auch an, aber er will es nicht zugeben.«

Sie warf mir einen skeptischen Blick zu. »Ja klar.«

Wie naiv sie immer noch war. »Nicht jeder Mann muss dafür bezahlt werden, dabei zuzusehen, wie es ein anderer mit seiner Freundin treibt.«

»Warum sollte ihm das gefallen?«

»Ich glaube, das weißt du«, entgegnete ich und schaute sie amüsiert an. Ich wusste alles über ihren kleinen Dreier im Dampfbad von Hunter-Bailey mit Michael und Kai.

Und sosehr ich dachte, es würde mich antörnen, dass Rika die Sache genossen hatte, machte es mich eigentlich sauer. Aber ich war mir nicht sicher, warum. Vielleicht, weil ich nicht hatte mitmachen dürfen und mich ausgeschlossen fühlte.

Oder vielleicht, weil ich sie gut genug kannte, um zu wissen, dass sie damals nichts zugelassen hatte, was sie nicht auch wollte – und trotzdem hatte ich das Gefühl, dass sie irgendwie ... benutzt worden war.

Aber ich wusste nicht, warum mir das nicht egal war. Michael und Kai hatten sich auch schon vorher Frauen geteilt. Ich wollte nur nicht daran denken, dass sie es mit Rika taten.

Ein Gutes hatte die Sache aber auch. Meine alten Freunde spielten immer noch gerne, und sie wären ganz hervorragende Spielfiguren.

»Weißt du, Rika«, sagte ich zu ihr, »es gibt Menschen auf der Welt, die dazu bestimmt sind, dass mit ihnen gespielt wird. Opfer, die ihr Schicksal auch nicht ändern könnten, wenn sie die Dinge rückgängig machen könnten.« Ich ließ meinen Blick langsam über ihren Körper schweifen. »Und dann gibt es die Spieler. Wie dich und mich.« Ich deutete auf die drei. »Welche Spielfigur würdest du als Nächstes bewegen?«

Dieses Mal wich sie der Herausforderung nicht aus und zögerte nur kurz, bevor sie die Gruppe inspizierte. Schließlich blieb ihr Blick auf dem Freund des Mädchens liegen. »Sein Instinkt sagt ihm, der bessere Mann zu sein.«

Sehr gut.

»Er sieht in seinem Kumpel einen Konkurrenten, ja«, antwortete ich beeindruckt. »Es macht ihn sauer und gleichzeitig hart. Er will es mit ihr treiben und ihr zeigen, wer der richtige Mann ist. Um ihn im Spiel zu halten, müssen wir ihn benutzen. Wir müssen ihm das Gefühl verleihen, wichtig zu sein.«

Sie war schnell. Sie hatte denselben Gedanken gehabt wie ich.

»Hey du?«, rief ich dem Kerl auf der Couch zu, schaute aber immer noch Rika an. »Sag deinem Kumpel, was du willst, das er mit deiner Freundin macht.«

Rika hielt meinem Blick stand, und wir wollten beide sehen, ob wir recht hatten. Ob er weiter mitspielen oder den Schwanz einziehen würde.

Der Kerl sagte nichts, und man hörte nur das Geräusch des sich küssenden Pärchens auf dem Stuhl und die Musik, die von unten nach oben drang.

Aber dann sprach er mit deutlicher Stimme. »Zieh ihr den Träger ihres Kleids runter, Jason«, sagte er zu seinem Kumpel.

Rika und ich schauten uns weiter in die Augen und warteten, aber ich hörte, wie Klamotten raschelten, hörte, wie die Freundin und der Kumpel schnell und stockend atmeten und stöhnten.

»Ja«, keuchte das Mädchen, sie hatte jetzt den Segen ihres Freundes, das hier zu genießen.

Aus den Augenwinkeln konnte ich nackte Haut sehen. Ihr Kleid war jetzt nach unten gezogen, und ihre Bewegungen wurden schneller, aufgeregter und angetörnter.

Ich konnte Rikas Gesichtsausdruck nicht deuten, aber ich wusste, dass ein Teil von ihr das genoss. Sie mochte sich selbst dafür hassen, aber diese Macht fühlte sich gut an, richtig? Es gab nichts Besseres, als mit Menschen zu spielen.

Und sie war gut darin. Niemand hatte mir so viel Spaß gemacht. Außer Winter. Nicht einer meiner Freunde hatte die Geduld oder das Interesse.

Ich mochte Rika. Michael hatte ihr noch lange nicht alles abverlangt, zu was sie fähig war.

Aber deshalb war sie nicht hier. Sie wollte reden.

»Na schön, ihr drei«, sagte ich und holte tief Luft. »Nehmt euer Geld und verschwindet. Ich muss noch was erledigen.«

»Was?«, fragte der Kerl außer Atem.

»Ist das dein Ernst?« Plötzlich zog das Mädchen ihre Arme hoch, um ihren halb nackten Körper zu bedecken.

»Raus hier«, knurrte ich. »Jetzt.«

Sie standen auf und schnappten verärgert nach Luft, weil sie endlich so weit gewesen waren. Feucht, hart und bereit weiterzugehen.

»Macht in eurem Auto weiter«, murmelte ich, ging zum Schrank und holte ein Päckchen Zigaretten raus.

Sie nahmen ihr Geld und gingen. Ich bedeutete dem Fahrer, uns ebenfalls alleine zu lassen. Als die Tür hinter ihnen ins Schloss gefallen war, drehte ich mich zu Rika um und öffnete die Zigarettenschachtel.

»Ich will mal mit dir Schach spielen«, zog ich sie auf.

»Hast du das nicht schon?«

Grinsend wandte ich mich wieder dem Schrank zu. Sie als Gegnerin zu haben, wäre eine echte Herausforderung, aber ich glaubte, ich hätte sie lieber auf meiner Seite.

Ich schlug mir die Zigarettenschachtel gegen meinen Handrücken und spürte es wieder. Den Druck. Das Bedürfnis, ihm nachzugeben.

Winter.

Jetzt hatte ich sie in meiner Nähe. Endlich.

Aber ich war hin- und hergerissen zwischen dem Bedürfnis, es schnell zu beenden, und dem Wunsch, es in die Länge zu ziehen.

Sie war zu Hause. In diesem Moment. Wahrscheinlich versuchte sie gerade, sich einen Fluchtweg auszudenken. Das konnte sie ruhig versuchen. Es machte mir Spaß, sie zu jagen. Diese dumme, dämliche Kuh, die ich geheiratet hatte, würde ein paar gut aussehende Kinder auf die Welt bringen, aber sie war nicht halb so unterhaltsam, wie ihre kleine Schwester zu besitzen.

Ja, Aris kleine Schwester war ganz und gar nicht wie sie. Winter würde kämpfen. Sie würde mir die Hölle heißmachen, und ich bekäme nicht nur meine Rache für das, was sie mir vor Jahren angetan hatte, sondern *alles.* Ich würde die Kontrolle über mein eigenes Haus haben und hätte mein Lieblingsspielzeug.

Die Lichter der Stadt glitzerten vor den Fenstern, als ich zu einem der Tische ging. Meridian City, die Metropole, die weniger als eine Stunde von meinem Heimatort entfernt lag – und von dem Ort, an dem Winter gerade schlief –, leuchtete unter mir, aber ich hatte nicht das Bedürfnis, heute Nacht Teil davon zu sein. Manchmal mochte ich die Clubs – die Musik, den Lärm, den Sex –, aber letztlich konnte ich immer nur eine Sache gleichzeitig lieben.

Ich grinste, holte eine Zigarette aus der Schachtel, steckte sie mir in den Mund und zündete sie an. »Ich hoffe, du hast etwas Gutes für mich«, sagte ich zu Rika, inhalierte den Rauch und ging wieder zum Geschäftlichen über. »Unsere geheimen Rendezvous sind mit Regeln verbunden, Süße.«

»Gesunde Beziehungen beruhen auf Gegenseitigkeit«, antwortete sie. »Was ich dir letztes Mal gebracht habe, war der Hauptgewinn, Damon. Jetzt bist du dran.«

Ich lachte leise auf und drückte die Zigarette zwischen meinem Daumen und meinem Zeigefinger, als ich wieder einen Zug nahm. »Ich habe dir Informationen gegeben.«

»Du hast mir keine Beweise gegeben«, erwiderte sie.

Ich zog an der Zigarette und füllte meine Lunge mit dem süßlichen Geschmack. Dann legte ich den Kopf in den Nacken und blies den Rauch nach oben in die Luft.

Sie ist so ein kleines Monster.

»Komm her«, sagte ich zu ihr, ohne mich umzudrehen.

Winter war nicht die einzige Frau in meinem Kopf. Diese hier und ich hatten auch noch eine Rechnung offen.

Einen Moment lang hörte ich nichts, aber dann sah ich sie im Augenwinkel aus dem Schatten des Raumes treten. Aber nur ein paar Schritte, dann blieb sie wieder stehen.

»Näher«, befahl ich.

Noch ein paar Schritte, und ich konnte links von mir ihr blondes Haar über ihre Schultern fallen sehen.

Aber ich sah sie immer noch nicht an.

»Näher.« Ich grinste.

Langsam kam sie auf mich zu und blieb eine Armlänge von mir entfernt stehen.

Ich nahm eine weitere Zigarette aus der Packung, drehte mich schließlich um, blickte ihr in die Augen und hielt ihr die Zigarette hin.

Sie sah aus, als wäre sie in geheimer Mission unterwegs, so, wie sie angezogen war. Aber das war okay. Es gefiel mir, dass unsere Treffen geheim waren. Das war ein Teil von ihr, den Michael nicht hatte.

Ich zog die Augenbrauen hoch und wedelte mit der Zigarette vor ihr herum. Ich wusste, dass sie sie mochte.

Aber sie grinste nur, zog eine Hand aus der Tasche und hielt sie mir mit einer ganzen ungeöffneten Schachtel Davidoffs entgegen. Sie hatte sie schon aus meinem Versteck gestohlen.

»Ach du Scheiße«, murmelte ich.

Sie nahm mir die Zigarette trotzdem aus der Hand und hielt sie sich unter die Nase, um daran zu riechen. »Danke.«

Ich schüttelte den Kopf. Sie musste sich in mein Apartment im Delcour geschlichen haben, um erst dort nach mir zu suchen. Dann hatte sie meinen Zigarettenbunker entdeckt.

Ich schob mir die Zigarette in den Mund, schloss den Schrank und ging davon.

»Das ist meine Wohnung«, warnte ich sie. »Bleib draußen, wenn ich nicht dort bin.«

Ich wollte nicht, dass sie meine Sachen durchstöberte.

»Das ist nicht deine Wohnung«, entgegnete sie. »Michael weiß nicht, dass du immer noch dort bist, und das kann ich jederzeit ändern.« Sie steckte die Zigarette in ihre Tasche. »Dank mir kannst du dich immer noch direkt vor unseren Nasen verstecken.«

»Und dank mir weiß Michael nicht, dass du zulässt, dass ich mich direkt vor euren Nasen verstecke.« Ich warf ihr einen warnenden Blick zu. »Du wärst genauso am Arsch wie ich, also hör auf.«

Sie runzelte die Stirn, sagte aber nichts mehr. Sie wusste, dass sie mehr Grund hatte, Angst vor mir zu haben als ich vor ihr.

Aber sosehr ich unsere kleinen Treffen genoss, so wütend machte es mich auch, dass sie keine Angst mehr vor mir hatte. Nach allem, was ich versucht hatte, ihr anzutun und immer noch antun konnte.

Ich spürte, wie sie mich anstarrte.

»Was?« Ich nahm einen weiteren Zug und ging zu den Fenstern.

»Ich dachte, du würdest ihn mit den Informationen, die ich dir gegeben habe, erpressen«, erklärte sie. »Oder eine seiner Partnerschaften ruinieren.« Sie redete von Winters Vater. »Ich muss sagen, du übertriffst meine Erwartungen.«

»Beeindruckt?« Ich warf ihr einen Blick über die Schulter zu, als ich die Asche von meiner Zigarette abschnippte.

»Verängstigt«, korrigierte sie.

Ich lachte leise. »Damit kann ich leben.«

»Und ich fühle mich schuldig.« Sie setzte sich auf die Armlehne eines der Sofas, und ich konnte sehen, dass sie mich aus den Augenwinkeln beobachtete. »Ich kann nicht glauben, dass du das heute getan hast. Du hast an der empfindlichsten Stelle zugeschlagen. In was habe ich sie da nur reingeritten?«

»Ach, mach dir keine Sorgen. Sie hätte mir früher oder später auch ohne deine Hilfe geantwortet.« Ich blies den Rauch aus, drehte mich um und ging zum Aschenbecher auf dem Tisch.

»Tu ihr nicht weh«, sagte Rika.

Aber ich lachte nur, als ich den Zigarettenstummel ausdrückte. »Das sagt die Frau, die mir all die Infos angeboten hat, mir ihren Vater, ihr Zuhause und ihr Hab und Gut zu nehmen.«

Winters Vater hatte denselben Steuerberater wie Rikas Familie gehabt. Derselbe missmutige und verängstigte Anwalt, der angedeutet hatte, dass Winters Vater, Griffin Ashby, Rikas verstorbenen Vater vor vielen Jahren bei irgendwelchen Immobiliengeschäften betrogen haben könnte. Ich war mir nicht sicher, wie sie die Beweise bekommen hatte, aber sie war erst bei mir aufgetaucht, als sie sie hatte, weil sie wusste, dass das genau das sein könnte, was ich brauchen würde, um die Ashbys zu Fall zu bringen.

Und im Gegenzug würde ich ihr helfen, etwas zu bekommen, was sie brauchte. Etwas, von dem ich mir noch nicht ganz sicher war, ob ich es ihr schon geben wollte. Ich mochte es, wenn sie zu mir kam, und ich wollte noch nicht, dass es aufhörte.

»Du weißt, was ich meine«, fuhr sie fort. »*Verletz* sie nicht.«

Du meinst, abgesehen davon, dass ich ihr alles genommen habe, was ihr gehört hat, und sie vollkommen von mir abhängig gemacht habe?

Oder sie verletzen wie ...

Ja, das hast du gemeint, oder? Tu ihr nicht weh.

»Weiß du, wie sehr Will im Gefängnis geblutet hat?«, fragte ich sie. »Weißt du, wie hart Kai kämpfen musste, damit ihm sein Essen nicht wieder hochkam, weil sein Magen so verkrampft war vom ständigen Blick über die Schulter?«

Ihr ernster Blick lag auf mir.

»Weißt du, dass es – egal, wie viel Michael gezahlt oder wen er bestochen hat – Menschen dort gab, die die reichen, privilegierten Söhne der Elite von Thunder Bay im Gefängnis leiden sehen wollten?«, fuhr ich fort. »Hast du überhaupt eine Vorstellung davon, wie krank die beiden vor Hunger und Schlafmangel geworden sind, um mit der verdammten Angst und dem Schmerz zurechtzukommen?«

Sie senkte einen Moment ihren Blick, sagte aber nichts.

»Ja, ich auch nicht«, sagte ich zu ihr. »Weil ich nicht da war.«

Sie riss den Kopf hoch und sah mich verwirrt an. Ich ging im Raum umher, als ich fortfuhr. »Drei Ebenen unter dem Zellenblock sechs, im Keller, unten in einem dunklen Gang, unter einer eineinhalb Meter dicken Betonschicht – dort war ich.« Ich ballte die Hände zu Fäusten, und sofort überkam mich wieder die Wut. »*Drei verdammte Jahre lang.* Das hast du nicht gewusst, oder?«

Der Blick aus ihren Augen, die in dem dunklen Raum so stechend blau waren, durchbohrte mich nahezu.

»Banks hat gedacht, sie täte mir damit einen Gefallen«, sagte ich. »Und Gabriel hat ihr zugestimmt. Er hatte zu viele Feinde, und diese Feinde hatten Soldaten im Innern des Gefängnisses. Ich war in größerer Gefahr als Kai und Will, also wurde ich in Einzelhaft gesteckt.« Ich holte tief Luft, und das Blut unter meiner Haut begann zu kochen. »Dreiundzwanzig Stunden am Tag, sieben Tage die Woche, einhundertsechzig Wochen lang. Das sind eintausendeinhundertzwanzig Tage. Sechsundzwanzigtausendachthundertachtzig Stunden, Rika.«

Meine Finger zuckten vor Verlangen, sich in meine Haut zu graben, aber ich riss mich zusammen.

»Ich durfte nur eine Stunde am Tag raus, aber selbst da war ich allein.« Ich ging im Raum umher und schaute sie an, während ich redete. »Ich habe alleine gegessen, bin alleine gelaufen, ich habe alles alleine getan. Mein Vater wollte nicht, dass ich getötet werde, also haben sie mich von allem abgeschnitten.«

Ich begann, die Couch zu umrunden, auf der sie saß, und ohne zu überlegen, fuhr ich mit der Hand über die bewegliche Bar und brachte die Flaschen zum Klirren. Hitze stieg mir in den Nacken.

»Am ersten Tag fragst du dich, was eigentlich gerade passiert«, erklärte ich. »Niemand sagt dir was. Niemand beantwortet deine Fragen. Du kannst nichts sehen außer deiner kleinen Betonzelle. Und nach der ersten Woche beginnst du, ein bisschen mit dir selbst zu reden, weil es nichts zu tun gibt und du dich wirklich langweilst.«

»Du meinst, weil du einsam bist?«, unterbrach sie mich.

»Wütend«, korrigierte ich sie zischend. »Niemand kommt dich besuchen. Wo ist Banks?, habe ich mich ständig gefragt. Sie musste doch hier sein. Warum halten sie sie von mir fern?« Dann nickte ich ihr zu. »Aber du weißt, dass du es schaffen kannst. Du kannst alles schaffen, was sie dir antun.

Will geht's gut. Kai geht's gut. Alles wird in Ordnung kommen.«

Ich ging weiter in Kreisen durch den Raum, immer schneller, und die Muskeln in meinem Nacken waren plötzlich ganz angespannt, als ich mit den Händen über die Tische und Wände fuhr. Meine Finger verkrampften sich, als ich ihrem Blick standhielt.

»Aber nach einem Monat bekommst du langsam das Gefühl, dass dein Kopf ganz schwer ist«, sagte ich, und bei der Erinnerung stockte mir der Atem. »Wirklich verdammt schwer, Rika, als ob du ihn nicht mehr anheben kannst. Du fängst also an, Dinge zu tun, um dich abzulenken. Wie deinen Kopf immer und immer wieder gegen die Wand zu schlagen.«

Ich streifte eine Vase und warf sie auf den Holzboden, wo sie zerbrach. Aber ich hörte nicht auf. Ich war wieder in meiner Zelle, drehte meine Kreise in dem sechs Quadratmeter großen Raum und wurde verrückt.

»Deine Haut fühlt sich eng an, und die Wände drücken auf deine Lunge, sodass du nicht mehr atmen kannst. Dein Gehirn beginnt, sich umzudrehen, weil die Welt jetzt so anders aussieht, als du es gewohnt warst.« Ich holte tief Luft und schloss für einen Moment die Augen. »Und du willst einfach nur rennen – ganz schnell rennen. Und atmen. Du verkriechst dich in dir selbst. Du willst einfach nur aus diesem Raum raus. Du willst aus deiner Haut raus.«

Ich zuckte zusammen und bekam keine Luft mehr. Etwas lag auf meiner Brust. Saß dort.

»Und wenn du schließlich Besuch kriegst – von vier Bodyguards, die dein Vater bezahlt, um dir jeden Monatsanfang die Scheiße aus dem Leib zu prügeln, damit du in der Einzelhaft nicht schwach wirst –, dann fängst du an, dich auf diese Besuche zu freuen.« Ich knirschte mit den Zähnen und sah sie immer noch an, während ich ging. »Denn der Schmerz im Körper bringt den Schmerz im Kopf zum Schweigen. Es fühlt sich gut an, wie ein Notschalter fürs Gehirn. Dann erinnerst du dich an diese verdammte kleine Schlampe, die im Gerichtssaal saß, obwohl sie nicht hätte kommen müssen. Die es genossen hat zu hören, wie du beschuldigt und verurteilt wurdest, während die Menschen Lügen über dich erzählt und gesagt haben, du hättest sie dazu gezwungen.« Meine Kehle wurde eng, und ich konnte kaum noch sprechen. »Gezwungen, sich auszuziehen und ihre Beine zu spreizen. Details darüber, wie ich sie dazu gebracht habe, Dinge zu tun, die ich nicht von ihrer Schwester am Ende des Gangs oder von jedem anderen Mädchen gekriegt hätte.« Mittlerweile schrie ich. »Als ob diese Zeit mit *ihr* nicht das einzige verdammte Mal gewesen wäre, dass ich den Sex nicht gehasst habe.«

Ich schnappte nach Luft, mein Wahn wurde durch Wut ersetzt, und ich sah Winter in meinem Kopf. Und dann nur noch rot. Ich hielt inne und starrte Rika an, aber ich kochte immer noch vor Wut.

»Und vielleicht hätte sie es nicht verhindern können, dass ich verurteilt wurde, aber sie hätte ihnen die Wahrheit sagen können. Sie hätte aufstehen und was sagen können. Sie hätte ihren verdammten Mund öffnen und reden können«, knurrte ich. In meinem Hals begann es zu brennen. »Aber sie hat nichts gesagt, und ich bin für drei Jahre in Einzelhaft gekommen, und meine Freunde haben für sich selbst gekämpft, während mein Verstand langsam aus dem Gleichgewicht geraten ist und ich begonnen habe, mir die Haare auszureißen, weil Tiere kranke Dinge tun, wenn sie zu lange eingesperrt werden.« Ich rang nach Atem und versuchte, meine Stimme zu senken. »Drei Jahre«, sagte ich schäumend vor Wut. »Drei. Jahre. Rika.«

Ich hielt inne und beruhigte meine Atmung, bis ich wieder normal reden konnte.

»Also ja«, sagte ich spöttisch zu ihr. »Du kannst deinen Arsch darauf verwetten, dass ich ihr wehtun werde.«

Sie saß da, und in ihren Augen schimmerte es, aber ihre Schultern waren immer noch gestrafft. Sie war keine dumme Frau, und das wusste ich. Sie hatte wissen müssen, dass sie die Büchse der Pandora öffnete, als sie mir diese Unterlagen gegeben hatte. Aber letztendlich hatte sie sich dazu entschieden, dass das, was ich ihr dafür geben konnte, mehr wert war als der Schaden, den es anrichten könnte. Ganz so ehrenhaft war sie dann also doch nicht.

Sie tat, was sie tun musste, um das zu bekommen, was sie wollte, und ich musste ehrlich sagen, dass ich so etwas wie Stolz für meine neue, ungewöhnliche kleine Freundin hier verspürte.

Aber trotzdem ... Sie war keine dumme Frau. Sie wusste, was sie zwischen Winter und mir entfachen würde, und es war durchaus möglich, dass sie es geplant hatte. Und während ich unsere neue Komplizenschaft genoss, würde Erika Fane sicher nicht schweigend zusehen und mich meine Arbeit machen lassen. Sie würde versuchen, Winter zu beschützen.

Sollte sie nur. Je mehr sie sich mir in den Weg stellte, desto eher würde es alle anderen ins Spiel bringen.

Michael, Kai, Banks ...

Will.

Ich ballte die Fäuste, ging zur Bar, goss mir Wodka ein, leerte das Glas in einem Schluck und schenkte mir sofort nach.

Will.

Und Winter.

Will und Winter.

Ich leerte das zweite Glas, und die Hitze des Alkohols strömte durch meine Brust, als ich die Augen schloss und hörte, wie Rika sich räusperte.

»Also, hast du jetzt etwas für mich?«, fragte sie, als hätte sie das alles gerade nicht gehört. »Oder gibst du endlich zu, dass du inkompetent bist?«

Ich ballte meine Hand um das Schnapsglas, und in meiner Kehle brannte es immer noch, als ich das Glas durch den Raum in ihre Richtung warf.

Verdammtes Miststück.

Es zerbrach an der Wand über ihrem Kopf. Sie drehte ihr Gesicht zur Seite und zuckte kaum zusammen, als sie leise lachte.

Sie hatte beinahe keine Angst mehr vor mir.

»Ruf Banks an oder schreib ihr«, sagte sie zu mir und ignorierte meinen Wutausbruch. »Sie macht sich Sorgen um dich.«

»Tut sie nicht.« Ich zündete mir eine weitere Zigarette an und füllte mein Glas wieder auf. »Banks kennt mich am besten. Sie weiß, dass ich auf mich selbst aufpassen kann.«

»Und Will?«

Ich ging zur Couch und warf ihr einen Blick zu.

»Er hat ein Alkoholproblem«, sagte sie zu mir.

»Für Männer ist das kein Problem«, erwiderte ich grinsend. Jeder Mann, den ich kannte oder mit dem ich aufgewachsen war, trank. Man hielt seinen Pegel und kriegte die Dinge geregelt. Frauen vertrugen keinen Alkohol. Deshalb ließ ich Banks auch nie etwas trinken.

»Und er hat ein Drogenproblem«, fuhr Rika fort.

Ich lehnte mich auf der Couch zurück, legte einen Arm hinter meinen Kopf und schaute sie an.

Und das erzählte sie mir, weil ...?

Mit der anderen Hand steckte ich mir die Zigarette in den Mund und nahm einen Zug. Ich hatte Will am Anfang der Highschool kennengelernt, und er hatte mit Drogen experimentiert, solange ich ihn kannte. Gras, Ecstasy, Pillen, Koks ... Das alles hatte an unserer Schule die Runde gemacht. Der einzige Grund, warum wir keine Heroinpandemie wie in der Stadtmitte erlebt hatten, war der, dass wir das Geld und den Zugang zu dem guten Zeug aus Meridian City hatten.

Und den Medizinschrank von Mom.

Das war fast die einzige Sache, bei der Michael und ich uns je einig gewesen waren.

Wir nahmen keine Drogen. Wir waren die Drogen.

»Ich bin mir sicher, ihr werdet euch alle darum kümmern«, sagte ich zu ihr.

»Vorhin hast du noch gejammert, weil du im Gefängnis nicht für ihn da sein konntest. Aber das kannst du jetzt.«

»Geh heim«, sagte ich.

Für eine so kluge Frau konnte sie auch verdammt dumm spielen. Ich war der letzte Mensch, den Will wollte oder von dem er Hilfe brauchte.

Sie hielt einen Moment inne, als wartete sie darauf, dass ich noch etwas sagen würde. Vielleicht hoffte sie es auch. Aber trotzdem drehte sie sich um und ging zur Tür.

Schließlich blieb sie doch noch einmal stehen und nahm eine kleine schwarze Schachtel vom Couchtisch, um den Inhalt zu inspizieren.

Mein Herz machte einen Sprung, als ich erkannte, was sie in der Hand hielt. Ich presste meine Zähne so fest aufeinander, dass es wehtat, und sprang auf. Ich ließ die Zigarette in den Aschenbecher fallen und stürzte auf sie zu. Dann riss ich ihr die Schachtel aus den Händen, warf sie auf die Couch, packte Rika am Kragen und drückte sie gegen die Wand.

Sie sah mich aus ihren blauen Augen trotzig an, aber ihr schneller werdender Atem verriet mir, dass sie doch noch ein kleines bisschen Angst vor mir hatte.

»Präg dir das hier ganz genau ein.« Ich blickte auf sie hinab, überragte sie. »Ich könnte dich jederzeit in zwei Hälften reißen und dich für immer zum Schweigen bringen. Du brauchst mich. Ich brauche dich nicht. Wir sind keine Freunde.«

Bleib aus meiner Wohnung weg. Halt dich aus meinen Angelegenheiten heraus. Kein Geplänkel mehr.

»Schön, dass du das auch so siehst«, antwortete sie, und ihre Stimme klang überraschend fest.

Ich ließ sie los, drehte mich um, ging zum Sofa zurück und legte die Sachen wieder in die Schachtel, bevor ich sie schloss. Ich hatte ein paar Sachen aus dem Haus meines Vaters geholt und sie mitgenommen, damit der Fahrer sie heute Abend in meine Wohnung bringen konnte.

»Ich sehe aus wie sie«, hörte ich Rika sagen. »Stimmt's? Deshalb hast du mich immer gehasst.«

Ich zögerte.

Wie sie. Wie Winter.

Blondes Haar, blaue Augen, gleiches Alter, dieselbe wilde Reinheit ... Wie die Unschuld eines Tornados oder eines tosenden Wirbelsturms.

»Ich hasse euch alle«, murmelte ich. Ich zuckte nicht einmal mit der Wimper, als ich diese Worte aussprach.

Ich hasse euch alle.

Wen hasste ich? Ihre kleine Gang, deren Teil ich einst gewesen war? Frauen? Menschen im Allgemeinen? Wer wusste das schon? Und sie fragte nicht danach.

Aber ein Teil von mir wollte, dass sie es verstand.

Verdammt. Wir mussten zurück zum Geschäftlichen kommen.

Sie griff nach der Tür, aber ich rief sie zurück. »Rika?«

Ich sah aus den Augenwinkeln, wie sie innehielt, als ich zum Schrank ging und eine der zwei Waffen herausholte, die ich darin aufbewahrte. Ich nahm das Magazin aus der Glock und überprüfte die Kammer, um sicherzugehen, dass sie nicht geladen war. Dann hielt ich die Waffe hoch, damit sie sie nahm.

Sie runzelte die Stirn.

»Sie ist nicht nachzuverfolgen«, sagte ich.

Ich durfte keine Waffen haben, weil ich ein verurteilter Krimineller war, aber das war mir egal.

Sie sah verwirrt aus.

Ungeduldig ging ich auf sie zu und legte ihr das Ding in die Hände. »Lerne, wie man sie benutzt.«

»Warum brauche ich sie?«, fragte sie und hielt die Waffe immer noch, als würde sie überlegen, sie einfach fallen zu lassen.

»Weil mein Vater klüger ist als wir. Er wird uns irgendwann auf die Schliche kommen. Du könntest sie dann brauchen.«

»Du gibst mir also eine Waffe für den Fall, dass dein Dad hinter mir her ist, damit ich ihn erschießen kann?«, fragte sie sarkastisch. »Damit er mich nicht stattdessen umbringt?«

Ich seufzte. »Du bist so dämlich«, sagte ich. »Als würde er sich selbst die Finger schmutzig machen. Die Waffe ist für die Kerle, die er dir auf den Hals hetzen wird. Wenn ihn irgendjemand umbringt, dann bin ich das. Und jetzt hau ab.« Ich deutete mit dem Kinn Richtung Tür und holte mir noch eine Zigarette aus der Schachtel. »Ich rufe dich an, wenn ich deinen Scheiß habe.« Ich zündete die Kippe an und warf das Feuerzeug auf den Tisch vor mir. »Außer, du willst bleiben«, sagte ich mit verführerischer Stimme und ließ meinen Blick über ihren Körper wandern. »Dein Verlobter ist nicht in der Stadt, und heute ist meine Hochzeitsnacht. Wir könnten ... Schach spielen.«

Und mit Schach meinte ich ...

Aber sie schüttelte den Kopf. »Deshalb weiß ich, dass du

nicht halb so gefährlich bist, wie du vorgibst zu sein«, sagte sie. »Das sind alles nur leere Drohungen.«

Ich legte die Zigarette in den Aschenbecher und wurde ernst, als der Rauch in die Luft stieg. »Manchmal«, flüsterte ich. »Und manchmal meine ich es genau so, wie ich es sage.« Ich schaute sie an. »Also vertrau mir, wenn ich sage, dass du mir nie entkommst. Niemand von euch.«

Ich sah, wie sie versuchte, unbeeindruckt zu sein, aber trotzdem erkannte ich einen kleinen Anflug von Vorsicht, Angst und Zweifel in ihrem Blick. Sie wusste, dass ich nicht weggehen würde.

Ohne ein weiteres Wort drehte sie sich um, ließ die Tür hinter sich weit offen, und die Musik von unten dröhnte in den Raum, als sie verschwand.

Fick dich. Das wird nicht so laufen, wie du es dir vorstellst.

Du wirst mich nicht ändern. Ich werde dich *ändern.*

Mein Handy klingelte, und da Rika gerade erst gegangen war, gab es nur noch zwei weitere Menschen, die meine Nummer hatten. Mein Vater und mein Bodyguard.

»Verdammt«, murmelte ich, als ich das Handy nahm. »Ja?«

»Das hast du heute gut gemacht«, sagte mein Vater. »Ich war mir eigentlich sicher, dass ich dich irgendwann erwürgen müsste.«

Ich nahm einen Zug und legte die Zigarette wieder in den Aschenbecher, bevor ich den Rauch ausblies. »Das wäre schwer gewesen.«

»Ja, ich will dich nicht wirklich umbringen«, fügte er hinzu. »Du bist schließlich mein einziger Sohn.«

»Nein, ich meine, ich bin keine elf mehr.« Ich nahm ein frisches T-Shirt und einen Hoodie aus meiner Tasche und trat die Tür mit dem Fuß zu. »Es wird jetzt schwieriger, mich zu erwürgen.«

Arschloch.

Er blieb einen Moment lang still, und ich konnte mir seinen Gesichtsausdruck vorstellen. Mein Vater war ein Meister darin, die Beherrschung nicht zu verlieren. Das passierte ihm selten.

Aber man konnte es in seinen Augen sehen. Den Anflug von Wut. Die Abscheu vor meinem Kindischsein.

Wenn ich nicht sein Fleisch und Blut und sein einziger Erbe wäre, hätte er mich ohne Zweifel schon längst umgebracht.

»Die Neuigkeiten machen in der ganzen Stadt die Runde«, fuhr er fort und wechselte das Thema. »Ich möchte mir das Momentum zunutze machen. Die Crists geben in einer Woche eine Verlobungsfeier für Michael und Erika. Du wirst mit Ari hingehen und die anderen zwei mitnehmen. Sie sind jetzt auch deine Familie, und ihr Ruf muss wiederhergestellt werden.«

»Und das wird passieren, wenn sie sich mit mir zeigen?«, dachte ich laut. Die Ironie, dass meine Anwesenheit irgendeinem Ruf helfen würde, entging mir nicht. Doch ich ließ ihn gar nicht mehr zu Wort kommen. »Ich muss los.«

Ich würde tun, was er verlangte, also musste ich diesmal nicht widersprechen. Ich wollte auf diese Party gehen, weil alle da sein würden.

»Nur zur Info ...«, sagte er zu mir. »Luka und Dower haben Winter und irgendeinen Kerl heute Nacht auf der Straße aufgehalten. Sie hatte eine Tasche gepackt.«

Ich hielt inne und wartete auf den Rest. »Und?«

»Und jetzt ist sie wieder zu Hause, wo sie hingehört.«

Ich entspannte mich, und obwohl ich wusste, dass sie nicht weit gekommen wäre, brauchte ich die Bestätigung. Aber ich hatte auch gewusst, dass sie es versuchen würde. Ich hatte es sogar gehofft.

Irgendein Kerl ...

Ethan Belmont. Instinktiv ballte ich die Fäuste. Ich hoffte, dass sie es mit ihm getrieben hatte. Dass sie es oft mit ihm getrieben hatte und immer noch tat, damit ich etwas zu sehen bekam. Es würde mir noch einen weiteren Grund geben, sie zu hassen und ihr wehzutun. Das war der einzige Spaß, den ich kriegen würde in der Ehe mit ihrer Schwester.

Aber mein Vater unterbrach meine Gedanken, als hätte er sie lesen können. »Lass mich eins klarstellen«, sagte er. »Ich will, dass Ari vor Jahresende schwanger ist. Du kennst die Regeln. Du kommst deiner Pflicht nach, bevor du Spielchen spielst.«

Ich zog eine Augenbraue nach oben. Ich hatte noch nie in meinem Leben meine sogenannte Pflicht erfüllt.

»Und wir müssen darüber reden, dass du Verantwortung bei *Communica* übernimmst. Es ist an der Zeit, dass du dir verdienst, was du erben wirst. Ich will, dass du …«

Ich nahm das Handy vom Ohr, legte auf und warf es auf die Couch. *Communica* war eines seiner Unternehmen, und: nein. Er war mit Sicherheit wütend, weil ich aufgelegt hatte, und würde mich später oder morgen zurückrufen oder mir einen seiner Kerle auf den Hals hetzen, damit er diese Unterhaltung persönlich mit mir führen konnte, aber das war mir egal.

Ich hatte immer einen Tunnelblick, wenn es um Dinge ging, die ich wollte, und ich machte immer eine Sache nach der anderen. Sonst konnte ich mich nicht konzentrieren.

Die Entscheidungen, die ich getroffen hatte, würden mir wahrscheinlich kein langes Leben verschaffen, aber es war, als hätte ich das schon immer gewusst und es akzeptiert. Ich würde jung sterben. Ich hatte nie daran gedacht zu arbeiten. Und der Gedanke, jeden Tag in eins von Gabriels Büros zu gehen, erzeugte in mir einen Würgereiz.

Vielleicht war ich faul.

Egoistisch.

Mit mir selbst beschäftigt.

Oder vielleicht war mein Kopf einfach nicht für ein langes Leben ohne Konsequenzen gemacht. Mein Verstand war in allem sehr schnell, und ich hatte nicht die Disziplin für etwas anderes, wenn ich eine Sache im Kopf hatte.

Ich zog mich um, schlüpfte in Jeans, T-Shirt und einen schwarzen Kapuzenpulli und nahm dann die schwarze Schachtel, die Rika in die Hand genommen hatte. Erst da fiel mir auf, dass etwas unter dem Deckel steckte, sodass die Schachtel nicht ganz geschlossen werden konnte.

Ich öffnete sie, schob die Rasierklinge wieder zurück in die Schachtel und zögerte, als ich den Rest begutachtete. Eine Ansammlung von Utensilien, die während meiner Kindheit ständige und verlässliche Begleiter gewesen waren und auf die ich mich immer hatte verlassen können.

Eine Büroklammer, eine Nähnadel, ein Reißnagel, ein Taschenmesser, eine Schere, ein Tigerzahn, ein kleines Geweih und ein Vogelschädel mit scharfen Schnabelkanten. Die meisten Dinge waren steril, und ich hatte sie schon lange nicht mehr benutzt, aber mein Blick fiel auf das Feuerzeug, und gedankenverloren rieb ich mit dem Daumen über meinen Zeigefinger und fühlte die vernarbte Haut von der alten Brandwunde.

Dann betrachtete ich den Reißnagel. Ich könnte heute Nacht schlafen. Wenn ich wirklich wollte.

Leise tippte ich mit den Fingern auf die Schachtel und überlegte, der Versuchung nachzugeben. Aber dann hörte ich ein Klopfen an der Tür, blinzelte und holte tief Luft.

»Sir«, sagte Matthew Cane, der Leiter des Sicherheitsdienstes, den mein Vater mir überlassen hatte, hinter mir. »Die Extra-Ausrüstung, um die Sie gebeten hatten, ist jetzt da.«

Ich nickte gedankenverloren, machte die Schachtel zu und verschloss sie. »Sie können nach Hause gehen«, sagte ich zu ihm. »Ich werde Sie ein paar Tage lang nicht brauchen.«

Ich steckte die Schachtel in meine Reisetasche und zog mich fertig an. Nachdem ich meine Stiefel geschnürt hatte, nahm ich die Tasche und packte meinen Anzug ein.

»Sie fahren heute Nacht?«, fragte er, als er meinen Aufzug bemerkte. »Sie werden nicht viel Licht haben, und es soll regnen, Sir …«

Ich warf ihm einen bösen Blick zu, als ich meine Sachen weiter einpackte.

Sofort unterbrach er seine Warnung. »Gratulation«, kam es stattdessen. »Zu Ihrer Hochzeit, meine ich. Wir werden auf Ihren Anruf warten.«

Ich folgte ihm zur Tür hinaus, und er und der andere Mann flankierten mich, als wir die Treppe runtergingen und den Club verließen.

Sie konnten sich genauso gut ausruhen, solange sie die Möglichkeit dazu hatten. Wenn es erst richtig losging, hatten sie noch einige schlaflose Nächte vor sich.

So wie ich heute Nacht.

Es war an der Zeit, nach Thunder Bay zurückzufahren.

Ich hatte so viel mehr getan als die Dinge, für die ich ins Gefängnis gekommen war – schlimmere Dinge. Winter hatte keinen blassen Schimmer, wie schlimm es werden würde.

KAPITEL 5

WINTER

Sieben Jahre zuvor

»Wahrscheinlich könntest du einfach zu Hause unterrichtet werden, oder?«, fragte Erika – oder Rika –, als wir langsam den Schulkorridor entlanggingen.

Sie führte mich, während ich mich an ihrem Arm über dem Ellbogen festhielt.

»Die Bücher gibt es auch als Audiodateien«, fuhr sie fort. »Und dann könnten die Lehrer dir die Notizen aus dem Unterricht schicken, der Computer liest sie dir vor und ...«

»Ja, das wäre meinen Eltern auch lieber«, gab ich zu. »Noch lieber wäre ihnen gewesen, wenn ich in Montreal geblieben wäre. Aber ich muss lernen, wieder unter Menschen zu sein.«

Ich war jetzt über fünf Jahre lang auf einer Blindenschule in Penoir in Kanada gewesen, und obwohl es mir dort gefallen hatte und ich mich in der Gesellschaft anderer, die das Leben genauso leben mussten wie ich, wohlgefühlt hatte, wollte ich wieder nach Hause kommen. Ich wollte lernen, wieder hier zu leben und in einer normalen Umgebung zurechtzukommen. Ich hatte den Geruch des Meeres vor unserem Haus und das Tanzstudio, in dem ich immer getanzt hatte, vermisst.

Außerdem war es nur von Vorteil für mich. Ich wollte wieder mehr tanzen und regelmäßigen Ballettunterricht nehmen, vielleicht mit der Unterstützung meiner Familie um mich herum beruflich in die Richtung gehen.

»Das muss einsam gewesen sein«, sagte Rika.

Jemand berührte mich an der Schulter, als er oder sie vorüberging, und ich brauchte einen Moment, um das Gleichgewicht zu halten. Das war der Teil der Schule, der mir nicht gefallen würde. Die vollen Gänge, das Geschrei, Gelächter und Gerede – und die ganzen Blicke. Ich reckte mein Kinn in die Höhe und hoffte, dass ich entspannt aussah.

»Ähm, ja …«, scherzte ich. »Ich habe nicht wirklich gesagt, dass ich Leute um mich haben *wollte.* Aber ich muss es einfach lernen.«

Sie lachte leise und bog nach rechts ab. »Abbiegen«, warnte sie mich flüsternd vor.

»Eigentlich hatte ich ziemlich viele Freunde«, fuhr ich fort und folgte ihr. »Es war nicht einsam. Es war praktisch. Wahrscheinlich *zu* praktisch. Meine Schwester ist total von mir genervt, aber da sie am Ende des Jahres ihren Abschluss macht, dachte ich, es wäre meine letzte Chance, ihr auf die Nerven zu gehen.«

Sie lachte wieder. »Witzig. Ich bin ein Einzelkind.«

Ich fragte mich, ob meine Eltern mich zu Hause behalten hätten, wenn ich ein Einzelkind gewesen wäre, anstatt mich abzuschieben, damit sich andere Leute auf einer weit entfernten Schule um mich kümmern konnten.

Mein Gesicht wurde heiß, als wir weitergingen, und ich war mir nicht sicher, ob es meine Nervosität war.

»Starren die Leute mich an?«, fragte ich sie.

»Sie starren *uns* an.«

»Warum?«

Ich hörte, wie sie tief Luft holte. »Ich glaube … sie sind verwirrt. Wir sehen uns ziemlich ähnlich.«

»Ach wirklich?«, fragte ich. »Bist du heiß?«

Wenn sie heiß war, dann war ich es auch.

Aber sie lachte nur.

»Wenn ich daran denke, wie ich aussehen muss«, sagte ich zu ihr, »dann sehe ich immer noch das Kind vor mir im Spiegel, als ich acht Jahre alt war.«

»Du kannst also in … Bildern denken?«

Ich blinzelte. Bilder?

Sie musste den Ausdruck in meinem Gesicht gesehen haben,

denn sie setzte schnell zu einer Entschuldigung an. »Tut mir leid. Das war eine dumme Frage, oder?«

Ich schüttelte den Kopf. »Nein, ich … ich bin es nur gewohnt, Menschen um mich zu haben, die es verstehen. Ich werde mich an die Fragen gewöhnen müssen.« Und dann fügte ich hinzu: »Und den Menschen zeigen, dass es in Ordnung ist, zu fragen. Es ist okay.« Ich lachte leise und benetzte meine Lippen. »Und ja, um deine Frage zu beantworten. Mein Gehirn arbeitet immer noch, nur meine Augen nicht. Aber wenn ich versuche, mir Dinge vorzustellen, die ich nie zuvor gesehen habe, wie das Innere dieser Schule zum Beispiel, dann wird es schwieriger. Manchmal erschaffe ich eine Karte in meinem Kopf und kann mir einen Eindruck machen. Manchmal ist es auch nur eine Farbe oder ein Gefühl oder ein Geräusch, das mir dabei hilft, die Dinge zu identifizieren.«

Dann ging ich einige Bilder in meinem Kopf durch und überlegte, wie ich die Dinge zeichnete.

»Manchmal«, fuhr ich fort, »ist es eine Erinnerung. Wenn ich an Bäume denke zum Beispiel oder im Wald bin, der um mein Haus herum ist, dann stelle ich mir immer den letzten Baum vor, den ich gesehen habe. Egal, wo ich bin. Jeder Baum sieht aus wie die Bäume in diesem Gartenlabyrinth mit dem Brunnen. Große Hecken, dunkles Grün …« Ich schweifte ab, als mich die Erinnerungen an diesen Tag wieder überkamen. »Ein Brunnen …«

»Gartenlabyrinth?«, fragte sie. »Nicht das in Damon Torrances Garten, oder?«

Mir entgleisten die Gesichtszüge, und ich wäre fast gestolpert. *Damon.*

Sie sagte seinen Namen so selbstverständlich, als würde sie annehmen, ich wüsste genau, wer er war, und als hätte ich seinen Namen jeden Tag gehört. Als wäre er nur ein weiterer Junge, der hier in Thunder Bay lebte und atmete. Für sie war es ganz normal.

Natürlich wusste ich, dass er immer noch hier wohnte, aber es von ihr so locker bestätigt zu bekommen, erinnerte mich daran, dass ich meine Mauern runtergelassen hatte.

Die Wahrheit war, ich hatte seinen Namen seit sechs Jahren

nicht mehr gehört. In meinem Haus war er seit dem Tag, an dem ich ihn in dem Brunnen gefunden und blutverschmiert wieder herausgekommen war, nicht ausgesprochen worden. Alle hatten gesagt, es sei ein Unfall gewesen, aber er hatte mir an diesem Tag Angst eingejagt. Er hatte mich zum Fallen gebracht.

Doch ich hatte gewusst, dass er hier sein würde. Wahrscheinlich hatte ich mir nur selbst verboten, darüber nachzudenken. Ich war im ersten Jahr, er im letzten. Er würde in ein paar Monaten aufs College gehen. Mein Vater hatte gewollt, dass ich wartete, bis er weg war – und dann in meinem zweiten Highschooljahr hier anfing, aber ich wollte jetzt anfangen.

Meine Klassenkameraden würden alle von ihren Middle Schools hierherkommen, genau wie ich neu herkam. Wir wären also zumindest auf dieser Ebene gleich. Ich wollte alle vier Jahre mit meiner Abschlussklasse.

Ich müsste ihn und seinen Freundeskreis einfach nur meiden, aber wahrscheinlich machte er sich sowieso keine Gedanken über mich. Ich konnte mir zwar nicht vorstellen, wie er es vergessen könnte, weil ich es nie vergessen würde, aber es war gut möglich. In Anbetracht der Zeit, die vergangen war, war ich für ihn wahrscheinlich nur noch eine entfernte Erinnerung.

»Aber ja …«, setzte Rika an, nachdem ich nichts mehr sagte. »Vielleicht ist es schön, für immer mit guten Erinnerungen zu leben.«

Ich nickte und berichtigte sie nicht. Ich wünschte, ich könnte mich an irgendwelche anderen Bäume als an diese erinnern.

Wir blieben an ihrem Spind stehen, und ich hörte das dumpfe Geräusch, als sie ihre Tasche mit den Büchern hineinstellte, bevor sie mir auch meine Tasche aus der Hand nahm. Nicht dass ich viel darin hatte. Kopfhörer, ein Aufnahmegerät, von dem die Schule wollte, dass ich es kaufe, obwohl ich dafür eine App auf meinem Handy hatte, meinen Geldbeutel und natürlich mein Handy.

Meine Bücher und Texte waren alle über Audible auf mein Handy geladen, und mein MacBook hatte ich vor Biologie in meinem eigenen Spind gelassen, da man mir gesagt hatte, dass ich es für diesen Kurs nicht brauchen würde. Die Text-zu-Sprache-Anwendung, in der ich meine Hausaufgaben tippen konnte und wo mir vorgelesen wurde, was ich geschrieben hatte, um zu hören, dass ich mich nicht vertippt hatte, war immer nützlich gewesen, aber während des Unterrichts in Gruppen zu arbeiten *und* Kopfhörer im Ohr zu haben war ein Problem, an das ich nicht gedacht hatte. Die Lernkurve würde hier sehr steil werden.

»Wir holen deine Sachen nach dem Mittagessen«, sagte Rika.

Mein Spind war am anderen Ende des Ganges, und die Cafeteria war genau hier. Etwas an der Art, wie sie meine Tasche ganz selbstverständlich in ihren Spind gestellt und mir versichert hatte, dass wir heute Nachmittag auch noch zusammen sein würden, beruhigte mich. Als hätte ich einen Platz, an den ich gehörte.

Mittagessen. Ich holte tief Luft. Das war der Teil, vor dem ich mich am meisten fürchtete. Obwohl der ganze Vormittag schon eine Art Wettbewerb gewesen war, was am unangenehmsten sein konnte.

Das Flüstern in Algebra.

Das unangenehme Schweigen in Französisch.

Das Gelächter im Chemielabor, als die Klassensprecherin sich vorgestellt und mir ihre Hilfe angeboten hatte, während sie mit fürchterlich *lauter* Stimme gesprochen hatte, als wäre ich taub und nicht blind.

Der nervöse Erklärungsversuch der Sportlehrerin, die vergessen hatte, mich in ihren Basketballunterricht einzuplanen, und mich schließlich für dreißig Minuten ganz alleine aufs Laufband geschickt hatte.

Aber das war wohl zu erwarten gewesen. Ich war die einzige sehbehinderte Schülerin hier, und ich war die Tochter des Bürgermeisters. Manche waren neugierig, während sich andere unsicher waren, wie sie mit mir umgehen sollten. Wahrscheinlich war die Lernkurve für uns alle sehr steil.

»Woo-hoo!« Laute Rufe drangen durch den Gang, und ich drehte mich zu dem Lärm um. Ich hörte, wie eine Tür mehrmals geöffnet und geschlossen wurde und dabei immer wieder gegen die Wand schlug.

Zu meinen beiden Seiten drängten sich Schüler und brachten Rika und mich immer weiter auseinander, als sie versuchten, dorthin zu gelangen, wo sie hinwollten.

Schließlich nahm sie meine Hand und führte mich weg. Sie hatte mich den ganzen Vormittag nicht bei der Hand genommen, weil meine Mutter ihr gesagt hatte, dass mir das nicht so gefiel. Ich bevorzugte es, mich an den Menschen festzuhalten und nicht andersrum.

Außerdem kam ich mir dann immer wie ein kleines Kind vor.

»Oh, oh, oh!«, rief jemand.

Ich drehte meinen Kopf in die Richtung, aus der das Rufen gekommen war. Was war hier los? Es war so viel lauter als in der Schule, die ich davor besucht hatte. Mein Daumen berührte den Ärmel von Rikas Oberteil, während sie meine Hand in ihrer schlanken hielt, und ich folgte ihr langsam durch die Menge.

Hatte sie nicht ein kurzärmliges Oberteil getragen? So etwas wie ein Polo-Shirt? Mit einer Sweatshirt-Weste darüber? Dachte ich zumindest. Ich hatte beides gespürt, als ich mich am Vormittag an ihr festgehalten hatte.

Ich runzelte die Stirn.

In diesem Moment hörte ich meinen Namen.

»Winter!«, ertönte Rikas Stimme.

Und sie kam nicht von der Person, die meine Hand hielt.

Ich blieb stehen.

»Winter!«, rief sie wieder. »Heb deine Hand, damit ich dich sehen kann!«

Ich riss meine Hand aus dem Griff der Person, die mich wegführte, und wollte sie gerade heben, damit Rika mich finden konnte, aber die Person packte mich, ich hörte, wie eine Tür geöffnet wurde, und dann wurde ich in einen Raum geschoben. Ich taumelte, spürte Fliesenboden unter meinen Stiefeln, feuchte Luft und einen seltsamen Geruch – wie eine Mischung aus Schweiß, Sportklamotten und Parfüm.

Oder ... Deo.

Ich riss die Hände vor mir hoch, atmete schnell. Die Geräusche um mich herum hatten sich ebenfalls verändert. Die entfernten Rufe und Unterhaltungen aus dem Gang waren verschwunden, keine Türen wurden geöffnet und geschlossen, und es ertönten ... keine weiblichen Stimmen.

»Ich glaube, du bist hier falsch, Süße«, sagte ein Kerl lachend.

»Woo-hoo«, rief ein anderer, als er an mir vorbeiging, und ich hörte ein paar Pfiffe im Raum.

O Scheiße.

Mir rutschte das Herz in die Hose.

Wer zum Teufel hatte mich hierhergebracht? Hatte Rika gesehen, wo ich hingegangen war? *O mein Gott.* Ich drehte mich um, fühlte nach der Tür und fand sie nur ein paar Schritte entfernt. Aber als ich sie aufdrücken wollte, bewegte sie sich nicht. Von der anderen Seite hörte ich Gelächter, und Tränen traten mir in die Augen, als ich gegen die Tür schlug. Ich glaubte zu spüren, dass sie etwas nachgab, da von draußen mehr Geräusche hineindrangen, aber dann spürte ich wieder, wie ihr Gewicht gegen mich drückte und mich drinnen hielt.

Verdammt noch mal. Mein Herz raste in meiner Brust. Ich war nicht in der Umkleide. Ich schloss die Augen und betete. *Bitte, lass mich nicht in der Umkleide sein.*

»Willst du duschen?«, fragte eine männliche Stimme hinter mir.

»Am besten kalt, Mann!«, rief ein anderer Kerl von weiter weg.

Im Raum ertönte Gelächter, und der Lärm tat mir in den Ohren weh, als noch mehr Leute ihre Aufmerksamkeit auf mich richteten. Ich drehte mich um, hielt meine Hände etwas vor mich, blinzelte aber die Tränen weg und straffte meine Schultern. Je weniger ich reagierte, desto weniger Spaß würde es ihnen machen. Hier musste doch ein Lehrer oder so sein.

Ich bin so dumm.

Ich hatte gewusst, dass die Möglichkeit bestand, dass jemand wie ich verarscht oder gemobbt werden würde, aber so arrogant, wie ich gewesen war, hatte ich gedacht, mein Status würde mich beschützen. Oder zumindest der Status meines

Vaters. Aber wer auch immer mich hier reingeschubst hatte, hatte an etwas gedacht, an das ich nicht gedacht hatte. Wenn ich nicht sehen konnte, wer es war, dann konnte auch niemand bestraft werden.

»Verdammt«, sagte jemand, und ich drehte meinen Kopf in Richtung der Stimme.

»Ist das ...?«, ertönte eine andere Stimme. Jünger, vielleicht etwa mein Alter.

»Ja, das ist die Tochter des Bürgermeisters«, fügte eine heisere Stimme hinzu. »Die blinde.«

»*O Scheiße*. Ich habe gehört, dass sie auf die Schule kommt.«

»Sie ist niedlich.«

Hitze stieg mir ins Gesicht, aber ich presste die Zähne aufeinander, um die aufsteigende Panik zu unterdrücken. Ich drehte mich um und versuchte es erneut an der Tür. Ich drückte mich dagegen, sie gab nach, wurde dann aber wieder zugedrückt. Auf der anderen Seite ertönte wieder Gelächter.

Ich schüttelte den Kopf. Ich würde sie umbringen. Wer immer sie waren, ich würde sie *umbringen*. Ich wollte am liebsten schreien – verlangen, dass sie die verdammte Tür öffneten und mich rausließen –, aber das würde die Jungs hinter mir nur noch mehr amüsieren.

»Ist schon okay, Baby. Du kannst bleiben«, sagte eine der Stimmen, die ich schon gehört hatte. »Du kannst ja eh nichts sehen, oder?«

»Die Dusche gehört dir.« Mir wurde ein Handtuch zugeworfen, das ich reflexartig auffing. »Außer, du willst Gesellschaft.«

Wieder stieg mir die Hitze in die Wangen, und ich musste ein paarmal schlucken, um meine Kehle zu befeuchten. »Hallo?«, rief ich, um einen Lehrer darauf aufmerksam zu machen, dass sich ein Mädchen in der Männerumkleide befand. »Hallo?«

»Hallo!«, rief eine Stimme und ahmte mich nach.

Dann noch eine. »Hallo!«

»Hallo!«

»Hallo!«

Männliche Stimmen im Raum lachten und scherzten, und

ich knirschte wütend mit den Zähnen. Ich wusste nicht, warum ich überrascht war. Die Jungs in dieser Stadt …

»Was zur Hölle ist hier los?«, wollte jemand wissen.

»Winter Ashby ist hier reingeschneit, Mann.«

Ich ging rückwärts und hielt meine Hände vor mich. Es klang so, als würden noch mehr Jungs aus den Duschen oder der Sporthalle in die Umkleide kommen. Aber bevor ich die Tür erreichte, prallte ich gegen etwas anderes. Ich blieb stehen und fühlte einen Körper hinter mir.

»Hey«, sagte er. »Ich bin Simon.«

Ich zuckte zusammen, aber plötzlich war links von mir auch jemand und flüsterte mir ins Ohr. »Ich bin Brace.«

Dann ertönte es vor mir: »Ich bin Miles.« Ich schnappte nach Luft und streckte meine Hände aus.

Ich versuchte, in irgendeine Richtung zu gehen, aber sie waren überall.

»Jungs, kommt schon, lasst sie in Ruhe. Bringt sie hier raus!«, rief jemand von weiter weg.

»Ach komm schon, Will.«

Ich machte einen Schritt nach links, traf dort aber auf nackte Haut. Ich ging nach rechts und prallte an jemanden, der in ein Handtuch gewickelt war. Ich knurrte und streckte die Hände aus, um den Typen vor mir, der gesagt hatte, er hieße Miles, wegzuschieben.

»Ihr seid Arschlöcher«, sagte ich. »Lasst mich hier raus!«

Plötzlich spürte ich eine Hand vor mir, als Miles grunzte und der Typ hinter mir in mich hineingeschubst wurde. Ich schnappte nach Luft und streckte meine Arme aus, um nicht das Gleichgewicht zu verlieren, aber plötzlich waren alle weg. Alle drei.

Jemand ergriff meine Hand, die ich reflexartig zurückziehen wollte, aber dann fragte er: »Geht's dir gut?«

Sein Tonfall klang freundlich, und sofort beruhigte ich mich etwas. Ich hielt inne und ließ zu, dass seine Finger mich an meinen Fingerspitzen berührten.

Es war nur eine kleine Geste, aber sie machte mir keine Angst. Sie gab mir Sicherheit.

»Ich bin Will«, sagte er. »Ich hole jemanden, der dich hier rausbringt, okay?«

Ich atmete den Duft von Duschgel und frischen Klamotten an ihm ein und nickte. Seine Gegenwart half mir dabei, mich etwas zu beruhigen.

Aber dann wurden unsere Hände auseinandergerissen.

Ich versteifte mich und war einen Moment lang verblüfft. *Was zum …?*

»Was?«, fragte Will jemanden.

»Nimm deine Finger von ihr und zieh dich an«, sagte die neue Stimme. »Ich kümmere mich drum.«

Ich kümmere mich drum? Wer war das?

»Ich habe sie nicht angefasst«, hörte ich Will sagen, aber seine Stimme klang schon weiter entfernt.

Moment …

Ich trat zurück, drückte wieder gegen die Tür, aber sie gab immer noch nicht nach.

»Bist du verletzt?«, fragte mich eine dunkle Stimme.

Ich schüttelte den Kopf. Sein Tonfall war nicht spöttisch wie der der anderen, aber in seiner Stimme lag etwas, das mich innehalten ließ.

»Gehst du zum Unterricht?«, wollte er wissen, und jetzt klang seine Stimme näher.

Ich konnte nicht mehr weiter zurück und drückte mich einfach gegen die Tür. »Ich … ich gehe zum Mittagessen.«

Er beugte sich zu mir, sein Körper berührte meinen, und ich holte tief Luft und hielt die Hände hoch. »Dann lass mich dir die Tür öffnen«, sagte er leise.

»Ich …« Ich legte meine Hände an seine Brust, um ihn mir vom Leib zu halten, und fühlte ein frisches Oberteil, einen steifen Kragen und Haut. Ich ließ meine Fingerspitzen einen Augenblick zu lange auf seiner nackten Brust liegen, wo sein Oberteil nicht zugeknöpft war.

Scheiße. Ich wollte gerade meine Hände wegziehen, da berührte mein Daumen etwas – eine kleine Kugel oder … Perle, die durch die Öffnung seines Oberteils lugte.

Und plötzlich hatte ich ein Déjà-vu.

Ich fuhr mit dem Finger nach unten und fühlte eine weitere,

dann noch eine. Meine Finger folgten den Perlen an einer Kette, die warm war von seiner Haut, seinen Oberkörper hinunter, bis sich zwei Ketten über seinem Bauch zu einer vereinten.

Holz. Ich konnte die Furchen unter der glatten Oberfläche spüren. Mein Magen verkrampfte sich. *Nein, nein, nein ...*

Ich konnte nicht anders. Ich folgte der Reihe von Perlen, spürte, wie seine Bauchmuskeln sich unter meinen Fingerspitzen verhärteten und sein Atem schneller ging. Als ich bei dem Kreuz angekommen war, von dem ich gehofft hatte, dass es nicht da wäre, drehte ich es zwischen meinen Fingern umher, und meine Nerven brannten heiß unter meiner Haut, als ich die grazil geschnitzten Finger auf dem Kreuz sofort erkannte.

O mein Gott. Ich ließ den Rosenkranz los, als würde er mir die Finger verbrennen.

Aber er griff nach meiner Hand und legte sie zurück an die Kette und an seine Haut. »Warum hörst du denn auf, wo du doch so gut darin bist?«, zog er mich auf.

»Damon«, murmelte ich und versuchte, meine Hand wegzuziehen.

»Mm«, bestätigte er mir. »Ich habe dich vermisst, Kleine.«

Ich riss meine Hand weg und presste die Zähne aufeinander.

Scheiße. In meinem Kopf sah ich ihn immer noch so, wie ich ihn das letzte Mal gesehen hatte. Ein Kind, nicht viel größer als ich, mit schlaksigem Körper und zittriger Stimme. Aber alles hatte sich verändert. Seine Hand war größer, als ich sie in Erinnerung hatte. Nein ... *Er* war größer. Und seine Stimme rauer, selbstbewusster. Er war keine elf mehr.

Warum wurde mir das erst jetzt bewusst?

Und jegliche Hoffnung, dass er mich vergessen hatte, war jetzt auch verflogen. Er wusste genau, wer ich war.

Aber bevor er noch etwas sagen konnte, gab die Tür hinter mir nach, ich fiel zurück, und er hielt mich fest und zog mich wieder an sich. Ich hatte keine Zeit, ihn von mir zu drücken, weil mich jemand an der Hand packte und wegzog. Ich stolperte.

»Winter«, zischte meine Schwester. »Was machst du denn hier?«

Aber sie wartete gar nicht erst auf eine Antwort. Sie zog mich aus der Umkleide in den Gang, und die Tür wurde hinter uns zugeschlagen, als mir der Schweiß über den Rücken lief. In meinem Kopf drehte sich alles, und ich konnte ihn immer noch in meiner Nähe spüren.

Ich versuchte, mit meiner Schwester Schritt zu halten, und mein Herz pochte schmerzhaft.

Aber mein Körper kribbelte auch vor Wärme. Ich runzelte die Stirn, rieb mir mit den Fingerspitzen über den Daumen, konnte die Perlen immer noch dort spüren.

Ari war wahrscheinlich diejenige, die mich in die Umkleide geschubst hatte. Oder sie hatte eine Freundin dazu angestiftet. Woher sollte sie sonst gewusst haben, wo ich war?

Und dann war sie sauer geworden, weil ich es nicht sofort wieder allein rausgeschafft hatte und sie reingehen und mich holen musste. Waren sie und Damon befreundet?

Sie waren in derselben Stufe, aber ich wusste nicht, ob sie denselben Freundeskreis hatten. Meine Eltern hätten ihr geraten, sich von ihm fernzuhalten, aber sie hörte ja nur auf sie, wenn sie wollte. Ich hatte wirklich keine Ahnung, wie er mittlerweile war oder wie das Leben meiner Schwester in dieser Schule verlief. Ersteres wollte ich in den letzten Jahren ehrlich gesagt überhaupt nicht wissen, und Letzteres war mir eigentlich egal. Meine Schwester und ich hatten jetzt schon seit ungefähr zehn Jahren keine gute Beziehung mehr zueinander, und ich wusste gar nicht, warum. Sie schien von einer Schicht umgeben zu sein, die ich nicht durchdringen konnte, und wir hatten auch nicht viel gemeinsam. Vor allem jetzt nicht mehr. Sie hatte sich an ein Leben als Einzelkind gewöhnt, während ich weg gewesen war, und offensichtlich hatte ihr das gefallen.

»O Gott, er gafft sie an«, sagte Claudia, eine von Rikas Freundinnen, gegenüber von mir, als wir in der Mensa saßen.

Ich spitzte die Ohren, hörte mit einem Ohr Musik und lauschte mit dem anderen der Unterhaltung. Ich wollte nicht unhöflich sein und hätte mir an meinem ersten Tag wirklich Mühe geben sollen, Freunde zu finden, aber nach dem Desaster in der Umkleide brauchte ich ein paar Minuten, um mich zu erholen.

»Wer?«, fragte Rika.

Aber niemand antwortete ihr – zumindest nicht hörbar. In Momenten wie diesen wurde mir klar, wie andere Leute auf meine Behinderung reagierten. Antworten durch Nicken oder Gesten konnte ich nicht sehen.

Meine Behinderung.

Ich hasste dieses Wort.

Aber so war es, und die Menschen nutzten das zu ihrem eigenen Vorteil aus, ohne mich damit verletzen zu wollen. Sie konnten mit ihren Augen, ihren Händen und Gesten kommunizieren – alles, damit ich nichts mitbekam.

Wer gaffte wen an? Schaute mich jemand an?

»Er starrt sie jetzt schon seit über sieben Sekunden an«, bemerkte Noah, einer von Rikas Freunden. »Und länger als sieben Sekunden ist nie gut.«

Von wem sprachen sie?

»O Scheiße«, fluchte Claudia leise.

Rika rutschte links von mir auf ihrem Platz umher, und plötzlich setzte sich jemand rechts von mir hin, dessen Knie mich einsperrten, als hätte er sich seitlich auf die Bank gesetzt und würde mich anschauen.

»Was hörst du da?«, fragte eine dunkle Stimme.

Ich hatte nur einen Moment, um zu erkennen, von wem die Stimme war, als mir schon der Ohrstöpsel aus dem Ohr gerissen wurde.

Damon.

Sie hatten über *ihn* geredet. Er hatte mich gerade die ganze Zeit angestarrt. Der Geruch von Tabak und Nelken strömte von ihm ab, und ich suchte nach einer Möglichkeit, ihn loszuwerden.

Er war mutig. Viel mutiger, als ich in Erinnerung hatte, und das war ich nicht gewohnt.

Einen Moment lang war es still, und ich nahm an, dass er sich meine Playlist anhörte. Die Oldies, die ich mir anhörte, wenn ich etwas Lustiges und Leichtes brauchte, das mich aus einer bestimmten Stimmung rausholte. Aus der Stimmung, in die er mich vorhin versetzt hatte.

Der Ohrstöpsel landete auf meinem Schoß, und seine Stimme klang leise aber bestimmt. »So wird es bei uns nicht sein.«

Wie?

Dann wurde mir klar, dass er sich auf den Song bezogen hatte, der gerade lief. »Then He Kissed Me« von den Crystals.

Bei uns würde es nicht so sein wie bei dem Pärchen in dem Song?

Ich knirschte mit den Zähnen. Ja, ach was.

Es gibt kein »Uns«.

»Lass sie in Ruhe, Damon.«

»Leck mich, Fane«, zischte er sie an.

Ich hörte für einen Augenblick auf zu atmen, und mir fiel die Schärfe in seiner Stimme auf. Er hatte sich wirklich verändert. Ich schluckte den Kloß in meinem Hals runter. »Ich will nicht mit dir reden. Und du darfst gar nicht mit mir reden.«

Er sagte nichts und bewegte sich nicht. Starrte er mich an?

Ich richtete den Kopf nach vorne und ignorierte ihn.

Nach ein paar Sekunden räusperte er sich. »Ich war der erste Mann, der Winter geküsst hat, Ladys«, sagte er zu den anderen, obwohl auch ein Junge an unserem Tisch saß. »Ich war elf. Sie war acht.«

Ich spürte, wie er näher kam und seine Stimme etwas leiser wurde. »Ich frage mich, wie viele Jungs du seitdem geküsst hast. Aber eigentlich ist es mir auch egal, weil ich der Erste war, und das ist alles, was zählt.«

Ich krallte die Finger in meinen Rock, wollte, dass er ging. »Denk nicht mal für eine Sekunde, dass du gut darin warst«, entgegnete ich.

»Und du, denk nicht, dass ich dich wie ein rohes Ei behandeln werde, nur weil du über ein Staubkorn stolpern würdest, wenn dich niemand an der Hand hält.«

Ich hörte ein Prusten von weiter weg und presste meine Lippen aufeinander. »Ich habe keine Angst vor dir.«

»Das ist ein bisschen zu früh.«

Ich schüttelte den Kopf. »Was willst du?«

»Da weitermachen, wo wir aufgehört haben.«

Wo wir aufgehört haben? Er hätte mich fast umgebracht, als wir Kinder waren. Es gab kein Weitermachen.

»Ehrlich gesagt, ich weiß es nicht«, sinnierte er. »Ich habe eine kurze Aufmerksamkeitsspanne, und du interessierst mich im Moment. Ich habe Fragen. Zum Beispiel, ob du noch irgendetwas sehen kannst.«

Ich runzelte die Stirn.

»Irgendetwas?«, fuhr er fort. »Umrisse, Licht, Dunkelheit, Schemen …? Und stimmt es, dass die anderen Sinne schärfer werden, wenn man einen verliert? Dein Geruchssinn, dein Hörsinn …« Er hielt inne und flüsterte jetzt fast. »Dein *Tastsinn?*«

Die kleinen Härchen in meinem Nacken stellten sich auf, und das Blut unter meiner Haut wurde heißer. Alle beobachteten uns. Ich wusste, dass sie das taten.

Ignorier ihn einfach.

»Und da du deine Augen nicht mehr benutzen kannst«, fuhr er fort, »hast du noch den Reflex, sie zuzupressen? Wenn du Schmerzen empfindest oder … wenn du erregt bist?«

Wieder lachte jemand irgendwo am Tisch. Ich drehte mich etwas zur Seite und hatte Angst, dass sie alle sehen konnten, wie schnell mein Herz schlug. Seine Worte waren mehr als zweideutig. Für einen Moment hatte ich fast vergessen, dass er älter als ich war. Unser Altersunterschied mit acht und elf schien mir viel größer gewesen zu sein als jetzt auf der Highschool. Ich war zu jung, und er war unangemessen. Aber ich bekam irgendwie den Eindruck – von dem, wie er mit Rika gesprochen hatte –, dass er sich bei jedem so verhielt.

»Erinnerst du dich daran, wie ich ausgesehen habe?«, fragte er. »Ich bin jetzt größer.«

Ich drehte mich zu ihm um und wusste, dass ich ihm jetzt in die Augen schauen würde. »Ich erinnere mich an alles. Und ich lasse mir nicht mehr so leicht wehtun.«

»Oh, darauf zähle ich.«

Die Schärfe seiner Stimme verursachte mir eine Gänsehaut, und jeder Zentimeter meiner Haut fühlte sich an wie unter Strom. Ich konnte seinen Blick auf meinem Gesicht spüren, wie er mich beobachtete, und in mir baute sich eine Mischung aus Angst und Wut auf, aber auch Erwartung.

Aufregung.

Obwohl er mir vor Jahren wehgetan hatte und es keinen Zweifel daran gab, dass er jetzt ein zehnmal größeres Arschloch war als damals, gefiel es einem kleinen Teil von mir, dass er mich nicht wie ein rohes Ei behandelte. Er fasste mich nicht mit Samthandschuhen an. Er ignorierte mich nicht. Er reagierte nicht nervös oder verängstigt in meiner Gegenwart. Vielleicht dachte er, ich wäre leichtere Beute, aber vielleicht war er auch einfach mutiger als andere. Was immer es war, einem Teil von mir gefiel das.

Und ein Teil von mir fragte sich, wie er reagieren würde, wenn er herausfand, dass ich auch mutiger war. Es war offensichtlich, dass keiner gerne mit ihm zu tun hatte. Er war es gewohnt, dass ihm jemand im Weg stand.

»Was machst du hier?«, fragte jemand und riss mich aus meinen Gedanken.

Ich drehte meinen Kopf weg und registrierte, dass Ari sich hinter mich gestellt hatte. Aber bevor ich herausfinden konnte, mit wem sie redete, stand Damon langsam von der Bank auf.

»Ich habe deine kleine Schwester nur begrüßt«, sagte er, und ich konnte den spöttischen Unterton in seiner Stimme hören.

Ich spürte, wie er ging und Rika neben mir auf ihrem Platz umherrutschte und den Atem ausstieß, als hätte sie ihn die ganze Zeit angehalten.

»Er darf nicht in deine Nähe kommen«, sagte Ari, und ich nahm an, sie redete mit mir.

»Sag ihm das«, murmelte ich und tastete nach meinem Sandwich, das ich auf den Tisch gelegt hatte. »Ich habe ihn nicht gebeten herzukommen.«

»Erzähl das nicht dem Sekretariat oder Mom und Dad. Das Basketballteam braucht ihn, und ich werde nicht zulassen, dass er Ärger bekommt, nur weil du nicht mit ihm umgehen kannst.«

Ich nahm mein Sandwich, biss aber nicht ab.

»Er war zuerst hier«, stellte Arion klar. »Wenn er wegen dir von der Schule fliegt, werden uns alle hassen.«

Ja, das war mir klar. Ich wusste von der Anordnung, sich von mir fernzuhalten, die Damon heute Morgen vor Schulbeginn bekommen hatte, aber ich hatte nicht gedacht, dass er sich nicht daran halten könnte. War er dumm?

Wahrscheinlich dachte er einfach nur, er sei unantastbar. Er war direkt zu mir gekommen und hatte sich hingesetzt, obwohl er gewusst hatte, dass mindestens die Hälfte der Augenpaare in der Mensa auf ihn gerichtet sein und sehen würden, was er tat. Und er hatte es trotzdem getan. Vielleicht war er zu sehr von sich selbst eingenommen, absichtlich leichtsinnig oder ... unkontrollierbar.

Unkontrollierbar. Das war der Junge, an den ich mich erinnerte.

Aber meine Schwester hatte recht. Er war schon länger hier, und egal, was er getan hatte, sie würden mir die Schuld dafür geben, wenn er Ärger bekäme. Fürs Erste würde ich mich selbst um ihn kümmern, wenn er nicht aufhörte. Und ich würde es still und heimlich tun.

Aber es machte mich trotzdem sauer, dass der erste Instinkt meiner Schwester gewesen war, den Basketballspieler in Schutz zu nehmen.

Ich reckte das Kinn in die Höhe. »Danke für deine Fürsorge«, sagte ich zu ihr. »Das ist echt rührend.«

»Ach, lass mich ...«

»Du kannst jetzt gehen.«

»Was hast du ...?«

»Verdammt, bist du immer noch hier?«, rief ich und schnitt ihr das Wort im Mund ab. »Na ja, dann kannst du dich ja auch nützlich machen und das hier öffnen.«

Ich griff nach der Flasche Orangensaft am Rand des Tisches, wo ich sie hingestellt hatte, und reichte sie ihr über meine Schulter hinweg.

Saft spritzte aus der Öffnung, die nicht richtig verschlossen gewesen war, und ich hörte, wie sie nach Luft schnappte.

»O Mann, Winter!«, schrie sie.

Ich verzog das Gesicht. »Ach, sie war schon offen? Tut mir leid. Ich bin ja so blind.«

Am Tisch brach Gelächter aus, und sie stapfte fluchend davon. Das stellte ich mir zumindest vor. Ganz sicher konnte ich mir nicht sein.

»O Scheiße, Mädchen«, sagte Noah und klopfte mir leicht auf den Arm. »Du bist meine Heldin.«

Ich lächelte etwas und war nun doch ein bisschen zufrieden mit mir. Aber auch wütend auf Arion, weil wir uns ständig stritten. Trotzdem wusste ich wie mit Damon auch die Normalität dabei irgendwie zu schätzen. Arion hatte noch nie versucht, auf meine Gefühle Rücksicht zu nehmen. Sie behandelte mich, als wäre ich dumm, als hätte mich die Tatsache, dass ich die letzten sechs Jahre neu hatte lernen müssen zu leben, nicht abgehärtet und anpassungsfähig an neue Herausforderungen gemacht. Als hätte ich nicht ein hartes Herz bekommen, das bereit war, für die Dinge zu kämpfen, von denen man mir erzählte, ich könnte sie nicht haben oder tun.

Vielleicht behandelte Damon mich deshalb nicht, als wäre ich aus Watte. Vielleicht wusste er es.

Ich dachte an den Jungen im Brunnen zurück, blutig, mit einer stillen Träne, die ihm übers Gesicht lief, weil ihm irgendetwas – oder viele Dinge – passiert waren, über die er nicht reden wollte. Und jetzt war er fast ein erwachsener Mann, der nie wieder weinen würde und der nur noch andere Leute zum Bluten brachte.

Ich hasste ihn und würde ihm nie verzeihen, aber vielleicht hatten wir eins gemeinsam. Wir mussten uns beide ändern, um zu überleben.

KAPITEL 6

WINTER

Gegenwart

»Arme nach oben!«, rief Tara.

Ich streckte mich und sprang über den Boden. Die Muskeln in meinem Rücken und in meinen Schultern spannten sich an, als ich den Kopf zurücklegte und das Gesicht Richtung Decke hob.

»Da ist die Energie!«, rief sie. »Lass mich das noch mal sehen! Gut!«

Ich atmete aus, als ich auf dem Boden aufkam und mein rechter Fuß auf der Grenze aus Schmirgelpapier landete, die mir den Bereich der »Bühne« signalisierte, der sich sechzig Zentimeter vom Rand entfernt befand. Dahinter war noch eine fünfzehn Zentimeter breite Grenze, um mich zu warnen, dass ich keinen Platz mehr hatte und anhalten musste.

Schweiß lief mir über den Rücken, und ich drehte mich um und bewegte mich wieder trippelnd und gleitend nach rechts. Dann streckte ich den Rücken durch, stellte mich auf einen Zeh und richtete mich auf, um einen Moment lang zu posieren, bevor ich wieder runterkam und mit dem Tanz weitermachte.

Die Musik erfüllte den Raum – meine unkonventionelle Nummer von Nostalghias »Plastic Heart«, die ich choreografiert hatte und die bald nirgendwo und für niemanden aufgeführt werden würde.

Niemand würde mich einstellen. Ich versuchte, positiv zu

bleiben, vor allem weil ich mehr als je zuvor hier rauswollte, aber es wurde immer schwerer, sich nicht dumm dafür vorzukommen, das College abgebrochen zu haben.

Tara war eine meiner Lehrerinnen gewesen, als ich klein gewesen war, und ich hatte damit weitergemacht, zu Hause zu proben, aber manchmal kam ich auch ins Studio, da mein Vater bis zum Ende des Jahres fünf Stunden die Woche bezahlt hatte. Ich wollte nichts von dem, was er hinterlassen hatte, haben, aber ich nahm es als eine Ausrede, um das Haus verlassen zu können. Damon war seit der Hochzeit vor ein paar Tagen nicht zurückgekommen, doch das war nur eine Frage der Zeit.

Und mir gefiel es hier. Hier dachte ich nur ans Tanzen und an nichts anderes. Hier hatte ich meine ersten Erinnerungen ans Tanzen her, und wahrscheinlich konnte ich mich glücklicher schätzen als so manch andere. Es hatte eine Zeit gegeben, in der ich sehen konnte, und ich hatte vier Jahre lang Ballettunterricht gehabt, bevor ich mein Augenlicht verloren hatte. Ich wusste, wie Pliés und Arabesquen aussahen und sich anfühlten. Ich kannte die Bewegungen und Schritte, und ich beherrschte auch etwas Technik. Als ich nach Montreal gegangen war, hatte ich weiter Privatunterricht genommen, obwohl ich wusste, dass meine Aussichten auf eine spätere Karriere nicht gut waren. Die Realität war mir immer bewusst gewesen.

Ich würde mich schwertun in einer Gruppe mit anderen Tänzern, vor allem mit einem Partner. Es war nicht unmöglich, aber ich brauchte für alles länger, um es zu lernen, und nicht viele Menschen würden diese Herausforderung akzeptieren.

Ich war zwar nicht die erste Balletttänzerin mit einer Sehbehinderung, aber mit Sicherheit die erste in einem Radius von achthundert Kilometern. Doch ich gab die Hoffnung nicht auf. Jemand musste das Phänomen in andere Teile der Welt bringen. Warum konnte das nicht auch hier passieren? Das größte Problem war, ein Ensemble und einen Lehrer zu finden, die sich die Arbeit antun würden.

Ich verlangsamte mein Tempo mit der Musik, als das Lied zu Ende ging. Ich beendete den Tanz damit, dass ich meine Arme nach unten brachte, die Handgelenke vor mir kreuzte und meine Finger graziös zur Schau stellte. Wenigstens hoffte ich, dass sie graziös aussahen.

»Hier«, sagte Tara. »Bleib so.«

Sie kam zu mir und legte ihre kalten Finger über die Beugung in meinem Handgelenk.

»Streck sie«, befahl sie. »So.«

Dann nahm sie meine Hände und legte sie auf ihre, was meine letzte Pose war. Ich fuhr mit meinen Händen leicht über ihre und spürte die Beugungen und Knöchel ihrer Finger, die Sehnen auf ihren Handrücken und die weiche Linie, die von ihrem Handgelenk den Arm entlangging. So konnte ich es mir vorstellen.

»Danke«, sagte ich nach Atem ringend.

Ich legte die Hände an meine Hüfte, und mein leichtes, lockeres Oberteil fiel mir über eine Schulter und legte etwas Haut frei, was mir eine willkommene Abkühlung in dem zugigen alten Gebäude verschaffte.

»Noch mal?«, fragte sie.

»Wie spät ist es?«

Sie hielt einen Moment inne. »Fast fünf.«

Ich nickte. Ich hatte noch eine halbe Stunde, also könnte ich es ruhig ausnutzen, bevor das Geld ausging.

Ich hörte ihre Schritte, als sie ging, um die Musik wieder anzumachen, und ich zählte meine eigenen Schritte von dem Schmirgelpapier auf dem Boden bis zur Mitte, wo sich meine Markierung für den Beginn befand.

»Du musst nicht bleiben«, sagte ich zu ihr. »Ich habe den Fahrer. Ich komme schon zurecht.«

Die Torrances bestanden darauf, dass wir persönliche Fahrer hatten, und obwohl wir schon früher hin und wieder Fahrer für bestimmte Ereignisse angeheuert hatten, waren nie welche für uns angestellt gewesen. Meine Schwester liebte diese neue Annehmlichkeit. Die neue Annehmlichkeit, die ihr der neue Name einbrachte.

Aber ich erkannte das eigentliche Motiv hinter der Geste. Die Fahrer berichteten denjenigen, die sie bezahlten, wohin wir wann gingen, also wussten Gabriel und Damon über jeden unserer Schritte Bescheid.

Der Fahrer war meine Leine.

»Weißt du«, setzte sie an, als die Musik startete, »sie haben angeboten, für weitere Tanzstunden von dir zu zahlen.«

Ich hielt inne. »Wie meinst du das? Wer?«

»Gabriel Torrances Assistent hat mich angerufen und gesagt, ich solle die Rechnungen für deine Tanzstunden an ihn schicken«, erklärte sie mir. »Falls du weitermachen möchtest.«

Seit mein Vater weg war, hatte sie mich immer wieder trainiert und mir ihr Feedback angeboten, aber ich konnte sie mir nicht mehr länger leisten. Wenn sie auf ihrem Weg zum Unterricht – oder, wie heute, nach ihrem Unterricht nach Hause – war, hatte sie mich immer mal eingeschoben. Aber das würde bald enden.

Diese Neuigkeiten von Gabriels Angebot waren wie ein Schlag ins Gesicht. Eine weitere Erinnerung daran, dass ich mittellos war und mir die Dinge, die ich gewohnt war, nicht mehr leisten konnte.

Wegen ihnen.

Wegen ihm. Das war Damons Idee gewesen.

Niemanden außer ihn interessierte es, ob ich mit dem Tanzen weitermachte oder nicht. Ihm gefiel es. Ich war wahrscheinlich die einzige Person, die wusste, dass er es sogar liebte. Er hatte mich beobachtet. Ich hatte schon oft für ihn getanzt.

Scheiß auf ihn.

Ich nahm meine Position wieder ein, hob mein Kinn und streckte meinen Hals. »Kannst du die Musik wieder anmachen?«, fragte ich sie und beendete unsere Unterhaltung.

Einen Moment später begann die Musik von vorne, und ich fing wieder an zu tanzen. Dabei ließ ich die Lautstärke des Songs alles andere übertönen. Die Welt drehte sich um mich herum, und obwohl ich nichts sehen konnte, konnte ich alles fühlen und riechen.

Den Raum. Die Tannennadeln vom letzten Weihnachtsbaum. Die kalten Ziegelsteine um mich herum, von denen ich wusste, dass sie da waren. Die Barren mit Kreide auf dem Holz und die Art, wie sich die Decke auseinandergerissen anfühlte und sich über meinem Kopf meilenweit der Himmel erstreckte. Ich konnte ins Endlose greifen und alles fühlen.

Ich flog.

Die Stimme der Sängerin drang tief in mein Innerstes, und ich ging weg von den klassischen Bewegungen und ließ meine Hände an meinem Körper nach unten gleiten, während ich langsamer wurde und das Gefühl hatte, jeder Zentimeter meiner Haut erwachte zum Leben. Meine Füße schmerzten in den Ballettschuhen, aber mein Körper war am Leben.

Ich schloss die Augen, Strähnen meiner Haare lösten sich und kitzelten mich im Gesicht. In meinem Bauch kribbelte es, als ich mich drehte, und ich spürte, wie ich zu lächeln begann. Wie sehr ich das liebte. Hier war ich frei.

Ich wollte sehen, ob du für mich tanzen würdest.

Ich wurde noch langsamer, hörte seine Stimme in meinem Kopf.

Aber dann nahm ich wieder Geschwindigkeit auf und begab mich in eine geschlossene Position, machte ein paar Échappés nacheinander, während ich meine Arme bewegte.

Du wirst mich hassen.

Ich werde dich lieben.

Wir müssen aufhören. Mach, dass ich aufhöre.

Ich kann nicht. Das werde ich nicht tun.

Zwischen meinen Beinen baute sich ein Druck auf, und ein Kribbeln breitete sich in meinem Bauch aus. Ich öffnete den Mund und füllte ihn mit dem gleichen stummen Schrei, den ich an dem Morgen von mir gegeben hatte, an dem er verhaftet worden war. Ich drehte und drehte mich, Tränen stiegen mir in die Augen, und ich hoffte, mich so schnell drehen zu können, dass ich ihn nicht mehr in meinem Kopf sehen müsste.

Aber da verlor ich das Gleichgewicht, stieß mich an einem Möbelstück. Mein Bein traf auf Holz, und ein stechender Schmerz fuhr mir ins Rückgrat.

»Scheiße!«, schrie ich.

»Winter!«, rief Tara.

Ich öffnete die Augen, fluchte und stolperte, während ich mich mit der Hand am Klavier abstützte, um nicht zu fallen.

Die Bank. Die verdammte Klavierbank. Hatte ich die Markierungen am Boden verpasst?

»Wow, ich hab dich«, rief plötzlich eine männliche Stimme. »Ich komme.«

Ethan? Wann war er denn hergekommen?

Die Musik wurde ausgeschaltet, ich beugte mich vornüber und drückte mein Bein, als der Schmerz immer schlimmer wurde. Ich verzog das Gesicht und stieß die Luft aus, als Schritte über den Holzboden klangen.

»Du blutest«, sagte er und stützte mich unter dem Arm, während Tara meine Hand nahm. »Komm her.«

»Ist schon okay«, rief ich und schüttelte wütend über mich selbst den Kopf. »Das ist mir schon ewig nicht mehr passiert. Was war nur los, verdammt?«

Abgelenkt. Das war los.

»Sieh zu, dass sie sich hinsetzt«, sagte Tara zu Ethan. »Ich suche den Erste-Hilfe-Koffer.«

Ich humpelte, versuchte aber, mich aufrecht zu halten. »Er ist im Badezimmer. Ich komme schon klar.«

»Aber du blutest.«

»Und ich weiß, wie man mit Pflastern umgeht.« Ich lachte trotz des Schmerzes. »Geh nach Hause. Ethan wird mir helfen. Wir sehen uns in ein paar Tagen.«

Ich hörte sie leise seufzen, wusste ganz genau, dass sie gerade überlegte, ob sie bleiben und sich um mich kümmern sollte oder nicht, aber ihr war klar, dass das nichts Neues für mich war. Ich hatte mich schon oft genug selbst verarztet.

»Danke für deine Hilfe heute Abend«, sagte ich zu ihr und zog meine Hand aus Ethans, um mich stattdessen an seinem Arm festzuhalten. »Bis dann.«

Einen Moment später hörte ich, wie sie ging und ihre Jacke und Tasche nahm. »Dann wünsche ich dir einen schönen Abend. Ich schreibe dir später, okay?«

Ich nickte und führte Ethan in die Richtung ihrer Stimme, um ihr aus der Tür hinauszufolgen und ins Badezimmer zu gehen. Er versuchte, einen Arm um mich zu legen, aber ich winkte ab.

Wir gingen durch die Tür – Tara bog nach links zum Ausgang ab, und Ethan und ich gingen nach rechts in Richtung Treppe.

»Wie lange bist du schon hier?«, fragte ich ihn, als wir nach unten gingen.

»Ich bin eben erst gekommen«, sagte er. »Ich war bei meiner Lerngruppe, die länger gedauert hat, aber ich dachte mir, das sei die einzige Chance, dich zu sehen.«

Ja. Mit dem Ärger auf der Straße in dieser Nacht – wer wusste schon, ob er noch zu mir nach Hause durfte? Und wenn er bei mir wäre, wie würde das ausgehen, wenn Damon erst nach Hause käme?

Nach Hause. Ich hielt mich mit einer Hand am Geländer fest und mit der anderen immer an Ethan, als wir zwei Treppenabsätze nach unten gingen. Mein Zuhause gehörte jetzt Damon – oder seiner Familie –, und obwohl er seit dem Hochzeitstag ganz offensichtlich woanders geschlafen hatte, konnte er trotzdem kommen und gehen, wie er wollte. Ohne anzuklopfen. Ohne Erlaubnis. Ohne Einladung.

Er hatte die Kontrolle über jeden Schlüssel im Haus. Bei dieser Erkenntnis wurde mir ganz flau im Magen.

»Alles okay?«, fragte Ethan. »Ich meine … abgesehen von deinem Bein.«

»Ja, mir geht's gut.«

Ich wusste, worüber er sich Sorgen machte, und ich war dankbar für seine Fürsorge, aber er konnte mir nicht helfen. Und ich war mir nicht sicher, ob ich es ihm erzählen würde, wenn es etwas gäbe, worüber er sich Sorgen machen müsste.

»Keine Sorge«, versicherte ich ihm.

Ich kam *vielleicht* nicht mit Damon klar, aber Ethan auf keinen Fall.

Er führte mich auf die Damentoilette, klopfte an und rief, bevor wir eintraten, um sicherzugehen, dass niemand drin war. Ich trat ein, ließ ihn los und griff nach der Wand zu meiner Linken, von der ich wusste, dass sie da war. Als ich um die

Ecke ging, fand ich den Waschtisch, setzte mich darauf und griff nach den Papierhandtüchern.

Ethan griff ebenfalls danach und versuchte, mir zu helfen.

»Ich hab's schon«, sagte ich. »Kannst du den Verbandskasten holen? Er müsste in dem Kästchen an der Wand sein.«

Während er zur Wand ging und den Kasten öffnete, machte ich ein paar Papierhandtücher nass und hielt sie mir an die Stelle auf meiner Haut, die wehtat. Ich formte mit den Fingern eine Klaue und vergrub meine Nägel in der Haut um den Schmerz herum, um ihn etwas abzulenken. Ein Trick, den mir mein Dad beigebracht hatte, als ich sechs war. Der stechende Schmerz wurde etwas leichter, und ich blieb für einen Moment so und genoss die Linderung.

»Hier ist nichts«, rief Ethan. »Ich gehe schnell rauf und schaue, ob das Mädchen am Empfang den Verbandskasten hat.«

Ich nickte, war mir aber nicht sicher, ob er es gesehen hatte. Die Tür wurde geöffnet und geschlossen, als er ging, und ich zog noch mehr Papierhandtücher heraus, faltete sie zusammen und hielt sie an mein Bein. Dann lehnte ich mich gegen den Spiegel und schloss die Augen.

Was sollte ich nur tun, verdammt? Ich war einundzwanzig, hatte keine Jobaussichten und Angst. Ich wäre nie frei, solange er am Leben war, und es gab noch so vieles, was er mir wegnehmen könnte. Er machte sich bereits hart an meinem Seelenfrieden zu schaffen.

Er war über ein Jahr aus dem Gefängnis frei gewesen, bevor er Kontakt aufgenommen hatte, und zwei Jahre, bevor er seinen Plan in die Tat umgesetzt hatte. Ich hatte mich schon sicher gefühlt und gedacht, er könnte vielleicht nach vorne schauen. Aber da hatte ich falschgelegen.

Meine Augenlider wurden schwer, und mein Kopf begann zu schweben, als der Schmerz in meinem Bein nachließ. Ich gähnte und ließ mich von der Müdigkeit übermannen. Wenn ich müde war, konnte ich mir wenigstens keine Sorgen machen.

Gerade als ich dabei war, gegen den Spiegel gelehnt wegzunicken, hörte ich das Quietschen der ungeölten Scharniere der Toilettentür. *Das ging aber schnell.*

»Hast du ihn?«, fragte ich und ließ meine Augen geschlossen, während ich noch einmal gähnte.

Aber er antwortete mir nicht, und ich öffnete blinzelnd die Augen. Gerade hatte doch jemand die Tür geöffnet, oder?

»Ethan?«, rief ich und setzte mich aufrecht hin.

Das Theater würde bald schließen, und abgesehen von der Angestellten am Empfang glaubte ich nicht, dass noch jemand anderes im Gebäude war.

Aber trotzdem ... Hier war jemand.

Er legte seine Hand auf meine, die auf meinem Oberschenkel lag. Seine Finger waren so kalt, dass ich nach Luft schnappte – und dann lachte ich auf. »Hey, du hast mich erschreckt«, sagte ich. »Hast du den Verbandskasten gefunden?«

Fingerspitzen legten sich an mein Gesicht, und mir wurde eine Haarsträhne aus dem Auge gestrichen. Bei den eiskalten Fingern auf meiner Haut zuckte ich zusammen.

Was machte er da? Ich nahm seine Hand von meinem Gesicht, hielt sie in meiner. »Mir geht's gut«, versicherte ich ihm.

Aber sein Körper kam näher und drückte meine Knie auseinander, wobei mich seine Klamotten an den Innenseiten meiner Oberschenkel kratzten. Er nahm seine Hände von mir, und ich hielt inne. Ich spürte seinen warmen Atem direkt vor mir auf meinem Gesicht, als er sich vorlehnte.

Was zur Hölle tat er da?

»Ethan ...«, protestierte ich, aber ich wusste nicht wirklich, was ich sagen sollte. Er war mir schon ein paarmal näher gekommen, und obwohl ich wusste, dass er nicht Nein zu mehr sagen würde, war es einfach nie passiert. Er würde es doch nicht versuchen, oder?

»Schhh...«, sagte er.

Mir stockte der Atem. Die Hitze seines Mundes war nur noch Zentimeter von meinem entfernt, und plötzlich raste mein Herz. So hatte er sich nie angefühlt. Er war noch nie so direkt gewesen, und ich fühlte mich sofort unwohl, als alte Erinnerungen hochkamen.

Bitte versuch nicht, mich zu küssen, betete ich.

Wasser pumpte durch die Rohre über meinem Kopf, und ich konnte das dumpfe Dröhnen der Heizung in der Ferne hören, aber sonst war es hier unten ganz still, und wir waren ganz alleine.

»Ich brauche ein Pflaster«, sagte ich zu ihm und zwang mich zu einem Lächeln. »Komm schon …«

»So hübsch«, flüsterte er gegen meinen Mund. Ich konnte den Rauch in seinem Atem riechen.

Rauch …

»Okay, ich hab's!«, rief Ethan plötzlich um die Ecke herum, und die Stille wurde jäh unterbrochen, als die Tür zur Toilette wieder aufgerissen wurde.

Ich schnappte nach Luft und wich zurück. *Scheiße!*

Ich streckte die Hände aus und fühlte nach dem Mann, der gerade noch hier gewesen war, spürte aber nur Leere.

Tränen traten mir in die Augen, das Herz klopfte mir bis zum Hals, und ich hatte Mühe, Luft in meine Lunge zu kriegen.

So ein verdammtes Arschloch. Wo war er? Ich suchte mit meinen Händen.

»Hey, hey, hey, was ist denn los?«, fragte Ethan neben mir.

Ich packte ihn an seinem Sweatshirt und holte keuchend Luft. Wenn Ethan ihn nicht gesehen hatte, dann war er schon durch den Ausgang auf der anderen Seite der Toilette verschwunden.

Ich schüttelte den Kopf und versuchte, mich zu beruhigen. Ich hatte mich entspannt. Für fünf Minuten hatte ich mich wie eine Idiotin entspannt, aber er tat das nie. Er wäre immer bereit.

»Bring mich einfach hier raus«, sagte ich zu Ethan. »Jetzt.«

»Was ist mit dem Pflaster?«

»Jetzt!«, schrie ich.

Mehr musste er nicht hören. Er zog mich vom Waschtisch hoch, nahm meine Hand, und wir verließen das Theater so schnell wie möglich.

Ich ließ mich von Ethan nach Hause fahren, war mir aber sicher, dass mein Fahrer uns folgte. Obwohl er mir zur Verfügung stand, wollte ich gerade mit nichts etwas zu tun haben, das mit Damon in Verbindung stand. Ich war in Ethans Auto gestiegen, hatte meinem Fahrer gesagt, er solle »zur Hölle fahren«, als er protestiert hatte, und dann waren wir los.

Als Ethan mich abgesetzt und zögernd weggefahren war, ging ich ins Haus. Mikhail kam auf mich zugetrottet und begrüßte mich schwanzwedelnd. Die Stimme meiner Mutter drang aus dem Esszimmer zu mir.

Ich bückte mich, um ihn zu streicheln, und gab ihm einen Kuss. »Ich füttere dich gleich, mein Junge.«

Ich ging ins Esszimmer, wo ich ihre Schritte spürte, und hörte, wie auf dem Esstisch durch Seiten geblättert wurde. In den letzten Tagen hatte ich nicht viel mit meiner Familie gesprochen. Wütend und Fingernägel kauend, war ich in meinem Zimmer geblieben und hatte nach einem Ausweg gesucht.

»Wir könnten die Küche tapezieren«, sagte meine Mutter. »Vielleicht nur eine Wand. Das ist jetzt wieder modern.«

Dekorieren? Sie wollten das verdammte Haus dekorieren?

»Vor ein paar Tagen habe ich versucht, in der Nacht abzuhauen«, erzählte ich ihnen schließlich, blieb in der Tür stehen und lehnte mich an den Rahmen. »Zurück nach Montreal.«

Plötzlich wurde es still im Raum, und ich nahm an, dass sie beide überlegten, ob sie wütend sein sollten oder nicht. Meine Mutter wollte, dass ich in Sicherheit war, obwohl sie selbst nichts dafür tun würde, und ich war mir ziemlich sicher, dass meine Schwester mich gerne aus dem Weg hätte. Aber sie wussten beide, dass es Damon nicht gefallen würde und es Konsequenzen haben könnte, wenn ich abhauen und er mich nicht schnell genug wiederfinden würde.

»Die Polizei«, fuhr ich fort, »die zweifellos von Gabriel Torrance bezahlt wird, hat mich geschnappt und wieder zurückgebracht.«

»Hat Ethan dir geholfen?«, fragte meine Mutter in einem Tonfall, der besagte, dass sie die Antwort bereits kannte.

Ich nickte. »Und wenn ich will, dass er in Sicherheit ist, dann bitte ich ihn lieber nicht noch mal um Hilfe. Das war wahrscheinlich eine Warnung.«

Ich hörte, wie jemand tief Luft holte und leise wieder ausatmete, und ich wusste, dass meine Mutter versuchte, Ruhe zu bewahren, aber ich war es leid, gute Miene zum bösen Spiel zu machen. Damon war clever, teuflisch und geduldig. Alles, was ich nicht war. Zumindest nicht im Moment. Im Moment war ich einfach nur verdammt wütend.

Mir wurde klar, dass niemand auf meiner Seite stand.

»Ich hasse dich«, sagte ich zu meiner Mutter, und mein Kinn zitterte. »Ich würde lieber in der Gosse leben, als ihn in unser Leben zu lassen!«

Ich deutete in die Richtung, in der ich meine Schwester gehört hatte. »Ich weiß, warum sie es macht, aber *du* solltest mich eigentlich beschützen«, sagte ich zu meiner Mom. »Er hat mich *vergewaltigt*!«

»Er hat dich nicht vergewaltigt«, entgegnete meine Schwester und stand von ihrem Stuhl auf. »Wir haben das Video alle gesehen. Die ganze Welt hat das Video gesehen! Du wolltest ihn. Du warst in ihn verliebt.«

Ich schüttelte den Kopf. »Nicht in *ihn*.«

Ich war nie in ihn verliebt gewesen. Nicht in *Damon*.

Dieses verdammte Video.

Tränen traten mir in die Augen, und ich konnte sie nicht aufhalten. Ich biss mir auf die Lippe, um nicht zu schluchzen. Ein Video von uns war geleaked worden, er war wegen Unzucht mit einer Minderjährigen ins Gefängnis gekommen, weil er neunzehn und ich noch minderjährig gewesen war, aber fast jeder in der Stadt hatte sich auf seine Seite geschlagen. Er war ein bisschen reicher, viel beliebter, und zwei seiner Freunde waren mit ihm ins Gefängnis gekommen, weil auch von ihnen Videos geleaked worden waren.

Aber er hatte die längste Strafe bekommen.

Er war der Einzige gewesen, der wegen eines Sexualverbrechens verurteilt worden war, und in den Augen aller war das eine große Ungerechtigkeit gewesen, weil ihr Basketball-Star nur Sex mit einem willigen Mädchen gehabt hatte, das zufällig noch nicht alt genug gewesen war. Keine große Sache.

Hey, in einigen Staaten ist man mit sechzehn schon alt genug, oder?

Das ist nur eine Formsache.

Hat er irgendwas Falsches getan? Wie viele von uns hatten in dem Alter schon Sex?

Ihr dürft sein Leben nicht ruinieren. Es ist ja nicht so, dass er ihr wehgetan hätte.

Hey, ihr schien es doch auch gefallen zu haben.

Bei den Erinnerungen wurde mir schlecht, und obwohl auch andere Mädchen behauptet hatten, dass er sie ausgenutzt hatte, waren sie am Ende alle eingeknickt, und es war nur ein Beispiel dafür gewesen, wie krank unser Rechtssystem doch war, wenn es da draußen die »wahren« Verbrecher gab. Ich hatte das Leben eines jungen Mannes ruiniert. Eine Frage der Perspektive.

Alles, was sie in dem Video gesehen hatten, war, dass ich ihn bereitwillig geküsst hatte.

Ihn berührt hatte.

Ihn gehalten hatte.

In ihren Augen hatte ich es gewollt, und er war »der Mann«. Aber sie hatten nicht gewusst, was er auf diesem Video wirklich getan hatte. Sie hatten nicht gewusst, was er mir angetan hatte, um das von mir zu bekommen, was er gewollt hatte.

Schritte näherten sich, und ich roch das Chanel No. 5 meiner Mutter. »Winter«, sagte sie leise. »Denkst du wirklich, er hätte in diese Familie einheiraten müssen, um das zu kriegen, was er will? Er hätte Ethan auch einfach bedrohen können, um dich in Thunder Bay unter seiner Fuchtel zu behalten. Oder uns bedrohen, deine Großeltern oder irgendwelche anderen Freunde. Egal wie, das hier wäre immer so ausgegangen, wie sie es wollten, weil sie das Geld haben und wir nicht. Wir haben *nichts.*«

»Wegen meines Vaters«, fügte ich hinzu.

Ja, das wusste ich. Sie hatte nicht ganz unrecht.

Und in diesem Moment hasste ich meinen Vater auch. Seine Verbrechen hatten uns nicht in diese Lage gebracht, weil Damon einen anderen Weg gefunden hätte, wenn das nicht geklappt hätte. Ich hasste ihn nur, weil er uns verlassen hatte. Gabriel und Damon Torrance konnten jetzt mit uns alles tun, was sie wollten. Und in Anbetracht ihres Rufes versuchte ich, nicht daran zu denken, wie schlimm es wirklich werden könnte.

»Jetzt«, fuhr meine Mutter fort, »haben wir wenigstens etwas, wofür wir arbeiten können. Ein Licht am Ende des Tunnels.«

Die Scheidung? War sie wirklich so dumm? Damon würde Ari schwängern, und dann gäbe es keinen Ausweg mehr!

»Und was sollen wir in der Zwischenzeit tun?«, wollte ich wissen. »Während wir darauf warten, dass das Jahr vergeht?«

Was würde ich tun, wenn sie Tag für Tag, Woche für Woche versuchte, es auszusitzen?

»Wir überleben«, antwortete sie schließlich.

Überleben.

Wir geben nach, meinst du?

Nach einigen Augenblicken verließ ich den Raum, ging die Treppen hoch und schloss mich für den Rest der Nacht mit Mikhail in meinem Zimmer ein. Ich hatte ihn gefüttert, aber selbst nichts mehr gegessen, weil mir der Hunger vergangen war. Stattdessen hatte ich noch kurz geduscht.

Ich konnte für meine Mutter keine Entscheidungen treffen, aber sie konnte auch nicht für mich entscheiden. Und auf keinen Fall würde ich alles in Kauf nehmen, um zu überleben. Ich hatte meine Grenzen, und ich würde nicht wieder mit ihm an diesen Ort zurückgehen.

Wenn es dazu kommen sollte.

Aber hoffentlich fand ich einen Ausweg, bevor er es tat.

Stunden später öffnete ich blinzelnd die Augen, meine Augenlider waren noch schwer. Es war kühler als sonst.

War es schon sechs? Mein Wecker hatte noch nicht geklingelt.

Ich drehte mich im Bett um und griff nach dem Wecker auf dem Nachttisch, drückte auf den Knopf, und eine männliche Stimme verkündete laut und deutlich: »Zwei Uhr dreizehn.«

»Zwei Uhr dreizehn?«, keuchte ich, nun leider ziemlich wach.

Ich schloss die Augen wieder und hoffte, wieder einschlafen

zu können, aber mein Verstand arbeitete bereits und kam nicht zur Ruhe. Draußen war die Nacht ganz still. Kein Regen, kein Wind, aber nächsten Monat würde es wahrscheinlich schon schneien. Ich erlaubte mir einen Moment, mich darauf zu freuen, aber das Gewicht all unserer Probleme drückte mich sofort wieder runter, und ich wollte Zeit, um zur Ruhe zu kommen, und keine Beschleunigung.

Ich liebte den Winter. Und das nicht wegen meines Namens. Es war einfach eine festliche Zeit, und fröhliche Dinge machten mich glücklich. Ich dekorierte mein Zimmer, weil ich die Lichter und die Girlanden immer noch spüren konnte. Ich konnte die Musik aus den Schneekugeln hören und den Geruch der Tannennadeln riechen. Aber ich war mir nicht sicher, ob ich dieses Jahr dekorieren wollte. Ich hatte meinen Stolz, und ich weigerte mich, das Beste aus dieser Situation zu machen. Hoffentlich wäre ich zu der Zeit sowieso nicht mehr hier.

Ich drehte mich zur Seite, rückte das Kissen unter meinem Kopf zurecht und streckte die Beine unter der Decke aus. Glatt und kalt.

Nicht warm.

Moment. Wo ist …?

»Mikhail?«, rief ich, öffnete die Augen und hob den Kopf.

Der Hund schlief immer zu meinen Füßen, aber er war nicht im Bett. Ich lauschte nach dem Glöckchen an seinem Halsband, wenn er sich bewegte, aber da war nichts.

»Komm her, Junge.« Ich schnalzte ein paarmal mit der Zunge und rief ihn.

Er hätte nicht rauslaufen können. Ich hatte die Tür abgeschlossen.

Dann stieg mir der Geruch von etwas Buttrigem und Süßem in die Nase, und ich setzte mich auf und warf die Decke zur Seite. Mein Herz schlug schneller.

Sie hat doch nicht …

Ich stöhnte innerlich auf, ging zum Schreibtisch, und meine Finger berührten eine Keramiktasse mit einer Flüssigkeit, die nach Tee roch, und einen kleinen Teller mit einem fluffigen

Croissant darauf. Meine Mutter war hereingekommen, um mir Essen hinzustellen.

Verdammt.

Ich ging zur Tür, spürte, dass sie offen war. Dank ihr. Es hatte wirklich keinen Sinn abzusperren. Selbst wenn Damon den Schlüssel für alle Zimmer verlor, könnte er sie einfach eintreten oder so, aber trotzdem ... ich konnte sie einfach nicht *nicht* absperren.

Ich steckte den Kopf durch die Tür in den Gang hinaus. »Mikhail?«, flüsterte ich.

Nichts.

Ich runzelte die Stirn. Es war untypisch für ihn, dass er nicht reagierte, und er hätte auf keinen Fall rauskommen können, ohne dass jemand die Tür für ihn geöffnet hätte.

»Mikhail?«, flüsterte ich wieder, jetzt aber etwas lauter.

Ich trat aus dem Zimmer und ging leise in den Flur. Die Dielen quietschten etwas unter meinem Gewicht.

Ich legte meine linke Hand ans Geländer und folgte ihm. Das einzige Geräusch kam von dem Klimpern der Kristalle des Kronleuchters, während ein Luftzug durch das alte Haus streifte. Unter meinen Füßen spürte ich die weichen Teppiche, und die alte Standuhr vor mir am Treppenabsatz tickte stetig. Das leise Geräusch verdeutlichte, wie unheimlich still es mitten in der Nacht im Haus war.

Ich hätte ihn bellen oder knurren gehört oder seine plötzliche Bewegung gespürt, wenn ihn etwas nervös gemacht hätte, oder? Er war immer wachsam. Hier war niemand außer meiner Mutter, meiner Schwester und mir.

Ich ging die Treppe runter und hielt mich mit beiden Händen am Geländer fest, während ich eine Stufe nach der anderen nahm und vorsichtig zur Haustür ging. Ich überprüfte alle Schlösser, um sicherzugehen, dass sie verschlossen waren.

Dann hörte ich rechts von mir ein leises Jaulen.

»Mikhail?« Ich drehte meinen Kopf in Richtung Wohnzimmer.

In kleinen Schritten ging ich vorwärts, bis ich beim Teppich ankam. Da spürte ich plötzlich seine feuchte Nase an meinem Knie.

»Hey, wo warst du denn?«, fragte ich und bückte mich, um ihn zu streicheln. »Was …«

Da stieg mir Zigarettengeruch in die Nase, und mir entgleisten die Gesichtszüge. Das Herz rutschte mir in die Hose, ich stellte mich wieder aufrecht hin, und meine Brust hob und senkte sich gleichmäßig, aber schnell.

Er hatte meinen Hund.

»Fass ihn nie wieder an«, zischte ich.

»Er ist zu mir gekommen.«

Damons Stimme kam von irgendwo tief aus dem Raum. Vermutlich saß er in dem hohen Sessel in der Ecke am Fenster. Ich stellte mir vor, wie er da im Dunkeln saß und nur das Glühen seiner Zigarette zu sehen war.

Ich griff nach unten, um Mikhails Halsband festzuhalten.

»Du hast deinem Hund einen russischen Namen gegeben«, sagte Damon nachdenklich.

»Ich habe ihm den Namen eines Tänzers gegeben.«

Mikhail Baryshnikov. Ich konnte ja nichts dafür, dass die meisten preisgekrönten Balletttänzer Russen waren. Es hatte absolut nichts mit Damons Herkunft zu tun.

Ich wollte mich gerade umdrehen und meinen Hund mitnehmen, als ich spürte, dass er aufstand und sich der letzte Rauch seiner Zigarette in Luft auflöste. Ich hielt meinen Hund nah bei mir, ging rückwärts zum Tisch an der Wand und nahm den Stift, von dem ich wusste, dass er mit einem Stapel Notizzettel dort lag. Ich hielt ihn in meiner Hand hinter dem Oberschenkel versteckt.

Es hatte eine Zeit gegeben, als er mir Angst eingejagt und mir das gefallen hatte. Aber jetzt gefiel es mir nicht mehr.

»Ich will nicht hier sein«, sagte ich zu ihm. »Ich werde einen Ausweg finden. Das weißt du.«

Ich zögerte einen Moment, als mir klar wurde, dass das das erste Mal war, dass Damon und ich so etwas wie eine Unterhaltung führten – wenn auch widerwillig –, seit er vor fünf Jahren ins Gefängnis gekommen war. Alle anderen Interaktionen zwischen uns waren entweder kurze Anfeindungen oder bittere Drohungen im Vorbeigehen gewesen.

»Willst du gar nichts dazu sagen?«, fragte ich.

»Nein, ich habe nicht das Bedürfnis zu antworten.« Seine Stimme klang jetzt näher. Er trank irgendetwas, etwas mit Eiswürfeln, die im Glas klirrten, bevor er es auf einen Tisch abstellte. »Du kannst sagen und ankündigen, was du willst, Winter. Aber letztendlich wirst du das tun, was man dir sagt. Du, deine Mutter und deine Schwester«, sagte er. »Dieses Haus gehört euch nicht mehr.«

»Ich bin erwachsen. Ich kann gehen, wohin und wann ich will.«

»Warum bist du dann noch hier?«

Meine Mundwinkel zuckten vor Verachtung, aber ich verbarg es schnell. Mir war klar, was er meinte. Ja, ich hätte versuchen können, in dieser Nacht vor ein paar Tagen zu fliehen. Wenn ich zugelassen hätte, dass mein Freund für etwas, das er nicht getan hatte, verhaftet worden wäre. Er und sein Vater hatten mich in die Enge getrieben, und ich war zurückgewichen. Die Wahrheit war also, ich konnte nicht gehen, wann ich wollte. Geschweige denn, dass ich tun konnte, was ich wollte. Zumindest nicht ohne Konsequenzen.

»Ich liebe deine Wut«, sagte er. »Ich bin froh, dass sie immer noch in dir brodelt.«

Ja, das tat sie. Meine Wut schien alles zu sein, was ich noch hatte, und ich vermisste es, zu lachen. Und ich vermisste die Freiheit der Person, die ich einmal gewesen war. Bevor das alles passiert war. Bevor die Drohung seiner unweigerlichen Rückkehr stetig über mir gehangen hatte. Würde ich irgendwann wieder eigene Dinge besitzen? Könnte ich mich noch einmal verlieben? Nach ihm?

»Ethan Belmont ist der unbedeutende dritte Sohn des CEOs einer schwächelnden Café-Kette und einer Grundschullehrerin«, sage Damon. »Er verbringt den ganzen Tag im Haus seiner Eltern und spielt Videospiele ...«

»Du meinst, er entwickelt sie ...«

»Und saugt an einem Asthmaspray, weil er eine Pollenallergie hat, oder umklammert einen EpiPen, weil sein Bagel mit Erdnussbutter in Berührung gekommen ist«, fuhr er fort. »Er wäre nicht mal dazu in der Lage, sein eigenes Körpergewicht aus einem brennenden Auto zu werfen, geschweige denn, seine Frau und sein Kind zu retten.«

Und du würdest das tun? Bitte, verarschen kann ich mich allein.

Damon Torrance rettete nur sich selbst. Nicht dass Ethan und ich zusammen waren, aber ich würde ihn Damon immer vorziehen.

»Du brauchst einen richtigen Mann«, sagte Damon, und seine Stimme kam immer näher. »Jemanden, der aufrecht geht und den Laden fest im Griff hat. Jemanden, der ein Teamplayer in Thunder Bay ist. Jemanden, auf den du hörst. Und jemanden …« Seine Stimme klang jetzt noch böser, als er direkt vor mir stehen blieb. »… der es nicht allzu sehr hinterfragen wird, wenn nicht alle seine Kinder wie er aussehen.«

Ich schnappte nach Luft. Hoffentlich sah er nicht, dass ich zitterte. Ich presste meine Lippen aufeinander, als mir klar wurde, was er vorhatte. Er wollte mich mit irgendeinem Mann verheiraten, als wären wir im neunzehnten Jahrhundert.

Aber er wollte auch immer noch seinen Spaß mit mir haben.

»Dann lass uns gehen«, sagte ich trotzig. »Worauf wartest du noch?«

Er beugte sich zu mir, griff hinter mich und nahm mir den Stift aus der Hand. »Darauf, dass du in diesem Kampf zu härteren Geschützen greifst«, stieß er zwischen seinen Zähnen hervor. »Das kannst du besser.«

Mein Gesicht wurde rot und meine Beine schwach. Er entriss mir den Stift und trat zurück. Einen Augenblick später hörte ich, wie er sich wieder eine Zigarette anzündete, während ich jeden Muskel in meinem Körper anspannte.

»Das werde ich«, versicherte ich ihm. »Und was auch immer passiert, ich werde dir nie gehorchen.«

»Das hoffe ich«, entgegnete er, ließ das Feuerzeug auf den Tisch fallen und blies den Rauch aus. »Dafür habe ich ja Arion.« Seine Schritte kamen wieder näher, und ich versteifte mich. »Sie wird nützlich sein«, sagte er. »An Tagen, an denen ich aufwache und hart bin und nur schnell in etwas Enges und Heißes eindringen muss.«

Ich knirschte mit den Zähnen. Der Gedanke an ihn und an mein Bett eines Morgens vor so langer Zeit ...

Ich ignorierte das Brennen in meinen Augen. O Gott, wie sehr ich ihn hasste.

»Aber in der Nacht«, sagte er mit leiser Stimme und blieb wieder direkt vor mir stehen, »wenn ich immer zu viel Energie habe, wie du weißt, und wenn ich mich an meinen Mund auf einem Bauch erinnere ... schweißbedeckt ... und an meine Finger, die über eine rasierte kleine Pussy streicheln ...«

Das Herz dröhnte in meiner Brust, und die Erinnerung daran, wie er sich angefühlt hatte, ließ mich innehalten.

»Vielleicht werde ich dann wieder drei Türen weiter zum Zimmer ihrer kleinen Schwester gehen«, fuhr er fort. »Ihr das Höschen über die Beine ziehen und anfangen, sie zu ...«

Ich schüttelte den Kopf und kämpfte gegen die Erinnerungen an, die mir durch den Kopf gingen. »Ich werde nicht zulassen, dass du dir noch etwas von mir nimmst«, sagte ich zu ihm. »Du hast mich vergewaltigt. Und es war nicht Unzucht mit einer Minderjährigen, es war eine richtige *Vergewaltigung*.«

»Ich kann verstehen, warum du das glauben willst. Vielleicht schämst du dich oder fühlst dich schuldig, weil es dir gefallen hat.« Er hielt kurz inne, bevor er fortfuhr. »Sei vorsichtig, Winter. Ich kann dir immer noch so viel antun.«

»Oh, jetzt habe ich aber Angst«, zischte ich.

Es gab nichts mehr, was er mir noch wegnehmen konnte.

Er blieb einen Augenblick ruhig und leise stehen, aber dann durchbrach seine harte Stimme die Stille. »Mikhail?«, rief er.

Ich zuckte zusammen.

»*K noge*«, sagte er.

Was?

Mein Hund riss sich aus meinem Griff los und lief bei dem Befehl los.

»Was machst du da?« Ich trat nach vorne. »Gib mir meinen Hund.« Dann rief ich: »Mikhail!«

Aber ich spürte keinen von beiden in meiner Nähe. Wo waren sie hingegangen? Was hatte er zu ihm gesagt? War das Russisch? Mikhail kannte keine russischen Kommandos.

Ich hörte das Halsband und die Hundemarke ein paar Meter entfernt klimpern, und ein Kloß bildete sich in meiner Kehle.

»Braver Junge«, hörte ich Damon ihn loben. »Er ist klug. Er weiß, wer sein Herrchen ist.«

Mikhail war zu ihm gegangen?

»Mikhail«, sagte ich. »Mikhail, komm her.«

»Bleibt die Frage ...«, fuhr Damon fort, und ich hörte, wie er näher kam. »Behalte ich ihn, oder gebe ich ihn meinem Vater? Ich hatte schon seit Jahren keinen Hund mehr als Haustier. Ich bin mir nicht sicher, ob ich ein Talent dafür habe.«

Meine Nerven waren angespannt. »Gib mir meinen Hund.«

»Du willst ihn zurück?«, fragte er und kam noch näher. »Dann fleh mich an.«

»Fick dich!«

Er packte mich im Nacken und hielt mich an den Haaren fest. »Ein Hund ist ein Hund, und eine Schlampe ist eine Schlampe«, zischte er. »Keiner von euch beiden ist für diese Welt von Nutzen, also seid ihr mir beide egal.«

Ich legte die Hände an seine Brust und versuchte, ihn wegzudrücken.

Mikhail.

Nein.

»Fleh mich an«, verlangte Damon. »Flehe. Du musst es nur flüstern. Sag einfach nur ›bitte‹.«

Er konnte mir meinen Hund nicht wegnehmen. Was würde er ihm antun? Die Gesichtszüge entgleisten mir, als ich daran dachte, dass ich nicht wüsste, wo Mikhail wäre und ob es ihm gut ginge. Ob er hungrig wäre ... Würde Damon ihn mir wegnehmen?

Damon packte mich immer noch bei den Haaren. »Flüstere es«, sagte er, und sein Atem ging schneller. »Flüstere es, wie ich an dem Morgen, an dem sie mich in deinem Bett gefunden und verhaftet haben, deinen Namen geflüstert habe, Winter. Das ist alles, was ich hören will. Ein leises Flüstern.«

Die Hand, in der er mich hielt, zitterte, und mein Magen verkrampfte sich so sehr, dass es schmerzte.

Bitte hör auf. Tu das nicht.

»Ihn zu töten, wäre wahrscheinlich gnädiger, als ihn meinem Vater zu geben«, fügte Damon hinzu. »Er ist nicht gut zu Hunden …«

»Bitte«, rief ich, und eine Träne lief mir über die Wange. »Bitte gib mir einfach meinen Hund zurück.«

»Auf die Knie«, befahl er.

Ich schloss die Augen. Verdammter Mistkerl. Er wusste genau, was er tun musste. Jedes Mal. Ich wollte ihn am liebsten in Stücke reißen.

Ich hasste ihn.

Aber dann ging ich langsam in die Knie, ließ mich auf den Boden hinabgleiten, presste die Zähne zusammen und zitterte, während er mich immer noch an den Haaren festhielt.

»Bitte«, flüsterte ich und schloss die Augen, weil ich so angewidert von mir selbst war. »Bitte.«

»Noch mal.«

»Bitte«, flehte ich.

Ich wartete darauf, dass er etwas sagte – dass er sagte, ich könnte meinen Hund zurückhaben –, aber er stand einfach nur da und hielt mich an den Haaren fest.

Er stand nur da.

War es das, was er sehen wollte? Mich gedemütigt? Mich verängstigt?

Er liebte es, wenn ich Angst hatte. Das erregte ihn.

Und mir hatte es wohl auch einmal gefallen.

Die Sekunden verstrichen langsam, und es fühlte sich wie eine Ewigkeit an, wie er mich dort festhielt und mir das Herz in der Brust wild klopfte. Fast war es für einen Augenblick so, als wären wir wieder Teenager. Als mir die Spielchen gefallen hatte, die er mit mir gespielt hatte. Bevor ich erkannt hatte, dass ich das Spielzeug war.

Der Schrecken und die Bedrohung, aber auch die Aufregung und die Sicherheit, die ich in seinen Armen gefühlt hatte.

Ich hatte noch nie jemanden so sehr gehasst wie ihn, aber ich hatte das, was ich mit ihm gefühlt hatte, mehr geliebt als alles, was ich je bei einem anderen Menschen gefühlt hatte. Ich war so dumm gewesen.

Seine Finger begannen, sich zu bewegen und mich langsam zu streicheln, als sein Atem schneller ging. »Winter …«

Meine Klit begann zu pochen, und ich fing leise zu weinen an, während es mir die Schamesröte in die Wangen trieb.

Was hat er mit mir gemacht, verdammt?

Er zog mich hoch, strich mir das Haar hinter die Schultern, und seine Stimme klang plötzlich ganz normal. »Braves Mädchen«, sagte er zu mir. »Natürlich kannst du deinen Hund wiederhaben. Hältst du mich etwa für ein Monster?«

Ich riss mich aus seinen Händen los. »Das tut nichts mehr zur Sache. Du hast mein Leben bereits ruiniert. Vor langer Zeit.«

»In dem Baumhaus, als du acht warst«, beendete er den Satz für mich. »Ich erinnere mich an diese Party. Aber es ist schon lustig. Das ist alles, woran du dich erinnerst, oder?«

»Wovon redest du?«

»Der Brunnen«, sagte er. »Erinnerst du dich, was in dem Brunnen passiert ist, bevor wir an diesem Tag in das Baumhaus gegangen sind?«

Der Brunnen? Ich durchsuchte meine verwirrten Gedanken nach etwas, das rausstach. Ich war acht gewesen, also konnte ich mich nach all der Zeit nicht mehr an jedes Detail erinnern. Nur dass er verletzt gewesen war und ich versucht hatte, ihm zu helfen. Wichtig war das, was nach dem Brunnen geschehen war.

»Nichts ist passiert«, sagte ich zu ihm.

Ich würde nicht zulassen, dass er das, was an dem Tag geschehen war, falsch darstellte. Ich war nett zu ihm gewesen. Nichts, was ich getan oder gesagt hatte, hätte das gerechtfertigt, was hinterher passiert war. Und auch nichts, was ich Jahre später auf der Highschool gesagt oder getan hatte, hätte gerechtfertigt, was er sich von mir genommen hatte.

Aber ein Teil von mir war neugierig, worauf er hinauswollte. Ich dachte, er würde fortfahren, aber das tat er nicht. Er ließ mich im Dunkeln stehen.

Er seufzte. »Ich habe mich nicht unter Kontrolle, Winter«, sagte er, erklärte aber nichts weiter. »Es gibt keine Wahl. Wir sind, wer wir sind, und wir tun, was wir tun. Das liegt in unserer Natur. Wie ein Spiel, und ich werde meine Rolle spielen, weil ich nicht widerstehen kann. Ich kann nicht sein, was ich nicht bin.«

Ich runzelte die Stirn. Er klang resolut. Als wäre das mein Ende.

»Ich hoffe, du wirst mich nicht enttäuschen«, beendete er seine Ausführungen.

Das war es dann also? Er würde weitermachen mit seinen kranken Bedürfnissen, die in seinem kranken Gehirn köchelten, weil er dazu entschlossen war, den Schmerz, den er verursachte, nicht zu verstehen? Und weil schlimme Taten Konsequenzen hatten?

Er hatte gekriegt, was er verdiente. Und ich hatte schon einmal gewonnen. Ich würde es wieder tun.

»Aber überleg dir eine neue Taktik«, sagte ich zu ihm. »Ich finde es lächerlich, wenn du dich wie ein Perverser auf der Damentoilette an mich ranschleichst.«

»Ich weiß nicht, wovon du redest.«

»Bridge Bay Theater«, sagte ich. »Ich war heute alleine in der Damentoilette. Du bist reingekommen und hast mit mir gespielt. Ich dachte, du hättest im Gefängnis gelernt, wie du deine Spielchen verbessern könntest.«

Er lachte einmal auf, nahm einen Zug von seiner Zigarette und atmete aus. »Ich habe keine Ahnung, von was du da träumst, aber ich war den ganzen Tag in New York«, sagte er. »Ich bin erst vor einer Stunde zurückgekommen.«

»Ja, natürlich.«

»Warum sollte ich lügen?«

Ich hielt inne, und mir wurde klar, dass er recht hatte. Er hatte kein Motiv, es zu verbergen. Es war kein Geheimnis, dass er es auf mich und meine Familie abgesehen hatte. Es gab wahrscheinlich keinen Beweis dafür, dass er da gewesen war. Und selbst wenn, er könnte sich jedes Alibi besorgen, das bezeugte, dass er woanders gewesen war.

Hier in diesem Zimmer, nur wir beide, da gefiel es ihm zu tun und zu sagen, was er wollte, ohne dass uns jemand hörte.

Er trat auf mich zu, und ich konnte den Zigarettenrauch an ihm riechen. Genau wie den Duft seiner Klamotten, den teuren Stoff und das Leder seiner Schuhe.

»Ich bin besser als das«, flüsterte er, und ich konnte das Eis von dem Drink, den er gerade getrunken hatte, in seinem kühlen Atem spüren. »Warum sollte ich dich an einem öffentlichen Ort bedrängen, wo jeder reinkommen und mich stören könnte? Ich bevorzuge meine Privatsphäre.«

Er strich mir mit den Fingern die Haare von den Wangen, und ich wich zurück.

»Zum Beispiel in einem großen Haus«, sagte er zu mir. »Umgeben von vielen Kilometern Wald und keinen Nachbarn. Kein Verkehr. Nichts.«

Ich hörte das kranke Grinsen in seiner Stimme und wusste sofort, was er meinte.

Er hatte bereits alles geplant.

»Alle sind weg, alle haben dich alleine gelassen«, fuhr er fort. »Niemand da, der dir helfen kann. Niemand, der dich hört. Niemand, der mich aufhält. Eine ganze Nacht lang. Nur wir zwei.« Jetzt flüsterte er kaum hörbar, und sein Atem lag auf meinen Lippen. »Zusammen in dem Haus. So viel Platz, um wegzulaufen. So viele Ecken zum Verstecken.«

Ich ballte die Fäuste, und wenn ich es vorher noch nicht gewusst hatte, so wusste ich es jetzt. Er hatte sich verändert.

Er war noch schlimmer geworden.

Und in seinem Kopf hatte er seine Zeit schon abgesessen, also könnte er die Straftat genauso begehen.

Mein Magen verkrampfte sich, als er an mir vorbeiging.

»Gute Nacht, Winter«, sagte er.

Und der Anflug von Erregung in seiner Stimme entging mir keinesfalls.

KAPITEL 7

DAMON

Sieben Jahre zuvor

Laut Mr Kincaid verlangten Winter Ashbys Eltern also, dass ich zu ihrer Tochter – genau genommen zu beiden – keinen Kontakt aufnahm, während sie auf der Thunder Bay Prep war – wegen dem, was vor so vielen Jahren geschehen war. Und wenn ich mich nicht an diese Aufforderung hielt, würden sie sich gezwungen sehen, eine einstweilige Verfügung gegen mich zu erlassen.

Wenn ich also nichts in meiner Akte haben wollte, sollte ich mich daran halten.

Das sollte man zumindest denken. Das ist das, was jeder andere tun würde.

Aber das zu hören, brachte meine Rädchen im Kopf nur noch mehr zum Rotieren, und ich stellte mir all die vielen Möglichkeiten vor, Ärger zu machen – und am besten richtig gefährlichen.

Ich hätte fast laut gelacht, als ich mich an die Unterhaltung erinnerte. Eine *einstweilige Verfügung*? Das sollte wohl ein Scherz sein, oder? Was für ein Waschlappen. Wir waren damals *Kinder*. Griffin Ashby war nur sauer, weil seine Frau es mal mit meinem Vater getrieben hatte, und weil er seine kümmerlichen, fleischigen kleinen Hände nicht an einen Mann wie Gabriel Torrance legen konnte, pumpte er sein Ego auf, indem er sich hin und wieder mit *mir* anlegte.

Ja, es hatte einen Unfall gegeben, als wir Kinder gewesen

waren, und Ashby hatte seiner Tochter über die Jahre hinweg ganz offenbar die Erinnerungen daran, wie es genau passiert war, vollkommen verfälscht. Aber ich hatte ihr nicht wehtun wollen. Es war ein verdammter Unfall gewesen, und Kinder gerieten nun mal hin und wieder in Unfälle.

Ich stieg aus meinem Auto, schlug die Tür zu und drückte auf den Schlüsselanhänger, um den Alarm zu aktivieren.

»Warum sollte ich dich nicht abholen?«, rief Michael mir zu, als er aus seiner G-Klasse stieg.

»Weil ich vielleicht nicht zur selben Zeit gehen möchte wie du«, antwortete ich.

»Oder er ist schon vor allen anderen fertig«, fügte Will grinsend hinzu, als er und Kai sich zu Michael gesellten.

Die drei waren zusammen gefahren, und normalerweise fuhr ich mit ihnen, aber manchmal kamen wir auch getrennt. Wenn wir uns zu irgendeinem Zeitpunkt in der Nacht aufteilen wollten zumindest.

Ich hatte nicht wirklich einen Plan, aber wer wusste schon, was noch passieren würde?

Nach meiner Unterhaltung mit Winter in der Mensa am Anfang der Woche und ihrer offensichtlichen Angst vor mir, als wir in der Herrenumkleide aufeinandergetroffen waren, war ich neugierig. An was erinnerte sie sich von dem Tag im Brunnen? Sie war jung gewesen, als es passiert war – wie ich –, ihre Erinnerungen waren also vielleicht nicht so klar.

Als sie in die Umkleide gekommen war – oder geschubst worden war, wie ich später herausgefunden hatte –, hatte mich der verletzte, aber trotzige Blick in ihrem Gesicht an Banks erinnert. Sie hatte so ausgesehen, als wäre sie kurz davor zusammenzubrechen – ihre Wangen waren gerötet gewesen, und ihre Augen hatten ein wenig geglänzt. Aber ihr Kiefer war angespannt und ihre Fäuste geballt gewesen. Innerlich war sie ausgeflippt, aber sie war definitiv auch wütend gewesen.

Das war niedlich – irgendwie.

Und ihre Hilflosigkeit hatte mir auch gefallen. Sie hatte mir das Gefühl von … ich weiß nicht … von Macht gegeben. So, wie ich mich bei Banks und dem Basketballteam fühlte, weil es Dinge gab, die nur ich für sie tun konnte.

Man mochte es Arroganz nennen. Aber ich wusste, dass es mir ganz und gar nicht gefallen hatte, wie die anderen Jungs sie aufgezogen hatten, als sie sie bemerkt hatten.

Nein, falsch. Es gefiel mir einfach nicht, wenn *irgendein anderer* mit ihr spielte.

Und es hatte mir auch überhaupt nicht gefallen, dass ein anderer Mann zu ihrer Rettung geeilt war. Selbst wenn es Will gewesen war.

Und ihr Dad konnte mich mal. Er würde keine einstweilige Verfügung gegen mich erlassen. Den Ehemaligen gefiel es doch, wenn das Team die Spiele gewann, oder? Michael, Kai, Will und ich ... wir wurden an der langen Leine gelassen, solange wir unseren Job erledigten. Dazu hatte er nicht die Eier in der Hose.

Wir gingen um die runde Einfahrt herum. *Bad Company* von Five Finger Death Punch tönte aus dem Garten zu uns, als wir an dem dämlichen Marmorbrunnen mit vier wasserspeienden Pferden und fetten Engeln auf der oberen Etage vorbeikamen. Es war die Art hässlicher Scheiß, den sich Amerikaner auf ihr Anwesen stellten, wenn sie europäisch erscheinen wollten. Aber irgendwie sah es eher wie eine Vogeltränke in einem Trailerpark aus, nur größer.

Griffin Ashby war ein Angeber. Und selbst wenn er mich mögen würde, könnte ich ihn trotzdem nicht ausstehen. Zum Glück war er über das Wochenende in Meridian City und hatte seine Frau mitgenommen. Seine älteste Tochter Arion hatte beschlossen, heute Abend eine Poolparty zu geben. Hoffentlich war Winter nicht mit ihren Eltern mitgefahren. Ich wollte noch einmal mit ihr reden. Sehen, wie lange es genau dauern würde, bis ich in ihren Kopf kriechen und Schaden anrichten konnte.

»Hey!«, hörte ich Will rufen, während wir durch den Garten gingen. »Woah, komm her!«

Mein Blick schnellte zu ihm und blieb an dem Jungen hängen, der gerade durch die Einfahrt gehen wollte und den Will nun am Kragen packte und zum Stehenbleiben zwang. Ich erkannte ihn sofort. Misha, sein kleiner Cousin. Enkel eines Staatssenators, aber er sah eher aus wie das Wunderkind von Sid und Nancy.

»Was machst du hier, verdammt noch mal?«, herrschte Will ihn an. »Du bist erst *zwölf.*«

»Ja und?«

Klugscheißer.

Will hielt einen Moment inne, dann lachte er leise. »Ja, du hast recht. Egal. Trink verantwortungsbewusst.« Dann schubste er den Jungen zur Party auf der Rückseite des Hauses.

Aber Misha befreite sich aus seinem Griff, drehte sich um und ging stattdessen Richtung Straße. »Ich gehe nach Hause«, murmelte er. »Hier ist es langweilig.«

»Du kannst nicht von hier aus nach Hause laufen, du kleiner Dummkopf!«, widersprach Will. »Das ist doch viel zu weit.«

»Dann fahr mich doch heim.«

»Spinnst du?«

Ich verkniff mir das Lachen, als ich mich umdrehte und wieder begann, in Richtung Garten zu gehen.

»Dieser blöde Idiot«, sagte Will, als er zu uns aufholte. »Ich verstehe nicht, wie er mit mir verwandt sein kann.«

Wir gingen um das Haus herum – in der Nachricht hieß es, dass niemand ins Haus durfte und alle direkt in den Garten kommen sollten – und blieben stehen, als sich der weitläufige Rasen vor uns erstreckte. Leute tanzten und spielten Trinkspiele, überall in dem Garten tummelten sich Menschen, Musik dröhnte aus den Lautsprechern, und ein Football flog durch die Luft. Ich konnte das Essen riechen, das auf mehreren Tischen stand, und ein paar Gäste spielten oder unterhielten sich im Pool. Fast jeder Stuhl war besetzt, und ein paar Schüler hatten sich auf die Liegen beim Poolhaus gesetzt, hinter dem der Wasserdampf der Duschen aufstieg. Über der Wasseroberfläche des Pools waberte ein leichter Dunst, was dem Pool den Anschein eines Hot Tubs verlieh.

»Gebt mir eure Handys«, rief jemand.

Ich wandte mich um. Ein Footballspieler, dessen Namen ich

nicht kannte, saß an einem Kartentisch und blickte uns herausfordernd an. Unsere Namen hatte er bereits auf Zettel geschrieben und war ganz offensichtlich mehr als bereit, unsere Handys einzusammeln, damit keiner etwas von der Party online stellen konnte.

»Fick deine Mutter«, murmelte ich, blickte zur Party zurück und hörte Kai neben mir prusten.

Das würde uns gerade noch fehlen. Dass jemand unsere Handys stahl, solange sie sich im Besitz eines anderen befänden. Bilder, Nachrichten, Videos, Rechnungen ... Ich gab niemandem mein Handy. Es war bei mir sicherer, und wenn sie uns rausschmeißen wollten, weil wir uns nicht an die Regeln hielten, dann viel Glück. Niemand blieb auf Partys, auf denen wir nicht waren.

Der Grünschnabel sagte nichts mehr – machte auch keinerlei Bewegung –, als wir uns unter das Volk mischten. Mädchen liefen herum, manche nur in Bikinis, obwohl es heute Nacht nur etwa fünfzehn Grad hatte. Ich wusste, dass der Pool beheizt war, aber wenn man draußen war, musste es kalt sein. Eine von ihnen warf mir einen vielsagenden Blick zu, als sie mit ihren Freundinnen an uns vorbeilief, und das verführerische Lächeln, das auf ihren Lippen lag, verriet mir, dass ich mir wahrscheinlich nicht viel Mühe geben müsste, wenn ich heute Abend Interesse an einer Runde Sex hätte.

Aber ich gab mir gerne Mühe.

Ich ließ meinen Blick durch den Garten schweifen – von Ecke zu Ecke, von Tisch zu Tisch, von Grüppchen zu Grüppchen. Mir war klar, nach wem ich suchte. Und mir war nicht minder klar, dass ich das nicht tun sollte. Diese Grenze zu überschreiten, wäre wahrscheinlich sogar für mich zu viel.

Als wir acht und elf waren, war es nicht kompliziert gewesen, einander kennenlernen zu wollen, aber jetzt war es das. Alle würden es falsch verstehen.

Michael seufzte, rollte mit dem Kopf und ließ seine Halswirbel knacken. »Lasst uns was trinken.«

Wir nickten, stürzten uns ins Getümmel, holten uns ein Bier und blieben hier und da stehen, um uns mit Leuten zu unterhalten. Schließlich fanden wir einen Tisch, und ich zog mir die

Schuhe und meinen Hoodie aus und warf ihn auf einen Stuhl, bevor ich meine Bierflasche nahm und den Rest darin leerte.

Ich sah einen unserer jüngeren Basketballspieler am Tisch und schob ihm meine leere Flasche zu. Er nahm sie, unterbrach seine Unterhaltung und zögerte nur einen Moment, bevor er aufstand, um mir ein neues Bier zu holen.

»Für uns alle«, rief ich ihm leise hinterher. Will trank schneller als ich, sein Bier wäre also auch bald leer, wenn es das nicht sowieso schon war.

Kai setzte sich an den Tisch, trank und lachte über etwas, das jemand gesagt hatte, während Michael ging, um mit Diana Forester zu reden.

»Woo-hoo!« Will legte sich die Hände um den Mund und schrie über die laute Musik hinweg in die Menge hinein.

Alle drehten sich überrascht um und sahen gerade noch, wie er ohne Schuhe und T-Shirt mit einem Rückwärtssalto am tiefen Ende des Pools ins Wasser sprang.

Die Leute lachten, johlten und jubelten ihm zu. Ich ging zum Beckenrand und ließ mich bis zur Hüfte ins Wasser gleiten. Ich trug eine lange schwarze Badeshorts, die über meinen Knien endete, und ich hatte mir keine Wechselklamotten mitgenommen. Banks hatte mich angefleht, sie heute Abend mitzunehmen, und am Ende war ich aus dem Haus gestürmt, um ihren mitleiderregenden Blick nicht mehr sehen zu müssen. Ich war ein bisschen sauer und sehr abgelenkt gewesen und hatte infolgedessen sogar meine Zigaretten vergessen.

Will tauchte aus dem Wasser auf, lachte und spritzte ein paar andere Gäste an, bevor er zu mir schwamm. Ich stützte meine Ellbogen am Beckenrand hinter mir ab und lehnte mich an die Wand des Pools.

»Arion Ashby will dich so hart, Mann«, sagte er, lehnte sich direkt neben mir an den Beckenrand und streifte sich die Haare über den Kopf nach hinten. Amüsiert deutete er mit dem Kinn auf etwas hinter mir.

Ich warf einen Blick über meine Schulter. Winters ältere Schwester stand mit ihren Freundinnen in einem Halbkreis und beobachtete uns. Ich ließ meinen Blick über ihren Körper gleiten – lange, schlanke Gliedmaßen in einem weißen trägerlosen Bikini und ein langer lockerer Pferdeschwanz. An beiden Beinen hatte sie Kettchen, und um den Hals trug sie eine mehrlagige Goldkette in verschiedenen Längen.

Sie wäre schärfer, wenn sie nur den Schmuck getragen hätte.

Ich drehte mich zu Will um. »Ich habe Pläne für sie, keine Sorge.«

Seine Augen funkelten. »Ich *liebe* deine Fantasien. Komme ich darin auch zum Zug?«

Ich grinste und wusste genau, was er meinte. »Ich habe auch für *dich* Pläne.« Dann fiel mein Blick auf die zwei Knutschflecken an seinem Hals, wobei einer von ihnen ziemlich heftig aussah. Ich wusste auch genau, von wem er sie hatte. Das Mädchen, das sie ihm verpasst hatte, hatte wahrscheinlich selbst doppelt so viele. »Manche Mädchen müssen lernen, dass sie die Fähigkeit, wie ein Staubsauger an einem Schwanz zu saugen, nicht am Hals eines Mannes vergeuden sollten«, sagte ich zu ihm und ließ Wasser durch meine Finger gleiten, während der Ärger in mir zunahm. »Vielleicht solltest du zuschauen, während ich es dem Mädchen beibringe, das dir das angetan hat.«

»Eifersüchtig?«, scherzte er.

Aber als wir uns ansahen, lachte ich nicht, und sein spöttisches Grinsen verging ihm, während er die Schultern straffte.

Will war mein bester Freund, und was mir gehörte, gehörte mir. Das wusste er.

Ein unbehagliches Schweigen legte sich über uns, aber dann bemerkte er etwas hinter mir und deutete mit dem Kinn in die Richtung. »Oh-oh.«

Ich drehte mich um und sah Arion an den Beckenrand kommen und die drei Stufen ins Wasser steigen. Sie hatte ihr Haare geöffnet und die Hände hinter ihrem Rücken versteckt. Ich hatte mich die ganze Woche für etwas anderes heute Abend in Stimmung gebracht, und ich wusste nicht genau, ob ich bleiben wollte.

Aber meine Pläne fielen auseinander, ich hatte nichts Besseres zu tun, und wenn sie spielen wollte, dann könnte ich meine Gedanken vielleicht wieder ordnen. Sie war hübsch, hatte aber etwas in ihren Augen, das sie ein bisschen gemein aussehen ließ. Und ihr Kinn war sehr kantig, ließ sie zu dünn aussehen und gab ihr eine gewisse Härte, die mir nicht gefiel. Sie war nicht süß.

Aber egal. Ich war nicht derjenige, der es mit ihr treiben würde.

Als sie bei uns ankam, zog sie ihre Fäuste hinter dem Rücken hervor, schaute uns verschmitzt an, öffnete die linke Hand, in der eine dreieckige türkise Pille lag, und gab sie Will.

X.

»Ja, verdammt.« Er nahm die Pille und spülte sie mit einem Schluck von seinem Bier, das am Beckenrand stand, runter.

Dann sah sie mich an, öffnete ihre rechte Hand, aber die war leer.

Ich schaute ihr in die Augen, aber sie grinste nur, öffnete dann ihren Mund und entblößte meine Pille, die auf ihrer Zunge lag. Sie stellte sich auf die Zehenspitzen und näherte sich meinem Mund, aber ich drehte meinen Kopf zur Seite.

»Ich brauche keine Hilfe, um verrückt zu sein«, sagte ich zu ihr.

Außerdem waren wir nicht mehr auf der Middle School.

Sie zog fragend die Augenbrauen nach oben, nahm mir dann mein Bier aus der Hand und spülte die Pille damit selbst runter. Sie benetzte ihre Lippen, drückte sich an mich, und ich ließ sie gewähren. Für diesen Moment.

»Lass uns nach oben gehen«, flüsterte sie mir zu. »Ich würde gerne sehen, wie verrückt du tatsächlich werden kannst.«

Harsch griff ich nach ihrem Kinn. *Ach ja?*

Es beunruhigte mich nicht mehr, dass mit mir etwas nicht stimmte. Dass ich über die Jahre hinweg andere Vorlieben als andere Leute entwickelt hatte oder dass es schwerer war, mich zu befriedigen als andere Männer.

Das Einzige, das mich jetzt noch beunruhigte, war, dass es immer schwerer wurde, diese Vorlieben zu stillen. Es war, als hätte ich eine Immunität gegen das Kranke entwickelt und müsste die Dosis ständig erhöhen.

Ich streichelte ihr einmal übers Kinn und fuhr die scharfe

Kante mit meinem Finger nach. »Ich will, dass du hinter die Hecke gehst«, sagte ich leise zu ihr. »Da drüben.«

Ich deutete mit meinen Augen nach rechts, wo eine Hecke das Grundstück umzäunte, bevor sich dahinter der Wald, die Klippen und der Ozean erstreckten. Dort hinten würde niemand sein.

Ihr Blick fiel auf meinen Mund, und sie sah aus, als gefiele ihr die Idee. »Und was wirst du hinter der Hecke mit mir anstellen?«, fragte sie.

»Ich werde dir zuschauen.«

Will lachte leise neben mir, und während ein Anflug von Schuldgefühlen sich in der hintersten Ecke meines Gehirns bemerkbar machte und mich den Blick abwenden ließ, vergrub ich meine Finger noch etwas tiefer in ihrem Kinn und spürte plötzlich die Hitze durch meinen Körper strömen, die ich brauchte.

»Ich werde dabei zuschauen, wie dich jemand anfasst«, sagte ich zu ihr. »Ich will sehen, wie dich jemand nimmt.«

Sie hielt inne und sah mich verblüfft an, als ihr klar wurde, was ich wollte. Unsicher blickte sie von links nach rechts und fragte sich wahrscheinlich, ob das ein Scherz war oder ob sie jetzt einen Rückzieher machen sollte. Sie hatte sicher die Geschichten gehört. Wahrscheinlich hatte sie sich nur für so scharf gehalten, dass ihr nicht in den Sinn gekommen war, dass ich es nicht selbst mit ihr treiben wollen würde.

Sie richtete ihre blauen Augen auf Will. »Mit ihm?«

Ich schüttelte den Kopf.

Sofort fiel ihr Blick auf jemanden, der hinter mir stand. »Kai?«

Wieder schüttelte ich den Kopf.

Will tat es mir gleich, klang aber amüsiert, als er sein Bier leerte. »O Mann, echt jetzt?«

»Marko Bryson«, sagte ich und betrachtete den Kerl im Garten hinter ihr. Er stand bei einer Gruppe von Menschen, hatte kein T-Shirt an und hielt eine halb volle Flasche Fireball in der Hand.

Arion warf einen kurzen Blick über die Schulter und drehte

sich dann wieder zu mir um. »Er hat eine Freundin«, sagte sie leise.

»Das macht es ja so scharf.«

Ich hatte in meinem kurzen Leben schon vielen Menschen beim Sex zugesehen. All die Männer im Haus meines Vaters und die Huren, die sie sich hielten. Die geheimen Leben der Mütter und Väter in dieser Stadt. Die Mädchen, die die Unterwelt unserer kleinen dekadenten Schule regierten, genau wie die Jungs es taten.

Ja, ich hatte schon viel Scheiße gesehen.

Aber jetzt … *Stärker, härter, mehr. Immer mehr.*

»Aber ich will *dich*«, widersprach sie.

»Und ich will, dass du magst, was ich mag.«

Sie starrte mich an und überlegte, aber sie schloss ihren Mund und sagte nichts weiter.

Sie könnte gehen. Sie könnte Nein sagen. Es wäre mir egal, und das wusste sie. Aber sie wusste auch, wenn sie Nein sagte, dann wäre das das Ende. Ich würde sie anders nicht wollen, und ich würde sie mit Sicherheit nicht zu meiner ersten Freundin machen, wenn sie nicht alles akzeptierte, was ich wollte. Ich würde mich nicht ändern.

»Jemand wird es herausfinden«, sagte sie schließlich.

Ich konnte mir ein Grinsen nicht verkneifen. Das war ihr letzter Protest. Ihr letzter Versuch, eine Ausrede zu finden. Oder einen Grund, nachzugeben.

»Er wird nicht Nein zu dir sagen«, sagte ich zu ihr.

Es war immer unterschwellig, aber ich konnte sehen, wenn es passierte. Das letzte Argument starb in ihrem Blick, wie bei jeder einzelnen Person, mit der ich spielte.

Sie wollte ihren Mund öffnen, um zu widersprechen, aber dann fiel ihr Blick über mich. »Was?«, zischte sie, und mir wurde klar, dass jemand hinter mir stehen musste.

»Arion, kannst du mir helfen, das Winterdorf im Keller zu finden?«

Winterdorf? *Diese Stimme.*

Ich schloss die Augen, und meine Nackenhärchen stellten sich auf.

Winter. Sie war tatsächlich zu Hause.

»Was? Jetzt?«, jammerte Arion. »Frag Mom, wenn sie zurück ist.«

Steig aus dem verdammten Pool und gib ihr, was sie will.

»Ich weiß gar nicht, warum du es überhaupt haben willst.« Arion nahm wieder mein Bier. »Wir haben noch nicht mal Halloween, und du kannst das verdammte Ding sowieso nicht sehen. Was soll das also?«

Miststück.

Aber während meine Wut auf Arion Ashby immer größer wurde, wurde die Haut an meinem Rücken immer wärmer, weil ich wusste, dass Winter direkt hinter mir stand. Und selbst wenn ich es versucht hätte, ich hätte im Augenblick an nichts anderes denken können. Was sollte ich nur mit ihrer Schwester machen, um dasselbe Gefühl zu bekommen?

Wie war sie überhaupt hier rausgekommen? Und wie hatte sie ihre Schwester gefunden? Am liebsten hätte ich mich umgedreht. Stattdessen blieb ich wie angewurzelt im Wasser stehen und hörte einfach nur zu.

»Es macht Musik«, sagte Winter in trotzigem Tonfall. »Es gefällt mir. Was geht es dich überhaupt an?«

Aber Arion antwortete nicht, und nach einem Augenblick sah sie wieder mich an. Winter musste gegangen sein.

Jetzt, da ich wusste, dass sie zu Hause war, war jeglicher Anflug von Interesse an Arion verschwunden.

Es macht Musik. Es gefällt mir.

Ich wusste nicht, ob ich mich für die Tatsache verantwortlich fühlte, dass sie nur noch vier Sinne zur Verfügung hatte, um die Welt zu erkunden, aber es war ein seltsames Gefühl, jemanden vor einer anderen Person beschützen zu wollen, wo ich doch wusste, dass ich viel schlimmer für ihre Gesundheit wäre als jeder andere.

Ich wimmelte Arion ab, drehte mich um und kletterte aus dem Pool. Dann ging ich zum Tisch, nahm mir ein trockenes Handtuch und schaute mich um. Ich entdeckte Winter in der Nähe des Poolhauses. Ihre Hand lag auf dem Arm eines anderen Mädchens in ihrem Alter. So musste sie aus dem Haus gekommen sein und ihre Schwester gefunden haben.

Sie war von Mädchen umgeben und sah überwältigt, aber

glücklich aus. Ihr Mund bewegte sich viel, was zeigte, dass sie etwas nervös war wegen all des Trubels, der Musik und der Menschen in ihrem Garten. Immer wieder biss sie sich auf ihre Lippen, zog abwechselnd die Mundwinkel nach oben, lächelte hier und da zögerlich … Sie war das alles nicht gewohnt.

Auf welchen Partys war sie denn auf ihrer Blindenschule in Kanada gewesen? Und warum hatte er sie überhaupt nach Kanada geschickt, als ob sie hinter dem Vorhang eines fremden Landes versteckt werden müsste, damit jeder ihre nicht ganz so perfekte Tochter vergaß? Eine wohlhabende Familie wie ihre hätte sich Privatlehrer leisten können, die sie zu Hause unterrichteten, falls es ihr auf der normalen Schule zu viel geworden wäre. Und wenn nicht, dann gab es in der Stadt auch Schulen für Sehbehinderte.

Ich wandte den Blick von ihr ab, legte mir das Handtuch um den Nacken, setzte mich an den Tisch und klopfte instinktiv auf meine Shorts. »Fuck«, murmelte ich. Ich brauchte unbedingt eine Zigarette.

»Hol deiner Schwester ein Sweatshirt«, hörte ich Kai zu jemandem sagen. »Man kann durch ihr T-Shirt durchsehen.«

Ich schüttelte den Kopf und wollte gerade lachen.

»Dann starr ihr nicht auf ihre Titten«, antwortete Arion, als sie sich ein Handtuch vom Tisch nahm. »Sie ist ein Kind.«

Wieder schaute ich zu Winter rüber. Sie nickte, als jemand etwas sagte, und ihr Blick lag unfokussiert auf der Person vor ihr. Sie war barfuß, hatte eine Jeans und ein geripptes weißes Tanktop an, das etwas abgetragen war, als wäre ihr das egal. Sie trug kein Make-up, ihre Lippen hatten ein natürliches Dunkelrosa, und ihr blonder Pferdeschwanz hing ihr sanft gelockt über die Schultern. Sie war perfekt.

Ein Lächeln legte sich auf meine Lippen, aber ich riss mich sofort zusammen und holte tief Luft.

Da erst fielen mir die Umrisse ihrer Brüste durch den Stoff auf. Die sanften halbkreisförmigen Kurven und die Nippel, die wegen der Kälte heute Abend noch besser auszumachen waren. Ich ließ meinen Blick nach links und rechts schweifen und sah eine Gruppe Jungs, die zu ihr schauten und sich lachend unterhielten.

Verdammte Idioten.

Kai nahm sein Sweatshirt vom Stuhl und warf es Arion zu. »Jetzt«, befahl er ihr.

Seinem Tonfall und dem Ausdruck in seinem Gesicht nach zu urteilen, würde er keinen Widerspruch dulden.

»Na schön«, zischte sie.

Aber ich packte das Sweatshirt, riss es ihr aus der Hand und warf es zurück auf den Tisch.

Kai funkelte mich böse an.

»Ihr geht's gut«, sagte ich zu ihm, was eher wie ein Befehl als wie eine Bemerkung klang.

Er stand auf und schaute mich abfällig an, als er den Hoodie nahm. »Nicht jede Frau auf dieser Welt ist zu deiner persönlichen Belustigung da«, zischte er mich an und warf mir einen bösen Blick zu. »Eines Tages wird eine von ihnen deine Tochter sein, und dann wird es dir gar nicht mehr egal sein, wenn sie die falsche Aufmerksamkeit auf sich zieht.«

»*Du* bringst deiner Tochter bei, sich in der Welt der anderen zu verstecken«, entgegnete ich. »Und *ich* werde *meiner* beibringen, dass alle in *ihrer Welt* existieren. Fick dich selbst und lass das Mädchen in Ruhe.«

Ich war mir nicht sicher, warum ich das sagte, denn wenn Banks so das Haus verlassen hätte, wäre ich zweifellos ausgeflippt.

Aber bei Winter ... Nichts, was sie tat, war falsch. Es war die Schuld der anderen, dass sie sie anstarrten.

Kai straffte die Schultern und holte tief Luft. Dann drehte er sich um und ging auf Winter zu.

Arschloch.

Kai und ich waren keine Freunde. Wir waren *Brüder.* Auf jede erdenkliche Art und Weise, nur nicht biologisch. Ob wir uns mochten oder nicht, wir waren eine Familie, und wir passten auf den anderen auf. Aber das hieß nicht, dass wir uns gernhatten.

Er war der Gentleman. Die Stimme der Vernunft in unserer kleinen Gruppe, und obwohl ich manchmal neidisch auf sein glückliches Zuhause war, wusste ich, dass eine Zeit kommen würde, wenn er sich entscheiden müsste. Und er würde sich nicht für mich entscheiden.

In dem Moment fiel mir auf, dass Arion immer noch neben mir stand, und ich blickte zu ihr auf. »Worauf wartest du noch?«

Sie presste ihre Lippen aufeinander, wusste, dass ich Marko Bryson meinte. Schließlich ging sie – entweder zu ihm oder zu ihren Freundinnen, um mir zu zeigen, dass ich sie am Arsch lecken konnte. So oder so, es war mir egal. Ich wollte nur, dass sie ging.

Schnell richtete ich meinen Blick wieder auf Kai und sah, wie er sich Winter näherte. Die Mädchen um sie herum ließen ihn durch.

Winters Lächeln verschwand, als er sich zu ihr beugte, und sie hörte ihm zu, was immer er auch zu ihr sagte. Sie wich etwas zurück, streckte den Rücken durch und senkte beschämt den Kopf.

Meine Finger schlossen sich zu einer Faust.

Dann nahm er ihre Hand und hielt ihr das Sweatshirt hin, damit sie es nehmen und anziehen konnte.

Aber zu meiner großen Überraschung schüttelte sie den Kopf und winkte ab. Dabei schenkte sie ihm ein höfliches Lächeln. Sie streckte ihre Hand aus, um nach der Steinsäule des Poolhauses zu greifen und sich von ihr leiten zu lassen, als sie ging.

Kai sah ihr nach, dann warf er mir einen Blick zu, und ich schüttelte nur den Kopf. Sie würde es sich nicht anziehen, aber jetzt verließ sie die Party gedemütigt.

Toll gemacht, du Arschloch.

Er warf das Sweatshirt auf den Tisch, und ich schaute ihr nach, wie sie mit ihrer Hand an der Heckenbegrenzung entlangging. Wie lange brauchte sie, um sich einen neuen Ort in ihrem Kopf vorzustellen? Sie kam mir ziemlich eigenständig vor. Auch schon in der Schule. Natürlich kannte sie sich in ihrem Haus am besten aus. Wenn sie den Hecken um die Ecke herum folgen würde, würde sie wieder zurück zum Haus kommen.

Ich stand auf, nahm Kais Hoodie und ging Winter hinterher.

Ganz langsam entfernte ich mich von der Party und ging den kleinen Hügel hinab, weg vom Lärm und den Blicken. Winter ging an der Hecke entlang Richtung Haus und fuhr dabei mit der Hand durch die grünen Blätter.

Ich zog mir das Sweatshirt über, um meinen Geruch zu verbergen, als ich durch eine Öffnung auf die andere Seite der Hecke ging. Dort verlangsamte ich meine Schritte, und plötzlich klopfte mein Herz, als ich ihr weißes T-Shirt durch die Blätter hindurch sah – nur ein paar Meter von mir entfernt. Für einen Moment schloss ich die Augen und ging auf der anderen Seite der Hecke neben ihr her, wobei ich mich nur von meiner Hand leiten ließ. Das Herz schlug mir bis zum Hals. Mein Kopf wurde ganz leicht, und die Welt schien unter meinen Füßen wegzukippen, also öffnete ich wieder meine Augen.

Der Verlust des Gleichgewichts, den geschlossene Augen mit sich brachten, war nervig, aber ich war mir sicher, es war noch viel beängstigender, als ich es mir vorstellte. Ich würde nie wissen, wie es war, wie sie zu sein, weil ich immer meine Augen wieder öffnen könnte.

»Wo ist er?«, keuchte jemand. »Er wollte doch zuschauen, oder?«

»Ich weiß nicht, ob ...«, ertönte Arions gedämpfte Stimme, als würde sie gerade geküsst werden. Ich blickte auf und sah sie und Marko zwischen zwei Bäumen vor uns.

Er beugte Arion leicht und knetete ihre Brüste. Auf der anderen Seite der Hecke war Winter ebenfalls stehen geblieben, und sie rührte sich nicht, als sie das hörte, was ich gehört hatte.

»Zieh dein Oberteil aus«, befahl Marko.

Seine Stimme drang deutlich zu mir, auch wenn ich ihn nicht sehen konnte. Ich erspähte Winters Gesicht durch die Blätter hindurch, ihre Miene hingegen konnte ich nicht lesen. Es war eine Mischung aus Neugier und Angst, aber ich war mir nicht sicher, was überwog. Wie lange würde sie bleiben?

»Ich bin so froh, dass ich Abby heute Abend nicht mitgenommen habe«, sagte Marko. »Ich habe wirklich mal was Neues gebraucht.«

Arion keuchte, und Stöhnen erfüllte die Luft um uns herum. Ich sah, wie Winter ihren Mund leicht öffnete, als würde sie gleich entweder davonlaufen oder in schallendes Gelächter ausbrechen.

»Wir müssen uns beeilen. Ich will nicht, dass uns jemand ertappt.«

»Blas mir einen«, sagte Marko zu ihr. »Mach mich hart, Ari.«

Winter machte große Augen, weil ihr wahrscheinlich gerade klar geworden war, dass es ihre Schwester war. Dann hörte ich einen Reißverschluss.

»O ja«, stöhnte Marko. »Fuck. Nimm ihn in den Mund, Baby. Schön tief.«

Winter presste die Zähne zusammen, ging ein paar Schritte zurück und rannte dann in Richtung Haus davon.

Ich musste grinsen. *So, so …*

Ich schlüpfte durch ein Loch in der Hecke, zog meine Kapuze hoch und folgte ihr langsam, als sie zu dem dunklen, leeren Haus hinaufeilte – weg vom Lärm und dem Getümmel der Party.

Sie ließ sich leicht Angst einjagen.

Das war sehr gut.

KAPITEL 8

WINTER

Sieben Jahre zuvor

Ich zitterte und schluckte den fahlen Geschmack in meinem Mund hinunter.

Was zur Hölle tat sie da?

Bis zur Ziegelmauer lief ich die Hecke entlang, bog nach rechts ab, berührte mit den Händen die Büsche auf Hüfthöhe, dann nach links und hoch zur Hintertür. Ich trat ein und schlug die Tür hinter mir zu. Dann sperrte ich ab.

Mir wurde ungeheuer übel, ich war immer noch total entsetzt von dem, was ich gehört hatte. Warum tat meine Schwester so was? Auf einer Party hinter der Hecke? Ich hatte nicht einmal gewusst, dass sie einen Freund hatte. Sie hatte es nicht erwähnt, seit ich wieder zu Hause war. Was sollte das? Und passierte so was oft? Würden es auch andere Leute die ganze Nacht in unserem Garten miteinander treiben? Total angewidert musste ich ein Würgen unterdrücken.

Wenn ich die letzten fünf Jahre in einer normalen Umgebung verbracht hätte, wäre es vielleicht nicht so ein Schock gewesen. Aber so? Verdammt. Abgesehen von Filmen, YouTube und den gelegentlichen Treffen mit meinen Freundinnen in unserem Schlafsaal in Montreal hatte ich noch nicht annähernd so was erlebt. Es hatte nicht sehr ... romantisch oder so geklungen.

Hoffentlich geht sie wenigstens auf Nummer sicher.

Ich ging durch die Küche, den Gang entlang und dann die

Treppe rauf. Draußen ertönte immer noch Musik, aber es war jetzt ein entferntes und dumpfes Dröhnen, und obwohl ich irgendwie gerne auf der Party geblieben wäre, hatte ich schon beschlossen zu gehen, bevor ich Arion und ihren Freund in den Büschen gehört hatte.

Schamesröte stieg mir in die Wangen, als ich an den Kerl dachte, der vor ein paar Minuten zu mir gekommen war.

»Man sieht ... ein bisschen was ... durch dein Oberteil«, hatte er mir ins Ohr gestammelt.

Er war nicht unfreundlich gewesen, aber es war mir trotzdem peinlich. Ich hatte dem Drang widerstanden, meine Arme vor der Brust zu verschränken, und stattdessen so getan, als wäre es keine große Sache. Manchmal spürte ich meine Nippel auch durch meine BHs, da konnte man nicht immer was dagegen machen.

Aber es war nett gewesen, wie er mir sein Sweatshirt angeboten hatte. Wirklich süß.

Ich ging in mein Zimmer und schloss die Tür für den Fall, dass Arion mit ihrem Freund ins Haus kam. Ich hatte die Türen unten abgeschlossen, um die Partygäste draußen zu halten, aber Arion wusste, wo der Schlüssel versteckt war, falls sie reinwollte.

Ich zog mir das Tanktop aus und einen Sport-BH an. Dann streifte ich mir das Oberteil wieder über. Ich trug fast immer BHs, da ich nicht so klein und schmal war wie die meisten anderen Tänzerinnen, aber ich war auch nicht dick dank der Ernährung und des Trainings, das ich mir selbst auferlegte.

Und das eine Mal, als ich keinen getragen hatte, hatte jemand etwas gesagt. *Wunderbar.*

Ich nahm meine Spitzenschuhe von der Kommode, hielt dann aber inne. Meine Füße waren heute Abend definitiv zu wund für die Spitzenschuhe. Also legte ich sie wieder zurück und nahm stattdessen meine Schläppchen. Dann öffnete ich die Tür, ging aus dem Zimmer und holte mein Handy aus der Tasche. Ich lehnte mich nur leicht an das Geländer, während ich ging, tippte auf das Display meines Smartphones, und eine Stimme las mir die Uhrzeit vor.

»Zweiundzwanzig Uhr dreißig«, sagte eine männliche Computerstimme.

Arion war bestimmt noch Stunden am Pool. Jede Menge Zeit also.

Ich ging zur Treppe, doch dann hörte ich plötzlich irgendwo hinter mir ein Knarzen. Ich blieb stehen und drehte mich um. »Arion?« Ich hatte sie nicht reinkommen hören. »Arion, bist du hier?«, rief ich – diesmal lauter.

Hatte ich richtig gehört?

Aber jetzt war alles still. Keine Antwort. Kein Knarzen mehr. Mein Herz begann trotzdem, schneller zu schlagen, und ich lauschte für einen Moment, malte mir jedes mögliche Szenario aus, was das gewesen sein könnte.

Wir hatten keine Haustiere.

Meine Eltern waren nicht da.

Ich war die Einzige im Haus.

Vielleicht der Wind?

Ich nahm mein Handy und rieb nervös mit dem Daumen über das Display. »Telefon«, ertönte die mechanische Stimme, als ich aus Versehen die App berührte. Ich erschrak und ging los.

Genau in dem Moment knarzte der Boden erneut, und ich zögerte einen Moment, bevor ich meinen Fuß wieder auf dieselbe Stelle stellte. Der Boden knarzte noch einmal unter mir. Genau an der Stelle, auf die ich trat.

War das ich gewesen? Ich drehte mich um und lauschte. Ich hätte schwören können, das Geräusch war von den Dielenbrettern hinter mir gekommen.

Alles war in Ordnung, redete ich mir gut zu. Ich war gerade erst reingekommen, und die Türen waren verschlossen gewesen.

Nach kurzem Zögern ging ich weiter, und der alte Holzboden unseres antiken Hauses knarzte unter meinem Gewicht, als ich die Treppen hinunter und in das kleine Tanzstudio ging. Ich betrat den Raum, zählte meine Schritte und stellte mir das Studio vor, wie ich es aus meinen Kindheitserinnerungen kannte. Links von mir befand sich eine Wand aus großen Fenstern, die mit langen kobaltblauen Vorhängen geschmückt waren. Der dunkle Holzboden hatte immer im Schein der elektrischen Kerzen geflackert, die in dem riesigen Kronleuchter an der Decke steckten, und ich konnte mich noch an den weißen Kamin an der Wand gegenüber erinnern, den ich jedes Jahr an Weihnachten dekoriert hatte. Zumindest hatte meine Mom ihn mich dekorieren lassen, dann war sie immer reingekommen und hatte – wenn ich nicht hingeschaut hatte – alles so hergerichtet, wie sie es sich vorstellte.

Ich zog meine Ballettschläppchen an und griff nach der Fernbedienung für die kleine Stereoanlage, die ich an der Wand aufgestellt hatte. Ich klickte auf das zweite Lied – *Nothing Else Matters* von Apocalyptica – und stellte es lauter, um die Musik von draußen zu übertönen, bevor ich die Fernbedienung und mein Handy auf den Tisch legte.

Ich ging um die viereckige mit meinen Markierungen versehene Tanzfläche herum. Nach all den Jahren, in denen ich in den Ferien meine Eltern besucht und hier drin geübt hatte, waren die Markierungen mittlerweile schon ziemlich abgewetzt. Wenn meine Eltern große Feste veranstalteten, wurden Tische und Stühle hereingebracht und auf die Tanzfläche gestellt, aber im Moment war der Raum leer. Ich konnte meinen Übungsbereich vielleicht sogar vergrößern, weil es keine Möbel gab, an die ich stoßen konnte.

Die Musik begann, ich ging den Bereich ab, zählte meine Schritte und wippte mit dem Kopf zu den Klängen des Cellos. Der Rhythmus zählte *eins, zwei, drei, vier, fünf* und *sechs*, und ich passte meine Schritte an, als die anderen Instrumente einsetzten. Dann stellte ich mich auf Zehenspitzen und drehte mich im Kreis. Ich hob meine Arme, die Handgelenke gebeugt und die Finger ausgestreckt, während ich den Kopf senkte und zu tanzen anfing und mich dabei von der Musik mitreißen ließ.

Ja.

Das vertraute Kribbeln in meinem Bauch setzte ein, und ich drehte mich, trippelte, schwang hin und her, tanzte über den Boden und spürte, wie die Energie der Musik unter meine Hand kroch.

Was ich hier tat, war nicht klassisch, und ich würde es

wahrscheinlich nie aufführen, aber es machte mir Spaß, und meine Eltern waren nicht zu Hause. Mein Dad hasste laute Musik, also konnte ich genauso gut hier unten Party machen, solange es ging.

Leichtfüßig bewegte ich mich über den Boden, kühler Schweiß lief mir über den Rücken, und mein Pferdeschwanz flog mir ins Gesicht, als ich die Hände über mein Gesicht und meinen Nacken gleiten ließ und die Musik mir durch die Adern strömte und in mir das Bedürfnis erweckte, richtig loszulassen. Ich biss mir auf die Unterlippe, als ich den Kopf in den Nacken legte, mit schwingenden Armen immer weiter tanzte und mir dann mit einer Hand verführerisch über den Kopf strich und mir das Haar zur Seite schob.

Meine Augenbrauen taten schon weh, so fest kniff ich die Augen zusammen, und …

Hast du noch den Reflex, sie zuzupressen? Wenn du Schmerzen empfindest oder … wenn du erregt bist?

Ich hielt inne, als mir Damons Worte von dem Tag in der Mensa wieder einfielen. *Mistkerl.*

Ich zwang mich, weiterzumachen und ihn aus meinem Kopf zu verbannen, und passte meinen Körper dem Rhythmus an. Erst als das Lied endete, wurde ich langsamer, rang nach Atem und spürte, wie mir Schweiß über den Rücken lief.

Arschloch.

Ich schnappte nach Luft, als ich wieder mit den Füßen auf dem Boden landete, und legte meine Hände an die Hüften.

Warum hatte er sich jetzt wieder in meine Gedanken geschlichen?

Nach unserem ersten Treffen an jenem Tag hatte ich es die ganze Woche geschafft, ihm aus dem Weg zu gehen. Aber das hieß nicht, dass ich mir seiner Gegenwart nicht bewusst gewesen wäre. In jedem Gang, den ich entlanggegangen war. In der Mensa, wo er zur gleichen Zeit wie ich gegessen hatte. Auf dem Parkplatz, wo ich das laute Dröhnen des Trucks von Will Grayson III. gehört hatte – seinem besten Freund, wie ich mittlerweile wusste.

In der Schule war ich mir seiner Nähe nur allzu bewusst. Und wenn wir nicht in der Schule waren, wanderten meine

Gedanken auch öfter als nötig zu ihm. Rika und ihre Freunde hatten mir gesagt, welch ein Mysterium Damon Torrance geworden war, seit wir keine Kinder mehr waren. Er war bekannt und hatte einen wirklich schlechten Ruf. Und nicht die Art von schlecht, auf die die Leute neidisch wären. Die Leute wollten ihn meiden, aber nicht dabei ertappt werden, wie sie ihn mieden.

Trotzdem gab es Gerüchte, dass die Mädchen von ihm besessen waren. Sie dachten, er wäre eine Herausforderung und dass sie ihn zähmen könnten.

Ich war also gewarnt – *sei nicht so dumm und stell dich ihm in den Weg. Er hat kein Herz.*

Aber da brauchte sich keiner Sorgen zu machen. Er hatte mir bereits irreparablen Schaden zugefügt. Die paar Stunden, die ich ihn als Kind gekannt hatte, waren keinen weiteren Schaden, den er anrichten konnte, wert. Ich würde ihm aus dem Weg gehen.

Ich nahm die Fernbedienung und klickte durch die Lieder, bis ich zu Nummer fünfzehn kam. Dann hob ich die Arme über den Kopf und dehnte die schmerzenden Muskeln in meinem Rücken.

Doch nach einem Augenblick kam immer noch keine Musik aus der Anlage.

Ich nahm die Fernbedienung und klickte wieder auf *Play* – und dann noch einmal.

Ich wartete, aber nichts passierte.

»Komm schon«, murmelte ich genervt und ging zur Wand.

Als ich beim Türrahmen ankam, folgte ich der Wand nach links und bückte mich, wo die Anlage eingesteckt sein musste. Aber als ich meine Hand über die Steckdose gleiten ließ, war das Kabel nicht da. Jetzt fühlte ich mit beiden Händen.

Was zur Hölle?

Ich ließ die Hände auf den Boden gleiten und fand schließlich das Kabel, das auf dem Boden lag. Wie konnte das passieren? Ich steckte es wieder ein, stand auf und lauschte auf irgendwelche Geräusche. Spielte da etwa jemand mit mir?

Ich drehte mich um und trat mit dem Rücken an die Wand. »Ist da jemand? Hallo?«

Irgendetwas stimmte nicht.

Ich streckte die Hände aus, tastete nach der Tür und verließ den Raum, um in die Küche zu gehen und mir eine Flasche Wasser zu holen. Vielleicht sollte ich Mr Ferguson hier hochrufen. Er war einer der Wachleute, die heute Nacht in der Anlage Dienst hatten.

Aber meine Eltern wussten nicht, dass Ari eine Party schmiss, und sie würden es definitiv erfahren, wenn ich den Sicherheitsdienst alarmierte.

In der Küche holte ich mir eine Flasche Wasser aus dem Kühlschrank, öffnete sie und nahm einen Schluck. Ich könnte meine Schwester bitten, hochzukommen und das Haus zu durchsuchen. Sie wäre sauer, aber sie würde es tun, wenn ich ihr damit drohte, Mom und Dad von der Party zu erzählen. Ich ging zur Hintertür und griff nach der Klinke, aber sobald ich sie berührte, bewegte sich die Tür, und mir wurde klar, dass sie bereits offen war.

Mein Herz machte einen Sprung, und sofort wich ich zurück.

O Scheiße.

Ich hatte sie abgesperrt.

»Arion?«, rief ich, und mir wurde plötzlich mulmig. »Bist du hier?«

Suchend fuhr ich mit der Hand über das Schloss auf der Außenseite und ertastete den Zweitschlüssel dort, den wir unter einem lockeren Stein versteckten. Es musste meine Schwester gewesen sein. Nur meine Familie wusste, wo dieser Schlüssel war.

»Arion!«, rief ich wütend und verlor die Geduld. »Hör endlich damit auf und antworte mir!«

Sie schien Gefallen daran gefunden zu haben, Spielchen mit mir zu spielen, nachdem sie es wahrscheinlich gewesen war, die mich in die Männerumkleide gestoßen hatte. Ich klopfte meine Taschen ab, und erst da fiel mir auf, dass ich mein Handy im Tanzstudio gelassen hatte.

Dann hörte ich es. Ein paar Schritte entfernt, aber ich hörte es ganz genau.

Wieder ein Knarzen im Boden.

Ich war wie versteinert, während ich darüber nachdachte, was ich tun sollte. Ich versuchte zu schlucken, aber meine Kehle war ganz eng geworden. Mein Mund probierte, Worte zu formen, aber nichts kam heraus.

Der Boden knarzte wieder, und ich wagte nicht zu atmen, während ich lauschte.

Hier war jemand. Ich spürte es. Seine Anwesenheit war stark und definitiv da.

Aber es war kein Geräusch, das ich beschreiben konnte. Ein Herzklopfen? Das langsame, fast geräuschlose Einatmen von jemandem. Ein Knochen, der sich bewegte.

Es ist Arion. Es ist Arion. Es ist ...

Mir wurde ganz übel.

Schließlich zwang ich mich zu sprechen. »Wer ... wer ist da?«, stammelte ich. »Die ... ähm ...« Ich versuchte zu schlucken. Mein Mund war so trocken. »Die ... Party findet draußen am Pool statt. Du darfst nicht hier im Haus sein.«

Ich hätte durch die Tür nach draußen rennen sollen, aber wenn wirklich jemand eingebrochen war, würde ich nicht weit kommen. Nicht, ohne die Abkürzung zu nehmen, die ich nie wieder nehmen könnte, ohne über irgendetwas im Garten zu stolpern.

Ich machte einen Schritt nach links und ging zurück in die Küche in Richtung Besteckschublade. Nicht dass ich damit eine bessere Chance hätte, aber ...

Ich machte noch einen Schritt und spürte, wie er – oder sie – mich beobachtete. Nur ein paar Schritte von mir entfernt. Die Person war da. Ahmte sie meine Schritte nach und ging vorwärts, wenn ich rückwärtsging? Ich versuchte zu lauschen, aber der Puls in meinen Ohren dröhnte einfach zu laut.

Ich machte einen weiteren Schritt.

»Das ist nicht lustig.« Meine Stimme zitterte. »Macht dich das an oder was? Verschwinde aus meinem Haus.«

Ein weiterer Schritt.

Wer war das? Ich fühlte mich benommen, meine Gedanken und mein Herz rasten.

Und als ich mit einer Hand nach der Schublade neben mir

tastete und die andere vor mich streckte, um mich zu schützen, traf mich ein Atemzug von hinten am Ohr.

»Buh«, hauchte er.

Ich keuchte, schrie und rannte, als ich mich von der Insel abstieß und durch die Küche stürmte. Ich rannte zur Hintertür, aber da wurde sie plötzlich zugedrückt – gerade als ich sie erreichte –, und ich fiel auf den Boden. Sofort krabbelte ich in die andere Richtung dem Foyer und der Haustür entgegen.

Mein Handy. Mein verdammtes Handy.

Wenn das ein verdammter Streich war, würde ich meine Schwester umbringen, so viel stand fest.

Es war sicherer, zur Haustür zu laufen, also rannte ich los. Meine Hände schlugen gegen die Tür, ich griff nach der Klinke und riss sie auf und machte einen Schritt nach draußen.

Aber in diesem Augenblick legte sich ein Arm um meine Taille und fing mich mitten im Laufen ab, zog mich wieder hinein, und die Tür wurde geschlossen.

Ich schrie auf, als der große Körper hinter mir mich mit beiden Armen festhielt und mich gegen die Tür drückte, während ich mich zu wehren versuchte.

»Damon?«, keuchte ich. »Bist du das?«

Auch wenn ich mir sicher war, dass es mehrere Leute gab, die einem guten Streich nicht abgeneigt waren – besonders auf Arions Geheiß hin –, war er der Erste, an den ich dachte. Es war mir nicht einmal in den Sinn gekommen, dass er heute Abend hier sein könnte, vor allem nach dem Befehl, sich von mir fernzuhalten, aber es war gut möglich, dass er auf der Party aufgetaucht war, oder?

»Das ist nicht lustig!«, schrie ich.

Ich trat gegen die Tür und versuchte, mich abzustoßen und ihn zurückzudrängen, aber er hob mich einfach hoch und zog mich weg. Dann ließ er mich los, und meine Hände schossen in die Höhe, um die Wand zu berühren.

Die Ecke. Er hatte uns in die Ecke neben dem Tanzstudio gebracht.

Jetzt frei, drehte ich mich um und versuchte, an ihm vorbeizukommen, aber er versperrte mir einfach den Weg.

Meine Brust hob und senkte sich doppelt so schnell wie normal, als ich auf die andere Seite stürzte und dort versuchte, an ihm vorbeizukommen.

Aber wieder stellte er sich mir in den Weg.

Ich wich zurück und schüttelte den Kopf. »Wer bist du? Wer ist da?«

Warum sagte er nichts?

Ich atmete zitternd durch die Nase ein, aber ich roch keinen Zigarettenrauch an ihm, nicht wie beim letzten Mal. Damon rauchte die ganze Zeit, wenn ich den anderen glauben konnte. War er es gar nicht?

»Was?«, rief ich. »Was willst du?«

Aber er stand einfach nur da.

Ich knirschte mit den Zähnen, und Wut stieg in mir auf. Dann stieß ich ihm gegen die Brust.

Doch er bewegte sich kaum.

Ich knurrte und wurde fuchsteufelswild, schlug ihm mit den Händen ins Gesicht, trommelte mit den Fäusten gegen seine Brust. Doch wieder antwortete er mir nicht und versuchte auch nicht, mich aufzuhalten. Erneut versuchte ich, links an ihm vorbeizukommen, aber wieder stellte er sich vor mich. Und als ich es auf der anderen Seite versuchte, war es das Gleiche. Er ließ mich einfach nicht gehen. Er war wie eine Mauer.

Mein Kinn zitterte. »Wer ... wer bist du?«

Er sagte kein Wort. Ich hörte lediglich, wie er ein- und ausatmete, was einen ohrenbetäubenden Lärm machte, da er direkt vor mir stand. Wie ein Tier, unfähig zu sprechen, aber definitiv in der Lage dazu zu essen und zu atmen.

Fuck, wer bist du?

Ich stieß mit voller Wucht gegen ihn, öffnete den Mund und schrie, so laut ich konnte: »Hilfe! Helft mir!«

Knurrend versuchte ich, ihn zur Seite zu schieben, während ich schrie.

Aber dann flüsterte er mir ins Ohr. »Sie können dich nicht hören.«

Seine leise Stimme war umso Furcht einflößender, da die Worte wie eine Urteilsverkündung klangen. Sie hatten eine unheimliche Ruhe und Entschlossenheit in sich, bei der mir schlecht wurde.

Sie können dich nicht hören.

Ich konnte nichts dagegen tun, dass mir Tränen in die Augen traten. *Scheiße.*

»Was willst du?«, schrie ich.

Ich konnte meinen Atem nicht beruhigen, sog immer mehr Luft ein, und das war das einzige Geräusch, das ich in dem Raum hören konnte. Er war so verdammt ruhig. Fand er das lustig?

»Was willst du?«, schrie ich wieder.

Ich schloss die Augen, die Tränen rannen mir über die Wangen, und mir wurde klar, dass es Stunden dauern könnte, bis Arion ins Haus zurückkam. Und auch kein anderer Partygast hatte einen Grund, hier hochzukommen. Im Poolhaus gab es eine Toilette und eine kleine Küche, in der sich alle Snacks und Drinks befanden, die sie brauchten.

Ein dicker Kloß bildete sich in meiner Kehle, und ich hatte das Gefühl, mich übergeben zu müssen. Ich schüttelte resigniert den Kopf. »Was willst du?«

Dann spürte ich, wie seine Hand meine Haare berührte, das Haargummi weggezogen wurde und meine Haare sich aus dem Pferdeschwanz lösten.

»O Gott.« Ich begann, ihn zu schlagen, und versuchte, seine Hände von mir wegzudrücken. »Hör auf. Bitte, hör auf.«

Ich ging in die Hocke, teils, um von ihm wegzukommen, teils, weil mir schlecht war. Ich schlug mir eine Hand über den Mund, um den Würgereiz zu unterdrücken.

»Es ist ein Scherz«, sagte ich zu mir selbst und verlor fast den Verstand. »Du machst nicht ernst. Es ist nur ein Scherz.« Ich fing an zu zittern. »Es ist ein Scherz.«

Ich spürte, wie er vor mir in die Hocke ging, und sein Atem war wieder ganz nah. »Warum lachst du dann nicht?«, flüsterte er.

Ich knurrte, wurde wieder wütend.

Warum flüsterte er? Bedeutete das, dass ich ihn kannte? Hatte er Angst, dass ich seine Stimme erkennen könnte?

Ich zwang mich, mich zu beruhigen, und schaffte es schließlich, lange und tief einzuatmen.

»Wirst du ... wirst du mir wehtun?«, fragte ich.

»Ich weiß es nicht.«

Er weiß es nicht?

»Willst du es?« drängte ich.

»Irgendwie schon.« Seine unterdrückte Stimme klang wie ein Windhauch in den Bäumen.

»Warum?«

»Weil ich krank bin«, antwortete er.

Wie bitte? Niemand war sich seiner selbst so bewusst. Schon gar nicht Psychopathen.

Er packte mich an den Oberarmen, und ich versteifte mich, als er mich hochzog, sodass wir beide wieder standen.

Er kam näher, sein Hemd streifte meine Arme. »Weil ich Schuld, Traurigkeit, Wut oder Scham nicht mehr so stark empfinden kann wie Angst, und es gibt keine stärkere Angst als die, wenn ich mich selbst erschrecke.« Er wischte mir eine Träne aus dem Gesicht, und ich zuckte zusammen. »Ich weiß nie genau, was ich tun werde«, beendete er seinen Gedanken.

Alles, was er sagte, klang wie eine Drohung, nur schlimmer. Als hätte er keine Kontrolle über sich selbst und als wäre er genauso ein Opfer in dieser Sache wie ich.

Du kannst mich mal.

Ich stieß wieder gegen seinen Körper, und meine Nägel erwischten seinen Hals, als ich ihn trat und um Hilfe schrie.

Aber er packte mich an den Handgelenken, drehte mich herum und legte seine Arme wie eine Stahlschlinge um mich. Meine eigenen Arme waren gefesselt, als sein Atem auf mein Ohr fiel.

»Spar dir deine Kräfte«, sagte er zu mir.

Aber sie waren weg. Meine Knie knickten ein, und er fiel mit mir auf den Boden. Wir landeten beide auf unseren Knien, und sein Griff hielt mich davon ab, nach vorne zu fallen.

Ich stützte mich mit den Händen an der Wand ab und hielt den Kopf gesenkt, während ich versuchte, einen klaren Kopf zu bekommen.

Doch dann bemerkte ich die Kälte, die durch meine Jeans sickerte. Und den schwachen Geruch von Chlor. Sein Hintern war feucht vom Pool.

»Ich rieche den Pool an dir«, sagte ich mit etwas festerer Stimme zu ihm. »Du warst auf der Party. Mit einer Menge Leute. Mit vielen Zeugen. Sie werden dich finden.«

Er hielt mich einen Moment lang fest und sprach dann leise, aber deutlich. »Meine Art von Spaß hat ihren Preis«, flüsterte er. »Und diesen Spaß genieße ich, solange ich kann.«

»Warum ich?«

Im Ernst. Nicht dass ich mir gewünscht hätte, er hätte sich eine andere geschnappt, aber war es, weil ich blind war? Weil er dachte, ich sei leichte Beute?

»Ich weiß es nicht«, sagte er, und ich hörte endlich ein bisschen von seiner tiefen Stimme, obwohl sie immer noch zu leise war, um sie zu erkennen.

»Warst du im Tanzstudio, als ich getanzt habe?«

»Ja.«

»Du hast mich die ganze Zeit beobachtet?«

»Ja.«

»Warum?«, fragte ich.

O mein Gott! Das anfängliche Knarzen in den Dielen, das ich vorhin oben gehört hatte. Das war *er* gewesen. Er war *die ganze Zeit* hier gewesen. Der Gedanke daran, dass er mich beobachtet hatte. Dass er im Zimmer gewesen war, in einer Ecke gelauert und mich beobachtet hatte ... dass er mit mir spielte.

Warum sollte er nur hier herumhängen und mich beobachten?

»Weil es schön ausgesehen hat«, sagte er schließlich.

Schön?

»Du hast mich gefragt, warum du«, sagte er und drückte mich an sich, meinen Rücken an seine Brust gepresst. »Das ist der Grund. Du bist rein.«

Rein? Was ...? Wollte er mich jetzt unrein machen oder ...?

»Deine Eltern sind schlecht«, erklärte er. »Deiner Schwester fehlt es an Tiefe, um interessant zu sein, und ich hasse mein Haus. Es ist so dunkel dort.« Er hielt inne, dann fuhr er fort. »Das alles ist verschwunden, als du getanzt hast. Verdammt.

Dein Tanzen hat die Welt schöner gemacht. Mir hat es gefallen.«

»Und was jetzt?«, wollte ich wissen. »Willst du mich in deinen Keller sperren, damit ich auf Kommando für dich tanzen kann? Ist es das?«

Aber statt der gruseligen, monotonen und ruhigen Antwort, die ich erwartet hätte, bebte seine Brust vor unterdrücktem Lachen. »Kann ich mich dort mit dir verstecken?«, fragte er.

Ich runzelte die Stirn, überrascht von seinem Tonfall. Fast aufrichtig. Dann aber schob ich meine Verwirrung beiseite und dachte schnell nach. Zwei mal schlug ich den Kopf nach hinten und spürte schließlich, wie ich sein Gesicht traf. Ich verschwendete keinen Augenblick, als sich sein Griff lockerte. Es war nur eine Sekunde, aber ich stemmte meinen Fuß gegen die Wand und drückte, sodass er den Halt verlor und rückwärtsfiel. Er riss mich mit, aber es reichte, um seinen Griff um mich zu lockern, und ich kroch über den Boden davon.

Meine Eltern hatten einen Festnetzanschluss im Schlafzimmer und im Bad. Ich könnte mich einschließen und hätte noch genug Zeit, nach einer Waffe zu suchen. Ich könnte den verdammten Spiegel zerschlagen und die Scherben nutzen, wenn es nötig wäre.

Ich rannte die Treppe hinauf. Meine Beine fühlten sich an wie Gummi, ich rang keuchend nach Luft, und mein Haar klebte an meinem Gesicht und Körper. Eine leichte Schweißschicht kühlte meine Haut. Oben angekommen, hetzte ich den Flur entlang zum Zimmer meiner Eltern, riss die Doppeltür auf und rannte zum Nachttisch. Dabei stieß ich mir das Bein am Bettrahmen, als ich vorbeihastete.

»Scheiße«, stöhnte ich, und der Schmerz schoss durch mein Schienbein. Ich tastete nach dem Telefon, fand es und griff nach dem Hörer.

Doch in diesem Moment war er hinter mir. Ein Schluchzen blieb mir in der Kehle stecken, als er seinen Arm um meinen Bauch schlang, mich hochhob und mir das Telefon aus der Hand riss.

Ich atmete schwer, und mein Kopf fiel auf seine Schulter, als er mich wegtrug. Meine Glieder waren erschöpft, und die

Angst hatte mich ausgelaugt. Alles fühlte sich an, als würde es tausend Pfund wiegen.

Er blieb stehen und lehnte sich an das, was ich für die Wand neben dem Schrank hielt, und ich nutzte meine verbliebene Kraft, um mich abwechselnd gegen seine Arme, die mich umschlangen, zu drücken, um ihn loszuwerden, und nach seinem Kopf hinter mir zu schlagen, wobei ich kaum etwas treffen konnte, da ich in die falsche Richtung gedreht stand.

Aber dann nahm er eine meiner Hände, umklammerte meine Finger und hielt sie fest, auch als ich weiter an ihm zog und zerrte. Trotz meines Widerstands zog er meine Hand über meine Schulter und drückte meine Finger in seinen Nacken, wo der Puls in seinen Adern wild gegen meine Fingerspitzen pochte.

Er ließ seinen Kopf schwer atmend gegen meinen Hinterkopf fallen. »Weißt du, was ich tun muss, damit es so schlägt?«, flüsterte er und klang erschöpft.

Sein Herz schlug heftig, und ich konnte den Schweiß an seinem Hals unter meinen Fingern spüren.

Na und? Mein Herz pocht auch, du Freak.

Wir waren gerade die Treppe hochgerannt. Wovon redete er, verdammt noch mal?

»Keine Sorge«, sagte er schließlich und ließ meine Hand los. »Ich werde dir nicht wehtun. Nicht heute Nacht.«

Ich ließ meine Hand sinken und streifte sein Schlüsselbein, aber da war kein Rosenkranz. Und er roch auch nicht nach Damon.

Einen Moment lang drückte er mich noch fester an sich, und ich traute seinen Worten nicht. Dann ließ er mich runter, und meine Füße berührten den Teppich. Aber seinen Griff lockerte er nicht.

»Ich will gehen«, sagte ich.

Wenn er mir nicht wehtun würde, könnte er mich auch gehen lassen. Wir hatten hier drinnen oder vor dem Haus keine Kameras, und außer uns war niemand hier. Niemand würde wissen, wer er war, wenn er jetzt gehen würde.

Ich jedenfalls könnte ihn nicht beschreiben.

Doch dann kam seine großspurige Antwort. »Dann geh.«

»Du lässt mich nicht«, knurrte ich und versuchte, mich gegen seine Arme zu stemmen.

»Die Leute werden dich vieles nicht tun lassen, Winter.«

Er wollte also, dass ich ihn dazu *brachte*, mich gehen zu lassen? Was für ein Spiel spielte er?

Ich war es leid, ihn zu unterhalten. »Bitte.«

»Lauf nicht vor mir davon!«, rief plötzlich jemand draußen im Flur.

Ich riss meinen Kopf hoch. Noch jemand war im Haus.

Meine Mom.

Sie war zu Hause.

»Scheiße«, flüsterte der Junge.

Ich öffnete den Mund, um zu schreien, aber er drückte mir die Hand auf den Mund und zog mich wieder hoch, und ich hörte, wie die Türen hinter uns aufgingen, und begriff, dass er uns im begehbaren Kleiderschrank versteckte.

Ich trat und schrie, aber die Türen schwangen wieder zu, und seine Hand dämpfte meine Schreie.

Ich hörte, wie die Schlafzimmertür auf der anderen Seite zuschlug und ein Schalter neben mir klickte. Er musste das Licht im Wandschrank ausgeschaltet haben, als er uns hinter der Wand versteckt hatte.

»Nein, nein, nein«, hörte ich meinen Vater argumentieren. »Da du uns heute Abend ja unbedingt nach Hause schleppen musstest, will ich nur sicherstellen, dass wir hinter verschlossenen Türen sind, damit die Mädchen nicht Zeugen des Wutanfalls ihrer betrunkenen Mutter werden müssen.«

Der Typ, der mich festhielt, drehte mich zu sich um, hatte seinen Arm um meinen Körper geschlungen und hielt mich fest an sich gedrückt, während er seine andere Hand auf meinen Mund presste.

»Mom!«, rief ich, aber seine Hand lag so fest auf meinem Mund, dass meine Worte kaum zu verstehen waren. Ich atmete schwer durch die Nase.

»O ja, natürlich«, hörte ich meine Mutter zurückschreien. »Nehmen wir sie mit zur nächsten Firmenfeier, wo deine neueste zwanzigjährige Schlampe dir auf der Herrentoilette einen blasen kann, während all unsere Freunde draußen sind!«

Ich wurde hellhörig und stoppte für einen Moment meine Gegenwehr.

»Ist sie auch schwanger?«, fuhr sie fort. »Hast du sie für eine weitere Abtreibung und dafür bezahlt, den Mund zu halten? Das wird die guten katholischen Werte, die wir den Kindern beizubringen versucht haben, so richtig stärken. Du bist so ein Stück Scheiße.«

»Sag das noch mal«, forderte mein Vater sie auf.

Schwanger? Abtreibung? *Wie bitte?*

Ich schüttelte den Kopf, versuchte, meine Gedanken zu ordnen, und rief erneut: »Mom! Dad!«

Er hielt mich so fest, dass meine Zähne in die Innenseite meines Mundes schnitten.

»Du arbeitest für nichts und gibst nur Geld aus, du faule Schlampe«, fuhr mein Vater fort. »Wenn ich also einen frischen Arsch haben will, der auf meinem Schwanz auf und ab hüpft, dann würde ich sagen, habe ich das verdient!«

Ich zuckte zusammen. Einen frischen Arsch? O mein Gott. Was zur Hölle taten sie da?

»Und du kannst lächeln und meine Kreditkarte zücken, einkaufen gehen und die Schnauze halten«, sagte er zu ihr.

Der Klang einer Ohrfeige hallte durch die Luft, und ich schreckte auf.

»Ich hasse dich«, stieß meine Mutter hervor. »Ich *hasse* dich!«

Die Federn des Bettes quietschten, und es hörte sich an wie ein Kampf.

»Es war nicht immer so zwischen uns!«, weinte meine Mutter. »Du wolltest mich. Du hast mich *geliebt.*«

»Ja, das habe ich. Als du noch einen knackigen Arsch hattest.«

Stoff riss, und meine Mutter knurrte, als sie kämpften. Ich erstarrte, wehrte mich nicht mehr, und die Tränen sammelten sich so stark an, dass sie drohten überzuschwappen.

»Aber dank meines Geldes«, sagte Dad, »hast du immer noch die Titten.«

Sie schrie auf, und ich hörte eine weitere Ohrfeige, dann Grunzen und Stöhnen, und ich schüttelte den Kopf und begann zu weinen. Aber bevor ich überlegen konnte, was ich tun sollte, ließen die Hände meinen Mund und meine Taille los und hielten mir stattdessen die Ohren zu, als er mich an sich zog.

»Schhh«, beruhigte er mich, seinen Mund an meiner Schläfe.

Ich weinte leise. Ihre Stimmen waren jetzt gedämpft, aber ich konnte immer noch Bruchstücke hören.

»O Gott«, stöhnte mein Vater. »Ja.«

Ich zog mich zusammen.

»Lass mich los«, verlangte meine Mutter. »Nein!«

»Ach, komm schon.« Die Stimme meines Vaters klang gequält. »Ich habe sie immer noch überall auf meinem Schwanz. Deine Muschi wird riechen wie ihre. Süß wie Honig.«

Ich hob meine Hand, um das Schluchzen zu unterdrücken, da zog er mich an seine Brust, hielt seine Hand immer noch über ein Ohr, drückte aber die andere an sein Herz.

Ich atmete durch meine Hand, und obwohl ich rauswollte und es mir egal war, ob sie wussten, dass ich sie gehört hatte, hatte ich Angst vor den Konsequenzen. Da mein Vater mich eigentlich nicht von Montreal nach Hause hatte holen wollen, bräuchte er keine gute Ausrede, um mich zurückzuschicken.

Also blieb ich hier drinnen, den Herzschlag des Jungen im Ohr, und nach ein paar Augenblicken hatte sich alles beruhigt. Meine Tränen versiegten, mein Atem wurde langsamer und gleichmäßiger, und ich konnte meine Eltern nicht mehr hören.

Nur sein Herz, das schwer und schnell pumpte, in einem konstanten, perfekten Rhythmus wie ein Metronom, unveränderlich.

Irgendwann ließ ich meine Hand von meinem Mund gleiten, meine Arme hingen schlaff an meinen Seiten, aber er ließ mich nicht los. Und das Klopfen in seiner Brust lullte mich ein, bis meine Augen zu schwer wurden, um sie offen zu halten.

Die Erschöpfung nahm überhand, und ehe ich mich versah, war ich in ihm verloren.

In seiner Wärme. In seinen Armen. In dem Donnern seines Herzschlages.

Am nächsten Morgen wachte ich auf und blinzelte verschlafen mit den Augen. Mein Körper fühlte sich an, als wöge er eine Tonne.

Warum hat er …?

Aber dann riss ich die Augen auf und schoss im Bett hoch, erinnerte mich ganz genau an letzte Nacht.

»Hallo?«, rief ich aus. »Ist da jemand?«

Es kam keine Antwort, und ich griff nach meinem Wecker.

»Neun Uhr dreißig«, sagte die Uhr.

Es war Morgen. Ein später Morgen. Ich schlief nie so lange.

Ich presste meine Hände auf meinen Körper und überprüfte meine Kleidung. Ich trug immer noch meine Jeans und mein Tanktop, und ich hatte immer noch meinen BH und meine Ballettschläppchen an. Schnell fuhr ich mit der Hand zum Reißverschluss meiner Jeans und zuckte zusammen, nur für den Fall.

Aber meine Jeans war geschlossen, und mein Körper, obwohl müde, fühlte sich gut an. Ich glaubte nicht, dass er mich angefasst hatte. Zumindest nicht auf diese Weise.

Ich warf die Decke weg, schwang meine Beine über die Seite und rieb mir den Schlaf aus den Augen. Wie war ich ins Bett gekommen? Ich war mir nicht sicher, was die am wenigsten demütigende Option war. Tatsächlich eingeschlafen zu sein, nachdem er mich halb zu Tode erschreckt hatte, und mich dann von ihm ins Bett bringen lassen zu haben – oder dass meine Eltern mich ohnmächtig im Schrank gefunden und festgestellt hatten, dass ich die ganze Zeit dort gewesen war, und sie mich dann ins Bett gebracht hatten.

Am liebsten hätte ich das Zimmer nicht verlassen, um die Antwort herauszufinden. Aber ich musste mich der Sache stellen. Also stand ich auf und ging an meinem Bett entlang in Richtung Tür, trat aber versehentlich gegen etwas, das mir im Weg stand, und blieb stehen.

Ich streckte meine Hände aus und fand einen Pappkarton. Nein, eigentlich … zwei Pappkartons, übereinandergestapelt.

Ich öffnete den obersten und griff zögernd hinein, fühlte Holz, Keramik, Glas und Ton. Da waren Miniaturbäume, glitzernde Dächer und Modelle von Häusern, Gebäuden und einer

Turmuhr. Dann stieß meine Hand an etwas, und *Carol of the Bells* begann zu spielen. Da wusste ich, dass es die Eisbahn war, die mit kleinen Bäumen und Schlittschuhläufern geschmückt war.

Ich hätte fast gelächelt. Es war das Weihnachtsdorf. Zwei Kisten mit Bauteilen.

Wie konnte …?

Schritte polterten den Flur entlang, und ich hörte meine Mutter, die ganz anders klang als gestern Abend, nach Arion rufen. Ich ging um die Kisten herum, öffnete die Tür und spähte hinaus.

»Ari, bist du das?«

»Ich gehe gerade duschen«, sagte Arion, als sie an mir vorbeiging.

»Hast du mir das Weihnachtsdorf geholt?«, erkundigte ich mich. Ich wollte ihr danken, falls sie es getan hatte.

Aber sie raunzte mich nur an. »Ich habe gesagt, frag Mom. Ich habe keine Ahnung, wo es ist.«

Okay. Sie war es also nicht. Ich verkroch mich in meinem Zimmer und kratzte mich am Kopf.

Was zur Hölle war hier los?

»Hey, Süße«, begrüßte mich meine Mom, als sie mein Zimmer betrat. »Hast du gut geschlafen?«

Nein, verdammt. Mir ging durch den Kopf, was ich zwischen ihr und meinem Vater mit gehört hatte. Wie sich beide angehört hatten, als würden sie sich gegenseitig umbringen.

Scheiße, die Dinge, die mein Vater gesagt hatte …

Ich konnte mich daran erinnern, dass sie gestritten hatten, als ich aufgewachsen war, aber wie es schien, war ich wohl zu lange weg gewesen.

»Bist … Geht's dir gut?«, fragte ich zögernd, während sie sich in meinem Zimmer bewegte und wahrscheinlich mein Bett machte, weil sie immer noch dachte, dass ich dabei Hilfe brauchte. »Letzte Nacht … Ich dachte, ich hätte gehört …«

»Oh, hat Ari das Dorf für dich geholt?«, unterbrach sie mich. »Das war aber nett von ihr. Siehst du, sie hat dich doch lieb.« Neckend kniff sie mir ins Kinn, und ich zuckte ein wenig zusammen, weil ich nicht in der Stimmung dafür war.

»Zieh dich an«, sagte sie. »In einer Stunde gibt's Mittagessen.«

Sie verließ das Zimmer so schnell, wie sie gekommen war. Vermutlich wollte sie nicht wissen, wie viel ich gestern Abend gehört hatte. Aber zumindest war ihr ganz offensichtlich nicht klar, dass ich im Schrank gewesen war. Gott sei Dank.

Und Ari hatte sich völlig normal verhalten. Für Ari jedenfalls.

Keine von beiden war für das Weihnachtsdorf in meinem Zimmer verantwortlich.

»Was zur ...?«, dachte ich laut und runzelte die Stirn. »Was war das gestern Abend?«

War das nur ein ausgeklügelter Scherz gewesen? Warum sollte er mich bedrohen und so erschrecken und dann ... und mich dann beschützen, als meine Eltern zu streiten begonnen hatten? Er hatte mich beschützt und ins Bett gebracht. Und aus irgendeinem Grund hatte er gewusst, dass ich das Weihnachtsdorf wollte, das meine Schwester nicht für mich holen würde.

Ich wusste, dass ich meinen Eltern erzählen sollte, was passiert war, aber ...

Ich weiß nicht. Vielleicht war es ja doch nur ein Streich?

Wenn ich es ihnen erzählte, würden sie mich vermutlich zurück nach Montreal schicken, wo ich sicherer und in meinem eigenen Element war, wie mein Vater es wollte. Ich wollte ihn wirklich nicht auf mich aufmerksam machen, denn dann wäre ich diejenige, die bestraft werden würde.

Nein. Der Junge hatte mir nicht wehgetan. Jedenfalls noch nicht.

Tatsächlich war er am Ende eine Art Engel gewesen. Ein Engel mit richtig schwarzen Fledermausflügeln.

Psycho.

KAPITEL 9

DAMON

Gegenwart

»Das ist also *Frauen, Gender und Sexualität in Japan*«, sagte ich und ging in Banks' Kursraum. »Teil eins.«

Den letzten Teil fügte ich sarkastisch hinzu, weil ich mir nicht sicher war, warum dieser Kurs überhaupt existierte, geschweige denn mehr als einen Teil haben musste.

Meine Schwester wandte den Kopf und schaute mich über ihre Schulter hinweg an. Langsam ließ sie ihren Stift fallen und drehte sich in ihrem Sitz herum, ein vorsichtiges, aber schwaches Lächeln auf ihren Lippen, als sie mich ansah. Die Art von Lächeln, die besagte: *Ich habe ihn lieb, aber muss ich mir Sorgen machen, dass er hier ist?*

»Deine Kursliste erinnert mich an einen Teller mit allen Speisen, die ich als Kind nicht essen wollte«, sagte ich.

»Mir gefällt meine Kursliste.«

Auf ihrem Gesicht breitete sich ein warmes Lächeln aus, das mein Herz einen Schlag aussetzen ließ. Es war dasselbe Lächeln, das sie mir schenkte, wenn wir den ganzen kindischen Scheiß machten, für den meine Freunde in der Highschool zu cool waren. Sich ins Kino schleichen, ohne zu bezahlen. Im Regen im Labyrinth Fangen spielen. Mitternachtsfahrten weit über dem Tempolimit während Schultagen, weil wir einfach aus dem Haus mussten.

Je älter wir geworden waren, desto weniger hatte sie gelächelt, aber gerade fiel es ihr so leicht.

Ich merkte es bereits. Sie hatte sich verändert.

Ich ging langsam die Treppe hinunter, eine Stufe nach der anderen, denn der Saal hatte sich ein paar Minuten zuvor geleert, nachdem die Vorlesung zu Ende gewesen war. Sie blieb aber immer länger und bewertete nach jeder die Quizfragen für den Professor.

Eine richtige kleine Studentin.

»Das ist viel Politik, Geschichte und Soziologie«, bemerkte ich. »Warum ausgerechnet *diese* Kurse?«

Sie zuckte mit den Schultern, senkte den Blick und schaute nachdenklich, als sie auf die Papiere an ihrem Platz zurückblickte. Sie hatte die meisten meiner Hausaufgaben in der Highschool gemacht und nie einfach nur bestanden, sondern war immer besser gewesen. Also wusste ich, dass sie klug war und schnell lernte. Es hatte mich allerdings nachdenklich gemacht, als ich gehört hatte, dass sie auf dem College war. Mir war nie in den Sinn gekommen, dass ihr das gefallen würde.

»Die Welt war klein, als ich aufgewachsen bin«, antwortete sie schließlich und blickte wieder zu mir auf. »Alles, was ich jetzt lerne, macht sie größer. Ich will *alles* wissen. Über jeden Menschen, der vor mir gelebt hat. Über jeden Krieg, der geführt wurde. Über jede Kultur, die dieselbe Luft atmet. Ich kann es nicht erklären, ich habe einfach …«

»Das hast du gerade.« Ich blieb ein paar Schritte über ihr stehen, verärgert, obwohl ich es nicht sein wollte. Ich wusste, dass sie mich gemeint hatte. Auch wenn sie nicht bei mir gewohnt hatte, bis sie zwölf war, war ich mitverantwortlich dafür, warum ihre Welt in ihrer Kindheit und Jugend so klein gewesen war. Ich hatte gewollt, dass sie glücklich war, aber ich war nicht über diese Besitzgier hinausgewachsen. Es fiel mir immer noch schwer, mich darüber zu freuen, dass sie glücklich war, wenn der Grund für dieses Glück nicht ich war.

Und das hier – ich sah mich im Raum um – war eine weitere Sache, die sie nur noch mehr von mir entfernte. Je größer ihre Welt wurde, desto weiter entfernte sie sich von mir, und von allen Gefühlen, die ich mied, hasste ich Verlust am meisten.

»Ich bin froh, dass du auf dem College bist«, sagte ich nun. »Ich habe dich mir nie so vorgestellt. Aber es passt zu dir.«

Sie war wunderschön. Und strahlend. Ihr dunkelbraunes Haar hing ihr in losen Locken über den Rücken, ihre Jeans und ihre kurzärmelige Bluse passten ihr um einiges besser, als es meine Klamotten je getan hatten. Sie trug Lippenstift und Mascara, und das Licht fing sich in dem kleinen von Diamanten umgebenen Rubin an ihrer linken Hand. Kai musste ihr nach ihrer überhasteten Hochzeit noch einen richtigen Ring besorgt haben.

Verdammter Idiot. Er hatte sie eindeutig so behandelt, wie sie es verdient hatte.

Aber gehörte sie jetzt ihm? So richtig?

Ich seufzte und sah mich um. »Ich habe das College gehasst.«

»Du hast es gehasst, von deiner Familie getrennt zu sein«, korrigierte sie mich. »Und damit meine ich nicht Gabriel und mich.«

Ich presste den Kiefer zusammen. *Ja genau.*

Das Jahr und die zwei Monate, die ich auf dem College verbracht hatte, waren scheiße gewesen, und selbst wenn ich jetzt zurückblickte, kam es mir so vor, als hätte jemand die Zeit angehalten, als ich ohne Michael, Will und Kai existiert hatte.

Und ohne sie.

»Du warst der einzige Einzelgänger, den ich kenne, der das Alleinsein hasst«, sagte sie nachdenklich und sammelte ihre Bücher und Papiere ein.

»Was wirst du also tun?«, fragte ich und wechselte das Thema. »Mit deinem Studium, meine ich?«

»Sie tut es bereits.« Eine Stimme ertönte vom oberen Ende der Treppe, und ich blickte über meine Schulter.

Eine Frau mit einem schlanken Körper und braunem Haar trabte zu uns runter.

Alex.

»Sie, Rika und ich entwerfen einen Lehrplan für junge Frauen«, sagte sie und blieb direkt vor mir stehen. »Selbstverteidigung, Überleben, Situationsbewusstsein, Entscheidungsfindung … Wir hoffen, dass wir ihn im nächsten Sommer einführen können, und wollen im *Sensou* damit beginnen.«

Sensou. Das Dojo, das Kai, Rika, Will und Michael gemeinsam gehörte.

Und nicht mir.

Selbstverteidigung, Überleben, Situationsbewusstsein … in so was braucht man keinen Unterricht. Wenn man jemanden in einen Pool schubst, lernt er schnell genug schwimmen.

Banks stand auf und nahm ihren Rucksack mit, der vollgepackt mit Büchern und was weiß ich noch alles war. »Ich will Menschen Macht geben«, erklärte sie. »Das ist alles, was ich im Moment weiß.«

»Bereit fürs Mittagessen?«, fragte Alex hinter mir.

Aber ich wusste, dass sie nicht mit mir sprach. Sie trafen sich wahrscheinlich auch mit Rika, da sie alle hier am Trinity College studierten.

Meine Schwester ging an mir vorbei, und ich sah, wie sie ihren Kopf leicht neigte, fast wie zur Entschuldigung. Es war subtil, und ich hatte es schon ewig nicht mehr gesehen, aber sie hatte das immer gemacht, nicht wahr? Immer kleine Blicke oder Gesten wie diese, um mit mir und meinem Temperament umzugehen oder um mich auf den Boden der Tatsachen zu bringen.

Ich atmete tief ein. Ich brauchte sie. Ich brauchte einen Anker.

»Banks«, sagte ich und drehte mich langsam um.

Sie blieb stehen, wandte sich aber nicht zu mir um. Sie wollte sich nicht um mich kümmern müssen, und das musste sie auch nicht. Ich war ihr großer Bruder. Ich kümmerte mich um sie, nicht andersherum.

»Ich komme nach«, sagte sie schließlich zu Alex.

Alex warf mir einen Blick zu, und ich zog eine Augenbraue hoch, um sie daran zu erinnern, dass sie mich nicht wirklich sauer machen wollte.

Sie presste ihre Lippen zusammen, nickte Banks zu und verließ den Hörsaal.

Meine Schwester drehte sich um, sah mich aber immer noch nicht an. Wir waren nur ein paar Meter voneinander entfernt, doch plötzlich fühlte es sich wie Meilen an.

Ich hatte meinen Freund fast umgebracht.

Ich hatte Kais Geschäft zerstört.

Ich hatte sie bedroht, sie bewachen lassen und sie praktisch eingesperrt.

Einige Dinge taten mir leid, andere nicht.

Ich schluckte. »Die Art und Weise … wie ich mit dir umgegangen bin …«, begann ich. »Ich …«

»Du hast mich aufgezogen«, sagte sie und hob den Blick. »Und wer weiß, was aus mir geworden wäre, wenn ich bei meiner Mutter geblieben wäre.«

Ich wartete darauf, dass sie weitersprach, nicht sicher, ob sie nur versuchte, mich aufzumuntern, oder ob sie wirklich glaubte, ihr Leben mit mir sei das alles wert gewesen.

»Ich mag mich so, wie ich bin«, sagte sie zu mir. »Ich hasse dich nicht.«

Und trotz meiner langsamen, gleichmäßigen Atemzüge und obwohl ich meinen Blick unablässig auf sie gerichtet hatte, überkam mich ein vages Gefühl der Erleichterung. Ich sah zu, wie sie den Hörsaal verließ und etwas weniger unsicher aussah, als sie es getan hatte, als ich hereingekommen war.

Sie vertraute mir nicht, und sie würde sich vielleicht nicht für mich entscheiden. Aber sie war immer noch bei mir. Wenn auch nur ein bisschen.

Das war doch was.

Ich kam kurz nach sechs Uhr im Haus der Ashbys an, das jetzt eigentlich mein Haus war. Ich hatte den ganzen Tag kaum etwas gegessen und war total ausgehungert, und obwohl ich lieber später nach Hause kam, damit ich so wenig wie möglich mit Arion zu tun haben musste, wollte ich sie sehen. Ich wollte Winter heute Abend an meinem Esstisch haben.

»Hallo, Sir«, sagte Crane und öffnete mir die Tür.

Ich ging ins Haus und hörte, wie der Fahrer hinter mir abfuhr. Sofort stürmte ich die Treppe hinauf, während draußen der Wind durch das alte Holz und die Risse in den Fensterscheiben pfiff, die er gefunden hatte.

Doch weder Musik noch Schritte waren zu hören, und im Obergeschoss war es dunkel.

Ich blieb stehen und ließ meine Hand in meine Anzugtasche

gleiten. »Ist jemand zu Hause?« Ich spähte über meine Schulter zu Crane hinunter.

Er räusperte sich. »Mrs Ashby und Mrs Torrance sind auf dem Rückweg aus der Stadt – vom Einkaufen«, erklärte er. »Sie werden pünktlich zum Abendessen hier sein.«

Mrs Torrance. Mein Gott, scheiß drauf.

Ich kniff mir in den Nasenrücken, atmete aus und wartete.

»Und ...«, fuhr er fort. »Ms Ashby ist im Garten.«

Ich hielt für einen Moment die Luft an. Der *Garten.* Ich hasste die Art, wie mich das Wissen, dass sie so nah war, innehalten ließ. Mit geschlossenen Augen ging ich weiter die Treppe hinauf.

»Sie ist nicht allein, Sir«, rief er mir nach. »Mr. Grayson ist hier.«

Ich hielt inne. *Will?*

»Bitte sagen Sie es mir, wenn ich ihn nicht hätte hereinlassen sollen«, beeilte sich Crane hinzuzufügen. »Sie sagten nur ...«

»Ist schon in Ordnung«, stieß ich hervor.

Ich lief die Treppe hinauf und ging in mein Schlafzimmer. Dabei riss ich die Tür so heftig auf, dass der Knauf gegen die Wand knallte. Dann stürmte ich zu den Fenstern, zog den hauchdünnen Vorhang zur Seite und spähte hinunter in den Garten, der Blick vom zweiten Stock ging über die Terrasse, den Pool, das Poolhaus und das Waldgebiet dahinter. Mein Blick fiel auf die beiden im Pool.

»What the fuck?«, knurrte ich leise.

Er hatte sie im Schwitzkasten, ihre Haare hingen ihr ins Gesicht, und ein verdammt breites Lächeln lag auf seinem. Sie zappelte, kämpfte darum, ihn hinter sich zu erreichen. Noch während ich versuchte zu entscheiden, ob ich wütender darüber war, dass er das berührte, was mir gehörte, oder ob er ihr wirklich wehtat oder nur mit ihr spielte, ließ er sie los, stieß sie nach vorne ab und bespritzte sie mit Wasser.

Beide lachten und beantworteten damit meine Frage.

Ich hielt mich am Fensterrahmen fest und starrte auf die beiden hinunter. Sie standen hüfttief im Wasser, er mit nacktem Oberkörper und auffälligen Tattoos, sie in einem Neckholder-Bikinioberteil. In den nächsten Minuten übte er mit ihr verschiedene Griffe und wie man sich aus ihnen befreien konnte. Seine Lippen bewegten sich, als er ihr erklärte, was sie tun sollte, wenn er sie packte, an ihr zerrte oder sie mit dem Rücken gegen den Beckenrand drückte.

Ich hätte fast geschnaubt. *Verdammte Rika.*

Das war *ihre* Idee. Ich würde meinen Arsch darauf wetten, dass sie Will hergeschickt hatte, damit er Winter ein paar Selbstverteidigungstechniken beibrachte, um mich abzuwehren.

Netter Versuch, Kleine, aber das hier ist Schach, nicht Dame. Schon vergessen?

Winter streckte ihre Hände aus und legte sie auf Wills Brust. Ich atmete schwer und tief ein, und meine Augen brannten, weil ich in den letzten Minuten kaum geblinzelt hatte.

Sie berührt ihn nicht.

Und er berührt sie nicht.

Ich ließ den Vorhang los, drehte mich um und ging aus dem Schlafzimmer und die Treppe hinunter.

Es gefiel mir, dass Will hier war. Ich wollte ihn hierhaben. Ich wollte ihn bei mir. Aber er war nicht ihre verdammte Rettungsleine. Punkt.

Durch die Hintertür ging ich nach draußen bis zum Rand der Terrasse. Dort blieb ich stehen und sah ihnen zu, wie sie redeten und spielten.

Jetzt wurde mir klar, warum er sie mit in den Pool genommen hatte. Ohne ihr Augenlicht half das Wasser ihr, das Gleichgewicht zu halten, und federte Stürze während ihres Trainings ab.

Danke dafür, Will. Ich will sie in perfektem Zustand.

Ein paar Regentropfen trafen meine Schultern, und Winter klimperte mit den Wimpern, als sie ihr Gesicht zum Himmel wandte und die Hände ausstreckte, mit den Handflächen nach oben. Tropfen trafen auf das Wasser, trübten die ruhige Oberfläche, und in der Nähe des Poolhauses knisterte die Feuerstelle – ein einladendes Glühen unter dem dunkler werdenden Himmel.

Will glättete sein nasses Haar, blickte schließlich auf und entdeckte mich. Er stand da, still und unerschütterlich. Seine verdammten Wacholderaugen, die immer wieder wie ein Schraubenzieher ein gottverdammtes Loch in meinen Kopf bohrten, und für einen Moment war es wie in der Highschool: wir, Seite an Seite, und Winter stand nicht zwischen uns.

In diesem Moment wollte ich ihn, sie und Banks packen und uns alle auf eine Insel bringen, wo sie endlich zu mir gehören würden.

Blitze zuckten über den Himmel, Donner krachte über uns, und Will und Winter wechselten ein paar Worte, bevor sie aus dem Pool kletterte. Er folgte ihr und half ihr, ihr Handtuch zu finden.

Als sie abgetrocknet war, wickelte sie das Handtuch um ihren Körper, aber als er versuchte, ihre Hand zu nehmen, winkte sie ab. Er sagte noch ein paar Worte zu ihr, und schließlich nickte sie, drehte sich um, streckte ihre rechte Hand aus und ging auf das Haus zu, auf mich zu.

Ich sah Will in die Augen. Sein Mundwinkel verzog sich herausfordernd, und ich schüttelte den Kopf, als Winter sich in meine Richtung bewegte. Sie ging an mir vorbei, hielt inne und drehte ihren Kopf in meine Richtung. Ich blickte auf sie hinab und wusste, dass sie wusste, dass ich hier war, nur wenige Zentimeter entfernt.

Mein Blick wanderte über ihr Gesicht, ihren Hals und ihre Schultern. Mehr Berührung erlaubte ich mir selbst gerade noch nicht.

Dummes Mädchen. Er hat dir nur beigebracht, dich gegen einen Angreifer zu wehren. Was, wenn es aber mehr sind?

Sie ließ den Kopf sinken, ihre Lippen spitzten sich, und sie ging weiter, zurück ins Haus.

Schon bald.

Will trocknete sich ab, ging zur Feuerstelle hinüber und hielt seine Hände zum Aufwärmen darüber. Ich stieg die Backsteinstufen hinunter und trat zu ihm.

»Ich habe deinen Brief bekommen«, sagte er und starrte immer noch ins Feuer.

Ich musste lächeln, erinnerte mich an den Brief, den ich ihm vor einer Weile geschickt hatte. In dem ich ihn herausgefordert hatte, mich zu finden. Sich dem zu stellen, wer er wirklich war, und das war nicht Michaels und Kais Sidekick. Die konnten mich mal.

»Denkst du, du kannst mich aufhalten?« Ich starrte ihn über das Feuer hinweg an. War er deshalb hier? Um Rikas Bitte zu erfüllen und zu versuchen, Winter gegen mich zu wappnen?

Aber seine Augen funkelten, obwohl er mich immer noch nicht ansah. »Du hast doch nicht gedacht, dass die Prügel, die ich dir verpasst habe, das Ende waren, oder?«

Mein Lächeln gefror, als ich mich an die Schläge erinnerte, die ich letztes Jahr über mich hatte ergehen lassen, weil ich wusste, dass ich sie verdient hatte. Ich hatte vor ihm gekniet und zugelassen, dass er mich immer wieder schlug, weil ich mich äußerlich schlechter fühlen wollte als innerlich. Und lange hatte ich mir nur gewünscht, dass er mich umbringen würde.

Bring mich einfach um, denn ich kann es nicht rückgängig machen, und ich kann auch nicht so weitermachen.

Ich hatte ihn fast umgebracht. Und ich wollte, dass er mich so sehr hasste, dass er mich verdammt noch mal umbringen würde. Und dass er mich dann vielleicht, nachdem seine Wut verflogen war, wieder lieben könnte. Ob ich lebte oder starb, er musste mir einfach vergeben, dass ich dabeigestanden und Michaels Bruder hatte tun lassen, was er in dieser Nacht auf der Jacht getan hatte.

Aber ich war auch nicht der Einzige, der an der ganzen Scheiße schuld war, die vor zwei Jahren passiert war, nachdem wir aus dem Gefängnis gekommen waren. Ich hatte meine Strafe für meinen Teil auf mich genommen, aber ich würde es nicht noch einmal auf sich beruhen lassen.

Und wenn nicht wenigstens ein kleiner Teil von ihm bereit wäre, mir zu verzeihen, wäre er jetzt nicht hier. Er *wollte* hier sein. Er hatte mich nicht aufgegeben. Nicht ganz.

»Du hast mich vermisst«, sagte ich mit leiser Stimme.

Er bewegte sich hinter den Flammen, umkreiste langsam das Feuer, und ich tat es ihm gleich.

»Stimmt doch, oder?«, stichelte ich.

Seine nasse Jeans klebte an seinen Beinen, und mir fiel auf, dass er an Brust und Armen mehr Tattoos hatte, seit ich ihn das letzte Mal gesehen hatte.

Aber einige Dinge hatten sich nicht geändert. Er steckte immer noch in der Scheiße und war immer noch ständig betrunken und high. Er brauchte mich.

Ein leises Lachen entwich ihm, als ich seinen Blick wieder einfing. »Du warst mal mein Held«, sagte er, und seine Augen verschwanden hinter den Flammen.

Ich trat wieder vor, bewegte mich um das Feuer herum und schaute ihm wieder in die Augen. »Und du nimmst noch immer Drogen, wie ich höre.«

Er schüttelte den Kopf, wohl wissend, woher ich diese Information hatte. »Rika.«

»Rika.« Ich nickte.

Er bewegte sich wieder, und in seinen Augen konnte ich erkennen, dass er kurz verschwand. Ich trat vor und suchte ihn, suchte das Licht in seinen Augen, die nach wie vor auf mich gerichtet waren. Und dann kam es zurück. Seine Lippen zuckten, und in seinem Blick lagen Wut, Zorn, Erregung. Das Schwarz seiner Augen war klein und nüchtern, weil er diesen Scheiß nicht brauchte, wenn er mich hatte.

»Winter mag dich«, sagte ich und machte einen weiteren langsamen Schritt auf ihn zu. »Sie scheint dir zu vertrauen. Warum?«

»Ich kann einfach gut mit Frauen umgehen«, scherzte er.

»Ich erinnere mich.« Ich leckte mir über die Lippen. »Es hat Spaß gemacht, dir zuzusehen.«

Sein Atem wurde flacher, und ich wusste, dass er sich an den ganzen Scheiß erinnerte, den wir damals angestellt hatten. Wir hatten ziemlich viel Spaß gehabt.

Auch ohne Mädchen.

»Willst du mich mit ihr sehen?«, fragte er. »Ist es das?«

Ich lachte leise und legte den Kopf schief. »Nicht ganz.«

Ich schoss los, was ihn überraschte, huschte um das Feuer herum und schlug ihm mit den Handflächen auf die Brust, sodass er rückwärts gegen die Wand des Poolhauses taumelte. Er stöhnte und schlug mit dem nackten Rücken gegen die Ziegel.

Der Regen fing an, auf die Markise über mir zu trommeln, und ich rannte auf ihn zu, bereit, ihn zu Boden zu werfen, aber er beugte sich vor und stieß mir in den Magen, sodass wir beide auf den Betonboden fielen.

Ich fletschte die Zähne, kochte vor Wut und schlug ihm meine Faust gegen den Kopf, während er mir einen Hieb in den Magen verpasste. Ich spannte jeden Muskel in meinem Bauch gegen seinen Angriff an, und ich wusste nicht, ob ich wirklich wütend war oder ob ich einfach nur verzweifelt versuchte, ihn in irgendetwas zu verwickeln. Denn das hatte ich verdammt noch mal vermisst. So oder so hatte ich meinen Spaß.

Ich warf ihn auf den Rücken, und er rollte weiter und versuchte zu entkommen, aber ich hielt ihn auf, landete auf seinem Rücken, drückte ihn auf den Boden und rammte ihm meinen Arm in den Nacken, um ihn in Position zu halten.

»Oh, daran erinnere ich mich«, flüsterte ich ihm ins Ohr, wobei jeder Zentimeter meiner Brust gegen seinen Rücken gepresst war, und wir beide spürten meinen Unterleib an seinem Hintern. »Das ist es, was du wirklich vermisst hast, nicht wahr?«

Er warf seinen Kopf zurück und versuchte, mir einen Kopfstoß zu verpassen. »Hör auf, darüber zu reden«, knurrte er. »Ich war betrunken.«

»Alle drei Male?«, zog ich ihn lächelnd auf. »Michael und Kai wissen nicht, wie nahe wir uns gekommen sind, oder?«

Ich senkte meinen Mund an sein Ohr, bereit, seine Erinnerung daran wiederzubeleben, dass es Momente gegeben hatte, in denen ich der Einzige gewesen war, der ihm das hatte geben können, was er brauchte. Als kein anderer für ihn da gewesen war und wir alles gehabt hatten, was man sich mit Geld kaufen konnte, aber das, was wir wirklich gewollt hatten, unbezahlbar gewesen war.

Als wir noch jung gewesen waren und bereits von innen heraus ausgelaugt und verrottet. Als wir ab und zu für ein paar Nächte einfach jemanden berühren wollten, der es verstand.

Ich könnte ihn dazu bringen, sich zu erinnern. Ich könnte weitermachen und nicht nachdenken, ich könnte ihn dazu bringen, nicht nachzudenken und sich einfach gehen zu lassen und zu nehmen und zu fühlen und ...

Ich griff nach seiner Kehle und vergrub mein Gesicht in seinem Hals, aber er zuckte zurück, riss seinen Kopf nach hinten, befreite sich aus meinem Griff und schlug mir auf die Unterlippe.

Ich kniff die Augen zusammen, als ich mir aus Versehen in die Lippe biss, und knurrte, weil ich lange genug abgelenkt gewesen war, dass er mich hatte wegstoßen können. Hitze breitete sich unter meiner Haut aus, und mein Herzschlag beschleunigte sich, als ich lachte und über die Wunde leckte, wobei ich das Blut in meinem Mund schmeckte.

Du verdammter kleiner Scheißer.

Will war nett ... bis er es nicht mehr war. Winter sollte ihm nicht zu sehr vertrauen.

Ich stand auf, als er sich ebenfalls erhob.

»Weißt du«, begann er mit einem herablassenden Grinsen im Gesicht. »Als wir noch blöde Teenager waren, hat mich Winter nie angetörnt. Zu blass. Zu rein.«

Er beugte sich vor, hob meine Zigarettenschachtel vom Boden auf und zog eine heraus. Dann warf er sie mir zu. Mit einer Hand fing ich sie auf und starrte ihn an, während er sich zum Feuer beugte und das Ende anzündete.

»Sie war hübsch, aber ich mag mein Fleisch heiß.« Er blies Rauch aus, den Blick auf die Flammen gerichtet, während seine Gedanken für einen Moment abdrifteten. »Sexy mit schokoladenfarbenem Haar und olivfarbener Haut. Volle Lippen und dunkle Augen, die mich hinter einer verführerischen Bibliothekarinnenbrille anschauen.«

Er brach ab, verlor sich in den Bildern in seinem Kopf, und ich wusste genau, an wen er dabei dachte.

Aber nach einem Moment schüttelte er den Kopf und war wieder voll da. »Ich habe nie wirklich verstanden, warum du dich zu Winter hingezogen gefühlt hast. Michael und Kai dachten, sie wäre nur ein One-Night-Stand für dich, aber ich wusste es besser.« Er hob den Blick und sah mir in die Augen. »Sie haben nicht gesehen, wie du sie in der Schule, beim Mittagessen und im Vorbeigehen auf den Gängen angeschaut hast. Und wie niemand – *niemand*«, er betonte die Worte, »sich hinter ihrem Rücken über sie lustig gemacht hat, nach dem, was du mit jedem Kerl gemacht hast, der sie nicht respektiert hat. Wie zum Beispiel eine obszöne Geste direkt neben ihr, die sie nicht sehen konnte.«

Er kreiste wieder um das Feuer, und ich tat dasselbe, ohne meinen Blick auch nur für einen Moment von ihm abzuwenden.

»Aber vor etwa einem Jahr«, sagte er, »habe ich nach deinem Mädchen gesehen. Ich habe sie bei den Proben im Theater mit einem anderen Tänzer beobachtet. Irgendein Kerl.«

Ich knirschte langsam mit den Zähnen.

»Obwohl sie nicht viel geprobt haben«, spottete er, und ich konnte sehen, wie sich die Bilder hinter seinen Augen abspielten. »Er hat sie gegen die Wand gedrückt, ihr langes Haar ist um sie herum gefallen, und ihre Haut war gerötet von Schweiß und der Hitze vom ... Seine Hände waren überall, und seine Zunge war schon halb in ihrem kleinen Hals verschwunden.«

Ich unterdrückte das Knurren, das sich auf meinen Lippen bildete, aber ich konnte nichts gegen die Bilder tun, die mir durch den Kopf rasten. Von einer Zeit, in der ich sie in genau derselben Position gehabt hatte. Ihre nackten Brüste, ihre Arme um meinen Hals geschlungen und so fest an mich gedrückt, dass nichts zwischen uns Platz gefunden hätte.

Schlampe. Hoffentlich sagt er die Wahrheit.

»Sie hat damit aufgehört, als er versucht hat, sie auszuziehen«, erzählte mir Will. »Aber eines habe ich auf jeden Fall erkannt. Dieses Mädchen ist bereit, benutzt zu werden wie eine Frau.« Ein erhitzter Blick flackerte in seinen Augen auf. »Mit dir gefällt es ihr vielleicht nicht, aber mit mir könnte sie es lieben.«

Ich ballte meine Fäuste.

»Ja«, sinnierte er, und sein Tonfall ging mir unter die Haut. »Jetzt törnt sie mich extrem an. Sie hat sich im Pool wirklich gut angefühlt, und ich sehe schon ihren lilienweißen Arsch, wie er sich gegen meinen Schwanz stemmt, wie ihre Haare auf ihrem Rücken hüpfen ...«

Ich trat gegen die Feuerstelle, woraufhin sie in den Pool stürzte und erlosch. Dann stürzte ich mich auf ihn, aber er machte keine Anstalten zu fliehen. Mit einer Hand im Nacken und der anderen Hand auf dem Rücken wirbelte ich ihn herum und schleuderte ihn gegen die Wand des Poolhauses.

»Ich hätte dich einmal fast umgebracht.« Ich knirschte mit den Zähnen und kam seinem Gesicht ganz nahe. »Ich könnte es wieder tun.«

»Dann tu es«, entgegnete er. »Tu es, denn ich habe nichts zu verlieren, Damon. Nichts.« Das letzte Wort stieß er keuchend aus, und die Verzweiflung, die er plötzlich ausstrahlte, kam mir bekannt vor, denn ich spürte sie auch. Ich starrte ihn an, sein Blick suchte meinen. »Ich kann nicht aufhören, diesen Weg zu gehen, auf dem ich mich befinde«, flüsterte er fast, und seine Augen füllten sich mich Tränen. »Meine Familie ist fertig mit mir. Michael hat Rika. Kai hat Banks. Du warst eine Lüge.« Er zögerte und senkte den Blick. »*Sie* war eine Lüge.«

Sie.

Sie war die Nächste. Nachdem ich mit Winter fertig war, würde ich es für ihn tun.

»Ich habe keine Angst vor dir«, sagte er, auch wenn seine Stimme ergeben klang. »Ich habe vor nichts mehr Angst. Wenn du mich nicht tötest, werde ich dich so lange drängen, bis du es tun *musst.* Und ich werde dich auf jede erdenkliche Weise fertigmachen.« Er fletschte die Zähne und knurrte. »Auf eine Weise, die sie lieben wird.«

Ich knallte ihn wieder gegen die Wand, aber er wehrte sich nicht.

»Willst du zusehen?«, spornte er mich an. »Komm schon. Sie wird nicht mal merken, dass du im Zimmer bist. Du kannst sehen, ob es ihr mit mir gefällt. Mal sehen, ob sie auf mich besser reagiert als auf dich.«

Hör auf damit.

»Mal sehen, wie sehr ich sie zum Schwitzen und Stöhnen und wie schnell ich sie mit meinem Schwanz in ihr zum Höhepunkt bringe«, spottete er.

Ich starrte ihn an, meine Finger gruben sich in seinen Nacken. Sie würde ihn nicht wollen. Und wenn sie es doch wollte, dann möge Gott ihr beistehen.

»Also tu es«, fuhr er fort und stemmte schließlich seine Hände gegen meine Brust, um mich wegzudrücken. »Töte mich, bevor ich es mit ihr treiben kann, denn ich werde nicht aufhören.«

Er stieß mich erneut, und ich stolperte zurück. Meine Finger ballten sich zu Fäusten.

Nein. Hör auf, hör einfach auf.

»Weil ich einen Hang zur Selbstzerstörung habe, und du hast es immer gewusst, dass wir ein böses Ende nehmen würden.« Seine Stimme brach. »Es wird nicht anders enden.«

Hatte er recht? Hatte ich geglaubt, unsere Freundschaft würde überleben?

Bleib bei mir. Sei einfach bei mir. Wende dich nicht gegen mich.

Aber er schubste mich wieder. »Ich werde sie dir wegnehmen.«

»Tu das nicht«, presste ich hervor.

Die Wände kamen näher. Ich konnte nicht mehr atmen. Aber er stieß mich noch einmal, und ich zuckte zusammen, weil meine Brust jetzt schmerzte.

»Und sie wird mich *dir* wegnehmen, und dann bist du ganz allein. So wie du es immer hättest sein sollen.«

Mein Magen drehte sich um, und ich kochte vor Wut. Dann schlug er mich, und brennendes Feuer breitete sich auf meiner Wange aus, als mein Kopf zur Seite geschleudert wurde.

»Du wirst dich mit mir anlegen müssen!«, brüllte er und schlug mich erneut, sodass ich ins Stolpern geriet. »Töte mich. Bring die Sache zu Ende und töte mich, denn ich bin am Arsch, und ich hasse dich, und wenn du mich nicht ausschaltest, werde ich dich töten, denn es ist verdammt noch mal vorbei!«

Er schubste mich erneut, und ich drehte durch. Ich streckte meine Hände aus, um ihn aufzuhalten. »Nicht. Hör auf.«

Eine Träne rann ihm über das Gesicht, aber er wischte sie weg und knurrte. »Tu es«, zischte er. »Brich mir das Genick, reiß mir die Kehle raus oder erwürg mich, du krankes Arschloch! Tu es einfach!«

Er schlug mir auf den Kiefer, Schmerz schoss durch meinen Kopf, und ich ballte meine Fäuste so fest, dass sich meine Nägel in meine Handflächen gruben.

»Will …«, keuchte ich, ohne zu Atem zu kommen. »Tu das nicht.«

»Ich werde nie aufhören.« Er schüttelte den Kopf und kam wieder auf mich zu. »Niemals.« Er schubste mich. »Töte mich.«

Stopp.

Er schlug wieder auf mich ein. »Ich werde sie dir wegnehmen, also töte mich.«

Du kannst sie nicht haben. Ich werde …

»Töte mich, damit ich dir nicht mehr im Weg bin!«, brüllte er. »Wenn du es letztes Mal richtig gemacht hättest, würde ich jetzt auf dem Grund des Ozeans liegen, also beende den Job, dann kannst du sie haben!«

Ein Bild von ihm, wie er unter der tiefschwarzen Oberfläche des Meeres versank, tauchte in meinem Kopf auf, und ich kniff die Augen zusammen, um es loszuwerden.

Er wäre für immer weg gewesen.

»Bring mich verdammt noch mal um«, sagte er mit gleichmäßiger und plötzlich ruhiger Stimme.

»Nein.«

»Töte mich. Du wirst es tun müssen.«

Ich schüttelte den Kopf.

Er packte mich am Kragen. »Tu es!«, schrie er mich an.

Da packte ich seinen Hals mit meinen Händen und rammte ihn gegen die Wand des Poolhauses. »Ich kann nicht!« Er stöhnte, atmete schwer, und ich ließ meine Stirn auf seine sinken, unfähig, die verdammten Nadeln in meiner Kehle herunterzuschlucken. »Scheiße, ich kann nicht«, flüsterte ich. »Bitte, hör auf. Bitte.«

»Ich kann nicht«, murmelte er, und Tränen liefen über sein Gesicht. »Ich kann nicht.«

Ich legte meine Hände an sein Gesicht, hielt ihn einfach nur fest, bereit, so vieles zu sagen, denn ich hatte nie etwas vor ihm verbergen müssen. Er hatte nie Schwäche gesehen, wenn er mich ansah.

Ich wollte ihm alles sagen.

Wollte ihm sagen, dass ich ihn nie verletzt hätte. Dass ich nicht gewusst hatte, was Trevor vorhatte, und dass es nicht so hätte ablaufen sollen. Denn von all meinen drei Freunden war Will derjenige, den ich immer zuerst retten würde. Dass mein Stolz und meine Wut es nicht zuließen und dass ich ihm, wenn er auf den Grund des Ozeans gezogen worden wäre, außerhalb meiner Reichweite, gefolgt wäre.

Ich wäre ihm nachgesprungen, verdammt, und dort unten mit ihm verrottet, denn nichts, was ich danach bekommen hätte – mein Erbe oder meine Rache an Winter –, wäre es ohne ihn wert gewesen.

Sein Atem fiel auf meinen Mund, und sein nasses Haar an seinem Hinterkopf wurde unter meinen Fingern warm. Er brauchte mich. Ich vergrub meine Finger in seiner Kopfhaut.

Er musste begreifen, dass er mich brauchte.

Niemand würde ihn so am Leben erhalten, wie ich es tat. Niemand.

Ich stürzte mich auf ihn, nahm seine Unterlippe zwischen meine Zähne und schob uns beide durch die Tür des Poolhauses. Er stolperte davon, knurrte, bereit, sich zu wehren, aber ich stürzte mich auf ihn, legte meine Lippen auf seine und drückte ihn auf die Couch. Mit einer Hand packte ich seine Kehle, mit der anderen stützte ich mich ab.

»Fick dich«, zischte er und zog seinen Mund weg.

Ich grinste und fuhr mit meiner Zunge über seine Lippen. »Nur wenn du es willst.«

Ich ließ seinen Hals los, riss seine Jeans auf und schob meine Hand hinein. Er griff nach meiner Hand und versuchte, mich aufzuhalten, aber ich packte seinen Penis, der bereits ein wenig steif war.

»Was hat sie an?« Ich fing an, ihn zu streicheln, und ließ ihm keine Zeit zum Nachdenken. »Was hat sie verdammt noch mal für dich an, hm?«

Er hörte auf zu atmen, schloss die Augen, warf den Kopf zurück und stöhnte auf. »Damon, hör auf.«

Ich ließ meinen Mund über seinem schweben und streichelte ihn etwas schneller, während ich mein Knie zwischen seine Beine schob, um sie zu spreizen. »Was hat sie an?«

Jetzt wurde er endgültig hart, und ich fuhr mit meiner Zunge über seine Unterlippe. »Sie will dich in ihrem Mund haben.« Ich festigte meinen Griff um seinen Penis. »Sie will *das hier* in ihrem Mund.«

»Ja.«

Jetzt hatte ich ihn.

»Was zur Hölle hat sie an?« Ich streichelte ihn wieder und wieder, seine Haut war glatt und heiß in meiner Hand.

»Sie schläft …« Er hielt inne und erschrak über das, was ich mit ihm anstellte.

»Ja?«

Sein Körper zitterte. »Sie schläft in diesem … in diesem süßen kleinen Höschen«, sagte er, die Augen immer noch geschlossen, und stellte sich das Objekt seiner Begierde vor. »Vorne ist ein kleines Dreieck aus Stoff, das sie gerade so bedeckt.«

»Rot?« Ich biss ihm erneut in die Lippe.

Aber er schüttelte den Kopf. »Blau. Und ein T-Shirt. Sie schläft auf dem Bauch, und ihre Hüften bewegen sich im Schlaf. Fuck, ihr Arsch …«

»Mmm …« Ich spürte, wie ein wenig Sperma aus ihm heraustropfte. »Sie reibt ihre Muschi am Bett, oder? Sie muss schön warm sein.«

»Scheiße, ist das heiß.« Er griff mir in den Nacken, unsere Münder nur Zentimeter voneinander entfernt. »Fester.«

»Und feucht?« Ich neckte ihn und rieb ihn schneller und fester, wie er es wollte. »Ist sie feucht?«

Er nickte, und sein Atem ging schwerer.

»Und eng?«

»Ja.«

»Leck sie, Will«, sagte ich und gab ihm, was diese Schlampe ihm nie gegeben hatte. »Sie liebt dich in der Dunkelheit. Sie lässt Will Grayson III., Star des Basketballteams, zu ihr nach Hause kommen, nachts in ihr Zimmer klettern und in ihr kommen, wann immer er will.«

Seine Bauchmuskeln zogen sich zusammen, er verlor sich in den Bildern in seinem Kopf, fletschte die Zähne, grub seine Finger in meinen Nacken, und dann … ließ er los, ergoss sich in meine Hand. Er stöhnte, Schweiß glitzerte auf seinem Hals und seiner Brust, und er hielt die Augen geschlossen, denn er wusste, dass der Bann gebrochen sein würde, sobald er sie öffnete.

Es war nicht sie, die auf ihm lag. *Ich* war es.

Nach einem Moment hatte sich sein Atem beruhigt, und er öffnete langsam die Augen. Seine Schultern waren entspannt, und er konnte nicht mehr kämpfen.

Ich kletterte von ihm herunter, stand auf und holte ein Poolhandtuch aus dem Schrank. Nachdem ich mich abgewischt hatte, warf ich es ihm zu.

»Das ist alles, was du tun kannst, nicht wahr?«, sagte er, machte sich sauber und schloss den Reißverschluss. »Du kannst es nur mit Menschen treiben oder mit ihnen spielen. Das ist die einzige Möglichkeit, wie du eine Verbindung aufbauen kannst.« Er warf das Handtuch hin, ruhiger als zuvor, aber immer noch … immer noch nicht bei mir. »Wenn ich jetzt zurückdenke«, sagte er feierlich, »frage ich mich, ob irgendwas, das ich von dir bekommen habe, echt war.«

Ich wusste nicht, ob er recht hatte, und es war mir auch egal. Ich manövrierte, er manövrierte, und ich bewegte mich wieder, immer mit meinem Ziel vor Augen. Ich tat, was ich tun musste.

Das Problem war, dass ich Will nicht auslöschen wollte, aber wenn ich gewann – welches Spiel wir auch immer spielten –, würde ich ihn dabei zerstören? War es wahr, was er sagte? War ein anderes Ende für uns unmöglich?

»Wenn du Winter wehtust, wirst du es mit mir zu tun bekommen«, sagte er.

Ich richtete meine Kleidung und wischte den Regen von meinem Revers. Aber ich reagierte nicht. Er wusste, dass ich seine Warnung nicht beherzigen würde. Ich ließ sie ihn trotzdem aussprechen.

»Und mit Michael«, fügte er hinzu. »Und mit Kai.«

»Und mit Rika und Banks?«, warf ich ein.

»Und mit Alex.« Er schenkte mir ein kleines finsteres Grinsen, als er meine Herausforderung annahm. »Unsere Armee ist größer. Du hast *niemanden.*«

»Alles, was ich brauche, bin ich. Eine Person, die bereit ist, das zu tun, was keiner von euch tun wird.« Ich hielt inne und fügte hinzu: »Du hast nicht den Mut dazu, Will. Zweifle nicht daran, dass ich alles tun werde, was ich tun muss, um zu behalten, was mir gehört. Die Kleine gehört mir.«

Er zögerte, sah mich von oben bis unten an und begegnete dann entschlossen meinem Blick. »Sie will dir nicht gehören, Damon.«

Ich stützte meine Hand auf die grau gekachelte Wand und ließ das heiße Wasser der Regendusche über meinen Nacken und Rücken rinnen.

Sie will dir nicht gehören.

Sie will dir nicht gehören.

Oh, das wusste ich. Und es würde mir großes Vergnügen bereiten, ihr das zu geben, was sie nicht wollte.

Aber trotzdem spannte sich jeder Muskel in meinem Körper an und verkrampfte, unfähig loszulassen.

Sie will dir nicht gehören.

Ich schloss die Augen und hörte die Worte in meinen Ohren widerhallen.

»Du gehörst mir«, sagt meine Mutter. »Du gehörst mir, und ich gehöre dir.« Sie legt sich neben mich, schiebt einen Arm unter meinen Kopf und schaut auf mich herab, während sie mich festhält. »Wir werden immer einander gehören, Damon. Mami wird immer dir gehören, egal, was passiert. Für den Rest deines Lebens. Ich gehöre dir, Baby.«

Ich nicke, balle aber abwesend meine Fäuste, und die Laken ihres Bettes bündeln sich in meinen Händen. Ich schlafe oft bei meiner Mutter. Sie hält mich gerne fest, aber ich erzähle es niemandem. Ich war schon bei anderen Leuten zu Hause, bei anderen Kindern in meinem Alter, und ich weiß, dass sie das zu Hause nicht so machen.

Das seidene Nachthemd meiner Mutter umschmeichelt meine

Brust, und ihr schwarzes Haar kitzelt meinen Arm. Sie blickt mit einem sanften Lächeln auf mich herab.

»Ich gehöre nicht deinem Vater«, sagt sie. »Nicht so, wie ich dir gehöre. Ich war erst dreizehn, als er mich zum ersten Mal gesehen hat. Hat er dir das je erzählt? Ich war nur ein paar Jahre älter, als du jetzt bist.«

Sie beugt sich zu mir und kitzelt mich im Nacken, und ich muss ein wenig lachen, bevor ich den Kopf abwende und ihre Hand wegschiebe.

»Er ist gekommen, um die Aufführung meiner Ballettgruppe zu sehen«, fährt sie fort. »Er ist sehr oft gekommen, und ich habe gesehen, wie er mich vom Publikum aus beobachtet hat. Alle anderen Mädchen waren so neidisch, weil ich Blumen und Geschenke bekommen habe, und das hatte ich vorher nie. Er hat mich seine kleine Prinzessin genannt, und ich habe davon geträumt, dass er mich mit nach Hause nehmen und sich um mich kümmern würde, sodass ich nicht mehr in diesem kalten Theater leben musste, mit so wenig zu essen.«

Sie schaut einen Moment weg, und ihr Lächeln wird schwächer. Ich weiß, dass meine Mutter jung war, als sie meinen Vater heiratete. Ich höre die Leute tuscheln, wenn sie erfahren, dass sie einen elfjährigen Sohn hat.

»Und dann, eines Nachts«, fährt sie fort, »ist ein großes schwarzes Auto gekommen, um mich abzuholen. Man hat mir gesagt, ich solle mein schönstes Kostüm anziehen, sie haben mir die Haare schön gemacht und Make-up aufgetragen, und ich habe das Theater verlassen. Ich wurde zu seinem Haus gebracht, außerhalb von Moskau, und er hat mich aufgefordert, für ihn zu tanzen.« Ihr Gesichtsausdruck erhellt sich wieder, und sie beugt sich flüsternd vor, als ob es ein Geheimnis wäre. »Und das habe ich getan. Ich bin umhergewirbelt, gesprungen, habe getanzt – unter den Kronleuchtern auf dem Marmorboden des Saals –, und ich habe mich wie in einem Traum gefühlt. Er hat mir Kuchen und Champagner gegeben.«

Ein Finger ihrer Hand wandert über die Mitte meines Oberkörpers, und dann fächern sich alle ihre Finger über meinem Bauch auf, wodurch sich die kleinen Haare auf meinem Körper aufstellen. Das fühlt sich gut an.

»Und als ich eingeschlafen war«, sagt sie und beobachtet, wie ihre Hand mich streichelt, »konnte ich mich nicht erinnern, wie ich ins Bett gekommen war. In sein Bett.«

Sie starrt vor sich hin, verloren in der Erinnerung. »Ich bin nicht sicher, wann ich aufgewacht bin. Vielleicht habe ich nur kurz geschlafen, aber als ich die Augen geöffnet habe, hat er mir das Kostüm heruntergezogen, hat meinen kleinen Körper entblößt und mir die Strumpfhose und die Ballettschlappen runtergerissen.«

Ich erstarre, höre ihr zu und bin überrascht, aber auch nicht verwundert. Das habe ich zuvor noch nicht gehört. Aber ich weiß, dass mein Vater furchtbare Dinge tut.

»Ich habe angefangen zu weinen«, erzählt sie mir, »ich hatte Angst und habe geschrien, als er mich überall geküsst und fest in meinen Körper gebissen hat, und als er mein Höschen heruntergezogen hat und sich in mich schob, ich …« Sie atmet schwer, immer noch gefesselt von den Bildern in ihrem Kopf. »Es hat mir gefallen, Damon. Es hat mir gefallen.«

Ich weiß, wovon sie spricht. Was er mit ihr gemacht hat. Ich habe es schon mal gesehen.

Aber sie war dreizehn. In ihr Ballettstudio in der Stadt gingen Mädchen, die dreizehn waren. Ich kann mir nicht vorstellen, dass eine von ihnen …

»Ich mochte es, von ihm vergewaltigt zu werden«, fährt sie fort. »Jetzt war ich ein großes Mädchen, und er war so viel härter als die Männer, die ich gesehen hatte, wie sie andere Tänzerinnen genommen hatten, wenn ich in die Räume des Theaters gespäht habe. Das ist es, was Männer tun. Sie vergewaltigen. Sie sind stark, und sie schänden, Damon.«

Sie blickt auf mich herab, und in dem Moment werde ich aus meinen Gedanken gerissen und merke, dass ihre Fingerspitzen vorne an meiner Pyjamahose entlanggleiten.

»Und es wird Zeit, dass du anfängst zu üben«, sagt sie, greift in meine Hose, nimmt meinen Penis in ihre Hand und reibt ihn.

Ich schüttle den Kopf und zucke zusammen, als ich versuche, mich von ihr zu entfernen.

»Schhh, es ist okay«, säuselt sie und küsst meinen Mundwinkel, während sie ihre Hand schneller an mir bewegt. »Spürst du

das, Baby? Er wird hart. Das bedeutet, dass es dir gefällt. Dir gefällt, was Mami macht.«

Nein, es gefällt mir nicht. Das soll sie nicht tun. Sie soll nicht …

Ich halte inne und schließe meine Augen, während das Blut in meinen Penis pumpt und ihn aufrichtet.

Nein, nein, nein, nein, nein … Ich will das nicht. Ich will weg. Ich will hier weg.

»Genieß es, Baby. Genieß es einfach.« Sie hinterlässt überall kleine Küsse auf meinem Mund und Gesicht, während sie mich streichelt. »Du bist ein starker Mann, und starke Männer bekommen so viele Frauen, wie sie wollen, damit sie sich gut fühlen.«

Ich will nicht … Ich will nicht …

Ich kneife meine Augen zusammen und stöhne. Nein, nein, nein …

Ich schnappte mir die Seife aus der Schüssel und begann, mich einzuschäumen, wusch meine Brust und meinen Bauch, bevor ich meinen Penis einseifte und auch ihn säuberte. Immer sauberer.

Das war das erste Mal, dass meine Mutter mich so angefasst hatte. Die erste Episode von dem, was sich über Jahre hinweg entwickeln sollte, Jahre, in denen sie auf mir lag.

Meine Kehle schwoll an, so schlecht wurde mir, und meine Schultern sackten in sich zusammen, als ich versuchte, mich so klein wie möglich zu machen. Es war ein altes Gefühl, aber eines, das ich nur allzu gut kannte. Es brachte mich dazu, mich im Brunnen zu verstecken. Im Labyrinth. In Duschen und in Schränken, denn wenn mich niemand sehen würde, würde niemand meine Scham sehen.

Sie ist weg, sagte ich zu mir. *Sie wird mir nie wieder etwas wegnehmen. Keiner wird das.*

Aber wenn ich auf die Jahre zurückblickte, wurde mir klar, dass es schon lange vor jener Nacht begonnen hatte. Sie hatte mich mit unter die Dusche genommen, lange nachdem ich schon in der Lage war, mich selbst zu duschen. Sie hatte mich gewaschen und abgetrocknet und war im Zimmer geblieben, wenn ich mich an- und ausgezogen hatte.

Und nachdem sie monatelang mit ihren Händen und ihrem Mund alles getan hatte, was sie konnte, war sie eines Abends schließlich in mein Zimmer gekommen und …

Ich hatte immer damit geprahlt, dass ich meine erste Frau mit zwölf Jahren gehabt hatte, und hatte mich darüber gefreut, dass andere Jungs dachten, dass ich entweder lügen würde oder dass ich so ein Glück hatte wegen der vielen Huren, die mein Vater im Haus hatte. Aber ich hatte immer die Wahrheit gesagt.

Mein Vater musste gewusst haben, was vor sich ging. Aber in seinem Kopf machte mich das zum Mann. Und es war ja auch nicht so, dass er etwas gegen die Vergewaltigung von Kindern hatte, wenn man bedachte, wie jung meine Mutter gewesen war, als sie sich kennengelernt hatten.

Ich stellte das Wasser ab, nahm mir ein Handtuch und trocknete mich ab. Dann wickelte ich es um meine Taille und stieg aus der Dusche, ging zum Spiegel und wischte das Kondenswasser ab, um in meine dunklen Augen, die etwas dunkler waren als ihre, und auf dasselbe schwarze Haar starren zu können. Ein Schatten lag auf meinem Kinn, und ich nahm mein Rasiermesser in die Hand und hielt es unter den Wasserhahn, um sicherzugehen, dass es sauber war.

Was fühlte Winter, wenn sie an mich dachte? War die Wut so groß, dass es nichts anderes mehr gab?

Er hatte sie aufgefordert, für ihn zu tanzen.

Er hatte sie aufgefordert zu tanzen, wie ich Winter aufgefordert hatte, für *mich* zu tanzen.

Er hatte meine Mutter beobachtet, wie ich Winter beobachtet hatte.

War es das also? Hatte ich Winter in der Highschool das angetan, was mein Vater meiner Mutter angetan hatte? Hatte ich sie verführt?

Ich sah auf und begegnete meinen eigenen schwarzen Augen im Spiegel.

Das Geheimnis des Lebens, das jeder kannte und jeder vergaß, war, dass wir nicht allein waren. Wir dachten, wir wären einzigartig. Wir dachten, wir wären die Ersten.

Keiner hat das durchgemacht, was ich durchgemacht habe.

Niemand sonst fühlt es.

Keiner weiß, wie es ist, ich zu sein.

Es ist das erste Mal, dass jemand das durchgemacht hat, was ich durchgemacht habe, oder?

Das sind Lügen, die wir uns einreden, weil wir denken, dass wir etwas Besonderes sind. Weil es die Berechtigung zu leiden mindern würde, wenn wir wüssten, dass das, was wir durchmachen, nicht ungewöhnlich ist. Das war ein Geheimnis, das ich nie vergessen habe, und ich konnte es immer nutzen, um die Dinge im Blick zu behalten, damit ich die Scheiße in meinem Kopf verarbeiten konnte, aber jetzt …

Jetzt wünschte ich mir, ich könnte es vergessen. Ich wollte allein sein.

Ich wollte nicht wissen, dass ich wie er war oder er wie ich war oder dass das Leben einem Muster folgte und die Geschichte sich wiederholte. Ich war nicht wie er, und Winter war nicht meine Mutter, und niemand hatte das erlebt, was wir durchlebt hatten.

Das ist etwas Besonderes.

Es ist anders.

Es ist einzigartig und ganz meins.

Sie und ich … Wir sind allein im Universum. Keiner war wie wir.

Und im Gegensatz zu meiner dreizehnjährigen Mutter hatte Winter verdammt noch mal alles verdient, was mit ihr geschehen würde.

Ich rasierte mich, und währenddessen wurde mir klar, dass alle Zweifel, die ich hatte, mich nicht besser fühlen lassen würden, als genau hier zu sein, wo ich war.

Also würde ich den Kurs beibehalten. Meine Mutter hatte in einem Punkt recht gehabt. Ich mochte alles, wenn es hart war.

Als ich das Schlafzimmer betrat, sah ich Arion mit einer anderen Frau auf dem Bett sitzen, aber ich ging, ohne zu zögern, zum Tisch mit der Schüssel und kramte meine Uhr hervor.

»Hast du mir was mitgebracht, Arion?« Ich befestigte die Uhr an meinem Handgelenk, ohne eine der beiden anzusehen.

Sie sollte nicht hier drin sein, und das wusste sie auch. Das Hauptschlafzimmer war in zwei Räume aufgeteilt, die durch einen begehbaren Kleiderschrank in der Mitte getrennt waren. Sie hatte ihren Raum, ich hatte meinen. Vielleicht würde ich sie an einem dieser Abende hereinbitten, aber das war meine Entscheidung.

»Ein Geschenk«, antwortete sie. »Nur eine Kleinigkeit.«

Ich warf wieder einen Blick auf das Bett und sah sie hinter der jungen Frau sitzen, den Arm über ihre Schulter gelegt, und beide sahen mich an, als wären sie hier, um mich zu füttern. Ich konnte nicht sehen, was Arion trug, aber ein seidenes Tuch fiel über ihren Arm, während ihre andere Hand den nackten Bauch des Mädchens streichelte.

»Wie alt ist sie?« Ich nahm meine Zigaretten auf und holte eine heraus.

»So alt, wie du mich haben willst«, kam es von der Unbekannten.

Ich zündete die Zigarette an, kniff mir in den Nasenrücken und blies den Rauch aus. *Verdammte Scheiße.* Will würde in dieses Bett rennen, bereits hart und bereit für Sex.

Ich mochte es nicht, gefüttert zu werden. Ich musste jagen.

»Ihre Muschi trieft schon«, gurrte Arion. »Jung, eng und heiß. So heiß.«

Mein Penis begann, ein wenig zu pochen, als ich mir in Gedanken das Gefühl von ihr vorstellte.

»Richtig eng«, säuselte das Mädchen. »Mein Pflegevater hat immer gesagt, ich sei enger als seine Hand, wenn er es mir besorgt hat.«

Rauch strömte aus meinem Mund, als ich leise lachte. *Mein Gott, Süße, du hast dir ganz schön was vorgenommen mit dieser Scheiße. Was auch immer Arion dir erzählt hat, das mich hart macht, ist eindeutig zu zahm. Meine Version von unanständig ist für die meisten Leute unvorstellbar.*

»Nimm sie hart«, sagte Arion. »Schau, wie weit sie ihre Beine spreizt.«

Trotz der Spiele, die sie spielten, konnte ich nicht umhin hinüberzusehen. Die junge Frau saß am Rande des Bettes, ihre weit geöffnete Muschi und ihre Brüste lugten aus dem unteren Teil eines Hemdchens hervor.

Mehrere Szenarien schossen mir durch den Kopf, als ich instinktiv nach dem suchte, was ich brauchte, damit das hier funktionierte.

Ein Dreier. Mädchen auf Mädchen.

Sie fesseln. Ein Knebel. Ja. Ein Knebel.

Ich nahm einen weiteren Zug von der Zigarette und ließ die beiden nicht aus den Augen, während sich die Bilder in meinem Kopf abspielten.

»Nimm sie hart«, sagte Arion wieder. »Nimm sie so hart, wie du willst, und lass mich zusehen. Und wenn du kurz davor bist zu kommen, dann komm in mir.«

Und da war es. Was sie wirklich von mir wollte.

KAPITEL 10

WINTER

Gegenwart

»Wohin bringt ihr mich heute Abend?«, fragte ich und führte Isabella und Jade hoch in mein Zimmer, damit ich mich fertig machen konnte.

»Das ist eine Überraschung.«

»Ich bin blind«, entgegnete ich, ging zum Schrank und fuhr mit den Fingerspitzen über die Blindenschrift auf den Markierungen, um meine schwarzen Oberteile zu finden. »Glasscherben auf dem Boden können für mich eine Überraschung sein. Ich bin erst dabei, wenn ihr es mir verratet.«

»Es hat etwas mit Halloween zu tun«, sagte Jade.

Aber Isa hatte es eilig, ihr über den Mund zu fahren. »Psst …«

Na toll. Es war fast Halloween – noch schlimmer, Devil's Night –, und mein Haus kam mir sowieso schon wie eine Horrorshow vor. Ich war definitiv nicht in der Stimmung.

Und ich war mir nicht sicher, ob ich weggehen durfte.

»Du brauchst einen Mädelsabend«, mischte Jade sich wieder ein. »Vor allem mit diesem Freak hier am Ende des Gangs. Lasst uns ein bisschen Spaß haben.«

Ich zwang mich zu einem leisen Lachen, weil mir sofort Damon in den Sinn kam, ich aber wusste, dass sie meine Schwester meinte. Alle Tänzerinnen, mit denen ich in den letzten Jahren im Tanzstudio zu tun gehabt hatte – einschließlich Isabella und Jade –, hatten schon viele von Aris Eskapaden mitbekommen, während sie nach dem Unterricht auf mich gewartet oder bei Proben und Aufführungen dabeigesessen hatten.

Ich durchstöberte meine schwarze Kleidung, fand aber die schwarze Lederhose mit den Reißverschlüssen an den Beinen nicht. Wo war sie? Ich hatte sie seit letztem Winter nicht mehr getragen.

Ein Handy klingelte, und jemand bewegte sich auf meinem Bett. »Da muss ich rangehen«, sagte Jade. »Ich gehe ins Bad.«

Ich suchte weiter nach meiner Hose und wühlte in der weißen, blauen und jeder anderen Abteilung meiner Klamotten.

»Und, wie geht's dir?«, fragte Isabella.

Fast hätte ich mich umgedreht, aber ich hatte Angst, mein Gesicht würde mich verraten. »Ich weiß es nicht.«

Damon war hier. Ich hatte draußen einen Hauch seiner Zigaretten gerochen, als ich mit Will trainiert hatte, aber ich hatte niemanden gehen hören, also war er wahrscheinlich noch im Haus.

Hatte er Will das Leben schwer gemacht, als er ihn hier gesehen hatte?

Ich lächelte ein wenig, als ich an Will dachte. Ich konnte nicht glauben, dass er hier aufgetaucht war. Ich erinnerte mich, dass ich in der Highschool viel über ihn gehört hatte, und ich wusste, dass er Damons bester Freund war.

Gewesen war.

Aber plötzlich hatte er vor der Tür gestanden, und ich musste nicht viel sagen, damit er verstand, was hier vor sich ging. Ich hatte den Eindruck gehabt, dass der Rest von Damons alter Crew ebenfalls hinter Wills Besuch steckte, und ehe ich es mich versah, hatte er mich zum Pool gelotst, um an diversen Selbstverteidigungs-Moves zu arbeiten. Als ob das etwas nützen würde, aber ich würde es versuchen. Außerdem brachte er mich zum Lachen.

Ich hätte die Gelegenheit nutzen sollen, so viele Dinge zu fragen. Alles, um die Oberhand über Damon zu gewinnen und etwas Nützliches zu erfahren. Vor allem, da ich herausgefunden hatte, dass Erika Fane jetzt mit Michael Crist verlobt war, einem anderen von Damons alten Freunden.

»Du weißt, dass du bei mir wohnen kannst, oder?«, sagte Isa.

Ich drehte meinen Kopf und schenkte ihr ein halbherziges Lächeln. Ich konnte nicht mitkommen und bei ihr wohnen, aber es war tröstlich, dass sie es anbot. Sie hatte keine Ahnung, zu was er in der Lage war. Sosehr ich ihr Angebot auch annehmen wollte, ich würde es nicht tun.

Ich stieß einen Seufzer aus, als ich meine Lederhose auch nach erneutem Suchen nirgends fand. *Verdammt noch mal, Arion.*

»Komm mal kurz mit«, sagte ich zu Isa.

Auf dem Weg strich ich Mikhail mit der Hand über den Kopf und verließ das Zimmer. Ich hörte, wie Jade im Bad noch telefonierte, als wir vorbeigingen. Ich folgte der Wand, den langen Flur entlang, an der Schlafzimmertür meines Vaters vorbei und weiter zum Zimmer meiner Mutter. Oder zu dem, was einmal das Zimmer meiner Mutter war.

Ich betrat Arions neues Schlafzimmer – ich hörte keinen Aufschrei, als ich in ihre Privatsphäre eindrang, also musste sie weg sein – und bog nach rechts ab, in das Umkleidezimmer, das meine Mutter und mein Vater früher gemeinsam genutzt hatten.

»Such nach einer schwarzen Lederhose«, sagte ich zu Isa und machte mich an die Arbeit. Ich ging durch den Raum, berührte die Stoffe auf den Bügeln, um das vertraute Gefühl meiner Lieblingshose zu spüren.

»Wo ist das Licht?«, fragte Isabella.

Doch bevor ich antworten konnte, drangen Stimmen aus dem anderen Zimmer herein.

»Hast du mir was mitgebracht, Arion?«, sagte Damon, und ich verstummte.

»Pssst«, flüsterte ich Isa zu.

»Ein Geschenk«, hörte ich meine Schwester sagen. »Nur eine Kleinigkeit.«

Ich tastete mich zu der Tür auf der anderen Seite des Schranks vor, die zum alten Zimmer meines Vaters führte. Ich versteckte mich hinter ihr, da sie einen Spalt offen stand, und Isabella hätte mich fast umgestoßen, als sie sich hinter mich stellte.

»Wie alt ist sie?«, fragte er.

»So alt, wie du mich haben willst.«

Das war nicht die Stimme meiner Schwester.

»O mein Gott, ist *er* das?«, fragte Isa in gedämpftem Ton. »Sie schlafen nicht im selben Zimmer?«

Ich bedeutete ihr, still zu sein, wollte auf keinen Fall hier gefunden werden.

»Ihre Muschi trieft schon«, säuselte Arion sinnlich und ekelhaft zugleich.

»Jung, eng und heiß. So heiß.«

»Richtig eng«, fügte das Mädchen hinzu. »Mein Pflegevater hat immer gesagt, ich sei enger als seine Hand, wenn er es mir besorgt hat.«

Ich zuckte zusammen. *O mein Gott.*

Isa ging um mich herum zu der Stelle, an der die Tür einen Spalt offen war, und ich vermutete, dass sie hindurchspähte.

»Lass dich nicht von ihnen sehen«, flüsterte ich.

»Nimm sie hart«, fuhr meine Schwester fort. »Schau, wie weit sie ihre Beine spreizt.«

Ich hielt den Atem an, wartete auf seine Antwort und fürchtete mich vor ihr, aber ich wusste nicht, warum. Meine Schwester hatte eine andere Frau da drin. Sie versuchte, ihn mit ihnen ins Bett zu kriegen. Würde er es tun?

»Er hat eine Tätowierung?«, fragte mich Isabella. »Das wusste ich ja gar nicht. Sie ist unter seinem Arm. Ich kann sie aber nicht erkennen.«

Eine Tätowierung? *Ich weiß nichts davon. Es ist mir aber auch egal …*

»Nimm sie hart«, forderte Arion ihn auf. »Nimm sie so hart, wie du willst, und lass mich zusehen. Und wenn du kurz davor bist zu kommen, dann komm in mir.«

Sofort trat ich einen Schritt zurück. »Ich will nichts mehr hören.«

Es war ekelhaft. Ich wollte … diesen Scheiß nicht hören. Ihr schäbiges Verhalten. Das bestätigte nur, was ich bereits wusste. Er war krank und gemein und benutzte Menschen zu seinem Vergnügen, so wie er meine Schwester und dieses Mädchen benutzte. Ich hatte ihn nie interessiert. Vor all den Jahren.

Ich wollte gehen, aber Isa hielt mich auf. »Warte«, sagte sie. »Warum tut Arion so was? Ich habe schon von Swingern gehört, aber das hier ist …«

»Wir wollen dich«, sagte Arion und unterbrach unser Gespräch.

»Ich weiß, dass ihr das wollt«, antwortete Damon. »Aber ihr habt keine Ahnung, was *ich* will. Oder was mir gefällt.«

»Ich weiß, dass du gerne zuschaust.« Die Stimme meiner Schwester blieb spielerisch.

»Willst du uns zusehen?«

Ich blieb still, versuchte, seine Antwort zu hören.

»Er hat noch nicht mit ihr geschlafen«, flüsterte Isabella mir zu.

»Mit wem?«

»Mit deiner Schwester«, klärte sie mich auf. »Sie versucht, ihn zu verführen. Sie versucht, ihn ins Bett zu kriegen.«

»Offensichtlich.«

»Er will sie nicht«, sagte Isabella. »Meine Schwester hat mir von ihm erzählt. Sie waren auch zusammen in der Schule. Damon hatte einen wirklich schlechten Ruf. Und ich meine, *wirklich* schlecht. Die Leute hatten wirklich Angst vor ihm.«

»Das ist mir egal«, erwiderte ich mit leiser Stimme. »Ich will nichts über sein Sexleben hören.«

»Die Mädchen haben ihn gehasst«, fuhr sie fort, als hätte ich nichts gesagt. »Mann, sie haben ihn aus tiefstem Herzen gehasst.«

»Was sie aber nicht davon abgehalten hat, ihm nachzulaufen, als wäre es eine große Überraschung, wenn er es mit ihnen treibt und sie dann abserviert«, merkte ich an.

Ehrlich gesagt, war ich mir nicht sicher, warum er mehr gehasst wurde als die anderen Apokalyptischen Reiter. Sie haben dasselbe getan. Sie haben alle in der Gegend herumgevögelt.

»Aber das hat er nicht getan«, erklärte Isabella. »Hat dir denn nie jemand erzählt, wie er war? Ich meine, mit anderen Mädchen. Nicht mit dir.«

Die Erinnerung daran, dass sie es wusste – dass es jeder wusste, dass sie das Video von Damon und mir gesehen hatte, gesehen hatte, wie er mit mir gewesen war –, ließ mich für einen Moment vergessen, was im anderen Raum gerade passierte.

»Ich glaube, das ist einer der Gründe, warum du nach dem Video die Schule verlassen musstest«, meinte sie. »Sie haben dich gehasst.«

»Wer?«

»Alle Mädchen, mit denen er nicht schlafen wollte«, antwortete sie. »Gerüchten zufolge macht es nicht immer Spaß, Damons Appetit zu stillen.«

All die Mädchen, mit denen er nicht schlafen wollte.

Also schlief er nicht mit jeder? Ja klar.

Und dann erinnerte ich mich daran, was meine Schwester gerade gesagt hatte und wie ich ihn als Teenager kennengelernt hatte, und ich hielt inne.

»Er schaut gerne zu«, sagte ich, als ich endlich verstand.

»Nein«, korrigierte mich Isa. »Es gefällt ihm, andere wahnsinnig zu machen und dann zuzusehen.«

Das passte definitiv zu ihm.

»Sex macht ihn nicht an«, fuhr meine Freundin fort. »Paraphilie ist, was er mag. Ich habe da einiges gehört – ich weiß nicht, was wahr ist –, aber es gab Gerüchte, dass er Abigail Clijsters Schwester dazu gebracht hat, mit Abigails Freund zu schlafen. Eine andere Geschichte handelt von einer Gruppe von homosexuellen Schülern, die eines Abends im Haus eines jungen Lehrers waren. Will Grayson und irgendein Zimmermädchen. Ein paar Footballspieler, die sich betrinken und es in einem Auto im Wald treiben …«

Sie brach ab, und ich war mir nicht sicher, ob das, was sie sagte, wahr war, aber ein kleiner Teil von mir wollte es glauben. Vielleicht machte es mich weniger zu seinem Opfer zu wissen, dass er derjenige war, der krank war, und nicht ich, weil ich auf seine Lügen hereingefallen war.

»Er ist mit den Mädchen ausgegangen«, fuhr sie fort, »hat sie glauben lassen, er sei interessiert, und das war er auch. Aber sagen wir einfach, seine Befriedigung mussten sie sich härter verdienen. Nachdem er sie dazu gebracht hatte, das zu tun, was er von ihnen wollte, war er manchmal erregt und manchmal nicht.«

»Und wenn er es nicht war, haben sie sich danach noch beschissener gefühlt«, fügte ich hinzu.

»Benutzt«, stimmte sie zu. »Sie haben sich für ihn erniedrigt und haben nichts zurückbekommen. Er hat sie genötigt, aber nie gezwungen. Aber dich hat er für sich behalten. Ich frage mich, warum.«

Die Stimmen im Nebenzimmer waren kaum zu hören, als ich über ihre Frage nachdachte. Sie war eine der wenigen Personen, die das Video gesehen hatte und nicht der Meinung gewesen war, dass ich darum gebettelt hätte. Sie wusste, dass er ein Verbrechen begangen hatte. Die anderen Mädchen waren mir nach seiner Verhaftung böse gewesen, weil ich in ihren Augen bekommen hatte, was sie wollten.

Nun, sie konnten ihn haben. Ich …

»Was?«, hörte ich meine Schwester plötzlich verärgert ausrufen.

Ihre weiche, sexy Stimme hatte sich verändert. Was war geschehen?

»Raus hier«, sagte Damon.

»Was ist dein Problem?«, hörte ich sie fragen, aber ich wollte nicht hierbleiben, um mich erwischen zu lassen, wenn er sie rausschmeißen würde.

Ich stieß Isa an und signalisierte ihr, dass wir gehen mussten.

»Raus«, schrie Damon, als wir den begehbaren Kleiderschrank verließen. Wir eilten auf den Flur, als ich hörte, wie die Schranktür aufgerissen wurde und meine Schwester hindurchstürzte.

»Ich hab's dir ja gesagt«, flüsterte Isa mir ins Ohr, als wir in meinem Zimmer verschwanden.

Wirklich ein seltsamer Appetit.

Aber egal. Ich war nur froh, dass das, was meine Schwester auch immer versucht hatte, fehlgeschlagen war. Ich gab ihr genauso wie ihm die Schuld an unserer momentanen Situation, und ich hoffte, dass sie mit ihrem neuen Ehemann unglücklich war.

Ihrem Ehemann.

Ich schüttelte den Kopf, um ihn freizubekommen, und spürte, wie etwas auf meinen Körper traf. Ich streckte die Hände aus und fing es.

»Deine Hose«, sagte Isabella. »Zieh dich an und lass uns gehen.«

Wohin gehen?

Obwohl es mir eigentlich egal war, solange ich nur aus diesem Haus wegkam. Ich hatte keine Ahnung, was sie und Jade für heute Abend geplant hatten, und es war mir egal, solange ich nicht an ihn denken musste.

Oder an sie.

»Willst du, dass ich es dir vorlese?«, fragte Jade.

»Nur umschreiben.«

Sie drückte mir einen Stift in die Hand und führte mich zu dem provisorischen Holztresen, wo sie die Spitze des Stifts auf die Zeile legte, auf der ich unterschreiben sollte.

»Es ist ein Haftungsausschluss«, erklärte sie, »der besagt, dass das Spukhaus ein 4-D-Erlebnis ist und dass die Schauspieler mit dir in Kontakt treten und dich berühren werden. Sie sind nicht verantwortlich oder haftbar für gesundheitliche Probleme. Wenn du das Gefühl hast, dass dir etwas zu viel ist, oder du willst, dass es aufhört, ruf einfach ›Erbarmen‹, und sie werden aufhören und dir Hilfe anbieten, wenn du gehen willst.«

Meine Hand begann zu zittern, als ich den Stift auf das Papier drückte und mit meinem Namen unterschrieb. Ich lachte über mich selbst. Man sollte meinen, ich hätte mich daran gewöhnt, Angst zu haben, aber die Vorstellung von verrückten Ärzten, Axtmördern und Kettensägen war noch unheimlicher, wenn man sie nicht sehen konnte.

»Erbarmen.« Aha. Nun, zumindest hatten sie ein Safe Word.

»Bleib dicht bei mir«, sagte Isa zu mir, als wir zum Eingang gingen. »Halt dich an meiner Gürtelschlaufe oder meinem Arm fest und sag mir Bescheid, wenn du gehen willst, okay?«

»Oh, du wirst davonlaufen, bevor ich es tue«, scherzte ich.

»Das stimmt wahrscheinlich«, kicherte Jade.

Ich hörte, wie Isabella »Ts« machte, sagte aber nichts dazu. Die Sonne war schon vor ein paar Stunden untergegangen, und ich wünschte, ich hätte einen Mantel mitgenommen, als wir uns unseren Weg durch die runtergefallenen Blätter in Richtung des Lagerhauses und der Anhäufung von Schuppen unterschiedlicher Größe bahnten, die das Spukhaus bildeten.

Die Kälte in der Luft sickerte durch meinen übergroßen schwarzen Pullover. Meine freiliegende Schulter fühlte sich bereits an, als hätte ich einen Eiswürfel auf der Stelle, aber meine Beine waren in der Lederhose schön warm. Zum Glück trug ich meine Vans, denn ich war sicher, dass ich heute Abend viel stolpern und taumeln würde.

»Willkommen in Coldfield«, sagte plötzlich eine dunkle, tiefe Stimme neben mir, und ich zuckte ein wenig zusammen.

Verdammt.

Ich kicherte und machte einen Schritt zur Seite, als ich meine Freunde ebenfalls lachen hörte.

»Nettes Blut«, kommentierte Jade, und ich vermutete, dass er einer der Schauspieler sein musste, die jeden in der Schlange begrüßen sollten.

Blut? Ich stellte mir Kunstblut auf seinem Gesicht und seiner Kleidung vor. Vielleicht hatte er eine Metallsäge mit einer stumpfen Klinge in der Hand, wenn überhaupt, natürlich um auf Nummer sicher zu gehen.

Etwas streifte meinen Arm, und dann hörte ich wieder seine Stimme direkt neben mir. War er näher gekommen, als ich mich entfernt hatte?

»Habt ihr Mädels die Verzichtserklärung unterschrieben?«, fragte er.

»Ja«, antwortete Isa, gefolgt von einem leisen Kichern.

»Kennt ihr das Codewort?«, wollte er wissen.

»Ja«, antwortete sie wieder.

»Gut.« Ich konnte seinen Atem auf mir spüren und vergaß fast, selbst zu atmen. »Benutzt es nicht. Ich unterbreche meinen Spaß nur ungern.«

Sie lachten wieder, wohl wissend, dass sie in Sicherheit waren, aber ich konnte einfach nur dastehen, während ein Déjàvu mich wie ein Anker niederdrückte. Der Angstfaktor, die Verspottung, seine drohenden Versprechungen ... So viel dazu, aus dem Haus zu verschwinden und einen klaren Kopf zu kriegen. Dieser Typ war Damon.

Oder so was wie die »Point Five«-Version.

Und dann spürte ich es.

Sein Atem lag auf meiner Wange, als er sprach. »Wir sehen uns drinnen«, flüsterte er.

Mir wurde kalt, und meine Brust bebte. Mein Gott, er war wie er. Der Tonfall. Der Spott.

»Er mag dich«, scherzte Jade. »Nimm dich in Acht, Winter.«

Ich konnte kaum atmen.

Meine Art von Spaß hat ihren Preis. Und diesen Spaß genieße ich, solange ich kann.

Das Blut pumpte heiß durch meine Adern, und auf einmal war mir nicht mehr kalt.

Ich wusste, dieser Typ war nicht er. Er klang nicht wie er, roch nicht wie er und fühlte sich auch nicht an wie er, aber ich verlor jeglichen Anflug von Vernunft oder gesundem Menschenverstand, als die Schlange sich bewegte und Isa mich mit sich zog. Vielleicht sollte ich mich davor fürchten, hier reinzugehen, und mich an den Schrecken erinnern, den Damon verursacht hatte, aber ich ging trotzdem, weil ich dem Drang nicht widerstehen konnte, mich selbst zu testen. Um wieder zu spüren, was in mir war. Und sei es nur, um zu sehen, ob ich anders damit umgehen würde.

Die Luft wurde dick und muffig, als wir über die Schwelle traten, und ein Luftzug schlug mir entgegen, als gäbe es falschen Nebel. Meine Freundinnen fingen sofort an zu lachen und gaben überraschte Laute von sich, aber da ich nicht sehen konnte, was sie sahen, musste ich mich auf alles andere verlassen, um mir in meinem Kopf ein Bild von der Atmosphäre zu machen.

Ich nahm den Geruch von Wasser auf Felsen wahr, wie in einer Höhle, und die Echos von gedämpften Schreien, Heulen und Rufen. Einige von ihnen waren Soundeffekte, aber andere waren es eindeutig nicht.

Und irgendwo in der Ferne tönte die fröhliche, kindliche Melodie eines Karussells durch die windige Nacht.

Etwas berührte meinen Kopf, und ich duckte mich. Mein Herz machte einen Sprung, aber ich lachte. Sie hatten Leute in den Dachsparren.

Coldfield war eine Halloween-Attraktion, die vor ein paar Jahren entstanden war, und niemand wusste, wem sie gehörte, aber alle schienen sie zu lieben. Über Nacht – immer am dreißigsten Oktober – wurde das alte Lagerhaus am Stadtrand endlich wieder genutzt und verwandelt. Mittlerweile war es an mehrere Schuppen, Winkel und Nebengebäude angeschlossen. Einige Leute vermissten die Partys, die sie hier in der Devil's Night gefeiert hatten, aber die meisten liebten den neuen Spuk-Themenpark. Besonders weil *The Cove* – der alte Vergnügungspark ein paar Meilen die Küste hinauf – mittlerweile geschlossen und aufgegeben worden war.

»Bete für die Toten, und die Toten werden für dich beten«, sagte eine gruselige Stimme, und ich spürte, wie eine Plastiktüte gegen mich wehte. »Sie werden für dich beten, und sie werden sich an dir vergreifen.«

Ein gackerndes Lachen folgte, und ich schob die riesige Plastikfolie von mir weg. Aber als meine Hand in das Plastik eintauchte, traf sie auf etwas Festes, und dann ... Ein männliches Knurren folgte, das Plastik war überall über uns, und Arme und Beine griffen durch die Folie hindurch an.

»Ah! Ah!«, schrien die Mädchen und krabbelten davon, während ich meinen Griff um Isas Arm verstärkte.

Mein Magen drehte sich um, und ich stieß ein leises Lachen aus. Ich bewegte mich auf die hintere Wand zu, um von dem riesigen Kerl hinter der Plane wegzukommen, und spürte, wie eine Hand aus der Wand ragte. Ich sprang zurück, aber sie griff nach mir, und wir alle lachten, als ein Dutzend oder mehr Hände auf beiden Seiten des Ganges nach uns griffen.

Wir zogen von Raum zu Raum, wobei mir manches – wie der böse Operationssaal – entging, weil es nicht viele Geräusche oder Schreie oder irgendetwas anderes gab, das verriet, was wirklich vor sich ging. Aber mir gefiel der Sattelzug mit dem Vorschlaghammer, der vor uns auf den Boden schlug und uns in einen Raum nach dem anderen jagte. Mein Herz schlug wie wild, aber es war aufregend, gejagt zu werden, weil ich wusste, dass ich in Sicherheit war. Ich hatte nicht solche Angst wie die anderen beiden, wenn die Leute aus den Porträts herauskamen, weil ich natürlich nicht sehen konnte, wie sie uns mit ihren Augen verfolgten.

Bei der Wendeltreppe hätte ich mir allerdings fast in die Hose gemacht, als wir im Gänsemarsch von Jason Voorhees die winzige und steile Steigung hinaufgejagt worden waren. Man wollte in einer solchen Situation nicht das Schlusslicht bilden, und das tat ich natürlich immer, denn ich musste folgen, statt zu führen.

Aber es hatte Spaß gemacht. Und ich war zu sehr abgelenkt gewesen, um mir Gedanken über die Lage zu Hause zu machen.

»O Scheiße!«, rief Isabella.

»Was?«, fragte Jade.

»Da! Wenn das Licht wieder blinkt, schau.«

Ich umklammerte Isa mit beiden Händen, kauerte mich hinter sie und wartete auf das, was kommen würde.

»O Scheiße!«, schrie jetzt auch Jade.

Was war da? Was war hier los?

Sie lachten. »Er kommt jedes Mal näher, wenn das Licht blinkt!«, kreischte Jade.

Und dann hörte ich es.

Die verdammte Kettensäge.

Ich stöhnte auf, und meine Knie zitterten. Ich hasste Leatherface.

Gelächter und Gekreische, und dann stolperten wir alle, als mehrere Kettensägen mit ihren harmlosen Sägeblättern unsere Beine streiften. Ich hüpfte von einem Bein aufs andere und probierte, mich an Isabella festzuhalten, während wir alle versuchten, uns von unseren Angreifern loszureißen. Sie griff nach meiner Hand, aber plötzlich gab die Wand hinter mir nach, und ich fiel hindurch, verlor meinen Halt an ihrem Arm und landete rückwärts auf dem harten Zement, bevor ich hörte, wie sich eine Tür schloss und alle Schreie und Kettensägen verklangen.

Plötzlich herrschte Stille.

Ich stieß mich von dem kalten Boden ab, streckte meine

Hände aus und ging zurück in die Richtung, aus der ich gefallen war.

Was zur Hölle?

Zumindest dachte ich, dass es die richtige Richtung war. Vielleicht war ich herumgewirbelt worden, als ich ins Zimmer gefallen war.

»Isabella!«, rief ich, und meine Hände trafen auf eine Holzwand. Ich tastete nach einem Türknauf oder Türscharnieren – irgendetwas, das mir sagte, wo ich mich befand oder wie ich hinauskam.

»Jade!«, rief ich.

Aber alles klang weit weg. Die Schreie und Rufe. Die Musik jenseits der Wände und in anderen Gängen.

»Hallo?«, sagte ich. »Wie ... wie komme ich hier raus?«

Ich war nur ein paar Meter gefallen. Wo zum Teufel war ich? Meine Freundinnen waren direkt auf der anderen Seite einer dieser Wände.

»Hallo!«, rief ich wieder. »Hilfe!«

War ich allein hier drin? Ich ging an den Wänden entlang und suchte nach einem Ausweg. Ich hoffte, ich konnte meine Freundinnen finden, ohne dass mir eine fremde Person helfen musste. Vor einer Minute hatte ich noch Spaß gehabt, aber jetzt ... Das änderte die Sachlage.

Wie sollte ich hier wegkommen? Oder meinen verdammten Weg nach draußen finden?

Ein Klirren durchbrach die Stille hinter mir.

Ich erstarrte. »Hallo?«

War ich allein? Das klang wie eine Kette.

Ich schlurfte an der Wand entlang und suchte nach der Tür – falls es überhaupt eine richtige Tür und keine Falltür war –, und ein Schauer kroch mir über die Schulter. Ich zog mein Sweatshirt hoch, um die nackte Haut zu bedecken, aber es fiel einfach wieder herunter.

Ich holte tief Luft und rief: »Isa! Jade!«

Doch dann klirrte hinter mir eine Kette an einer anderen, als ob der Wind sie aufwirbelte. Dabei spürte ich keinen Luftzug.

Ich wirbelte herum und streckte meine Hände aus. »Hallo?«, rief ich. »Wer ist da?«

Wirst du mir wehtun?

Ich weiß es nicht.

Willst du es?

Irgendwie schon.

Ein leichtes Pochen begann zwischen meinen Beinen, und ich presste meine Oberschenkel zusammen, um die Kontrolle über mich zu behalten.

Verdammt.

Safe Word. Was war das Safe Word?

Erbarmen. Ich atmete erleichtert aus, weil ich es nicht vergessen hatte. *Gott sei Dank.*

Ich ging ein paar Schritte in den Raum hinein. Vielleicht gab es einen Korridor, der mit einem anderen Teil des Spukhauses verbunden war. Es gab eine ganze Schlange von Leuten da draußen. Isabella, Jade und ich waren nicht die einzigen Besucher hier drinnen.

Aber dann berührte ich kühles Metall und zuckte reflexartig zurück, als ich die Kette wieder gegen eine andere klirren hörte. Zögernd bewegte ich meine Hände vor mir, was mehrere Ketten zum Schwingen brachte. Hingen sie von der Decke?

Ich lachte leise. Vielleicht war es ja doch nur ein Luftzug.

Aber dann hörte ich wieder Ketten klirren, und das Lachen verging mir. Es waren viele und nicht nur ein leises Klirren, wie es bei einem Luftzug entsteht. Es war ... zielgerichtet.

Ich öffnete den Mund, brachte aber kaum ein Wort heraus. »Hallo?«

Buh. Ich hörte Damon wieder in meinem Kopf. Ich hatte in dieser Nacht gewusst, dass jemand da war.

Und ich wusste auch jetzt, dass ich nicht alleine war. Es war jemand hier drinnen.

»Erb...« Galle brannte in meiner Kehle, und meine Gedanken rasten.

Das ist nicht real. Es ist nur ein Spiel.

Nur dass ich beim letzten Mal, als das passiert war, dasselbe gesagt hatte, und da hatte ich mich geirrt.

Ich tastete die Luft vor mir ab, streifte Ketten, hielt sie aber still, um kein Geräusch zu machen, damit ich den Raum hören konnte.

Aber es war vollkommen still.

Mein Puls dröhnte in meinen Ohren, und Schweiß kühlte meinen Nacken, als mein Atem eine Haarsträhne in mein Gesicht wehte, die ich vor lauter Angst keinen Zentimeter bewegen konnte.

Ich konnte ihn atmen hören, wusste, dass er da war.

Ich schloss die Augen, öffnete den Mund, aber anstatt das Safe Word auszusprechen, holte ich tief Luft und spürte seine Augen auf mir. Jeder Zentimeter meiner Haut kribbelte, und ich spürte, wie meine Kleidung plötzlich an meiner Haut rieb. Mein BH und mein Sweatshirt reizten die Spitzen meiner Brüste, und die Haut meiner Oberschenkel klebte an der Lederhose. Mein Bauch bebte, und die Hitze, die sich zwischen meinen Beinen ausbreitete, ließ mich erzittern.

Das Herz schlug mir bis zum Hals, und ich hatte solche Angst, aber ich ... Ich wollte mir den Pulli herunterreißen und ihn loswerden. Es war heiß, und es kam mir vor, als würde jedes Haar an meinem Körper vibrieren.

Was war hier los?

Plötzlich rasselten mehrere Ketten, ein lautes, tiefes Knurren ertönte, und jemand stürzte sich auf mich. Ich öffnete den Mund, um zu schreien, aber er umklammerte meinen Hals mit seiner Faust und stieß mich gegen die Wand, wobei er mir mehrmals etwas in den Magen stieß. Es tat aber nicht weh. Wahrscheinlich war es eines dieser Requisitenmesser, die sich einklappten. Trotzdem breitete sich Angst in mir aus, und ich schrie, als ich auf den Boden geschleudert wurde und auf etwas Weichem landete.

Ich hatte keine Zeit zu erraten, was es war, da lag er schon auf mir und drückte meine Arme mit einer Hand über meinen Kopf. Ich keuchte und öffnete den Mund, um wieder zu schreien, aber dann legte er ein Messer an meinen Hals und drückte es gegen meine Haut, während er auf mich herabhauchte. Ich hielt inne und spürte die Haut meiner Brustwarzen, die unter dem juckenden Stoff meines Sweatshirts und seinem Gewicht auf mir brannten. Er fühlte sich an wie Feuer auf meiner Haut.

»Ich bin hungrig«, flüsterte er mir zu.

Ich roch Holzfeuer an ihm, Zimt und auch Zigaretten, aber sie rochen nicht wie die von Damon.

Irgendwo dröhnte Musik, die das Fundament erschütterte, und ich vermutete, dass ich auf einer Matratze lag – eine weitere gruselige Requisite, von der ich froh war, dass ich sie nicht sehen konnte.

»Gib mir deine Zunge«, knurrte er leise. »Ich will sie essen.«

Ich schüttelte langsam den Kopf. Wollte ich ihn verhöhnen? Warum schrie ich nicht?

Das Messer verließ meinen Hals und bohrte sich in meine Seite, wobei sich die Klinge beim Aufprall einzog. Ich holte tief Luft, das Blut schoss mir durch die Adern, aber ich war in Sicherheit. Ich wusste, dass ich in Sicherheit war.

Und irgendwo, tief in meinem Kopf, wo ich das Brennen der Scham spürte, aber niemand sonst mich sehen konnte, hatte ich das vermisst. Ich hatte es vermisst, dass mein Verstand raste, dass mein Herz aus meiner Brust springen wollte und dass mich jemand nicht wie ein rohes Ei behandelte. Wo ich mich in dem geringen Abstand zwischen ihm und mir an dem Schmutz auf meiner Haut und am Schrecken seiner Worte erfreute.

Warum hatte ich nicht das Safe Word benutzt?

Das Gewicht des Schauspielers auf mir wurde leichter, als er sich ein wenig hochzog. »Alles in Ordnung?«

Seine Stimme klang jetzt sanft. Normal.

»Ja«, antwortete ich.

»Du kennst das Codewort, richtig?«

Ich nickte. »Ja.«

»Willst du es nicht benutzen?«

Ich schluckte und bewegte mein Bein, um es unter ihm wegzuziehen, aber dann merkte ich, dass er jetzt zwischen meinen Beinen saß. Langsam beugte er sich wieder über mich.

»Letzte Chance«, flüsterte er mit demselben tiefen Knurren wie zuvor.

Ich atmete schwer, die Hitze staute sich zwischen uns, und ich neigte meinen Kopf zur Seite, nahm sein Handgelenk und setzte das Messer wieder an meinen Hals. »Behalte es dort«, sagte ich zu ihm.

Gott, es war mir egal. Ich mochte die Illusion. Dieses Gefühl gefiel mir wieder, und es war mir verdammt egal, dass ich es brauchte – hier in der Dunkelheit, wo dieser Kerl mich nie wiedersehen würde, weil ich nie wieder hierher zurückkommen würde.

Er hat mir das angetan.

Ich hasste es, und ich hasste ihn, aber ich wollte es sehen. Musste es sehen. Um zu sehen, ob es mir gefiel oder um mir zu beweisen, dass er und das, was er mir angetan hatte, nichts bedeuteten und dass ich es nicht wollte.

»Vielleicht habe ich auch Lust auf etwas anderes, Kleine«, drohte er.

Er drückte mir das Messer an die Kehle, drückte sich zwischen meine Beine, und wir schnappten beide nach Luft, als sich unsere Körper im Einklang bewegten. Meine Augen rollten zurück, und sein Penis war bereits hart in seiner Jeans, als er über meine Klit streifte. Ich konnte die feuchte Hitze in meinem Slip spüren, schloss die Augen und tauchte in die Schwärze ein.

Er stieß immer wieder zu, saugte Luft zwischen seinen Zähnen ein und wurde gröber, als seine schmalen Hüften immer weiterkreisten. Er legte die Klinge des Messers unter mein Kinn, und mein Orgasmus baute sich in mir auf.

»Holy shit«, sagte er und durchbrach die Stimmung. »Das ist verdammt geil.«

Und ich verlor ihn. Der Orgasmus driftete ab, hing am seidenen Faden, bis er riss und verschwand.

Tränen stiegen mir in die Augen, und ich brach zusammen.

Scheiße.

Ich stieß ihn weg und kroch unter ihm hervor.

Was zur Hölle machte ich da?

Musik strömte in den Raum, vermischt mit Schreien und Gelächter, und ich wusste, dass auch andere durch die Falltür gefallen waren. Ich folgte ihren Stimmen, huschte an ihnen vorbei und zur Tür hinaus.

»Warte, komm zurück!«, schrie der Typ hinter mir her. »Ich habe es nicht so gemeint. Alles okay?«

Nein. Nichts war okay. Ich hatte meinen Verstand verloren, verdammt noch mal.

»Winter!«, hörte ich Jade rufen. »O mein Gott. Zum Glück! Wir haben überall nach dir gesucht. Du hast uns erschreckt. Geht's dir gut?«

»Lass uns einfach von hier verschwinden.«

Der verlorene Orgasmus hielt mich noch immer in Atem, und mein Kopf schwirrte. Ich brauchte die Erlösung.

Sie führten mich zurück zum Eingang, und ich sog scharf die Luft ein, als wir nach draußen in die willkommene Kühle traten.

»Puh.« Isa kicherte. »Wir müssen hierher zurückkommen. Das hat Spaß gemacht.«

Ich kaute auf meiner Lippe, wollte nicht darüber nachdenken. Ich hatte nicht vor, ihnen zu erzählen, was gerade passiert war, auch wenn ich wusste, dass sie es gerne hören würden.

Ich hasste nicht das Gefühl, dass ich es genossen hatte. Ich hasste das Gefühl, dass es mich an ihn erinnert hatte und ich es deshalb genossen hatte. Ich wollte immer noch kommen. Er hatte meine Bedürfnisse verändert.

Ich wollte Damon nicht verstehen, aber manchmal konnte ich nicht anders, als an die vielen Male zu denken, die er mich beobachtet, aber nie berührt hatte. Die er mich verwirrt und fasziniert hatte. Und daran, dass er sich nicht wirklich so sehr verändert hatte.

Vor dreizehn Jahren hatte er sich vor seiner Mutter in einem Springbrunnen versteckt, und nach dem, was heute Abend in seinem Zimmer passiert war und was Isa mir erzählt hatte, versteckte er sich immer noch. Er versuchte, alles durch alle anderen zu spüren, während er sich zurückhielt und zusah.

Aber das Wesentliche hatte sich nie geändert. Er hatte sich immer genommen, was ich ihm nie gegeben hätte.

Sie alle dachten, dass er mit mir anders war, ohne zu merken, dass ich nur eine andere Art von Perversion für ihn war. Etwas, das ihn erregte. Er hatte mir den Kopf verdreht wie allen anderen auch, und Zwang ist immer noch eine Form der Gewalt.

Er war so schuldig wie die Sünde an sich.

Aber keiner wusste, was die wahre Tragödie war. Es war nicht die Frage, warum er bei mir anders war, sondern die Tatsache, dass ich jetzt wegen ihm anders war.

KAPITEL 11

WINTER

Sieben Jahre zuvor

»O Mann, wie ich das hasse!«, rief ich leise, riss mir die Stöpsel aus den Ohren, warf sie auf mein Bett und stoppte den Audiotext.

Niemand brauchte Algebra.

Absolut niemand.

Ich müsste mich für Nachhilfeunterricht anmelden oder so. Auf keinen Fall durften meine Noten schlechter werden, sonst würde mein Vater mich aus Thunder Bay weg und zurück nach Montreal schicken.

Warum fiel mir das nur so schwer? All meine anderen Kurse – kein Problem. Ja, Mathe war mir schon immer schwergefallen, aber die Lehrerin ... Sie redete schnell und verließ sich sehr auf ihr Smartboard, den Projektor und all die anderen kleinen Spielereien, die mir nichts nützten. Und es war ziemlich deutlich, dass sie nichts wegen einer Schülerin ändern wollte, was bei den zwanzig anderen wunderbar funktionierte. Ich dachte, meine Mutter könnte vielleicht mit ihr reden – ihr helfen, eine Vorstellung zu bekommen –, aber ich wollte nicht, dass mein Vater das herausfand. Er hasste es genauso sehr wie ich, dass ich ihm lästig war.

Ich schob meinen Laptop, den Taschenrechner und die Braillet-Tastatur beiseite und ließ mich zurück aufs Bett fallen. Ich nahm meine Kopfhörer und steckte sie in mein Handy, suchte meine Musik-App und tippte auf eine meiner Playlists.

Is Your Love Strong Enough? ertönte, und ich schloss die Augen. Sofort schoss mir eine Choreografie in den Kopf, denn zu jedem Lied, das ich hörte, stellte ich mir bestimmte Tanzbewegungen vor.

Ich liebte das Tanzen, und wenn meine Mutter nicht schlief, machte ich unten Musik an und tanzte. Wenn ich tanzte und nur die Musik in meinen Ohren hörte, wollte ich für immer an diesem Ort sein.

Ich lag da und bewegte meinen Kopf in einer kleinen Achterbewegung zur Musik, und ohne nachzudenken, begann ich, auch meine Hände und Arme ein wenig zu bewegen.

Was, wenn er mich jetzt gerade beobachtete? Er könnte in meinem Zimmer sein, nur ein paar Meter entfernt, genau in diesem Moment.

Aber, nein. Es war eine Woche vergangen, und ich hatte nichts mehr von ihm gehört. Er war wahrscheinlich auf der Party meiner Schwester gewesen und hatte sich nur einen Spaß erlaubt. Eine einmalige Sache und eine Art Scherz, den er regelmäßig machte. Ich wollte jemanden nach ihm fragen, ihm erzählen, was passiert war, aber ich hatte keine Ahnung, wie ich das Gespräch beginnen sollte. Und abgesehen vom Geruch des Pools an ihm hatte ich nicht viele Anhaltspunkte. Er hatte geflüstert und nichts Persönliches verraten. Zum Beispiel, wo er wohnte, seine Familie, seine Freunde, sein Alter. Aber ich wusste, dass er groß war und sein Flüstern tief war. Er war zweifelsohne älter als ich, wenn auch nur ein paar Jahre.

Ich hatte es meinen Eltern nicht gesagt, und ich wusste, wie unverantwortlich es war, es nicht zu tun, aber ich kannte nun mal die Konsequenzen, wenn meine Familie dachte, ich sei in Gefahr.

Und er hatte mir nicht wehgetan, also …

Was natürlich nicht hieß, dass er es nicht noch tun *würde*, aber schließlich konnte ich mir diesbezüglich nicht sicher sein. Und wenn ich jemandem von ihm erzählte, würde er nicht mehr zurückkommen können.

Und ich war mir nicht sicher, ob ich nicht wollte, dass er zurückkam.

Wie blöd bin ich eigentlich? Der Typ hat mich eine halbe

Stunde lang terrorisiert, und anstatt in Deckung zu gehen, habe ich es einfach hingenommen.

Ich war so dumm. Ich dachte immer noch, ich würde eine Tänzerin werden, ich ignorierte den Schmerz, den mein Vater verursachte, weil dieses Haus mein Anker war, und ich hielt meinen Eindringling geheim, weil es mich erregte. Weil ich noch nie ein Geheimnis gehabt und es mir das Gefühl gegeben hatte, ein ... keine Ahnung ... ein Teenager zu sein, vielleicht?

Das Lied endete, und das ruhige Summen des nächsten Liedes begann, aber in dem Moment der Stille dazwischen bemerkte ich den Hauch einer Vibration unter meinem Bett. Das gleiche Vibrieren, das ich spürte, wenn das Garagentor geöffnet wurde oder die Landschaftsgärtner ihre Geräte anlieferten, um den Garten zu bearbeiten und die Bäume zu stutzen.

Ich zog meine Ohrstöpsel heraus und stützte mich auf die Ellbogen, versuchte, meine Ohren auf das, was ich spürte, zu konzentrieren.

Arion war schon vor Stunden zur Devil's Night ausgegangen, einer seltsamen Tradition, bei dem irgendwelche Teenies Streiche spielten, und zwar in der Nacht vor Halloween, die der größte Teil der Welt bereits vergessen hatte – nur unsere kleine Stadt nicht. Und mein Vater kam nie nach Hause und verbrachte die Nacht wahrscheinlich wieder in der Stadt.

Ich erinnerte mich an die Worte meiner Mutter über eine Geliebte, die er sich hielt, verdrängte den Gedanken aber wieder und stand auf. Abgesehen von mir war meine Mutter die Einzige im Haus, und sie war vor einer Stunde mit einer Schlaftablette ins Bett gegangen.

Vielleicht war meine Mutter aufgestanden, oder Arion hatte Freunde mitgebracht. Ich ging zur Tür, machte sie einen Spalt auf und lauschte. Hm ... die Vibration, die ich gespürt hatte, war ein langsames Wimmern, konstant und melodisch. Auf und ab, lang und langsam.

Musik. Jemand spielte Musik.

Ich schlich in den Flur, und die Vibration unter meinen Füßen wurde stärker, je näher ich den Klängen kam. Mein Herz schlug schneller, und ich ging die Treppe hinunter. Schließlich erkannte ich das Lied, das sehr leise lief. Ein Bush-Song von meiner Playlist im Tanzraum.

Angespannt biss ich mir auf die Lippe und versuchte, die Angst und die Aufregung zu unterdrücken, die in mir tobten. Ich sollte nach meiner Mutter rufen. Ich sollte sie aufwecken.

Aber ich ignorierte die Stimme in meinem Kopf und schob mich durch die Türen des Tanzstudios. Das Lied kam aus meiner Anlage an der Wand, und ich wusste nicht, ob es die Monster waren, die wir alle spüren, wenn wir Angst haben, oder ein sechster Sinn, an den ich nicht glaubte. Aber ich konnte jemanden im Raum spüren.

Ich ging zur Tanzfläche, blieb auf der Markierung in der Mitte und drehte mich langsam im Kreis.

»Bist du da?«, fragte ich.

Die Musik brach plötzlich ab, und mir stockte der Atem, als mein Herz einen Sprung machte.

»Ja«, ertönte weit vor mir ein Flüstern.

Ich leckte mir über die Lippen und zitterte am ganzen Körper, aber die Art, wie seine Stimme mich umspülte … Mein Blut war wie elektrisiert.

Ich musste ein paarmal schlucken, damit meine Kehle feucht wurde. »Hast du das Weihnachtsdorf für mich geholt?«

Er antwortete nicht. Ich wusste, dass er es gewesen war, aber es ihn sagen zu hören, hätte zumindest bestätigt, dass er auf der Party gewesen war – und in der Nähe meiner Schwester – und dass er gehört hatte, wie ich sie danach gefragt hatte. Und mit dieser Information hatte ich zumindest die Möglichkeit herauszufinden, wer er war.

»Warum bist du zurückgekommen?«, fragte ich mit leiser Stimme.

»Vielleicht bin ich nie weggegangen.«

Sein Flüstern war eindringlich, aber es hatte auch etwas Weiches und Spielerisches an sich. Und die Tatsache, dass er weiterflüsterte, zeigte mir, dass ich seine Stimme eventuell bereits gehört hatte und er Angst hatte, erkannt zu werden.

Oder vielleicht wollte er mich einfach nur erschrecken.

»Wer bist du?«

»Ein Geist.«

Ich schüttelte den Kopf, und ich lächelte leicht. »Ich glaube nicht an Geister.«

»Warum schreist du nicht?«, erkundigte er sich, um das Thema zu wechseln. »Oder rufst um Hilfe?«

Ich verstummte und wünschte, ich könnte seine Frage beantworten. Um meiner selbst willen. Ich könnte in Gefahr sein. Zumindest war ein fremder Mann uneingeladen in meinem Haus, und er war schon einmal hier gewesen und hatte mich bedroht.

Lauf. Schrei.

»Ich weiß es nicht«, antwortete ich stattdessen. Ich könnte immer noch schreien. Aber ich war noch nicht so weit. »Warum bist du zurückgekommen?«, fragte ich.

»Ich wollte sehen, ob du wieder tanzt.«

»Woher wusstest du, dass ich allein bin?«

»Es ist mir scheißegal, ob du allein bist«, sagte er. »Solange ich dich nur für mich habe.«

Mein Herz setzte einen Schlag aus, und ich atmete schneller und flacher. Ich wollte so sein wie er. *Kühn.*

»Ich habe deine Schuhe«, flüsterte er.

Meine *Schuhe*?

Oh, meine Spitzenschuhe. Ich hatte sie bei der Stereoanlage vergessen, als ich heute Morgen vor der Schule trainiert hatte.

Für ihn tanzen ...

Das könnte ich. Solange ich die Musik nicht laut aufdrehte, würde sie meine Mutter nicht wecken.

Aber was würde passieren, nachdem ich getanzt hatte? Was war nur los mit mir? Warum gefiel es mir, dass er hier war?

Ihm gefiel mein Tanzen. Er kam, um zu sehen, ob ich tanzen würde.

Es machte die Welt schöner.

Schnell verkniff ich mir ein Lächeln und hielt ihm die Hand hin. »Schuhe?«

Er drückte sie mir in die Hand und vergewisserte sich mit beiden Händen, dass ich sie hatte. Ich setzte mich auf den Boden, schlüpfte in die Schuhe und schnürte die Bänder zu, konnte gleichzeitig hören, wie er wegging, wahrscheinlich um mir Platz zu machen.

Sobald die Schuhe fest saßen, stand ich auf und ging in die Mitte der Tanzfläche, fand mein X aus Sandpapierband und drehte mich in die zweite Position. Ich beugte meine Knie in einem schnellen Demi-Plié, um mein Gleichgewicht zu finden, ging in die Spitze – auf meine Zehen – und wieder zurück.

Ich hätte mich besser aufwärmen sollen, aber ich war nervös. Vielleicht weil ich das letzte Mal, als er mir beim Tanzen zugeschaut hatte, nicht gewusst hatte, dass er zusah. Vielleicht war ich mir auch nur unsicher, ob er mir die Kehle aufschlitzen würde oder nicht.

»Lied siebzehn«, rief ich, und meine Stimme zitterte ein wenig. »Könntest du es bitte anmachen?«

Ich hörte, wie er quer durch den Raum ging, als er tat, was ich verlangte, und ich wünschte, ich wäre richtig angezogen. In dieser Situation konnte ich nicht glauben, dass ich mir darüber Gedanken machte, aber ich hatte nur meine Schlafshorts an, ein Tanktop und keinen BH. Verdammt.

Das sonore Summen und Singen von Ellie Goulding begann schließlich, erst leise und schwach, aber dann wurde es stärker, und ich ging langsam um die Tanzfläche herum, bildete einen lockeren Kreis, um ein Gefühl für meinen Körper und das Lied zu bekommen. Ich hatte nur einmal mit einer Choreografie zu diesem Stück herumgespielt und konnte mich nicht mehr daran erinnern, also müsste ich wohl improvisieren.

Die Musik baute sich auf und kroch mir unter die Haut. Dann gab ihre Stimme dem Text nach, hallte wider und wurde von Gesängen überlagert, als die Trommeln einsetzten.

Mein Puls ging schneller, und ich schloss die Augen und stellte mir das Klebeband auf dem Boden in meinem Kopf vor, als ich darüberstreifte und anfing, mich zu bewegen. Ich traf den Takt, drehte den Kopf, stellte mich auf die Zehenspitzen und wirbelte im Kreis herum, während ich der Musik nachspürte.

Ich vergaß ihn und alle meine Lehrer, die sich über meine Technik beschwerten, und tauchte in meine eigene Welt ein, in der ich mich nach dem Gefühl sehnte, wie mein Körper durch die Luft glitt und meine Hände in meinen Haaren und in meinem Nacken lagen.

Ich wölbte meinen Rücken, fühlte das Herz in meiner Brust hüpfen, während ich mich drehte und in einer Arabeske posierte. Ich lächelte und biss mir auf die Unterlippe, um das Lachen zu unterdrücken, das ich eigentlich loslassen wollte. Ich wirbelte und beugte mich, tauchte ein und schlängelte mich durch – was immer ich tun wollte, ich ließ mich einfach von der Musik leiten.

Als sie endete, fühlte sich die Luft plötzlich kalt an, und ich atmete schwer, bis mir einfiel, dass ich nicht allein war.

»Bist du ... bist du noch da?«, fragte ich mit trockenem Mund.

Er sagte einen Moment lang nichts, aber als er es tat, war seine Stimme ruhig. »Die Art, wie du dich bewegst, ist ... anders.«

»Anders als was?« Schwer atmend hielt ich inne.

Aber er antwortete nicht. Ich hatte mitbekommen, dass meine Lehrer über die Jahre hinweg manchmal frustriert gewesen waren, weil ich improvisierte. Sehr oft sogar. Ich schätzte die klassische Ausbildung, die ich erhalten hatte, aber ich wollte nicht dasselbe machen, was von anderen schon zu Tode geübt worden war. Ich handelte einfach aus einem Impuls heraus, weil es mich glücklich machte.

Hatte es ihm nicht gefallen?

Ich fand den Weg zum Stuhl zurück, setzte mich und zog meine Spitzenschuhe aus. »Denkst du immer noch, dass du mich verletzen könntest?«, fragte ich ihn.

»Ich habe es nicht eilig.«

Ich hätte fast gelacht. Es war eine sinnlose Frage gewesen, denn ich erwartete nicht, dass er mir die Wahrheit sagen würde, aber irgendwie gefiel mir seine Antwort. Es lag ein gewisser Humor darin.

»Warum rufst du nicht die Polizei?«, flüsterte er, und ich merkte, dass seine Stimme näher gekommen war. Er ging auf mich zu.

Ich beugte mich vor, streifte den ersten Schuh ab und streckte den schmerzenden Fuß. »Hat dir der Tanz gefallen?«, fragte ich stattdessen.

»Ich werde dich nicht aufhalten, wenn du um Hilfe rufst«, sagte er. »Nicht heute Abend. Mach weiter.«

»Es war nicht choreografiert. Ich habe einfach improvisiert.«

»Ich könnte dich töten«, erklärte er. »Es wäre vorbei, bevor du merkst, was passiert ist.«

»Ich möchte, dass dir der Tanz gefällt«, fuhr ich fort und ignorierte das einseitige Gespräch, denn das würde bedeuten, dass ich Antworten auf Dinge haben müsste, auf die ich noch keine Antworten hatte. »Meine Eltern finden die Idee einer blinden Balletttänzerin lächerlich, aber das ist alles, was ich schon immer machen wollte. Und ich weiß, dass es möglich ist.«

»Du könntest heute Nacht sterben«, fuhr er fort, als hätte er mich nicht gehört.

Ich öffnete den anderen Schuh, streifte ihn ab und ließ ihn auf den Boden fallen. »Ich könnte an jedem beliebigen Tag zehnmal sterben. Ich hätte sterben können, als ich mein Augenlicht verloren habe, damals, als ich acht war.«

Ich war es gewohnt, mich bedroht zu fühlen. Jeder Schritt, den ich tat, könnte mich von einem Gebäude stürzen. Vielleicht war das der Grund, warum ich nicht so viel Angst vor ihm hatte.

»Was ist an diesem Tag passiert?«, fragte er.

Als ich mein Augenlicht verloren habe?

»Ich bin gefallen«, antwortete ich. »Von einem Baumhaus. Dabei habe ich mir zweimal den Kopf angeschlagen. Schädigung des Sehnervs. Irreparabel.«

»Wurdest du gestoßen?«

Ich schloss meine rechte Faust, erinnerte mich noch an das schreckliche Gefühl, als die Hand des Jungen langsam aus meiner herausglitten war und ich gewusst hatte, dass das alles war, was mich davon abhalten würde, hart auf dem Boden weit unten aufzuschlagen.

Ich war nicht gestoßen worden. Nicht wirklich.

»Ich hätte nicht dort oben sein sollen.« Meine Stimme war jetzt nur noch ein Murmeln. »Ich wünschte, ich wäre ihm nie begegnet. Ich wünschte, ich wäre nie da raufgegangen – mit ihm. Ich …« Wie anders wäre mein Leben, wenn ich diesen einen Tag ändern könnte und nie einen Fuß in diesen Brunnen gesetzt hätte. »Ich vermisse es, Dinge zu sehen. Filme und das Meer.« Ich hielt inne, bevor ich fortfuhr. »Dein Gesicht.«

Da ich seine Körpersprache und Mimik nicht einschätzen konnte, war ich im Nachteil. Ich hörte, wie ein Stuhl über den Boden schrammte, dann wurde er vor mir platziert, und ich spürte, wie er sich auf den Stuhl setzte. Er nahm meine Hand, aber ich zuckte zurück und saß wie versteinert auf meinem Stuhl. Plötzlich war ich hellwach.

Er griff wieder nach meiner Hand und drückte meine Finger ein wenig fester. »Steh auf.«

Ich ahnte, was er vorhatte, und ich war schon so weit gegangen, also …

Zögernd erhob ich mich von meinem Stuhl, jeder Muskel noch starr und bereit zu rennen, wenn ich musste.

Seine Hand war ein bisschen größer als meine, und seine Finger waren lang und sehnig und kalt. So kalt. Er nahm meine Hände und führte mich zu ihm. Zu seinem Gesicht.

»Was siehst du?«, fragte er, legte meine Hände auf sein Gesicht und ließ los.

Meine Finger strichen über beide Seiten seines Gesichts, und ich stand einen Moment lang still, aus Angst, meine Finger zu bewegen, weil er spuren würde, wie sehr ich zitterte. Jeder Zentimeter meiner Haut, der seine berührte, kribbelte unter der Oberfläche, und ich zog mich fast zurück, weil es so sehr kitzelte.

»Du bist groß«, sagte ich und räusperte mich. »Wenn du stehst, meine ich. Stimmt's?«

Ich erinnerte mich an das Gefühl, wie sich sein Körper beim letzten Mal an meinen gepresst hatte, und selbst jetzt, im Sitzen, reichte sein Kopf bis knapp über meine Brüste.

Ich ließ meine Hände über sein Gesicht gleiten und sog die glatte Haut in mich auf, strich mit meinen Fingerspitzen sanft über seine Stirn, Schläfen und Wangenknochen.

»Jung«, fuhr ich fort und malte mir ein Bild in meinem Kopf. »Ovales Gesicht, aber ein harter Kiefer. Scharfe Nase.« Ich kniff leicht in die Stelle, wo der Knochen auf den Knorpel traf, und strich mit den Fingern über die Länge seiner Nase. »Wie hast du sie dir gebrochen?«

Es war nur eine schwache Krümmung, die das bloße Auge wahrscheinlich nicht sehen würde, aber ich konnte fühlen, wie sich die Nase an dieser Stelle leicht krümmte.

»Ich bin gefallen«, antwortete er.

Ich legte den Kopf schief, um zwischen den Zeilen zu lesen. Ich war ziemlich gut darin geworden herauszufinden, was die Leute nicht aussprachen.

»Ja, meine Mutter fällt auch oft hin«, erwiderte ich.

Er war getroffen, das konnte ich spüren, und wollte nicht weiter darauf eingehen. Was bedeutete, dass er entweder immer noch wütend darüber war oder ... verlegen und sich schämte.

Ich fuhr mit meinen Fingern über seine geraden Augenbrauen, die kalten, glatten Kanten seiner Ohren und Ohrläppchen und über sein dichtes Haar, das über seine Stirn und ein wenig in seine Augen fiel. Wahrscheinlich war er dunkelhaarig, denn helle Menschen wie ich hatten oft dünneres Haar.

Ich fuhr mit meinen Händen zu seinem Kinn hinunter, und mein Herz klopfte, als meine Finger um seinen Mund tanzten, aber dann zeichnete ich doch die Konturen seiner Lippen nach.

Sein heißer Atem strich über meine Finger, und mein ganzer Körper erwärmte sich. Sah er mir auch ins Gesicht? In die Augen? Was dachte er?

»Ich wünschte, ich könnte dich wirklich sehen«, sagte ich. »Ich möchte wissen, wie du aussiehst, wenn du mich anschaust.« Er schwieg, und Verlegenheit brannte mir auf der Haut. Ich schüttelte sie ab und machte weiter. »Keine Piercings«, fügte ich hinzu. »Zumindest nicht am Kopf.« Seine Oberlippe zog sich nach oben, und ich lächelte ein bisschen. »Und er grinst«, neckte ich ihn.

Natürlich brauchte ich sein schelmisches Lächeln nicht zu spüren, um zu wissen, dass er ein böser Junge war, aber es tröstete mich, dass er einen Sinn für Humor hatte.

»Dein Hals ...« Ich strich mit den Fingerspitzen über seine glatte Haut und Kehle.

»Was ist damit?«

Ich beugte mich vor und überraschte mich selbst, als ich meine Wange gegen die Haut dort drückte. Er rührte keinen Muskel.

»Er ist warm«, bemerkte ich. »Weich.«

Und das Haus war kalt.

Ich atmete ein, sog seinen Geruch ein – Seife und Shampoo, die viel zu stark dufteten, als dass sie Stunden alt sein konnten.

»Du hast gerade geduscht«, vermutete ich.

Ich zog mich hoch, trat einen Schritt näher, hielt seinen Kopf direkt vor mir und ließ meine Finger wieder in sein Haar gleiten.

»Groß, dunkel, jung«, kommentierte ich das, was ich bis jetzt wusste. »Gute Körperpflege, kämpft gerne, lange Wimpern, irgendwie ein hübscher Junge, glaube ich …«

Er schnaubte auf, und ich lächelte ebenfalls, aber dann streiften meine Finger etwas auf seiner Kopfhaut, und bevor ich herausfinden konnte, was es war, spürte ich eine weitere Stelle. Ich verzog das Gesicht, als ich die erhabenen Hautstücke untersuchte. Als ich den Rest seiner Kopfhaut erkundete, fand ich noch mehr. Alle etwa einen halben Zentimeter lang.

Narben.

»Ich bin gestürzt«, sagte er wieder, ohne meine Frage abzuwarten.

Ich biss einen Moment lang die Zähne zusammen. »Das sind eine Menge Stürze«, sagte ich. »Hast du die noch irgendwo anders?«

»Willst du den Rest meines Körpers auch noch abtasten?«, fragte er spöttisch.

Ich ließ meine Hand fallen und versuchte, nicht die Augen zu verdrehen. *Danke für das Angebot.*

»Wie alt bist du?«, fragte ich.

Aber er blieb vage, als er antwortete: »Älter als du.«

Was hatte er hier zu suchen? Warum war er wirklich hier? War er nur ein Scherzkeks, der sich einen weiteren Spaß für die Devil's Night erlaubte, oder hatte er tatsächlich finstere Absichten gehabt, als er vor einer Woche eingebrochen war?

Bevor er mich tanzen sehen hatte und plötzlich verliebt war? Was würde passieren, wenn ich mich weigerte, wieder zu tanzen? Was wollte er *wirklich*?

»Was ist die eine Sache, die du nie tun kannst, aber wirklich tun willst?«, fragte er.

Ich musste fast lachen. *Eine* Sache?

»Machst du Witze?«, entgegnete ich. »Ich habe eine ganze *Liste.*«

»Nenn mir nur eine.«

Ich dachte einen Moment lang darüber nach, daran, wie sehr ich all die Dinge vermisste, die ich nie wieder sehen würde. Filme, Theaterstücke, Berge, Bäume, Wasserfälle, Kleider, Schuhe, die Gesichter meiner Familie und Freunde ... Ich wusste nicht, wie es war, das Haus allein zu verlassen oder einfache Dinge zu tun, wie zu wandern oder allein im Wald spazieren zu gehen. Ich würde nie in der Lage dazu sein zu fliehen, wegzulaufen oder die Freiheit eines spontanen Ausflugs zu erleben, ohne dass jemand davon wusste oder mir half.

»Auto fahren«, antwortete ich ihm schließlich. »Mein Vater hatte früher dieses alte Stockcar in der Scheune unserer Skihütte in Vermont, und ich habe mich oft reingesetzt, habe geschaltet und so getan, als würde ich ein Rennen fahren. Ich würde so gerne Auto fahren.«

Er schwieg einen Moment, dann erhob er sich, und ich konnte ihn direkt vor mir spüren. »Willst du das wirklich?«, fragte er.

In seiner Stimme lag ein schelmisches Lächeln, das mein Herz höherschlagen ließ.

»Dann lass uns von hier verschwinden.« Er ergriff meine Hand und zog mich mit sich.

»Was?« Ich stolperte, war völlig perplex, ließ mich aber von ihm mitziehen, obwohl ich keine Ahnung hatte, was vor sich ging. »Wohin denn? Ich kann nicht abhauen!«

Ich dachte an meine Mutter oben, hielt aber den Mund.

»Ich kann dich mitnehmen, wenn du willst«, sagte er und zog mich durchs Foyer zur Eingangstür. »Oder du kannst jetzt schreien, und der Spaß hat ein Ende.«

»Wer sagt denn, dass ich Spaß habe?«

»Den wirst du gleich haben.« Er blieb stehen, hielt aber meine Finger fest. »Oder, wenn du willst, bringe ich dich ins Bett und suche mir jemand anderen, mit dem ich Spaß haben kann.«

Ich verdrehte die Augen. *Bitte.* Als ob ich eifersüchtig wäre …

»Du bist diejenige, mit der ich spielen will«, flüsterte er und lehnte sich zu mir.

Ja klar. Ein Psycho mit einer Vorliebe für blinde Mädchen, die ihn bei einer Gegenüberstellung nicht erkennen könnten. *Hatte ich etwa den Verstand verloren?*

»Menschen und Musik und Feuer und Bier«, lockte er mich. »Los geht's, Winter. Die Welt wartet auf uns.«

Ich schüttelte den Kopf über mich selbst. Ich *hatte* den Verstand verloren.

»Du bringst mich wieder nach Hause?«, fragte ich.

»Natürlich.«

»Lebendig und … unversehrt?«

Er lachte, und das war das erste Mal, dass ich seine Stimme hörte. Tief und sanft und sehr humorvoll – auf meine Kosten. »Heute Nacht. Natürlich.«

Meine Miene verfinsterte sich, und ich zögerte nur einen Moment, bevor ich mich aus seinem Griff löste und zum Schrank ging, um nach einem meiner Kapuzenpullis zu suchen, der dadrin sein musste.

Als ich einen fand, zog ich ihn heraus und streifte ihn mir über den Kopf. Dann holte ich ein Paar Turnschuhe hervor. Ich wollte auch mein Handy, wollte nicht ohne gehen. Also wandte ich mich wieder der Treppe zu, hielt dann aber inne und erinnerte mich an das GPS, mit dem meine Eltern mich über eine App verfolgten.

Wenn meine Mom aufwachte oder mein Vater nach Hause kam, würde ich dann wollen, dass sie mich mit einem Jungen fanden, dessen Namen ich nicht einmal kannte, wie ich dabei war, etwas zu tun, was ich nicht tun sollte, nur damit sie es als Ausrede benutzen konnten, um mich wieder wegzuschicken?

Aber andererseits, wenn sie mich finden müssten, wäre ich verdammt froh, wenn ich das Handy dabeihatte, oder?

Entscheidungen über Entscheidungen.

Scheiß drauf.

Ich atmete tief ein, drehte mich um und griff nach seiner Hand.

Er nahm sie und öffnete die Tür.

»Warum benutzt du keinen Stock?«, fragte er und führte mich die Einfahrt runter. »Oder einen Blindenhund oder so?«

Glaub mir, das würde ich gerne tun. Das würde mir ein bisschen mehr Freiheit geben.

»Wenn ich irgendwo hingehen muss, hilft mir jemand«, sagte ich zu ihm. »Meine Eltern wollen nicht, dass ich die Aufmerksamkeit anderer auf mich ziehe.«

Sie dachten, die Leute würden mich anstarren. Ich war nicht die einzige sehbehinderte Person in der Stadt, aber ich war mir ziemlich sicher, dass ich die einzige Vollblinde war, und ich kannte ihre Ängste, ohne zu fragen. Und sie hatten recht. Die Leute fühlten sich in meiner Gegenwart unwohl. Ich hatte schon genug unangenehme Unterhaltungen geführt, um zu wissen, wann jemand nur von mir wegwollte, weil er nicht wusste, wie er sich mir gegenüber verhalten sollte.

Der Teil, in dem sie sich irrten, war, dass sie dachten, dass die Welt für mich immer noch dieselbe war und ich lernen sollte, mich zu verhalten, wie ich es früher getan hatte. Das konnte ich nicht. Die Leute würden sich vielleicht unwohl fühlen, aber sie würden sich daran gewöhnen. Sie würden sich ändern. Es war eine Art Verbitterung, von der meine Eltern dachten, dass niemand damit belastet werden sollte. Und es lag in *meiner* Verantwortung, den anderen nicht zur Last zu fallen.

Aber es war auch meine Welt.

»Du könntest nie *keine* Aufmerksamkeit auf dich ziehen«, sagte er schließlich. »Und das hat nichts damit zu tun, dass du blind bist.«

Die Art, wie er das sagte – sanft und nachdenklich –, ließ mir die Hitze in die Wangen steigen, und ich wusste nicht, ob er meinen Tanz meinte oder ob er fand, dass ich hübsch war. Aber ich lächelte in mich hinein, und mir wurde plötzlich ganz warm.

Ich hatte allerdings keine Zeit, ihn um eine Erklärung zu bitten, denn als Nächstes stand er vor mir, griff nach meinen Oberschenkeln und hievte mich auf seinen Rücken. Ich schnappte nach Luft, als meine Füße vom Boden abhoben, und schlang eilig meine Arme um seinen Hals, damit ich nicht fiel.

»Ich kann auch schneller gehen«, sagte ich zu ihm. »Das kann ich. Ich wollte nicht …«

»Sei leise und halt dich an mir fest.«

Okay, okay. Ich schlang meine Arme um seinen Hals.

»Fester«, stieß er hervor. »Wie neulich im Kleiderschrank.«

Ich grinste, aber er konnte es nicht sehen. Ich schlang meine Arme fester um seinen Hals und legte meinen Kopf an seine Wange. Ich hatte versucht, nicht an den Streit meiner Eltern in jener Nacht zu denken, aber ich konnte nicht *nicht* an ihn denken. Wie seine Arme, seine Wärme und sein Puls in meinem Ohr alles hatten verschwinden lassen. Dass man manchmal das Schlimmste erleben musste, um das Beste zu fühlen. Es war eine schöne Erinnerung.

Er trug mich die Auffahrt hinunter, und als seine Schuhe auf Steine trafen, wusste ich, dass wir außerhalb unseres Anwesens waren.

Er blieb stehen und setzte mich ab. Mein Bein streifte etwas Metallenes. Ich streckte meine Hände aus, fuhr über Stahl, Glas und einen Türgriff.

Ich lächelte.

Natürlich war er nicht direkt vor meinem Haus vorgefahren. Er hatte vor den offenen Toren geparkt.

Ich ging am Auto entlang und fühlte die Oberfläche – weich, aber nicht glatt wie Glas. Es war ein matter Lack, und die langen, klaren Linien und der schmale Kühlergrill kamen mir ausgeklügelt und elegant vor. Auf jeden Fall ausländisch.

»Dein Auto gefällt mir«, sagte ich und fragte ihn dann neckisch: »Wie heißt es?«

Er lachte leise auf, dann spürte ich ihn hinter mir, als sein

Flüstern an mein Ohr drang. »Meine Haustiere haben alle einen Puls.«

Die Haare in meinem Nacken stellten sich auf, und jeder Zentimeter meiner Haut erwachte zum Leben. Wie hatte er das gemacht?

Er nahm meine Hand und führte mich zur Fahrerseite, öffnete die Tür und kletterte hinein. Ich hörte, wie der Sitz verschoben wurde, aber ich war nicht sicher, ob er ihn vorwärts oder rückwärts bewegte. Etwas anderes bewegte sich auch. Das Lenkrad?

Mein Herz schlug schneller, und die Angst ließ mich einen Schritt zurückweichen. *Ich glaube nicht …*

»Komm her«, sagte er.

Äh, nein. Vielleicht ist das keine so gute Idee.

Seine Finger griffen nach meinen, und er zog daran. »Steig sofort in dieses Auto.«

Als ich zögerte, rutschte mir das Herz in die Hose, und mir wurde etwas schlecht. Ich könnte sofort zurück ins Haus gehen. Ich könnte ins Bett gehen, zu meiner Musik und meinen Hörbüchern und zu meinem ruhigen Haus, während sich die Welt um mich herum weiterdrehte. Und das nächste Mal, wenn ich eine Chance bekäme, etwas Wildes, Dummes und Beängstigendes zu tun, wäre es noch einfacher, den Schwanz einzuziehen und wegzulaufen. Jeder Tag war so vorhersehbar wie der letzte.

Das war dumm. Und illegal. Aber es machte Spaß. Ich wollte nicht, dass es vorbei war.

Also gut. Ich schob ein Bein ins Auto und neigte den Kopf, als er mich auf seinen Schoß führte und meine Beine zwischen seine langen Beine klemmte. Ich lehnte mich ein wenig zurück, sodass ich nicht direkt am Lenkrad saß, und presste meinen Rücken gegen seine Brust.

Er legte meine Hände auf das Lenkrad und schlang meine Finger darum. »Es ist wie eine Uhr«, erklärte er mir. »Du bist jetzt auf zehn Uhr und zwei Uhr.«

Seine Fäuste schlossen sich um meine, um meine Position zu unterstreichen.

Ich nickte, während es in meinem Bauch immer noch wie verrückt kribbelte.

»Ich kümmere mich um die Pedale und die Gangschaltung«, sagte er zu mir. »Du musst nur lenken.«

»Lenken?«, platzte ich heraus, und Tränen der Frustration stiegen mir bereits in die Augen. »Wir werden *sterben.*«

Er schnaubte. »Auf der Straße ist selten was los«, erwiderte er. »Und um diese Zeit herrscht hier tote Hose. Also entspann dich.«

Ich schüttelte immer noch unsicher den Kopf.

»Hey.« Er stupste mein Kinn an und drehte mich so, dass ich ihn ansah. »Du musst mir einfach vertrauen, Kleine. Verstanden?«

Ich hielt inne, spürte seine Augen auf mir und seinen Körper hinter mir. Aber die Angst schmolz dahin. Er hatte das Sagen, und er konnte alles tun.

Ich vertraute ihm.

Nickend holte ich tief Luft und drehte meinen Kopf wieder nach vorne.

Seine Beine bewegten sich unter mir, seine Hand griff unter meine, und plötzlich brummte das Auto auf, als er den Motor startete. Er legte seine rechte Hand auf den Schaltknüppel und brachte ihn in Position. Dabei strich sein Atem über meinen Nacken, während sich meine Fäuste um das Lenkrad legten.

»Du fährst auf die Straße raus, gleich links«, erklärte er mir. »Wenn du alle vier Reifen auf dem glatten Asphalt spürst, fährst du geradeaus.«

Ich schluckte und nickte erneut. »Am Anfang nicht zu viel Gas geben, okay?«

Aber ich hörte nur ein weiteres Lachen.

Okay, vielleicht vertraute ich ihm doch nicht.

»Ich gebe jetzt etwas Gas«, warnte er mich vor, und der Motor heulte auf.

Ich ruckelte mit dem Lenkrad nervös hin und her, aber er hatte den Fuß noch nicht von der Bremse genommen … oder von der Kupplung oder was auch immer … Also bewegten wir uns nicht, und ich entspannte mich wieder, kam mir gleichzeitig dumm vor.

Aber er lachte nicht über mich.

Ein bisschen mehr Gas, und ich spürte, wie die Reifen über die Steine unter dem Auto knirschten.

Ich packte das Lenkrad so fest, dass ich sicher war, dass man mir die Hände würde abreißen müssen. Der linke Vorderreifen fuhr über eine Bodenwelle, und ich drehte das Lenkrad in diese Richtung, bis ich spürte, wie das rechte Rad ebenfalls auf dem Asphalt war.

Ich lächelte, eine Mischung aus einem Lachen und einem Keuchen entfuhr mir, und sobald ich merkte, dass die Hinterreifen auf der Straße waren, drehte ich das Lenkrad zurück nach rechts, um sicherzustellen, dass ich in meiner Spur blieb.

Doch dann kam das Auto schnell wieder von der Straße ab und landete auf denselben Steinen und dem Gras, von denen ich gerade weggefahren war, und hüpfte dort, wo der Gehweg endete, über die Bodenwelle.

»O Scheiße!« Ich drehte das Lenkrad nach links und brachte uns zurück auf die Straße. Aber ich hatte Angst, auf die andere Fahrbahn zu geraten, und lenkte wieder nach rechts, wobei beide Reifen auf der rechten Seite erneut von der Straße abkamen.

Ich kann das nicht.

Ich schüttelte den Kopf und atmete schwer, während ich versuchte, mich aufzurichten. »Tut mir leid. Es tut mir leid …«

»Schhh«, beruhigte er mich, und seine linke Hand ruhte auf meiner Hüfte. »Wir haben alle Zeit der Welt.«

Mein Kinn zitterte, weil ich mich schämte und ich frustriert war. Ich wollte das nicht tun. Ich würde versagen und wie eine komplette Vollidiotin dastehen. Warum versuchte er, mich zu blamieren?

Tränen sammelten sich in meinen Augen, das Auto wurde langsamer, und ich schloss die Augen und atmete ein und aus, um einen klaren Kopf zu bekommen.

Es ist alles in Ordnung. Wir haben alle Zeit der Welt. Wir haben alle Zeit der Welt.

Langsam atmete ich aus.

Es ist alles gut. Alles ist okay.

Er drängte mich nicht. Er machte sich nicht über mich lustig. Es war in Ordnung, wenn ich die Dinge etwas langsamer lernte. Es war in Ordnung.

Ich schniefte, und auch wenn er mein Gesicht nicht sehen konnte, wusste er wahrscheinlich, dass ich weinte, aber ich streckte meine Finger aus und griff wieder nach dem Lenkrad. »Okay. Weiter.«

Er gab etwas Gas, und ich fuhr zurück auf die Straße. Diesmal bewegte ich das Lenkrad weniger stark und schwenkte das Auto von einer Seite zur anderen, um den Rand meiner Spur zu finden, so wie ich es machte, wenn ich tanzte. Den Rand ablaufen und die Zeit messen, um meine Markierung zu finden.

Die linken Reifen fuhren alle paar Meter über kleine Unebenheiten, und ich erkannte, dass es sich um Reflektoren in der Mitte der Straße handelte, damit die Fahrer nachts ihre Spuren sehen konnten.

Das war meine Markierung. So konnte ich erkennen, wann ich meine Spur verließ.

Meine Schultern entspannten sich ein wenig, und ich setzte mich aufrechter hin. *Okay.*

Ich hielt das Lenkrad gerade, wusste, dass ich spüren würde, wenn die rechte Seite ein wenig absank, kurz bevor sie ins Gras überging, und dass links die Reflektoren waren, die mich davor bewahrten, auf die Gegenfahrbahn zu geraten. Das Lenkrad war nicht immer gerade, aber wir fuhren langsam genug, dass ich erkennen konnte, wann die Straße eine leichte Kurve machte und ich zwischen meinen Markierungen bleiben musste.

»Du hast es geschafft«, flüsterte er.

Ich lächelte, meine Augen waren immer noch feucht, aber ich fühlte mich viel besser als noch ein paar Minuten zuvor. Er hatte mich auch nicht belehrt. Er hatte mir nichts von den Reflektoren erzählt oder wie man das Lenkrad bewegen musste. Er hatte einfach darauf gewartet, dass ich es selbst lernte. Das war mal eine schöne Abwechslung und nahm den Druck weg. Es war schön, sich nicht gehetzt zu fühlen.

»Wir werden jetzt schneller fahren«, sagte er zu mir.

Schneller? Und weg waren Entspannung und Zuversicht, die gerade erst aufgekeimt waren.

»Ich sage dir, in welche Richtung du das Lenkrad bewegen musst, okay?«

»Okay«, antwortete ich. Das ergab Sinn. Wir würden schneller fahren, also würde ich weniger Zeit haben, mich zu korrigieren.

Seine Beine bewegten sich unter mir, er schaltete, und der Wagen beschleunigte und ich wurde stärker gegen seine Brust gedrückt. Instinktiv umklammerte ich das Lenkrad fester und blinzelte keine Sekunde, während ich versuchte, mich zu konzentrieren.

Der Motor heulte auf, und in den Oberschenkeln spürte ich, wie das Auto vibrierte, als wir in die Nacht rasten, wo alles viel zu schnell auf mich zukommen konnte, als dass zwei Köpfe synchron reagieren konnten. Ein Tier, ein anderes Auto, ein Mensch … *O Gott.* Zu schnell. Zu schnell. Das Auto rumpelte unter meinen Füßen und ließ das Herz in meiner Brust hüpfen.

»Das Lenkrad steht auf zwölf Uhr«, sagte er. »Wenn ich ›Los‹ sage, musst du langsam und sanft nach links lenken, etwa auf zehn Uhr.«

Ich konnte weder schlucken noch sprechen, also nickte ich nur und krümmte meine Zehen vor Angst und Anspannung. *Verdammt.*

»Los«, sagte er.

Auf seine Anweisung hin bewegte ich das Lenkrad vorsichtig ein paar Zentimeter und spürte, wie die Reifen über die Reflektoren fuhren, aber statt in die andere Richtung auszuweichen, um mich zu korrigieren, ertastete ich sie mit der Kante der linken Reifen und blieb auf ihnen. Das würde wahrscheinlich den Gegenverkehr erschrecken, wenn ich mich so in die Mitte der Straße drängte, aber ich konnte die Kurven der Straße ganz allein bewältigen.

»Okay, die Kurve kommt in …«

»Pst«, fuhr ich ihn an und brachte ihn damit zum Schweigen.

Ich musste *hören.*

Und dann, wie er gesagt hatte, bogen die Reflektoren nach rechts ab, und ich musste das Lenkrad korrigieren, um ihnen zu folgen. Überraschenderweise kam ich nicht von der Straße ab, wie ich fast erwartet hätte.

»Mein Gott.« Er lachte und klang beeindruckt. »Okay, ich werde einfach ein Nickerchen machen. Viel Spaß noch.«

»Wage es ja nicht!«, schimpfte ich.

Irgendwann würden wir an eine Kreuzung kommen oder auf eine Straßenlaterne oder einen Fußgänger treffen. Außerdem war er ja derjenige, der Gas geben und schalten musste.

»Können wir schneller fahren?«, fragte ich.

Ich hatte mich so sehr angespannt und konzentriert, dass ich jetzt den Nervenkitzel brauchte.

Wie auf Kommando schaltete und beschleunigte er, und wenn ich richtig mitgezählt hatte, waren wir nun im vierten oder fünften Gang.

»Die nächsten paar Minuten geht es eigentlich nur geradeaus«, sagte er zu mir. »Willst du Musik hören?«

Ich dachte darüber nach und kam zu dem Schluss, dass ich ja durchaus spürte, wie wir über die Reflektoren fuhren, und ich sie nicht unbedingt hören musste. »Okay.«

Er schaltete seine Stereoanlage ein, *Go to Hell* von KMFDM ertönte, und ich entspannte mich, noch immer an ihn gelehnt. Mein Herz schlug mit der Geschwindigkeit um die Wette, aber ich achtete trotzdem auf jede kleine Unebenheit unter uns, um uns auf der Straße zu halten.

Dann begann plötzlich von weiter weg ein Motor zu dröhnen, und der Boden unter mir bebte noch ein wenig stärker.

Was war das?

Ich drehte meinen Kopf, wartete auf eine Reaktion von ihm, aber plötzlich peitschte ein Windzug an uns vorbei und ein lautes Hupen ertönte, als vermutlich ein Lastwagen direkt an uns vorbeirauschte.

Ich schnappte nach Luft, spürte, wie das Auto durch den Luftzug ruckelte, und meine Hände zitterten am Lenkrad, als ich die Reflektoren unter den rechten Reifen wieder fühlte. »Holy shit!«

Ich lachte und spürte, wie sein Körper durch sein eigenes Lachen hinter mir bebte.

»Warum hast du mir das nicht gesagt?«, rief ich, lächelte aber. »Wir hätten sterben können!«

»Das hat Spaß gemacht, oder?«

Vollidiot.

Und ja, es hatte Spaß gemacht.

»Bereit für mehr?«, neckte er.

»Ja.« Ich biss mir auf die Lippe. Mir war noch immer etwas mulmig im Bauch, aber ich konnte einfach nicht aufhören.

»In einer Minute wirst du das Lenkrad auf neun Uhr stellen«, sagte er. »Ich werde nicht bremsen.«

»Was?«

»In drei ... zwei ...«

»Warte, du hast gesagt, ich hätte eine Minute!«, brüllte ich.

»Eins!«, rief er mir ins Ohr. »Los!«

»Fuck!« Ich schrie auf, riss das Lenkrad nach links auf neun Uhr und schnappte nach Luft. »Du ...!«

Der Wagen geriet ins Schleudern, hüpfte und rutschte über den Gehweg und auf eine Schotterpiste, und ich spürte, wie seine Hand meinen Kopf umfasste, als unsere Körper von einer Seite zur anderen geschleudert wurden und mein Schädel fast gegen das Dach schlug.

»O mein Gott, o mein Gott ...«

Er schaltete einen Gang zurück. »Richte dich auf«, rief er mir zu.

Ich tat wie geheißen und atmete schneller als eine Gewehrkugel, als er wieder schaltete und beschleunigte. Dann rasten wir in die Nacht, eine Schotterstraße hinunter. Bestimmt würden wir gleich gegen irgendeinen Baum krachen.

Aber ... verdammt. Alles an mir war warm. Heiß. Mein Blut rauschte wild durch meine Adern, und meine Arme fühlten sich so stark an, dass ich sicher war, fliegen zu können.

Ich drehte die Musik auf, fand die Fensterknöpfe an der Tür und kurbelte das Fenster herunter. Die dringend benötigte kühle Luft peitschte durch mein Haar, während die Musik in meinen Ohren dröhnte.

Ich drehte meinen Kopf zu ihm um und spürte seinen Atem an meinem Mundwinkel. »Können wir schneller fahren?«

Er sagte nichts, machte keine Bewegung, außer in die Kupplung zu treten, zu schalten und Gas zu geben.

Wir rasten die Straße hinunter, und ich hatte jetzt einen Riesenspaß. Aber ich war nicht diejenige, die die Kontrolle verlor. Mein Puls und mein Atem hatten sich bereits wieder beruhigt. Er allerdings ...

Ich spürte, wie sich sein Brustkorb gegen meinen Rücken hob und senkte, während sein Atem meine Wange traf – flach und schwerfällig.

Ich verzog meine Lippen zu einem kleinen Lächeln.

Jetzt bin ich dran.

»Sag mir, wann«, sagte ich.

»Wann was?«

»Ich will wieder abbiegen.«

Ich spürte, wie er den Kopf schüttelte. »Dafür fahren wir jetzt zu schnell, du kleiner Teufel.«

Ich hielt mich am Lenkrad fest und hob meinen Fuß an, setzte ihn auf seinen und drückte ihn in das Pedal, damit er nicht vom Gas ging. »Bitte?«

Seine Stimme bebte. »Winter ...«

Ich drehte das Lenkrad spielerisch von einer Seite zur anderen. »Links oder rechts? Entweder du entscheidest dich, oder *ich* werde es tun.«

Er atmete schwer durch die Zähne und umklammerte meine Hüften jetzt mit beiden Händen. »Nein.«

»Ich werde es tun.«

»Nein«, knurrte er flüsternd. »Du tust, was *ich* dir sage.«

Ich trat auf seinen Fuß und beschleunigte den Wagen noch etwas mehr. »Links oder rechts?«, fragte ich, wobei meine Nase seine streifte. »Sag es mir.«

Er keuchte und vergrub seine Finger durch mein Sweatshirt in meiner Haut.

»Drei«, drohte ich und zählte rückwärts. »Zwei ...«

»Okay, okay, okay«, sagte er. »Warte. Warte kurz.«

Ich lehnte mich zurück, drehte meinen Kopf und presste meine Stirn an seine. »Eins.«

»Okay, drei Uhr! Jetzt!«, rief er.

Ich schaute nach vorne und drehte das Lenkrad nach rechts, und wir beide knallten gegen die Tür, als das Auto über die Unebenheiten der nächsten Schotterstraße sprang.

»Nein, vier!«, rief er, als er merkte, dass drei Uhr nicht genug war. »Vier Uhr! Scheiße!«

Ich bewegte das Lenkrad weiter, aber wir wussten beide, dass es sinnlos war. Ich verlor das Lenkrad aus den Händen, als das Auto ins Schleudern geriet und sich drehte, und ich krümmte mich reflexartig zusammen, um meinen Körper zu schützen. Seine Arme legten sich um mich und bedeckten meinen Kopf, und ich schrie auf, als das Auto kurz zur Seite kippte, einen Moment lang balancierte und sich zu überschlagen drohte, aber dann wieder auf allen vier Rädern landete.

Der Wagen kam zum Stillstand, der Motor erstarb, und ich blieb in seinem Schoß liegen und machte eine mentale Bestandsaufnahme meines Körpers. Abgesehen davon, dass ich mir das Knie am Lenkrad gestoßen hatte, als ich es hochgezogen hatte, und meine Schulter vom Aufprall gegen die Autotür schmerzte, ging es mir gut. Ich hob meinen Kopf und legte meine Hände an sein Gesicht.

»Habe ich dich umgebracht?«, fragte ich.

Aber er lachte nicht und sagte einen Moment lang nichts. Er atmete nur. »Mein Herz …«, sagte er schließlich. »Fuck.«

Mir fiel ein, was er letzte Woche bei mir zu Hause gesagt hatte. *Weißt du, was ich tun muss, damit es so schlägt?*

»Ich habe dich erschreckt.«

»Ich bin es nicht gewohnt, mich so zu fühlen«, sagte er nachdenklich.

Und dann fanden seine Finger den Puls an meinem Hals und drückten leicht zu. Ich tat es ihm gleich und legte meine drei Finger an seinen Hals und fand auch seinen Puls. Einen Moment lang saßen wir so da, jeder von uns hatte eine Hand am eigenen Hals und die andere auf dem des anderen.

Sein Puls ging so schnell wie bei mir, und es gefiel mir, dass ich das bei ihm ausgelöst hatte.

»Welche Farbe hat dein Auto?«, fragte ich und nahm meine Hände von seinem und meinem Hals.

»Schwarz.«

War ja klar.

»Wenn ich mich an die Farben in meinem Kopf erinnere«, bemerkte ich, »habe ich manchmal ein Gefühl. Rosa ist das, was ich jetzt fühle. Mein Magen schlägt Purzelbäume und lacht. Schwindlig. Eichhörnchenartig.« Ich rutschte von ihm runter und auf den Beifahrersitz. »Ich weiß nicht, was ich fühle, wenn ich mir Schwarz vorstelle. Obwohl ... eigentlich nichts, schätze ich.«

»Das klingt nach einer Herausforderung.«

Ich lächelte vor mich hin. »Du hast mich erschreckt, ich habe dich erschreckt, jetzt bist du wieder an der Reihe.«

Er startete den Wagen und legte den Gang ein. »Zieh deine Kapuze auf und schnall dich an.«

»Warum?«

»Weil ich es dir gesagt habe«, murmelte er und versuchte, herrisch zu klingen, aber es wirkte eher spielerisch.

Ich schnallte mich an und zog die Kapuze meines Sweatshirts hoch, sodass meine Haare an den Seiten herausfielen.

Wir fuhren schweigend, was mir recht war, weil er die Stereoanlage voll aufdrehte und ich nur in den Genuss lauter Musik kam, wenn meine Schwester mich fuhr. Aber sie musste mich so gut wie nie irgendwohin chauffieren, also waren diese Momente eine Seltenheit.

Ich drehte mein Gesicht zum Fenster und dachte über alles nach, was in der letzten Stunde passiert war. Für ihn zu tanzen, ihn zu berühren, die Art, wie er mit mir geduldig war, mich aber auch drängte, um zu sehen, wie weit ich gehen würde. Und wie ich mir nicht ganz sicher war, ob es zu meinem oder zu seinem Vergnügen geschah.

Sein Körper bewegte sich neben mir, er schaltete und betätigte das Pedal, aber ab und zu spürte ich seinen Blick auf mir. Mein Herzschlag beschleunigte sich, und ich war froh, dass ich ihn mit meinen Augen nicht sehen konnte. Ich war froh, dass ich ihn nie sehen würde.

Er war das Bild, das ich von ihm in meinem Kopf hatte. Ein gesichtsloser Junge mit dunklem Haar und Feuer in den Augen, genau wie ich es wollte.

Für immer.

Wir fuhren in die Stadt, wo er die Geschwindigkeit drosselte, vermutlich um an einer Ampel anzuhalten. Nach ein paar Kurven brachte er das Auto zum Stehen und stellte den Motor ab.

»Ich bin gleich wieder da«, sagte er und nahm seine Schlüssel. »Lass die Kapuze auf.«

Ich antwortete nicht, und er wartete nicht auf eine Bestätigung, dass ich es gehört hatte. Stattdessen öffnete er die Autotür, kletterte heraus und schlug die Tür zu. Ich hörte das Klicken des Schlosses, bevor alles verstummte. Natürlich konnte ich meine Tür noch öffnen. Ich konnte aussteigen. Er hielt nur alle anderen davon ab, hereinzukommen.

Ich spürte die Vibration anderer Autos, die in der Nähe an mir vorbeifuhren, und ich konnte das gedämpfte Dröhnen von Musik aus dem Gebäude links von mir hören, aber abgesehen davon war es ruhig im Ort. Ich hatte keine Ahnung, wie spät es war.

Warum musste ich mich bedecken? Vielleicht hatte er vor, mich aufzuschlitzen und in Stücke zu schneiden, und wollte keine Zeugen, die mich nach der Tat identifizieren konnten?

Ich hätte fast gelacht. Ich war mir ziemlich sicher, dass er zu diesem Zeitpunkt keine bösen Absichten hatte.

Aber dann kam mir etwas in den Sinn. Was, wenn er nicht wollte, dass seine Freunde mich sahen? Was, wenn er eine Freundin hatte?

Nein. Tu das nicht.

Er war zu *mir* gekommen. Er hatte *mich* aufgesucht. Er hatte mich rausgebracht. Ich hatte nicht vor, nach Ausreden zu suchen, um die Nacht zu beenden.

Nach kurzer Zeit wurde die Tür wieder geöffnet, aber diesmal war es die Beifahrertür.

»Lass uns gehen«, sagte er und nahm meine Hand.

»Wohin?« Ich stieg aus und folgte ihm.

»Schwarz sehen.«

Schwarz sehen? Ich liebte seine Fantasie.

Verwirrt, aber fasziniert blieb ich still und folgte ihm die Straße hinunter, hörte das Surren einer Leuchtreklame und vernahm den Geruch von Pizza, der mich fast vor Hunger aufstöhnen ließ. Das *Sticks.* Wir waren gegenüber dem Park auf dem Stadtplatz, direkt vor einer örtlichen Kneipe. Eine Bar, in der Minderjährige zugelassen waren, weil es dort Bands und Billardtische gab. Also konnte man wirklich Leute jeden Alters dort antreffen. War er dort gerade hingegangen?

Er hielt mir etwas entgegen, und ich nahm es, drehte es in meinen Händen, um es zu erspüren. Ein Helm.

Ein Helm?

Etwas bewegte sich in meiner Nähe, ein Schlüssel wurde eingesteckt, und ich zögerte einen Moment, denn ich trug nur eine Pyjamahose, und wenn wir stürzten, hätte ich keine Kleidung, die meine Beine schützte – mein wertvollster Besitz, von dem meine Zukunft im Tanzen abhing.

Ich stöhnte innerlich. Solange er nicht erwartete, dass ich fuhr, konnte ich wahrscheinlich ...

Ich schloss den Riemen des Helms unter meinem Kinn und hielt mich an seinem Arm fest, als er mir half, hinter ihm aufzusteigen. Es war ein wenig kühl, und der Wind könnte sehr kalt werden. Mit der Hand strich ich über seinen Hinterkopf und merkte, dass er keinen Helm trug.

»Wem gehört das Motorrad?«, fragte ich.

»Einem Freund.«

Ich legte meine Hände auf seine Taille, und er erweckte den Motor zum Leben. Er musste mir gar nicht erst sagen, was ich tun sollte. Reflexartig schlang ich meine Arme um ihn und legte meinen Kopf an seinen Rücken, aber ich war verdammt nervös. Ich war noch nie auf einem Motorrad mitgefahren.

»Nicht loslassen«, befahl er mir.

Ach was.

Ich stellte meine Füße auf die Fußstützen und drückte mich fest an ihn, als er losfuhr, die Gänge hochschaltete und beschleunigte. Ein Wimmern kam mir über die Lippen, aber ich glaubte nicht, dass er es hörte.

Mit dem Motorrad fuhren wir schneller als mit dem Auto. Oder vielleicht lag es auch einfach nur daran, dass ich den Wind auf meiner Haut spürte.

Er bog nach links ab, und das Motorrad neigte sich so weit, dass ich dachte, wir würden umkippen.

»Kannst du ein bisschen langsamer fahren?«, rief ich. »Bitte?«

Aber als wir um die Ecke bogen, raste er los, und ich schrie auf, schlang meine Arme noch fester um seinen Körper und klammerte mich mit meinen Oberschenkeln an seine. »Ich fühle mich nicht …« Ich zwang mich zu einem Lachen. »… so richtig sicher. Langsamer!«

Aber er wurde nicht langsamer. Er schwenkte nach rechts, dann nach links, dann wieder nach rechts, und das Gewicht unserer Körper fühlte sich zu schwer an, als wir von einer Seite zur anderen kippten.

Im nächsten Moment fuhren wir über eine Senke, und mein Magen überschlug sich geradezu. Dann schossen wir einen steilen Hügel hinauf, und ich schnappte nach Luft und umklammerte ihn noch fester. Wir rasten über den Kamm des Hügels, hoben vom Boden ab und flogen durch die Luft, als wir über den Buckel hüpften und schließlich wieder auf dem Boden aufkamen. Das Herz rutschte mir in die Hose, und ich hatte das Gefühl, in einer Achterbahn zu sitzen, die ich nicht kontrollieren konnte. Ich hatte keine Zeit nachzudenken, und selbst wenn, hätte ich nicht aufhalten können, was hier gerade passierte. Mein Körper wurde von Hitze durchströmt, meine Kehle wurde eng vor Angst, und ich wusste nicht, ob ich lachen, mich übergeben oder schreien sollte.

Er fuhr um eine Kurve, wir lehnten uns hinein, und ich konnte fast den Boden unter meinem Bein spüren. Ich konnte mich nicht zurückhalten. »Ich falle runter!«, schrie ich. »Halt bitte an!«

Und das tat er. Er wurde langsamer und hielt an, und wie von Geisterhand war alles wieder ruhig.

Ich ließ ihn nicht los.

»Das ist schwarz«, sagte er. »Angst, Fallen, Erlösung. Aufregung, Risiko, Gefahr.«

Ich saß da, umarmte ihn und versuchte herauszufinden, ob es mir gefiel oder nicht. Es machte mir Angst, genau wie bei seinem Einbruch ins Haus letzte Woche. Das hatte ich gehasst, aber ich hasste es nicht mehr wirklich. Wahrscheinlich weil ich nicht mehr so viel Angst vor ihm hatte. Es war Angst in einer kontrollierten Umgebung.

Das Motorrad war es nicht.

Oder vielleicht musste ich es einfach noch einmal versuchen.

»Ich lasse dich nicht fallen …« Er hielt inne und fuhr mit sanfter Stimme fort. »Ich lasse dich nicht fallen«, sagte er wieder. »Halt dich fest.«

Ich atmete zittrig ein und machte mich für einen weiteren Versuch bereit. Und als das Motorrad wieder losschoss, hob ich den Kopf und zwang mich, mich nicht zu verstecken.

Er wird mich nicht fallen lassen. Er wird mich nicht fallen lassen.

Der Wind schnitt mir ins Gesicht, und ich schloss die Augen, damit sie nicht tränten. Dann schmiegte ich mich an seinen Körper und bewegte mich mit ihm, während er sich drehte und mal nach links und dann wieder nach rechts lehnte, beschleunigte und bremste, als wären wir eine Person, ein Körper.

Jedes Mal wenn er sich in die Kurve lehnte, hatte ich das Gefühl zu stürzen und kniff die Augen zu, hörte auf zu atmen und überließ ihm die Kontrolle über das Motorrad – und mich –, als er uns in einem Stück um die Kurve brachte.

Nach einiger Zeit entspannte ich meine Muskeln ein bisschen mehr, vertraute ihm und ließ ihn machen. Ich legte meinen Kopf in den Nacken und spürte den Wind und meinen Körper an seinem. Ich musste mich schon gar nicht mehr so sehr an ihm festhalten.

Jetzt wollte ich die ganze Nacht so weitermachen, weil ich zum ersten Mal seit Langem wieder etwas sah – ich *sah* wieder. Und nur weil ich mein Augenlicht verloren hatte, hieß das nicht, dass ich Angst haben musste, mich zu verlaufen. Vielleicht war es genau das, wonach ich mich gesehnt hatte.

Das Röhren des Motors vibrierte in meinem Bauch, und ich lächelte und hoffte auf tausend weitere Nächte wie diese.

Langsam kam er zum Stehen und setzte die Füße auf den

Boden. »Angst, Fallen, Erlösung«, sagte er wieder. »Aufregung, Risiko, Gefahr.«

»Und jeden Moment der Tod«, sinnierte ich, immer noch Richtung Himmel lächelnd.

»Freiheit«, fügte er hinzu.

Ich legte meinen Kopf wieder an seinen Rücken, während er den Ständer ausfuhr und den Schlüssel aus dem Zündschloss zog.

»Wir sind fertig«, sagte er und klang ein wenig amüsiert, als ich ihn nicht loslassen wollte.

»Mir ist kalt.« Ich schmiegte mich enger an ihn.

Er lachte leise, und der Geruch der Pizza aus dem *Sticks* stieg mir wieder in die Nase. »Kannst du mir Rot zeigen?«, fragte ich.

Ich wollte nicht, dass die Nacht zu Ende ging.

Er hielt einen Moment inne und flüsterte dann über seine Schulter hinweg: »Irgendwann.«

»Hast du immer noch vor, mir wehzutun?«, scherzte ich.

Erneut hielt er inne, und sein Flüstern war kaum zu hören. »Irgendwann.«

KAPITEL 12

DAMON

Gegenwart

Ich war froh, dass Michael und Rika ihre Verlobungsfeier nicht in St Killian's feierten. Ich weigerte mich, auch nur einen Fuß in den Albtraum zu setzen, in den sie einen unserer Lieblingsorte aus unserer Kindheit mit Sicherheit verwandelt hatten.

St Killian's war eine alte verlassene Kathedrale, die wir alle als Kinder erkundet hatten – kostbare Stunden, die wir ohne Eltern verbracht hatten und uns selbst überlassen gewesen waren. Und als wir Teenager waren, waren wir von den Katakomben darunter besessen gewesen. Ich konnte immer noch die Erde und den Stein riechen und das Wasser an den Wänden herabrieseln hören. Es war dekadent und ausschweifend – der Ort, über den nur ich allein herrschte.

Wir waren gerannt, hatten uns versteckt und gegenseitig erschreckt, wir hatten getrunken und jede Menge Spaß dort unten gehabt, als wir aufgewachsen waren. Es war unser armseliges kleines Reich, aber gleichzeitig auch Freiheit pur.

Und jetzt hatten sie nichts Besseres vor, als es zu kaufen und zu renovieren. Nein, vielmehr aufzumotzen, um es zu ihrem schönen neuen Heim umzubauen, wobei sie wahrscheinlich alles ruinierten, was einst wild und primitiv gewesen war.

Scheiße verdammt. Das darf doch alles nicht wahr sein.

Wo zur Hölle gingen die Kids der Thunder Bay Prep in der Devil's Night heutzutage hin? Hatte irgendjemand die Tradition aufrechterhalten, nachdem wir weg gewesen waren? War alles, was wir getan hatten, sinnlos und tot, verloren in vagen Erinnerungen, die niemanden überleben würden, der uns kannte?

Ich legte meinen Kopf zur Seite und ließ meine Nackenwirbel knacken. Dann nahm ich einen Schluck von dem Stoli in meinem Glas. Ich hatte gesagt, ich würde drei Minuten auf dieser Party bleiben. Jetzt waren es schon acht.

Zwei Jahre war es her, dass die beiden sich verlobt hatten, und jetzt erst feierten sie diesen Umstand? Vielleicht hatte Rika zuerst die Uni beenden wollen, oder Michaels Zeitplan war zu voll gewesen.

Egal, spielt ja letztlich keine Rolle.

Scharen von Menschen lungerten um das Kunstmuseum herum, gekleidet in ihre besten Klamotten. Sie waren hier, um Michael und seinem kleinen Monster ein glückliches kleines Leben zu wünschen. Aber eigentlich war das eine reine Vorsichtsmaßnahme. Michael und Rika gehörten der amerikanischen High Society an und würden irgendwann viel Macht erben. Am besten zollte man ihnen seinen Respekt, in der Hoffnung, sich eines Tages einen Platz an ihrem Tisch zu verdienen.

Gläser klirrten, das Geschnatter verschmolz zu einem einzigen Geräusch, das dem lauten Rufen eines Vogelschwarms ähnelte. Alle lächelten, nur ich nicht. Und alle gingen sie mir aus dem Weg. Obwohl zwei meiner Freunde mit mir ins Gefängnis gegangen waren, war ich der einzige wirkliche Kriminelle hier. Ich war der *Vergewaltiger.* Der sexuell Abartige. Der Kranke.

Sperrt eure Töchter, Ehefrauen, Schwestern und Mütter weg. Scheiße noch mal, sperrt auch die Oma weg.

Ihre Seitenblicke stachen mir förmlich in die Haut. Und jedes Mal wenn ich mich zu ihnen umdrehte, flippten sie beinahe aus und drehten eilig den Kopf wieder weg.

Ich lachte in mich hinein und leerte mein Glas.

Crane, mein Sicherheitschef, gesellte sich zu mir, und ich stellte das leere Glas auf ein vorbeikommendes Tablett und nahm mir ein neues.

»Wo war sie letztens am Abend?«, fragte ich ihn.

»Coldfield«, berichtete er leise, sodass nur ich es hören konnte. »Das neue Spukhaus. Mit ihren Freundinnen. Keine Männer dabei.«

Ich suchte den Raum langsam nach Winter ab, fand sie aber nicht. »Hat es ihr gefallen?«

Ich wusste nicht, warum es mich interessierte. Vielleicht würde es mir zeigen, ob ich mein Spiel verbessern müsste, wenn die Zeit reif war.

»Ich glaube schon«, sagte er. »Ich habe sie für einige Minuten aus den Augen verloren. Ihre Freundinnen auch.«

Ich entdeckte Arion und ihre Mutter, die sich mit einer Gruppe älterer Damen unterhielten. Allesamt bösartige Schlampen wie die anderen Matriarchinnen in dieser Stadt.

»War sie mit jemandem verabredet?«, hakte ich nach. Sie war blind. Sie wäre doch zu vorsichtig, um aus Versehen verloren zu gehen. War es also Absicht?

»Das glaube ich nicht«, antwortete er. »Als sie wieder aufgetaucht ist, sah sie erschüttert aus. Errötet. Ich glaube, sie hat sich nur verlaufen.«

Ich lachte leise vor mich hin. Sie war schon immer leicht zu erschrecken gewesen. »Und der Anwalt?«, fuhr ich mit meiner Fragerei fort.

»Ja, der Termin steht fest.«

Ich erblickte Rika mit einem mir unbekannten Mann auf der Tanzfläche. Seine Hand saß zu tief auf ihrer Hüfte, seine Finger streiften den oberen Teil ihres Hinterns. Ich kniff die Augen zusammen und nahm noch einen Schluck. »Und der Rat?«

Crane lachte leise. »Ja, ist erledigt«, sagte er. »Wenn Ihr Vater herausfindet, wie viel Sie von seinem Geld in der Stadt rausgeschmissen haben …«

»Oh, das wird er«, sinnierte ich. »Wenn es zu spät ist, versteht sich. Aber ich muss erst alles in die Wege leiten.«

Und dann sah ich Michael Crist, meinen ehemaligen Freund und mittlerweile Feind, der direkt auf mich zusteuerte. Na toll.

»Quack, quack«, murmelte Crane, der ihn wahrscheinlich auch kommen sah.

Ich grinste über seinen Scherz, als er wegging, und straffte meine Schultern, während Michael sich näherte.

»Glaubst du, ich schmeiße dich nicht raus?«, spottete er. »Deine Frauen beschützen dich nicht.«

»Vielleicht nicht *meine* Frauen.«

Er dachte, ich wäre der Meinung, ich könnte hier sein, weil die Ashbys eingeladen waren, aber meine Anspielung war eindeutig. Sowohl seine Verlobte als auch Kais Frau hegten weniger Groll gegen mich. Sie fänden es wahrscheinlich nicht so schlimm, dass ich hier war.

»Wo wir gerade dabei sind …« Ich deutete in Rikas Richtung. »Hast du die Pfoten bemerkt, die jemand auf deine Frau legt?«

»Sie geht dich nichts an.«

»Tu etwas dagegen, oder ich mache es zu meiner Angelegenheit.«

Warum kümmerte mich das überhaupt? Ich wusste es nicht. Ich hatte so viel Zeit damit verbracht, Rika und ihren Einfluss auf die Jungs zu hassen, dass mir nie wirklich aufgefallen war, dass sie … dazugehörte.

Vielleicht mochte ich sie ja.

»Michael? Alles in Ordnung?« Kai kam herüber.

Ich konnte gar nicht anders, als meine Augen so sehr zu verdrehen, dass ich sicher war, gleich mein Gehirn von innen zu sehen.

Zwei Fliegen mit einer Klappe.

Ich schaute wieder zu Rika hinüber und bemerkte nur am Blick und am Lächeln des Typen, dass er flirtete. Und Michael drehte ihm den Rücken zu und bekam es gar nicht mit.

»Weißt du«, sagte ich und stellte mich vor Michael, »wenn das Alphatier in einem Rudel alt oder krank wird – schwach –, können die anderen Hunde das spüren.« Ich sah ihn mit zusammengekniffenen Augen an. »Und sie weichen nicht mehr zurück.«

Er trat ebenfalls auf mich zu, sodass wir Nase an Nase standen. Er schätzte ab, wie weit er es auf seiner eigenen Verlobungsfeier treiben wollte, und ich gab einen Scheiß darauf. Meine Familie hatte Geld und Vitamin B, und ich hatte es satt, um einen Platz unter ihnen zu kämpfen. Ich war stärker. Während Will und Kai sich auf einen Deal bezüglich ihrer Anklagen wegen Körperverletzung eingelassen hatten, hatte ich nie nachgegeben. Ich war länger im Gefängnis gewesen, und ich hatte genug Zeit alleine verbracht. Das hier war auch *meine* verdammte Stadt, und wenn ich alles abreißen und neu aufbauen müsste, um etwas davon zu meinem zu machen, würde ich es tun.

»Damon, wenn du dich nicht amüsierst, kannst du gehen«, mischte sich Kai ein, versuchte wieder mal, die Situation zu entschärfen, so wie er es immer tat.

»Blödsinn«, spottete ich und betrachtete das Streichquartett, den Champagner und die Kellner mit Tabletts voller kackbrauner Canapés. »Ich mag deine Party. Sie ist so ... geschmackvoll.« Ich lachte und nahm einen Schluck von meinem Drink. »Ich kann mich gut daran erinnern, wie es war, als du noch Fantasie hattest.«

»Und ich kann mich noch gut daran erinnern, wie es war, als du noch gebetet hast«, schoss Michael zurück. »Ich habe mein eigenes Bankkonto, Damon, mit eigenem Geld, Kreditkarten und eine Ausbildung. Ich habe Beziehungen, die nichts mit meinem Vater zu tun haben. Ich habe Freunde, werde respektiert, habe mir Ansehen erarbeitet, eine verdammte Kreditwürdigkeit, und die Tür steht mir bei jedem Restaurant, jeder Bank oder jedem Country Club offen, mit dem ich auf der Welt Geschäfte machen will.« Er grinste. »Hast du in letzter Zeit mal versucht, bei Hunter-Bailey reinzukommen?«

Arschloch. Er hatte mich vor zwei Jahren aus dem Männerclub geschmissen.

»Ich kann es jederzeit mit meiner wunderschönen Verlobten treiben«, fuhr er fort, »und sie sieht wirklich umwerfend aus, wenn sie nur diese Viertelmillion-Dollar-Halskette trägt, die sie gerade um den Hals hat. Eine Halskette, die ich gekauft habe, ohne meinen Daddy um das Geld bitten zu müssen.«

»Und wie sieht es mit Spaß aus?«, erwiderte ich. »Hast du den auch ohne mich?«

Das war nicht die Party, die sie hätte sein sollen. Meine Schwester hatte auch nicht die Party bekommen, die sie verdient hätte. Gott, waren sie erbärmlich. Früher hätten wir über dieses höfliche, fade und prätentiöse Schnarchfest gelacht.

Dann hätten wir uns die Mädchen geschnappt und sie auf eine nächtliche Spritztour durch unsere Unterwelt mitgenommen.

Was für eine beschissene Show.

Kai sah mich an, seine dunklen Augen waren nur eine Nuance heller als meine. »Banks liebt dich«, sagte er. »Und wir würden die Ashbys niemals ausladen. Das sind die einzigen Gründe, warum du hier bist. Du hast mein Dojo niedergebrannt, du hast versucht, uns zu töten, und man kann dir in Rikas Nähe nicht trauen. Wir sind keine Freunde. Wenn wir uns also begegnen, werden wir es kurz und höflich halten, den Frauen zuliebe. Aber ich bin nicht bereit, so zu tun, als ob alles in Ordnung wäre.«

»Alles in Ordnung?« Arion tauchte vor uns auf.

Ich schnaubte. Die kleine Rede, von der er gedacht hatte, sie würde mich zum Zittern bringen, war jetzt ruiniert. Und schon kam auch der Rest der Truppe an – Will und Alex, Margot, Arion und Winter, zusammen mit diesem kleinen Scheißer Ethan Belmont. Er war der Nächste auf Cranes Aufgabenliste.

Aber ich schätzte, sie hatten alle einladen müssen, um so richtig protzig sein zu können. Rika war jetzt irgendwo in der Menge unterwegs, und von meiner Schwester war weit und breit nichts zu sehen. Vermutlich fühlte sie sich bei diesen Events genauso unwohl wie ich.

»Alles wunderbar«, antwortete Michael, beugte sich zu Margot hinüber und küsste sie auf die Wange. »Danke, dass ihr gekommen seid.«

»Danke, dass du uns eingeladen hast«, sagte sie und scherzte dann, »auch wenn deine Mutter dich gezwungen hat.«

»Bitte.« Er lachte leise. »Rika und ich führen jetzt unser eigenes Leben. Die Außenseiter halten zusammen.«

Sie lächelte ihn an. Ich wusste, dass Michaels und Winters Mutter befreundet waren. Was vermutlich daran lag, dass sich ihre jeweiligen Familiendramen so sehr ähnelten.

Er bot ihr einen Arm an und führte sie auf die Tanzfläche. Kai verschwand, und Arion schlich sich an mich heran und nahm einen Schluck von meinem Drink. Ich warf ihr einen Blick zu. Zugegeben, in ihrem hautengen goldenen Kleid mit dem langen blonden Haar und jedem Zentimeter sichtbarer

Haut, die glänzte und weich war, war sie durchaus schön. Aber sie war auch kalt, oberflächlich und langweilig. Vielleicht würde eines Tages jemand zu ihr durchdringen und sie erreichen können, aber das würde nicht ich sein. Das hatte ich bereits mit jemand anderem erlebt, und ich würde es nie wieder tun.

»Willst du tanzen?«, hörte ich Ethan sagen.

Ich sah hinüber zu Belmont, der den Arm um Winter gelegt hatte, und ich ließ meinen Blick an ihrem Körper hinabgleiten. Sie hatte sich umgezogen. Ihr Kleid war durch einen dünnen schwarzen Stoff ersetzt worden, der über einem schwarzen Body – oder Gymnastikanzug – hing, dessen Gaze zu Trägern über die Schultern und um die Brüste gelegt war. Der durchsichtige Stoff reichte über ihren Hintern, ihre Beine hinunter und nicht ganz bis zu ihren Füßen, die ihn passenden schwarzen Ballettschuhen steckten. Keine Strumpfhosen. Ihre nackten Beine waren durch das Kleid hindurch vollständig sichtbar. An der Seite hatte es einen Schlitz, sodass sie sich frei bewegen konnte.

»Das wollte ich gerade«, antwortete sie. »Rika und Michael haben mich gefragt.«

Aufgefordert? Zum Tanzen?

»Nett«, antwortete er.

Aber ich zog eine Augenbraue hoch. »Warum zum Teufel sollten sie das tun?«

War das Rikas Art, ein Auge auf Winter zu werfen? Sich wieder in ihr Leben einzumischen?

Winter reckte ihr Kinn und knirschte mit den Zähnen. »Weil ich *gut* bin«, erklärte sie.

»Na, das kann ja heiter werden«, murmelte Arion mit einem Grinsen.

Ich wusste nicht, ob ich zustimmte. Winter würde tanzen. Für *mich.* Es gefiel mir nicht, dass sie das hinter meinem Rücken mit ihr arrangiert hatten.

»Ach, Winter, das ist übrigens Alex«, sagte Will und sah mich an. »Meine neue *beste* Freundin.«

Meine Mundwinkel zuckten. Touché.

Alex streckte beide Hände aus, nahm die von Winter und schüttelte sie. »Hi, schön, dich kennenzulernen.«

»Freut mich ebenfalls.«

»Alex geht mit Rika in der Stadt aufs College«, erklärte Will Winter.

Sie nickte, und ich lächelte vor mich hin. Ja, Will, genau, eine unschuldige kleine Studentin. Aber sicher.

Ich hob meinen Drink an den Mund. »Ist Alex heute Abend zu buchen?«, fragte ich und blickte an ihrem Körper hinunter, wo das karamellfarbene Kleid ihr dunkelbraunes Haar perfekt zur Geltung brachte.

Will schaute mich böse an. »Fick dich.«

»Ich meine es völlig ernst«, behauptete ich und wandte mich an meine Frau. »Gefällt sie dir?«

Sie war schließlich schon vor Tagen bereit gewesen, eine andere Frau in unser Bett zu bringen – besser gesagt in *mein* Bett –, oder? Und das war Alex' Job. Als eine Eskortdame sollte sie das Geschäft zu schätzen wissen.

Arion schwieg, unbehaglich senkte sie den Blick zu Boden. »Damon, das ist nicht der richtige Ort.«

»Gefällt sie dir?«, fragte ich wieder, sah ihr in die Augen, schob meinen Finger unter ihre Halskette und zog ihren Mund sanft auf meinen. »Mir gefällt sie. Riesige Titten und große Augen. Ich würde diese großen Augen gerne auf mir sehen, wenn sie es mit dir treibt.«

»Mein Gott«, hörte ich jemanden murmeln.

Eine andere Person seufzte verärgert.

Aber Winter blieb stumm. Was nicht schlimm war, denn ich konnte sie spüren. Sie war alles, was ich fühlte. Ich wollte, dass sie es hasste. Dass sie sich verletzt fühlte, weil ihre Augen nie auf jemanden gerichtet sein würden und sie nie so vergnüglich oder so sexy sein würde wie Alex oder Arion, da die beiden mit einem einzigen Blick verführen konnten.

Sie war erbärmlich, weniger wert und hatte nichts.

Als ob ich dich jemals wie eine richtige Frau hätte genießen können. Ist es das, was du gedacht hast, Winter?

Arion hielt ihren Blick gesenkt, da sie nicht wollte, dass das, was sie in der Privatsphäre unseres Schlafzimmers zu tun bereit war, in der Öffentlichkeit und vor anderen ans Licht kam. Sie schürzte die Lippen, aber schließlich antwortete sie: »Du hast das Sagen.«

Ich schenkte ihr ein Lächeln, hasste es, dass sie so nachgiebig war. Gleichzeitig war ich auch froh, dass Winter das hörte. Ich brauchte sie nicht. Ich konnte von jedem bekommen, was ich wollte. Sollte sie sich doch heute Abend im Bett darüber den Kopf zerbrechen.

Auch wenn ich es nicht von jedem wollte.

Ich ließ meine Hand fallen und schaute zu Alex hinüber. »Ist es immer noch der volle Preis, wenn ich nur zuschaue?«, stichelte ich. »Und wenn wir so was wie eine Stempelkarte machen, kannst du mir dann beim achten Besuch einen blasen?«

Arion knurrte, drehte sich um und ging weg, während Ethan Winters Hand ergriff und sie mit sich zog.

»Verdammtes Stück Scheiße«, sagte Will und wandte sich an Alex. »Lass uns gehen.«

Ich lachte und sah ihm hinterher. Er dachte, seine kleine Eskortdame würde ihm folgen.

Aber stattdessen schüttelte Alex den Kopf und schlenderte hinüber, um sich neben mich zu stellen. Sie verschränkte die Arme und beobachtete mit mir die Party. »Es ist eine Kunst, wie schnell du es schaffst, dass dich alle umbringen wollen.«

Ich zuckte mit den Schultern, konnte das Lächeln in ihrer Stimme raushören. »Ich kann einfach nicht anders.«

Ich nahm noch einen Schluck und wollte mich für einen Moment ebenfalls am liebsten umbringen. Die Scheiße, die aus meinem Mund kam. Alles wegen Winter, denn sie war meine einzige Motivation für alles, was ich tat. Und ich schämte mich irgendwie, dass sie diese Macht über mich hatte.

Aber ich musste mich Alex gegenüber nicht rechtfertigen. Sie wusste, was ich tat. Ich respektierte sie, weil sie keine Skrupel hatte und sich nicht entschuldigte, wenn sie tat, was sie tun musste, um zu bekommen, was sie wollte. Die Welt respektierte Menschen, die sich nicht nach Anerkennung sehnten.

»Wie läuft's mit dem Job?«, erkundigte ich mich und blickte zu ihr hinab.

Ihre Augenbraue schoss in die Höhe; sie sah unzufrieden aus. »Es ist fast nicht das wert, was du mir zahlst. Dieser alte Scheißkerl ist quälend langweilig, Damon«, sagte sie zu mir. »Und eingebildet.«

»Ich weiß.«

Michaels Vater hatte Informationen, die ich brauchte, und ich bezweifelte, dass es ihm etwas ausmachte, dass ich Alex zu ihm ins Bett schickte, um sie zu bekommen. Es war für eine gute Sache.

»Kommst du der Sache näher?«

Sie zog einen USB-Stick aus ihrem Mieder und hielt ihn mir vor die Nase. »Den konnte ich ergattern. Aber da ist mehr«, erklärte sie. »Gib mir noch ein paar Tage.«

Ich ließ meinen Blick kurz auf dem Stick haften, erfreut darüber, dass alles zusammenkam. Alle Entlein.

»Quack, quack«, murmelte ich und fühlte mich auf einmal verdammt gut. Hoffentlich waren hier viele gute Dinge darauf. Um unser aller willen. »Machen wir zwei daraus«, sagte ich zu Alex. »Und du bekommst einen Bonus.«

Ihr Nebenfach Informatik war definitiv ein Pluspunkt für diesen Job.

Im nächsten Moment rempelte mich jemand an, stieß mir gegen die Schulter, und der USB-Stick fiel auf den Boden.

»Oh, Entschuldigung«, sagte eine blonde Frau in einem grauen Abendkleid. Sie bückte sich und nahm den Stick vom Boden auf, richtete sich auf und hob ihre Hand, um ihn mir zurückzugeben. Dann aber erstarrte sie, als sie meinem Blick begegnete. Sie senkte ihren Kopf und atmete plötzlich ganz flach.

Christiane Fane. Rikas Mutter.

Und obwohl sie eine erwachsene Tochter hatte und jahrelang mit Pillen und Alkohol verbracht hatte, war sie immer noch unglaublich schön. Ihr Haar war locker zurückgesteckt, Strähnen umrahmten ihr Gesicht, und ihre Haut schimmerte im Kerzenlicht. An ihren Ohren hingen Juwelen, und ihre Augen glänzten in verschiedenen Blautönen, die sie exotisch aussehen ließen.

Warum hatte mein Vater ihr nach dem Tod ihres Mannes nie nachgestellt? Meine Mutter war damals schon weg gewesen, und Christiane war die reichste Frau in der Stadt. Sie war wunderschön, noch jung genug, um weitere Kinder zu bekommen, und irgendwie dumm. Ich würde nie verstehen, wie jemand sein ganzes Leben lang so schwach bleiben konnte, aber Christiane Fane war der lebende Beweis dafür.

Warum zum Teufel starrte sie mich an?

»Gefällt dir, was du siehst?«, zischte ich und riss ihr den USB-Stick aus der Hand.

Hau einfach ab.

Sie blinzelte, ließ den Kopf sinken und ging weg. War sie betrunken oder so? Ich dachte, Michael hätte sie dazu gebracht, den Scheiß zu lassen.

Na egal.

»Sagst du mir jetzt, was genau du vorhast?«, fragte Alex, als Christiane gegangen war.

Ich steckte den Stick in meine Tasche und atmete tief durch. »Ich hole mir meine Familie zurück. Ich ...«

Aber ich hatte keine Gelegenheit, zu Ende zu sprechen. Das Streichquartett hörte auf zu spielen, und alle verließen die Tanzfläche. Vermutlich würden jetzt die ganzen Reden beginnen.

Aber es war Winters Stimme, die ich hörte. »Ich habe ein besonderes Geschenk für Michael und Erika«, sagte sie, und ich ging ein paar Schritte nach rechts, um einen Blick auf sie zu erhaschen, wie sie in der Mitte der Tanzfläche stand. »Etwas, von dem ich hoffe, dass sie es unterhaltsam finden werden. Aber ...« Sie lächelte. Fuck, mit ihrem hochgesteckten Haar sah sie einfach wunderschön aus. »... ich hoffe, das reizende Paar hat nichts dagegen, dass ich ... ich widme das dem neuen Mann meiner Schwester.«

Wie bitte?

Und dann bewegte sie ihren Kopf, als würde sie sich im Raum umsehen. »Damon?«, rief sie, woraufhin sich alle ihre Köpfe in meine Richtung drehten. »Ich habe sehr hart trainiert«, sagte sie. »Ich hoffe, es gefällt dir. Du weißt, wie sehr ich Weihnachten liebe.«

Weihnachten? Das Dorf, das sie aus dem Keller haben wollte, damals, als wir noch auf der Highschool waren, fiel mir wieder ein. Und ich erinnerte mich daran, dass sie am Tag nach Halloween für die Feiertage dekoriert hatte. Es würde bald wieder so weit sein.

Ich ließ sie nicht aus den Augen, während ich einen Schritt näher trat und mein Glas auf ein Tablett stellte, als ein Kellner vorbeiging.

Sie würde nicht für mich tanzen. Jedenfalls nicht bereitwillig.

Sie fand ihre Markierung, die bereits auf der Tanzfläche klebte, und nahm eine traditionelle Pose ein, bei der ein Fuß ausgestreckt war und der andere nach hinten gedreht. Ihre Arme waren nach unten gerichtet und bildeten einen Kreis.

So hatte sie noch nie angefangen. Sie war immer schon in Bewegung in den Tanz gegangen, natürlich und ungekünstelt. Das war ihre Art zu tanzen. Unzivilisiert. Das war es, was ich liebte.

Die Musik begann, ein langsamer, jazziger Gitarrensound, die Beats alle gleichmäßig und getrennt. Mit jeder Saite bewegte sie sich. Kontrolliert, routiniert und abgedroschen, eine neue Pose für jeden Akkord. Arm raus, Zeh raus. Die Arme, die Füße, von einer Grundstellung zur nächsten. Es war nicht fließend. Es war wie eine Aufwärmphase.

Aber dann begann der Text, eine tiefe und raue Stimme kam aus der Anlage, und sie stellte sich auf die Zehenspitzen, setzte einen Fuß vor den anderen, und ihr Körper erwachte auf einmal zum Leben und glitt von einer Bewegung in die nächste.

Und da erkannte ich das Lied – *You're a Mean One, Mr Grinch.*

Aber es war eine Coverversion, eine rockige Bluesvariante, sexy, langsam und verführerisch.

Ich presste meine Zähne zusammen.

Ihre Schultern kreisten, eine nach der anderen, und ihre Hüften wippten zur Musik. Ihre Augen schlossen sich, und ihr Nacken dehnte sich verführerisch.

Das Schlagzeug setzte ein, baute das Lied auf, und sie zuckte bei jedem Takt mit dem Körper. Dann warf sie ihren Kopf zurück, bewegte ihre Arme, drehte sich, rollte den Kopf und zog an der Nadel, die ihr Haar hochhielt. Es fiel um sie herum hinab, als die Musik nachließ und die Stimme des Sängers ihre raue Interpretation herausschrie.

»Woo-hoo!«-Rufe hallten durch den Raum, als die Leute begannen auszuflippen, und ich ballte meine Fäuste und beobachtete sie. Das war kein verdammtes Ballett. Sie könnte sich genauso gut ausziehen.

»Oh, verdammt, ja«, jubelte ein Typ.

»Scheiße, ist das heiß«, mischte sich ein anderer ein.

Mistkerl.

Sie wirbelte und schritt, bewegte sich wie purer Sex und ließ ihre Hände über ihren ganzen Körper gleiten, wobei die Muskeln ihrer durchtrainierten Oberschenkel durch den durchsichtigen Rock bis zum Schritt hinauf zu sehen waren. Und der Gymnastikanzug überließ nichts der Fantasie. Ihr Haar wirbelte herum und fiel ihr ins Gesicht, und ihre Lippen waren leicht geöffnet, was sie heiß und atemlos aussehen ließ. Mein Penis wurde heiß, als unaufhörlich Blut in ihn rauschte, und ich wollte nichts lieber, als ihr draußen im Auto den Hintern zu versohlen, weil sie es verdammt noch mal verdient hatte.

Fuck.

»Woo-hoo!« Michaels verdammte Basketballspieler-Kumpels waren außer sich.

Die Wahl des Liedes war mir nicht entgangen. *You're a Mean One, Mr. Grinch.* Ein Weihnachtslied, in der Tat. Und mir gewidmet mit seinem bösen Text, der auch mich beschreiben sollte. Raffiniert.

Ich richtete meinen Blick auf Michael und Kai, die lachend nebeneinanderstanden, sich unterhielten und das Ganze sehr zu genießen schienen. Dann sah Michael zu mir und grinste, als hätte er etwas gewonnen. Kai folgte seinem Blick und lachte wieder. Winter hatte mich öffentlich beleidigt, und alle fanden es toll.

Sie tanzte weiter zu jedem Takt des Liedes, und ich knöpfte

mein Jackett zu, versuchte mit aller Macht, nicht die Fassung zu verlieren.

Als ich den Blick von der Tanzfläche abwandte, merkte ich, dass Michael auf mich zukam.

»Weißt du, was?«, sagte er lachend und klopfte mir auf beide Arme. »Ich fühle mich heute Abend großzügig. Vergiss, was ich gesagt habe. Du kannst so lange bleiben, wie du willst. Essen, trinken …« Er warf einen Blick hinter sich auf die Tanzfläche und wandte sich dann wieder mir zu. »Denn es sieht so aus, als hättest du zu Hause wirklich alle Hände voll zu tun. Autsch.«

Ich riss mich zusammen und ließ ihn ungeschoren von dannen ziehen, aber ich spuckte fast Feuer.

Das Lied endete, die Menge jubelte, und ich sah, wie Crane sich wieder zu mir gesellte, während ich Winter auf der Tanzfläche beobachtete. Sie lächelte und saugte all die Liebe auf meine Kosten auf.

»Sie muss diszipliniert werden«, sagte ich.

»Hattest du Spaß?«, fragte ich, als ich die Haustür ins Schloss fallen hörte.

Die Scheinwerfer schienen durch die Vorhänge, und ich schob meinen Stuhl zurück und erhob mich vom Esszimmertisch, während Winters Hund seinen Kopf von meinem Schoß nahm, um mich aufstehen zu lassen.

Ich wusste, dass sie nach Hause kommen würde. Braves Mädchen. Und das auch noch um ein Uhr nachts.

Die Scheinwerfer draußen erloschen, und ich schlich mich in das dunkle Foyer. Winter trug noch immer ihr Kostüm von der Party. Ich legte meine Hand auf ihren Bauch und trat auf sie zu, wobei ich sie mit dem Rücken gegen die Tür drückte. Sie schnappte nach Luft und legte ihre Hände an meine Brust.

»Vier Stunden«, schimpfte ich. »Wenn ich an all den Ärger denke, den du in vier Stunden hättest anrichten können …«

Nach ihrem Tanz war sie verschwunden, und Crane hatte nur ein paar Minuten gebraucht, um herauszufinden, dass sie mit Ethan Belmont abgehauen war, als sie die Gelegenheit dazu gehabt hatte. Ich hatte jemanden zu seinem Haus geschickt, aber dort waren sie nicht.

Hoffentlich war er es auch, der sie gerade hier abgesetzt hatte.

»Ich bin erwachsen«, entgegnete sie. »Du hast keine Macht über mich.«

Aber genau in diesem Moment ertönten Protest und Geschrei, als zwei Männer das Haus betraten.

»Nehmen Sie Ihre Hände von mir!«, schrie Ethan, als Crane ihn durch die Seitentür des Esszimmers in den Raum zerrte.

Ich ließ Winter nicht aus den Augen, und ein Grinsen umspielte meine Lippen.

Perfektes Timing.

Ein verwirrter Blick legte sich auf ihr Gesicht, als sie seine Stimme hörte. »Wa... Was machen Sie da? Lassen Sie ihn in Ruhe.«

Ich führte meine Hand an ihr Kinn und hielt es fest. »Ich glaube, er hat dich angefasst«, sagte ich zu ihr. »Er hat dich nach der Sperrstunde draußen gelassen.«

Sie umklammerte meine Hand mit beiden Händen und atmete schwer.

»Er wollte dich unbedingt ins Bett kriegen. Nach den Nacktfotos von dir zu urteilen, die überall an seiner Schlafzimmerwand hängen.«

»Was?«, platzte sie heraus. »Hör auf damit, Damon.«

Rechts von mir wehrte sich Belmont gegen Cranes Griff.

»Er hat dich fotografiert«, sagte ich zu ihr und berichtete, was Crane herausgefunden hatte, als er vorhin zu Belmonts Haus gefahren war. »Ich hoffe wirklich, du hast nichts davon gewusst.«

»So war das nicht!«, schrie er. »Ich habe nur ... Winter, das sind keine schlimmen Bilder. Versprochen.«

Ich starrte sie weiter an. »Für mich sind sie schlimm«, stieß ich hervor. »Sie trägt ihren Badeanzug, ihre Shorts, sie beugt sich vor ... Alles ohne ihr Wissen, so wie es aussieht, oder?«

»Halt die Klappe! Als ob es *dich* kümmern würde, was ohne ihr Wissen geschieht!«, schrie er. »Das interessiert dich doch nur, wenn nicht *du* es bist, der das ausnutzt!«

Ich biss die Zähne zusammen. Das war nicht wirklich gelogen. Aber trotzdem …

»Winter?«, sagte er flehend, als sie nichts sagte. »Winter, ich … Es ist nicht so schlimm, wie es klingt, okay?«

Sie zitterte, versuchte immer noch, meine Hand loszuwerden, aber nicht mehr mit all ihrer Kraft. Sie wusste nicht, wem sie vertrauen konnte, und sie kämpfte innerlich darum herauszufinden, was sie tun oder an wen sie sich wenden sollte. Ich hatte ihr gerade einen ihrer wenigen Freunde genommen.

»Das waren nur Schnappschüsse«, erklärte er. »Du warst so schön, ich …« Er hielt inne und schrie mich dann an: »Du bist in mein Haus eingebrochen?«

»Hast du sie verarscht?«, wollte ich wissen. »Wenn er dich angefasst hätte, wüsste ich es«, flüsterte ich gegen Winters Lippen, als er nicht antwortete. »Deine Haut wäre gerötet. Deine Lippen wären geschwollen. Sein Gestank wäre überall an dir.«

Sie schnappte nach Luft, und für einen Moment erinnerte ich mich wieder an unsere gemeinsame Zeit damals. Als ich geflüstert hatte, um meine Stimme zu verbergen. Aber sie hatte mir gehört und ich ihr. Und sie hatte auf meinem Schoß gesessen und mein Auto gefahren. Dachte sie jemals daran zurück?

Ich reckte Crane mein Kinn entgegen, woraufhin er Belmont umdrehte und ihm einen Schlag direkt in den Magen verpasste. Der Knirps ging hustend und keuchend in die Knie.

»Noch mal«, sagte ich.

Aber da mischte sich Winter ein. »Nein!«, antwortete sie schnell. »Er hat mich nicht angefasst!«

»Ich habe sie nicht angefasst«, sagte Belmont immer noch keuchend und hustend. »Ich würde ihr niemals wehtun.«

Ich ließ Winter los, drückte mich aber weiter gegen sie, damit sie sich nicht bewegte. »Bringen Sie ihn hier raus«, sagte ich.

Crane hob den Kleinen vom Boden auf, und einen Moment später waren sie wieder durch die Seitentür verschwunden. Scheinwerfer schickten ihre Strahlen durch das Fenster, Rufe waren zu hören, und schließlich schlugen Türen zu, und zwei

Autos fuhren davon. Es gefiel ihm wahrscheinlich gar nicht, Winter hier bei mir zu lassen, aber Crane würde dafür sorgen, dass er nach Hause fuhr, selbst wenn er sein Auto mit dem SUV ein wenig anschieben müsste.

»Du dachtest, du wärst heute Abend so verdammt niedlich mit diesem kleinen Auftritt, nicht wahr?«, stichelte ich. »Nun, ich mag es, wenn du dich danebenbenimmst. Nur mach es unter vier Augen, wenn wir beide etwas Freude an deiner Bestrafung haben. Wenn du mich warten lässt, wird dir das weniger Spaß machen.«

»Ich hasse dich.«

Ich drückte sie wieder gegen die Tür, und sie sog den Atem ein, als sich mein Körper an ihren schmiegte. Sie drehte sich nicht zu mir um, als ich mich herunterbeugte und die Reste ihres Lipgloss auf ihrem Mund roch.

Wo war der Rest geblieben? Hatte er ihn heute Abend gekostet? Oder vielleicht trug sie ihn, weil sie wusste, dass er mir gefiel.

Trotzig wandte sie ihr kleines Gesicht ab. Aber sonst bewegte sie sich nicht.

»Bist du sicher, dass du mich hasst?«, fragte ich mit leiser Stimme.

Dann legte ich eine Hand zwischen ihre Beine, strich mit den Fingern über den Stoff ihres Gymnastikanzugs und wusste genau, was ich vorfinden würde. Ich spürte es sofort. Sie war feucht. Sie war *nass.*

Ich zog meine Finger zurück. »Wenn er dich nicht angefasst hat, ist das dann wegen mir?«

Sie schlug mir gegen die Brust, und ich stolperte zurück und ließ sie los.

»Du bist ein Monster. Du bist nicht besser als er«, knurrte sie. »Du hast mit mir gespielt. Du hast ausgenutzt, dass ich nicht sehen kann, genau wie er, und hast das bekommen, was du wolltest. Du hast mich *missbraucht.*«

»Ja.« Ich nickte und näherte mich wieder ihrem Gesicht. »Ja, das habe ich. Ich habe dich auf jede erdenkliche Weise bekommen. Ich …«

Ich hielt inne, als ich merkte, dass ich die Kontrolle zu verlieren drohte. Ich durfte nicht zu viel sagen.

»Du wolltest mächtig sein«, sagte sie. »Du wolltest gewinnen. Du wolltest dich an meiner Familie rächen und Schmerz verursachen, und das hast du getan. Du hast mich gedemütigt. Du *wolltest* mich erniedrigen. Du hast bekommen, was du wolltest, und ich war dir völlig egal!«

Ich starrte sie an, und mir war bewusst, dass ich mich nie erklären würde. Sie dachte, sie wüsste alles. Sie dachte, es sei alles schwarz und weiß. Sie dachte, ich hatte sie verletzen wollen. Sie dachte, ich hätte gewollt, dass die Leute das Video sahen. Sie dachte, ich wollte sie hintergehen.

Das einzige Motiv, das ich hatte, war, in ihrer Nähe zu sein, und wenn ich lügen musste, um das zu bekommen ...

Ich übernahm nicht die Verantwortung für alles. Das gefiel ihr.

»Ich glaube, ich liebe dich«, sagte ich und wiederholte ihre Worte, die sie mir vor all den Jahren gesagt hatte. *»Hör nicht auf. Bitte hör nicht auf. Ich möchte, dass du mein Erster bist. Es ist in Ordnung. Fass mich an.«* Ich trat an sie heran, drang in ihren Raum ein und warf all ihre Scham auf sie zurück. *»Du wirst der Erste sein, der mich hier küsst.«* Ich fuhr mit der Zunge über ihr Ohr. *»Und hier.«* Ich berührte ihren Hals. *»Und hier.«* Ich strich mit meinem Daumen über ihre Brustwarze. *»Ich möchte deinen Körper auf meinem spüren. Bin ich okay? Mache ich es richtig? Es fühlt sich gut an. Hör nicht auf. O mein Gott! O Gott. Geh nicht weg. Bitte, ich will das. Du musst mich nicht beschützen. Du willst es auch. Es geht mir gut. Ich will es. Ich will dich so sehr spüren.«* Ich fuhr mit meiner Hand durch ihr Haar und hielt es mit der Faust fest. »Und dann hast du diese hübschen Beine für mich gespreizt.«

»Ich dachte, du wärst jemand anderes!«

»War ich auch«, sagte ich. »Ich war jemand, den du irgendwie mochtest.«

Sie schüttelte den Kopf und verleugnete sich selbst mehr als mich, als ihr die Tränen in die Augen stiegen. »Du warst eine Lüge«, sagte sie. »Und alles, was du jetzt bist, ist erbärmlich. Du hast nicht einen Cent von dem Geld verdient, mit dem du um dich wirfst, und diese Männer beschützen dich nicht, weil du Damon Torrance bist. Sie bewachen dich, weil du Gabriels Sohn bist. Du bist ein Nichts!«

Ich schüttelte sie. *Miststück.*

»Ich war der Beweis, dass Menschen sich ändern«, sagte ich zu ihr.

»Das Einzige, wofür du der Beweis bist, ist, dass nicht alle Männer zu Männern heranwachsen.«

Ich ließ sie los und knallte meine Hand gegen die Wand hinter ihr. Sie schubste mich weg und flitzte um mich herum, streckte ihre Hände nach dem Geländer aus und lief die Treppe hinauf.

Ich zögerte einen Moment, bevor ich ihr nachlief.

Ich fing sie ein und wirbelte sie herum, hielt sie in meinen Armen und drückte sie an mich. »Arion denkt, ich sei ein Mann«, sagte ich mit leiser und spöttischer Stimme zu ihr. »Sie wird mich anfassen, als wäre ich ein Mann. Sie wird mich in meinem Bett reiten und mich verschlingen, weil sie genau das will, von dem sie denkt, dass es dir gehört.«

Ihr Kiefer verkrampfte sich, und sie bewegte sich nur noch, um zu atmen.

Willst du, dass sie mich anfasst? Interessiert es dich überhaupt?

»Und sie denkt, sie kann dafür sorgen, dass ich mich besser fühle, wenn sie dich aus meinem Gedächtnis löscht«, sagte ich.

»Das ist mir egal.« Ihr Gesicht war ausdruckslos, und ihre Stimme klang mechanisch.

Ich nickte und ignorierte die Stiche in meiner Kehle. »Gut«, sagte ich, spürte ihren Atem auf meinem Mund. »Denn wenn du uns heute Abend hörst, möchte ich, dass du weißt, dass es mir auch egal ist. Es gibt nichts von dir, was sie auslöschen könnte.« Ich griff wieder an ihren Hinterkopf und drückte ihre Stirn gegen meine. »Und heute Nacht, in deinem Bett, wenn es spät und dunkel ist und der Rest des Hauses still ist bis auf das Stöhnen meiner Frau den Gang hinunter und wenn du sauer und wütend bist, weil du denkst, du hasst mich, wenn du dann trotzdem deine Hand unter die Decke schiebst, weil niemand etwas merkt, wenn du dich der Erinnerung an mich hingibst … dann will ich nur, dass du auch weißt …«, ich senkte meine Stimme zu einem Flüstern, »so fühlt sich Rot an. Zorn und Wut und Hitze und Verlangen, so stark, dass du zum Tier wirst, Winter. Es ist animalisch.«

Eine Träne floss aus ihrem Augenwinkel, und ich konnte spüren, wie ihr Herz in der Brust hämmerte.

Ich ließ sie los, stieß sie weg und ging zurück in Richtung meines Schlafzimmers. »Ich werde es mit ihr treiben und dich dabei kommen lassen.«

KAPITEL 13

WINTER

Sieben Jahre zuvor

»Ich weiß immer, wenn sie kommen«, merkte ich an und spießte ein Nugget mit meiner Gabel auf. »Ihr werdet dann alle so leise.«

Am Mittagstisch ertönte leises Gelächter, als Noah, Rika und die anderen Mädchen die Apokalyptischen Reiter begutachteten, die mir in meiner kurzen Zeit hier ebenfalls schon aufgefallen waren. Es war leicht zu erkennen, wenn einer oder alle einen Raum betraten. Das Geplapper änderte sich, es gab hier und da Geflüster, und obwohl ich gerne in die Intrigen der Thunder Bay Prep verwickelt worden wäre, war es wohl besser, dass ich nicht sehen konnte, wie heiß sie angeblich waren. Wir waren im ersten und sie im letzten Jahr und vollkommen außerhalb unserer Liga.

Ich war sowieso schon verknallt. Mein Magen kribbelte jedes Mal, wenn ich an unsere Eskapaden im Auto und auf dem Motorrad letzte Nacht dachte. Ich war mehr als bereit für meinen ersten Kuss, und obwohl ich mir nicht sicher war, welches Interesse er an mir hatte, konnte er eindeutig nicht mein tief sitzendes Teenager-Verlangen nach etwas Wärme erkennen. Vielleicht sah er mich auch gar nicht so.

Nach der Motorradtour waren wir in sein Auto gestiegen, und er hatte mich nach Hause gebracht. Und dann war ich ins Bett gegangen, ohne dass jemand in meiner Familie gemerkt hatte, dass ich überhaupt weg gewesen war. Ich dachte, wir würden noch mehr reden und ich würde erfahren, ob und wann er zurückkommen würde, aber er hatte nichts mehr gesagt und ich auch nicht. Das war doch nicht das letzte Mal gewesen, dass ich mit ihm gesprochen hatte, oder? So verabschiedete man sich doch nicht.

Letzte Nacht hatte ich von ihm geträumt – eine heiße kleine Fantasie davon, wie er mich Jahre später wieder aufsuchen und leidenschaftliche Dinge mit mir machen würde. Es schmerzte, als ich daran dachte, dass ich nicht so lange warten wollte, um wieder mit ihm zusammen zu sein. Wenn überhaupt.

Das einzig Positive daran, dass ich ihn vielleicht nie wieder spüren würde, war, dass die erste Liebe eine Lernerfahrung war. Zumindest hatte das meine Mom gesagt. Das sind nicht die, die man heiratet, sagte sie immer. Es sind die, die dich brechen, damit du dich verbessert wieder aufrichten kannst. Stärker.

Aber das war mir egal. Ich wollte, dass er zurückkam. Ich wollte, dass er mir wehtat. Hauptsache, er kam zurück.

»Wie sind sie denn so?«, fragte ich, brach das Schweigen und versuchte, das Thema zu wechseln. »Die Apokalyptischen Reiter? Außer Damon, meine ich?«

Ich hatte bereits eine Vorstellung von dem Werkzeug, in das er sich verwandelt hatte. Ich konnte nicht glauben, dass ich ihn verdächtigt hatte, mein Geist zu sein. Der Kerl war nicht von dieser Welt. Und er rauchte nicht, Gott sei Dank.

»Also, Kai ist der Netteste«, sagte Rikas Freundin Claudia.

»Aber er ist an den richtigen Stellen böse«, scherzte jemand anderes.

»Er und Damon sehen sich sehr ähnlich«, fuhr Claudia fort. »Beide haben dunkle Haare und Augen, aber Kai ist gepflegter, könnte man sagen. Damon sieht immer so aus, als hätte er sich gerade wieder in seine menschliche Form zurückverwandelt, nachdem er die ganze Nacht als Wolf verbracht hat.« Sie lachte. »Seine Haare und seine Klamotten sind nie ordentlich ...«

»Und Will?«, fragte ich und versuchte, den Fokus von Damon abzulenken.

»Will ist auch nett«, mischte sich Rika ein, »aber er ist nicht so aufrichtig wie Kai, denke ich. Er sieht gut aus und kann sogar noch besser lachen. Er behandelt die Mädchen besser als Damon oder Michael, aber … Ich weiß nicht.« Sie brach nachdenklich ab. »Er ist nie ernst. Ich glaube nicht, dass er jemals eine ernsthafte Freundin wie Kai hatte, oder?«

»Vielleicht gehört sein Herz schon jemandem, den er nicht haben kann«, sagte Claudia.

»Ach.«

»Ja, Damon zum Beispiel.« Noah lachte. »Sie stehen sich sehr nahe. Also *richtig* nahe, habe ich gehört. Er hält Will an der Leine. Bildlich gesprochen.«

»Und Michael?«, drängte ich.

»Michael.«

»Michael.«

»Michael.«

Alle am Tisch sprachen seinen Namen aus, und links neben mir seufzte Rika auf.

»Rika weiß alles über ihn«, stichelte Noah.

»Halt die Klappe«, schimpfte Rika verlegen. Doch nach einem kurzen Moment ergriff sie wieder das Wort und beantwortete meine Frage. »Er ist so was wie der Anführer«, erklärte sie. »Wahrscheinlich spielt er irgendwann für die Profis. Hellbraunes Haar, sonnengebräunte Haut, haselnussbraune Augen. Das genaue Gegenteil von Will. Er ist sehr ernst.«

»Haselnussbraune Augen. Schlafzimmerblick«, zog Claudia sie auf. »Rika hat mal in seinem Bett geschlafen. Hat sie dir das erzählt?«

In seinem Bett geschlafen? Er musste achtzehn sein. Oder zumindest fast.

»Ich war dreizehn«, erklärte sie, »und er hat mich hineingelegt. Es ist nicht so, dass er auch dort geschlafen hätte. Das habe ich euch doch gesagt.« Und dann sprach sie zu mir. »Ich bin in seiner Nähe aufgewachsen. Unsere Familien stehen sich nahe, also bin ich oft bei ihm zu Hause.«

»Das ist der Code für ›Sie liebt ihn, wird die Mutter seiner Kinder sein, und Pfoten weg‹«, sagte Noah, und der Schalk war in seiner Stimme deutlich zu hören.

Ich nickte einmal, hatte die Warnung verstanden. »Schon klar.«

Plötzlich ertönte Musik aus den Lautsprechern, und um uns herum entstand ein Tumult. Mehrere Leute lachten und johlten, und ich spitzte meine Ohren und versuchte herauszufinden, was da passierte. War das wirklich ein Bobby-Brown-Song?

»O mein Gott«, sagte jemand und lachte.

»Was?«, fragte ich. »Was ist denn hier los?«

»Will Grayson tanzt«, antwortete Rika und klang, als ob sie sich für ihn schämen würde. »O mein Gott, er liegt auf einem Tisch.«

Alle in unserer Nähe brachen in Gelächter aus, und was immer er da tat, es musste unterhaltsam sein.

My Prerogative ertönte, und ich konnte nicht anders, als ein bisschen mit dem Kopf zu wippen. Das war eine lustige Musikwahl. Wahrscheinlich würde ich Will mögen.

»Eher der Liebhaber als ein Kämpfer«, sagte jemand.

»Er ist so *heiß*«, fügte Claudia hinzu.

»Wenn du dich jemals in einen von ihnen verlieben solltest, dann nimm Will oder Kai, verstanden?«, sagte Noah über den Tisch hinweg, und ich ahnte, dass er zu mir sprach. »Sie werden dich wenigstens für zehn Sekunden im Arm halten, wenn es vorbei ist.«

Ich stieß ein nervöses Lachen aus und griff nach meinem Teller. Okay, vielleicht würde ich ja doch keinen von ihnen mögen.

»Leute, seid ruhig«, sagte Rika. »Sie machen nur Witze, Winter.«

Verstanden. Und keine Sorge. Von verwöhnten Abschlussschülern würde ich mich fernhalten. Obwohl ich mich fragte, was mein Geist tun würde, wenn jemand auf mich stünde. Würde es ihn interessieren? Würde er es wissen? Er könnte in diesem Moment in diesem Raum sein. Verdammt, es könnte Noah sein.

Aber diesen Gedanken verwarf ich gleich wieder. Ich hatte Noahs Arm auf dem Weg zum Musikkurs gehalten. Und er fühlte sich definitiv nicht an wie mein Geist. Nicht so groß, nicht so stark. Mein Inneres drehte keine Pirouetten, wenn ich ihn berührte.

Als die Musik jedoch spielte und jeder von Will Graysons Showeinlage abgelenkt war, begann alles zu verblassen – das Lachen, die Musik und die Geräusche traten in den Hintergrund und hallten von irgendwo in der Ferne wider.

Ich wollte ihn noch einmal spüren. Und hier – genau in diesem Moment – fühlte ich ihn wieder. Als ob ich auf seinem Schoß säße und fahren würde. Oder an ihn gekuschelt hinter ihm, warm, aber frierend in der Nachtluft auf dem Motorrad. Oder eng umschlungen in seinen Armen, versteckt in einem Schrank, eine Welt in einer Welt.

Ich wünschte, er wäre in der Nähe. Ich wünschte, er würde mich beobachten. Mich *immer* beobachten. Ich strich mir die Haare hinters Ohr, drehte meinen Kopf in die Richtung, in der ich mir vorstellte, dass er war, und genoss das Gefühl, dass seine Augen auf mir lagen.

»Alles okay?«, fragte Rika.

Die Musik stoppte, ich hörte, wie irgendwo ein Lehrer schimpfte – wahrscheinlich mit Will –, und nickte. »Ja.« Ich ließ meine Plastikgabel fallen und wischte meine Finger an einer Serviette ab. »Wenn du fertig bist, würdest du mir dann bitte den Weg in die Bibliothek zeigen? Ich werde dortbleiben und mir ein paar Texte anhören, bis der Unterricht beginnt. Die Assistentin der Bibliothekarin bringt mich dann zum nächsten Kurs.«

»Ja«, sagte sie. »Ich bin jetzt fertig. Los geht's.«

Wir schnappten uns unsere Taschen und warfen unseren Abfall weg. Während ich mich bei Rika einhakte, lächelte ich vor mich hin, das Gefühl von ihm immer noch in meinem Kopf, und seine Augen beobachteten mich, folgten mir und verließen mich nicht, während ich aus der Mensa ging.

»Wie wäre es hier?«, fragte mich Rika. »Hier ist es leer und ruhig.«

Ich nickte, erreichte den zweiten Stock der Bibliothek und tastete nach den Stühlen in der Nähe. Stattdessen fand ich eine bequeme Couch, ließ meine Tasche darauf fallen, nahm Platz und kramte mein Handy und meine Kopfhörer heraus.

»Ich muss ins Büro und ein paar Flyer für den Mathe-Club

drucken lassen«, erklärte sie. »Ich kann vorbeikommen, sobald ich fertig bin, und dich für Englisch abholen.«

»O nein, das ist schon in Ordnung«, winkte ich ab, steckte meine Ohrstöpsel ein und entspannte mich in der Ecke der Couch. »Es wird schon jemand kommen. Oder … vielleicht tue ich was ganz Verrücktes und suche den nächsten Kursraum selbst.«

»Tu das nicht«, schimpfte sie.

Ich lächelte, hatte aber nur halb gescherzt. Englisch war die erste Tür auf der anderen Seite des Flurs gegenüber dem Treppenhaus. Und das Treppenhaus lag direkt vor der Bibliothek auf der linken Seite. Ich war sicher, dass ich es schaffen würde. Und nachdem ich gestern Abend mit einem richtigen Auto gefahren war, wollte ich es irgendwie versuchen. Das wäre meine tägliche Portion Spaß.

Aber ich beruhigte sie trotzdem, da ich wusste, dass sie sich immer noch schuldig fühlte, weil ich in die Umkleidekabine geschubst worden war. »War nur ein Scherz«, sagte ich. »Ich komme schon klar. Jemand wird mir helfen. Versprochen.«

»Okay«, willigte sie ein. »Wir sehen uns dann im Unterricht.«

Ich winkte ihr zu, steckte die Stöpsel in die Ohren und begann mit dem Audiokapitel über die Stämme der amerikanischen Ureinwohner und die frühe Kolonisation. Ich stellte aber die Lautstärke nicht zu hoch ein, damit ich den ersten Gong hören konnte, der mich darauf hinwies, dass die Mittagspause vorbei war und ich fünf Minuten Zeit hatte, um zum Unterricht zu kommen.

Ich lehnte meinen Kopf zurück, schloss die Augen und lauschte der Stimme über die Stämme im östlichen Amerika und Kanada und den Handel mit europäischen Siedlern. Von allen Hörbüchern für meine Kurse gefiel mir dieses am besten. Die Stimme war sanft, weich und melodisch, als ob sie eine Gutenachtgeschichte erzählen würde.

Außer Algebra, was mir immer schwerfiel und worauf ich wenig Lust hatte, da ich wusste, dass ich keine berufliche Laufbahn einschlagen würde, in der es nützlich für mich wäre, liefen alle meine Kurse erstaunlich gut. Meine Lehrer waren hilfsbereit, und es war mir nicht mehr so unangenehm, mit ihnen zu reden und offen zu sagen, was ich brauchte. Die Schulen hatten sich schließlich auf Lernschwächen, Armut, Krankheit und schwere Verhaltensstörungen eingestellt. Im Vergleich dazu konnte ich doch nicht so eine große Last sein, oder?

Meine Eltern – und Arion – hatten mir wirklich zugesetzt. Statt ihnen brachte mich der verrückte Psycho-Stalker zum Lachen und gab mir Selbstvertrauen. Das musste man sich mal vorstellen.

Das Leben war schon seltsam.

Ich musste ihm Fragen stellen, wenn ich ihn wieder traf. *Falls* ich ihn wieder traf. Aber er würde mir nicht antworten, nur weil ich es wollte. Ich würde es ihm entlocken müssen – und wenn ich den ganzen *Nussknacker* dafür tanzen müsste, um seinen verdammten Namen zu erfahren.

Ich lachte leise auf, verkniff es mir aber schnell wieder, für den Fall, dass mich jemand beobachtete und sich fragte, was mit mir los war.

Und dann bemerkte ich es. Ein Geräusch, das die Luft durchdrang, laut und mit einem scharfen Klang, der mich zusammenzucken ließ.

»Was zur ...?«

Ich riss meine Ohrstöpsel heraus und begriff im nächsten Moment auch schon, was ich da gerade hörte.

Ist das ...?

Der Feueralarm drang in meine Ohren, zehnmal schlimmer als das Geräusch, wenn man mit den Fingernägeln über eine Tafel kratzte. Ich setzte mich auf und versuchte, Stimmen zu hören, die mir verrieten, ob das echt oder nur ein Probealarm war.

»Nicht rennen!«, rief eine Frau, von der ich annahm, dass sie die Bibliothekarin war. »Verlasst ruhig das Gebäude, wie man es euch beigebracht hat.« Dann schrie sie: »Nicht rennen!«

»Wartet«, sagte ich, umklammerte mein Handy und nahm meinen Rucksack. »Wartet!«

Ich wusste, wie man zum Treppenhaus kam, aber ich war mir nicht sicher, wo der Ausgang war. Er befand sich ein Stockwerk tiefer, aber danach konnte ich nur noch vermuten.

Den Flur hinunter und rechts am Ende der Schließfächer? Oder?

Ich hörte, wie sich die schweren Bibliothekstüren wiederholt öffneten und schlossen, und schrie: »Wartet!«

Ich drückte meinen Rucksack an mich, hielt mich am Geländer fest und stürmte, so schnell ich konnte, die Treppe hinunter. Beim Rennen verfing sich das baumelnde Kabel des Ohrstöpsels und wurde mir samt Handy aus der Hand gerissen. Ich hörte, wie es am Ende des ersten Treppenabsatzes aufschlug und irgendwo auf den Boden fiel. Als ich ihn schließlich erreichte, ging ich in die Knie und ließ meine Tasche fallen, während ich auf den Fliesen danach suchte.

Es gab doch kein echtes Feuer, oder? Es war nur ein Probealarm, oder?

Ich fuchtelte mit den Händen herum, fand das Kabel und riss es an mich, aber das Handy war nicht mehr angeschlossen. Frustriert schlug ich mir mit der Hand auf den Oberschenkel. »Verdammt.«

Scheiß drauf. Es war ersetzbar, und wenn es jemand fand, hatte es einen Code, sodass er oder sie es nicht entsperren konnte. Ich ließ mein Zeug auf dem Boden liegen und rannte den Rest der Treppe hinunter, während der Alarm immer noch schrill und laut ertönte.

Aber sonst hörte ich nichts. Keine Stimmen, keine Bewegung, keine zuschlagenden Türen ... Waren etwa alle schon weg?

Mein Herz begann, stärker zu pochen.

Was sollte ich nur tun? Scheiße!

Die halbe Schule war in der Mensa. Sie waren einfach durch den Ausgang dort rausgegangen. Der Rest der Schule – alle in den Klassen oder der Aula – konnte noch gar nicht weg sein. Oder?

»Hallo?«, rief ich laut.

Ich fuchtelte mit den Händen vor mir herum und versuchte, in die Richtung der Türen zu gehen, aber da stieß ich direkt gegen etwas Hartes und spürte einen stechenden Schmerz in meinem Schienbein. Ich hielt mich an einem Holzstuhl fest, der in der Eile, den Raum zu verlassen, nicht unter den Tisch geschoben worden war.

Meine Hände fanden schließlich die Wand, und ich fuhr sie entlang, bis ich zu den Türen kam, die in den restlichen Bereich der Schule führten. Ich öffnete eine und trat hindurch.

»Hallo!«, rief ich erneut. »Kann mir jemand helfen? Ich weiß nicht, wo es rausgeht!«

Auf dem Flur ertönte immer wieder der Feueralarm, und ich atmete durch die Nase ein und … roch Rauch.

Nein. Ich hielt inne. *Kein Rauch.* Das war eine Zigarette. Hatte etwa jemand in der Schule geraucht?

Aber dann verzog ich das Gesicht, als ich den schwachen Geruch einatmete, der mich an das letzte Mal erinnerte, als ich ihn gerochen hatte. Mein Herz begann zu rasen, aber nicht auf eine gute Art und Weise.

Ich fand das Treppenhaus, ging eine Treppe hinunter und bahnte mir langsam einen Weg durch den Eingang zum Hauptgeschoss.

»Hey!«, rief ich erneut. »Ist irgendjemand hier?«

Ich hielt mich auf der rechten Seite des Flurs, und die Spindtüren klapperten gegen ihre Rahmen, als ich mich von einem Spind zum nächsten hangelte.

Selbst wenn es ein echtes Feuer war, würden die Feuerwehrleute bald hier sein. Ich konnte nicht ganz allein sein.

»Hallo?«, rief ich wieder. »Hallo! Ist da jemand? Ich brauche Hilfe!«

Ich folgte dem Weg den Schließfächern entlang an der rechten Seite des Gangs hinunter. Als ich am Ende ankam, bog ich um die Ecke und tappte an der Wand entlang, bis eine weitere Reihe von Spinden begann.

Okay, okay, okay … Wenn ich dieser Reihe folgte und geradeaus ging, sollte sie mich zu den Türen bringen, die zum Vordereingang der Schule führten.

»Hallo?«, rief ich erneut.

Meine Hände zitterten.

Ich hätte Rika sagen sollen, dass sie mich abholen sollte. Warum war ich nur immer so stur? Selbst wenn sie von den Lehrern gezwungen worden wäre, das Gebäude zu verlassen, hätte sie ihnen sagen können, dass ich in der Bibliothek auf sie wartete, und sie hätten jemanden geschickt, um mich zu holen.

»Hallo?«

Plötzlich hörte ich ein Klopfen an den Spinden vor mir.

Ich hielt kurz inne und lauschte. »Hey«, sagte ich. »Können Sie mir helfen? Können Sie mich rausbringen?«

Aber es kam keine Antwort.

Dann ertönte das Geräusch erneut. *Bang, bang, bang* ... an den Spinden. Verwirrt runzelte ich die Stirn.

»Können Sie mir helfen?«, rief ich und ging schneller an den Schließfächern entlang. »Bitte, können Sie ...«

Plötzlich landeten meine Hände auf einem großen Körper mit breiten Schultern. Ich spürte ein Hemd mit Kragen und zuckte zurück. Es war ein Mann, und ich glaubte, eine um seinen Hals hängende Krawatte zu spüren. Ein Schüler?

»Brennt es?«, fragte ich ihn. »Was ist los?«

Aber wer auch immer das war, er sagte nichts.

Sind wir die Einzigen im Gebäude?

Ich öffnete den Mund, um etwas zu sagen, aber da streckte er eine Hand aus und schob mir die Haare hinter das Ohr.

Sicherlich war es doch ziemlich unwahrscheinlich, dass ich zweimal in so kurzer Zeit das Opfer von *zwei* verrückten Kerlen war.

Ich legte den Kopf schief. »Bist du das?«, wollte ich wissen. Mein Geist, der mich gern erschreckte? Langsam verlor ich die Geduld. »Jetzt hilf mir endlich, oder ich werde ...«

Er legte seine Arme unter meine, umarmte mich und hob mich hoch. »Du wirst was?«

Mir stockte der Atem. Das war nicht das Flüstern, das ich zu hören erwartet hatte, sondern die tiefe und bedrohliche Stimme, die ich niemals wieder alleine hatte hören wollen.

Nie wieder.

Ich schluckte und spürte, wie Damon seine Arme fester um mich legte. »Du bist nicht er.«

»Wer ist *er*?«

»La... lass mich gehen«, stammelte ich, aber ich hatte keine Zeit zu schreien.

Er wandte sich um und trug mich fort, wobei ich mehrmals

auf ihn einschlug, um zu entkommen. Eine Tür öffnete sich, schloss sich wieder, und ich wurde in einen Raum gebracht, wo mein Fuß gegen etwas auf Rädern stieß. Wahrscheinlich ein Putzeimer. Wir mussten in einer Abstellkammer sein.

Meine Gedanken rasten. In dem Eimer war bestimmt ein Wischmopp. Das war eine Waffe.

»Hast du das getan?«, fragte ich, als mir plötzlich dämmerte, was hier vor sich ging. Der Feueralarm. Er und ich alleine in der Schule. Hatte er gesehen, wie Rika mich in der Bibliothek alleine gelassen hatte? »Was willst du?«, schrie ich und dann aus voller Lunge: »Hilfe!« Ich schnappte nach Luft. »Hilfe!«

Er legte seine Hand an meinen Hals und drückte mich gegen die Wand. Ich packte ihn am Handgelenk und versuchte, mich loszureißen.

»Was willst du?«, presste ich hervor, und Wut schoss mir durch die Adern.

Sein Körper kam näher, als er zu mir sprach. »Hast du Angst?«

Ich rutschte von einem Fuß auf den anderen und kämpfte gegen seine Hand an meinem Hals. »Nein«, zischte ich.

»Lügnerin.«

»Fick dich!«, schrie ich ihm entgegen. »Lass mich raus!«

Ich trat ihm gegen das Bein, aber er ließ nicht locker. Ich trat ihn noch einmal, fester dieses Mal, und wand meinen Körper aus seinem Griff. Da verlor er endlich den Halt. Ich wollte losrennen, aber er packte mich an meinem Halstuch und riss mich zurück.

Mein Körper prallte gegen seinen. »Lass mich raus!«, schrie ich wieder. »Meine Schwester ist bereit für dich. Sie wartet nur auf dich. Warum bringst du sie nicht hier rein?«

»Warum sollte ich mich mit ihr abgeben, wenn es dich gibt?«, sagte er. »Ich mag dich.«

Ich schüttelte den Kopf. Er war schrecklich. Und ekelerregend und krank, und ich hasste es, dass ich seine Aufmerksamkeit auf mich zog. Ich wünschte, er hätte mich nie gesehen. War es das dann? Würde er mir wieder wehtun? Es wäre nicht wie beim letzten Mal. Ich war alt genug, um zu wissen, wie Männer Frauen wehtaten.

»Weißt du, viele Mädchen wären jetzt gerne an deiner Stelle«, sagte er zu mir.

»Ja, aber die hast du wahrscheinlich auch nie fast umgebracht.«

»Willst du, dass ich mich entschuldige?«

Ich zögerte einen Moment, weil sein Tonfall den Eindruck vermittelte, dass er sich wirklich entschuldigen würde, wenn ich es verlangte. »Nein«, antwortete ich schließlich.

»Warum?«

»Weil ich dir sowieso nicht verzeihen werde.«

Kein Grund, deine Zeit zu verschwenden.

Er hielt mich fest, seine Brust bewegte sich im Einklang mit meiner, und ich konnte seinen Blick auf meinem Gesicht spüren. Ein paar Sekunden lang gab er keinen Mucks von sich. Als er dann etwas sagte, klang er fast traurig. »Winter ...«

Aber was auch immer er sagen wollte, er beendete den Satz nicht, und es war mir sowieso egal. Ich würde keine weiteren sechs Jahre damit verbringen, mich von dem zu erholen, was er mir antat. Wenn er mir noch einmal wehtat, würde ich ihn umbringen, um sicherzugehen, dass er mich nie wieder anfasste.

»Hast du keine Angst, dass ich dir wehtue?«, fragte er, jetzt wieder mit drohendem Tonfall.

Ich antwortete ruhig. »Nein.«

»Warum?«

»Wegen Schwarz.«

»Schwarz?«, hakte er nach.

Ich näherte mich seinem Gesicht. »Weil ich mich gerade im Schwarz befinde, und hier ... gefällt es mir, glaube ich«, sagte ich und dachte an die letzte Nacht und die Freiheit, ein Risiko einzugehen, zu kämpfen und zu finden, was zu einem passte. Dieses Leben wollte ich. »Der einzige Teil von mir, den jemals jemand verletzen könnte, ist mein Herz. Und es gibt keinen Menschen auf diesem Planeten, der weiter von meinem Herzen entfernt ist als du«, knurrte ich.

Er drehte mich in seinen Armen, und ich konnte hören, wie er durch die Zähne atmete. »Große Töne für so ein kleines Mädchen.«

»Dasselbe gilt für dich, kleiner verängstigter Junge«, entgegnete ich. »Kletterst du immer noch in Brunnen, um dich vor Mami zu verstecken?«

»Mami?«, wiederholte er. »Ich habe die Schlampe letzte Nacht umgebracht.«

Ich zuckte zusammen, weil ich nicht erwartet hatte, dass er so etwas Seltsames sagen würde. Natürlich redete er nur Blödsinn. Ich hatte gehört, dass seine Mutter, Madame Delova, Thunder Bay vor ein paar Jahren verlassen hatte und nie zurückgekommen war.

Was zum Teufel war nur los mit ihm? Wollte er, dass mein Vater eine einstweilige Verfügung gegen ihn erwirkte? Ich hasste Damon Torrance, aber selbst *ich* wollte das nicht. Es würde meinen Eltern nur Angst machen, wenn sie erfuhren, dass er mir in der Schule Probleme bereitete. Und ein Leben in Thunder Bay wäre für mich alles andere als ein Spaß, wenn ich einen der Starbasketballspieler in Schwierigkeiten bringen würde. Alle würden denken, es wäre meine Schuld.

»Lass mich gehen«, sagte ich zu ihm. »Lass mich gehen, oder ich beiße dich.«

»Das ist genau das, was ich mir vorgestellt habe.«

Was? Warum würde er wollen, dass ich ihn beiße?

»Lass mich gehen«, sagte ich.

Er rührte sich keinen Millimeter.

»Lass mich gehen.«

Nichts.

Ich beugte mich zu ihm, vergrub meine Zähne in seinem Kinn und hörte, wie er leise lachte. Da biss ich fester zu, damit er seinen Mund hielt.

Arschloch.

Aufgrund meiner Position konnte ich nicht viel erreichen, sonst hätte ich ihm das Ohr abgebissen, aber ich vergrub meine Zähne in der Haut über seinem Knochen.

Fester. Ich erhöhte den Druck. *Fester.*

Er erstarrte, stand einfach nur da, und als sein Atem stockender ging, wusste ich, dass er nachgeben und mich gehen lassen würde. Es musste wehtun. Aber anstatt mich loszulassen, stammelte er: »F… fester.«

Mein Gesicht verzerrte sich vor Wut, und ich biss, so fest

ich konnte, zu. Meine Kiefermuskeln taten bereits durch den Druck weh, und ich hörte, wie er nach Luft schnappte. Dann ließ er die Arme sinken, und ich war frei. Ich fiel mit den Füßen auf den Boden, drückte ihn weg und schlug ihm auf die Nase.

Er stöhnte auf und geriet ins Taumeln – ich konnte hören, wie Eimer und Besen umfielen.

»Das nächste Mal werde ich bewaffnet sein. Und ich werde dich umbringen«, sagte ich zu ihm.

Ich wandte mich der Tür zu.

»Das wirst du wahrscheinlich müssen.«

Eine Sekunde lang hielt ich inne und fühlte mich geschlagen. Warum? Warum müsste ich das? Würde er nicht aufhören? Was wollte er von mir?

»Hättest du mir verziehen, wenn ...«, setzte er an, »... wenn ich an diesem Tag mit dir vom Baumhaus gefallen wäre?«

Ich stand da, und Tränen brannten mir in den Augen. Ich wusste nicht, was ich antworten sollte, musste nachdenken.

Warum traf mich diese Frage so sehr?

Weil sie fast verletzlich klang und weil es der erste Moment war, seit ich auf diese Schule ging, in dem er sich mir gegenüber nicht wie ein Arschloch benahm.

Hätte ich ihm verziehen, wenn er sich auch verletzt hätte?

Ich hätte an diesem Tag sterben können. Ich hätte mich viel schlimmer verletzen können. Ich hätte mir das Genick brechen können. Ich hätte den Rest meines Lebens im Koma liegen können.

Und er hätte mit mir fallen, sich verletzen und ebenfalls sterben können. Wie würde ich jetzt über ihn denken, wenn das passiert wäre? Könnte ich dann besser verzeihen?

Vielleicht.

Ich dachte darüber nach. *Ja.* Ich hätte gesagt: *Kinder sind Kinder, und da passieren schlimme Dinge.* Kinder waren nicht reif genug, sich selbst unter Kontrolle zu haben. Ich hätte versucht, es zu verstehen.

Aber selbst wenn ich ihn nicht für das hassen würde, was er mir vor all den Jahren angetan hatte, würde ich ihn jetzt für das hassen, was aus ihm geworden war. Jungs wurden erwachsen.

Alle außer ihm.

»Ich hätte wissen müssen, dass du es bist«, knurrte plötzlich jemand, und da wurde mir klar, dass die Tür der Abstellkammer geöffnet worden war.

Ich schnappte nach Luft, als Leute hereinkamen und jemand meine Hand nahm und mich wegführte.

Fünf Minuten später waren wir im Büro des Rektors, und ein lautes Klatschen hallte durch die Luft.

»Sie ist in der Unterstufe!«, schrie Rektor Kincaid Damon an. »Hast du überhaupt keinen Anstand?«

Ich stand mit verschränkten Armen da, während ich seiner Standpredigt lauschte.

Damon hustete und schniefte neben mir. »Ich glaube, sie hat mir mehr wehgetan als ich ihr«, sagte er außer Atem. »Ich blute wie ein Schwein. Du könntest genau mein Typ sein, Kleine.«

Er lachte, und ich knirschte mit den Zähnen. Mir war nicht klar gewesen, dass ich *so* fest zugebissen hatte. Vielleicht war es aber auch der Schlag auf die Nase gewesen.

So oder so – gut.

»Du fliegst von der Schule«, zischte Kincaid schroff. »Es ist mir egal, was dein Vater mir androht. Wir werden wegen dir noch in den verdammten nationalen Nachrichten landen!«

»Ich fliege von der Schule?«, sagte Damon herausfordernd. »Das wird den Ehemaligen aber gefallen. Und was für ein perfektes Timing. Ihr Vertrag wird gerade überprüft. Warten Sie nur, bis die hören, dass Sie nicht wollen, dass das Basketballteam gewinnt.«

Irgendetwas wurde vor uns auf den Schreibtisch geschlagen, und ich zuckte zusammen.

Erschöpft schloss ich die Augen. *O mein Gott.* Er war wirklich eine harte Nuss. Und er würde gewinnen. Kincaid würde ihn nicht von der Schule schmeißen. Nicht wenn die wohlhabenden Ehemaligen mit den guten Beziehungen sich mehr um die sportlichen Erfolge als um die Ausbildung sorgten.

Ich war gespannt auf den Tag, an dem Damon endlich erwachsen werden und erkennen würde, dass sich die ganze Welt nicht für immer nur nach ihm richtete.

Für mich war es nur eine Frage der Zeit. Nicht mehr lange, und ich würde ihn nicht mehr ertragen. Nicht mehr lange, und irgendwas musste passieren. Entweder ich stellte mich all der Wut der Schule, weil er wegen mir gehen musste, oder ich musste nach Montreal zurück. Doch das wollte ich nicht. Denn dann würde ich ihn nie wiedersehen. Den Geist. Wer immer er auch war.

Aber mir war auch klar, dass das Leben hier unerträglich wäre, wenn Damon mich in die Ecke drängen würde und ich ständig kämpfen müsste. Niemand wäre auf meiner Seite.

Ich schluckte den bitteren Geschmack in meinem Mund runter. »Keine Sorge, Mr Kincaid«, murmelte ich. »Ich werde die Schule verlassen.«

»Einen Scheiß wirst du«, knurrte Damon. »Es war nur eine Meinungsverschiedenheit. Ich werde sie in Ruhe lassen. Sie haben mein Wort«, sagte er dann an Mr Kincaid gewandt.

»Dein Wort ...«, spottete dieser.

»Ich lüge nicht«, sagte Damon, und in seiner Stimme schwang Wut mit. »Ihr wird nichts passieren. Das schwöre ich. Ich werde sie für den Rest des Jahres nicht mal *anschauen*, solange ich an dieser Schule und unter Ihrer Leitung bin. Versprochen.« Sein Tonfall wurde trocken. »Das Basketballteam kann weitermachen, sie kann bleiben, und wir tun so, als wäre das hier nie passiert. Ihr Vater muss es nicht erfahren.« Dann wandte er sich an mich. »Richtig?«

Ich presste die Zähne aufeinander, blieb einfach stehen und schenkte ihm keinen Funken meiner Aufmerksamkeit. Sagte er die Wahrheit? Konnte er mich in Ruhe lassen?

Ich würde so gerne hierbleiben.

»Ich werde sie in Ruhe lassen«, wiederholte Damon, als der Rektor schwieg.

»Sir«, sagte eine Frau hinter uns.

»Rührt euch nicht vom Fleck«, befahl uns Kincaid, und ich hörte, wie er an uns vorbei ins Hauptbüro ging. Die Tür blieb offen, und ich konnte Stimmen hören.

Dann spürte ich ihn neben mir – sein warmer Atem streifte mein Ohr.

»Genieße deine Freiheit, solange du kannst, Winter Ashby, denn wir sind noch nicht fertig«, warnte Damon mich mit leiser Stimme, die mir durch Mark und Bein ging. »Werde erwachsen, lern so viel wie möglich und hab Spaß auf der Highschool. Aber bleib trotzdem auch noch das kleine Mädchen, das es im Schwarzen liebt. Denn da gefällst du mir ebenfalls. Und wenn du alt genug für größere Dinge bist, dann werde ich mir holen, was mir zusteht.«

Ich wandte meinen Kopf ab, mein Atem ging schneller.

»Und sei brav«, sagte er zu mir. »Wenn ich höre, dass dich irgendjemand anfasst, dann werde ich demjenigen den verdammten Schädel einschlagen.«

Mein Mund wurde trocken, und mein Magen verkrampfte sich, als die Stimmen von draußen näher kamen. Dann war die Wärme seines Atems verschwunden, als er Abstand zwischen uns brachte, weil Mr Kincaid wieder in den Raum kam.

Verdammtes Arschloch.

Das Treffen war vorbei, Kincaid beschimpfte Damon noch einmal auf das Übelste, akzeptierte aber seine Bedingungen und nahm ihm das Versprechen ab, sich daran zu halten. Der Direktor vertraute ihm nicht und mochte ihn auch nicht, aber die Regeln der Elite von Thunder Bay würden einen Mann, der Angst um seinen Job und seine Position hatte, in die Knie zwingen. Er war erst an zweiter Stelle Rektor. An erster Stelle war er Diener jedes einzelnen Elternteils in dieser Stadt.

Jemand aus dem Büro brachte mich zu meinem nächsten Kurs. Mittlerweile waren nach dem falschen Feueralarm alle wieder zurück im Gebäude, und ich verließ das Hauptbüro nach rechts, während Damon nach links ging. Wie viel Zeit hatte ich wohl, und wie viel besser würde er sich benehmen, wenn wir uns das nächste Mal über den Weg liefen?

Denn es war noch nicht vorbei.

Er wartete nur.

KAPITEL 14

WINTER

Gegenwart

Ich wachte blinzelnd auf und zuckte augenblicklich zusammen, als ich mich von der Seite auf den Rücken drehte. *Scheiße.* Schmerz schoss mir in die linke Seite meines Nackens, und ich beugte meinen Kopf und versuchte, meine Muskeln zu dehnen. Wahrscheinlich hatte ich mich die ganze Nacht über nicht bewegt. Mein ganzer Körper war verspannt. So tief schlief ich normalerweise nie.

Ich setzte mich auf, schwang meine Beine über die Bettkante und kreiste meinen Kopf und meine Gelenke, bevor ich meine Zehenspitzen auf den Boden streckte.

»O Mann«, stöhnte ich völlig erschöpft.

Ich rieb mir die Augen, sie waren ein wenig geschwollen und schmerzten.

Dann kam die Erinnerung zurück. Der Tanz auf Michaels und Rikas Verlobungsparty gestern Abend. Damon und ich. Damon, wie er mich damit aufgezogen hatte, was er mit meiner Schwester anstellen würde.

Ich hatte geweint. Viel geweint.

Ich war in mein Zimmer gegangen, hatte die Tür hinter mir abgeschlossen und in mein Kissen geweint, weil ich mich nicht zusammenreißen konnte, aber auch nicht gewollt hatte, dass mich jemand hörte.

Ich *hasste* ihn. Ich hasste seine Gemeinheiten und seine Zigaretten und seine Arroganz und sein krankes Denken, dass er für nichts verantwortlich war. Ich hasste es, dass er mich gepackt und mich bedroht und mich nicht hatte gehen lassen. Er hatte kein Recht dazu.

Und ich hasste es, dass ich ihn vermisst hatte. Das hasste ich so sehr.

Wie ich immer noch die Seiten an ihm fühlte, die ich geliebt hatte, als ich nicht gewusst hatte, dass er es war. Wie sich seine Arme um mich herum immer noch beschützend anfühlten und wie sein Flüstern mich daran erinnerte, wie sehr ich das Gefühl seines Atems in meinem Nacken geliebt hatte.

Ich schüttelte den Kopf. Es war nichts als Show gewesen. Nur eine Show. Er hatte mich *benutzt.*

Ich stand auf, schloss die Augen und streckte die Arme über meinen Kopf, um mich zu strecken und so meinen Körper aufzuwecken.

Leichter Regen prasselte gegen das Fenster, und ich atmete ein und roch, wie er ins Haus kroch, während ich versuchte, einen klaren Kopf zu kriegen. Zuerst einmal Kaffee.

Über mir ertönte ein Knarzen, und ich legte den Kopf in den Nacken und lauschte. Wer bitte schön war auf dem Dachboden? Niemand außer den Angestellten ging je da hinauf, und wir hatten keine Angestellten mehr. Zumindest keine Vollzeitkräfte.

Ich ging zu meinem Sofa, nahm den Pulli, der darauf lag, und zog ihn an, wobei ich mir die Arme gegen die Kälte rieb. Dann machte ich mir einen Pferdeschwanz und zog den Stuhl unter der Türklinke hervor, bevor ich aufschloss und meine Zimmertür öffnete. Nicht dass irgendetwas Damon davon abhalten würde, in dieses Zimmer zu gelangen, falls er es wollte, aber zumindest bräuchte es mehr als einen Tritt, und das würde mich warnen, wenn ich mitten in der Nacht tief und fest schlief.

Gähnend trat ich in den Gang, und das kalte Holz knarzte unter meinen Füßen. Leise.

Ich stand da, hörte, wie der Regen draußen einen Schild aus weißem Lärm bildete, und irgendwo im Haus wehte eine Brise durch eine Ritze in einem Fenster oder einer Wand. In der Ferne zwitscherte eine Meise, und jedes noch so kleine Geräusch klang tausendmal lauter, weil nichts anderes es übertönte.

Kein Lärm. Kein Fernseher. Kein Föhn. Keine laufende Dusche. Keine Schritte, kein klapperndes Geschirr, keine Türen, die geöffnet oder geschlossen wurden.

»Hey, Google«, rief ich in mein Zimmer zurück. »Wie spät ist es?«

»Es ist sieben Uhr drei.«

Wir waren Frühaufsteher. Meine Mom und Arion machten morgens ihre Work-outs, während ich tanzte.

Aber wir waren gestern Abend auf einer Party gewesen. Vielleicht schliefen sie also noch?

Vielleicht aber auch nicht. Irgendetwas fühlte sich seltsam an. Nicht richtig.

Warum hatten sie sich gestern Abend nicht in meinen Streit mit Damon eingemischt? Sie mussten es doch gehört haben, oder nicht?

»Mom?«, rief ich über das Geländer. Normalerweise war sie schon wach und irgendwo im Haus unterwegs, wenn ich aufwachte. »Mom, bist du wach?«

Nichts.

Ich hielt mich am Geländer fest, ging den Gang entlang und öffnete die Tür zum Zimmer meiner Mutter einen Spaltbreit. »Mom?«, sagte ich leise, weil ich sie nicht wecken wollte, falls sie doch noch schlief.

Keine Antwort.

Seufzend betrat ich das Zimmer und ging zu ihrem Bett, fuhr mit meinen Händen über die weiche, kalte Decke. Das Bett war immer noch gemacht. Oder hatte sie es bereits gemacht, nachdem sie aufgestanden war?

Langsam ging ich zu ihrem Waschtisch und berührte die Lampe. Die Glühbirne war kalt. Diese Lampe war nur nachts aus oder wenn sie nicht zu Hause war.

Mein Puls beschleunigte sich.

Ich verließ ihr Zimmer und ging in Arions. »Arion? Bist du da?«

Ich überprüfte das Bett und ihre Lampen und fand ihr Zimmer im selben Zustand vor wie das meiner Mutter. Als Nächstes bahnte ich mir meinen Weg zu ihrem begehbaren Kleiderschrank, den sie sich mit Damon teilte, betrat ihn aber nicht.

»Ari?«, rief ich.

Theoretisch könnte sie auch in seinem Zimmer sein.

Sein Zimmer.

Meine Zähne schmerzten, und ich lockerte meinen Kiefer, verließ den Raum und ging zurück in mein Zimmer.

Dort schnappte ich mir mein Handy vom Nachttisch und durchsuchte meine Apps. Flugs bestellte ich per Voiceover ein Uber, um mir bei der Navigation zu helfen. Ich machte mir nicht die Mühe, »Hilfe benötigt« in die Bemerkungen einzugeben, um dem Fahrer mitzuteilen, dass ich eine Behinderung habe. Ich hatte es eilig, und es gab niemanden in dieser Stadt, der mich nicht kannte, also würden wir das schon hinkriegen.

Ich schlüpfte in eine Jeans, ein T-Shirt und eine Jacke und setzte mir eine Baseballmütze auf. Nachdem ich meine Socken und Schuhe angezogen hatte, stopfte ich etwas Geld aus meinem Vorrat in mein Portemonnaie und steckte es zusammen mit meinem Handy in die Tasche.

»Mikhail!«, rief ich, als ich die Treppe runterging und parallel erneut mein Handy zückte, um den Standort des Fahrers zu überprüfen.

Vier Minuten, las mir Voiceover vor.

»Mikhail!«, rief ich erneut und holte seine Leine aus der Schublade im Foyertisch.

Wieder knarzte über mir etwas, und ich schüttelte atemlos den Kopf. Irgendetwas stimmte nicht. So war meine Familie nicht. Ich hatte ihre Namen gerufen, und keine der beiden hatte mir geantwortet. Wo waren sie?

Damon, was hast du getan?

Ich hörte ein Geräusch, als würde der Kühlschrank zugehen, und vielleicht ...

»Mom!«, rief ich.

Was war das? Wo war Mikhail?

Ich rannte in die Küche und blieb stehen, den Kopf in Richtung Kühlschrank gedreht. »Hallo? Wer ist da?«

Keine Antwort.

Verdammt.

Ich stürzte los und schwang die Hintertür auf. »Mikhail!«, rief ich nach draußen.

Der Regen prasselte auf die Terrasse und die Markisen, so laut, dass ich Mikhail nicht hören konnte. Aber wenn es regnete, kam er immer nach drinnen. Und wenn nicht, hätte er sich direkt vor diese Tür gesetzt. Kein klimperndes Halsband sagte mir, dass er hergelaufen kam oder dass er winselte, um aus dem Regen zu kommen. Wo war er nur?

Zwei Schritte hallten auf dem Boden über mir, und ich hielt den Atem an.

Verdammt noch mal. Die Angst aus jener Nacht vor sieben Jahren, als er sich zum ersten Mal mit mir angelegt hatte, kam wieder hoch, nur bezweifelte ich, dass mein Tanzen mich dieses Mal da rausholen könnte.

Ich ließ meine Hand in meine Tasche gleiten und fand dort bereits die Hausschlüssel. Zwei davon klemmte ich als Waffe zwischen meine Finger. Ich schloss in genau dem Moment die Tür, als mein Handy bimmelte. Wahrscheinlich die Benachrichtigung, dass mein Uber da war. Ich nahm die Leine in die eine Hand, die Schlüssel in die andere und trat einen Schritt zurück.

Der Boden zu meiner Rechten ächzte, als jemand auftrat, und ich versuchte einzuatmen, konnte es aber nicht. Dann klickte irgendwo im Haus etwas, eine Tür, die sich leise schloss.

Gewicht legte sich auf eine der Treppenstufen, und ich hörte, wie die Ringe eines Vorhangs an einer Stange entlangglitten. Der Vorhang wurde geschlossen.

Noch mehr Bewegungen über mir, und in Gedanken rannte ich bereits. *Los.* Ich zwang mich, jedes Quäntchen Energie in meinen Beinen zu bündeln, als ich meine Waffe ergriff, mich umdrehte und aus der Küche stürmte – den direkten Weg bis zur Haustür.

Ich packte die Klinke, riss sie auf und schoss hinaus in den Regen und die kühle Morgenluft. Ich rannte direkt gegen ein Auto, riss an dem Türgriff und öffnete schließlich die Tür.

»Jesse?«, erfragte ich den Namen des Fahrers, den ich aus der App erfahren hatte.

»Ja, alles okay?«

Ich schlüpfte hinein und registrierte kaum das Gelächter, das ich aus dem Inneren meines Hauses hörte, da ich die Tür offen gelassen hatte.

Arschloch.

Mein Herz sprang mir fast aus meiner verdammten Brust. Und ich wusste immer noch nicht, wo meine Familie war. Oder mein Hund.

»Schließen Sie die Türen ab«, befahl ich.

Er tat es und fuhr los, um den Brunnen herum und in Richtung St Killian's, die Adresse, die ich bereits in der App eingegeben hatte.

Ich lehnte meinen Kopf zurück, die Leine immer noch in der Hand haltend. *Mikhail.* Gott, er würde ihm doch nicht wehtun, oder? Der Hund kam immer seltener zu mir. Ich wusste nicht, ob er sich mit Damon angefreundet hatte oder sich aus Angst versteckte.

Regen spritzte auf die Windschutzscheibe, und der Fahrer sagte nichts, als er fuhr. Wahrscheinlich merkte er, dass ich durcheinander war.

Es war eine kurze Fahrt. St Killian's war mit dem Auto nicht allzu weit von meinem Haus entfernt. Ich hatte von Will erfahren, dass Michael und Rika eine Wohnung in Meridian City hatten, aber sie verbrachten fast genauso viel Zeit in Thunder Bay in ihrem neu renovierten Haus. Eine verlassene alte Kathedrale, von der aus man das Meer sehen konnte.

In kürzester Zeit bog der Fahrer vom Highway ab, und ich erwartete, den Schotter zu spüren, an den ich mich von früher erinnerte, als ich hierhergekommen war, aber kein Stein knirschte unter dem Auto. Die Straße war jetzt geteert, und ich stellte mir vor, dass sie auch das Land um die Kirche herum hergerichtet hatten. Vielleicht säumten italienische Zypressen die Auffahrt. Vor dem Haus stand vielleicht ein Springbrunnen oder eine Statue inmitten einer Blumenpracht.

Er wurde langsamer und parkte schließlich den Wagen.

Ich griff nach dem Türgriff. »Würden Sie mir bitte den Weg zur Haustür zeigen?«

»Ja klar.«

Er stieg auf seiner Seite aus, und ich kletterte aus dem Auto und kam ihm entgegen. Ich kannte ihn nicht, aber es war keine große Stadt, und er wusste wahrscheinlich, dass ich blind war.

Ich nahm seinen Arm, und er führte mich über die Einfahrt zum Haus.

»Da ist eine Treppe«, warnte er mich.

»Verstanden«, antwortete ich und fand die erste Stufe. »Und die Tür ist direkt am oberen Ende?«

»Ja.«

»Okay, von hier aus schaffe ich es alleine«, sagte ich.

»Sind Sie sicher?«

»Ja, danke.«

Rika hatte mir gesagt, ich solle heute vorbeikommen, um mit ihr abzuhängen, also wusste ich, dass sie zu Hause sein würde. Aber es war noch sehr früh.

Der Fahrer ließ mich stehen und ging zurück zu seinem Auto. Ich hätte es lieber gehabt, wenn er auf mich gewartet hätte, aber Uber funktionierte nicht wie ein normales Taxi. Ich würde einfach später einen anderen Fahrer bestellen müssen.

Ich erreichte das obere Ende der Treppe und suchte nach einer Türklingel, fand aber keine. Als ich einen Türklopfer fand, klopfte ich zweimal und wartete.

Bitte sei zu Hause. Bitte sei wach.

Damons Freunde – ehemalige Freunde, wie ich mittlerweile wusste – waren die einzigen Menschen, denen er den ganzen Tag drohen konnte, ohne sie zu verletzen. Sie waren genau so mächtig, wenn nicht sogar noch mächtiger. Er konnte aufgehalten werden.

Ich klopfte erneut an die Tür, diesmal dreimal, und wartete. Der Regen wurde nun etwas stärker, während über mir schon Donner krachte.

»Hallo?«, rief ich, obwohl ich wusste, dass es nutzlos war. Wenn sie das massive Stück Eisen nicht gehört hatten, das gegen die Tür schlug ...

Ich griff nach der Türklinke, einem schweren Metallring, der dem mittelalterlichen Stil der Kathedrale entsprach, und drehte ihn, sodass die Tür auf magische Weise nachgab und sich öffnete. Das bedeutete zumindest, dass sie wach waren.

»Hallo, ist jemand zu Hause?«, rief ich. »Hier ist Winter Ashby.«

Ich trat ein, schloss die Tür und atmete einen herrlichen Duft ein. Eine Mischung aus Kaffee, Vanille und Stein. Es roch geräumig, mit viel frischer Luft. Gleichzeitig war ich mir sicher, dass dieser Ort ein Albtraum zum Heizen war.

»Hallo?«, rief ich erneut.

Immer noch keine Antwort.

Seufzend kramte ich mein Handy hervor. »Wähle Erika Fane.«

Mein Smartphone läutete, und nach einem Moment hörte ich, wie es zu klingeln begann. Keine Sekunde später ertönte irgendwo über mir ein Läuten. Ihr Klingelton *Fire Breather* von Laurel. Grinsend folgte ich dem Klang. Ich wollte nicht in ihr Haus eindringen, aber ich hatte wirklich keine Zeit zu verlieren.

»Hallo?«, sagte ich wieder im Singsang.

Sie mussten doch irgendwo sein. Dem Klingelton folgend, ging ich weiter, und mein Fuß stieß gegen eine Stufe. Ich folgte der Treppe nach oben und fand schließlich ihr Handy ein paar Stufen höher. Ich hob es hoch, als es gerade aufhörte zu klingeln und die Mailbox anging. Ich legte auf.

Dann machte ich noch einen Schritt, aber dieses Mal streifte mein Fuß etwas, und ich bückte mich und hob ein langes, üppiges Stück Stoff auf. Ein Kleid.

»Behalte die Halskette an«, hörte ich Michael sagen. »Nur die Halskette.«

Was?

Ich ging noch einen Schritt weiter, hörte aber ein Stöhnen und hielt inne.

»Du bist die schönste Frau, die ich je gesehen habe«, sagte er schwer atmend. »Das warst du schon immer.«

»Michael«, keuchte Rika.

O Scheiße. Ich ließ das Kleid fallen und schlug mir die Hand vor den Mund, aus Angst, sie könnten mein Atmen hören.

Vermutlich waren sie gerade erst nach Hause gekommen. Was sie wohl letzte Nacht nach der Party gemacht hatten?

Ich machte einen langsamen und vorsichtigen Schritt die Treppe hinunter.

»Aber du verheimlichst mir etwas«, sagte er zu ihr.

Ich blieb stehen.

»Ich mag es, wenn du deine Geheimnisse hast«, fuhr er mit heißer und bedrohlicher Stimme fort. »Es macht mich auf die beste Art und Weise wahnsinnig. Und vielleicht habe ich auch Geheimnisse.«

»Willst du, dass ich dir gegenüber misstrauisch bin?«, fragte sie herausfordernd.

Aber dann stöhnte sie hauchend auf, und ich ging einen weiteren Schritt hinunter, wobei die hölzerne Treppe unter meinem Gewicht ächzte.

Verdammt! Ich blieb stehen und verzog das Gesicht. Das hatten sie doch nicht gehört, oder? *Bitte, bitte, bitte* ... Hatte es überhaupt Holztreppen in der ursprünglichen Kathedrale gegeben? Waren die nicht normalerweise aus Stein? Stein macht keinen Lärm.

»Du bist nicht misstrauisch?«, fragte er. »Ich verbringe viel Zeit außerhalb der Stadt, Rika. Ich kann von jeder bekommen, was ich will.«

Sie stöhnte wieder auf. »Ja, das kannst du, aber du tust es nicht.«

»Woher weißt du das?«

Das Bett knarzte, Stöhnen und Keuchen folgten, und ich schüttelte den Kopf und wünschte, ich wäre taub statt blind.

Sie stritten sich.

Während sie Sex hatten.

Das war seltsam.

»Weil du nicht dumm bist«, entgegnete sie. »Niemand wird sich auf deinem Körper anfühlen wie ich.«

Das Kopfteil knallte immer schneller gegen die Wand, und mein Kopf füllte sich mit ihrem Keuchen und Stöhnen, das sich beschleunigte.

»Rika«, keuchte er.

»Du würdest es nie riskieren, das hier zu verlieren«, zog sie ihn auf.

»Nein«, stimmte er ihr zu. »Ich will nichts anderes als das hier. Fuck, Baby.«

»Ich liebe dich, Michael«, flüsterte sie, als sie sich in dem, was sie gerade taten, verloren. »Ich habe dich immer geliebt.«

Und ich stand da und hatte keine Angst mehr vor dem Eindringen in ihre Privatsphäre, sondern fühlte alles, was sie fühlten, und wollte mehr. Haut an Haut. Mein Körper in Flammen und mit ihm lebendig. Sein Atem. Seine Zunge. Sein Mund und seine Hände. Seine Zähne, die an meinem Bauch und an meinen Oberschenkeln knabberten.

Dieses Gefühl, nichts anderes zu wollen und lieber nie wieder zu essen, als ihn nicht zu haben.

Ich will dich nicht … verderben.

»Ich werde herausfinden, was du mir verheimlichst«, knurrte Michael, als das Bett wackelte.

»Du kannst es versuchen.«

»Ich sollte mich jetzt aus dir zurückziehen und dich einfach liegen lassen, verdammt.«

»Nein, bitte nicht«, wimmerte sie.

»Oder ich werde einfach viel Spaß dabei haben, die Antwort aus dir herauszuvögeln. Dreh dich um.«

Ich hörte dumpfes Rascheln, während sie sich wahrscheinlich umdrehte, und ich wusste, in welcher Position sie sich jetzt befanden. Ich hatte das noch nie getan, wollte es aber auch. Eines Tages.

Du kannst mich nicht verderben. Es gibt kein Du. Es gibt kein Ich. Es gibt nur uns. Uns.

Meine Augen brannten, und mein Kinn zitterte. Ich wollte das alles nicht mit *irgendjemandem* tun.

Ein Körper drückte sich in meinen Rücken, ich blinzelte und schluckte die Tränen hinunter, die mir im Hals steckten.

»Ich sollte zu unserem nächsten Termin zu dir kommen«, stichelte Will und legte seinen Kopf auf meine Schulter.

Oben fuhren Rika und Michael immer lauter und härter fort.

»Mach dir keine Sorgen«, sagte er, und ich konnte das Grinsen in seiner Stimme hören. »Ich werde ihnen nicht verraten, dass du gelauscht hast.«

Ich drehte mich um, aber er ließ mich nicht gehen. Ich roch Schnaps in seinem Atem. War er auch noch nicht im Bett gewesen?

»Du hast diesen Gesichtsausdruck«, sagte er zu mir, wobei seine Stimme tief und intim klang. »Wünschst du dir, dass das jemand mit dir macht, oder *erinnerst* du dich daran, als jemand das mit dir gemacht hat?«

Das. Damit meinte er Michaels und Rikas Sex.

Ich drängte mich an ihm vorbei und ging die Treppe hinunter. Dann fand ich meinen Weg durch den großen Raum und zurück zur Haustür.

»Soll ich dich nach Hause fahren?«, fragte er.

»Du bist betrunken.« Ich riss die Tür auf. »Ich rufe mir ein Uber.« Mit diesen Worten knallte ich die Tür zu, ohne mich darum zu kümmern, ob Michael und Rika mich hörten, und ging die Stufen hinunter, während der Regen auf meine Kappe und meine Schultern prasselte.

Die Tür hinter mir öffnete sich erneut, und ehe ich mich versah, wurde ich herumgewirbelt, von starken Armen umschlungen, und ein Mund wurde auf meinen gepresst, und eine Zunge schob sich zwischen meine Zähne hindurch.

Ich stöhnte und versuchte, ihn wegzuschieben, als ich die schwachen Reste von Whisky schmeckte, während seine Zunge meine streifte und mit ihr spielte. Ich wurde auf die Zehenspitzen gezogen, Will packte mich im Nacken und verschlang mich förmlich, während sein Atem und seine Hitze wie Sirup durch meinen ganzen Körper drangen. Plötzlich war jeder Zentimeter wie ausgehungert.

Er löste sich von meinem Mund, hielt mich aber weiter in seinen Armen. »Jemand muss es dir besorgen, und zwar dringend«, sagte er mir. »Wenn du nicht willst, dass er es tut, dann werde ich es tun.« Dann beugte er sich zu mir und flüsterte an meinen Mund. »Und ich würde dieses Angebot auch nüchtern machen.« Er ließ mich los, und ich atmete flach ein und aus, während der kühle Regen auf meine heiße Haut traf. »Bis bald, Winter«, sagte er spöttisch und ging ins Haus.

Ich stand noch einen Moment da und wartete darauf, mein Zittern unter Kontrolle zu bekommen, bevor ich ein weiteres Uber bestellte.

Er könnte recht haben. Ich war einundzwanzig, alt genug, um ein gesundes, aktives Sexleben zu haben. Aber wenn es wieder passierte, wollte ich, dass es so war, wie es bei Rika und Michael war. Sie schienen gerne zu spielen, aber es war leidenschaftlich, und es war Liebe.

Die Liebe war das, was sich gut angefühlt hatte. Leider war sie in meiner Erfahrung einseitig gewesen. Ich könnte in Versuchung geraten, Wills Angebot anzunehmen, um etwas Dampf abzulassen, aber mehr als das würde es nicht sein. Ich wollte ihn als Freund.

Die eigentliche Frage war, stand er auf Damons Seite oder auf meiner?

Ich zog die Leine aus meiner Tasche und ließ den schweren Metallclip am Ende neben mir baumeln.

Wo zum Teufel war Mikhail?

»Ich bin mir nicht sicher, was Sie gehört haben, Ms Ashby«, sagte Crane zu mir, als er vom hinteren Teil des Hauses zurück ins Foyer kam. »Aber außer Ihnen war heute Morgen niemand zu Hause. Damon ist in die Stadt gefahren, bevor Sie überhaupt wach waren, ich habe ein paar Besorgungen gemacht. Sonst war niemand hier.«

Ich stand in der offenen Tür meines Hauses, und der Regen prasselte in dicken Tropfen auf die Einfahrt hinter mir.

»Und meine Familie?«

»Sie sind gestern Abend nach der Party abgereist.« Ich hörte, wie er eine Schublade von einem der Tische öffnete und Schlüssel herausnahm. »Ich habe sie selbst zum Flughafen gefahren.«

»Abgereist?«, rief ich. »Was meinen Sie damit?«

Meine Mutter und Ari waren weg? Ohne mich?

»Ja, in die Flitterwochen auf die Malediven«, informierte er mich, als müsste er mich erinnern. »Damon hat Mrs Ashby und Mrs Torrance schon mal ohne ihn vorgeschickt. Er wird in ein paar Tagen hinterherreisen.«

»Moment, sie waren also schon weg, als ich gestern Abend nach Hause gekommen bin?«

Mir wurde ganz schwindelig, und ich hatte das Gefühl, als schwebte mein Kopf wie ein Ballon über meinem Körper. Die Konfrontation mit Damon spielte sich in Zeitlupe in meinem Kopf ab, und ich verarbeitete alles, was wir gesagt hatten, und die Drohungen, die er ausgesprochen hatte. Die ganze Zeit über waren sie nicht einmal im Haus gewesen. Seine Drohungen, was er und Ari tun würden, waren leer gewesen, und ich war unter diesem Dach ins Bett gegangen, allein im Haus mit ihm, ohne jegliche Sicherheit, ohne meine Familie in der Nähe.

»Ja, Ma'am«, antwortete Crane schließlich.

Ich zog meine Baseballkappe ab, strich mir durch die Haare und schloss die Augen. *Verdammt.*

Ich hatte mir das heute Morgen nicht nur eingebildet. Da war jemand mit mir im Haus gewesen. Mehrere Personen, um genau zu sein. All diese Geräusche und Bewegungen, die ich gleichzeitig in verschiedenen Teilen des Hauses gehört hatte? Ich war nicht nur verängstigt und übermäßig wachsam gegenüber jedem kleinen Knarzen. Ich wusste verdammt noch mal, was ich gehört hatte.

Und dann dieser Typ, der sich auf der Toilette des Theaters in dieser Nacht an mir zu schaffen gemacht hatte? Damon behauptete, dass er es nicht gewesen war. Aber er *musste* es gewesen sein.

»Ich habe das Haus von oben bis unten durchsucht«, sagte er. »Hier ist nichts.«

»Als ob ich Ihnen trauen würde«, schnauzte ich ihn an.

Er arbeitete für dieses Monster. Er wurde dafür bezahlt, sich zu fügen und Damons Interessen zu schützen, nicht meine.

Und Damon liebte es schon lange, mir Angst einzujagen.

Crane widersprach nicht. »Entschuldigen Sie mich, Ma'am.« Mit klirrenden Schlüsseln ging er an mir vorbei.

Vermutlich wollte er gehen, also rief ich ihm mit strenger Stimme nach: »Mein Hund ist verschwunden. Würden Sie sich bitte auf dem Grundstück umsehen, bevor Sie gehen?«

»Ja, Ms Ashby.«

»Und mein Freund?«, erkundigte ich mich. »Ist er gestern Abend gut nach Hause gekommen?«

»Ja, Ma'am.« Ich konnte nicht mit Ethan reden, nach dem, was ich erfahren hatte, aber ich wollte auch nicht, dass er irgendwo in einem Graben lag. »Und Sie werden ihm nicht wehtun oder ihn – oder irgendjemanden sonst – weiter in die Sache reinziehen«, befahl ich eher, als zu fragen.

»Mr Torrance würde sagen, dass Sie diejenige sind, die diese Frage beantworten müssen, Ma'am.«

Oh, natürlich würde er das.

Wenn ich wegrennen würde, wenn ich mich beschweren würde, wenn ich ihn in Verlegenheit brächte oder mich in irgendeiner Weise danebenbenähme, würde er mich verletzen, indem er die verletzte, die mir nahestanden. Es war fast beeindruckend, was für ein Stratege er war. Menschen können viel aushalten, und er wusste, dass ich kein Problem damit hätte, mich selbst in Gefahr zu bringen, um ihn zu bekämpfen, aber andere in Gefahr zu bringen, war eine viel größere Last.

Crane ging und schloss die Tür hinter sich. Ich sperrte sie ab und wanderte durch den Rest des Erdgeschosses, um alle Eingänge und Fenster zu überprüfen und die Türen zu Räumen zu schließen, die ich nicht benutzen würde. Wenn ich eine oder mehrere offene Türen vorfände, würde mir das einen Hinweis darauf geben, dass jemand im Haus war.

Dann zog ich meine Jacke aus, holte mein Handy heraus und schaltete es ein, um meine Mutter anzurufen. Oder zu versuchen, meine Mutter anzurufen.

Das Handy ließ sich nicht einschalten. Shit, der Akku musste leer sein. Ich atmete aus und bekämpfte den Drang zu weinen. Hastig riss ich die Schublade des Tisches im Foyer auf, zog einen Stecker und ein Ladekabel heraus, ließ es aber nicht offen draußen liegen. Stattdessen schob ich das Kabel und das Handy ganz hinten in die Schublade, während es lud. Er würde es mir sowieso wegnehmen, wenn er es wirklich wollte, aber mit etwas Glück wäre es dann schon genug geladen, damit ich vorher ein paar Anrufe tätigen könnte.

Wie konnte meine Mutter mich einfach so verlassen? Er hatte sie innerhalb weniger Stunden dazu gebracht, zu packen, sich umzuziehen und das Haus zu verlassen, noch bevor ich gestern Abend nach Hause gekommen war. Und weder er noch Crane hatten mir eine Nachricht hinterlassen, ich hatte keine Anrufe erhalten, soweit ich wusste, aber ich würde mein Handy überprüfen, sobald es aufgeladen war, und niemand sonst hatte mich kontaktiert, um mich wissen zu lassen, dass meine Mutter besorgt war oder versuchte, mich zu erreichen.

Sie hätte mich nicht einfach verlassen. Arion schon, aber nicht meine Mutter.

Welche Drohung oder Lüge hatte er ihr aufgetischt, um sie aus dem Haus zu bekommen? Hatte er es überhaupt selbst in die Hand genommen, oder hatte er ein paar der Gehilfen seines Vaters dazu benutzt? Und waren sie wirklich auf den Malediven? In Asien?

Ari hatte schon immer dorthin reisen wollen. Er hätte allem zugestimmt, um sie loszuwerden.

Aber er wollte sich ihnen nicht anschließen. Er würde nirgendwo hingehen. Sogar ich wusste das.

Ich ging in die Küche, holte ein Glas aus dem Schrank, füllte es mit Wasser und fuhr mit der Fingerspitze über den Glasrand, um zu fühlen, wann das Wasser oben war. Dann nahm ich einen großen Schluck, schloss die Augen und lauschte in das Haus hinein – hörte den Wind, den Regen, das Summen des Kühlschranks, die Heizung, die das Wasser erwärmte, und die Stille.

Zu viel Stille.

Mein Blut rauschte in meinen Adern, und die Haare auf meinen Armen standen mir zu Berge. Ich spürte es immer noch. Dasselbe, was ich heute Morgen gespürt hatte.

Kein Knarzen. Keine Schritte. Keine Musik.

Kein Mikhail.

Aber sie war immer noch da. Die Schwere in der Luft.

Und ich wusste es.

Ich wusste es einfach.

Ich stellte eine Schüssel mit Futter für Mikhail in den Abstellraum und füllte sein Wasser auf, nur für den Fall, dass er irgendwo da draußen war. Ich wusste, dass er es nicht war. Er wäre schon längst zurückgekommen. Aber nur für den Fall …

Meine Augenlider wurden schwer, als hätte ich die ganze Nacht nicht geschlafen. Also schnappte ich mir mein Glas, ging nach oben ins Bad und stellte es neben der Wanne ab. Dann setzte ich mich auf den Rand und drehte das Wasser auf – so heiß, wie ich es aushalten konnte. Mit geschlossenen Augen ließ ich meine Hand ins Wasser gleiten, und der Dampf stieg mir ins Gesicht. Ich spürte mein Herz rasen, während alles andere so still war.

Ich fühle dich. Ich fühle dich überall.

Die Nelken auf seiner Kleidung, das Brunnenwasser auf seiner Haut.

Die Worte auf seiner Zunge, den Atem auf seinen Lippen.

Die Hand in meinem Nacken, die Schärfe in seinem Schweigen.

Am Ende des Flurs. Im Arbeitszimmer sitzend. Draußen im Regen.

An der offenen Badezimmertür.

Oder direkt in der Ecke des Zimmers.

Genau hier. Wie er mich beobachtete.

Er war immer da.

Oder …

Vielleicht bin ich nie gegangen.

Seine Worte fielen mir wieder ein. Als er im Gefängnis war, war er hier. Wenn ich andere Männer gewollt hatte, war er hier. Wenn ich tanzte, wenn ich weinte, wenn ich allein war und wenn ich in einem Raum voller Menschen still war und an ihn dachte, war er da.

Die Wahrheit war, dass ich gehabt hatte, was Michael und Rika hatten. Jedenfalls dachte ich, ich hätte es gehabt. Damals war ich am glücklichsten gewesen. Auch wenn es eine Lüge gewesen war, war es das Beste, was ich je gefühlt hatte.

Damon.

Es war sinnlos, die Tür zu schließen. Mein Kampf war nicht genug. Er ließ sich nicht aufhalten. Ich musste loslassen.

Ich stand auf, schlüpfte aus meinen Schuhen, zog mir das T-Shirt über den Kopf und ließ es auf den Boden fallen. Ich benetzte mir nicht die Lippen, obwohl sie trocken waren, und ich atmete kaum, obwohl ich mich nach Luft sehnte. Ruhig und langsam, als ob mein Gehirn hoch über meinem Kopf schweben würde und ich mich selbst von oben beobachtete, zog ich meinen BH aus und knöpfte meine Jeans auf, ließ beides zu Boden gleiten und schob meine Finger unter den Saum meines Höschens. Dann hielt ich inne.

Kein Knarzen. Keine Schritte. Keine sich öffnende oder schließende Tür.

Aber ich spürte ihn.

Die kühle Oktoberluft streichelte meine Haut, fuhr über meine Nippel, die sofort zu kribbeln begannen und hart wurden. Ich zögerte nur einen kurzen Moment, bevor ich den Slip über meine Beine schob, in die Badewanne stieg und mich ins heiße Wasser gleiten ließ. Sofort breitete sich vor Wärme ein Schauder auf meiner Haut aus, und ich stöhnte fast auf.

Wieder schloss ich meine Augen, zog meine Knie an, während das Wasser lief, Dampf um mich herumwaberte und meine Zehen sich im Wasser krümmten.

Die Wärme strömte durch meinen Körper, beruhigte meine Muskeln und Nerven, und mit jeder Sekunde fühlten sich meine Glieder immer schwerer an. Ich wollte mich nicht bewegen, wollte mir jetzt in diesem Moment nicht meinen Kopf zerbrechen.

Tu mir weh. Du wirst trotzdem nicht gewinnen.

Kein Knarzen. Keine Schritte. Keine Türen.

Nichts.

Was hatte er gesehen, als er mich beobachtet hatte?

Seinen Feind? Oder etwas, das er wollte?

War ich jemand, den er quälen wollte, oder etwas, mit dem er spielen konnte? Kannte er den Unterschied überhaupt?

Wollte er, dass es mir gefiel?

Was hatte er gesehen?

Ich ließ mich gehen und spürte, wie sich die Härchen an meinen Armen aufstellten. Meine Haut wurde hart wie ein Schild, als ich ihn spürte. Wut und Zorn bildeten sich in meinem Bauch, und ich wollte an ihm zerren und ihn verletzen – ihm beweisen, dass ich noch keine Angst hatte. Dass ich verdammt sauer war, aber kein Baby.

Was würde er sehen, wenn er mich jetzt beobachtete?

Meine wässrigen Augen, meine zitternden Hände und meine zusammengekauerte Gestalt?

Oder sah er, dass ich allein war? Dass ich nackt, nass und allein war – schon so lange Zeit?

So lange.

Ich nahm den Schwamm und tränkte ihn mit Wasser, drückte ihn über meine gebeugten Knie und ließ ihn immer wieder an meinen Beinen hinabgleiten. Dann machte ich das Gleiche mit meinem Nacken, legte mein Haar zur Seite und ließ das heiße Wasser an meinem Körper herunterlaufen.

Ich bewegte den Schwamm zur Vorderseite meines Halses, neigte den Kopf zurück, setzte mich aufrecht hin und drückte den Schwamm aus. Ich ließ meine angewinkelten Beine zur Seite fallen, damit das Wasser über meine Brüste und meinen Bauch fließen konnte. Es streichelte mich, die Wärme fühlte sich so gut an, und ich stöhnte auf, als ich mir immer und immer wieder mit dem Schwamm über den Nacken rieb.

Und heute Nacht in deinem Bett, wenn es spät und dunkel ist und der Rest des Hauses still ist ... und wenn du sauer und wütend bist, weil du denkst, du hasst mich, wenn du dann trotzdem deine Hand unter die Decke schiebst, weil niemand etwas merkt, wenn du dich der Erinnerung an mich hingibst ...

Ich lehnte mich zurück und ließ den Schwamm langsam über meinen Oberkörper gleiten, zwischen meinen Brüsten hindurch und meinen Bauch hinunter, bis knapp oberhalb meiner Vulva.

Tränen traten hinter meinen geschlossenen Lidern hervor, aber ich war nicht traurig. Jeder Zentimeter meiner Haut vibrierte vor Hitze – vor dem Wunsch, dass etwas passierte, irgendetwas –, solange ich das loswerden konnte, was sich wie ein gottverdammter Schraubenzieher durch mein Gehirn und meinen Magen bohrte und sich zwischen meinen Beinen sammelte.

Zorn und Wut und Hitze und Verlangen, so stark, dass du zum Tier wirst, Winter. Es ist animalisch.

Animalisch.

Es ergab keinen Sinn, aber es war stark. Es war ein Bedürfnis.

Meine Brust hob und senkte sich immer stärker, mit dem Schwamm rieb ich an der Innenseite meines Oberschenkels, umklammerte ihn und sah in Gedanken, wie er mich beobachtete. Ich ließ ihn dabei zusehen, was er nie mit mir machen würde und was ich mir selbst besorgen konnte.

Ich griff nach einer Brust, fühlte ihre runde, perfekte Form und drückte sie, dann ließ ich sie los, fühlte der leichten Federung nach. Ich ließ den Schwamm fallen, schob eine Hand zwischen meine Beine, legte den Kopf zurück und drang mit einem Finger stöhnend in mich ein.

Was sah er, wenn er mich beobachtete? Wollte er es? Wollte er seinen Mund auf mir und seine Hände auf meiner begierigen Haut spüren, verschwitzt in meinen Laken, wenn er es mit mir trieb, während meine Schwester nicht in der Stadt war?

Oder wollte er, dass seine kleine Tänzerin für ihn tanzte? Damit er kommen könnte, aber mich nie anfassen müsste.

Stöhnend richtete ich meinen Körper auf, legte meine Beine über den Rand der Wanne, hob mein Becken an, bis meine Klit direkt von dem Wasserstrahl getroffen wurde. Dann stellte ich den Wasserhahn so ein, dass der dicke Wasserstrahl zu einem langsamen Tröpfeln und weniger heiß wurde. Ein Stöhnen entwich meiner Kehle, als sich mein Körper sofort vor Lust verkrampfte.

Doch ich hatte noch keine Kontrolle, und ich wollte es. Ich wollte es so dringend. Ich hielt mich an beiden Seiten der Wanne fest, meine Beine immer noch über den Rand baumelnd, und hob mein Becken noch weiter an, näherte mich dem Wasserstrahl und positionierte meine Vulva direkt darunter.

Das Wasser traf mich, pochte gegen meine kleine Klit, und ich öffnete meinen Mund. Stöhnend kreiste ich meine Hüften, und die Luft kitzelte meine Haut, während ich meine Brüste vorwölbte und mich immer schneller bewegte. Der leichte Wasserstrom reizte mich, spielte mit mir.

Die Haut um meine Nippel herum spannte sich an, und in diesem Moment wollte ich nichts lieber, als Lippen auf meiner Klit zu spüren. Ich wollte geküsst und geleckt werden, und ich brauchte genau das, was Will gesagt hatte.

Ich spreizte meine Beine weiter und spannte die Muskeln in meinen Beinen und Armen an, während ich mich mit dem Wasser selbst befriedigte.

Er beobachtete mich. Gefiel es ihm?

Ich wimmerte und stöhnte und spürte, wie der Druck in mir stieg, als mein Körper darum bettelte, ausgefüllt zu werden. Ich bewegte meinen Hintern schneller und griff nach dem Duschkopf, als wäre er sein Kopf, bewegte mich heftiger und atmete ein und aus, tiefer und lauter.

»Du bist nicht der Boss«, keuchte ich und verspottete ihn. »Nicht mein Boss. Die kleine Schwester macht alles, was sie will. Mit wem sie es will. Du bist nicht mein Daddy.«

Mein Orgasmus baute sich auf, ich schauderte und zuckte noch fester, und dann warf ich meinen Kopf zurück, Hitze drang aus meinen Poren, und Lust durchfuhr meinen ganzen Körper wie heiße Funken.

»Ah, fuck«, schrie ich auf. »Scheiße.«

Jeder Muskel spannte sich an, als der Orgasmus durch meinen Körper strömte, und obwohl meine Körperhaltung so verdammt anstrengend war, war ich so gut gekommen, dass ich am liebsten geweint hätte.

Ich blieb fast eine Minute lang so, um mich zu beruhigen, bevor ich mich wieder in die Wanne sinken ließ.

Ich hasste ihn. Er war alles Schlechte, das mir widerfuhr.

Aber er war auch das Einzige – abgesehen vom Tanzen –, das mich lebendig fühlen ließ.

Mit ihm zusammen zu sein, war wie ein Tanz. Ein Tanz mit dem Tod.

Nach ein paar weiteren Augenblicken setzte ich mich wieder in der Wanne auf, drehte den Wasserhahn zu und drückte meine Knie wieder an meine Brust.

»Ich weiß, dass du da bist«, sagte ich zu ihm, wo auch immer er im Raum stand. Dort, wo ich immer wusste, dass er stand, denn die Luft war schwer, es war zu still, und ich konnte die Nelken auf seiner Kleidung riechen, das Brunnenwasser auf seiner Haut und die Hitze in seinem Atem.

»Und jetzt weißt du es …«, sagte ich. »Ich schließe immer die Augen, wenn ich komme.«

Auf der Highschool hatte er mich gefragt, ob ich meine Augen schließen würde, wenn ich angetörnt war. Und jetzt hatte er seine Antwort.

Er bewegte sich genauso wenig wie ich. Aber es war mir mittlerweile egal. Ich war es leid, mich immer zu fragen, was er tun würde. Jetzt konnte er sich fragen, was *ich* tun würde.

Für ihn war das ein Spiel, und das war in Ordnung.

Aber jetzt war er nicht mehr der Einzige, der spielte.

KAPITEL 15

DAMON

Gegenwart

Ich beugte mich über die Badewanne, hielt mich an den Rändern fest und war nur ein paar Zentimeter von ihrem Mund entfernt, als ich sie beim Masturbieren beobachtete.

Mein Gott. Sie war so wunderschön.

Und mein. Nur mein, ob ihr das gefiel oder nicht, verdammt. Sie würde das für mich tun. Von jetzt an nur noch für mich.

Eine Locke aus ihrem Haar fiel ihr übers Gesicht und verfing sich an ihren Lippen. Und jedes Mal, wenn sie stöhnte, flatterte die Strähne durch den ausgestoßenen Atem.

Mein. Nur deswegen tolerierte ich Arion. Weil ihre kleine Schwester meine kleine Lieblingsmuschi war. *Mein Gott, sieh sie dir an.*

Ihr Körper bewegte sich, ihre Hüften kreisten, ihre Brüste hüpften, ihre Beine hingen weit gespreizt über dem Badewannenrand … Der sanfte Wasserstrahl liebkoste ihre Klit, und ich fuhr mir mit der Zunge über die Innenseite meiner Zähne. Ich wollte das Wasser sein und schmecken, was es schmeckte, ihr das antun, was es ihr antat.

Sie tanzte, selbst wenn sie nicht auf ihren Füßen war.

Sie ließ sich vollkommen gehen und kam stöhnend und mit in den Nacken geworfenem Kopf. Ich ließ meinen Blick über ihren Körper gleiten und erinnerte mich an alles, was ich vor all den Jahren zum ersten Mal berührt hatte. Derselbe straffe Bauch und die gebräunten Oberschenkel. Derselbe knackige, runde Hintern und die Brüste mit den Nippeln, die sich ausstreckten und dafür gemacht waren, dass man an ihnen saugte.

Aber jetzt war ihr Haar länger, sie hatte ein bisschen mehr Muskeln am Bauch und in den Beinen, und ihre Muschi … die engste, in der ich je gewesen war. Sie war eine Frau. Dieses Mal müsste ich nicht mehr so behutsam mit ihr umgehen.

Ich richtete meinen Blick wieder auf ihr Gesicht, legte den Kopf schief und beobachtete, wie sich ihre Augenbrauen vor Lust und Schmerz verzogen, wollte sie küssen, damit ich den Schweiß auf ihrer Oberlippe schmecken konnte.

Dachte sie an mich? Tat sie das oft? Sehnte sie sich so sehr danach? Fühlte es sich so gut an, einen Mann zwischen ihren Beinen zu haben?

Es war schon lange her, dass ich so erschöpft gewesen war, wie sie jetzt ausschaute.

Sie lehnte sich in der Wanne zurück, zog ihre Knie wieder an ihre Brust, und allmählich beruhigte sich ihr Atem.

Nein, mach es noch mal. Mein Schwanz war so hart, und wenn ich jetzt in sie eindringen würde, wie feucht wäre sie? Mein Gott, was machte sie nur mit mir? *Tu es noch mal.*

»Ich weiß, dass du da bist«, sagte sie.

Ich blickte ihr in die Augen und sah, wie sie ernst und entschlossen ins Nichts schaute.

»Und jetzt weißt du es …«, fuhr sie fort. »Ich schließe immer die Augen, wenn ich komme.«

Ich blieb ganz still stehen, und das Feuer, das vor einem Moment noch in meinem Körper gebrannt hatte, wurde zu Eis. Sie wusste, dass ich hier war. Sie hatte es von Anfang an gewusst. Ich hatte mich schon gewundert, warum sie die Tür offen gelassen hatte. Aber ich hatte angenommen, sie wäre davon überzeugt, allein im Haus zu sein. Man konnte mir keinen Vorwurf machen, dass ich bei etwas zusah, was vor meinen Augen geschah.

Aber sie hatte es *geplant.*

Ich hob die Hand und hielt sie über ihr Gesicht. Meine Finger krümmten sich und wollten ihren kleinen, hübschen Hals packen, aber … ich zog die Hand wieder zurück. Sie *wollte* mich provozieren.

So wirst du es nicht in mein Bett schaffen, kleine Winter.

Sie dachte, sie sei stark. Sie dachte, sie könnte mit mir spielen. Sie konnte es gerne versuchen.

Ich hatte dich schon einmal. Ich werde dich wieder haben.

Ganz leise erhob ich mich und stand da, als sie endlich aus der Badewanne ausstieg, sich in ein Handtuch wickelte und das Badezimmer verließ. Leise folgte ich ihr durch die Tür und beobachtete, wie sie den Gang entlangging. Sie sah sich nicht um, um zu hören, ob jemand hinter ihr war. Scheinbar ohne Angst ging sie in ihr Zimmer und schloss die Tür hinter sich.

Ich atmete tief ein, spürte die Stille des Hauses und die Vorfreude der langen Nächte, die vor uns lagen. Ari und ihre Mutter waren weg.

Ihr Vater war weg.

Alles war gut organisiert und vorbereitet.

Ich ging in mein Zimmer, schloss die Tür und sah, wie Mikhail, der auf dem Bett geschlafen hatte, seinen Kopf hob. Er sprang auf, wedelte mit dem Schwanz und ließ die Zunge aus dem Maul hängen.

Ich konnte mir ein Grinsen nicht verkneifen, als ich in meiner Tasche nach einem Leckerli suchte. Er nahm es mir aus der Hand, und ich streichelte mit der anderen über seinen hellen Kopf. Schon erstaunlich, wie manche Tiere wussten, dass sie die Hand, die sie fütterte, nicht beißen sollten, während andere ihr Natur einfach nicht unterdrücken konnten.

»Ich kann nicht schlafen, Junge«, sagte ich zu ihm und streichelte jetzt mit beiden Händen seinen Kopf. »Für ein Tier ist das nicht so kompliziert, oder? Warum können die Dinge, die ich brauche, nicht einfach sein?«

Oder körperlich?

Ich wollte Sex. Ich wollte es langsam. Ich wollte ihre Angst, ihr Verlangen spüren, und ich wollte, dass ihr Mund mir das zurückgab, was ich ihr gab.

Aber ich brauchte ihren Verstand.

»Es ist alles in meinem Kopf«, murmelte ich.

Die Kontrolle. Die Erinnerungen. Das Wissen, dass unsere

Körper uns betrügen und dass das Gehirn der Preis war. Dass der Verstand wusste, was wir wirklich wollten, nicht unser Körper.

»Wach auf!«, flüstere ich und schüttle Banks. »Wach auf!«

Ziemlich verschlafen hebt sie den Kopf. »Was? Was ist los?«

Ich reiße die Decke weg, packe ihr Handgelenk und ziehe sie aus meinem Bett. Es ist, als würde man eine Fünfjährige mit sich schleifen. Meine Schwester ist vierzehn, aber sie ist immer noch so schlaksig und dünn im Vergleich zu mir, dabei bin ich nur ein Jahr älter als sie. Meine Boxershorts und mein T-Shirt hängen an ihr wie ein schlaffer Kartoffelsack.

Ich habe vergessen, die Tür abzuschließen, und Schritte hallen auf der Treppe vor meinem Zimmer wider. Schnell schiebe ich Banks in den Schrank, und sie setzt sich routiniert auf den Boden, kennt den Ablauf schon in- und auswendig. Ich schiebe ihr meine Kopfhörer auf den Kopf, aus denen bereits Metal-Musik dröhnt.

»Komm nicht raus, bis ich dich hole«, befehle ich ihr.

Und in dem Moment, in dem meine Zimmertür quietscht, schließe ich die Schranktür.

Meine Mutter, barfuß und in einen dunkelvioletten Slip und Nachthemd gekleidet, betritt mein Zimmer und schaut überrascht, als sie sieht, dass ich noch wach bin.

Sie lächelt und schließt meine Zimmertür ab, bevor sie durch das Zimmer zu mir geht.

»Du bist noch wach?«, fragt sie, und der musikalische Ton in ihrer Stimme lässt mich zusammenzucken.

Es klingt surreal, passt nicht zu dem, was in diesem Zimmer passiert. Nichts daran ist glücklich oder unschuldig.

Sie kommt näher, legt ihre Hände auf mein Gesicht und streichelt meine Haut, als würde sie fühlen wollen, ob ich Fieber habe, aber die Berührung wird zu intim. Ein träges Gleiten ihrer Fingerspitzen. Wie ihre Hand sanft in meinen Nacken fällt. Wie sie nahe genug steht, dass ihre Brüste meine nackte Brust durch ihr Nachthemd hindurch streifen.

»Kannst du nicht schlafen?«, fragt sie. Und dann lächelt sie neckend. »Da braucht wohl jemand seine Schlaftablette.«

Meine Schlaftablette. *Weil es eine Medizin für heranwachsende Jungs ist, ihren Schwanz von der eigenen Mutter melken zu lassen.*

Sie streichelt mein Gesicht und meine Schultern und sieht zu mir auf, als wäre ich immer noch elf und für immer ihr Junge.

»Ich kann mich um alles kümmern, was mein Sohn braucht.« Sie beugt sich lächelnd vor und schlingt ihre Arme um meinen Hals. »So ein schöner Junge. Irgendwann wirst du mal ein mächtiger Mann sein.«

Sie drückt ihren Körper an meinen, und ich schließe die Augen und versuche, an den Ort zu gelangen, an den ich immer gehe. Wo ich so tun kann, als wäre sie jemand anderes. Ein Mädchen aus der Schule. Irgendeine Tussi aus meiner Klasse.

Meine Mutter ist noch jung, ihre Haut straff – auch durch das Tanzen. Sie war erst sechzehn, als sie mich bekommen hat. Ihr schwarzes Haar ist lang und weich, sie riecht gut ...

Ich hatte schon Sex mit anderen. Mit Mädchen aus der Stadt. Mit Frauen, die mein Vater sich hält. Ich kann das.

Und wenn ich will, dass es aufhört, wem soll ich es dann erzählen? Meinem Vater wäre es egal. Niemand würde sich dafür interessieren. Und wenn ich es erzähle, wird er wütend werden, und die Leute würden mich auslachen. Ich wäre schwach und eine Schande für ihn.

Ich kann es nicht erzählen.

Das ist keine große Sache. Meine Mutter ist nicht ungewöhnlich. Männer sehen Banks genauso an wie meine Mutter mich. Deshalb verstecke ich meine Schwester. Damit sie nicht hinter ihr her sind.

Ich sehe so viel Scheiße, und ich weiß nicht, ob es falsch ist, aber es hört nie auf. Und ich habe mich an alles gewöhnt, was nachts passiert. Vielleicht passiert es überall, und niemand spricht darüber.

Jetzt reibt sie ihre Hand über meinen Penis in meiner Jeans, und ... ich kann es einfach nicht.

»Nein, hör auf«, knurre ich und taumle zurück. »Ich will nicht.«

Ich will verdammt noch mal nicht. Ich werde es nicht verraten, aber ich tue nichts mehr, worauf ich keine Lust habe.

Aber sie protestiert: »Damon.« Sie kommt auf mich zu, hält inne und blickt auf den Boden. Sie hebt ihren Fuß und begutachtet die Flecken, die das Holz verschmutzen. »Ist das … Blut?«, fragt sie mich und greift nach unten, hebt meine Jeans an und sieht das Blut, das in den Saum gesickert ist. »O mein Gott, was hast du getan?«

Anscheinend nicht genug. Ich habe die Schnitte völlig vergessen, als sie hereingekommen ist, denn nicht einmal blutende Wunden erzeugen genug Schmerz, um den Scheiß zu überdecken, den sie mit sich bringt.

Sie zerrt mich an der Hand ins Badezimmer, das an mein Schlafzimmer angrenzt, drückt mich mit dem Rücken gegen den Waschtisch und hebt meinen Fuß.

»Sind das Schnittwunden?«, ruft sie.

Als ob du schockiert wärst.

Sie weiß, was ich mittlerweile schon seit Jahren mache. Die Schnitte, die ich unter meinen Füßen verstecke. Die Narben unter meinen Armen und Haaren. Die Schnitte, Stiche und Verbrennungen, die ich unter meinen Boxershorts verstecke, bis sie verheilt sind, und dann fange ich wieder von vorne an. Ich bin kreativ darin geworden, den Scheiß zu verstecken, den ich tue, um den Schmerz loszuwerden.

Sie macht einen Waschlappen nass, schiebt mich weiter nach hinten, sodass ich auf dem Waschtisch sitze, und hebt meinen Fuß an.

Aber ich zucke weg. »Ich kann das alleine!«

Sie gibt mir eine Ohrfeige, und mein Kopf wird zur Seite gerissen. Der Schlag ihrer Hand brennt wie Feuer und Eis auf meinem Gesicht. Ich schließe meine Augen und bin dankbar dafür. Kalter Schweiß bricht mir am ganzen Körper aus.

»Na, na, na«, beruhigt sie mich, als wäre ich fünf Jahre alt. »Du musst nicht reden. Weißt du noch, was wir gesagt haben? Du brauchst nicht zu reden. Ich weiß immer, was du brauchst.«

Sie wischt das Blut weg, klebt Pflaster auf die fünf Schnitte, die ich mir zugefügt habe, und untersucht den anderen Fuß, wobei sie erleichtert seufzt, als sie sieht, dass er nicht verletzt ist.

»Du musst vorsichtig sein«, sagt sie zu mir. »Das Basketballteam braucht dich. Du darfst deine Füße nicht so verletzen.«

Deshalb habe ich es getan. Es hat meinem Spiel überhaupt nicht geschadet. Wenn überhaupt, habe ich noch härter und schneller gespielt, habe ich gehofft, dass mich die Schmerzen vom Laufen erschöpfen würden, sodass ich nicht denken oder kämpfen konnte, wenn ich nach Hause kam.

»Besser?«, fragt sie. Und dann, ohne auf meine Antwort zu warten, beugt sie sich vor und schlingt wieder ihre Arme um mich, küsst meine Wange und streift meinen Kiefer und meinen Mund mit ihren Lippen. »So ein guter Junge«, flüstert sie. »So voller Energie. So stark.« Ihre Hände wandern über meinen Körper, während ihre Küsse feuchter und länger werden. »So viel Ausdauer und Muskelkraft. So viel Stärke.« Dann greift sie zwischen meine Beine und massiert meinen Penis. »So ein guter Junge.«

Ich packe ihre Haare, und sie stöhnt auf, als meine Finger sich in ihre Kopfhaut graben und ich mein Spiegelbild in der Glastür der Dusche anstarre.

Miststück.

Schlampe.

Total abgefuckt.

»Rachel Kensingtons Mutter hat mich angerufen«, sagt sie und leckt, küsst und keucht gegen meinen Hals. »Sie sagte, sie hat dich und ihre Tochter halb nackt auf der Couch gefunden.«

Ich greife nach ihrer Taille, knete das Fleisch durch die Seide hindurch, ohne zu blinzeln, während ich mich selbst anstarre und ein Chaos an Emotionen durch mich hindurchströmt.

Wut.

Scham.

Furcht.

Gewalt.

Schmerz.

Traurigkeit.

Hilflosigkeit.

Sie fließen durcheinander, bis ich das eine nicht mehr vom anderen unterscheiden kann, und nicht einmal mehr im Spiegelbild bin ich noch ich selbst.

Alles in meinem Gehirn verschwindet, mein Verstand schaltet ab, und meine Hände hören auf zu zittern. Ich bin nur noch ein Körper.

Das bin ich. Ich bin ich.

»Sie war froh, dass nichts Ernstes passiert ist«, fährt meine Mutter fort.

Rachel wer?

»O Schätzchen«, gurrt sie. »Ich verstehe das. Jungs sind nun mal Jungs, und sie hat dich geärgert, nicht wahr? Sie wollte nicht, dass du es bekommst.«

Ich grabe meine Finger in ihren Schädel und drücke ihre Hüfte noch fester.

»Schhh …«, sagt sie und versucht, sich aus meinem Griff zu lösen. »Kleine Mädchen verstehen einfach nicht, was Jungs brauchen. Ist ja gut. Ich bin ja da.« Ihre Lippen streifen über meinen Kiefer, und sie wimmert, als sie versucht, meinen Griff aus ihrem Haar zu lösen.

»Du kannst so tun, als wäre ich sie«, sagt sie, und mein Penis wird hart und heiß von dem Blut, das hindurchschießt. »Zeig mir, was du mit ihr machen wolltest. Zeig mir, wie du es diesem dummen kleinen Mädchen besorgen wolltest.«

Nein, nein, nein …

»Zeig es mir«, drängt sie. »Besorg es mir.«

Nein …

»Nimm, was dir gehört«, knurrt sie. »Gib dem Mädchen, was sie verdient.«

Ich hole tief Luft, Tränen steigen mir in die Augen, und ich springe vom Waschtisch, schwinge mich herum, packe sie im Nacken und drücke sie über das Waschbecken.

Sie spreizt ihre Beine und zieht ihr Nachthemd für mich hoch, während sie sich auf die Unterlippe beißt. »Das ist mein Junge.«

Ich halte ihren Kopf direkt vor den Spiegel und starre sie an, während sie mich herausfordert.

»Tu es, Baby«, flüstert sie. »Komm ganz in mir. Komm schon, komm schon, komm schon …«

Ich starre sie an, packe ihr Haar und ihren Nacken fester, drücke sie gegen den Waschtisch und ziehe ihren Kopf hoch.

Sie keucht, bereit zu bekommen, was sie verdient.

Dann stoße ich ihren Kopf, so fest ich kann, gegen den Spiegel, sodass das Glas zersplittert und sie aufschreit.

»Damon!«, schreit sie, aber ich kann nicht aufhören.

Eine Welle der Euphorie überschwemmt mich, und ich weiß nicht, warum meine Wangen feucht sind, aber meine Muskeln sind angespannt, und ich will nur, dass sie verdammt noch mal stirbt.

Knurrend stoße ich ihren Kopf immer wieder nach unten, und Blut spritzt auf den Spiegel. Als ich sie hochziehe, ist ihr Körper schlaff, Blut bedeckt ihr Gesicht, und ich schubse sie auf den Boden.

Sie hustet und spuckt, und mir laufen die Tränen übers Gesicht, aber in diesem Moment weiß ich es.

Es wird nie wieder passieren.

Das muss nie wieder passieren. Ich werde sie töten, wenn es sein muss.

Aus den Augenwinkeln sehe ich etwas und blicke über meine Schulter: Banks mit meinen Kopfhörern in der Hand.

Verängstigt blickt sie von meiner Mutter, die blutig und schwach auf dem Boden liegt, zu mir.

Ich stürze zu ihr, ergreife ihre Hand und renne aus dem Zimmer. Sie stellt keine Fragen, als ich sie die Treppe hinunterziehe, durch das Haus und durch die Hintertür in den Hinterhof.

Der Mond scheint hell und über das Heckenlabyrinth, und wir tauchen ein, kennen unseren Weg gut und finden den Springbrunnen sofort. Wir klettern hinein und lassen uns hinter dem Wasser nieder, so wie ich es schon tausendmal gemacht habe, nur einmal mit einem anderen Mädchen als meiner Schwester. Banks fragt mich nicht, was passiert ist oder was ich tun werde. Sie weiß, dass sie hier drin nicht reden darf.

Ich greife unter die Rille der Schale über uns und hole die silberne Spange mit den rosa Kristallen, die ich dort verstecke, hervor. Dann schließe ich meine Faust und erinnere mich an Winter Ashbys Worte von vor so langer Zeit in diesem Brunnen.

Dein Körper kann immer nur einen Schmerz auf einmal empfinden.

Sie hatte recht. Ich habe schon vor Langem festgestellt, dass das wahr ist. Aber anstatt mich zu verletzen, um den Schmerz mit noch mehr Schmerz zu überdecken, habe ich heute Abend etwas anderes gelernt.

Andere zu verletzen, ist genauso effektiv.

Nach diesem Ereignis ist meine Mutter gegangen. Eine Stunde später, als Banks und ich zurück in mein Zimmer gekommen waren, war nichts von mehr ihr zu sehen. Wir sind auf dem Bett eingeschlafen, ohne die Tür abgesperrt zu haben, weil wir es verstanden. Wir konnten nicht verhindern, dass sich die Welt um uns herum weiterdrehte. Wir konnten nur reagieren.

Am Morgen war meine Mutter weg, und ich habe nie gefragt, wohin sie gegangen ist. Und als die Zeit verging, machte mein Vater keine Anstalten, sie wieder nach Hause zurückzuholen. Ich habe sie erst ein paar Jahre später wiedergesehen.

Und in dieser Nacht habe ich das Problem schließlich endgültig beseitigt.

Genau so, wie ich Winter und die falsche Hoffnung, mit der sie mich fast zerstört hätte, beseitigen würde.

»Ich will, dass sie es will«, sagte ich zu Mikhail, der mit seinen braunen Augen erwartungsvoll zu mir aufblickte. »Ich will, dass sie mich will, dass sie mir ihr Herz schenkt und mein braves, süßes, lächelndes Teufelchen ist, das sich an mich klammert und unfähig ist, sich zu wehren.« Mein Herz schlug schneller. »Und dann will ich, dass sie sich dafür hasst. Dass sie sich gegen sich selbst wendet und hasst, weil sie es mag. Damit sie weiß, dass sie schwach und erbärmlich ist und nicht anders als jede andere Schlampe. Dass sie nichts Besonderes ist.«

Wenn ich sie erst einmal so sehe wie alle anderen, werde ich sie zerstört haben. Und mit ihr meine Besessenheit. Ich werde ihre Macht über mich zerstören, so wie ich Natalyas Macht zerstört habe.

»Und ich glaube, sie will dieses Spiel mit mir spielen«, scherzte ich mit dem Hund.

Ein Klopfen ertönte an der Tür.

»Herein«, rief ich.

Die Tür öffnete und schloss sich, und dann hörte ich Cranes Stimme hinter mir. »Sie erkundigt sich nach dem Hund, Sir.«

»Sagen Sie ihr die Wahrheit«, sagte ich und streichelte das Fell des Tieres. »Sie hat keinen mehr.«

»Sie sagt auch, dass heute Morgen Geräusche im Haus zu hören waren«, sagte er. »Von Menschen gemachte Geräusche, nachdem Sie weg waren. Sie hat Angst bekommen, ist weggelaufen und nach St Killian's gefahren.«

»Wie hat sie das gemacht?«

»Mit Uber«, antwortete er.

Ich schnaubte auf. *Mein Gott.* Daran habe ich nie gedacht. Die Frau war auf jeden Fall unabhängig.

Dann fiel mir wieder der erste Teil von dem ein, was er gesagt hatte. Geräusche?

»Denken Sie, dass sie überreagiert?«, fragte ich ihn.

»Ich weiß es nicht. Sie schien sehr sicher«, erklärte er. »Ich könnte Kameras und eine Alarmanlage installieren.«

»Nein«, wehrte ich ab. »Stellen Sie mehr Männer ein. Zwei Teams zu je vier Mann.«

»Ja, Sir. Sie wird sicher sein.«

»Vor allen außer vor mir«, stellte ich klar.

»Ja, Sir.«

Sie war wahrscheinlich nur übervorsichtig. Das hatte sie mir zu verdanken.

Aber sie hatte auch einen Besucher im Bridge Bay Theater vor einigen Tagen erwähnt. Jemand, der in die Damentoilette gekommen war und sie erschreckt hatte. Sie hatte gedacht, *ich* wäre es gewesen.

Was nicht stimmte.

Dieses Haus sollte besser bewacht werden, aber ich mochte keine Kameras oder Videoaufnahmen. Ich hatte auf die harte Tour gelernt, besser keine Beweise zu hinterlassen. Und angesichts unserer wohlhabenden Nachbarschaft und der niedrigen Kriminalitätsrate hatte es Winters Vater nicht einmal für angebracht gehalten, das Haus wenigstens mit einer Alarmanlage auszustatten. Vielleicht würde ich irgendwann eine installieren. Im Moment gefiel es mir, schnell kommen und gehen zu können.

»Und, Sir?«, drängte Crane.

»Was ist?«

»Ihr Handy hat unten geklingelt«, sagte er und hielt es mir hin. »Möchten Sie, dass ich es ihr gebe, oder …?«

Seinen schüchterner Versuch, mir ihr Handy zu geben und trotzdem unschuldig zu bleiben, amüsierte mich, und ich nahm es ihm ab. Dann verließ er das Zimmer wieder, und ich drehte das Handy um – es musste mit einem Muster-Code entsperrt werden. Ich konnte nicht darauf zugreifen, aber es waren mehrere Benachrichtigungen auf ihrem Sperrbildschirm sichtbar.

Hauptsächlich von Rika.

Ein Artikel in der Lokalzeitung über Winters Auftritt gestern Abend.

Unterhaltungen auf Social Media und einige Videos. Viele Likes und Kommentare, weil sich das Video außerhalb unserer Stadt verbreitet hatte.

Ich drückte das Handy in meiner Hand. Sie dachte doch nicht, dass sie hier rauskommen konnte, oder?

Dann konnte ich eine Nachricht von Rika größer machen. Es war ein Screenshot von irgendeinem Kommentar über das Video von Winters Tanz.

Dieses Mädchen sollte überall sein! Warum geht sie nicht auf Tour?

Rika hatte unter das Bild geschrieben:

Sie hat so was von recht! Brauchst du Sponsoren? Ich hätte da vielleicht ein paar. Lass uns mal drüber reden.

Ich knirschte mit den Zähnen und fauchte den Hund an. »Kom-yen ya!«

Sofort kam er an meine Seite geeilt, als ich den Raum verließ, und ich trug das Handy nach unten und ließ es auf den Tisch im Foyer fallen. Dann riss ich die Vordertür auf und stürmte aus dem Haus.

Verdammte Rika.

»Sie bleiben hier«, sagte ich zu Crane, der in der Einfahrt stand und das andere Auto wusch. »Sie geht nicht weg.«

Er nickte, und ich stieg in mein Auto, während der Hund auf den Beifahrersitz sprang. Ich raste los und legte in weniger als fünf Sekunden den höchsten Gang ein.

Verdammt.

Meine Ex-Freunde waren die Einzigen, die diejenigen in Winters Leben beschützen konnten, die ich bedroht hatte, und deshalb brauchte ich Rika auf meiner Seite. Anscheinend war sie es leid, darauf zu warten, dass ich meinen Teil der Abmachung einhielt, also versuchte sie, ihren Teil der Abmachung rückgängig zu machen.

Sie hatte mir Winter gegeben. Jetzt versuchte sie, sie mir wieder wegzunehmen.

Ich trat in die große Halle, hielt mich im Schatten versteckt, beobachtete das geschäftige Treiben. Ich hatte diesen Ort vermisst. Hunter-Bailey war ein netter Club zum Entspannen, weil er auf Männer ausgerichtet war und Frauen nicht erlaubt waren.

Außer einer.

Nach einigen Nachforschungen hatte ich herausgefunden, dass Rika zwei Trainingsabende pro Woche im Hunter-Bailey fürs Fechten eingerichtet hatte, und einer davon war heute Abend. Es war schon immer ein Hobby von ihr gewesen, genauso wie das Sammeln von Schwertern und verschiedenen Dolchen. Und obwohl keine andere Frau auf dem Gelände erlaubt war, konnte Rika kommen und gehen, wie es ihr gefiel, solange sie es heimlich tat. Vorzüge, die man hatte, wenn der Verlobte für Meridian City Storm spielte und wenn dem zukünftigen Schwiegervater ein großer Teil der Stadt gehörte.

Auf der linken Seite kämpften Boxer in einem Ring, einige trainierten, und andere saßen mit Getränken auf Stühlen und unterhielten sich. Ich folgte dem Geräusch von klirrenden Floretten, bog rechts in den anderen Raum ab und betrat ihn. Er war noch voller als der andere, die meisten Stühle waren besetzt, und auch an der Bar tummelten sich die Clubbesucher.

In der Mitte des Raums duellierten sich Mitglieder, die weiße Schutzanzüge und Helme trugen.

Ich entdeckte Rika sofort. Ihr Körper war schwer zu übersehen, angesichts der sehr engen Hosen.

Gerade stürzte sie sich auf ihren Gegner und landete mit ihrer Schwertspitze genau auf seinem Herz. Als er zurückwich, knurrte er etwas Unverständliches und richtete sich dann wieder auf.

Am liebsten wäre ich sofort zu ihr gegangen und hätte sie weggezerrt, aber genau genommen durfte ich gar nicht hier sein, da Michael meine Mitgliedschaft vor zwei Jahren gekündigt hatte. Und es war schon schwer genug, sich überhaupt hineinzuschleichen.

Ich beobachtete, wie sie mehrere Schritte nach vorne sprang und sich wieder zurückzog, wie ihre Hände und Arme sich flink bewegten. Wie eine Choreografie. Methodisch. Es war wie ein strategisches Schachspiel und erinnerte gleichzeitig an einen Tanz. Anmutig und statuenhaft.

Ich war mir nicht sicher, wie lange ich an die Wand gelehnt dastand und sie beobachtete, so sehr zogen mich ihre geschmeidigen Bewegungen in den Bann. Und als sie fertig war, wusste ich nicht einmal, ob sie gewonnen hatte. Sie behielt ihre Maske auf, nahm ihr Florett und ging auf die andere Seite des Raumes die Treppe hinauf.

Ich folgte ihr.

Sie hatten hier keine Damenumkleide – zumindest hatten sie sie das letzte Mal, als ich hier gewesen war, noch nicht gehabt –, also nahm ich an, dass sie sich in einem der Privaträume umzog.

Ich ging die zwei Treppen hinauf, und im zweiten Stock angekommen, schritt ich leise den Flur entlang. Türen säumten beide Seiten, und ich war unsicher, wohin sie gegangen war. Möglichkeiten gab es viele: diverse Büros, eine Bibliothek, ein paar Schlafzimmer, und auf der rechten Seite kam ich an einem Billardzimmer vorbei, dessen Tür offen stand und in dem Rika mit dem Rücken zu mir an dem Billardtisch lehnte. Ich blieb stehen und sah, wie sie auf eine Waffensammlung starrte, die an der Wand hing.

»Michael wollte nicht, dass ich heute Abend komme«, sagte sie.

Ich lächelte vor mich hin. Ich konnte mich nicht mehr an sie heranschleichen.

»Er weiß, dass du meine Routine kennst«, fuhr sie fort. »Aber in letzter Zeit – so glücklich ich auch mit so vielem in meinem Leben bin – ist das Training die einzige Zeit, in der ich mir sicher bin, was ich tue. Die einzige Zeit, in der ich mir meines Schlages sicher bin. Das konnte ich nicht ausfallen lassen.«

Sie stand auf und drehte sich um, immer noch in ihre Fechtausrüstung gekleidet, nur ohne den Helm. Ihr Haar war zu einem Pferdeschwanz hochgesteckt, und sie sah auf den Billardtisch hinunter und rollte abwesend die lila Kugel hin und her.

»Weißt du, nach unserem Treffen im Club an diesem Abend«, sagte sie, »habe ich angefangen, mich über Schach zu informieren. Ich meine, ich wusste, wie man spielt. Mein Vater hat dafür gesorgt. Aber ich war nicht gerade die versierteste Spielerin.«

Ich näherte mich dem Tisch und hörte zu.

»Ich dachte, die Stärke jeder Figur steigt mit ihrer Nähe zum König, aber das stimmt nicht.« Sie sah zu mir auf. »Abgesehen von der Dame ist der mächtigste Spieler …«

»Der Turm«, führte ich ihren Satz zu Ende.

Sie nickte. »Genau.«

»Du bist also endlich bereit anzufangen?«, fragte ich und schenkte mir ein Glas Bourbon ein.

Aber sie drehte sich nur um und blickte zurück auf die Wand mit den Waffen. »Das Spiel hat bereits begonnen.«

Mein Herz schlug kräftig gegen meine Brust, als ich mit dem Getränk in der Hand zum Billardtisch schlenderte. Ich lebte für diesen Scheiß. Aber obwohl ich meine Spiele, Intrigen und das Ausflippen mochte, machte es mir keinen Spaß, es alleine zu tun. Ich wollte jemanden an meiner Seite haben. Ich wollte *sie* an meiner Seite.

»Das gehört alles mir«, sagte sie, deutete auf die Wand mit den Waffen und drehte ihren Kopf, um mir in die Augen zu sehen. »Ich habe nur ein paar Monate gebraucht, um sie zu sammeln. Manches habe ich gekauft, manches gehandelt, manches aus privaten Sammlungen geliehen.«

Sie drehte sich um und betrachtete die Sammlung erneut. Ich starrte auf ihren Hinterkopf, während ich einen Schluck nahm.

»Die Kuratorin des Menkin-Museums würde sich freuen, das alles für ihre Waffenausstellung im nächsten Sommer zu haben«, erklärte sie. »Und ich bin bereit, es ihr gegen einen Gefallen ihres Mannes zu überlassen, wann immer ich ihn einfordern werde.«

Einen Gefallen? Wer war ihr Mann?

Sie hielt inne und klärte mich dann auf: »Ihr Ehemann *Martin Scott*, der zukünftige *Polizeipräsident.*«

Ich blinzelte lange und heftig, und Wut bahnte sich ihren Weg durch meinen Magen.

Martin Scott.

Wie in *Emory Scott.*

Das Mädchen mit dem Kinderschänder-Polizisten als älteren Bruder, wegen dem Kai und Will ins Gefängnis geschickt worden waren, weil sie seine kleine Schwester hatten rächen wollen und ihn verprügelt hatten.

Die kleine Schwester, die nicht mehr klein war und von der Will immer noch besessen war.

Er hasste uns und war jetzt mächtiger als je zuvor.

Rika schoss hoch, schnappte sich ein Schwert von der Wand und wirbelte herum. Sie hielt es an ihre Seite und fixierte mich mit einem starren Blick. »Und rate mal, wo er jeden Freitagabend Billard spielt?«, spottete sie.

Verdammt noch mal. Meine Hand verkrampfte sich um das Glas.

»Weißt du, was ich mich immer gefragt habe?«, sagte sie und umrundete den Tisch, was ich ihr mit dem Glas in der Hand gleichtat. »Kai und Will wurden bestraft für ihren Angriff auf Martin Scott, aber ...« Sie sah mich an. »Sie waren nicht die Einzigen am Tatort. Jemand hat das Ganze gefilmt.«

Du kleines Miststück.

»Und das ist ... Beihilfe, richtig?«

Das Glas zerbrach in meiner Hand, und Schmerz pochte in meiner Hand, als diese aufgeschnitten wurde und mit dem brennenden Alkohol in Kontakt kam.

Sie grinste mich mit funkelnden blauen Augen an. »Die Dame schlägt den Turm.«

Bitch.

»Verdammtes kleines Monster«, murmelte ich, spuckte fast Feuer.

»Kai und Will haben dich gedeckt«, stellte sie fest und musste sich ein Grinsen verkneifen. »Diese Tat und die Unzucht mit Minderjährigen? Du wärst immer noch im Gefängnis. Wenn Martin Scott das rausfinden würde ...«

»Es gibt keine Beweise.«

»Aber Kai und Will«, entgegnete sie. »Und die sind gerade ziemlich wütend auf dich.«

Schlampe. Martin Scott wusste, dass ich gefilmt hatte, wie er zu Recht zusammengeschlagen worden war, aber ohne einen Grund für Will und Kai, weiterhin darüber zu schweigen, hatte ich nur noch Rika. Sie hatte die Fäden in der Hand.

Sie umrundete den Tisch, hielt das Schwert hoch und deutete damit auf mich. »Du wirst sie nicht zwingen«, befahl sie mir. »Du wirst sie nicht bedrohen, qualen oder sie in dein Bett zerren. Du wirst sie nicht anrühren.«

Ich legte meine Hände auf den Billardtisch vor mir und beugte mich darüber, um ihr in die Augen zu sehen. »Und was, wenn sie *will*, dass ich sie berühre?«

»Träum weiter, Damon.«

Ich hätte fast aufgelacht und konnte mir ein Grinsen nicht verkneifen. »Mein Gott, du bist ich in weiblich«, sagte ich. »Das törnt mich an.«

»Macht Sinn. Du liebst dich selbst ja am meisten.«

Ich richtete mich wieder auf und streifte meine nassen, blutigen Hände an meiner Hose ab. Sie war ausgezeichnet, und wenn sie nicht gegen mich arbeiten würde, würde ich sie unglaublich finden. Klug. Stark. Clever.

Und kalt, wenn sie es sein musste.

»Die Dame«, sinnierte ich und ließ die Kugel auf dem Tisch

rollen, als mir eine Erinnerung kam. »Die Königin. Die Schneekönigin.«

Sie sah mich verwirrt an.

»Vor vielen Jahren«, erklärte ich, »als dein Vater seine junge Braut aus Südafrika hierhergebracht hat, hat man mir erzählt, dass *mein* Vater ziemlich angetan von ihr war. Sie hat ihn an die wunderschöne Schneekönigin aus dem Ballett *Der Nussknacker* erinnert.« Ich fasste mir ans Kinn und blickte auf sie hinab. »Und so hat er sie auch genannt. Seine *kleine* Schneekönigin.«

Sie knurrte und sprang nach vorne. Ich wich genau in dem Moment aus, in dem sie mit dem Schwert auf den Tisch schlug. Doch anstatt um den Tisch herumzugehen, sprang sie darauf und stürmte direkt auf mich zu.

Hatte ihr meine Andeutung, dass mein Vater ihrer Mutter an die Wäsche gewollt hatte, etwa nicht gefallen?

Sie zielte auf meine Beine, aber ich stellte einen Fuß auf das Schwert, schlug es ihr aus der Hand und warf sie auf den Boden. Dann drückte ich ihre Schultern auf das Holz und starrte in ihr wutverzerrtes Gesicht.

»Die Dame ist die wertvollste Spielfigur«, sagte ich zu ihr, »aber um zu gewinnen, muss sie nicht zwingend bis zum Schluss auf dem Spielfeld bleiben. Ihr Job …« Ich hielt inne und zog eine Augenbraue hoch. »Ihr Job ist es, den König zu beschützen.«

Sie zog ein Messer von irgendwoher und drückte mir die Seite der Klinge an den Hals.

Fuck. Im Bett war sie bestimmt eine ziemliche Nummer.

Ich grinste. »Du wirst mir nicht wehtun.«

»Und warum nicht?«

»Weil wir Freunde sind.«

»Du kennst nicht mal die Bedeutung dieses Wortes!«, fauchte sie mich an. »Ich bin dir egal!«

»Ich würde für dich töten«, knurrte ich ihr ins Gesicht.

Der ungläubige Blick auf ihrem Gesicht, als wüsste sie nicht, ob sie gerührt sein oder lachen sollte, spiegelte genau das wider, was gerade in meinem Kopf vor sich ging.

Ja.

Es kam einfach so heraus, aber ich glaubte, dass es die Wahrheit war. Es hatte eine Zeit gegeben, da hätte ich für Michael, Kai und Will getötet. Vielleicht täte ich das immer noch. Aber ich würde definitiv für Rika und Banks töten. Sie mochten mich vielleicht nicht besonders, aber sie verstanden mich.

Ich schob ihr Messer von meinem Hals weg und sah zu ihr hinunter. »Jetzt bin ich beeindruckt, aber du stehst auf der falschen Seite.«

Und dann griff ich in meine Brusttasche und holte den USB-Stick mit den Informationen heraus, die Alex beschafft hatte. Der Beweis, den ich im Austausch für die Informationen über Winters Vater, die Rika für mich besorgt hatte, wie versprochen erbringen sollte.

Sie sah mich an, Erkenntnis lag in ihrem Blick, und die ganze Wut verschwand aus ihrem Gesicht, als sie ihn mir aus der Hand nahm.

Ich stieg von ihr herunter und setzte mich neben sie. »Da kommt noch mehr. Gib mir ein paar Tage Zeit.«

»Ist es schlimm?«, fragte sie und drehte ihren Kopf, um mich anzusehen.

»Es ist genau so, wie ich es dir letztes Jahr gesagt habe«, sagte ich. »Ich habe dir gesagt, dass ich nicht lüge. Evans Crist hat – zusammen mit meinem Vater – deinen umbringen lassen.«

Das war etwas, das ich über die Jahre hinweg aufgeschnappt hatte, als ich zu Hause zufällig Gespräche belauscht hatte. Und ich hatte Alex beauftragt, Evans Crist, Michaels Vater, zu bearbeiten und Aufnahmen der Überwachungskamera und Kontoauszüge zu sammeln, die er für alle Fälle aufbewahrte, damit er sie meinem Vater vorhalten konnte, falls er sie brauchte.

»Dein Vater war darin verwickelt?«, fragte Rika. »Warum deiner?«

Das war eine gute Frage, auf die ich noch keine Antwort hatte. Es war offensichtlich, warum Evans Schraeder Fane loswerden wollte. Sie waren Freunde gewesen, und Evans hatte die Vollmacht über den Nachlass seines Freundes gehabt, falls etwas passieren sollte. Und Evans hatte seine Chance erkannt. Er wollte Rika mit seinem Sohn Trevor verheiraten, wenn sie erwachsen war, damit das Fane-Vermögen ihnen gehören würde. Aber er wusste, dass Schraeder nicht vorgehabt hatte, seine Tochter allzu jung zu verheiraten, und er wusste, dass Rikas Mutter leichter zu bearbeiten wäre.

Warum mein Vater ihm dabei geholfen hatte, war mir allerdings nicht klar. Für ihn war dabei nichts rausgesprungen. Vielleicht nur ein Gefallen?

»Ich weiß es noch nicht«, gab ich zu.

Sie setzte sich aufrecht hin und starrte den USB-Stick an, während sie mit den Fingern die Narbe an ihrem Hals berührte. Die Narbe, die sie sich zugezogen hatte, als sie dreizehn gewesen war. Bei dem Autounfall, bei dem ihr Vater ums Leben gekommen war, weil seine Bremsen nicht funktioniert hatten. Gabriel und Evans hatten nicht erwartet, dass sie an diesem Tag mit ihm Auto sitzen würde, aber zum Glück hatte sie überlebt.

Denn ich brauchte sie, und wir hatten noch etwas zu erledigen.

KAPITEL 16

WINTER

Fünf Jahre zuvor

»Fertig?«, fragte Sara Dahlberg, als sie zum Ticketschalter ging. Ich nahm alle Münzen in meine Hand, warf sie zurück auf das Tablett und hielt die Summe auf einem Notepad fest, indem ich die Abdrücke meines Stifts erfühlte, um zu erkennen, wohin ich die Gesamtsumme schreiben musste. »Jep.«

»Ich werde deine Scheine zählen.« Sie zog das Tablett auf ihre Seite, und ich hörte das Rascheln, als sie den Rest meines Geldes zählte.

»Danke.«

Ich fuhr den Computer runter und schaltete die Laufschrift draußen ab, wodurch das Surren der Lichter endlich erstarb. Ich arbeitete erst acht Wochen hier, aber dieses Geräusch machte mich jetzt schon fertig. Ich hätte lieber drinnen beim Getränkeverkauf gearbeitet, aber die Managerin des Theaters hatte Angst, dass ich es dort hinter dem Tresen nicht schaffen würde, weil noch so viele andere Mitarbeiter herumwuselten. Ich hatte Ideen, aber sie hatte ein System, das funktionierte, also …

Aber ich hatte auch nicht wirklich viel von ihr erwartet. Sie traute mir nicht viel zu, und den Job hatte sie mir vor Beginn meines ersten Jahres am College nur gegeben, damit ich sie nicht mehr nervte, für das Ensemble tanzen zu wollen, da das Theater nicht nur Filme zeigte, sondern auch Theateraufführungen, Symphonien und Ballette veranstaltete.

Ich hatte angefangen, nach einem Job zu suchen, als sich das letzte Schuljahr dem Ende zugeneigt hatte, um beschäftigt zu bleiben und etwas Unabhängigkeit zu erlangen, aber ich hatte nicht viel Glück gehabt. Es hieß also, entweder das hier oder zu Hause bleiben und mir ständig Arions Selbstgefälligkeiten und die permanenten Auseinandersetzungen meiner Eltern anzuhören.

»Okay, bitte sehr«, sagte Sarah, legte mir das Tablett mit dem Geld in ein Stück Papier gewickelt in meine Hand und hielt mir die Tür auf.

Das Tablett unter dem Arm geklemmt, verließ ich den kleinen Raum und streckte die freie Hand aus, um mich zum Büro der Managerin voranzutasten. In den letzten zwei Monaten hatte ich mich daran gewöhnt, diesen Weg zu gehen, meine Schritte zu zählen und ihn zu finden.

Zwei Monate.

Zwei Monate, seit ich angefangen hatte, einen richtigen Job zu machen.

Zwei Monate bis Weihnachten und die einzige Zeit, in der Arion und ich miteinander auskamen.

Zwei Monate plus einen, bis ich siebzehn war.

Und weniger als zwei Jahre bis zum Abschluss und zwei Jahre, seit ich mit ihm gesprochen hatte.

Zwei ganze Jahre.

Die Nacht der Auto- und Motorradfahrt war das letzte Mal gewesen, dass er mich besucht hatte. Warum war er nicht zurückgekommen?

Mit der Zeit waren mir viele Szenarien und Ängste durch den Kopf gegangen.

Er war verhaftet worden.

Er war umgezogen.

Er war gestorben.

All das waren quälende Möglichkeiten, aber nicht annähernd so schmerzhaft wie die, die am wahrscheinlichsten war: Er hatte das Interesse verloren. Er hatte seinen Spaß gehabt, war weitergezogen und war glücklich und lachte mit jemand anderem, während ich herumsaß und ihn vermisste.

Deshalb hatte ich es für eine gute Idee gehalten, mir einen Job zu suchen.

Wenn man schon nicht klar denken kann, dann sollte man sich wenigstens beschäftigen.

Trotzdem war ich mir seiner ständig bewusst. Ich lebte mein Leben, als ob er mich beobachten würde. Beim Haarekämmen, dabei, wie ich Arion um Make-up-Tipps bat – die sie mir tatsächlich gerne gab und mir netterweise dabei half –, und beim Tanzen. Wenn ich spätabends tanzte, wenn alle anderen schon im Bett waren, in der Hoffnung, dass er da war und wusste, dass es sicher war hervorzukommen.

Zwei seltsame, aber faszinierende Besuche vor zwei Jahren, und immer noch lief ich herum, als würde er mich beobachten.

Denn manchmal hätte ich schwören können, dass er es tat. Egal, ob ich auf einer Party war oder bei einem Basketballspiel, egal, ob ich im Sommerregen auf der Terrasse unter einer Markise saß und einem Hörbuch lauschte ... Seit dieser Devil's Night, seit er verschwunden war ... spürte ich es. Spürte die Hitze seiner Augen.

Möglicherweise beobachtete er mich immer noch.

Aber warum hatte er dann den Kontakt abgebrochen?

Wahrscheinlich spielte mir mein Verstand einen Streich, aber das machte es nicht leichter, ihn zu vergessen. Er hatte definitiv einen bleibenden Eindruck hinterlassen.

Und in all der Zeit, seit ich das letzte Mal mit ihm gesprochen hatte, hatte ich niemandem von ihm erzählt. Ich war dem Tanzclub in der Schule beigetreten, hatte ein paar neue Freunde gefunden, und obwohl ich mich dort jetzt viel wohler fühlte, war es der einzige Ort, an dem es für mich keine Dramen gab. Ich konnte mir schon vorstellen, wie die Geschichte meines mysteriösen Intermezzos mit einem düsteren Fremden plötzlich zu einer Geschichte darüber wurde, wie ich gezwungen worden war, für einen psychopathischen Serienmörder zu tanzen, der mir Zöpfe anstecken und meine Füße als Souvenir behalten wollte.

Nein danke. Ich würde nicht zulassen, dass jemand es ruinierte.

Ganz zu schweigen davon, dass meine Eltern es herausfinden könnten, wenn ich es anderen erzählte, und das wäre schlimm.

Ich trug das Tablett die Treppe hinauf, ging in das Büro der Managerin und stellte es auf ihrem Schreibtisch ab.

»Danke, Winter«, sagte sie. »Wie geht's dir? Du scheinst da unten gut zurechtzukommen.«

Klar.

»Eine Neunjährige könnte diesen Job machen.«

»Winter …«, tadelte sie mich.

Aber ich hatte nicht wirklich gescherzt. Es war die Wahrheit. Ein typischer Teenager-Job. Ich brauchte das Geld zwar nicht, aber es war schön, mein eigenes Geld zu verdienen und etwas Stressfreies zu haben, das mich nicht von der Uni ablenkte.

Gleichzeitig war es aber auch ein Job, den *sie* mir zutraute. *Sie* hatte ihn für mich ausgesucht. Und ich wollte *mehr* tun.

Zögernd stand ich da, und sie musste meinen Blick gesehen haben, denn sie hörte auf, das Geld zu zählen. »Du hättest dir fast den Arm gebrochen«, erinnerte sie mich seufzend.

Vor über einem Jahr war ich beim Üben gestürzt. Tänzer stürzen ständig und brechen sich immer wieder die Knochen.

»Du kannst nicht mit dem Ensemble tanzen«, fuhr sie fort. »Du lernst langsamer, als wir damit arbeiten können. Der falsche Sturz könnte dich umbringen. Ich meine … weißt du eigentlich, was du da von uns verlangst, Schätzchen?«

Ich presste die Zähne aufeinander, denn ich spürte, dass sie keine Lust mehr auf dieses Gespräch hatte, und ich hatte leider keine neuen Argumente.

Ich hatte da unten auf der Bühne oft getanzt, als ich klein gewesen war. Ich tanzte zu Hause, ohne Unfälle. Ja, ich brauchte länger, um es zu lernen, und ich machte allen die Arbeit ein bisschen schwerer, und das war ätzend, aber es war nicht unmöglich. Ich war alles tausendmal in meinem Kopf durchgegangen und hatte mir die Choreografie zurechtgelegt – meine und die der anderen Tänzer.

Ich wollte einfach nur eine Chance haben.

Sie erhob sich von ihrem Drehstuhl, dessen Rollen bei der plötzlichen Bewegung quietschten, und nahm mein Kinn leicht zwischen ihre Finger. »Herausforderungen finden uns, damit wir die werden können, die wir sein sollen«, sagte sie. »Gott hat dich auf einen aufregenden neuen Weg geführt. Vertraue seinem Urteil und sieh, wohin er führt.«

Was zur Hölle?

»Ich habe ein Erste-Klasse-Ticket gekauft«, erwiderte ich unwirsch. »Ich werde definitiv nicht den Bus nehmen.«

Mit diesen Worten drehte ich mich um und ging die Treppe wieder hinunter.

Menschen waren unbezahlbar. Was redeten wir uns nicht alles ein, einfach nur, um zu rechtfertigen, dass wir aufgaben und mit dem Strom schwammen. Als müssten wir alles akzeptieren, auch wenn es weniger war als das, was wir wollten. Als wäre es etwas Schlechtes, für seinen Traum zu kämpfen.

Eins war klar: Ich würde auf Tour gehen, und die Leute würden dafür zahlen, mich zu sehen.

Ich ging zum Ticketschalter, nahm meine Umhängetasche und mein Handy und schaltete das Licht aus. Dann ging ich durch die Lobby zu den Eingangstüren. Auf dem Weg rief ich meine Fahrerin an, um zu fragen, ob sie bald hier sein würde, aber es ging niemand ran, also hinterließ ich eine Nachricht auf dem AB. Da Arion weg war, da sie ein Auslandssemester machte, und meine Eltern Termine einhalten mussten, hatte meine Mutter einen Fahrdienst in der Stadt arrangiert, der mich abholte und bei der Arbeit absetzte. Es kostete wahrscheinlich mehr, als ich verdiente, aber da es in unserer Stadt keine öffentlichen Verkehrsmittel gab, ging es nicht anders. Ich hatte versucht, meinen Eltern meine Gehaltsschecks zu geben, um die Kosten zu decken, aber meine Mutter wollte nichts davon hören.

Nun stand ich auf dem Bürgersteig in der Nähe des Theaters, um meine Mitfahrgelegenheit auch ja nicht zu verpassen, wenn sie dann auftauchte. Das Personal vom Getränkeverkauf war immer noch am Putzen, also hätte ich Hilfe, wenn ich sie brauchte. Das Geräusch von vorbeifahrenden Autos drang mir in die Ohren, genauso wie die Musik aus dem *Sticks* auf der anderen Seite des Platzes.

»Hey, Winter«, rief jemand auf der anderen Straßenseite. »Soll ich dich mitnehmen?«

Sara. Sie hatte heute Abend mit mir an der Kasse gearbeitet und mich angelernt, als ich den Job begonnen hatte. Sie wollte wohl auch gerade gehen.

»O nein, ist schon in Ordnung«, rief ich zurück. »Meine Fahrerin sollte bald hier sein.«

»Meine Fahrerin ...«, wiederholte jemand kichernd.

Ich erkannte die Stimme nicht. Hatte ich mich gerade überheblich angehört?

»Ich kann dich doch nicht so stehen lassen«, scherzte Sara. »Komm schon. Bestell dein Auto ab. Wir nehmen dich mit.«

Wir?

Ich überlegte einen Moment, denn ich hatte keinen wirklich guten Grund, Nein zu sagen. Der Fahrerin würde es egal sein. Sie würde trotzdem bezahlt werden *und* heute Abend früher ins Bett kommen.

»Okay«, sagte ich. »Danke.«

Autotüren knallten zu, ein Motor sprang an, Reifen quietschten, und das Auto kam auf meiner Seite der Straße zum Stehen. Sara stieg aus, nahm meine Hand und führte mich zur Hintertür. Ich zog meine Hand sanft aus ihrer heraus und legte sie auf ihren Arm.

»Kennst du Astrid Colby?«, fragte sie, während sie die Tür für mich aufhielt. »Und ihren Freund Miles Anderson? Sie sind beide im letzten Jahr. Das hier ist sein Auto.« Und dann: »Das ist Winter Ashby, Leute.«

Ich hielt inne. »Oh, ich wollte euch keine Umstände machen.« Ich hatte gedacht, Sara würde fahren. »Ich habe eine Fahrerin, die mich abholt. Ist schon in Ordnung.«

Ich kannte Astrid und Miles nicht, aber ich hatte von ihnen gehört. Und ich hatte definitiv den Eindruck, dass sie Ärger bedeuteten.

»Entspann dich.« Sara stupste mich an. »Wir bringen dich im Handumdrehen nach Hause.«

Na schön. Solange sie hier war, sollte es in Ordnung sein.

Ich nahm meine Tasche von der Schulter und kletterte ins Auto. Sofort stieg mir Zigarettenrauch unangenehm in die Nase, und ich holte tief Luft, als meine Oberschenkel den kalten Ledersitz berührten; ich trug immer noch meine Theateruniform – Faltenrock, Hemd und Fliege. Schnell schickte ich eine Nachricht an die Fahrerin.

Nachdem Sara eingestiegen war und die Tür geschlossen hatte, rasten wir los. Ich spürte, wie das Auto wendete, also nahm ich an, dass wir den Platz umrundeten und dann wahrscheinlich durch das Viertel in Richtung Autobahn fuhren.

Nach dem tiefen Grollen des Motors zu urteilen, der Ledersitzbank, auf der ich saß, und dem schweren Geräusch der Tür, die sich soeben geschlossen hatte, war es ein altes Auto. Ein typisch amerikanisches Muscle-Car vielleicht? Ich wollte ja nicht meckern, denn der Sitz war tatsächlich bequem, aber ich zog den Klang und das Gefühl eines anderen Autos vor. *Seines* Autos. Des einzigen Autos, das ich je gefahren war und wahrscheinlich auch je fahren würde. Wendig und schnell … Darin zu fahren, war unglaublich gewesen.

Und noch unglaublicher war, ihn unter mir zu spüren. Es war nicht völlig abwegig, dass er etwas mit meiner Loyalität zu diesem Auto zu tun hatte.

Zwar konnte ich mir nicht sicher sein, aber ich nahm an, dass es sich bei seinem Auto um einen BMW gehandelt hatte. Meine Schwester hatte einen zum Abschluss bekommen, und als ich mich hineingesetzt hatte, war ich fast in Ohnmacht gefallen, als ich genau dasselbe runde Emblem in der Mitte des Lenkrads gefühlt hatte, das er in seinem Auto hatte.

»Mach die Scheinwerfer aus, Arschloch«, sagte der Fahrer.

»Er ist uns direkt auf den Fersen«, kommentierte Astrid.

»Ja, du wirst verfolgt, Miles«, fügte Sara scherzend hinzu. »Es ist fast Devil's Night. Lasset die Streiche beginnen.«

Ich hörte, wie er schnaubte, und ein weiterer Hauch von Rauch schlug mir entgegen.

Stimmt. Morgen war Devil's Night.

»Habt ihr schon Pläne?«, fragte Sara. »Es ist so langweilig, wenn die Apokalyptischen Reiter nicht da sind.«

»Scheiß auf sie«, sagte Miles. »Wir können unser eigenes Ding drehen.«

Ich schob mir die Haare hinter die Ohren, als ich mich dem

Fenster zuwandte. Miles war der einzige Mensch, von dem ich gehört hatte, der die Apokalyptischen Reiter nicht anbetete. Warum wohl?

Seit sie weg waren, war die Energie in der Schule im Keller. Das Basketballteam litt, und es passierte nichts Aufregendes mehr. Alle waren wie scheintot.

Miles lenkte den Wagen nach rechts, trat auf die Bremse und kam plötzlich zum Stehen. Ich griff mit der Hand nach der Rückenlehne seines Sitzes, um nicht nach vorne zu stürzen.

»Steig aus, Schlampe«, sagte Astrid.

Bitte?

Die Tür auf Saras Seite öffnete sich, und sie rutschte von mir weg. »Danke fürs Mitnehmen, Leute«, zwitscherte sie.

Ich erstarrte, jeder Muskel zum Reißen angespannt. *Wie bitte?*

»Ihr wisst, wo Winter wohnt, oder?«, fragte Sara die beiden.

Moment, sie wollten Sara zuerst absetzen? Ich unterdrückte ein Stöhnen. *Scheiße.* Vielen Dank auch. Warum bitte schön ließ sie mich bei Leuten zurück, die ich nicht einmal kannte?

»Keine Sorge«, sagte Astrid zu ihr. »Wir bringen sie schon nach Hause.«

»Ist schon gut«, sagte ich und nahm meine Tasche und mein Handy. »Ich steige hier aus und rufe meine Fahrerin an.«

»Sei keine Bitch«, entgegnete Astrid, aber mit einem neckischen Tonfall.

»Gute Nacht, Winter«, sagte Sara und schlug die Tür zu.

Ich atmete aus.

Es ist in Ordnung. Alles wird gut.

Miles legte den Gang ein und fuhr los, und ich lehnte mich zurück und umklammerte mein Handy. Ich musste unbedingt lernen, unhöflich zu sein. Ich hätte einfach Nein sagen sollen.

Ein paar Minuten lang fuhren wir schweigend weiter, und ich erkannte an der geraden Linie, die er fuhr, dass wir ziemlich sicher auf dem Highway waren, der zu meinem Haus führte.

»Ist das Auto immer noch hinter uns?«, fragte Astrid.

»Ja«, antwortete Miles kurz angebunden.

Mein Herzschlag beschleunigte sich. Jemand war ihnen gefolgt? Wenn etwas passieren würde, wollte ich hier weg sein, bevor es passierte.

»Also«, sprach Astrid wieder, »was genau siehst du?«

Wieder herrschte Schweigen, und ich richtete mich aufmerksam auf. »Redest du mit mir?«

»Ja.« Sie lachte.

Ich schüttelte den Kopf. »Ich kann nichts sehen.«

»Nun, ich weiß, aber ist es wie ... schwarz oder weiß ... oder wie?«, drängte sie. »Wenn ich meine Augen schließe, sehe ich manchmal eine Mischung aus Farbklecksen, und manchmal ist es einfach nur dunkel.«

»Nichts«, sagte ich wieder. »Ich sehe nichts. Der Sinn ist nicht vorhanden.«

»Psychedelisch«, gurrte sie zustimmend.

Ich lachte leise. Es war schwer für die Leute, das zu begreifen. Wenn sehende Menschen nichts sehen konnten, lag das daran, dass ihre Augen bedeckt waren. So nahmen sie auch an, dass es bei mir war. Meine Augen waren für sie einfach geschlossen.

Aber in Wirklichkeit hatte ich gar keine Augen. Mein Körper führte nur die gleichen unwillkürlichen Handlungen aus: blinzeln, weinen ...

»Das ist eine sehr hübsche Uniform, die du da trägst«, sagte Miles, während er fuhr.

Astrid antwortete nicht, also nahm ich an, dass er mit mir sprach.

»Danke«, murmelte ich.

Sein Ton war geladen, und instinktiv zog ich meinen Rock, so weit es ging, nach unten, hatte plötzlich das Gefühl, dass er viel zu kurz war.

»Ihr wisst, wo ich wohne, oder?«

Astrid sagte nichts, und er lachte nur leise.

Ich nahm mein Handy in die Hand und drückte auf den Einschaltknopf.

Kühles Metall berührte meine Hand, und ich zuckte zusammen.

»Probier mal«, sagte Astrid und reichte mir etwas.

Ich nahm es, drehte den handtellergroßen Gegenstand in meiner Hand und hörte Flüssigkeit darin zischen.

»Nein danke.« Ich reichte es ihr zurück.

Ich konnte die Worte meiner Mutter noch hören, als ich ungefähr zwölf gewesen war. Sie hatte mich sehr früh erzogen. *Trinke niemals ein alkoholisches Getränk, das du nicht selbst gemacht oder geöffnet hast.*

Sie hatte Ari dasselbe gesagt, aber sie wusste, dass ich einem größeren Risiko ausgesetzt war, zum Opfer zu werden. Jemand könnte mir alles Mögliche in mein Getränk schütten, und das direkt vor meinen Augen ohne mein Wissen.

Aber Astrid nahm mir den Flachmann einfach weg. »Spielverderberin«, motzte sie.

Ich wollte mich gerade trotzdem bedanken, als wir wendeten und Kies unter den Reifen knirschte. Sofort kniff ich die Augen zusammen, sämtliche Nerven in Alarmbereitschaft. Auf dem Weg zu meinem Haus gab es keine Schotterstraßen.

»Wohin fahren wir?«, fragte ich.

Aber keiner der beiden antwortete.

Ein ungutes Gefühl breitete sich in meinem Bauch aus. Hier draußen konnte man mich nicht in eine Umkleidekabine schubsen, aber es gab viele Möglichkeiten, mir einen Streich zu spielen.

»Folgt uns das Auto immer noch?«, fragte Astrid.

»Sie sind genau in dem Moment abgebogen, als wir auch abgebogen sind. Eine Straße hinter uns«, antwortete er.

»Cool.«

»Was ist hier los?«, fragte ich.

»Wir wollen dir was zeigen«, antwortete Astrid.

»Ich will nur nach Hause.«

Das Auto schlingerte auf den Schlaglöchern, und ich prallte mit dem Kopf gegen das Dach. »Autsch«, zischte ich.

Verdammt noch mal, das war nicht lustig. Es war schon nach zehn, und ich kannte diese Leute nicht. Warum dachten sie, sie könnten mich einfach irgendwohin bringen, wohin ich nicht wollte?

»Ich will nach Hause«, sagte ich wieder.

»Immer mit der Ruhe«, ermahnte mich Miles. »Wir brauchen dich für was.«

»Für was?«

»Kletter hier vor und setz dich in die Mitte«, wies er mich an.

»Warum?«

»Komm schon!« Astrid zerrte an meinem Arm. »Du musst meine Beine festhalten.«

»Deine Beine festhalten?«

Plötzlich strömte Luft in das Auto, wehte in mein Haar, und ein Schrei ertönte von außerhalb des Wagens. Mein Atem wurde flach. Steckte sie etwa gerade ihren Kopf aus dem Fenster?

»Komm schon, bitte?«, bettelte sie und zerrte wieder an meinem Arm.

»Wir bringen dich gleich nach Hause.«

Ich verzog den Mund. *Na gut.*

Ich zog meine Jacke aus, ließ mein Handy und meine Schultasche zurück und kletterte mit einem Bein über den Vordersitz. Der Wind hob meinen Rock an und wehte mir die Haare ins Gesicht, also setzte ich mich schnell zwischen Miles und Astrid, wobei sich die Haare in meinem Nacken vor Angst und ein wenig Aufregung aufrichteten. Ein Déjà-vu überkam mich, und eine Sekunde lang war es, als wäre er hier und würde mich auf ein weiteres Abenteuer mitnehmen.

»Okay, ich steige hoch«, sagte Astrid. »Nimm meine Beine und halt sie fest.«

»Warte ...«

Aber sie war schon in Bewegung. Das Auto raste die Nebenstraße entlang, schlingerte und holperte über das unebene Gelände, und ich schlang meine Arme um ihre jeansbekleideten Beine, als sie sich durch das offene Fenster auf die Tür setzte.

Ein Heulen drang durch die kühle Abendluft, und das Gewicht ihres Körpers zog an mir, als sie sich seitlich aus dem Auto lehnte. Ich war mir nicht sicher, ob ich sie fest genug hielt.

Sie würde rausfallen. Und ich würde sie auf keinen Fall halten können. Was zur Hölle tat sie da?

Was auch immer es war, es schien ihr zu gefallen. Sie lachte und schrie, und Miles fuhr noch schneller.

Er riss am Lenkrad, und ich spürte, wie Astrids Körper ein wenig mitgerissen wurde. Ich umgriff sie noch fester, so fest, dass meine Muskeln wehtaten.

»Verdammt, Baby«, sagte Miles, und ich hoffte, dass er mit ihr redete.

Es dauerte noch etwa eine Minute, dann glitt Astrid zurück durch das Fenster, lachte und war total aus dem Häuschen, während sie ihr Fenster wieder hochkurbelte.

»Das war heiß, Babe«, sagte sie zu ihm.

Das Auto wurde langsamer, und ich rutschte wieder in die Mitte und wischte mir den Schweiß aus dem Nacken.

»Du solltest es auch machen«, sagte sie und klopfte mir auf den Arm.

»Danke, kein Bedarf.« Ich lachte ein wenig.

Nicht dass ich es nie versuchen würde, aber ich würde es nur mit Leuten machen wollen, denen ich vertraute. Und ich kannte die beiden nicht gut genug.

Der Motor wurde leiser und das Auto langsamer. Ich rieb meine Hände an meinen Oberschenkeln und trocknete meine verschwitzten Handflächen.

Können wir jetzt bitte von hier verschwinden?

Aber anstatt weiterzufahren oder den Wagen zu wenden, um zu meinem Haus zu fahren, wich Miles zur Seite aus, lenkte ihn an den Rand und kam zum Stehen.

Warum hielten wir an?

Er ließ den Wagen im Leerlauf laufen, und alle saßen einen Moment lang da. Nur die Musik dröhnte leise vor sich hin. Ich musste schlucken, weil meine Kehle so trocken war.

Er erklärte nicht, warum er angehalten hatte, und sie fragte auch nicht nach. Als hätten sie bereits einen Plan und wüssten, was gleich passieren würde.

»Du bist wirklich hübsch«, sagte Astrid rechts von mir mit leiser Stimme.

Irgendetwas an ihrem Tonfall war … intim. Augenblicklich wurde mein Mund trocken.

»Danke«, erwiderte ich, aber es kam nur als Flüstern heraus.

Auch seine Augen konnte ich auf mir spüren.

»Wir sehen dich manchmal in der Schule«, sagte sie. »Du scheinst Angst davor zu haben, dich auszuleben. Als würdest du nicht dazugehören.«

Ich fasste den Saum meines Rocks an. »Es ist kompliziert«, murmelte ich.

Ich wollte einfach nur nach Hause.

»Wir haben gern Spaß«, mischte sich Miles ein. »Den leben wir aus.«

Und dann streifte Astrids Flüstern mein Ohr. »Und wir wollen dich mitnehmen.«

Mir stockte der Atem, und ich wich zurück.

Aber sie hörte nicht auf. »Wir werden dir so viel Spaß bereiten«, neckte sie.

Und dann schnalzte sie mit ihrer Zunge gegen mein Ohr und fuhr mit ihren Fingern an der Innenseite meines Oberschenkels hinauf.

O Gott!

Ich schlug sie weg und schrie: »Fass mich nicht an!«

»Du wirst uns mögen«, sagte Miles mit harter Stimme, während er mich im Nacken packte und mich zwang, ihn anzusehen. »Wenn du uns erst mal probiert hast.«

»Nein!« Ich schlug nach ihm und traf ihn mitten ins Gesicht.

Arschloch.

Er schubste mich wütend. »Du kleine Schl…«

Aber dann hielt er inne, und etwas schien seine Aufmerksamkeit zu erregen. »Hast du das gehört?«

»Was?«, flüsterte Astrid.

Ich versuchte, mich von ihm wegzudrücken, dankbar, dass ihn etwas ablenkte. Hoffentlich war es ein Polizist oder irgendjemand, zu dem ich laufen könnte.

Und dann hörte ich es auch. Ein Heulen.

Kläffen und Bellen. Rufe und Schreie.

»Was ist das?«, sagte Miles mehr zu sich selbst als zu uns.

Gab es Wölfe in der Gegend? So viel mir bekannt war, nicht,

aber ich würde es lieber mit wilden Tieren aufnehmen als mit diesen beiden hier.

Die Geräusche verschwanden, und Miles und Astrid atmeten kaum, als sie ganz still blieben und noch ein paar Augenblicke lang lauschten.

Die Äste der Bäume rauschten über uns im Wind, und ich glaubte, Blätter um das Auto herum rascheln zu hören, war mir aber nicht sicher, da die Musik immer noch lief.

»Da draußen ist etwas«, murmelte Astrid.

Und mir fiel wieder ein, dass sie vorhin gedacht hatten, dass sie verfolgt wurden.

Ich spürte, wie Miles sich neben mir bewegte. »Ich weiß nicht …«, setzte er an.

Im nächsten Moment schlug etwas Schweres gegen die Windschutzscheibe, und er brach ab, während Astrid neben mir nach Luft schnappte.

»Was zur …?«, rief er.

Dann traf plötzlich etwas auf Astrids Seite, dann auf die Heckscheibe und auch auf Miles' Seite.

»Ist das …?«, fragte Astrid. »Jemand spritzt Farbe auf die Scheiben.«

»Verdammt noch mal«, knurrte er.

Er ließ mich los und öffnete die Tür, aber von draußen kam ein hämmerndes Geräusch, und er heulte vor Schmerz auf und fiel auf mich zurück.

Hatte gerade jemand versucht, seine Tür zuzuschlagen?

Ich wusste nicht, was los war, aber ich spürte, wie das Auto unter mir zitterte und wie etwas im hinteren Teil des Wagens vibrierte, als ob jemand sich dort an etwas zu schaffen machte.

»Die Fenster sind mit schwarzer Farbe beschmiert!«, rief Astrid. »Jemand ist da draußen. Fahr einfach los!«

Ich überlegte hin und her, ob ich versuchen sollte rauszukommen oder ob die Gefahr da draußen größer war. Doch bevor ich eine Entscheidung treffen konnte, legte Miles auch schon den Gang ein und trat das Gaspedal durch.

Wir bewegten uns nicht. Er gab mehr Gas und ließ den Motor aufheulen, aber die Autoreifen drehten durch und quietschten unter uns.

»Riechst du das auch? Gas?«, fragte Astrid.

Ich atmete ein und spürte ein Brennen in meiner Kehle.

»O Scheiße«, sagte Miles plötzlich.

Was war das? Verdammt, was war hier los?

»Sieh mal«, sagte er.

»Das würden sie nicht tun«, antwortete sie atemlos.

Was sahen sie?

Und im nächsten Moment öffneten sich die Türen, und sie huschten aus dem Auto und ließen mich allein auf dem Vordersitz zurück.

Was zur Hölle?

Ich wusste nicht, warum sie rannten, aber sie hatten etwas gesehen, das ihnen Angst machte. Also war es nicht sicher, im Auto zu bleiben, oder? Ich wusste nicht, was ich tun sollte, ob ich rennen sollte und vor wem ich Angst haben musste. Aber sie waren weg, und ich überlegte eine halbe Sekunde, bevor ich mich zur Fahrertür stürzte, sie zuzog und absperrte. Dann tat ich dasselbe mit Astrids Tür. Ich war zwar noch immer irgendwo im Nirgendwo, aber zumindest war ich vor ihnen sicher.

Der Schlüssel steckte noch im Zündschloss, und es war wahrscheinlich eine schlechte Idee, aber ich würde von hier verschwinden, wenn ich es musste. Ich würde einfach der Schotterstraße folgen.

Vorausgesetzt, ich schaffte es, den Wagen in Bewegung zu setzen, was Miles aus irgendeinem Grund nicht hatte bewerkstelligen können.

Einen Moment lang saß ich da und lauschte einfach, konnte draußen aber keine Geräusche mehr hören, nur das Rumpeln des Motors und irgendeinen White-Stripes-Remix im Radio.

Mein Handy. Ich würde meine Mutter anrufen und sie mein Handy orten lassen, um mich zu finden.

Ich hatte nämlich keine Ahnung, wo ich war.

Aber in diesem Moment hörte ich sein Atmen.

Direkt hinter mir, auf dem Rücksitz.

Ich erstarrte und bewegte keinen Muskel, während das Grauen meinen Körper durchfuhr und meine Fantasie verrücktspielte, um herauszufinden, wer oder was da hinter mir war.

Es war schwach, aber konstant, und Schmerz bahnte sich seinen Weg durch meinen Kiefer und Hals, als ein Schrei meine Kehle erfüllte.

Mir kamen die Tränen, und ich konnte nicht glauben, dass ich so dumm gewesen war.

Ich hatte vergessen, die Hintertüren zu verschließen.

Ich öffnete den Mund, wollte aufschreien und mich auf die Tür stürzen, aber dann war seine Stimme in meinem Ohr.

»Hey, kleiner Teufel«, flüsterte er.

Ich schnappte nach Luft, der Spitzname und sein leiser Tonfall trafen mich mit einem überwältigenden Schlag, und ich schluchzte fast vor Glück.

Willst du mich verarschen?

Plötzlich griff er nach vorne, nahm mich in seine Arme und zerrte mich auf den Rücksitz. Ich griff mit den Händen hinter mich und berührte sein Gesicht – die scharfe Nase und das kantige Kinn –, streifte die Narben auf seiner Kopfhaut und vergrub meine Nase in seinem Hals. Frisch geduscht. Wie immer.

»O mein Gott.« Ich drückte meine Stirn an seine Wange und hielt ihn ganz nah. »Wo warst du?«

Er antwortete nicht, sondern hielt mich einfach in seinem Schoß, in seinen Armen.

Ich schloss die Augen und atmete aus, als hätte ich zwei Jahre lang die Luft angehalten. Er war hier. Er war am Leben und hatte mich nicht vergessen.

Aber …

Ich richtete mich auf, drehte mich um und setzte mich rittlings auf ihn. Dann packte ich ihn am Kragen seines Hoodies. »Du hast mich zu Tode erschreckt!«

»Ja, das mache ich gerne.«

Ja, das taten viele Leute in dieser Stadt gerne.

Ich wollte wütend sein, aber ein Lachen kam mir über die Lippen, und so sehr ich es auch wollte, ich konnte einfach nicht wütend auf ihn sein. Er war hier und hatte Miles und Astrid in die Flucht geschlagen.

Ich hielt ihn fest und ließ meine Stirn gegen seine sinken, genoss das Gefühl, ihm nah zu sein.

Seine Hände schlossen sich um meine Oberarme. »Was hast du mit ihnen gemacht?«, fragte er streng.

Ich blieb genau dort, wo ich war, unsere Lippen waren nur wenige Zentimeter voneinander entfernt. »Du warst der, der ihnen gefolgt ist?«

Er nickte. »Ich komme zurück, um dich wiederzusehen, und muss mitansehen, wie du mit einem anderen Mann in ein Auto steigst.«

»Das ist ziemlich weit hergeholt«, sagte ich scherzhaft. »Es waren auch noch zwei andere Mädchen im Auto. Ich dachte, ich wäre sicher.«

Ich ließ seinen Kragen los, legte meine Hände an seinen Hals und spürte die gleiche warme, glatte Haut wie damals. Er hielt still, war fast starr, während ich ihn berührte und seinen Duft einatmete.

Langsam nahm er seine Hände von meinen Armen und legte sie weiter runter auf meine Taille, wo sich seine Finger leicht in meine Haut gruben. Hitze breitete sich zwischen meinen Beinen aus, und ich biss mir auf die Lippe, um meinen Atem unter Kontrolle zu halten.

»Hast du was getan, das ich dich bereuen lassen werde?«, flüsterte er.

Mich bereuen lassen?

»Eifersüchtig?«, stichelte ich.

Aber Miles und Astrid waren jetzt weit weg. Sie waren kaum noch von Belang. Morgen würde ich meiner Mutter erzählen, was passiert war, aber im Moment hatte ich alles, was ich wollte, in diesem Auto.

Ich berührte seinen Hals, fuhr mit den Fingern zu seinem Schlüsselbein und schwebte über seinem Mund, wo ich mit dem winzigen Luftraum zwischen uns spielte.

»Winter ...«, knurrte er fast.

Ich bewegte mich um sein Gesicht herum, streichelte ihn mit meiner Nase, der Stirn und den Händen, und meine Zunge sehnte sich danach, über meine Lippen zu kommen und ihn zu schmecken.

»Du warst zwei Jahre weg«, sagte ich. »Das ist eine lange Zeit.«

»Haben sie dich angefasst?«

»Und wenn sie es getan haben?«, neckte ich ihn. »Ich bin jetzt erwachsen.«

»Bist du nicht«, sagte er, und es klang wie eine Warnung, aber er atmete selbst schwerer.

Ich drückte meine Brust an seine und drückte ihn zwischen meine Schenkel.

»Ich bin alt genug für ... mehr.«

Er packte meine Taille fester und presste meinen Körper an seinen. »Du bist alt genug, wenn ich es sage.«

Ich lächelte, legte meinen Kopf zurück und spürte, wie seine Lippen meinen Hals hinaufglitten. Sein Mund sagte das eine und tat das andere.

Ich begann, mich zu bewegen, ihn zu reizen. Ihn zu necken. Mich an ihm zu reiben.

Ich wollte seinen Namen flüstern, aber ich konnte es nicht.

Ich nahm seine Hände, zog sie von meinem Körper weg und schob sie über meine Oberschenkel direkt unter meinen Rock. In seiner Nähe war ich nicht schüchtern.

Ich wusste, dass er mich wollte, aber er tat ständig Dinge – er war herrisch und überfürsorglich –, die mich an einen älteren Bruder erinnerten. Das musste aufhören. Ich war kein Kind mehr. Ich war *bereit.*

»Also, was sagst du?«, fragte ich und lud ihn ein, mich zu berühren.

Er krümmte seine Finger auf meiner Haut. »Hör auf«, befahl er mir.

»Ich bin sechzehn, und ich wurde noch nie geküsst.« Ich legte meine Hände auf seine Brust und spürte, wie meine Brüste seinen Körper streiften. »Ich habe auf dich gewartet.«

»Winter ...«

»Ich habe auf dich gewartet«, wiederholte ich keuchend und streichelte seine Lippen mit meinen. »Aber ich werde nicht ewig warten.«

Ich legte meine Lippen auf seine, schob meine Zunge hervor und schnalzte gegen seine Lippe, während ich meine Hüften auf ihm rollte. Die unverkennbar harte Beule seines Penis rieb durch seine Jeans an meinem Höschen, und ich stöhnte auf.

Er packte mich unter den Armen und zog mich höher. »Ich hoffe, das ist keine Drohung«, stieß er hervor.

Dann nahm er mein Gesicht in eine Hand und zog meine Unterlippe zwischen seine Zähne. Fest saugte er daran, als wäre er am Verhungern und stöhnte laut auf. Ich keuchte, und wir gaben beide nach, hielten uns gegenseitig in den Armen, und unsere Münder verschmolzen miteinander.

Ich war schnell und unbeholfen und konnte mit seinen Küssen und seiner Zunge in meinem Mund nicht mithalten, aber ich genoss jede Sekunde.

Er knabberte und biss, griff kraftvoll in mein Haar, um meinen Kopf hochzuheben und an meinem Hals zu saugen. Er wanderte von meinem Kinn zu meinem Kiefer und dann zu meinem Mund, und ich umklammerte seine Schultern und zerrte an seinem Sweatshirt, während ich mich an ihm rieb. Gott, ich konnte mich einfach nicht zurückhalten. Er fühlte sich so gut an.

Ich konnte kaum noch atmen, also zerrte ich an meiner Fliege, bis sie sich löste. Dann knöpfte ich meinen obersten Knopf auf, fühlte mich endlich freier und zog ihn noch näher an mich ran, während er an meinem Hals saugte.

Meine Hüften bewegten sich vor und zurück und drängten sich an ihn.

»Winter …«, stöhnte er und zog sich zurück. »Ich will nicht …«

Ich beschleunigte das Tempo, und er packte meinen Hintern, um mir zu helfen, mich zu bewegen.

»Was willst du nicht?«, keuchte ich.

»Ich will dich nicht verderben.«

Ich wurde langsamer, berührte seinen Mund mit meinem und küsste ihn sanft.

Wie kam er nur auf diese Idee?

»Das wirst du nicht.« Ich schüttelte den Kopf und berührte sein Gesicht. »Wir werden nicht aufs Ganze gehen. Wir werden nur spielen.«

Er lachte leise auf.

Ich küsste ihn, und er vergrub seine Finger wieder in meiner Haut, sodass mein Körper explodierte und jeder Zentimeter meiner Haut zum Leben erwachte.

Gott, ich liebte es, wenn er das tat.

»Hey, Mann, was machen wir hier?«, rief draußen jemand. »Sollen wir warten, oder was?«

Ich erschrak und brauchte einen Moment, um zu begreifen, dass er Freunde dabeihatte. Ich fuhr mit den Fingern durch sein Haar und griff wieder nach seinem Mund.

Geh nicht weg.

»Mann!«, rief der Typ wieder. »Mädchen in deinem Alter, gleich hier draußen! Was soll der Scheiß?«

Ein leises Lachen kam ihm über die Lippen. »Ich glaube, ich kann nicht warten, bis sie legal ist, Mann«, flüsterte er seinem Freund zu, aber so leise, dass nur ich es hören konnte.

Ich knabberte neckisch an seinem Mund. »In dreiunddreißig Staaten ist sechzehn das legale Alter«, sagte ich herausfordernd. »Nur nicht in unserem. Es ist eine reine Formalität.«

»Du hast wohl Nachforschungen betrieben, wie?«

Ich fing an zu grinsen, aber der Kerl draußen wurde langsam ungeduldig. »Komm schon, Mann!«

Er schlug mit der Faust gegen das Fenster, um seinen Freund zum Schweigen zu bringen, und ich hörte, wie das Glas unter seinem Schlag splitterte.

»Mein Gott«, jammerte der Kerl, und ich hörte noch mehr Gelächter von anderen. »Lassen wir den beiden ihre Privatsphäre, Jungs.«

Ihre Stimmen verstummten, und er wurde langsamer, berührte mich, verschlang meinen Hals und erforschte meinen Körper. Seine Hände wanderten meinen Rock hoch, um die Grenze zu ertasten, aber nie zu überschreiten, und ich schob meine Hände unter sein Sweatshirt und T-Shirt und fühlte seine heiße Haut, seinen Körper und seine schmale Taille.

Ich strich über die erhabenen Hautpartien unter seinen Armen, hielt inne und bemerkte, dass sie mich an das erinnerten, was ich vor zwei Jahren unter seinem Haar gefühlt hatte. Ich strich mehrmals mit dem Daumen über sie.

»Warum warst du vorhin so aufgebracht?«, fragte er. »Als du von der Arbeit gekommen bist?«

Richtig. Er hatte gesehen, wie ich das Theater verlassen hatte. Hatte ich verärgert ausgesehen? Wahrscheinlich hatte ich die Tür ziemlich fest zugeknallt.

»Hat dir jemand was angetan?« Er löste sich von mir, knöpfte meinen obersten Knopf zu und rückte meine Fliege zurecht.

Normalerweise hasste ich es, wenn Leute mich wie ein Kind behandelten und annahmen, dass sie etwas für mich tun sollten, aber ich hatte den Eindruck, dass es mehr für ihn war. Um mich wieder »in Ordnung« zu bringen.

»Es war einfach ein rundum schlechter Abend«, erklärte ich.

»Was ist passiert?«

»Nichts Wichtiges.«

Er legte seine Hände abwartend auf meine Taille.

Ich lachte leise und gab mich geschlagen. »Ich glaube, ich habe heute Abend meinen Job gekündigt«, sagte ich zu ihm. »Ich habe an der Kasse des Bridge Bay Theaters gearbeitet. Sie haben mich gebeten, nicht mehr auf dem Gelände zu tanzen, und ich …« Ich hielt inne und suchte nach den richtigen Worten, es ihm zu erklären, ohne jämmerlich zu klingen. »… Ich habe alles getan, was ich konnte, um mich weiter dort zu engagieren, in der Hoffnung, dass sie irgendwann ihre Meinung ändern. Aber meine Chefin wollte nicht nachgeben.« Ich holte tief Luft, atmete wieder aus und wiederholte die Worte meiner Chefin. »Es ist unsicher, ich könnte mich verletzen.« Wut stieg wieder in mir auf. »Meine Chefin hat was davon gesagt, dass Gott einen Weg hat oder so. Und ich muss sehen, wohin er mich führt.«

»Bullshit!«

»Ja, oder?«, sagte ich mit belegter Stimme. »Ich hätte den ganzen Laden am liebsten … niedergebrannt.«

Er lachte auf, und einen Moment später fing auch ich an zu lachen. Er küsste mich und erinnerte mich daran, dass der Abend, egal, wie er begonnen hatte, sehr gut enden würde. Ich wollte bei ihm bleiben, aber er war mit seinen Freunden unterwegs. Ich wusste nicht, ob er bereits Pläne hatte.

»Also …«, sagte ich und wechselte das Thema. »Du hast Freunde.«

Es war irgendwie seltsam zu wissen, dass er ein normaler Kerl mit einem Alltagsleben war. Und ich hatte ihn für einen Vampir gehalten, der nur aufsteht, wenn die Sonne untergeht.

»Kann ich sie kennenlernen?«, fragte ich.

»Nein.«

»Warum?«

»Weil sie mir gehören und nicht dir«, wisperte er nah an meinem Ohr. »Und du gehörst mir und nicht ihnen.«

»Das grenzt deine Identität schon mal ein«, erwiderte ich. »Ein Einzelkind, das nie gelernt hat zu teilen.«

Ich würde es schon herausfinden. Oder ich würde ihn dazu bringen, es mir zu erzählen. Schließlich hielt ich ihn vor den anderen auch geheim.

Aber ich war für ihn kein Geheimnis. Während er eins für mich war.

Warum?

Ich fühlte mich nicht schuldig, weil ich ihn vor den anderen versteckte, aber er versteckte sich selbst vor mir. Dafür musste es einen Grund geben.

War er alt? Gebunden? Psychotisch?

Oder vielleicht … war ich ihm peinlich?

Plötzlich riss er mich mit seinen Worten aus den Gedanken. »Wo wohnt deine Chefin?«, fragte er.

Meine Chefin?

Ich runzelte die Stirn. »Warum?«

KAPITEL 17

DAMON

Fünf Jahre zuvor

Wir ließen Andersons Auto stehen und stiegen in meins. Die Jungs waren bereits weitergezogen, und ich fuhr sie zurück in die Stadt zum Haus ihrer Chefin.

»Was hast du vor?«, fragte sie mich.

Ich parkte am Gehsteig auf der anderen Straßenseite eines Hauses, das im American-Craftsman-Stil gehalten war, mit einer großen, umlaufenden Veranda und mehreren Giebeln. Der Garten war grün und makellos, und nur ein einziges Licht erhellte die Eingangstür.

Ich war mir noch nicht sicher, was ich vorhatte, aber irgendetwas würde mir schon einfallen.

Emory Scott lebte in diesem hübschen, sauberen Viertel. Hier gab es keine der Villen, wie sie am Küstenabschnitt des Ortes standen. Tatsächlich mochte ich diesen Teil der Stadt aber lieber. Dicht zusammenstehende Häuser, Nachbarn … ein schöner Ort für Kinder, wenn sie aufwuchsen.

Ich stellte den Motor ab und zog die Bremse an.

»Was soll ich tun? Was willst du?«, fragte ich mit einem Seitenblick zu ihr.

Ihre Hände hatte sie in ihrem Schoß verschränkt, und sie sah etwas nervös aus, auch wenn sie grinste. Ich konnte die Aufregung in ihrem ganzen Gesicht sehen. Sie hatte solche Angst davor, in Schwierigkeiten zu geraten.

Aber sie tat mir leid. Niemand sagte ihr, was sie tun und lassen sollte.

Außer mir vielleicht.

»Ich weiß nicht«, murmelte sie und sah unsicher aus. »Lass uns einfach fahren.«

»Willst du tanzen?«, drängte ich sie. »Ich werde dir alles geben, was du willst.«

»Wie willst du das anstellen?«

»Ich *kriege* alles, was ich will«, sagte ich nur.

Sie lachte leise, dachte wahrscheinlich, das sei ein Scherz gewesen. Für einen Moment wurde ich schwach, und das Licht in ihren blauen Augen war das Wunderschönste, das ich seit langer Zeit gesehen hatte.

Aber sie schüttelte den Kopf. »Nein.«

War es das, was sie wollte? Dass ich mich hinter ihrem Rücken um den ganzen Scheiß kümmerte, der sie verletzte oder wütend machte, weil sie zu schüchtern war? Denn genau das würde passieren. Ich ließ die Dinge nicht schleifen.

»Niemand lehnt dich ab«, sagte ich.

»Aber nicht so«, entgegnete sie. »Es würde mir nicht gefallen, wenn ich es nicht ehrlich verdient habe.«

Ja, das verstand ich. So würde ich wahrscheinlich auch beim Basketball denken.

Aber …

»Sie verdient es, zumindest zu weinen, wie sie dich zum Weinen gebracht hat«, stellte ich fest. »Wenigstens *das.*«

Winter zu sagen, dass sie das Tanzen aufgeben sollte – irgendjemanden zu entmutigen, das zu tun, was er tun wollte –, war arrogant, anmaßend und selbstgefällig. Ich wollte nichts dringlicher, als dass ihrer Chefin das Maul gestopft wurde.

»Ich kann vielleicht dafür sorgen, dass sie gefeuert wird«, schlug ich vor.

Aber Winter lachte nur.

Ich runzelte die Stirn. »Kann ich wenigstens ihren Garten überfluten und mich austoben?«

»Nichts zerstören«, befahl sie mir. »Nichts Gemeines. Es muss lustig sein. Und … leicht wieder in Ordnung zu bringen. Verstehst du? Was Elegantes.«

»Was, das man in der Grundschule tun würde«, korrigierte ich sie, und Hohn klang in meiner Stimme mit.

Sie verdrehte die Augen, lehnte sich in ihrem Sitz zurück und grinste in sich hinein.

Ich ließ den Kopf entspannt gegen die Kopfstütze zurücksinken und überlegte, was ich in meinem Kofferraum hatte. Meine Freunde und ich waren alle vom College zurück in die Stadt gekommen, um morgen bei der Devil's Night dabei zu sein. Und das Erste, was wir gemacht hatten, als wir heute angekommen waren, war, einkaufen zu gehen. Ich hatte Flaschen mit Spiritus in meinem Kofferraum, aber Winter wollte kein Feuer machen. Ich hatte Gips, Kleber, Taschenlampen, und die Jungs hatten noch andere Dinge wie Seile, Rauchbomben und Vorschlaghämmer. Das meiste davon würden wir morgen wahrscheinlich nicht benutzen, aber da wir in den letzten Jahren nicht an dem Chaos in Thunder Bay hatten teilnehmen können, hatten wir total die Kontrolle verloren und uns verausgabt.

Aber sie wollte nichts Zerstörerisches.

Schwierig. Alles, was wir machten, war zerstörerisch.

Dann fiel mir ein, dass ich auch ein paar Gashupen und Klebeband in meinem Kofferraum hatte.

Dann also das. Ich wusste, was wir zu tun hatten. Kaum zu fassen, dass ich mich auf dieses verdammte Niveau herabließ.

»Schnall dich an«, sagte ich und schüttelte den Kopf über mich selbst. »Ich weiß, was wir tun werden.«

Sie hielt sich hinten an meinem Sweatshirt fest und folgte mir, als ich den Weg hinunterjoggte, um die Ecke und an den Aufzügen vorbei. Ich war Dutzende Male gezwungen worden, zum Bridge Bay Theater zu gehen, um Aufführungen zu sehen, die meine Eltern gesponsert hatten, oder um meine Mutter zu bestaunen, wenn sie sich herabließ aufzutreten, als ob die Stadt unfassbar dankbar sein sollte, eine echte Bolschoi-Ballerina in ihrer Mitte zu haben. In Wirklichkeit war es nur ein Egoschub für sie, da sie seit ihrem fünfzehnten Lebensjahr nicht mehr in großem Stil aufgetreten war. Mein Vater hatte sie geheiratet, sie nach Amerika gebracht, und das war's mit ihrer Karriere.

Ich kannte diesen Ort wie meine Westentasche, obwohl ich seit Jahren nicht mehr hier gewesen war. Zum Glück war das Kellerfenster immer noch nicht verschlossen.

»Hast du das schon mal gemacht?«, fragte Winter.

Ich hielt die Tür auf, zog sie in die Damentoilette und schaltete das Licht an und meine Taschenlampe aus.

»Meine Schwester und ich haben es bei uns zu Hause gemacht und noch mal in der Pizzeria«, erzählte ich ihr.

Wir waren etwa vierzehn gewesen, aber ich erinnerte mich noch gut daran, dass es ziemlich lustig gewesen war.

Oh, wie sich die Zeiten geändert hatten – und was mich jetzt zum Lachen brachte.

»Hier, hüpf auf den Waschtisch«, sagte ich.

Sie folgte meiner Anweisung, und ich legte meine Tasche in das Waschbecken und holte ein paar Gashupen, Holzstöcke und etwas Klebeband heraus. Dann ging ich in eine der Kabinen und maß die Länge des Stocks von der Unterseite der Klobrille bis zum Knopf der Hupe, um zu sehen, wie er passte.

Perfekt.

»Halt das genau so«, wies ich sie an, drückte ihr die Gashupe in die Hand und schloss ihre Faust um die Dose und den Stock, um sie an Ort und Stelle zu halten. »Halt es gut fest.«

Sie nickte, und ich machte mich daran, die Dose vorzubereiten, indem ich Klebeband anbrachte und es so befestigte, dass der Stock nicht verrutschte, wenn jemand darauf drückte. Sodass, wenn jemand zum Beispiel auf dem Toilettensitz saß, ein ohrenbetäubender Ton erzeugt wurde, der laut genug war, um das Fundament dieses ganzen verdammten Ortes zu erschüttern.

Und jede einzelne Person hier drinnen würde sich an ihrem Kaffee verschlucken.

»Du hast also eine Schwester«, erkundigte sie sich.

»Ja. *Kein* Einzelkind«, sagte ich und korrigierte damit ihre Vermutung über meine mangelnden Manieren beim Teilen.

»Wie alt ist sie?«

»Ein Jahr jünger als ich.«

Die Rolle mit dem Klebeband quietschte, als ich sie um die Dose wickelte und absetzte, eine weitere Dose und einen Klebestreifen nahm und sie in ihre Hände legte, um dasselbe noch einmal zu tun.

»Und wie alt bist *du*?«

»Älter als du.«

Sie lachte. »Du bist doch nicht etwa sechzig, oder?«

Sechzig? Fühlte ich mich wie sechzig an, wenn sie mich berührte?

Ich hielt mit dem, was ich gerade tat, inne und beugte mich dich an sie heran. »Alt genug, um zu wählen, aber nicht alt genug, um Alkohol zu kaufen«, sagte ich ihr. »Aber ich kann trotzdem Alkohol besorgen. Wenn du willst.«

Sie grinste nur und ließ es auf sich beruhen.

Es war erstaunlich, dass sie es noch nicht herausgefunden hatte, aber ich achtete immer darauf, den Rosenkranz abzunehmen, wenn ich sie traf, und ich duschte immer, bevor ich zu ihr ging. Ich hatte gedacht, es würde schwierig werden, nicht zu rauchen, um mich nicht zu verraten, aber wenn ich in ihrer Nähe war, wollte ich einfach nur in ihrer Nähe bleiben. Meine Nikotinsucht war es nicht wert, sie zu verlassen, bevor ich mich nicht verdammt gut fühlte und dazu bereit war.

Ich hatte auch nie meine Maske getragen, denn dann hätte sie gewusst, dass ich ein Apokalyptischer Reiter war.

Aber wenn ich ihr sagen würde, dass ich neunzehn war, würde sie wissen, in welchem Jahrgang ich gewesen war. Und mit meinem ganzen Auflauern und Erschrecken, wie ich es in der Abstellkammer und in der Kantine getan hatte, würde sie sich schließlich der Realität stellen müssen, wer ich wirklich war. Aber im Moment … gefiel es mir, dass sie mich mochte.

Ich versuchte nicht, sie ins Bett zu kriegen. Ich versuchte nicht zu beweisen, wie tough ich war. Ich war nicht wütend oder niedergeschlagen oder erschöpft von meinem dummen, beschissenen Leben.

Für sie war alles neu. Sie war eine Flucht aus meiner verdammten Realität. Ich konnte alles fühlen und die Dinge zum ersten Mal wieder spüren, in ihren Worten, in der Reaktion ihres Körpers und in ihrem Gesicht.

Es war schwer gewesen, ihr fernzubleiben, aber ich wusste, dass ich es musste. Je näher wir uns kamen, desto eher würde ich sie verletzen, oder sie würde es herausfinden, und dann wäre es vorbei.

Erst heute Abend, als ich gesehen hatte, wie sie in Andersons verdammtes Auto eingestiegen war, war mir bewusst geworden, dass sie alt genug dafür war und dass es nur eine Frage der Zeit war. Ich hatte eigentlich warten wollen, bis ich mich wieder zeigte. Warten, bis sie älter war, aber ich musste sie einfach aus dem Auto dieses Arschlochs holen.

Ich wusste nicht, ob ich sie jemals in mein Bett nehmen würde, aber ich wusste definitiv, dass *er* es nicht tun würde.

Ich hatte sieben Dosen vorbereitet, nahm eine mit in die Kabine und befestigte sie mit dem Holzstock unter der Klobrille auf dem Boden, was sie nur um ein Haar anhob. Ich sicherte alles mit Klebeband, kam wieder heraus und zog sie vom Waschtisch.

Ich hob sie hoch, legte ihre Beine um mich herum und hielt sie fest, während ich zu ihr aufsah.

»Warst du brav?«, fragte ich sie.

Sie verzog ihre Lippen zu einem leichten, schelmischen Lächeln, und ich starrte sie an und saugte die geschmeidige Haut in mir auf. Erinnerte mich an den Geschmack nach Wassermelone. Vermutlich von einem Lipgloss. Ihre Wangenknochen waren ausgeprägter als vor zwei Jahren, und ihre blauen Augen waren durch die Wimperntusche, die sie jetzt trug, noch stechender.

Sie schlang ihre Arme um meinen Hals und flüsterte: »Ja.«

»Wirst du auch weiterhin brav sein?«

Ihre Brust hob und senkte sich gegen meine, und unsere Lippen waren nur Zentimeter voneinander entfernt.

Aber sie sagte nichts.

»Antworte mir.« Ich stupste sie an. »Sag mir, dass du brav sein wirst.«

Sie schluckte, antwortete aber immer noch nicht. Stattdessen flüsterte sie: »Was wirst du mit mir machen, wenn ich nicht brav bin?«

Fuck. Sie klang fast hoffnungsvoll, und mein Schwanz

schwoll an, als ich auf ihren dunkelrosa Mund und ihre geschürzten Lippen blickte. Ich wollte nichts lieber, als an ihnen zu saugen und diese verrückten Worte in ihrem Atem zu schmecken.

Was würde ich nicht alles mit ihr machen ...

»Was ich tun werde?«, wiederholte ich und fuhr sanft mit meinen Lippen über ihren Mund, als ich sie in die Kabine trug. »Ich werde dich auf den Boden werfen ...« Ich ließ uns hinunter und beugte mich vor, während sie sich atemlos an mir festhielt. »Und dir ...«, ich ließ sie tiefer, tiefer, »... feste ...«, noch tiefer, »... und hart ...«, tiefer, »... den Hintern versohlen.«

Dann ließ ich sie mit dem Hintern auf den Toilettensitz fallen, und der schrille Ton der Hupe schallte durch das Theater und schmerzte mir in den Ohren.

Sie schrie auf, kletterte von der Toilette und klammerte sich an mir fest, während sie in schallendes Gelächter ausbrach.

»O mein Gott!« Ihr Gesicht leuchtete, und sie sah begeistert aus.

Ich verdrehte die Augen. Hoffentlich hörte das niemand auf der Straße und bekam meine Schmach mit.

Sie ließ sich auf den Toilettendeckel sinken, die Hupe ertönte wieder mit einem gellenden Schrei, und sie erschrak und brach erneut in Gelächter aus.

Ich schüttelte den Kopf und zerrte sie von der Toilette. »Du bist so albern.«

»Zahm im Vergleich zu dem, was du gewohnt bist?«, stichelte sie.

»Ja.«

Verdammt, wenn die Jungs das herausfänden ... Ich musste sie nach Hause bringen, bevor sie mich heute Abend noch dazu brachte, ein Haus in Klopapier einzuwickeln.

Vielleicht würde ich sie eines Tages auf ein richtiges Abenteuer mitnehmen.

Schnell klebte ich alle Gashupen fest, auch die im Büro ihrer Chefin, sodass die Tänzer, Angestellten und sie, wenn sie morgen reinkamen, einen schönen kleinen Schreck bekommen würden. Dann packte ich unsere ganze Ausrüstung zusammen, schnappte mir Winter, schaltete das Licht aus und meine Taschenlampe an und verließ mit ihr im Schlepptau das Gebäude.

Draußen angekommen, legte ich alles zurück in den Kofferraum und machte die Tür auf.

»Warte«, rief Winter.

Ich blickte auf und sah, wie sie den Kopf drehte, als hätte sie etwas gehört.

»Der Brunnen«, sagte sie und kam zu meiner Seite des Wagens. »Auf dem Platz. Kannst du mich dorthin bringen?«

Ich lauschte und hörte es jetzt auch. Den hatte ich ganz vergessen. Als Kind wollte ich immer dort spielen, aber das war natürlich nicht erlaubt.

Als ich mich umsah, bemerkte ich, dass kaum Verkehr herrschte und der Ort wie ausgestorben dalag. Es musste bereits nach Mitternacht sein, und da sich jeder seine Energie für morgen Nacht aufhob, war es ziemlich still. Trotzdem hatte ich keine Ahnung, wo die Jungs gerade waren, und aus dem *Sticks* kamen Geräusche. Ich wollte nicht, dass mich jemand sah und meinen Namen rief – oder dass jemand *sie* mit mir sah.

Verdammt.

Ich zog meine Kapuze hoch, nahm ihre Hand und führte sie den Hügel hinauf zu einem kleinen Teich mit einer Brücke, einem großen Brunnen in einem Garten und einem Pavillon mit spitz zulaufendem Dach auf der rechten Seite. Es war eine schöne, erhabene kleine Oase abseits des geschäftigen Ortskerns.

Das Wasser, das in den Springbrunnen plätscherte, wurde lauter, und sie ließ meine Hand los und ging auf ihn zu. Sie streckte ihre Handflächen aus und fing die davonstiebenden Wassertropfen auf. Am liebsten hätte ich sie gepackt und wäre sofort mit ihr hineingestiegen.

Sie kramte in der Tasche ihrer Jacke und zog etwas heraus, drehte sich mit dem Rücken zum Springbrunnen, schloss die Augen und warf die Münze über ihre Schulter ins Wasser.

»Willst du auch mal?«, fragte sie mich und zog eine weitere Münze aus ihrer Tasche.

Ich ging auf sie zu und betrachtete ihre kleine Fliege, ihr Haar, das fast weiß aussah, mit goldenen Strähnen, und gescheitelt auf eine Seite fiel, und ihre Lippen, die die Farbe von Kaugummi hatten. Unfähig, meinen Blick abzuwenden, nahm ich die Münze und warf sie über ihre Schulter ins Wasser, ohne ihr Gesicht aus den Augen zu lassen.

Sie stützte sich auf meiner Schulter ab, schlüpfte aus ihren Sandalen und hüpfte auf den Rand des Brunnens. Dann ließ sie mich los und hatte ihren Spaß daran, Ballettübungen zu machen und zu balancieren.

Als ihr Handy klingelte, blieb sie stehen, zog es heraus und schaltete es aus, ohne abzunehmen.

»Deine Eltern?«, fragte ich.

»Ja.«

Sie musste einen bestimmten Klingelton haben, um sie zu identifizieren.

Ich beobachtete, wie sie sich sanft bewegte, sich geschmeidig drehte und beugte, und folgte ihr um den Brunnen herum, während sie ihre Zehen spitzte und die Muskeln in ihren Beinen anspannte.

Was würde geschehen, wenn sie erwachsen war? Wer würde sie bekommen? Wohin würde sie ziehen? Wie würde sich das alles ändern?

Und alles, was ich in diesem Moment wusste, war, dass ich für nichts anderes kämpfen würde als dafür, dass sie so blieb, wie sie war. Unschuldig und glücklich und rein.

In Springbrunnen tanzend.

Taumelnd streckte sie plötzlich die Hand nach mir aus, und ich ging auf sie zu und fing sie auf, bevor sie fiel.

Sie lachte und legte ihre Hände auf meine Schultern.

»Trainierst du viel?«, fragte ich und hob ihren Fuß an, um mir die blauen Flecken und Rötungen von den Zehennägeln anzusehen, die sich in die Haut geschnitten hatten.

»Immer«, antwortete sie.

Das waren die Füße einer Tänzerin.

»Tut es weh?«

Sie zuckte mit den Schultern. »Ich bin daran gewöhnt.«

Dann schlang sie ihre Arme um mich und sprang hoch, wodurch sie mich zwang, ihre Taille zu halten, um sie aufzufangen. Sie lächelte mich an, und ich hielt sie ganz fest und weigerte mich, sie abzusetzen, während wir einfach so dastanden.

Aber dann wurde ihr Griff fester, und sie lehnte sich weiter vor und umarmte mich.

Meine Brust schwoll an, schmerzte wie verrückt, und alles überflutete mich auf einmal. Ihr Geruch, ihre Wärme, ihr Haar und ihr Körper ... Meine Lunge kollabierte, und ich wusste nicht, warum, aber es fühlte sich so verdammt gut an. Ich schlang meine Arme wie ein Stahlband um sie und war beinahe erleichtert, etwas – oder jemanden – zum ersten Mal seit einer Ewigkeit zu halten.

Wann war das letzte Mal, dass so etwas passiert war? Ich umarmte nie jemanden, außer wenn Banks mich beruhigen musste, und das war mehr ein Festhalten an etwas als ... als wirkliche Zuneigung. Als dass mich jemand wirklich mochte.

Ich war nicht schwach. Ich brauchte diesen Scheiß nicht. Aber sie fühlte sich so verdammt gut an.

»Tanzt du?«, flüsterte sie mir ins Ohr.

»Nein.«

»Gerade tust du es«, sagte sie.

Ich hielt inne und merkte, dass wir uns langsam im Kreis drehten.

»Ich glaube, dieser Tanz gefällt mir sogar noch besser als Ballett«, flüsterte sie.

Ich konnte nicht anders, als zu lächeln. Wenn doch nur Kincaid mich jetzt sehen könnte ...

Aber dann bemerkte ich, wie sich Leute auf der anderen Seite des Teiches näherten, die den Hügel hinaufgingen und zu uns rüberblickten.

»Wir müssen hier weg«, murmelte ich.

Niemand durfte sie mit mir sehen.

Wir gingen zurück zum Auto und fuhren los. Ich brachte sie direkt nach Hause, wusste, dass ihr Vater bald die Polizei anrufen würde, wenn er es nicht schon getan hatte. Sie hätte schon vor über zwei Stunden zu Hause sein sollen.

»Sie sind wahrscheinlich ziemlich sauer«, sagte sie, als ich den Wagen vor den Hecken ihres Grundstücks abbremste.

Ich schaltete das Licht aus, fuhr langsam die Auffahrt hinunter – die Tore waren geöffnet – und umrundete den scheußlichen Brunnen, bis wir vor ihrer Haustür ankamen.

Dann bremste ich, trat auf die Kupplung, legte den ersten Gang ein und blieb sitzen. Sie hatte an dem Abend, als ich mit ihr Auto gefahren war, keine Hilfe gebraucht, um zur Tür zu kommen, also nahm ich an, dass sie es auch heute alleine schaffen würde.

Aber sie saß einfach nur da und machte ein leicht verkniffenes Gesicht. »Wann werde ich dich wiedersehen?«, fragte sie mit ängstlicher Stimme.

Ich wusste nicht, was ich darauf antworten sollte. Ich war morgen Abend beschäftigt, und ein paar Tage danach würde ich wieder aufs College gehen.

Ich würde sie wiedersehen.

Oder …

Vielleicht. Ich wusste es nicht.

Scheiße, warum fragte sie das? Waren wir in einer Beziehung oder so? War das ein Date?

Ich hatte gewusst, dass das passieren würde. Hatte gewusst, dass sie Erwartungen haben würde.

Ja, ich wollte sie wiedersehen. Sie gehörte mir. In unserer abgeschiedenen, geheimen, kleinen Welt gehörte sie mir.

Ich wollte sie beim Tanzen beobachten, und ich wollte sie noch tausendmal mit mir nehmen, um ihre Aufregung und ihre Angst zu spüren. Ich wollte durch ihre verletzliche und niedliche Art leben, aber …

Ich wollte auch, dass sie glücklich, rein und unschuldig blieb. Ich wollte sie nicht ruinieren.

Je mehr Zeit wir miteinander verbrachten, je älter sie wurde, desto mehr würde sie sich in etwas anderes verwandeln. Wir würden irgendwann miteinander schlafen, und sie würde Anforderungen stellen, die ich nicht erfüllen konnte.

Wenn sie herausfand, wer ich war, würde sie davonlaufen.

»Ist es, weil ich blind bin?«, fragte sie mit bebender Stimme. »Versteckst du dich deshalb vor mir?«

Ich starrte sie an und hasste das feuchte Schimmern in ihren

Augen, als sie versuchte, das leichte Zittern ihres Kinns zu unterdrücken. So süß. So traurig.

»Sie hatte recht, oder?«, sinnierte sie mit einem seltsam entschlossenen Tonfall. »Ich mag zwar wollen, was ich will, aber ich habe keine Kontrolle über die Menschen, die nicht wollen, dass ich es kriege.«

Sie redete von ihrer Chefin, die versucht hatte, ihr auszureden, was sie wollte. Sie wollte mich, und obwohl wir um das, was wir wollten, kämpfen konnten, konnten Menschen nicht immer gewonnen werden. Das dachte sie zumindest. Sie dachte, sie wäre mir peinlich. Dass ich nicht mit ihr ausgehen oder irgendetwas am Tag mit ihr unternehmen wollte.

Ihr Gesichtsausdruck fiel in sich zusammen, als sie ihren Rock über ihre Oberschenkel zog. Sie biss sich auf die Lippe, um sich vom Weinen abzuhalten, aber die Tränen kamen dennoch.

Ich habe dir gesagt, dass ich dir eines Tages wehtun werde.

Sie zog ihre Hausschlüssel aus der Tasche, nahm einen Schlüssel vom Ring und ließ ihn in den Getränkehalter fallen.

»Behalt ihn«, sagte sie. »Mir gefällt der Gedanke, dass du eines Tages zurückkommen könntest.«

Dann stieg sie aus dem Auto, ging zu dem beleuchteten Haus und schloss die Tür hinter sich.

Krampfhaft umfasste ich das Lenkrad und starrte auf den Schlüssel, als ob er eine verdammte Droge wäre. Ich wollte ihn. Ich wusste, ich würde ihn benutzen.

Ich wollte ihn in *diesem Moment* benutzen.

Verdammt noch mal.

Langsam und ohne Licht fuhr ich davon, und als ich auf den Highway bog, drehte ich die Musik auf, schaltete in den dritten und dann in den fünften Gang. Aber dann blinzelte ich, schüttelte den Kopf und lenkte das Auto schnell an den Straßenrand, wo ich stehen blieb.

Verdammt noch mal. Scheiße!

Was zur Hölle machte sie nur mit mir?

Wo war ich mit meinen Gedanken?

Die letzten zwei Jahre hatte ich sie aus der Ferne beobachtet, wohl wissend, dass sie meine Heldin war und dass meine Besessenheit von ihr zu nichts führen würde, wenn ich wieder zu ihr kam.

Ich wollte bei ihr sein. Ich wollte sie berühren. Ich wollte weiter meine Spielchen mit ihr spielen.

Aber ich wollte auch, dass sie für immer vierzehn blieb. Jung und wunderschön und unschuldig und der einzige Ort in meinem Leben, der nicht schmutzig war.

Aber sie war auch keine vierzehn mehr.

Sie wurde langsam erwachsen, eine Frau, die Männer *wollen* würden.

Eine Frau, die *ich* wollte.

Ich blickte auf den Schlüssel, golden und spitz lag er auf der Konsole und schrie mich lauter an als die Musik, die aus den Lautsprechern dröhnte. Und ich … ich…

Ich wollte sie noch nicht verlassen.

Ich wollte mich irgendwo in der Dunkelheit und der Stille verstecken, ihr Flüstern an meinen Lippen hören und den Geruch von Minze in ihrem Haar riechen.

Verdammt.

Ich wendete das Auto, die Reifen quietschten auf dem Asphalt, und ich fuhr zur Einfahrt ihres Hauses und parkte davor. Dann nahm ich den Schlüssel, holte mein Handy aus der Mittelkonsole und schaltete es ein, um den Jungs zu schreiben, dass ich für den Rest der Nacht nicht zur Verfügung stand. Aber … verdammt, es war leer. Ich überlegte nicht lange und zog unser Gruppenhandy vom Ladekabel – das, das wir dazu benutzten, unsere Pranks aus der Devil's Night zu filmen. Damit schrieb ich den Jungs eine Nachricht, dass sie für die restliche Nacht nicht mit mir rechnen sollten. Dann steckte ich es in meine Tasche und schloss mein eigenes Handy an, um es zu laden. Ich sprang aus dem Auto und lief auf das Haus zu, hielt mich im Verborgenen, während ich in den Garten ging. Ich sah, dass die Lichter unten aus waren, aber oben brannten noch ein paar.

Ich kramte den Schlüssel hervor, den sie mir gegeben hatte, hielt inne und erinnerte mich daran, dass sie keine Alarmanlage gehabt hatten, als ich das letzte Mal hier gewesen war. Hoffentlich hatte sich das nicht geändert. Ohne zu zögern, steckte ich den Schlüssel ins Schloss und öffnete die Tür.

Als ich in die dunkle Küche trat, war es vollkommen still.

Aber nicht lange.

»Winter, ich fahre um fünf Uhr morgens zum Flughafen!«, rief jemand die Treppe hinauf. »Konntest du nicht anrufen?«

Ich schaute mich um, suchte den Küchenbereich ab und fand ihn leer vor. Leise schloss ich die Tür und huschte durch den Flur ins Foyer, wobei ich mich in der Nähe der Treppe in Sicherheit brachte.

»Tut mir leid«, hörte ich Winter sagen.

Sie waren wütend, weil sie zu spät gekommen war und nicht angerufen hatte.

»Hast du geweint?«, fragte ihre Mutter und klang erschöpft.

Aber sie hatte keine Gelegenheit zu antworten, da ihr Vater vom Flur aus brüllte: »Du kannst froh sein, dass ich nicht auf dem Revier angerufen habe! Wenn du es nicht schaffst, dich wenigstens einigermaßen angebracht zu verhalten, dann kündigst du diesen Job am besten gleich wieder.« Und dann fügte er hinzu: »Es ist sowieso völlig sinnlos.«

Scheißkerl. Kein Wunder, dass sie sich verzweifelt nach ein wenig Freiheit sehnte. Sie dachten, sie sei zu dumm, um irgendetwas zu schaffen.

»Ich kümmere mich darum. Geh ins Bett«, sagte seine Frau zu ihm.

»Fahr mir nicht über den Mund. Sie gehört mir genauso wie dir.«

Sie gehört keinem von euch.

Sie bedeuteten ihr nichts.

»Und deswegen ist es in Montreal am besten für dich«, fuhr ihr Vater fort. »Die Schule dort kann dir eine Gemeinschaft bieten, in der du sicher bist und in der du zurechtkommst. Sie können dir helfen, ein College und einen Aushilfsjob zu finden, wenn du willst.«

Winter sagte nichts, und ich stellte mir vor, wie sie auf ihrem Bett saß und sie reden ließ, weil sie entweder dachte, dass es sinnlos war zu widersprechen, oder, dass sie recht hatten.

Nichts davon war wahr.

Ihre Eltern waren so langweilig. Und sie war so unglaublich.

»Also gut«, mischte sich ihre Mutter ein. »Solange es dir gut geht. Wir reden darüber, wenn ich nächste Woche nach Hause komme. Ich brauche heute Nacht wenigstens ein paar Stunden Schlaf. Ich muss ins Bett.«

Ich wartete noch ein paar Minuten, als über mir Schritte erklangen, Lichter ausgingen und Türen geschlossen wurden, und nach einer weiteren Minute stieg ich langsam die Treppe hinauf, lauschte in die Stille.

Als ich Stufe für Stufe erklomm, hörte ich, wie Winter durch den Flur ins Badezimmer ging, wo sie die Dusche und ihre Musik anmachte. Ich preschte die letzten Stufen hoch, lief ihr nach, schloss die Tür hinter uns und packte sie, als sie sich nach Luft schnappend umdrehte.

Ich küsste sie und erstickte ihren Schrei, und ihr Protest verflog, als ihr klar wurde, dass ich es war.

Ich hob sie hoch, legte ihre Beine um mich und verschlang ihre Lippen. Ich nahm ihre Unterlippe zwischen meine Zähne und schmeckte die Tränen, die ihr immer noch über die Wangen liefen.

»Was tust du da?«, fragte sie, machte sich wahrscheinlich Sorgen, dass ich erwischt werden könnte.

Aber ich schüttelte nur den Kopf und hielt meine Stimme gesenkt für den Fall, dass ihre Eltern noch wach waren. »Ich weiß es nicht, Baby«, flüsterte ich. »Halt mich einfach fest, okay?«

Sie brach zusammen, und noch mehr Tränen liefen ihre Wangen hinunter, als sie mich küsste und festhielt.

Das Licht war aus, aber der Mond beleuchtete den Boden, und ich schob meine Hand unter ihren Rock, um ihr zu zeigen, dass ich sie wollte. Meine Scheiße hatte nichts mit der Tatsache zu tun, dass sie mich nicht sehen konnte. Ich war nicht oberflächlich, und das hier war so viel komplizierter, als sie jemals wissen würde.

Wir hatten uns eine Nacht verdient. Ein paar Minuten oder ein paar Stunden, nur ein bisschen länger.

Ich wusste, dass es schlimm war. Ich wusste, ich war am Arsch. Sie hasste mich. Ihre Familie hasste mich.

Sie war eine der wenigen Personen, die ich nicht verletzen *wollte.*

Ich war neunzehn, und sie war zu jung.

Aber ihr Mund. Ihr verdammter Mund, der kleine Küsse auf meinen Mundwinkeln hinterließ, ihre Zunge, die mich neckte, der Geschmack ihrer Haut ...

Ich wollte sie am liebsten verschlingen.

Something I Can Never Have von Nine Inch Nails spielte gerade, die Dusche lief, und es war, als wären wir wieder die Kinder im Brunnen. Alles war rein und süß, nur für diese kurze Zeit, und so sollte es auch sein. Es würde immer so sein mit uns.

Ich wollte sie auf mir spüren. Ihre Haut auf meiner. Ich wollte jeden Zentimeter von ihr.

Ich trug sie zum Waschtisch und setzte sie ab. Sie zog mein Sweatshirt und T-Shirt hoch und half mir, mich auszuziehen. Dann nahm ich ihr Gesicht in meine Hände, küsste sie wieder und wieder. Meine Zunge traf ihre, und unsere Hitze und unser Atem vermischten sich.

Ich zog mich zurück und schaute ihr ins Gesicht, als ich ihr die Fliege abnahm und ihre Bluse aufknöpfte. Sie fuhr mit ihren Händen meine Brust hinunter bis zu meinem Bauch und berührte mit den Fingern die Rillen und Vertiefungen darin. Ich stöhnte auf, genoss es, ihre Finger auf meiner Haut zu fühlen. Das war die einzige Möglichkeit für sie, mich zu sehen, und auch wenn es mein Blut auf unerträgliche Weise in Wallung brachte, versuchte ich, geduldig zu sein und sie erforschen zu lassen.

Ihre Finger fuhren spielerisch über mein Schlüsselbein, über meine Schultern, meine Arme hinunter und zeichneten die Sehnen und Muskeln in meiner Brust und meinem Bauch nach. Dann schob sie ihre Finger unter den Saum meiner Jeans und ließ meinen Schwanz in Flammen aufgehen.

»Winter ...«, flüsterte ich kaum hörbar.

Ich wünschte, sie wüsste, wie ich hieß. Ich wollte sie meinen Namen sagen hören.

Warum fühlte sie sich so anders an als jede andere?

Sie zog sich ihr Oberteil aus, aber als sie um sich herumgriff, um ihren BH zu öffnen, hielt ich sie davon ab und streifte ihr stattdessen die Träger über die Schultern. Langsam küsste ich mir meinen Weg über ihr Schlüsselbein zu ihrem Hals hinauf. Dann legte ich meine Arme um sie und zog ihren Körper an mich, während ich meinen Schwanz zwischen ihren Beinen rieb und ein sengendes Verlangen spürte, als ich ihre Stirn küsste.

»Ich will, dass du mein Erster bist«, flüsterte sie.

Ich schloss die Augen.

»Ich will, dass es mit dir geschieht«, fuhr sie fort, »auch wenn du wieder verschwinden wirst. Ich will es mit dir tun.«

Ich vergrub meine Finger in ihren Oberschenkeln und hätte sie am liebsten hier und jetzt auf dem Waschbecken genommen und sie geküsst, bis ich mich nicht mehr bewegen konnte.

Ich wollte, dass ihr erstes Mal mit mir geschah.

»Ich …« Verdammt, ich musste gehen. »Ich …«

»Dich. Ich will *dich*.« Sie bedeckte mich mit Küssen. »Ich liebe es, wie die Welt aussieht, wenn ich mit dir zusammen bin. Ich will, dass es mit dir geschieht.«

Sie saugte an meinem Hals, vergrub sanft ihre Zähne darin, und mein Körper explodierte in einem Stromschlag. Mein Schwanz sehnte sich danach, aus meiner Jeans befreit zu werden, und ich griff mit der Hand in ihr Haar und drückte ihren Mund an meinen Körper. »Fuck.«

»Hast du dein Handy?«, flüsterte sie an meine Haut.

»Ja. Warum?«

»Mach ein Foto von mir, wie ich das tue«, flüsterte ich. »Wenn du wieder verschwindest, will ich, dass du dich an mich erinnerst.«

Baby, ich war nie weg. Ich war immer hier. Im letzten Sommer, als du am Strand lagst, war ich da. Als du mit deiner Mutter in diesem Café warst, war ich direkt neben dir.

Sie hatte nie gewusst, wie nah ich ihr gewesen war.

Ich holte das Handy raus, schaltete es ein, und mir fiel wieder auf, dass es das Handy unserer Gruppe war. Egal, ich würde es später übertragen.

»Ein Video, okay?«, keuchte ich. »Ich will alles haben.«

Die Art, wie sie sich bewegte, die Geräusche, die sie von sich gab … Ich wollte mich an alles erinnern, wenn ich sie nicht mehr haben konnte.

Ich schaltete die Kamera ein, hielt das Handy so, dass sie genau auf uns gerichtet war, und schloss meine Augen. Und dann saugte ich alle Geräusche und Bilder von ihrem hübschen Gesicht, wie sie mich küsste, für immer in mir auf.

»Mach weiter«, flehte ich.

Sie leckte und saugte an meinem Hals, und ich legte meinen Kopf in den Nacken und packte sie am Hinterkopf. Sie bedeckte meinen Mund mit ihren Lippen, streichelte meine Zunge mit ihrer, und meine Beine gaben nach. Das Handy fiel mir aus der Hand, und ich nahm sie in die Arme und hielt sie ganz fest.

»Verdammt, Winter«, sagte ich heiser. »Du machst mich wahnsinnig.«

Mit ihren Lippen fuhr sie über meine Brust und wieder zurück nach oben, und meine Muskeln waren vor Verlangen so angespannt, dass ich nicht mehr länger warten konnte. Ich legte ihre Hände auf ihren Rücken und übernahm die Führung. Ich küsste und biss sie, während sie mir gnadenlos ausgeliefert war.

Sie schnappte nach Luft. »Ich liebe …« Aber sie hielt gerade noch inne, als ihr klar wurde, was sie gerade im Begriff war zu sagen.

Ich bedeckte ihre Lippen mit meinem Mund, und Wut und Glück vermischten sich mit meinem Verlangen.

Mich lieben? *Du liebst mich?* Wir waren uns dreimal begegnet, und sie kannte nicht einmal meinen Namen.

Ich packte sie an den Händen, spürte, wie mein Verlangen größer wurde, und ein vages Lächeln legte sich auf meine Lippen. »Ja, ich hasse dich auch«, sagte ich zu ihr, hob sie hoch und trug sie in die Dusche. »Ich will nur Sex von dir.«

»Ach ja?«, neckte sie mich.

Ich stellte sie auf die Füße, ließ sie nicht aus den Augen und zog ihr den BH über ihren Bauch, bevor ich ihn und ihren Rock über ihre Beine nach unten zog.

Sie hob die Arme und bedeckte sofort ihre Brüste, als sie nur noch mit ihrem weißen Slip dastand.

Ich zog auch den Rest meiner Klamotten aus, schob meine Hände in ihren Slip und packte sie am Hintern, um sie fest an mich zu ziehen.

»Nimm deine Arme weg«, murmelte ich gegen ihre Lippen.

Sie zögerte, und meine Brust hob und senkte sich in völligem Einklang mit ihrer. »Ich will dich sehen.«

Langsam ließ sie ihre Arme sinken, und ich spürte, wie ihre Nippel und ihre Haut über meine Brust streiften, konnte aber den Blick nicht von ihrem wunderschönen Gesicht nehmen.

Ich wollte nicht nur ihr erstes Mal. Ich wollte alles.

Aber ich wollte sie auch nicht lieben. Ich wollte nicht, dass es sich so anfühlte. Ich konnte so nicht fühlen.

Wenn sie herausfand, dass ich gelogen hatte, würde sie mich hassen.

Das hier hatte keine Zukunft.

Es war nur Sex.

Ich zog ihr den Slip über die Beine, küsste sie auf den Bauch, spürte, wie sie unter meinem Mund erzitterte. Dann schob ich sie mit dem Rücken an die Duschwand und schloss die Tür hinter uns, bevor ich sie fest gegen die schwarzen Marmorfliesen drückte.

Wasserdampf erfüllte in einer Wolke die Luft, und die heißen Tropfen sandten mir einen Schauer über den Körper, als ich mich vorbeugte und sie auf den Mund küsste.

»Deine Eltern sind schlecht«, sagte ich und wiederholte meine Worte von dem ersten Mal, als ich sie erschreckt hatte. »Deiner Schwester fehlt jegliche Tiefe, um interessant zu sein. Ich habe dir gesagt, dass ich dir wehtun würde, richtig?«

Sie nickte. »Du hast es versprochen.«

Mein Schwanz zuckte, und sofort vergrub ich ihn zwischen ihren Beinen.

»Das habe ich«, sagte ich. »Ich habe dir gesagt, dass ich dir eines Tages wehtun werde.«

Sie keuchte und rieb ihren wunderschönen Körper an meinem, so sehr wollte sie meinen Schwanz in sich spüren.

Ich nahm ihr Kinn in die Hände und bedeckte ihren Mund

mit Küssen. »Ich werde Daddys kleines Mädchen ficken«, sagte ich und versuchte, mich selbst in Stimmung zu bringen.

»Ja«, keuchte sie.

»Willst du mich?«, fragte ich, hob sie hoch und spreizte ihre Beine für mich. »Denn ich werde es dir so richtig besorgen, Süße.«

Sie rieb sich noch schneller an mir.

»So hübsch«, sagte ich. »Daddys kleines Mädchen, richtig?«

Sie nickte und legte ihren Kopf für mich in den Nacken.

»Braves Mädchen.« Ich beugte mich nach unten und saugte an ihrer Brust. »Tut, was brave Mädchen für Männer tun sollten. Er wird einen verdammten Herzinfarkt kriegen, wenn er sieht, was ich mir dir gemacht habe. Was ich mit seinem kleinen Baby gemacht habe.«

Sie vergrub ihre Hände in meinem Haar, aber ich schob sie zur Seite. »Nimm deine Hände von mir«, zischte ich und tauchte tief in meinen Kopf ein, wo es nur Aktion und keine verdammten Gedanken gab. »Wenn ich berührt werden will, sage ich dir, wo. Verstanden?«

Sie öffnete die Augen und sah etwas verwirrt aus, aber das war mir egal. Ich liebte sie nicht. Das hier war keine Liebe.

»Daddys kleines Mädchen«, sagte ich wieder, und ein Schmerz durchfuhr meine Brust. »Daddys kleine Schlampe, die es mit Kerlen treibt, die sie nicht mal kennt, während ihre Eltern im Bett nebenan schlafen, oder?«

Sie verzog schmerzhaft das Gesicht, hielt inne und wurde am ganzen Körper steif.

»Du willst ficken?« Ich saugte hart an ihrem Nippel und versuchte die Übelkeit, die mich überkam, zu ignorieren. »Spreiz deine Beine und gib mir ein Stück von deiner Muschi.«

Sie schnappte nach Luft und schluchzte plötzlich auf, als ihr Tränen in die Augen stiegen. »B… bitte«, stammelte sie verwirrt. »Bitte hör auf, so zu reden.«

Und ich hielt inne, legte meine Stirn an ihre Brust, und der verletzte Klang ihrer Stimme ließ die Übelkeit in mir immer weiter hochsteigen.

Ich konnte das nicht.

Sie verdiente etwas Besseres.

Selbst wenn es nur dieses eine Mal war, könnte ich es richtig machen. Es könnte mehr bedeuten. Nur mit ihr.

»Kannst du sanft sein?«, fragte sie mit tränenerstickter Stimme.

Ich schüttelte den Kopf, sah sie nicht an. »Ich kann es nicht sanft«, sagte ich. »Aber verdammt, Süße, du reißt mich gerade entzwei.«

Sie fuhr mir mit den Fingern durch die Haare.

»Je weniger besonders ich das hier mache, desto weniger werde ich dir wehtun«, bot ich an.

Ich wusste, dass sie nicht wusste, wovon ich redete. Aber sie sagte nur: »Du hast versprochen, mir wehzutun. Hör jetzt nicht auf.«

»Ich habe Angst, dass ...« Plötzlich bekam ich keine Luft mehr. »Ich habe Angst, dass ich dich ...«

»Du kannst mich nicht verderben«, unterbrach sie mich und erinnerte sich an das, was ich vorhin im Auto zu ihr gesagt hatte und was ich jetzt sagen wollte. »Glaub mir. Es gibt kein Du. Es gibt kein Ich. Das hier sind wir. Es gibt nur ein Uns.«

Mehr musste ich nicht hören, um sie zu der Marmorbank zu tragen und dort abzulegen. Ich legte mich auf sie und küsste sie fest. Sie spreizte ihre Beine, zog ihre Knie an und ließ mich dazwischen.

Ich stöhnte auf, und ihre Wärme strömte in meinen Unterleib, als mich das Verlangen überkam, in ihren engen Körper einzudringen. Über sie gebeugt, betrachtete ich ihr Gesicht und fuhr mit meiner Hand über ihren Körper. Ihren schlanken Hals und ihre weiche Brust. Ihre runden, harten Nippel und ihren straffen Bauch. Ihre Oberschenkel und ihren knackigen Hintern.

Ich brachte mich in die richtige Position, und ihr Körper pumpte, weil sie so schwer atmete. Dann drang ich in sie ein, und jeder Muskel ihres Körpers spannte sich an, als sie aufschrie. Schnell legte ich meine Hand über ihren Mund, als ich noch tiefer in sie eindrang.

Ihr Wimmern vibrierte an meiner Hand, als sie keuchte, und ich bewegte mich nicht und wartete, bis ihr Schmerz nachließ.

Eine Mischung aus Lust und Wut durchfuhr mich, weil ich wusste, dass es getan war und ich sie jetzt ruiniert hatte. Aber es fühlte sich so verdammt gut an, dass ich wusste, dass ich es immer und immer wieder tun würde, wenn ich die Chance hätte, die Zeit zurückzudrehen.

Ihr heißer Körper schloss sich fest um mich, und mein Schwanz pochte vor Verlangen, immer wieder in sie zu stoßen.

Ich nahm meine Hand weg. »Tut es immer noch weh?«

Sie hielt inne, schien sich dann aber zu entspannen und ließ ihre Oberschenkel wieder auseinanderfallen, während sie aufhörte, ihre Fingernägel in meine Schultern zu bohren. »Nein.« Sie schluckte. »Nicht mehr wirklich.«

Ich schob meine Hand unter ihren Hintern, packte sie fest, und mit meinem Blick stetig auf ihr Gesicht gerichtet, zog ich mich aus ihr heraus, nur um gleich darauf wieder in sie einzudringen.

Sie gab die süßesten Geräusche von sich, ihr Gesicht verzog sich vor Schmerz und Lust, als sie sich mir anpasste, und als sie begann, ihren Rücken durchzubiegen und ihre Hüften kreisen zu lassen, um meinen Rhythmus zu treffen, wusste ich, dass ich mich nicht mehr zurückhalten musste.

Ich stieß immer wieder zu, und ihre Brüste hüpften bei jedem Stoß. Ihr Hals lag entblößt für meinen Mund vor mir, als sie ihren Kopf zurückwarf.

Ihr Stöhnen wurde lauter, und ich legte meinen Mund auf ihren, schnalzte mit meiner Zunge über ihre Lippen und knabberte daran. »Schhh«, zog ich sie auf. »Du bringst mich in Schwierigkeiten.«

Sie lächelte und biss sich auf die Lippe. »Das fühlt sich so gut an.«

Ja, aber es würde nicht mehr lange dauern. Ich musste all meine Willenskraft aufbringen, um mich zurückzuhalten. Mein Schwanz war geschwollen und bereit, und ich wollte härter rangehen.

»Fass dich an«, befahl ich ihr.

Sie folgte meiner Anweisung und rieb sich selbst an ihrer Klit, als ich immer fester und tiefer in sie eindrang. Sie richtete sich auf, küsste mich, zog ihre Knie höher, wusste genau, was sie tun musste, damit ich tiefer in sie eindringen konnte. Sie war so feucht, und ich saugte den Schweiß von ihren Brüsten, ihrem Hals und ihrem Kinn, als sie sich selbst mit ihrer Hand zwischen uns bearbeitete.

Ihre Bewegungen wurden immer schneller, sie fing zu stöhnen an und vergrub dann wieder ihre Fingernägel in meinen Schultern, als sie aufhörte, sich zu befriedigen, und mich sie zum Höhepunkt bringen ließ.

Ich legte meine Hand auf ihren Mund, als sie kam, ihre Muskeln verkrampften sich um meinen Schwanz, und aus ihrem Mund kamen die niedlichsten Geräusche, die ich je gehört hatte.

»Hat dir das gefallen?«, fragte ich und bedeckte ihr Gesicht mit Küssen.

Sie nickte, und ich stieß noch fester zu, da ich mich jetzt nicht mehr zurückhalten musste. Mein Schwanz schwoll weiter an, und das Verlangen in meinem Innersten fühlte sich so gut an, dass ich nicht mehr länger warten konnte.

»Ich werde ihn jetzt rausziehen, okay?«, sagte ich zu ihr.

Sie war eine Sekunde lang still. »Du meinst, auf mich?«

»Ja, Süße.«

Wahrscheinlich brauchte sie einen Moment, um zu begreifen, was ich meinte, aber dann nickte sie. Wir verhüteten schließlich nicht, und ich bezweifelte, dass sie die Pille nahm.

Ich stieß noch ein paarmal zu, weil ich mich nicht zurückhalten konnte. Dann zog ich mich aus ihr heraus, rieb mich selbst mit der Hand, bis ich kam, und spritzte dann über ihrem Bauch ab. Der Orgasmus durchfuhr mich, und mein Kopf schwebte über mir, als ich die Augen schloss und das Gefühl von ihr und von dem, was sie mit mir anstellte, genoss.

Die Welle überrollte meinen gesamten Körper, und ich hielt ganz still, weil ich mir sicher war, dass sie mit nichts zu vergleichen war.

Sie war unglaublich.

Warum hatte sich das so anders angefühlt?

Ich öffnete die Augen und sah, wie ein Lächeln ihre Mundwinkel umspielte, als sie einen Finger ausstreckte und das berühren wollte, was ich auf ihrem Bauch hinterlassen hatte.

Aber ich hielt sie auf und zog ihre Hand weg. »Nein, fass das nicht an«, sagte ich. »Ich werde … warte kurz.« Ich kletterte von ihr runter. »Nicht bewegen.«

Ich verließ die Dusche, fand einen Waschlappen, kam wieder zurück in die Kabine und machte ihn unter dem Wasserstrahl nass. Dann wrang ich ihn aus und säuberte ihren Bauch, während ich meinen Kopf über mich selbst schüttelte.

Was zur Hölle? Ich bin *auf ihr* gekommen?

Fuck.

Als sie sauber war, wusch ich den Waschlappen aus, hielt ihn wieder unter das warme Wasser und legte ihn gefaltet zwischen ihre Beine.

Ich hatte keine Ahnung, wie es sich für sie anfühlte, aber ich hatte sie ziemlich hart rangenommen, und es war ihr erstes Mal gewesen.

»Das fühlt sich gut an«, sagte sie.

»Halt ihn einfach dort.«

Sie lag da und tat, was ich ihr sagte, während ich unter dem Wasserstrahl stand und meinen Körper und meine Haare wusch.

Ich versuchte, sie nicht anzuschauen, aber ich konnte nicht anders. Sie war nass und nackt und wunderschön, und das einzig Reine, das ich je gehabt hatte.

Und natürlich hatte ich jetzt alles versaut.

»Warum lächelst du?«, fragte ich, als ich ihre zuckenden Mundwinkel bemerkte.

»Sollte ich nicht lächeln?«

Ja, okay.

»Das fühlt sich an wie einmal, als ich in einem Brunnen gesessen habe«, erklärte sie. »Das Wasser spritzte um uns herum und hat uns abgeschottet. Es war wie eine Welt in einer Welt. Eine meiner schlimmsten Erinnerungen, aber gleichzeitig auch eine meiner besten.«

Ich strich mir immer wieder über mein nasses Haar, konnte mich an diesen Tag erinnern, als wäre es gestern gewesen. Wenn sie nur wüsste, dass der Junge, mit dem sie im Brunnen gewesen war, der Junge war, der es gerade mit ihr getan hatte.

Hasste sie ihn immer noch?

»Nur wir?«, forderte ich sie auf.

Ich wollte hören, wie sie über mich redete. Sehen, was sie noch wusste. Ob die Zeit alle Wunden geheilt hatte.

Aber sie blieb ruhig und schweifte nicht weiter ab.

»War das also Rot?«, fragte sie und wechselte das Thema.

Rot?

Ach ja, richtig. Die Nacht der Motorradfahrt. Sie hatte wissen wollen, wie sich Rot anfühlte.

Ich schnaubte. »Das war höchstens Orange.«

»Orange?« Sie sah beleidigt aus. »Können wir nicht wenigstens sagen, Lila?«

Ich lachte leise, ging zu ihr und nahm ihr den Waschlappen ab. »Dann Lila.«

Ich half ihr auf die Beine, damit wir sie ebenfalls waschen konnten, und sie schäumte sich die Haare ein.

»Wann kann ich Rot sehen?«, fragte sie.

Ich legte meine Hand an die Wand, hielt mit der anderen ihr Gesicht und blickte auf sie hinab.

Und in diesem Moment sah ich die ganze Scheiße, die letztendlich geschehen würde.

Wenn du herausfindest, wer gerade mit dir geschlafen hat, dann wirst du eine Menge Rot sehen.

KAPITEL 18

WINTER

Gegenwart

»Mikhail?«, rief ich und ging den Gang entlang.

Ich war aufgewacht, weil ich seine Pfoten über den Holzboden hatte tapsen hören.

Im Haus lief Musik, und ich konnte unten Leute hören, die sich frei bewegten, sowie Autos, die die Einfahrt zum Haus entlangfuhren. Was war hier los?

Nach dem Bad hatte ich meine Tür abgeschlossen, mir etwas angezogen, mein Haar getrocknet, meine Fluchttasche neu gepackt und erneut mein Geld gezählt, bevor ich im Kopf eine Liste erstellt hatte, wohin ich im Fall der Fälle gehen könnte. Ich wusste, ich würde nicht davonlaufen, weil das andere in Gefahr bringen würde, aber ich brauchte etwas, um mich selbst zu beschäftigten.

Dummerweise hatten mich dann meine Sorgen, die Angst vorm Morgen und das Bad so erschöpft, dass ich mich auf meinem Bett zusammengerollt hatte und tief und fest eingeschlafen war.

Ich brauchte einen anderen Plan. Einen, der Damons alte Freunde beinhaltete. Sie konnten ihn aufhalten.

Sie würden ihn für mich aufhalten.

»Mikhail?«, rief ich lauter.

Mein Handy war immer noch unten – hoffentlich mittlerweile geladen, da es schon fast zwanzig Uhr war –, aber ich hörte ein Winseln und ging stattdessen ins Zimmer meines

Vaters. Ich konnte den Wasserhahn im großen Badezimmer laufen hören, aber es war mir egal, ob Damon dort war oder nicht.

»Mikhail.«

Die feuchte Nase meines Hundes berührte mein Bein, und er hechelte glücklich und leckte mir die Finger ab.

Ich kniete mich hin und lächelte erleichtert. »Hey.« Ich streichelte und umarmte ihn, und plötzlich waren die Sorgen der letzten paar Tage verschwunden.

Danke, danke, danke …

Ich war mir relativ sicher gewesen, dass Damon ihn nicht weggebracht oder getötet hatte, aber trotzdem traten mir Tränen in die Augen. Ich war so froh, dass er nicht für immer fort war.

»Warum bist du hier drin?«, tadelte ich ihn in spielerischem Tonfall, nahm sein Halsband in meine Hand und stand auf. »Halt dich von ihm fern, mein Junge.«

»*K noge*«, ertönte ein Befehl aus dem Badezimmer – wieder Russisch.

Mikhail entriss sich meinem Griff und lief davon, wobei seine Zehennägel über die Badezimmerfliesen kratzten.

»Mikhail?«, sagte ich, diesmal strenger.

»Der Hund war ein Fehler«, sagte Damon. »Er wird dich nicht vor mir beschützen. Ich weiß, wie man mit ihm umgehen muss. Ich weiß, wie ich jemanden dazu bekomme, mir zu gehorchen.«

»Gib ihn mir.«

»Klar«, trällerte er. »Nimm ihn. Wenn du kannst.«

»Mikhail«, befahl ich und klopfte auf mein Bein. »Mikhail, komm her!«

Aber mein Hund bewegte sich nicht. Ich hörte weder das Klimpern seines Halsbandes oder seiner Leine noch das Tapsen seiner Pfoten.

Mein Kinn zitterte, aber ich weigerte mich zu weinen.

Bevor ich die Gelegenheit dazu bekam, mich umzudrehen und wegzugehen, packte Damon mein Handgelenk und zog mich ins Badezimmer. Ich versuchte, mich loszureißen, und mir fiel auf, dass er nur ein Handtuch umhatte, als er mich gegen das Waschbecken drückte und mir ein langes Stück Metall in die Hände legte.

»Was ist das?«, fragte ich, als er seine Faust um meine legte und mich zwang, es zu halten.

Der Duft von Rasierschaum erfüllte den Raum, und der Wasserdampf seiner Dusche drang in meine Poren.

»Willst du wissen, wie ich ihn kontrolliere?«, fragte Damon.

Es war mir scheißegal, wie ...

»Essen«, erklärte er. »Die meisten Tiere und Menschen können durch ein System aus Konsequenzen und Belohnungen kontrolliert werden.«

Irgendetwas fiel auf den Boden, und ich hörte, wie Mikhail sich bewegte. Seine Zähne trafen aufeinander, als er das, was Damon ihm zugeworfen hatte, fraß.

»Wir wollen essen, also tun wir, was wir tun müssen, um gefüttert zu werden«, sagte er. »Und eins haben alle Tiere gemein. Sie können ihre eigene Nahrung nicht künstlich herstellen, also werden sie leicht zum Opfer von demjenigen, der sie ihnen bietet. So werden Tiere domestiziert. So können Menschen in zermürbenden Jobs und Beziehungen versklavt werden.« Er beugte sich vor, und sein Atem streifte mein Gesicht. »Wir müssen alle essen, Winter.«

Ich wich mit dem Kopf zurück und versuchte wieder, mich loszureißen.

»Und Menschen sind komplex«, fuhr er fort. »Es muss mehr als nur der Magen gefüttert werden.«

Er hob meine Hand, mit was immer sich darin befand, an sein Gesicht, und obwohl ich zähneknirschend versuchte, sie wegzuziehen, zwang er mich, sie an seine Haut zu legen und von seinem Hals bis zu seinem Kinn zu fahren. Er zwang meine Hand, und ich hörte auf, mich zu wehren, als ich seine Bartstoppel spürte. Dann ließ er meine Hand wieder runter und hielt sie in das Waschbecken hinter mir, wo er sie unter den Wasserhahn hielt.

Ein Rasierer. Eine lange Rasierklinge. Ich nahm meine andere Hand zu Hilfe und befühlte vorsichtig den Gegenstand in meiner Hand. Kühl und metallisch, die Klinge war glatt und scharf, während der Griff filigrane Verzierungen aufwies, die für einen besseren Halt sorgten. War sie antik? Heute benutzte doch niemand mehr so eine Rasierklinge.

Er hob mich hoch, setzte mich mit dem Hintern aufs Waschbecken und legte seine Hände auf beiden Seiten von mir ab.

»Mach weiter«, sagte er leise.

Weitermachen? Wollte er heute sterben? Oder dachte er, ich würde das nicht gegen ihn benutzen?

»Warum?«, fragte ich ihn. »Damit du beweisen kannst, wie gut ich darin bin zu tun, was mir befohlen wird? Wie ein Hund?« Ich legte meine freie Hand auf seine Brust und versuchte, ihn davon abzuhalten, mir zu nahe zu kommen. »Du musst mich nicht füttern.«

»Vielleicht brauche ich dich, damit du *mich* fütterst.«

Was sollte *das* denn heißen?

»Tu es«, drängte er mich.

Ich hielt die Klinge, und es gefiel mir, wie der Griff in meine Faust passte. Und dass er direkt vor mir war und mir eine Waffe in die Hand gelegt hatte, die das alles jetzt beenden könnte.

Vertraute er mir? Oder dachte er, er könnte mich rechtzeitig stoppen?

Auf jeden Fall war das ein Test. Er wollte sehen, wie sehr ich ihn hasste. Und er war bereit, sich in Gefahr zu begeben, um das herauszufinden.

Plötzlich fühlte ich mich wieder wie in der Nacht vor all den Jahren, als ich sein Auto gefahren war.

Als wäre ich gefährlich.

»Ich werde dich schneiden«, warnte ich ihn.

»Ja.«

»Und wenn ich dir den Hals aufschlitze?«

Er lachte leise auf. »Meine Art von Spaß hat ihren Preis, schon vergessen?«

Ich hörte einen Moment zu atmen auf, erinnerte mich an seine Worte. Erinnerte mich daran, dass er es gewesen war. Mein Geist. Derjenige, den ich geküsst und mit dem ich geschlafen hatte.

Zuerst hatten diese Worte mich mit Furcht erfüllt, weil sie bedeuteten, dass er keine Grenzen kannte. Dann war ich aufgeregt gewesen, weil ich mit dem Jungen, von dem ich gedacht hatte, dass ich ihn liebte, Abenteuer erleben wollte.

Ich legte meine freie Hand an sein Gesicht, hielt es fest und drückte es nach hinten. Dann fuhr ich mit den Fingern seinen Hals hinunter und spürte, wo die Haut glatt und bereits rasiert war und wo immer noch Rasierschaum lag.

»Komm näher«, sagte ich zu ihm.

Er tat es und zwang mich, meine Beine zu spreizen, als seine Finger die Außenseiten meiner Oberschenkel in den kurzen Schlafshorts berührten. Ich ignorierte die Gänsehaut, die ich bekam.

Langsam brachte ich die Klinge hoch, spürte, wie seine Brust sich hob und senkte, und ich hätte fast gelächelt, weil er jetzt wenigstens ein kleines bisschen nervös war.

Mit dem Daumen fand ich meine Position, legte die Klinge an seine Haut und erhöhte den Druck nur ein wenig mehr, als nötig gewesen wäre. Ich spürte, wie er nach Luft schnappte.

Jetzt war er an der Reihe, Angst zu haben.

Einen Moment lang ließ ich die Klinge dort liegen und spürte, wie sich die Luft zwischen uns elektrisierte, als er darauf wartete, was ich mit der Klinge an seinem Hals tun würde. Waren seine Augen auf mich gerichtet, beobachtete er mich? Wartete er darauf? War er bereit dazu?

Ich kostete den Moment aus und ließ die Klinge dann … seinen Hals hinaufgleiten und rasierte ihn.

Kurz hielt er die Luft an und atmete dann leise aus, als die Klinge seinen Hals verließ.

Ich fuhr mit den Fingern über die Stelle, die ich rasiert hatte, fühlte die glatte Haut. Die Haut, die ich mit meinen Lippen berührt hatte, als ich gedacht hatte, er sei jemand anderes.

Als ich die Klinge ausgespült hatte, nahm ich sein Kinn wieder in die Hand und neigte sein Gesicht zurück – offensichtlich hatte er den Kopf wieder gehoben, um mich zu beobachten. Schweigend stand er da, während ich die Klinge langsam seine Kehle hinaufzog. Das kratzende Geräusch erfüllte den Raum, und alles in der der Ferne verblasste. Meine Hand zitterte, weil ich ganz genau wusste, dass ich ihn jeden Moment schneiden konnte.

Tief.

Er hätte es verdient. Nach dem, was er mir angetan hatte. Nachdem er alles war, wonach ich mich gesehnt und was ich gebraucht hatte, hatte er mich dazu gebracht, mich in ihn zu verlieben. Aber es war nichts als eine Lüge gewesen, in die ich mich verliebt hatte. In einen Jungen, der mich schlecht behandelt und herausgefunden hatte, wie einfach es war, sich direkt vor meiner Nase zu verstecken und mich dazu zu bringen, mit ihm ins Bett zu gehen.

Hatte er hinterher darüber mit seinen Freunden gelacht? Hatte er seinen Spaß gehabt?

Tränen stiegen mir in die Augen, als ich einen weiteren Streifen rasierte. Dabei umklammerte ich den Rasierer vor lauter Anspannung so fest, dass meine Hand bereits schmerzte.

Wie hatte er mich nur so anlügen können? So wie er gewesen war ... die Worte, die Küsse, die Dusche, wie er mich umarmt hatte und manchmal so traurig gewirkt hatte, die Verzweiflung in seinem Körper, wenn er meinen in sich aufgenommen hatte und wir uns in der Hitze und dem Bedürfnis, einander zu spüren, verloren hatten. Wie hatte er so gut lügen können?

Junge Mädchen waren nicht hartherzig. Er hatte wissen müssen, wie leicht ich mich verlieben würde. Hatte er gedacht, es wäre lustig, wenn er mir Hoffnungen machte und so mit mir spielte? Hatte er darüber gelacht, wie erbärmlich das kleine blinde Mädchen gewesen war, weil sie dachte, dass er sie liebte?

Er schnappte nach Luft, und ich hielt inne. Meine Tränen drohten überzulaufen, als ich merkte, dass ich ihn geschnitten hatte. Aber er sagte nichts und bewegte sich auch nicht. Ich hielt inne, mit meiner Hand in der Luft unter seinem Kinn, und wartete. Das hatte ich eigentlich nicht vorgehabt. War es schlimm?

Ich hörte, wie er schluckte, und dann sagte er: »Mach weiter.« Aber es kam als Flüstern heraus.

Ich blinzelte die Tränen weg und lockerte meinen Griff, um mich zu entspannen.

»Was ist das für ein Lärm da unten?«, fragte ich ihn.

»Zusätzliche Security.«

»Um mich einzusperren?«

»Um dich in Sicherheit zu bringen,« korrigierte er mich in einem schüchternen Ton.

Ich war mir sicher, dass die Verachtung auf meinem Gesicht zu sehen war. Aber dann erinnerte ich mich, wie er geleugnet hatte, in der Toilette des Theaters gewesen zu sein, und wie Crane geleugnet hatte, dass heute Morgen jemand im Haus gewesen war, als ich nach St Killian's gefahren war. Sie hatten keinen Grund zu lügen.

War ich in größerer Gefahr, als ich dachte? War jemand anderes hinter mir her? Feinde meines Vaters oder so?

Ich verstummte, hatte fast Angst vor seiner Antwort, als ich fragte: »Ist meine Familie wirklich auf den Malediven?«

»Ja«, sagte er.

Schmerz brannte in meiner Kehle. Und obwohl es ungewöhnlich war, dass meine Mutter an seiner Stelle auf seiner Hochzeitsreise war, wusste ich doch, warum. Er hatte kein Interesse an den Malediven. Alles, was ihn interessierte, war hier.

»Warum sollte meine Mutter mich bei dir lassen?«

»Weil sie eine Schlampe ist.«

Meine Hand zitterte ein wenig, ein Teil von mir war wütend, und ein Teil von mir wollte weinen. Sie hatte mich verlassen. Sie hatte mich tatsächlich verlassen. Hatte sie sich gewehrt? Geschluchzt? Hatten sie sie wenigstens dazu zwingen müssen, über die Türschwelle zu treten? Hatte er ihr etwas angeboten? Wollte sie bald wiederkommen?

Warum hatte sie sich von ihm überreden lassen zu gehen?

Weil sie eine Schlampe ist.

Mein Kinn zitterte für einen Moment, und ich wusste die aufrichtige Wut in seiner Stimme fast zu schätzen. Er hatte das getan. Er hatte sie weggeschickt.

Aber auch wenn er getan hatte, was er glaubte tun zu müssen, um zu bekommen, was er wollte, hatte er immer noch keinen Respekt vor meiner Mutter, weil sie ihm nachgegeben hatte. Was für eine Mutter ...

»Wohin gehst du, wenn du nicht hier bist?«, wollte ich wissen und wechselte das Thema. »Fährst du wirklich in die Stadt? Oder nach New York?«

Oder bist du in der Nähe? Immer ganz nah.

Er war oft weg, und es war mir nicht entgangen, dass er kaum hier übernachtete. Wo zur Hölle schlief er denn?

Vielleicht hatte er eine andere Frau. Eine andere Frau außer meiner Schwester.

Wieder schnappte er nach Luft, und ich wusste, dass ich ihn wieder geschnitten hatte.

Verdammt!

Aber er bewegte sich immer noch nicht und sprach auch nicht, er atmete nur langsam aus, fast wie ein Seufzer der Erleichterung.

»Mach weiter«, flüsterte er, und diesmal klang er atemlos.

Sein ganzer Körper strahlte Wärme aus, und ich konnte seine Brust unter meiner Hand spüren. Die langsamen, gleichmäßigen Atemzüge klangen fast ruhig und erschöpft, als ob er es genoss.

Gefiel es ihm, geschnitten zu werden?

Oder gefiel ihm die Angst?

Wieder wurde ich an die Nacht erinnert, in der ich sein Auto gefahren war. Ich hatte es geliebt, wie er sich nicht über meine Fehler aufgeregt und stattdessen darauf gewartet hatte, dass ich alles in meinem Tempo tat.

Genau wie jetzt. Er war nicht böse, dass ich ihn geschnitten hatte.

Aber vielleicht sprang auch für ihn etwas dabei heraus. Er genoss es, mit dem Tod zu spielen. Angst war es, die ihn sichihm half, sich lebendig zu fühlen. Genau wie bei mir.

Ich war mit seinem Hals fertig und spülte die Klinge ab. »Beug dich ein wenig vor«, sagte ich zu ihm. »Ich komme nicht an dein Gesicht.«

Er kam so nah heran, wie er konnte, drückte sich zwischen meine Beine und neigte seinen Kopf zu mir hinunter – unsere Körper dicht an dicht. Seine Wärme breitete sich auf meinem Gesicht aus, während er nur Zentimeter von meinem entfernt war.

Sofort fühlte ich mich unwohl. »Starr mich nicht so an.«

Ich brauchte nicht zu sehen, um zu wissen, dass er mir sein fieses kleines Grinsen schenkte.

Als ich meine Position gefunden hatte, schob ich die Klinge seitlich an seinem Gesicht entlang gegen den Strich, weil mein Vater es immer so gemacht hatte und Damon nicht gesagt hatte, dass ich es anders machen sollte. Ich rasierte eine Wange und wanderte zur anderen, streifte mit den Fingern über seine Haut, um nach ausgelassenen Stellen zu suchen.

Sein warmer Atem traf meine Stirn, die Wärme seines Körpers war überall, und ich wusste, dass er auf mich herabsah, aber ich wollte ihm plötzlich nicht mehr sagen, er solle aufhören, denn für den Bruchteil einer Sekunde erinnerte ich mich daran, wie gut sich seine Arme und Hände anfühlten. Auch wenn es eine Lüge gewesen war, genoss ich die Intimität, nach der ich mich gesehnt hatte. Nur für einen Moment.

Ich fuhr mit der Klinge über seine Haut und rasierte überall dort, wo ich Stoppeln spürte.

Seine Wangen, sein Kinn, über seiner Oberlippe und unter seiner Unterlippe. Dann fuhr ich mit den Fingern über jeden Zentimeter seines Kiefers, um zu fühlen, ob ich etwas übersehen hatte. Und schon nach wenigen Sekunden, als meine Hand auf ihm lag, wurde ich in den Tanzsaal vor sieben Jahren zurückversetzt, als er mir erlaubt hatte, ihn mit meinen Händen anzuschauen.

Nichts hatte sich verändert.

Ich setzte die Klinge ab und nahm beide Hände hoch, um sein Gesicht zu umfassen.

»Ich muss nur nachsehen«, sagte ich zu ihm, aber es kam so leise heraus, dass ich nicht sicher war, ob er mich gehört hatte.

Ich berührte ihn, streifte mit den Fingerspitzen über seine Wangenknochen, hinunter zu seinem Kiefer, seinen Hals hinauf und über die Vertiefungen seiner Wangen.

Er ließ sich darauf ein und erwiderte meine Berührung, indem er seinen Kopf neigte und drehte und mir vollen Zugang gewährte, während ich meine Arbeit überprüfte. Dann kamen mir seine Worte von damals wieder in den Sinn.

Willst du den Rest meines Körpers auch noch abtasten?

Abwesend fuhren meine Finger seinen Hals hinunter, und

ich vergrub sie nur ein bisschen darin, weil ich mehr berühren wollte. Und ich hasste mich dafür.

Sein Atem ging schwer, und er drückte seine Hände in meine Leisten und knetete meine Hüften. Keuchend beugte er sich hinunter, seine Nase streifte meine, während er seine Brust gegen mich drückte und leise flüsterte: »Winter …«

Ich umklammerte seine Schultern, spürte, wie sein harter Penis zwischen meine Beine stieß, während meine Klit zu pochen begann.

Mein Herz schlug rasend schnell. Ich wollte weglaufen.

Und gleichzeitig wollte ich nichts lieber, als dass er mir die Kleider vom Leib riss.

Ich hasse dich.

Ich hasse dich.

Ich hasse dich.

Er ließ sich gegen mich fallen, drückte mich gegen den Spiegel zurück, und ich rieb mich an ihm, weil meine Klit nun durch den Reiz seiner Muskeln noch stärker pochte.

Und ich wusste, auch wenn er sich noch so gut anfühlte und ich noch so einsam war, weil ich nach der Demütigung durch das Video weder mir noch anderen trauen konnte, dass ich mich hassen würde, sobald es vorbei war. Ich würde mich dafür hassen, dass ich ihn wieder an mich herangelassen hatte.

Ich wandte mich von ihm ab und drückte mich gegen seinen Körper, um mich zu befreien. »Lass mich los.«

Aber er blieb noch einen Moment schwer atmend in der Position. »Warum?«, fragte er schließlich. »Du scheinst mich zu mögen.«

»Runter von mir!«, schnauzte ich. »Das bekommst du nicht von mir.«

Ich schubste ihn und drückte mit aller Kraft gegen seine Brust, aber lachte nur leise auf.

»*Das* habe ich bereits bekommen«, sagte er mit scharfer und drohender Stimme. »*Jetzt* will ich deinen Verstand. Nur eine kleine Drehung an der Schraube …«

Ich entwand mich seinem Griff, richtete mich auf und schlug ihm gegen die Brust.

Er stolperte zurück und lachte wieder. »Alles in einvernehmlicher …«

»Yo, Winter!«, ertönte ein Schrei von unten durch das Haus. »Wir sind da!«

Was?

»Wer ist das?«, fragte Damon. »Das klingt wie Will.«

Aber er gab mir keine Gelegenheit zu antworten, sondern schoss an mir vorbei.

Erleichtert atmete ich aus, als ich mich an mein Gespräch mit Will gestern Abend erinnerte.

Coldfield.

Ich hatte mit Will und seiner Freundin Alex auf der Party gesprochen und ihnen erzählt, wie toll das neue Spukhaus war und wie gerne ich noch einmal dorthin gehen würde, bevor es für die Saison geschlossen wurde.

Da ich das letzte Mal so abrupt gegangen war und noch nicht alles gesehen hatte. Sie waren noch nicht dort gewesen, und so hatten wir vereinbart, heute Abend hinzugehen. Das hatte ich völlig vergessen.

Auch wenn ich nach den letzten vierundzwanzig Stunden nicht in der Stimmung für Spukhäuser war, würde ich mitgehen. Überall war es besser als hier.

Also verließ ich das Bad, ging durch das Schlafzimmer und trat ans Geländer, um mich den beiden – die irgendwo unten im Foyer standen – zu zeigen.

»Was macht ihr zwei hier?«, fragte Damon, und ich erschrak, als ich merkte, dass ich neben ihm stehen geblieben war.

Na toll. Ich hatte meinen Pyjama an, er hatte ein Handtuch um, und wir beide waren gerade aus seinem Schlafzimmer gekommen. Perfekt.

»Das geht dich gar nichts an«, sagte Will zu ihm. Und dann zu mir: »Winter, zeig Alex dein Zimmer. Sie wird dir helfen, dich fertig zu machen.«

Dann hörte ich Schritte auf der Treppe, die immer näher kamen.

Fertig machen? Ich war durchaus in der Lage, mich allein anzuziehen.

»Warum hast du deine Maske auf?«, hörte ich Damon Will fragen.

Die Art, wie er »deine Maske« sagte, klang, als hätte Damon auch eine.

Alle Apokalyptischen Reiter hatten eine, hatte ich gehört.

»Mit dir redet keiner, Arschloch«, entgegnete Will.

Ich schnaubte auf und spürte, wie Damon neben mir wütend wurde.

Will war lustig. Irgendwie mochte ich ihn.

Damon hatte allerdings keine Gelegenheit, mich auszufragen, denn eine kühle, schlanke Hand nahm meinen Arm, und ich führte Alex den Flur hinunter in mein Schlafzimmer. Jetzt freute ich mich tatsächlich ein wenig mehr auf die Nacht als noch vor einem Moment.

Ich wollte ein schickes Outfit, einen Drink, ein bisschen Abwechslung und Nervenkitzel.

Solange nichts davon von Damon Torrance kam.

Es war nicht einfach nur ein bisschen Rumhängen in Coldfield. Es war eine Ü18-Party, was bedeutete, dass keine Minderjährigen erlaubt waren, harter Alkohol ausgeschenkt und Cocktails serviert wurden. Und die Kleidung musste nichts der Fantasie überlassen. Kostüme waren erwünscht.

Wir gingen durch den Eingang, holten unsere All-Area-Armbänder ab, und ich zog meinen Rock so weit runter, wie es ging, weil ich ein wenig schüchtern war. *Wirklich ein lustiges Outfit.* Alex war interessant, und sie hatte fast alles, was ich trug, aus meinem eigenen Kleiderschrank geholt.

Nachdem wir in meinem Zimmer verschwunden waren, hatte sie sich an die Arbeit gemacht. Sie hatte mich frisiert und geschminkt wie einen Clown. Eine Art sexy Clown, wie sie gesagt hatte. Sie hatte Muster auf meine Stirn gemalt, Regentropfen unter meine Augen, rote Farbe auf meine Nasenspitze und schwarzen Lippenstift um meine weißen Lippen gezogen.

Während ich geschlafen hatte, hatte ich eine Nachricht von meiner Mutter bekommen, die mich wissen ließ, dass es ihr und Ari gut ging und dass es auch mir gut gehen würde.

Keine Anrufe. Keine weiteren Infos.

Ihnen ging es gut, und mir würde es auch gut gehen.

Kryptisch und brutal, und ich hatte es nicht verstanden.

Ich hatte versucht, sie anzurufen, aber sie waren nicht rangegangen, und ich war mir auch nicht sicher, ob ich es erwartet hatte. Was sollten sie schon sagen?

Was hatte Damon meiner Mutter erzählt? Vielleicht hatte er sie um den kleinen Finger gewickelt und sie in falscher Sicherheit gewogen?

Vielleicht war auch die finanzielle Vereinbarung zu gut, um zu widersprechen.

Vielleicht war sie es auch einfach nur leid, dagegen anzukämpfen.

Nur eine kleine Drehung der Schraube …

Sein Spott hallte in meinen Gedanken wider, und was auch immer er vorhatte, es war nichts Gewaltsames, wie ich gedacht hatte. Er versuchte, sich in meinen Kopf zu schleichen.

Alex hatte meine Haare bearbeitet und mich gekämmt, und der Himmel, in dem ich mich durch all die Verwöhnungen und Berührungen befunden hatte, hatte dazu beigetragen, dass ich mich entspannt hatte. Dann war sie zu meinem Schrank gegangen, hatte ein paar Sachen herausgekramt und mit meiner Erlaubnis damit begonnen, sie zu zerreißen und zu zerschneiden, um mir ein Kostüm zu machen.

Jetzt trug ich meinen flauschigen schwarzen Minirock mit einer Tüllschicht darunter, einen trägerlosen Leder-BH, den sie dabeigehabt hatte, und das Tutu, das sie von einem meiner Ballettkostüme aus der Kindheit genommen hatte, als breites Band um den Hals gewickelt. Sie hatte meine Handgelenke mit allem geschmückt, was ich in meinem Schrank hatte, und mir Glitzer auf Bauch, Beine und Arme gesprüht.

Sie hatte versucht, mir Absatzschuhe anzuziehen, aber schnell gemerkt, dass das ein Fehler wäre – wie ich ihr gesagt hatte –, und ich war stattdessen in meine schwarzen Chucks geschlüpft.

Doch bevor wir den Raum verlassen hatten, war ihr noch etwas eingefallen. Reißzähne, scharf, glatt und aus Acryl.

Sie hatte ein Set herausgeholt, den Kleber angemischt, die

Rillen in den beiden Reißzähnen damit gefüllt und mich gefragt, ob ich sie auf meinen Eckzähnen oder Schneidezähnen haben wollte.

Blade oder *True Blood?*

Blade.

Die Eckzähne also. Sie hatte sie über meinen echten Zähnen angebracht, und ich hatte sie ein paar Minuten lang festgehalten, bis der Kleber getrocknet war und ich mich an das Gefühl gewöhnt hatte. Die Spitzen drückten gegen die Innenseite meiner Unterlippe, aber sonst fühlten sie sich ziemlich praktikabel an.

Ich war bereit.

Ich war mir nicht sicher gewesen, wie ich aussah, aber Will hatte leise gepfiffen, als ich heruntergekommen war, und Damon hatte mich ohne Probleme gehen lassen. Tatsächlich war er der ganzen Sache gar nicht so abgeneigt gewesen. Dass ich halb nackt mit seinen Freunden ausging.

Das hatte mich etwas verwundert.

»Viel Spaß«, hatte er in einem Tonfall gesagt, der geladener war, als ich ihn deuten konnte.

Egal. Ich würde mich bestimmt heute Nacht noch mit ihm rumärgern mussen.

»Drinks!«, rief Alex, als sie unsere erste Runde des Abends bestellte.

Leute schwärmten in den Park, Gejohle und Schreie erklangen rings um mich herum, und *Bloodletting* von Concrete Blonde ertönte irgendwo in der Ferne. Menschen rannten umher, jagten einander, wobei einer in mich krachte. Aus den Lautsprechern um uns herum ertönten teuflisches Gelächter und gruselige Geräusche, die sich wie knarzende Türen anhörten.

Ich atmete tief ein, und der Geruch von Erde stieg mir in die Nase genauso wie das Kerosin der Fackeln, das mir den Kopf vernebelte.

Ich hielt mich an Wills Arm fest, als wir uns unseren Weg durch die Menschenmenge zu den Getränke- und Essensständen machten, die ich letztes Mal auch gerochen hatte, die wir aber nicht hatten ausprobieren können.

»Was willst du?«, fragte er mich, als wir stehen blieben. »Anscheinend haben sie Mixgetränke, Shots, Bier aus dem Fass und aus der Flasche, Wein …«

Er griff in seine hintere Hosentasche, also ließ ich ihn los, damit er sich bewegen konnte.

»Ähm, Bier«, antwortete ich. »Die Marke spielt keine Rolle. In der Flasche. Ungeöffnet, bitte.«

»Braves Mädchen.«

Ja. Zwar nicht wirklich das, worauf ich gerade Lust hatte, aber es war das einzige Getränk, von dem ich mir sicher sein konnte, dass es nicht gepanscht werden konnte. In einer Umgebung wie dieser hier, mit all den Leuten und dem Chaos …

»Oh, warte, ich habe Geld.« Ich schob meine Finger durch die Träger meines BHs unter das Clownshalstuch, wo ich meinen Geldclip und mein Handy verstaut hatte.

Aber er lachte nur. »Ja, ich auch. Keine Sorge, ich mach das schon.«

Ich zog meine Hand wieder raus. »Danke.«

Wie konnte er nur früher Damons bester Freund gewesen sein? Er war so anders. Stand er auf Missbrauch oder so?

Ich konnte mir nicht vorstellen, dass er etwas von Damons dunkler Seite in sich trug.

Ich nahm mein Bier, drehte den Deckel auf, und das Kondenswasser der Flasche machte meine Hand nass. Ich nahm einen Schluck, dann noch ein paar mehr. Allein der Geschmack brachte mich in Stimmung für das hier, und ich begann, mich zu entspannen.

Soundeffekte von Geheule und Geschrei erfüllten die Luft, und Alex bot mir ihren Arm an, als wir zu unserer ersten Station, dem Tunnel des Terrors, gingen.

Ich hörte ein Gleis und das Klacken von Riegeln, als wir in der Schlange warteten. Es klang wie ein Fahrgeschäft, bei dem wir mitfahren würden. Ich packte Alex' Arm noch ein bisschen fester, und das Adrenalin erwärmte bereits mein Herz.

Es wäre also etwas, wo wir eingesperrt waren und nicht davonlaufen konnten.

Die Schlange bewegte sich, und wir stiegen in einen Waggon, Alex zuerst, dann ich. Will drängte sich neben mich, und ich hob meine Arme, damit der Bügel sich über uns legen konnte, aber aus Versehen traf ich seine Maske und zuckte zusammen.

»Scheiße, tut mir leid.« Ich lachte und tätschelte in einer mitleidigen Geste das harte Plastik, spürte die Furchen der Schädelmaske, die sich wie Narben darüber anfühlten.

»Warum denkst du, trage ich diese Maske?«, scherzte er.

Ach, halt den Mund.

Die Waggons fuhren los, und mein Kopf prallte nach hinten gegen die harte Rückwand. Dann machte der Waggon eine so scharfe Rechtskurve, dass Alex und ich gegen Will geschleudert wurden. Alex schrie auf, und ich wusste nicht, ob das Quietschen der Räder auf den Schienen nur ein Soundeffekt oder tatsächlich echt war, aber es fühlte sich schäbig und billig an – irgendwie zerstörend –, und ich rieb meine Schenkel aneinander, mochte es irgendwie. Ich hörte, wie sich eine Tür vor uns quietschend öffnete, gerade als wir hindurchfuhren. Dichter Nebel waberte in der Luft, und das Klirren von Metallblöcken und Ketten war zu hören.

Neben mir zuckten Alex und Will beide ein paarmal zusammen, und Alex gab einige angewiderte Laute von sich. Es gab also mehr zu sehen, als ich spüren konnte, aber das hatte ich erwartet. Ich hatte ihnen im Auto auf dem Weg hierher gesagt, dass sie mir nichts beschreiben müssten. Wir würden einfach genießen, was wir konnten.

Ein Lufthauch drang an mein Ohr, gefolgt von einem Bellen, und ich zuckte zusammen und lachte.

»Da sind Lautsprecher und Sensoren hinten im Waggon«, meinte Will.

Andere Geräusche drangen nach draußen: Kettensägen, brodelndes Gebräu, Schreie und Fledermausflügel, die durch die Luft schnitten. Im nächsten Moment erklang von rechts ein Wimmern, vermutlich von irgendeinem gruseligen Schauspiel, und Alex schrie auf und drängte sich näher an mich. Ich konnte mir ein Lachen nicht verkneifen, fühlte mich ein wenig überlegen, weil ich nicht so leicht zu beeinflussen war.

Wir schlängelten uns durch weitere Tunnel, und die beiden nahmen die Dunkelheit und die gruseligen Gestalten, die ich nicht sehen konnte, in sich auf. Aber kaum hatte ich mich entspannt, hielt der Waggon an.

»Was ist das?«, fragte Alex.

»Ich kann nichts sehen«, antwortete Will.

Wir saßen da, und ich konnte keine anderen Stimmen um uns herum hören, also musste der Abstand zwischen den Wagen ziemlich groß sein.

»Will, was ist das?«, rief Alex erneut. »Genau da!«

Und dann hörte ich auf einmal ein Knurren. Wie ein wilder Wolf, der Schaum vor dem Mund hatte. War das ein Soundeffekt?

»Ah!«, schrie Alex, und ich verkrampfte mich.

Etwas Schweres schlug gegen unseren Waggon und rüttelte an der Front. Ich hörte, wie das leise Knurren immer näher kam.

Und näher.

Das tiefe Grollen eines Tieres. Meine Zehen krümmten sich, und mein Körper versuchte instinktiv, sich zusammenzurollen, aber mit dem Bügel auf dem Schoß ging das nicht.

Das Knurren kam immer näher und näher, und im nächsten Moment spürte ich keuchenden Atem in meinem Gesicht. Irgendjemand stand auf der Vorderseite unseres Wagens und beugte sich direkt in mein Gesicht.

Es klang keuchend, beängstigend und bösartig, und mein Herz klopfte wie wild.

Alex und Will wimmerten oder lachten, und wenn ich ihn hätte sehen können, wäre ich vielleicht zu Tode erschrocken, aber so war es einfach nur … beängstigend genug. Ein Kribbeln schoss zwischen meine Schenkel, und ich spannte sie an, während ich schwer atmete.

Der Wagen setzte sich wieder in Bewegung, und ich spürte, wie er noch einen Moment verweilte, bevor er absprang.

»Oh, du hast ihm gefallen«, scherzte Will.

Mein Herz raste immer noch, und mir war unendlich warm. Ich rieb meine Hände an meinen Schenkeln, leckte über einen meiner Reißzähne und fragte mich, was mit mir los war, dass mich das irgendwie anmachte.

Mochte ich Angst?

Oder mochte ich sie nur, weil ich wusste, dass ich in Sicherheit war?

Die Fahrt endete, und wir verließen den Wagen, wobei wir unsere Getränke mitnahmen.

Ich machte mein Bier auf und nahm einen Schluck, um mich abzukühlen und meine Kehle zu befeuchten, die plötzlich wie ausgedörrt war.

Nachdem ich die leere Flasche in den Müll geworfen hatte, machten wir uns auf den Weg zum Labyrinth. Diesmal nahm ich Wills Arm, da Alex nicht vorangehen wollte und ich mich weigerte, die Nachhut zu bilden.

Schauspieler streckten durch die Wände ihre Arme nach uns aus, während sie in den Gängen standen und still und leise auf ein paar gute Schreckmomente lauerten. Hände tasteten nach meinen Armen, und ich huschte lachend auf Wills andere Seite, nur um auch hier angegriffen zu werden.

Natürlich gab es Dinge, die ich nicht mitbekam, die die anderen beiden zu Tode erschreckten, aber ich konnte den engen Raum der Wände und die niedrige Decke spüren, die kalte Luft und den Boden riechen. Es fühlte sich an, als wären wir unter der Erde, doch ich wusste, dass wir es nicht waren.

Wir bogen um eine Ecke, und Will blieb so abrupt stehen, dass ich in seinen Rücken stieß und er mir auf den Zeh trat.

»Autsch!«, rief ich.

Aber ich hatte keine Gelegenheit herauszufinden, was ihn so erschreckt hatte. Denn schon schrie Alex hinter mir auf, und Will nahm meine Hand und drehte uns beide herum, um herauszufinden, was los war.

»Hey!«, brüllte er. »Die gehört mir! Gib sie mir zurück!«

Wie bitte? Ich rückte näher an ihn heran und hielt mich an ihm fest. Was geschah da?

Alex' Schreie erfüllten weiterhin den Gang, aber langsam verklangen sie und hallten weiter hinten im Flur wider. Mir klappte die Kinnlade runter.

Hatten sie sie mitgenommen? Wo war sie hin?

O mein Gott!

»Scheiße, lass uns gehen«, sagte Will, gefolgt von einem Lachen.

Er zog mich auf seinen Rücken, ich schlang meine Arme um seinen Hals, während er mich unter den Knien festhielt, und wir rannten den Weg, den wir gekommen waren, hinter Alex her.

Die Schauspieler, die uns angefasst hatten, mussten sie gepackt und weggezerrt haben.

Will rannte den Gang hinunter, und jemand kniff mich in den Rücken, knurrte und kratzte. Ich schrie und kreischte, während ich meine Schultern zusammenzog und Will ganz fest umarmte. »Beeil dich«, keuchte ich. »Sonst schnappen sie mich auch noch!«

Er lief unglaublich geschickt mit mir auf dem Rücken, und mein Herz pochte wenn möglich noch schneller, drohte, vor Aufregung aus meiner Brust zu springen. Will bog um die Ecke, lauschte auf Alex' Schreie, und die Muskeln in meinen Armen und Beinen brannten, als ich versuchte, mich an ihm festzuhalten.

Alex' Schreie klangen näher, und dann hörte ich sie.

Sie lachte. »Will?«, rief sie. »O mein Gott. Er hat mich über die Schulter geworfen, als wäre ich eine Feder. Ich dachte, er würde mich auffressen.«

Wir blieben stehen, und Will ließ mich runter. Ich ergriff seinen Arm, als er sich bückte, um ihr wahrscheinlich von dort aufzuhelfen, wo der Schauspieler sie abgesetzt hatte. Aber wir hatten kaum Zeit, uns zu sammeln, bevor ein Brummen und laute Motoren die Luft erfüllten und wir von etwas umgeben waren, das sich wie zehn Kettensägenmörder anhörte. Sie stürzten sich auf uns, sägten mit ihren klingenlosen Kettensägen an unseren Beinen, und wir stolperten, huschten und drehten uns in alle möglichen Richtungen, um ihnen zu entkommen.

»Winter, wo bist du?«, hörte ich Will von weiter weg schreien.

Aber dann war er auf einmal da, packte meine Hand und zerrte mich weg.

Ich atmete erleichtert auf. Er ging schnell und zog mich mit sich, während die Luftgebläse auf meine Beine trafen, und ich lachte, als die Leinengewänder der Slasher-Killer beim Vorbeigehen meine Arme streiften und mir somit zeigten, wie nah ich dran war, erwischt zu werden. Ich bekam eine Gänsehaut am ganzen Körper, und ich war nicht in der Lage, den Rausch der Gefahr in meinen Adern zu unterdrücken. Ich war high davon.

Wir bogen rechts ab und dann noch einmal rechts, und als der Lärm nachließ und niemand mehr auf uns zukam, verlangsamte er seinen Gang und zog mich um Mauern und Gänge des Labyrinths herum.

Ich keuchte, hielt immer noch seine Hand und führte meine freie Hand zu seiner Maske, um sie zu befühlen. »Das bist du, richtig?«

Ich wollte nur sichergehen.

Ich lachte nervös, entspannte mich aber, als ich den harten Plastikschädel mit den Furchen fühlte.

»Das macht so viel Spaß«, sagte ich zu ihm.

Der Korridor war nun still bis auf das Heulen des Windes, mein Herzklopfen und das Läuten der Uhren aus den Lautsprechern. Seine Hand schloss sich beim Gehen um meine, und ich hatte nichts dagegen. Er tat es nicht, weil ich nicht sehen konnte. Er tat es wahrscheinlich, damit ich nicht wie Alex weggezerrt wurde.

Alex.

Ich drehte meinen Kopf nach links und lauschte nach ihren Schritten.

»Wo ist Alex?«, fragte ich.

Sie war doch noch bei uns, oder?

Plötzlich trat ich in etwas Nasses und rutschte mit meinem Fuß aus. »Igitt.« Ich trat zur Seite und drängte ihn, schnell von dem, was da auf dem Boden war, wegzukommen. Es roch wie Wodka. Jemand musste seinen Drink verschüttet haben.

Er legte seine Arme um mich und hob mich hoch. Ich schlang meine Arme um seinen Hals, als er mich über die Pfütze trug.

»Danke«, sagte ich.

Aber er setzte mich nicht wieder ab.

Meine Beine baumelten, als er langsam weiterging und das

Geräusch seines Atems unter der Maske wie eine Maschine klang.

Plötzlich bekam ich wieder eine Gänsehaut und fühlte mich wie benommen. Meine Stimme kam kaum über ein Flüstern hinaus. »Ich kann jetzt wieder laufen.«

Aber er setzte mich immer noch nicht ab. Stattdessen packte er mich so, dass meine Beine seine Hüfte besser umschlingen konnten, und die Erkenntnis, dass dieser Mann nicht Will war, traf mich in einer Panik, die so angenehm war, dass sie sich tief in meinen Bauch legte und jeden Zentimeter meines Körpers erwärmte.

Er trug mich mit schnellen, schweren Schritten, die im Gang widerhallten, als würden sie auf mich zukommen und genau wissen, wo ich mich versteckte.

Das war nicht Will.

Ich wusste es schon, bevor ich meine Finger in seinen Haaren vergrub und dieselben kleinen Narben fühlte, die ich schon vor Jahren dort gefühlt hatte.

Aber in diesem Moment, in der Dunkelheit, wo ich jemand anderes war und er auch, zog ich mich nicht zurück.

Warum nicht?

Mein Gott, er fühlte sich so gut an.

In meinen Armen. Ich hatte es fast vergessen.

Für einen Augenblick war er wieder mein Geist in dem Haus.

Der mich verführte.

Der mit mir spielte.

Der mich Dinge fühlen ließ, die ich fühlen wollte.

Das hatte ich so sehr vermisst.

Ich schloss meine Knöchel hinter seinem Rücken und hielt meinen Kopf vor seinem, nach außen hin ruhig und gelassen, aber in meinem Innern tobte ein Chaos an Gefühlen. Ich war mir nicht sicher, ob er sehen konnte, wohin er ging, aber es schien, als ob wir beide auf Autopilot liefen.

»Wohin bringst du mich?«, fragte ich ihn leise.

Aber er schwieg einfach.

Sein Herz schlug gegen meine Brust, und ich passte meinen Atem seinem an. Angst und Fantasie übernahmen die Kontrolle über mich, während die neblige Luft meine Haut durchdrang und die Geräusche des Spukhauses draußen ohne uns weitergingen. Hitze sammelte sich zwischen meinen Beinen, und ich bemerkte kaum, wie Schauspieler auf uns zusprangen und versuchten, mich zu erschrecken.

Sie bohrten ihre Finger in meinen Rücken und kreischten, aber ich hielt mich einfach an ihm fest. Genau so wollte ich bleiben, denn das machte mir mehr Angst. Und ich mochte es, Angst zu haben.

Was hatte er mit mir vor?

Wir gingen einen langen Gang entlang, ein anderer Schauspieler griff nach uns, aber ich umklammerte ihn nur noch fester, meine Stirn gegen die Stirn seiner Maske gepresst, während sich meine Reißzähne in meine Unterlippe gruben und meine Klit pochte.

»Hast du vor, irgendwann irgendwas zu sagen?«, flüsterte ich.

Wo wollte er mit mir hin? Wo waren meine Freunde?

Aber eigentlich war es mir egal. Ich fühlte mich genau so, wie ich mich fühlen sollte.

Hier drinnen war er nicht mein Feind. Er war meine geheime Sünde.

Marilyn Mansons *Cry Little Sister* ertönte aus den Lautsprechern, und er hievte mich wieder hoch, seinen Bauch zwischen meine Beine gepresst. Ich schnappte nach Luft, als seine Hände meinen Hintern packten.

O Gott.

Meine Lippen schwebten über dem Mund seiner Maske, und ich vergrub meine Fingernägel tief in seinem Nacken. Vor lauter Verlangen stöhnte ich leise auf.

Das Nächste, was ich wusste, war, dass wir durch eine andere Tür gingen und dann durch noch eine, und ich ließ mich von ihm in einen ruhigen Raum tragen, der nach nassem Stroh und Flanell roch. Er zog mich von sich herunter und ließ mich auf einen Heuhaufen fallen.

Die langsame Sanftheit, die er eben noch an den Tag gelegt hatte, war nun verschwunden.

Ich holte tief Luft, und ein Schrei blieb mir in der Kehle stecken, als meine Instinkte wieder einsetzten. Ich kroch rückwärts, um von ihm wegzukommen. Aber er erwischte meinen Knöchel und zog mich zurück zu ihm. Mein Magen überschlug sich, als er mich umdrehte und mir die Luft abschnürte, während er mich auf die Knie hievte.

Mein Brustkorb pumpte mit flachen Atemzügen, und mein Kampfeswille setzte ein, als ich auf die Füße sprang und losstürmte.

Aber er fing mich von hinten, legte einen Arm um meine Taille und hob mich hoch. Mein Kopf fiel zurück gegen seine Schulter, als er zwischen uns griff und die Schnalle des Bondage-BHs öffnete, den Alex mir geliehen hatte.

Seine rauen Hände, die Partygäste draußen auf der anderen Seite der Wand, sein Schweigen, mein Kostüm, seine Maske ... all das erregte mich, und in diesem kleinen Raum hatten wir unsere kleine Welt, in der nur wir beide lebten, und wagten es, tief einzutauchen, wenn auch nur für ein paar Minuten, von denen niemand wissen würde.

Luft traf meine Nippel, als der BH wegfiel, und im nächsten Moment war ich wieder auf den Beinen. Seine Hände streichelten meine Brüste, und ich stöhnte auf. Meine Augenlider fielen zu vor Lust, dort berührt zu werden, aber dann hörte ich, wie etwas auf dem Boden aufschlug, und seine Zähne bohrten sich in meinen Nacken.

Ich schrie auf, unfähig, das Kreisen meiner Hüften zu kontrollieren, weil ich ihn so unbedingt in mir brauchte. Die Hitze seines Mundes strömte über meine Haut wie heißer Sirup, und der Schmerz war gerade stark genug, um auch jeden anderen Zentimeter meiner Haut zum Glühen zu bringen. Jede Stelle, die er berührte, war empfindlich, und es fühlte sich an, als stünde mein ganzer Körper in Flammen. Ich konnte nicht mehr klar denken. Ich wollte nichts anderes mehr.

Ich griff nach hinten, berührte sein Gesicht, das jetzt von der Maske befreit war, und er ließ von meinem Nacken ab, packte mein Haar und riss meinen Kopf zurück. Ich war vollkommen unbeweglich, als er an meinen Lippen knabberte, meine Brüste knetete und mit seiner Zunge über einen meiner Reißzähne fuhr.

Sein Atem klang fast wie ein Knurren, als er sich völlig in mir verlor.

Er hob mich hoch und legte uns beide auf den Boden. Ich landete auf meinen Händen und Knien und versuchte, mich zu erheben, aber er drückte mich nach unten.

Ich hörte das Klappern seines Gürtels und dann seinen Reißverschluss. Meine Arme zitterten unter mir, und ich konnte nicht mehr atmen. So hatte ich es noch nie getan.

Er schob meine Knie weiter auseinander, packte mich an den Hüften und zog mich zu sich zurück. Sein harter Penis presste sich gegen mich.

Ein Stöhnen entfuhr mir, und ich konnte spüren, wie feucht ich schon war.

Er griff nach meinem Slip, riss ihn weg und von mir ab. Dann nahm er seinen Penis in die Hand, legte ihn an mich, und bevor ich etwas sagen konnte, drang er tief in mich ein und füllte mich so gut aus, dass meine Knie nachgaben.

»Ah«, stöhnte ich und wurde einen Moment lang steif, bevor ich mich ihm anpasste.

Die Stelle, die er tief in mir traf, sandte eine Welle der Lust durch den Rest meines Körpers, alles kribbelte und pochte, und ich hörte seinen keuchenden Atem hinter mir, als er sich ebenfalls hingab.

Aber er wartete nicht allzu lange. Er packte meine Hüften und begann, hart und schnell zuzustoßen, während ich mit den Händen über den Heuboden rutschte, um mich auf den Knien zu halten.

Ich konnte nur versuchen, nicht zu fallen, während er in schnellen, kurzen Stößen in mich eindrang, mich mit seiner Größe und seiner Wärme ausfüllte, sich dann wieder aus mir herauszog, nur um sofort wieder in mich zu stoßen.

Mein Gott, er fühlte sich so gut an. Mein Körper zuckte, und er stöhnte und keuchte, als er es mir immer härter und härter besorgte. Ich benetzte meine geöffneten Lippen, schmeckte das Clown-Make-up, das ich immer noch trug.

Einen Augenblick später war sein Hoodie ausgezogen, und ich hätte mich am liebsten umgedreht, um ihn zu spüren. Seine Brust wieder an meiner zu fühlen. Aber je tiefer er eindrang, desto stärker baute sich mein Orgasmus auf, und nach weniger als einer Minute begann mein Bauch zu krampfen, und tief in mir drin explodierte ein Feuerwerk. Ich hielt die Luft an und ließ den Orgasmus über meinem ganzen Körper explodieren. Ich spürte, wie meine Nippel hart wurden, und ich wollte aufschreien. Aber ich konnte den Schrei gerade noch so ersticken, weil ich nicht wusste, wo wir waren oder wie abgeschieden dieser Raum war.

Völlig benommen spürte ich, wie er mein Haar packte, meinen Kopf zurückriss und mich dazu zwang, ihm meinen Hintern noch mehr entgegenzustrecken. Er drang brutal in mich ein und pumpte immer schneller und härter, bis er ebenfalls zu stöhnen begann und sich versteifte, als er kam.

Er stieß noch ein paarmal zu, dann ergoss er sich in mir. Dabei atmete er so schwer und laut, dass ich mir sicher war, er würde gleich auf mir zusammenbrechen.

Aber das tat er nicht.

Er blieb eine weitere Minute in mir vergraben, lockerte den Griff um meine Haare und versuchte, seinen Körper zu beruhigen. Meine Kopfhaut brannte an der Stelle, an der er an meinen Haaren gezogen hatte, aber es war mir egal. Ich war vollkommen erschöpft.

Und in dem Moment, in dem sich alles beruhigte und mein Verlangen und jedes überwältigende Gefühl, das ich gerade noch gespürt hatte, verschwand, konnte ich nur noch eines denken.

Ich habe es geschehen lassen. Erneut.

Bei all den Männern auf der Welt – warum hasste ich mich selbst so sehr, dass er der einzige war, den ich im Rausch der Gefühle wollte?

Ich zog mich von ihm zurück, und kalte Luft traf auf meinen Hintern. Ich riss ein Stück Tüll von der Innenseite meines Rocks heraus, um mich so gut wie möglich zu säubern.

Tränen brannten in meinen Augen, und ich spürte, wie sein heißer Samen aus mir herauslief. Ich brauchte eine Toilette.

Ich hörte, wie er sich bewegte, seine Jeans und den Gürtel zumachte und dann ein Feuerzeug betätigte, um sich eine Zigarette anzuzünden.

»Du bist in mir gekommen«, sagte ich zu ihm.

Er blies Rauch aus und sagte einen Moment lang nichts.

»Und?«, entgegnete er schließlich stark und selbstbewusst.

»Und es ist allseits bekannt, dass du dich durch sämtliche Betten vögelst«, zischte ich.

»Zum Beispiel durch deins, meinst du?«

Ja, vor vielen Jahren.

Er seufzte auf, und dann traf mein BH auf meine Brust, als er ihn mir zuwarf. Ich fing ihn gerade so auf, bevor er auf den Boden fallen konnte. »Mein Vater will Enkelkinder, Winter.«

Mir wurde ganz übel, und Wut und Scham brannten in meinem Gesicht. *O Gott, wenn ich schwanger würde ...*

Schnell ging ich im Kopf den Kalender durch und erinnerte mich daran, dass ich erst letzte Woche meine Periode gehabt hatte. Es sollte also okay sein.

Aber sosehr ich auch wütend auf ihn sein wollte – ich hätte ihn stoppen können. Ich hatte einfach nicht nachgedacht.

Ich stand auf, zog mir meinen BH wieder an, war aber unfähig, ihn zu schließen. »Ich werde nie Kinder von dir bekommen«, sagte ich zu ihm.

Er war Damon. Er war der Mann meiner Schwester. Und ich würde lieber sterben, als eine Familie unter seiner Kontrolle zu gründen. Er wäre ein schrecklicher Vater.

Aber ich spürte, wie er näher kam und mit tiefer, aber leiser Stimme sagte: »Du wirst viele Kinder von mir bekommen.«

Dann ging er an mir vorbei aus dem Raum, und ich blieb völlig bewegungslos stehen, als seine Worte in der Luft hingen.

Ich hasste ihn. Ich hasste es, in wen ich mich verwandelte, wenn er in meiner Nähe war.

Wie konnte ich das nur tun? Warum hatte ich das getan? Er hatte mich nicht gezwungen. Ich hätte davonlaufen können. Ich hatte nicht einmal in Erwägung gezogen, Nein zu sagen. Ich wollte nicht Nein sagen. Es war, als wären wir wilde Tiere, verdammt.

Rot.

Zorn und Wut und Hitze und Verlangen, so stark, dass du zum Tier wirst, Winter. Es ist animalisch.

Das war also Rot. Ich hatte es tun wollen. Ich liebte die Flammen. Ich war eingetaucht.

Aber jetzt brannte der Schmerz wie Feuer.

Ich hasste ihn.

»Hey.« Ich hörte Alex, als sie die Tür schloss. »Wir haben Damon gerade da draußen gesehen. Er hat gesagt, du bist hier drin.« Dann berührte sie meinen Arm, und ich konnte die Eiswürfel in ihrem Glas klimpern hören. »Süße, es tut mir so leid, dass wir dich verloren haben. Geht's dir gut? Scheiße.«

Ihrer Reaktion nach zu urteilen, musste ich völlig kaputt aussehen. Mein Make-up war wahrscheinlich in meinem ganzen Gesicht verteilt.

»Ist schon in Ordnung«, murmelte ich. Ich konnte es im Moment nicht erklären.

»Wirklich?«, fragte sie wieder, wollte wahrscheinlich wissen, ob ich verletzt war.

Ich drehte mich um. »Könntest du ihn mir bitte zumachen?«

Sie seufzte auf, als sie sah, dass mein BH offen war. »Hat er dir wehgetan?«

Sie zog mich an sich, als sie die Schnalle wieder schloss, doch ich brachte schon gar keine Tränen mehr hervor.

»Nicht so sehr, wie ich mir selbst wehgetan habe«, antwortete ich.

KAPITEL 19

DAMON

Gegenwart

Ich hielt das Feuerzeug an die Spitze meiner Zigarette, bis sie sich entzündete, und inhalierte den Rauch. Der Geschmack und das Brennen trafen auf meine Zunge, füllten meine Lunge, und ich atmete wieder aus, endlich in der Lage, mich zu entspannen.

Leute gingen an mir vorbei, als ich auf der Seite einer der Getränkestände stand und die Tür der Toilette im Auge behielt. Winter und Alex waren darin verschwunden, und ich wollte sichergehen, dass sie immer noch zusammen waren.

Es war mir scheißegal, ob Winter gerade glücklich war oder nicht, aber dieser Ort war verdammt zwielichtig. Für mich wirklich perfekt, aber sie trug kein Zeichen an sich, das darauf hindeutete, dass sie blind war, und wenn einer dieser Schauspieler sie packen und davonzerren würde, wie ich es gerade getan hatte, dann könnte sie in Schwierigkeiten geraten.

Will machte einen verdammt schlechten Job, während er auf sie aufpasste. Sie zu packen, war einfach viel zu leicht.

Ich nahm noch einen Zug und bemerkte ein paar Mädchen in der Schlange, die mich beobachteten. Ich erwiderte den Blick von einer, und sie lächelte und winkte mir vage zu.

Ich blies den Rauch aus, schnippte die Asche der Zigarette weg. Jeder in diesem Ort kannte meine Geschichte, und die Frauen konnten entweder sehr abweisend sein – was mir nur recht war – oder standen wirklich auf mich. Als wäre ich irgendein gefährliches Tier, was sie total antörnte. Obwohl einige von ihnen der Meinung waren, dass ich Winter ausgenutzt hatte, und über mein seltsames sexuelles Verlangen tratschten, anderen beim Sex zuzusehen, dachte doch niemand, der das Video gesehen hatte, dass ich sie gezwungen hatte.

Entweder war ich das Opfer einer Formalie geworden oder ein Perversling, der mit einem Mädchen geschlafen hatte, von dem sie nicht wussten, dass sie viel mehr als ein One-Night-Stand gewesen war.

Winters Alter war für mich nicht das Problem gewesen. Ich hatte es nicht einmal wahrgenommen.

Das wirkliche Verbrechen war, dass ich ihr nicht hatte erzählen können, wer ich war. Und dass sie meine Liebe nicht erwidert hatte.

Ihr Herz war so seicht, dass sie nicht verstehen und wissen konnte, dass ich real gewesen war. In jedem Moment mit ihr war ich real gewesen. Ich wäre ihr treu gewesen und wäre gestorben, um sie zu beschützen.

Sobald sie es erfahren hatte, hatte sie mich abgesägt. Es war vorbei gewesen. So schnell hatte sie mich gehasst, ihr wankelmütiges Herz hatte mich verbannt und sofort alles vergessen.

Ich würde es auskosten sicherzugehen, dass sie niemals aufhörte, mich zu hassen.

Und mit einundzwanzig war sie ohne Zweifel alt genug für das, was ich gerade mit ihr gemacht hatte. Ich hatte sie so nehmen wollen, seit ich in das Haus eingezogen war und sie in ihren kurzen Shorts und dem Tanktop die Treppe runtergekommen war, um nach ihrem Hund zu suchen. Sie hatte nichts Besseres verdient.

Ich ballte meine Hand zur Faust, zerdrückte die Zigarette darin und schloss die Augen, während der Schmerz der Glut in meiner Handfläche brannte. Ein Lächeln legte sich um meine Mundwinkel, als ich daran dachte, was ich als Nächstes mit ihr anstellen würde. Vielleicht wollte Will oder Alex – oder beide – mir dabei Gesellschaft leisten.

Winter schien sie schließlich zu mögen.

Als ich die Augen wieder öffnete, sah ich, wie sie und Alex aus der Toilette kamen. Winters Klamotten und ihre Haare waren wieder gerichtet, aber auf ihrem ernsten Gesicht konnte ich Wut erkennen, Wut, für die niemand außer mir verantwortlich war. Alex grinste und winkte, und ich beobachtete, wie Rika zu ihnen stieß und Alex erfreut in den Arm nahm.

Was?

Und dann sah ich aus den Augenwinkeln, dass jemand auf mich zukam, und drehte den Kopf: Michael, Kai und Will – allesamt lässig in Jeans und T-Shirts gekleidet – steuerten in meine Richtung.

»Na prima«, brummte ich und warf die Zigarette weg.

Michael kam direkt auf mich zu. »Ich möchte mit dir unter vier Augen reden.«

Ich hielt mich aufrecht und sah ihm in die Augen. »Unter vier Augen?«, stichelte ich. »Wie im Dampfbad? Ich bin dabei.«

Er verschränkte die Arme vor der Brust, und seine haselnussbraunen Augen durchbohrten mich. »Apropos Dampfbad, warst du in letzter Zeit mal im Hunter-Bailey?«

Ich lachte leise vor mich hin. »Frag Rika«, sagte ich. »Oder verheimlicht sie dir was?«

Sein Gesicht war wie eingefroren, aber ich wusste, dass es tief in seinem Inneren brodelte. Ich redete keinen Scheiß. Und das wusste er.

Scheiße, wie sehr ich es liebte, dass sein Mädchen mich vor ihm geheim hielt.

»Ich vertraue ihr«, sagte er. »*Dir* vertraue ich nicht. Was hast du gegen sie in der Hand?«

Ich? Ach, so war es also. Der einzige Weg, dass sie mir ihre Zeit schenken würde, war, wenn ich sie erpresste?

»Ob du es glaubst oder nicht«, sagte ich zu ihm, »*sie* ist diejenige, die mich erpresst. Dein Monster ist ein ziemlich dominantes Wesen. Da stehe ich irgendwie drauf. Falls du teilen willst …« Und dann schoss mein Blick zu Kai. »Mit allen, meine ich.«

»Mein Gott«, murmelte Kai.

Ja, ich war definitiv sauer gewesen, als ich von den dreien gehört hatte. Es war nur ein weiteres Mal gewesen, dass die beiden ohne Will und mich eine Entscheidung getroffen und den ganzen Spaß für sich alleine gehabt hatten. Will und ich durften nur dann mitmachen, wenn sie es uns erlaubten.

Alex und Banks kamen zu uns rüber, und Will nahm das Bier, das Alex ihm brachte.

»Wo ist Winter?«, fragte er.

»Bei Rika.«

Michael und ich zuckten nicht mit der Wimper.

»Du bist nicht der Einzige, der Müll beseitigen kann«, sagte Michael leise, als die anderen schweigend um uns herumstanden. »Ich habe meinen Bruder nicht aus dem Weg geräumt, um sie in Sicherheit zu wissen, nur damit *du* jetzt daherkommst und deine Spielchen mit uns spielst. Ich bin schon so weit gegangen, und ich werde tun, was ich tun muss.«

Vielleicht.

Er hatte einen Menschen umgebracht und es wie Notwehr aussehen lassen. Wenn er sich das zur Gewohnheit machte, würde es zum Risiko werden. Er hatte jetzt viel zu verlieren.

»Wer ist das?«, hörte ich Will fragen.

Aber Michael, Kai und ich waren so aufeinander fixiert, dass wir ihn kaum hörten.

»Niemand würde dich vermissen«, flüsterte Michael drohend.

Ich hätte fast gelacht. Wahrscheinlich war sein Schwanz bei dieser gefährlichen Drohung noch einen Viertelzentimeter gewachsen.

»Michael«, sagte Will erneut.

Aber Michael starrte mich einfach nur schwer atmend an. Rika würde es nie zulassen, dass ich ihr wehtat. Er wusste das. Wenn sie und ich uns trafen, war es, weil sie es so wollte. Und er war eifersüchtig.

Verdammter Idiot.

»Wer zur Hölle ist das?«, rief Will. »Michael!«

»Was?« Michael riss den Kopf zu Will herum.

»Echt jetzt?«, entfuhr es Will. »*Das* siehst du nicht?«

Ich wandte meinen Blick von Michael und Kai ab, und wir folgten alle Wills Blick zu Rika, Winter und einem Kerl in schwarzer Hose, dunkelgrauem Pulli, Lederschuhen und mit dunklem, nach hinten gegeltem Haar. Er war vielleicht fünf oder sechs Jahre älter als wir.

»Dieser Kerl«, sagte Will und wandte sich zu uns um. »Er hatte vorhin eine Maske auf. Er hat seine Hände um Rika gelegt, als wäre er einer der Schauspieler. Er hat sie gepackt, hochgehoben und sie an den falschen Stellen berührt …«

Will drehte sich wieder zu ihr um, als er sprach, und ich runzelte die Stirn und bemerkte, dass Winter danebenstand, während Rika und der Kerl sich unterhielten. Er kam mir bekannt vor. Wo hatte ich ihn schon mal gesehen?

»Sie konnte sich aus seinem Griff befreien, als sie gemerkt hat, dass es nicht du warst«, fuhr Will fort, »aber jetzt hat er die Maske abgenommen, und er redet mit ihr, als würden sie sich kennen. Ich glaube nicht, dass sie weiß, dass es derselbe Kerl ist, der sie vorhin gepackt hat.«

Ich schaute weg und schüttelte den Kopf.

Sie standen alle nur da. Michael, Kai, Will …

»Es ist einer ihrer Professoren«, erklärte Alex. »Sie gehört zu seinem Forschungsteam auf dem College.«

»Er hat sie nicht besonders professionell berührt, als er maskiert war«, antwortete Will sarkastisch und nahm einen Schluck von seinem Bier.

Ich schaute noch einmal zurück, um sicherzugehen, dass er nicht mit Winter redete, und beobachtete, wie er sich zu Rika beugte, den Kopf schief legte und sie am Arm berührte, während sie sich unterhielten.

Es gab Bewegungen, Blicke, Verhaltensweisen, die einem verrieten, dass ein Kerl mit einer Frau flirtete.

Kurz drehte sich Rika zu Winter um, und als sie ihm den Rücken zuwandte, ließ er seinen Blick über Rikas gesamten Körper schweifen und leckte sich die Lippen.

Jepp.

Frauen fiel es nicht immer auf, weil es unterschwellig war, und wir realisierten auch nicht immer, dass wir es taten, aber er war definitiv interessiert. Und er begrapschte sie, während ihr Verlobter danebenstand.

Und was tat Michael? Natürlich nichts.

Das war derselbe Kerl, den ich auf ihrer Verlobungsparty

mit ihr hatte tanzen sehen. Jetzt erkannte ich ihn wieder, weil er mir auch damals schon merkwürdig vorgekommen war.

»Er flirtet mit ihr.« Will sagte Michael das Gleiche, das ich bereits wusste.

»Weiß er, dass sie verlobt ist?«, fragte Banks.

»Er war auf der Party in unserem verdammten Haus«, knurrte Michael leise, als er den Professor anstarrte.

»Ach, keine Sorge«, sagte ich. »Rika kann selbst auf sich aufpassen, nicht wahr?« Ich zog eine Zigarette hervor, zündete sie an, und eine Rauchwolke stieg in die Luft über unseren Köpfen auf. »Das macht mich irgendwie stutzig«, fuhr ich fort. »Sie hat ihr eigenes Geld, und sie kann auf sich selbst aufpassen, weil du sie nicht bemutterst, also ... wofür braucht sie dich eigentlich genau?«

Ich runzelte die Stirn und sah Michael amüsiert an. Er hatte immer dafür gesorgt, dass Rika ihre Probleme selbst löste, weil er sie nicht als seinen Besitz, sondern eher als eine Erweiterung seiner selbst angesehen hatte.

Er wollte kein Schoßhündchen. Er wollte eine Partnerin.

Aber es kommt ein Punkt, an dem man sein Haus verteidigen und Verantwortung übernehmen muss. Und nicht nur im Schlafzimmer.

Was alles war, wofür sie ihn brauchte.

Ich grinste. »Ich glaube, sie muss von Zeit zu Zeit mal gewartet werden, oder?«

Er knirschte mit den Zähnen und packte mich am Kragen meines Sweatshirts, aber meine Füße lösten sich nicht vom Boden.

»Bitte, mach nur weiter«, forderte ich ihn heraus und blickte ihm in die Augen. »Das ist schon längst überfällig zwischen dir und mir.«

Er starrte mir in die Augen und dachte wahrscheinlich an all die Menschen um uns herum, die Security, die Kameras, und während es mir scheißegal war, stand für ihn jetzt sein geordnetes Leben auf der Kippe. Eine Profisportkarriere, eine zukünftige Ehefrau, Geschäfte ...

Tu es.

Ich wollte eigentlich nicht, dass irgendeiner von uns heute

Abend wegen einer Prügelei verhaftet wurde, aber ich wollte diesen Funken in ihm sehen. Ein Überbleibsel des Kerls, der einst mein Freund gewesen war. Jemand, an den ich mich nur allzu gut erinnerte, der immer aufs Ganze gehen und uns alle über den Abgrund führen wollte.

Das passierte, wenn man sich verliebte. Man verlor die Nerven, weil man das, was wichtiger geworden war, nicht verlieren wollte.

Aber statt zu kneifen, grinste er nur. »Weißt du, was?«, sagte er und ließ mich los. »Du hast recht. Meine Fantasie ist nichts im Vergleich zu deiner. Sag mir, wie würdest du ihn handhaben?«

Wie ich ihn handhaben würde? Brauchst du mich, damit ich deine Drecksarbeit erledige, oder ist das eine Einladung zum Spiel?

»Komm schon«, drängte Kai grinsend. »Zeig uns, was du aus der guten alten Zeit vermisst. Du bist so verdammt arrogant. Bring es uns bei.«

Mein Herz begann, etwas schneller zu schlagen, und ich stand ganz still da und dachte über die Herausforderung nach. Würden sie tun, was ich vorschlug?

Ich würde es ihnen sowieso nicht alleine überlassen. Sie würden kneifen.

Ich schaute meiner Schwester in die Augen. »Wie schnell kann der Schlachter hier sein?«

Sie starrte mich einen Moment lang an, bis die Erkenntnis einsetzte und sich ein breites Lächeln auf ihrem Gesicht ausbreitete. Sie warf Kai einen Blick zu, der seine Frau neugierig ansah, dann wandte sie sich wieder mir zu und holte ihr Handy heraus. »Für uns?«, fragte sie mit einem aufgeregten Funkeln in den Augen. »In wenigen Minuten.«

Dann hielt sie sich das Smartphone ans Ohr und trat zur Seite, um den Anruf zu tätigen.

Ich warf Alex einen Blick zu. »Schau, ob sie ein Erste-Hilfe-Set mit Riechsalz hier haben.«

Sie nickte, schaute mich zögerlich an, ging dann aber in Richtung Sanitäterzelt.

»Kannst du jemanden immer noch mit nur einem Kick ausknocken?«, fragte ich Kai herausfordernd.

»Soll ich es dir demonstrieren?«, entgegnete er.

Ich lachte und legte mir den Rest selbst in meinem Kopf zurecht.

»Was hast du vor?«, fragte Michael, zog sich zurück und sah plötzlich interessiert aus.

»Ich? O nein. Nicht nur ich. Dazu braucht es uns alle«, erwiderte ich. »Bist du dabei oder nicht?«

Er verdrehte die Augen, blieb aber mit Will zu seiner Rechten und Kai zu seiner Linken an Ort und Stelle stehen, und sein Stolz sagte ihm, sich nicht mit mir einzulassen.

Aber dann schaute er zu Rika, und ich wusste zwar nicht, wie er darüber dachte, aber ich wusste, wenn ihr Professor so eine Scheiße schon vor ihrem Verlobten abzog, was würde er dann an einem Tag machen, wenn Michael nicht in der Nähe war? Bei einem ihrer Forschungstreffen oder einer Diskussion nach dem Kurs?

Natürlich konnte Rika selbst auf sich aufpassen, aber er zollte Michael keinen Respekt. Darum musste Michael sich kümmern.

Er sah mir in die Augen. »Na schön. Was werden wir machen?«

Ich grinste und klärte jeden auf, was er zu tun hatte. Dann schickte ich Banks zum Parkplatz, um dort den Schlachter zu treffen, und Will ins Innere eines der Spukhäuser, um eine Requisite zu holen.

Als Alex mit dem Riechsalz wiederkam, sagte ich ihr, was sie zu tun hatte. Leider fiel ihr der größte Teil der Arbeit bei dieser Sache zu. Sie war die einzige Frau hier, die nichts damit zu tun hatte, und das war praktisch, wenn sie ihn anlocken sollte.

Banks kam mit einem Rucksack zurück, und sie, Michael und ich machten uns auf den Weg zur Baumgrenze hinter der Scheune und versteckten uns hinter den Stämmen, während Kai und Will hinter einer Ecke der Scheune in Deckung gingen und warteten.

Ich steckte meine Maske, die mir immer noch am Handgelenk hing, in den Rucksack, und keine zwei Minuten später sah ich Alex mit dem Professor um die Ecke kommen. Sie sah perfekt aus. Kurzes weißes Kleid, Zylinder, Make-up. Der Professor sah nicht so angetan aus wie bei Rika, aber er hatte ganz offensichtlich nichts dagegen, mit einer anderen hübschen Studentin einen Spaziergang durch den Park zu machen.

Kai, der knapp zwanzig Meter von mir entfernt stand, sah mich an, und ich reckte mein Kinn, um ihm zu signalisieren, dass er an der Reihe war. Er trat zurück, um sich selbst Platz zu verschaffen, brachte sich in Position, und sobald Alex in sein Blickfeld kam, sprang Kai hervor, schwang sein Bein herum und kickte dem Kerl direkt gegen die Schläfe. Er hatte nicht einmal Zeit, sich umzudrehen, um zu sehen, wer das war.

Sein Kopf wurde herumgerissen, und er fiel mit dem Gesicht nach unten auf den dreckigen Boden.

»O Scheiße!« Will wurde von Lachen geschüttelt. »Er ist umgefallen wie ein totes Reh.«

Ein Prusten ertönte entweder von Michael oder von Banks, und Kai blickte auf sein Opfer hinab, um seine Tat stolz zu begutachten.

»Du hast ihn nicht umgebracht, oder?«, flüsterte Banks und sah besorgt aus, als sie zu ihnen trat.

Michael und ich folgten ihr, und ich sah ihr dabei zu, wie sie sich neben den Kerl kniete und an seinem Hals nach seinem Puls fühlte.

Nach einem kurzen Augenblick seufzte sie erleichtert auf. »Okay, gut.«

»Baby, bitte.« Kai sah beleidigt aus.

»Nimm seine Füße«, sagte ich zu Will, als ich den Typ umdrehte und ihn an den Händen packte. »Und dann weg hier.«

Wir trugen ihn hinter die Baumgrenze, Alex, Michael und Kai folgten uns, während Banks sich bückte, um den schweren Rucksack vom Boden aufzuheben.

Ich sah Michael mit hochgezogener Augenbraue an. »Du lässt meine Schwester den Rucksack tragen?«

Oder machen wir alle die ganze Arbeit, und du schaust nur zu?

E riss ihr den Rucksack aus der Hand, sie verzog das Gesicht, und dann gingen wir alle tiefer in den Wald hinein, bis wir außer Sichtweite waren.

Ich ließ den schweren Körper fallen, packte Alex, zog sie zu mir rüber und riss das Mieder ihres Kleides auf, wobei ihre Haut von der Brust bis zum Bauch freigelegt wurde. Ihre Brüste waren aber noch bedeckt.

Sie schnappte nach Luft und fauchte mich an. »Arschloch!«

»Leg dich hin«, sagte ich zu ihr.

»Warum muss ich immer die Drecksarbeit machen?«

»Jetzt.« Ich deutete auf den Boden.

Mit bösem Blick ließ sie sich auf die kalte Erde fallen, und hinabgefallenes Laub raschelte unter ihr, als sie sich vorsichtig auf den Rücken legte.

»Messer«, sagte ich zu Will und erinnerte ihn daran, dass ich die Requisite brauchte, die er aus einem der Spukhäuser gestohlen hatte.

Er legte es in meine Hand, der Gurt des Schauspielers, dem er es entwendet hatte, war immer noch daran befestigt und baumelte jetzt von meiner Faust.

Michael, Kai und Will stellten sich in kurzer Entfernung zur Seite und versteckten sich hinter den Bäumen, während Banks und ich Alex fertig machten. Wir hatten das schon mal als Teenager mit einem der Sicherheitsmänner meines Vaters getan, der Banks immer einen Klaps auf den Hintern gegeben hatte, wenn er mit ihr gesprochen hatte.

Ich goss etwas von der Scheiße, die sie von dem Schlachter bekommen hatte, über die Klamotten des Professors, dann zog ich ihn rüber und legte ihn mit dem Gesicht nach unten zwischen Alex' Beine.

»Igitt«, stöhnte sie und sah aus, als müsste sie sich gleich übergeben mit der ganzen Scheiße und dem Professor auf sich.

Banks drückte ihr einen Kuss auf die Stirn, als sie um sie herumkroch und ihre Arme und Brust mit Blut beschmierte. »Ich liebe dich. Das meine ich ernst«, flüsterte sie Alex zu, blickte dann zu mir auf und grinste.

Ich musste ebenfalls grinsen.

Wie in alten Zeiten.

Wir beendeten unsere Arbeit, Banks packte alles wieder in den Rucksack und rannte zu der Stelle, an der die Jungs sich versteckten, während ich das Riechsalz herausnahm.

»Wenn du bereit bist«, sagte ich und gab Alex die Packung.

Nickend nahm sie sie entgegen.

Ich machte einen Schritt zurück und betrachtete mein Werk. Der verdammte Mistkerl, der dachte, er könnte seine Hände an etwas legen, das uns gehörte, und dann damit davonkommen, lag bewusstlos mit dem Kopf auf ihrer Brust da.

Dann drehte ich mich um und rannte zu den anderen an die Stelle, von der aus wir alles beobachten konnten, ohne dass wir gesehen wurden.

Alex bewegte sich ein wenig und hob den Kopf, um die Position seiner Hand auf dem Messer und ihre Position unter ihm zu überprüfen.

Will lachte jetzt schon und hob sein Handy, um zu filmen.

Aber Kai riss es ihm aus der Hand. »Nein, verdammt.«

Will öffnete den Mund und sah verwirrt aus, aber dann dämmerte es ihm. »Ja, richtig.«

Ja, diesen Weg werden wir nicht noch einmal einschlagen. Keine Videos.

Alex hielt ihm das Riechsalz unter die Nase, und ich warnte alle, leise zu sein.

Sie wedelte mit dem Salz hin und her, wir warteten und schauten zu, und dann plötzlich … kam er wieder zu Bewusstsein, und sie ließ ihren Arm und ihren Kopf auf den Boden zurückfallen, wobei das Riechsalz irgendwo landete. Sie schloss die Augen, öffnete den Mund und stellte sich tot.

Ein Lachen grollte in meiner Brust.

Er bewegte sich und versuchte, seinen Kopf zu heben, aber der wippte nur zur Seite, während er aufstöhnte.

Er rutschte auf ihrem Körper hin und her, schnappte nach Luft und legte dann seine Hand an die Schläfe, die ihm von Kais Tritt höllisch wehtun musste.

»Ah, was zum Teufel?«, sagte er mit rauer Stimme und rieb sich den Kopf.

Doch dann kam er langsam wieder zu sich, setzte sich auf und öffnete blinzelnd die Augen. Endlich sah er, wer unter ihm lag: der blutüberströmte Körper einer toten Studentin und seine Finger um den Griff des Messers, das in Alex' Brust steckte.

Er saß einfach da und blickte auf sie hinunter, unsicher, ob er wirklich begreifen konnte, was er da sah. Langsam nahm er seine Hand vom Messer, tippte Alex gegen das Kinn und ließ ihren Kopf von einer Seite auf die andere fallen. Dann stieß er einen schockierten Schrei aus, fiel zur Seite und versuchte, sich zu befreien.

Wir hatten alle Mühe, unser Lachen zu unterdrücken.

»Aaaahhh!« Er kroch zurück und starrte sie entsetzt an.

Wir prusteten alle leise los, und ich schüttelte den Kopf. Für so einen Streich war man nie zu alt. Schon als Kind habe ich davon geträumt, eines Tages dieses Zimmer in meinem Haus zu haben, mit roter Farbe an den Wänden und auf den Laken, damit ich betrunkene Freunde dort ablegen konnte, die am nächsten Morgen bei Tageslicht aufwachten und sich angesichts des Massakers an den Wänden in die Hosen schissen.

Die kleinen Freuden des Lebens.

Der Professor stand auf, starrte entgeistert auf die Beweise überall auf seinen Klamotten und auf das Blut, das von dem Messer tropfte und immer noch in der Brust einer jungen Frau steckte. Er sah sich schnell um, ob ihn jemand gesehen haben könnte, und wir versteckten uns hinter den Bäumen, um unentdeckt zu bleiben.

Und dann begann er auszuflippen. Angst strahlte von ihm ab, und ich konnte mir nur vorstellen, welche Gedanken ihm in diesem Moment durch den Kopf gingen.

»O mein Gott«, keuchte er. »O mein Gott. Was zum Teufel?«

Oh. Armes Baby.

Wir schauten uns um und sahen, wie er mit Höchstgeschwindigkeit von der Leiche wegrannte, seinen Pullover auszog und versuchte, sich sauber zu machen, während er in die weit entfernte Menge rannte, bevor er erwischt werden konnte.

»Holy shit.« Will gluckste und konnte sich nicht mehr zurückhalten, als wir alle hinter den Bäumen hervorkamen und ihn verschwinden sahen. »Er hat nicht mal *versucht*, seine Mordwaffe mitzunehmen. Was für ein Dummkopf.«

Banks ließ den Kopf in den Nacken fallen, als sie und Kai lachten.

Auch Michael konnte sich ein Grinsen nicht verkneifen, als er sich bückte und Alex aufhalf. »Ich glaube nicht, dass er am Montag zur Vorlesung erscheinen wird.«

»Ja, bis dahin sollte er drei Staaten weiter sein«, fügte Kai hinzu.

»Oder er geht zur Polizei und gesteht.« Will kicherte.

Keiner konnte sich das Lachen verkneifen, wir alle zitterten vor Belustigung über die schmerzhafte Heimfahrt, die er heute Nacht haben würde, und den Schlaf, den er ein paar Tage lang nicht bekommen würde, bis er merkte, dass es ein Scherz gewesen war.

»Und wenn er das noch mal macht«, zischte Alex, die verärgert an sich hinunterschaute, die Sauerei auf ihrer Kleidung begutachtete und schließlich Will einen durchdringenden Blick zuwarf, »stecken wir ihn in ein Bett zwischen deine Beine, umgeben von Dildos und Gleitgel.«

»Das ist eine gute Idee«, stimmte Will ihr zu und zeigte mit aufgeregtem Blick auf mich.

Wir brachen wieder in schallendes Gelächter aus, als wir uns den Anblick vorstellten, und mein Kopf war zum ersten Mal seit Langem wieder leicht, und ich hatte keinen Knoten im Bauch. Ich hatte schon lange nicht mehr so gelacht.

Erschöpft vom Tag und von der Nacht ließ ich den Kopf in den Nacken fallen. Irgendwie war ich glücklich.

Richtig glücklich sogar.

Aber dann erstarb das Lachen hinter mir. Erst wich es einem Lächeln, dann verschwand es ganz, und wir wurden alle wieder still, als sich ein erdrückendes Gefühl über uns legte und wir uns daran erinnerten, dass wir einander hassten.

Vor vielen Jahren war es immer so gewesen mit uns. Bevor wir erkannt hatten, dass Spaß seinen Preis hatte und die Wut alles verdunkelt hatte, als wir uns gegenseitig die Schuld zugeschoben hatten. Vor allem mir.

Heute Nacht war eine bittersüße Erinnerung an alles, das

ich ruiniert hatte, und sie hatten nicht vergessen, dass es größtenteils meine Schuld war. Für ein paar Minuten hatten wir uns glücklich in das zurückfallen lassen, was uns geholfen hatte, einander zu finden. Dieselben Bedürfnisse, dieselbe Leidenschaft für Nervenkitzel und dasselbe Verlangen auszubrechen.

Aber sie konnten nicht verzeihen.

»Hey, wo wart ihr die ganze Zeit?«, rief Rika, die gerade mit Winter im Schlepptau zu uns rüberkam.

Ich sah Winter an, aber sie hatte den Kopf gesenkt und weggedreht, als versuchte sie, unsichtbar zu sein.

Michael ging zu ihnen, zog Rika an sich und hob sie in seine Arme. »Wir haben Männersachen erledigt.«

»Männersachen?«, fragte sie ungläubig.

Aber er gab ihr einfach einen Klaps auf den Hintern. »Lass uns für eine Minute zum Auto gehen.«

»Michael!«, schrie sie, als er sie davontrug und klar war, was er vorhatte.

Der Rest von uns blieb noch etwa zwei Sekunden stehen, und die Schwere der Stille, die über uns lag, tötete den ganzen Spaß, den ich gerade noch gehabt hatte.

Ich nahm den Rucksack mit meiner Maske darin und sah Will an. »Wenn sie um zwei Uhr nicht zu Hause ist …«, ich deutete auf Winter, »… dann wird meine Security sie nach Hause bringen. Stell mich nicht auf die Probe.«

Ich ging an ihr vorbei und wollte auf jeden Fall bald noch mehr von ihr. Ich war halb versucht, sie gleich mit nach Hause zu nehmen, aber ich gab dem Drang nicht nach. Ich wollte nicht, dass sie wusste, wie sehr ich mich danach sehnte. Der Sex würde nicht zur Gewohnheit werden. Es war ein Spielzug, und ich musste mir meinen nächsten überlegen.

Später in der Nacht wachte ich mit einem Schreck auf. Zwei scharfe Stiche trafen mich, einer an meinem Hals neben meiner Kehle und ein weiterer an der Seite zwischen meinen Rippen. Ich holte tief Luft und spürte den scharfen Schmerz der geschnittenen Haut.

»Was ist es, das dich an mir so wütend macht?«, hörte ich Winter mit sanfter Stimme fragen.

Ich hob den Blick und erkannte endlich, dass sie rittlings auf mir saß und mir zwei Klingen in die Haut grub.

Küchenmesser?

Ich spreizte meine Finger, wo meine Arme an meinen Seiten lagen, und es juckte mich, sie zu packen und von mir runterzuwerfen. Ich wusste, ich könnte es tun, bevor sie zustechen würde, aber ...

Ich hatte mir Gedanken über meinen nächsten Schritt gemacht, anstatt ihren vorauszusehen.

Ich blieb ganz ruhig, die Laken waren kühl und weich und der Raum still und schwarz.

»Was an mir macht dich so wütend?«, fragte sie wieder, immer noch ganz ruhig.

»Drei Jahre«, sagte ich.

Drei Jahre im Gefängnis, weil ich etwas getan hatte, was sie von mir wollte.

»Aber es hat schon vorher angefangen«, stieß sie hervor. »In der Highschool. Du hast mich terrorisiert. Warum? Was habe ich getan?«

Ich hatte sie nicht terrorisiert. Ich hatte ihr nie etwas getan. Ich hatte nur gewollt, was ich wollte.

Der Druck der Messerklingen war zu stark, und mein Atem zitterte.

»Ich war ein Kind«, sagte sie mit schmerzerfüllter Stimme. »Ich dachte, ich wäre verliebt. Ich war ein naives, dummes Kind. Weißt du, wie es ist zu denken, dass dich jemand liebt, und dann findest du heraus, dass du für ihn nichts als ein Stück Fleisch warst?«

Ich vergrub meine Hände in die Laken, als ich meine eigenen Erinnerungen verdrängen wollte, die versuchten, an die Oberfläche zu kommen. »Ja«, flüsterte ich.

Ja, das tat ich.

Ich wusste, wie es war, wenn dem eigenen Körper schreckliche Dinge angetan wurden und man dabei zusehen musste, wie er einen verriet. Wie schlecht man sich fühlte, weil es einem gefiel und man gleichzeitig wusste, dass es falsch war.

Ich schoss mit den Händen nach oben, packte sie an den Hüften und hob den Kopf, als die Klinge drohte, in meinen

Hals einzudringen. »Und ich habe sie dafür umgebracht«, sagte ich zu ihr. »Das kannst du jetzt auch tun.«

Sie atmete schwer, und ich konnte spüren, wie sie mit den Waffen in den Händen zitterte.

»Denn ich werde nicht aufhören«, sagte ich leise und nahm den Duft ihrer gewaschenen Haare in mich auf.

Sie hatte geduscht, das Make-up und das Kostüm waren jetzt weg und durch eine Schlafhose aus Seide und ein weißes T-Shirt ersetzt worden. Ihre Haare waren immer noch feucht.

»Tu es«, drängte ich sie.

Die scharfen Spitzen bedrohten mich, und ich liebte diesen Anblick. Liebte es, wie sie gerade aussah. Wie sie die Kontrolle über mich übernahm, ihre Macht schmerzhaft, aber verlangend. Und ich wollte, dass sie in diesem Moment alles von mir verlangte, was sie haben wollte.

Mein Schwanz wurde hart von ihrem Gewicht auf mir und von der Wärme, die sie ausstrahlte. Ich war gut darauf vorbereitet, es heute Nacht noch einmal passieren zu lassen. Nur heute Nacht. Sie war schließlich zu mir gekommen.

»Du hast nicht gelogen«, sagte sie schließlich und sah nachdenklich aus, als erinnerte sie sich an etwas.

Vor sieben Jahren hatte ich ihr in der Abstellkammer erzählt, dass ich meine Mutter umgebracht hatte. Sie hatte gedacht, ich hätte Blödsinn geredet. Jetzt wusste sie es besser.

»Wann hat es angefangen?«, fragte sie, als ihr klar wurde, worum es hier ging.

Aber dazu war ich nicht bereit. Niemals wieder.

»Im Brunnen, als du acht warst und ich elf«, sagte ich zu ihr.

»Das habe ich nicht gemeint.«

»Das ist alles, was zählt.« Dann vergrub ich meine Finger in ihrem Hintern, hob meine Hüften an und drückte meinen Schwanz zwischen ihre Beine.

»O ja«, keuchte ich, als ich ihre Wärme durch die Seidenshorts spürte.

Ich konnte nicht mehr klar denken. Mein Atem ging schneller, und ich tauchte in alles ein – in ihre verlangenden Fragen und in die Bedrohung der Messer, die bereit waren, mich zu verletzen und mir hier und jetzt ein Ende zu setzen. Kühler Schweiß brach auf meiner Haut aus, das Rascheln der Laken unter meinem Körper drang in meine Ohren, und jeder andere Sinn wurde geschärft, als ich mich fallen ließ und alles spüren wollte. Ich wollte durch alles von ihr ausgefüllt werden.

Ich legte meine Hand an die Stelle zwischen Hals und Schulter, hielt mich an ihr fest und rieb mich an ihrem Körper. Dass sie ihre Klamotten noch anhatte, machte diese Qual nur noch wahnsinniger.

»Hör auf«, keuchte sie. »Damon, stopp.«

»Dann geh von mir runter.«

Sie saß auf mir. Ich hatte keine Kontrolle.

»Ich bin vielleicht mit Ari verheiratet«, sagte ich und sehnte mich danach, in ihr zu sein. »Aber ihre kleine Schwester ist es, mit der ich wirklich spielen will.« Ich zog sie zu mir runter, und die Messer fielen weg, als ich ihr gegen die Lippen flüsterte. »Mit der ich immer spielen wollte.«

Sie zitterte, und ihre Augen wurden feucht. Ich erwartete, dass sie sich losriss und davonlief, aber sie war wie versteinert.

»Du gehörst mir«, sagte ich und küsste sie auf den Mund, während ich mich an sie drückte. »Nur mir.« Ich küsste sie wieder. »Du hast in diesem Brunnen mir gehört, in der Umkleide, in der Abstellkammer und im Büro des Rektors.« Ich nahm ihr Kinn in meine Hand. »Du wirst meine Kinder auf die Welt bringen, meine Frau sein und mit mir schlafen, weil es das ist, was ich will.«

»Nein«, sagte sie kaum hörbar.

Aber dann legte sie ihre Hand um meinen Hals und stöhnte auf, als ihr Körper sich danach sehnte, meine Hüften zu treffen.

»Du bist anders als sie«, flüsterte ich und zog ihr das T-Shirt aus, um ihren Busen wieder an meiner Brust zu spüren. »Anders als meine Freunde. Anders als Ari. Anders als meine Eltern, meine Schwester und jede Frau. Du siehst *alles.*«

Ein Schluchzen entfuhr ihr, und ich packte sie am Hinterkopf und zog ihren Kopf zurück, um ihr Gesicht zu sehen, während ich mich an ihr rieb und sich unsere Körper im perfekten Einklang bewegten.

»Ja, hast du das meiner Mutter erzählt, damit sie mich hier alleine lässt?«, zischte sie. »Dass ich *alles* für dich bin?«

Ich fuhr mit meiner Zunge über ihre Lippen, war so verdammt hungrig auf sie. »Ich habe ihr gesagt, die einzige Möglichkeit, dass ich mit Ari ein Jahr lang verheiratet bleibe, ist die, dass wir so wenig wie möglich zusammen sein müssen«, sagte ich, während sich unsere Münder trafen und wir beide keuchten. »Ich habe ihr gesagt, dass ich dich wollte«, fuhr ich fort. »Dass du mich geliebt hast und nichts von dem, was auf dem Video zu sehen ist, gestellt war. Und ich habe ihr gesagt, dass ich dich auch liebe und es mir leidtut, dass ich dich auf diese Art stehlen musste, aber dass es der einzige Weg war, wie ich dir nahe sein konnte.«

Sie keuchte und atmete zittrig ein.

»Ich habe ihr gesagt, dass ich nie geplant hatte, dass irgendjemand dieses Video sieht«, gab ich zu. »Und dass ich Zeit brauche. Zeit, dich davon zu überzeugen, dass du mich auch willst. Wir mussten nur alleine gelassen werden.«

Das war die Wahrheit. Ich hatte ihrer Mutter all diese Dinge erzählt. Dinge, die sie hören wollte. Dinge, die sie glauben wollte.

Ich hatte Ari geheiratet, um in dieses Haus zu kommen und weil sie leichte Beute war, aber sie alle wussten, was ich wirklich wollte.

»Ich habe ihr erzählt, dass du ein sorgenfreies Leben haben würdest«, sagte ich, während wir uns aneinanderrieben, »und dass ich all deine Träume wahr werden lassen würde. Du wirst tanzen, und dir wird nie wieder eine Tür verschlossen sein.«

Stöhnen und Keuchen erfüllte den Raum, während ich mit der anderen Hand über ihren Rücken glitt und die leichte Schweißschicht spürte, bevor ich ihren Hintern packte und ihr half, sich an mir zu reiben.

Ja, Ari war gegangen, weil sie tat, was man ihr befahl, und sie wollte glauben, dass ich in ein paar Tagen nachkommen würde. Ihre Mutter war gegangen, weil sie all die Dinge glauben wollte, die ich zu ihr gesagt hatte. Dass Winter und ich uns liebten und Raum und Zeit brauchten, um unsere Probleme zu regeln.

Mein Schwanz war so hart, und ich wollte in ihr sein, aber als ich sie nach hinten zog und an ihrem Nippel saugte, kam sie nach Luft ringend und zitternd. Und als sie sich auf mich legte und ihren Orgasmus über sich ergehen ließ, hörte ich auf, mich zu bewegen, legte meinen Arm um sie und hielt sie fest, während ich weiter ihre Brust küsste.

Ich wollte das. So viel von ihr. Ihren Körper in meinen Armen, zitternd und schwitzend, in hundert verschiedenen Positionen, keine Stelle von ihr unberührt.

Aber so hart ich auch war und sosehr ich sie an mich reißen und ausnutzen wollte, dass ich das Haus mit meiner süßen, neuen Schwägerin ganz für mich alleine hatte ... Diese Schlampe hatte mich, ohne zu zögern und ohne es zu bereuen, ins Gefängnis gebracht.

Wir liebten uns nicht.

Ich zog ihren Kopf zu mir runter und bedeckte sie mit kleinen Küssen, die sie nicht erwiderte, weil sie sich selbst dafür hasste, was sie gerade wieder hatte passieren lassen.

»Ich liebe es, dich zu ficken«, sagte ich zu ihr. »Im Bett passen wir wunderbar zusammen. Da bist du kein Geheimnis für mich.«

Ihre Oberschenkel waren so warm, und mein Schwanz schmerzte, wenn ich nur daran dachte, wie heiß und feucht sie wahrscheinlich gerade war.

Aber ich hielt sie einfach fester, berührte ihre Nase mit meiner. »Es ist schon tröstlich, dass es immer dasselbe ist«, spottete ich. »Wie alle zu Schlampen werden, wenn man es ihnen so richtig besorgt.«

Sie versteifte sich, und ihre Mundwinkel zuckten, als ob sie versuchte, nicht zu weinen. Aber alles andere an ihr war ruhig und stoisch.

Als hätte sie es endlich verstanden ... Ich war hier, um ihr wehzutun.

KAPITEL 20

DAMON

Fünf Jahre zuvor

Ich blies den Rauch aus und starrte auf Erika Fanes Kopf, als wir durch das Viertel fuhren, nachdem wir das Dorf gerade verlassen hatten. Es war ein langer Tag gewesen – und es würde wahrscheinlich eine noch längere Nacht werden –, und ich war gleichermaßen fasziniert und sauer, dass Michael sie heute mit zur Devil's Night nahm.

Ich war auf dem College gewesen, weg von hier, all meine Freunde auf verschiedenen Unis, und es hatte sich so gut angefühlt, wieder hierher zurückzukommen, wo ich am glücklichsten gewesen war. Aber jetzt mussten wir uns alle zurückhalten, um Michaels Schoßhündchen-Projekt nicht zu gefährden.

Vielleicht war die Abwechslung – etwas, das meine Gedanken von Winter und von dem, was gestern Nacht in der Dusche passiert war, ablenkte – genau das, was ich brauchte. Vielleicht eröffnete es mir eine Perspektive.

Ich schloss die Augen, schaltete meinen Verstand ab und lud mich mit den Gedanken an das schlimmste Verhalten, das ich an den Tag legen konnte, auf, damit ich nichts anderes mehr spürte. Damit ich sie gehen lassen konnte, bevor sie es herausfand.

Vielleicht viele Jahre später, wenn ich nicht mehr auf dem College war, wenn sie älter und weg von ihren Eltern wäre ...

Nein.

Nein, auch das würde nicht passieren.

Sie würde die Wahrheit immer noch wissen wollen. Wer ich war und was ich ihr in den letzten paar Jahren angetan hatte. Ich wollte nicht, dass sie es je herausfand.

Ich war am Arsch. Es musste aufhören.

Ich brauchte einfach nur eine Ablenkung. Eine hübsche blonde Ablenkung, die ein bisschen wie Winter Ashby aussah und genauso gut roch.

Rika spürte, dass ich sie anstarrte, und warf mir einen Blick über die Schulter zu.

Ich erwiderte ihren Blick.

Sie hatte blaue Augen. Genau wie Winter.

Aber anders als Winter konnte ich Rika hassen und mir selbst in Erinnerung rufen, wofür Frauen da waren.

Sie waren auch im gleichen Alter. Ich war mir nicht sicher, ob sie noch zusammen abhingen, aber vielleicht konnte ich so tun, als wäre die kleine Winter-Kopie in Wirklichkeit Winter, damit ich die echte in meinem Kopf ausblenden konnte.

Rika reckte ihr Kinn in die Luft und drehte sich wieder um. Ich lachte leise und nahm noch einen Zug von meiner Zigarette.

Ich machte sie immer nervös, und das gefiel mir irgendwie. Als gäbe es ein größeres Spiel, das wir eines Tages spielen würden, auch wenn keiner von uns zu diesem Zeitpunkt wusste, welches es war.

Ich sah, wie Michael mich im Rückspiegel betrachtete, und konnte mir ein Grinsen nicht verkneifen.

Hey, wenn er nicht wollte, dass jemand sein kleines Stück Frischfleisch beachtete, dann hätte er sie gar nicht erst mitnehmen dürfen. Es war eine Sache, seinen Spaß zu haben. Es war eine andere, dieses Stück Frischfleisch direkt vor uns zu haben.

Die heutige Nacht gehörte uns. Sie war nicht wichtig genug, um hier zu sein.

Er hielt vor Ashbys Haus, außerhalb der Mauern mit den zwei großen Säulen mit Laternen darauf. Das Tor war verschlossen. Hoffentlich bedeutete das, dass ihre Eltern weg waren und sie alleine. Oder dass zumindest ihr Vater nicht zu

Hause war. Die Mutter hatte letzte Nacht während des Streits irgendwas davon gesagt, heute ein Flugzeug erwischen zu müssen.

Und Arion war wegen eines Auslandssemesters weg. Also war Winter die einzige Person im Haus.

Ich kletterte von meinem Sitz und stieg bei Wills Tür aus. »Es wird nicht lange dauern.«

»Du bist dir deiner Sache ja sehr sicher«, zog Will mich auf. »Mach ein paar gute Aufnahmen für uns, okay?«

Er hielt das Gruppenhandy hoch, das wir benutzten, um alle unsere Pranks aufzunehmen. Als ich es entgegennahm, dachte ich daran, dass ich Winter ja gestern Nacht schon damit gefilmt hatte. Wenn es überhaupt aufgenommen hatte. Ich hatte das Handy fallen lassen, aber zum Glück war es nicht kaputtgegangen.

Ich steckte es in meine hintere Hosentasche, öffnete die Tür, stieg aus dem Auto und zog mir die Kapuze ins Gesicht.

»Hast du ein Kondom?«, fragte Will.

»Halt die Klappe.«

Ich schlug die Tür wieder zu und hörte, wie er im Innern lachte. Dann klettere ich auf einen Baum vor der Mauer, schaffte es innerhalb weniger Sekunden. Schließlich war es nicht das erste Mal, ich hatte bereits Übung.

Ich landete auf meinen Füßen, rannte über den Rasen, sah ein paar Lichter, die ihr Vater im Haus immer anließ, und dann fiel mein Blick sofort auf die Fenster des Tanzstudios, aus dem ich Musik kommen hörte. Ich musste einfach grinsen, weil ich wusste, dass sie da war.

Ich nahm den Schlüssel heraus, den sie mir gegeben hatte, zog mein nach Zigarettenrauch riechendes Sweatshirt aus und warf es hinter ein paar Büsche. Dann ging ich zur Hintertür, schloss sie so leise wie möglich auf und huschte in die dunkle Küche. Sie hatte die Musik laut aufgedreht, weil niemand zu Hause war.

Ich schritt den Gang entlang und durch das Foyer, hielt mich rechts und ging durch die offenen Türen des Tanzstudios, wo die Musik noch lauter war und von der hohen Decke widerhallte. Die Musik strahlte etwas Gruseliges und Trauriges aus, und mein Herz begann bereits, schneller zu schlagen, bevor ich den Raum überhaupt betreten hatte.

Sie wirbelte über den Boden, ihr Kopf und ihre Arme spielten alle eine Rolle, als sich ihre Füße bewegten und mit dem Lied eins wurden – wie jemand, der besessen oder in einem Traum verloren ist. Meine Kehle wurde eng, als ich mich in die Schatten auf der Seite drückte und meinen Blick nicht von ihr abwenden konnte.

Der Refrain erklang, das Schlagzeug dröhnte lautstark, und ich beobachtete, wie ihre Haare um sie herumflogen und sich ihre Beinmuskeln durch ihre engen schwarzen Leggins anspannten. Die Rückseite ihres langärmligen rosa Oberteils hatte Schlitze, und ihr Sport-BH und ihre Haut waren im Mondlicht sichtbar, das durch die Fenster schien.

But I blinked and the world was gone.

Die Stimme sang, die Musik strömte durch sie, als käme sie aus ihrem Körper, und jede Bewegung war perfekt getimt. Meine Augen wanderten über ihr Gesicht, als sie sich drehte und sprang, und ich wünschte, ich könnte die Luft sein, die sie umgab, und ihre Bewegungen spüren.

Meine Brust schmerzte so sehr, dass ich kaum atmen konnte.

Es gab keinen Menschen auf der Welt wie sie.

Die Musik ging zu Ende, und Stille legte sich über das Haus, als sie schwer atmend auf den Füßen landete. Sie blieb dort unbeweglich und still stehen.

Schließlich durchbrach ihre Stimme die Luft. »Bist du hier?«

Ich sagte nichts.

»Hast du zugeschaut?«, fragte sie leise.

Ich wollte sie an meine Brust ziehen und spüren, wie sie sich entspannte. Ich wollte ihre Gedanken beruhigen und sie in Sicherheit wiegen.

Aber sie würde den Rauch trotzdem noch an mir riechen, da ich das Rauchen heute Abend absichtlich nicht hatte sein lassen. Ich wollte nicht in Versuchung gebracht werden, zu ihr zu gehen.

Aber ich hatte es trotzdem getan. Ich hatte den Jungs erzählt, ich würde der scharfen Mrs Ashby einen kleinen Besuch abstatten, weil ich wusste, dass ihnen das gefallen würde. Niemand von uns mochte ihren Mann.

Aber ich wollte einfach nur Winter sehen.

Nach dem, was ich letzte Nacht mit ihr gemacht hatte.

»Ich hasse es, dass du nicht mit mir redest«, sagte sie und stand immer noch an derselben Stelle. Aber jetzt drehte sie sich langsam im Kreis, weil sie nicht wusste, wo ich war. »Ich meine, richtig reden. Aber wahrscheinlich ist es untypisch für dich, am Morgen danach noch da zu sein.«

Ja, ist es.

Nach einer weiteren halben Stunde unter der Dusche hatten wir uns abgetrocknet, und ich hatte mich angezogen und war ihr in ihr Zimmer gefolgt, um mich eine Weile neben sie zu legen.

Als sie eingeschlafen war, war ich noch geblieben. Bis ungefähr vier Uhr. Dann hatte ich mich rausgeschlichen. Und mir selbst gesagt, dass ich es heute Nacht mit einer anderen treiben würde.

Und Winter aus meinen Gedanken verbannen würde.

»Du bist wie ein Geist«, sinnierte sie. »Oder ein Vampir. Du bist nur nachts für mich lebendig.« Sie schluckte und atmete tief ein. »Ist schon okay. Ich wurde schließlich gewarnt, richtig?«, sagte sie. »Dass du mir wehtun würdest?«

Ja.

»Mein Vater denkt, es wäre besser für mich, wenn ich wieder nach Montreal zurückgehe«, fuhr sie fort. »Er sagt, dass die Gemeinde hier meine Bedürfnisse nicht erfüllen kann«, wiederholte sie seine Worte und ahmte seine tiefe arrogante Stimme nach.

Hitze kroch mir den Nacken hoch, und ich wurde nervös.

Zurück nach Montreal.

Fort.

Ich würde sie nie wiedersehen. Was, wenn sie nach der Highschool dortbleiben würde?

Wenn ich nicht wollte, dass wir uns trafen, dann trafen wir uns auch nicht. Aber es gefiel mir nicht, dass mir die Entscheidung abgenommen wurde.

»Was er wirklich meint, ist, dass ich es mir nicht leisten

kann, ein normaler Teenager zu sein«, erklärte sie. »Er denkt, ich werde Fehler machen und verletzt werden.«

Wie gestern Nacht, als sie zu spät nach Hause gekommen war und die beiden sich Sorgen gemacht hatten. Wenn sie Sachen tat, die jeder tat, nur dass die Regeln für sie strenger waren, weil ihre Eltern der Meinung waren, dass sie nicht selbst auf sich aufpassen konnte.

Hatte sie ihnen je zuvor Sorgen bereitet?

So oder so benutzte ihr Vater das als Ausrede dafür, sie wegzuschicken. Wenn beide Töchter weg wären, hätte er keinen Grund mehr, öfter als nötig nach Hause zu kommen. Um den Schein zu wahren.

Sie wurde leise, ließ ihren Kopf ein bisschen fallen und flehte: »Lass mich nicht gehen.«

Ich schloss für einen Moment die Augen, und mein Innerstes zog sich zusammen.

Ich wollte sie nicht gehen lassen.

»Er ist heute Nacht in der Stadt«, sagte sie. »Und meine Mutter ist heute nach Spanien geflogen, um Ari zu besuchen. Ich habe das ganze Haus für mich allein. Die ganze Nacht.«

O Gott. Ich sehnte mich so nach ihr.

Was zur Hölle?

Das war alles, was ich wollte.

Tu mir das nicht an.

Sie schnitt eine Grimasse. »Fällt dir plötzlich nichts mehr ein?«

Ich schüttelte den Kopf, mehr zu mir selbst, schließlich konnte sie es nicht sehen.

Sie könnte jede sein.

Ich könnte von jeder bekommen, was ich von ihr bekam.

Ich wollte sie nicht in meinem Kopf.

Ich will das nicht. Ich will, dass sie perfekt bleibt.

Sie würde es herausfinden, und es wäre vorbei.

Geh und komm nicht wieder.

»Wir müssen nicht reden«, sagte sie. »Ich werde nach oben gehen und duschen. Du könntest mir Gesellschaft leisten. Das würde mir gefallen. Und danach werde ich in mein Bett gehen, und du könntest mitkommen. Das würde mir auch gefallen.«

Sie schloss die Augen und sah aus, als würde ihr Herz brechen. »Ich will dich einfach nur hierhaben. Oder wo immer ich auch bin.«

Langsam ging sie zu den Türen, fand ihren Weg ins Foyer, und ich folgte ihr und beobachtete, wie sie die Treppe zum Badezimmer raufging.

Nichts hörte sich besser an, als sich heute Nacht in ihrer Wärme und der Wärme ihres Bettes zu verkriechen.

Aber stattdessen ging ich an der Treppe vorbei, durch die Küche und die Hintertür nach draußen, die ich hinter mir schloss, als ich das Haus verließ.

Sie könnte jede sein, redete ich mir ein. *Jede.*

Und ich würde es beweisen.

Stunden später fuhr ich Michaels Mercedes G-Klasse, sein Bruder saß neben mir, Will und Rika auf dem Rücksitz.

Michael war schon vor einer Weile gegangen, weil er aus irgendeinem Grund auf Rika sauer war, betrank sich jetzt wahrscheinlich irgendwo mit Kai und hatte sie in unserer Obhut gelassen.

Es war perfekt. Ich brauchte das.

Ich brauchte jemand anderen. Jemanden, der nichts war.

»Warum hast du deine Maske auf?«, fragte Rika Trevor, der still auf dem Beifahrersitz saß.

Ich grinste in mich hinein. Sie dachte, es wäre Kai, weil er Kais Maske trug. Wir würden es ihr auch nicht verraten, weil Michaels Bruder noch ein Hühnchen mit ihr zu rupfen hatte. Genau wie ich.

Nichts Persönliches, Kleine. Du bist nur eine Ablenkung.

»Die Nacht ist noch nicht zu Ende«, sagte ich spöttisch.

Wir fuhren den dunklen, leeren Highway entlang in Richtung ihres Hauses. Sie glaubte, wir würden sie dort abliefern, aber das war nicht unser Plan.

»Du willst ihn, richtig?«, fragte ich und spielte mit ihr. »Michael, meine ich.«

Aber sie schaute nur aus dem Fenster und ignorierte mich.

Sie war sechzehn. Hatte sie wirklich geglaubt, dass sie genug für ihn wäre? Ihn befriedigen könnte? So junge Mädchen waren noch nicht einmal in ihre eigenen Körper reingewachsen. Wirklich erbärmlich, welche Hoffnungen sie sich immer machten. Als ob wir uns verlieben würden, nur weil wir unseren Spaß hatten.

»Scheiße«, stöhnte Will, der betrunken neben ihr saß. »Sie ist so geil, dass sie es mit einem Zaunpfosten treiben würde.«

Wir lachten beide auf. »Sei kein Arschloch, Mann«, erwiderte ich. »Vielleicht ist sie einfach nur ein geiles Miststück. Auch Miststücke haben schließlich Bedürfnisse.«

Ich zuckte innerlich zusammen, weil ich wusste, wie verdammt abwertend das geklungen hatte. Schnell schüttelte ich den Gedanken ab und betrachtete Rika im Rückspiegel. Ihr Körper hatte sich versteift, und sie atmete kaum. Ihr hilfloser Blick fiel auf Kai, und wahrscheinlich fragte sie sich, warum er nicht einschritt und uns den Mund verbat. Aber das war nicht Kai, hier drin gab es keine Helden, die sie retten würden.

»Wir ziehen dich nur auf«, sagte Will gedehnt. »Das tun wir mit uns auch.«

Er grinste sie an, dann fielen ihm die Augen zu, und er driftete langsam weg.

»Weißt du, die Sache mit Michael ist die ...«, fuhr ich fort und lehnte meinen Kopf zurück an den Sitz, während ich fuhr, »er will dich auch. Er beobachtet dich. Wusstest du das?« Ich warf ihr einen Blick im Rückspiegel zu. »Mann, der Ausdruck in seinem Gesicht, als er dich vorhin beim Tanzen beobachtet hat.«

Sie hatte tatsächlich ziemlich hübsch ausgesehen, aber das war nichts im Vergleich zu den Orten, an die Winter mich brachte, wenn ich sie beobachtete.

Ich gab Gas, fuhr an Rikas Haus vorbei und raste in Richtung Vergessenheit, wo Winter nicht existierte.

Vergiss sie. Vergiss sie einfach.

Im Rückspiegel konnte ich sehen, wie Rika sich in ihrem Sitz aufrichtete, weil ich nicht an ihrem Haus anhielt.

»Ja«, fuhr ich fort. »So hat er noch nie ein anderes Mädchen angeschaut. Ich würde sagen, er war ganz kurz davor, dich mit nach Hause zu nehmen und dich zu entjungfern.«

»Kai?«, fragte Rika und ignorierte mich. »Wir sind an meinem Haus vorbeigefahren. Was ist hier los?«

»Willst du wissen, warum er dich nicht mit nach Hause genommen hat?«, fragte ich sie und verriegelte die Türen, damit sie nicht rausspringen konnte. »Er mag keine Jungfrauen. Er will nie so wichtig für jemanden sein, und es ist viel unkomplizierter, mit Frauen ins Bett zu gehen, die den Unterschied zwischen Sex und Liebe kennen.«

Sie richtete ihren Blick von Will auf Kai und dann auf mich. Angst lag in ihren Augen.

Sex und Liebe.

Jungs sind nun mal Jungs, und sie hat dich geärgert, nicht wahr? Sie wollte nicht, dass du es bekommst, hörte ich die Stimme meiner Mutter in meinem Kopf.

Sex war Macht. Erniedrigende, dreckige, gemeine, schmutzige Macht.

Liebe tat immer weh. Früher oder später.

»Wohin fahren wir?«, wollte Rika wissen.

Aber ich ignorierte sie. »Du hast doch heute das Mädchen in der alten Kirche gesehen«, antwortete ich und erinnerte mich daran, wie sie bei unserem ersten Halt der Devil's Night in den Katakomben dem Typen und dem Mädchen beim Sex zugeschaut hatte. »Es hat dir gefallen, stimmt's?«

Ich bog nach links ab und fuhr auf eine dunkle Schotterstraße. Ich sah, wie sie versuchte, durch die Windschutzscheibe zu blicken, um zu sehen, wohin wir fuhren.

»Du wolltest *sie* sein«, sagte ich. »Auf den Boden gedrückt und hart rangenommen werden …«

Denn so erniedrigend Sex auch war, die Gefühle waren stark, und sie waren real. Sex und Angst waren die einzigen Dinge, die einen real machten.

Kleine Mädchen verstehen einfach nicht, was Jungs brauchen, würde meine Mutter sagen.

Das war das Einzige, womit sie recht gehabt hatte. Wir brauchten nichts, das wir uns nicht selbst nahmen. Keine Fragen, keine Tränen, keine Berührungen oder sanften Worte … sie sollte einfach nur dasitzen, verdammt, und nicht versuchen, etwas Besonderes zu sein.

»Weißt du auch, warum?«, frage ich Rika. Woher ich wusste, dass sie dieses Mädchen sein, auf den Boden gedrückt und hart rangenommen werden wollte? »Weil es sich gut anfühlt. Und wenn du uns lässt, werden wir dafür sorgen, dass du dich gut fühlst.«

Ihr Blick wanderte von Kai zu mir und dann zu den verschlossenen Türen, und ich konnte problemlos in ihrem Gesicht lesen, dass sie begann, sich Sorgen zu machen.

»Weißt du«, sagte ich zu ihr, »wenn Jungs ein Mädchen in ihre Gang lassen, dann gibt es zwei Arten, eingeführt zu werden.« Ich brachte das Auto auf einer abgeschiedenen Straße mitten im Wald zum Stehen. »Entweder wird ihr der Hintern versohlt.« Ich machte den Motor und die Lichter aus und sah sie im Rückspiegel an. »Oder sie wird durch Sex eingeführt.«

Sie schüttelte den Kopf. »Ich will nach Hause.«

Ihre Stimme klang so verdammt jämmerlich, und sie sah aus wie ein kleines Kind, das auf den Grund eines Flusses sank und nicht sterben wollte, aber wusste, dass es passieren würde.

Nein, nicht. Ich will nicht, hörte ich mich selbst sagen, als ich noch ein Kind gewesen war und keine Macht gehabt hatte.

Aber wie bei mir gab es auch für Rika nichts, was sie tun konnte.

»Das ist keine Option, kleines Monster«, sagte ich spöttisch.

Trevor und ich drehten unsere Köpfe und starrten sie an.

Als ihr bewusst wurde, was hier geschah, packte sie den Türgriff und riss immer wieder daran in dem panischen Versuch, aus dem Auto zu kommen.

»Wir können uns von dir nehmen, was wir wollen«, warnte ich sie und öffnete meine Tür. »Einer nach dem anderen, und niemand würde dir glauben, Rika.«

Ich stieg aus, öffnete ihre Tür und zog sie heraus, während Will seelenruhig auf dem anderen Rücksitz seinen Rausch ausschlief.

Dann schlug ich die Tür zu, drückte sie dagegen, presste meinen Körper an ihren und hielt ihre Handgelenke an beiden Seiten fest.

Tat ich das hier wirklich?

»Wir sind unantastbar«, sagte ich und blickte auf sie hinab. »Wir können tun und lassen, was wir wollen.«

Sie atmete schnell und flach und wand sich in meinem Griff.

Trevor war jetzt auch aus dem Auto gestiegen und trat hinter mich.

»Kai, bitte?« Sie flehte ihn an, hatte immer noch nicht verstanden, dass es Michaels Bruder hinter der Maske war. Er stand schon seit einer Ewigkeit auf sie, aber sie konnte ihn nicht ausstehen. Sie wollte seinen älteren Bruder, und mittlerweile war er ziemlich sauer.

»Er wird dir nicht helfen«, murmelte ich.

Dann drückte ich ihre Hände über ihrem Kopf gegen das Auto, und sie schrie auf.

»Ich werde mich so gut anfühlen«, flüsterte ich gegen ihre Stirn, schloss die Augen und stellte mir Winter in meinen Händen vor.

Wenn ich es schaffe, sie wie Müll zu behandeln, dann kann ich dasselbe auch mit Winter tun. Dann kann ich sie wegwerfen.

Als wäre sie nichts.

Ich vergrub meine Hände in ihrem Hintern. »Du weißt, dass du das willst.«

»Damon«, keuchte sie und drehte ihren Kopf zur Seite. »Bring mich nach Hause. Ich weiß, dass du mir nichts tun wirst.«

»Ach ja?«, sagte ich mit bedrohlicher Stimme. »Warum hattest du dann schon immer Angst vor mir?«

Dachte sie wirklich, ich würde das nicht tun? Oder dachte sie, sie könnte es mir ausreden?

Ich hatte keinen Respekt vor ihr. Sie war nichts wert. Sie war nur ein warmer Körper.

Ja, sie hatte vorher meinen Arsch gerettet, als wir den Pavillon in der Stadt in Brand gesteckt hatten. Aber wenn ich Winter nicht haben konnte, dann würde Michael auch Rika nicht bekommen. Wenn es irgendjemand verdient hatte, heute Nacht zu kommen, dann Winter. Wer glaubte Rika denn, wer sie war?

Ich hielt ihre Handgelenke mit einer Hand über ihrem Kopf

fest, knetete mit der anderen ihren Hintern und küsste sie auf die Wange.

Ich will das.

»Damon, nein!«, schrie sie. »Lass mich los!«

Aber dann presste ich meinen Mund auf ihren, vergrub meine Zähne in ihren Lippen und versuchte, nur noch Winter in meinem Kopf zu sehen. Sie war sie.

Tu ihr weh.

Es wäre vorbei, wenn ich ihr einfach wehtun und ihr das verdammte Herz brechen könnte.

»Hilfe!«, schrie Rika.

»Er will dich nicht«, flüsterte ich und fuhr mit meiner Hand ihren Körper hinauf. Ich umfasste ihre Brust, und mir wurde fast übel, als ich spürte, wie sie sich wehrte.

Bitte, ich will nicht.

Schhh, Baby, hörte ich meine Mutter wieder.

O Gott.

»Aber wir wollen dich, Rika«, presste ich hervor, räusperte mich und zwang mich weiterzumachen. »Wir wollen dich so sehr. Mit uns zusammen zu sein, ist wie ein Blankoscheck. Du kannst alles haben, was du willst.« Ich biss ihr auf die Unterlippe. »Komm schon.«

Sie wich knurrend aus. »Ich werde dich nie wollen!«

Na schön. Ich packte sie am Kragen, zog sie vom Auto weg und schubste sie in Trevors wartende Arme.

»Kai«, keuchte sie, und ein Hoffnungsschimmer klang in ihren Worten mit.

»Vielleicht willst du dann ihn?«, fragte ich.

Trevor legte seine Arme um sie und drückte das kleine Monster an sich.

»Hör auf!«, schrie sie.

Dann hob sie ihre Hand und schlug ihm auf die Maske.

Ein kurzer Anflug von Bewunderung durchfuhr mich, und ich hielt inne, weil ich mehr von Winter in ihr sah, als ich wollte. Sie war eine Kämpferin.

Schlag ihn wieder. Wie ich es schon viel früher mit meiner Mutter hätte tun sollen.

Schlag ihn erneut.

Schlag ihn.

Aber er warf sie auf den Boden, und sie landete auf den kalten, feuchten Blättern, drehte sich um, kroch rückwärts, versuchte zu entkommen. Doch Trevor ließ nicht so schnell von ihr ab und drückte sie mit seinem Körper zu Boden.

Ich legte meinen Kopf schief und beobachtete das Ganze neugierig. Er sah aus, als flüsterte er ihr etwas ins Ohr, aber ich konnte es nicht hören.

Dann schrie sie: »Geh runter von mir!«

Er packte ihr Haar und rief zu mir zurück: »Halt ihre Arme fest!«

»Nein!«, schrie Rika und trat wie wild um sich. »Geh runter!«

Ich rührte mich nicht.

Trevor hielt mit einer Hand ihre Hände über ihrem Kopf fest und packte mit der anderen ihren Hals. Sie versuchte, sich aus seinem Griff zu befreien, konnte es aber nicht.

Sie konnte es nicht.

Sie konnte nicht verhindern, was passierte.

Ich blinzelte. *Nein.* Ich wollte das nicht. Ich wollte sie einschüchtern. Sie bedrohen, ihr Angst einjagen, an den Abgrund rennen und fast mein Gleichgewicht verlieren, aber ...

Sie hatte sich gewehrt. Wie es so viele von uns viel früher hätten lernen sollen.

»Genug«, sagte ich.

Aber er hörte mich nicht. Er kämpfte weiter mit ihr.

Ich sagte es lauter. »Genug!«

Trevor hielt einen Moment inne und drehte seinen Kopf zu mir.

Ich lief zu ihnen, packte Trevor, warf ihn von ihr runter und zog Rika an ihrem Sweatshirt auf die Füße. »Hör auf zu weinen«, zischte ich. »Wir hätten dir nicht wehgetan, aber jetzt weißt du, dass wir es könnten.«

Ihr Gesicht war gerötet vor Wut und Angst. Wie Winter in der ersten Nacht, als ich eingebrochen war.

»Michael will dich nicht, und wir wollen dich auch nicht«, fauchte ich. »Hast du das verstanden? Ich will, dass du aufhörst, uns zu beobachten und uns wie ein räudiger Hund, der

Aufmerksamkeit will, zu folgen.« Dann schubste ich sie weg und sah Winter von mir wegtaumeln. »Leg dir endlich ein eigenes Leben zu, Rika, und halt dich von uns fern, verdammt. Niemand will dich.«

Tränen traten ihr in die Augen, sie drehte sich um und rannte, so schnell sie konnte, in den Wald in Richtung ihres Hauses.

»Was zur Hölle sollte das?«, zischte Trevor und riss sich die Maske runter. Sein blondes Haar war verschwitzt, und er funkelte mich böse an, als er mir Kais Maske wie einen Basketball zuwarf. Ich fing sie auf, und ohne ihn noch eines weiteren Blickes zu würdigen, lief ich zum Auto zurück und stieg ein.

Ich hatte mir ihr spielen wollen. Vielleicht auch sexuell. Oder mit irgendjemandem, um meinen Kopf freizubekommen – aber verdammt – das war nicht ...

Er hatte nicht aufgehört.

Und Rika hatte keinen Spaß gehabt. Im Gegenteil, sie hatte geglaubt, dass sie in wirklicher Gefahr gewesen war, und ich konnte nur noch meine Mutter auf mir spüren, genauso wie Trevor vorhin auf ihr gelegen hatte.

Er wird hart, wenn ich das tue. Das bedeutet, dass es dir gefällt.

Nein, das tat es nicht.

Ich ließ die Maske auf den Beifahrersitz fallen, startete den Motor und sah, wie Trevor auf die Beifahrerseite des Autos rannte.

»Was soll das?«

Aber ich wartete nicht. Mit dem immer noch schlafenden Will auf dem Rücksitz trat ich aufs Gas, legte den Rückwärtsgang ein und ignorierte Trevors Flüche und Schreie, als er hinter den Scheinwerfern herjagte.

Lauf verdammt noch mal nach Hause.

Ich fuhr bis zum Ende der Schotterstraße und hielt nicht an, als ich zurück auf den Highway fuhr. Es war mir egal, ob ein anderes Auto kam oder nicht. Sollten sie doch bremsen. Ich schaltete einen Gang höher und raste die dunkle, ruhige Straße entlang.

Mit einer Hand umklammerte ich das Lenkrad, mit der anderen fuhr ich mir durch die Haare, als ich meinen Ellbogen auf dem Fenster abstützte.

»What the fuck?«, murmelte ich.

Was hatte ich nur getan?

Hätte ich ihr wirklich wehgetan?

Aber ich hatte ihr nicht wehgetan.

Sie ist heute Abend mitgekommen, hat vorher meinen Arsch gerettet, und ich … ich habe sie verdammt noch mal angegriffen. Sie ist für mich eingesprungen, und trotzdem konnte ich in ihr nichts als Abfall und eine Bedrohung sehen.

Sie hatte so viel Kampfgeist in sich, und ich hatte nichts Besseres zu tun, als ihn niederzuschlagen. Ich habe sie wie Abfall behandelt, und anstatt mich mächtig dabei zu fühlen, hatte ich nur einen kleinen Jungen weinend und mit gebrochenem Herzen auf dem Boden kauernd gesehen, weil er nicht aufhalten konnte, was mit ihm passierte.

Rika würde mich hassen. Sie würde mich nie wieder anschauen. Ich fuhr zu Wills Haus, parkte so dicht vor der Eingangstür wie möglich, zog ihn aus dem Auto und hievte ihn mir über die Schulter. Dann stieg ich die Stufen zu seinem Haus hinauf, holte die Schlüssel aus seiner hinteren Hosentasche, sperrte das Eisentor auf und trat ein. Schnell gab ich den Sicherheitscode ein, den wir alle schon seit Jahren auswendig kannten.

Das Haus war still und dunkel, aber ich konnte immer die Hortensien riechen, die seine Mutter in verschiedenen Farben auf dem Tisch im Foyer stehen hatte. Manchmal waren sie blau, manchmal weiß. Heute waren sie lila, und sie ließen das Haus immer fröhlich aussehen, sobald man es betrat.

Von allen Häusern gefiel mir das von Will am besten. Es war neuer, geräumiger, mit Platz zum Laufen und Atmen, und es war hell mit hohen Decken. Er hatte zwei ältere Brüder, die vor ein paar Jahren von zu Hause ausgezogen waren, um die Welt zu einem besseren Ort zu machen. Will war der Jüngste. Und derjenige, der seinen Eltern am meisten Ärger bereitete.

Ich trug ihn in sein Zimmer, legte ihn auf dem Bett ab und sah zu, wie er gähnte und sich die Bettdecke über den Körper zog. Er sah wie ein Burrito aus, und es war das erste Mal in dieser Nacht, dass ich tatsächlich lächeln musste.

Will und ich waren aus dem gleichen Holz geschnitzt. Wir ließen uns stärker von unserer Sucht leiten, als gut für uns war – er von Alkohol und Drogen, ich von Schmerz, den ich zufügen musste.

Regen prasselte gegen sein Fenster, und ich beobachtete die Tropfen, die das Glas hinunterliefen. Als stünde man in einem Springbrunnen und sähe zu, wie die Tropfen aus dem Becken über einem herabfielen.

Winter.

Das war der einzige Ort, an dem ich im Moment sein wollte. Sie war allein in diesem Haus, der Springbrunnen sprudelte draußen, und sie wollte mich dort.

Ich schnappte mir eine saubere Jeans und ein T-Shirt aus Wills Kleiderschrank, ging in sein Badezimmer und duschte, wusch meine Haare und meinen Körper, um Rika loszuwerden. Um die Zigaretten loszuwerden.

Um einfach alles loszuwerden, was ich heute Abend angestellt hatte.

Als ich mich wieder sauber fühlte, zog ich mich an, fischte Winters Schlüssel, mein Portemonnaie und mein Handy aus meinen Klamotten und verließ das Haus. Schnell sprang ich in Michaels Auto und zischte los, zu ihrem Haus. Es war fast zwei Uhr. Ich würde noch ein paar Stunden mit ihr haben, bevor ich das Risiko einging, dass ihr Vater nach Hause kam.

Aber als ich ankam, sah ich, dass das Tor offen war. War er früher nach Hause gekommen?

Ich schaltete das Licht aus und fuhr langsamer. Kein einziges Auto war vor oder neben dem Haus geparkt, und es brannte auch kein Licht im Haus. Vielleicht hatte sie das Tor für mich offen gelassen. Ich hätte fast gelächelt. Dieser Gedanke gefiel mir.

Ich stellte Michaels Auto an den Rand der Einfahrt, außer Sichtweite zwischen die Bäume auf dem Rasen, nur für den Fall. Dann stieg ich aus, huschte zum Haus, schloss die Tür mit Winters Schlüssel auf und direkt hinter mir wieder ab und sah mich aufmerksam um, während ich die Treppe hinaufstieg.

Als ich ihre Schlafzimmertür öffnete, ließ ich meinen Blick durch den Raum wandern. Winter lag im Bett, auf der Seite und dem Fenster zugewandt, die Schatten des Regens tanzten über ihren Körper. Ich schloss leise die Tür, trat an das Fußende ihres Bettes und beobachtete sie beim Schlafen.

Ich spürte, wie die Hitze durch jeden Zentimeter meines Körpers strömte, als ich sie dort sah, so warm und friedlich.

Sie war so klein und sanft und zart.

Aber da war auch ein Feuer in ihr.

Sie log nie und tat nie so, als wäre sie jemand, der sie nicht war. Sie konnte nicht sehen, was ich war, aber sie fühlte es und erkannte es in sich selbst. Und wir konnten zueinanderfinden, spürten, dass es richtig war. Ich wusste nicht, wie es passiert war, aber deshalb hatte ich mich schon immer zu ihr hingezogen gefühlt. Seit wir Kinder gewesen waren. Sie sah alles.

Ich nahm ihre Decke und zog sie ihr sanft vom Körper weg. Sie trug ein weißes Seidennachthemd, das ihr lose über die Arme hing und über ihre Hüfte nach oben gerutscht war. Ich konnte meinen Blick nicht von ihr nehmen.

Mein Territorium.

Wenn meine Freunde sie anfassten, wie ich Rika heute Nacht angefasst hatte, würde ich sie umbringen. Ohne eine Sekunde zu zögern.

Sie stöhnte leise auf und holte tief Luft. »Bist du das?« Sie zog ihr Nachthemd runter, stützte sich auf einen Ellbogen und drehte den Kopf, als ob sie sich im Raum umsehen würde.

»Ja«, antwortete ich leise.

Sie folgte meiner Stimme und lächelte.

Ich stützte mich mit einem Knie auf ihr Bett und legte mich auf sie, als sie sich zurück in die Laken sinken ließ. Mit den Ellbogen stützte ich mich auf dem Bett ab und nahm ihren Kopf in beide Hände. Dann glitt ich mit den Fingern durch ihr Haar und senkte meine Stirn auf ihre. Mehrmals holte ich tief Luft, atmete sie ein, spürte ihren Körper unter meinem.

Mit den Fingern fuhr sie sanft meine Arme hoch. »Was ist los?«, flüsterte sie.

Ich schloss die Augen, hatte keine Ahnung, wo ich anfangen sollte. »Ich habe Mist gebaut«, flüsterte ich zurück.

Sie streichelte meinen Rücken, und ich saugte ihre Hitze in mich auf, während der Regen uns vor der Welt verbarg. Dabei fragte ich mich immer noch, wie sie in mich eingedrungen war – in meinen Kopf und in mein ...

»Willst du dich für eine Weile verstecken?«, fragte sie mit tröstlicher Stimme.

Und ich nickte. »Ja.«

Solange ich konnte.

Wir küssten uns, erst langsam, aber dann wurde meinem Körper bewusst, dass er sie überall berührte. Und sie wollte alles fühlen und glitt mit den Händen unter meine Klamotten.

Als wir uns auszogen und ich in sie eindrang, wusste ich ohne Zweifel, dass das der Mann war, der ich nun wäre, wenn ich nicht ... ich geworden wäre. Wenn man mich nicht dazu gezwungen hätte, auf die schlimmste Art und Weise mit Schmerz zurechtzukommen, als ich aufgewachsen war. Wenn ich mich nicht geweigert hätte, jegliche Verantwortung für den Mann, zu dem ich geworden war, zu übernehmen.

Ich wäre zur Schule gegangen, hätte Basketball gespielt, mit meinen Freunden gelacht und hätte mich nachts in das Haus meiner kleinen Freundin geschlichen, um mit ihr Liebe zu machen. Im Freudentaumel und ohne ein anderes Bedürfnis, als einfach nur gut zu sein, weil ich nicht so krank geworden wäre und nichts anderes gebraucht hätte, um glücklich zu sein.

Das war es, was ich vielleicht für immer hätte haben können, wenn ich nicht gelogen hätte.

Ein paar Stunden später lagen wir zusammen da. Der Regen war jetzt leichter geworden, und sie lehnte ihren Kopf an meine Brust und fuhr mit ihren Händen über meinen Körper, zog jede Linie und jeden Muskel nach.

»Die Narben an deinem Körper ...«, sagte sie leise. »Auf deiner Kopfhaut, unter deinen Armen, in deinem Schritt. Das sind alles Stellen, an denen sie keiner sehen kann.«

Ich streichelte ihren Arm mit meinem Daumen, als ich sie

hielt, wusste bereits, worauf sie hinauswollte. Ich hatte aufgehört, mich zu ritzen, als ich fünfzehn gewesen war. In der Nacht, in der meine Mutter das Haus verlassen hatte und nicht mehr zurückgekommen war.

Aber ein paar der Narben waren nie wirklich verheilt. Wie gut, dass ich klug genug gewesen war, mich nur dort zu ritzen, wo meine Kleidung es bedecken konnte.

»Ich hatte eine Klassenkameradin in Montreal, die auch solche Narben hatte«, fuhr sie fort. »Aber sie hat sich keine Mühe gemacht, sie zu verbergen. Sie waren überall. Sie musste von der Schule gehen und kam in eine Klinik.«

Ich streichelte immer noch ihren Arm, und mein Atem ging gleichmäßig und ruhig.

»Wo warst du in den letzten zwei Jahren?«, fragte sie.

»Nicht in der Klinik.«

Ich wusste, was sie vermutete, aber es war alles so viel komplizierter, als sie es sich denken konnte. Nicht jeder brauchte Hilfe dabei aufzuhören, sich selbst zu verletzen. Einige von uns tauschten einfach eine Angewohnheit gegen eine andere aus.

Sie hatte mich zwei Jahre nicht gesehen, weil ich versucht hatte, mich von ihr fernzuhalten. Und dann war ich aufs College gegangen.

»Vor langer Zeit hat mir mal jemand gesagt, dass ein Schmerz den anderen lindert«, erklärte ich. »Als ich jünger war, habe ich mich geschnitten, gekratzt, geritzt und verbrannt, damit ich keinen anderen Schmerz mehr fühlte. Und dann habe ich erkannt, dass es sich sogar noch besser anfühlt, andere zu verletzen.«

»Aber nicht mich?«

Sie sagte es in einem scherzenden Tonfall, aber wenn sie nur wüsste. Nichts davon war ein Scherz.

Ich verzog trotzdem das Gesicht. »Ich habe ziemlich viel Mist gebaut.«

Sie wusste nur noch nicht, wie viel.

»Bring mich nicht dazu, irgendwelche Fragen zu beantworten«, sagte ich zu ihr. »Du wirst die Antworten nicht mögen.«

»Aber ich brauche sie.« Sie wandte mir ihr Gesicht zu.

»Ich weiß.«

Ich wusste, dass das kommen musste. Wenn der Sex erst einmal geschehen war, wollte sie nicht mehr von mir getrennt sein.

Und ehrlich gesagt wollte ich auch nicht von ihr getrennt sein.

Ich musste nur sichergehen, dass sie mir zuhörte. Dass sie mich ausreden ließ und nicht davonrennen konnte. Dass niemand in unserer Nähe war, der sich einmischen konnte, bevor sie nicht dazu in der Lage war, alles zu verarbeiten.

Wenn ich das hier behalten wollte, war das meine einzige Chance.

Ich hielt ihr Kinn hoch und blickte auf sie hinab. »Meine Familie hat eine Hütte in Maine«, sagte ich. »Dort liegt schon Schnee. Es ist wunderschön da oben. Ein Anruf reicht aus, und sie wird für uns vorbereitet. Zieh dich an und komm mit mir.«

»Was?«

»Wenn wir erst mal dort sind«, erklärte ich ihr, »erzähle ich dir alles. Nur für ein paar Tage, dann bringe ich dich wieder nach Hause.«

Verwirrt hob sie ihren Kopf. »Du willst mich an einen abgelegenen Ort bringen, von dem ich nicht davonlaufen kann?«

»Ich werde dafür sorgen, dass du nicht davonlaufen willst«, neckte ich sie, zog sie wieder auf mich und hielt ihr Gesicht fest. »Das verspreche ich.«

Sie würde unglaublich wütend werden, aber es war das Einzige, das ich tun konnte, um sicherzugehen, dass sie es verarbeiten und eine Chance bekommen würde, daran vorbeizusehen. Sicherzugehen, dass sie wusste, dass der Mann, der ich mit ihr war, mein wahres Ich war.

»Eine Hütte?«, sinnierte sie. »Zum Skifahren? Ich muss nicht Ski fahren, oder?«

»Wir werden nicht Ski fahren, nein.« Ich küsste sie, saugte spielerisch an ihren Lippen. »Wir werden essen und trinken, miteinander schlafen und uns wahrscheinlich auch ein bisschen streiten. Aber wir werden die Hütte nicht verlassen.«

Mein Handy piepte, aber ich ignorierte es.

Sie saß jetzt rittlings auf mir, als ich sie küsste und liebkoste, aber sie bewegte sich nicht und erwiderte meine Berührungen auch nicht.

Ich zog mich zurück und sah den besorgten Ausdruck in ihrem Gesicht. »Du willst nicht mitkommen.«

Aber sie seufzte und sah aus, als würde sie gleich weinen. »Doch. Wirklich. Ich will tagelang mit dir alleine sein. Es würde mich so glücklich machen, aber …«

Aber was?

Sie hielt inne, und wieder gab mein Handy Töne von sich, doch ich hielt nur ihr Gesicht und wartete auf ihre Antwort.

»Ich bin minderjährig«, sagte sie. »Juristisch gesehen jedenfalls. Wenn mein Vater überreagiert, könnte es als Kidnapping dargestellt werden, wenn du mich ohne die Erlaubnis meiner Eltern über die Staatsgrenze bringst.«

Ich hätte fast gelacht, so aufregend erschien mir dieses Abenteuer. Aber sie hatte recht. Selbst wenn sie darüber hinwegkommen würde, wenn sie erfuhr, wer ich war, und in diese Stadt zurückkam mit ihrer Hand in meiner, würden wir uns der Realität stellen müssen, dass ich mit der minderjährigen Tochter des Bürgermeisters übers Wochenende abgehauen war. Und der würde ohne Zweifel wissen, dass ich mit ihr geschlafen hatte.

Er würde uns vielleicht verbieten, uns zu treffen.

Aber er würde mich nicht anzeigen. Das würde Drama und Tratsch bedeuten und wäre für alle Beteiligten beschämend. Er würde es unter den Tisch kehren wollen.

Ich war, wer ich war, genau wie mein Vater. Griffin Ashby würde nicht so weit gehen.

Und nichts könnte mich von ihr fernhalten. Ich würde liebend gerne sehen, wie er das versuchte. Ich freute mich fast darauf.

Scheiß drauf. Wir würden fahren.

Ich nahm ihre Unterlippe zwischen meine Zähne und hörte, wie sich mein Lächeln in meine Stimme schlich. »Meine Art von Spaß hat ihren Preis.«

Sie lachte und sah aufgeregt aus, und nichts zählte mehr, außer dass wir in ein paar Stunden weg wären. Alleine, in Ruhe, nur wir zwei.

Ich wollte nicht einmal bei meinem Haus vorbeifahren, um mir Klamotten zu holen.

Mein Handy begann zu klingeln, ihres piepte ebenfalls, und sie griff danach. Aber ich zog ihre Hand zurück, wurde schon wieder hart.

Scheiße. Wir hatten keine Zeit dafür. Wir mussten los.

Wieder piepte mein Handy.

Und wieder und wieder und wieder. Ein Piepen nach dem anderen.

Was zur Hölle war los? Wenn Michael sein Auto unbedingt zurückwollte, dann sollte er es orten und es sich holen, verdammt. Es war verdammt früh.

Ich zog mich von ihrem Mund zurück, griff knurrend über das Bett und tastete nach meinem Handy. Ich schaltete es ein und blickte auf das Display, während sie mich auf den Hals küsste.

Instagram-Benachrichtigungen, Tags, Tweets, PMs mit Links zu Artikeln …

Was zur Hölle ist das?

Es traf mich auf einen Schlag, und meine Nerven standen in Flammen, als ich versuchte, das, was ich da sah, zu begreifen. Dann klickte ich auf einen Tag, und ein dunkles Video tauchte auf – ohne Ton, aber das machte nichts. Mir blieb das Herz stehen, als ich erkannte, was ich da sah.

Winter und ich im Badezimmer vorgestern Nacht.

Das Video auf dem Gruppenhandy. Es hatte aufgenommen.

Nachdem es auf den Boden gefallen war, hatte es nur noch die Decke gefilmt, aber es war weitergelaufen. Alle Geräusche, die wir gemacht hatten, würden darauf zu hören sein, und …

Mein Blick schweifte über das Display zu dem Absender, den Kommentaren, und dann schaute ich meine anderen Benachrichtigungen an und sah, dass es von verschiedenen Leuten auf mehreren Social-Media-Seiten wie verrückt hochgeladen, geteilt und weitergeleitet worden war.

Mein Magen verkrampfte sich, und ich sah ein anderes Video, das ich von Kai und Will gemacht hatte, wie sie einen Mann verprügelt hatten, der seine kleine Schwester missbraucht hatte.

Leider war dieser Mann ein Cop, und Kais und Wills Gesichter waren perfekt zu erkennen.

Meines und das von Winter waren auf dem Video ebenfalls deutlich zu sehen gewesen.

Die Kommentare überschlugen sich, eine Beschimpfung folgte der nächsten, und ich konnte nicht mehr weiterschauen. Ich schloss die Augen.

»O mein Gott«, murmelte ich.

»Was ist los?«, fragte sie, küsste mich immer noch.

Weitere Benachrichtigungen kamen rein, und mein Handy hörte überhaupt nicht mehr auf zu piepen. Also stellte ich es stumm.

Wie konnte das passieren? Wo war das Handy?

Fuck!

Meine Hände zitterten.

Will hatte in der Devil's Night immer das Gruppenhandy. Filmte uns, wenn wir unser Ding durchzogen. Er hatte es mir zurückgegeben, nachdem wir gestern Nacht den Ort verlassen hatten, um ins *Sticks* zu fahren.

Aber es war nicht in seiner Tasche gewesen, als ich gestern nach den Schlüsseln gesucht hatte. War es in seinem Sweatshirt?

Dann traf es mich wie der Schlag.

Rika.

Der Riss in dem Ärmel, den ich gesehen hatte, als ich gestern ihre Hände gepackt hatte. Das war nicht ihr Sweatshirt gewesen. Sie hatte das falsche erwischt, als sie die Lagerhalle verlassen hatte. Sie hatte Wills Hoodie getragen.

Ich schoss hoch und schubste Winter von mir, als ich mich aufrichtete.

»Verdammte Rika.« Ich rieb mir die Augen und versuchte, mir den Shitstorm vorzustellen, der folgen würde. »Verdammte Schlampe.«

»Rika Fane?«, fragte Winter. »Was ist los?«

Ich wusste nicht, was ich sagen sollte. Ich konnte nicht klar denken.

Anscheinend hatte sie auf das, was letzte Nacht passiert war, reagiert. Auf das, von dem sie dachte, dass Will und ich es geplant hatten, und von dem Kai Teil gewesen war, weil sie nicht wusste, dass es eigentlich Trevor Crist gewesen war.

Scheiße, ich war so dumm gewesen. Ich hatte Angst gehabt, dass sie mich hassen und mir nie verzeihen würde, aber sie hatte das Handy in der Tasche gefunden und sich an uns gerächt, indem sie diese verdammten Videos hochgeladen hatte. Ich hatte sie unterschätzt.

Es war eine Sache, von Winters Vater mit ihr erwischt zu werden. Aber niemand überlebte es, von der gesamten Öffentlichkeit verurteilt zu werden. Unsere Fehler – moralisch verwerflich für Außenstehende, die es nicht verstanden – waren jetzt für jeden, der eine Meinung hatte, öffentlich einsehbar, und es gab keine andere Option. Wir würden dafür zur Rechenschaft gezogen werden.

Schnell schrieb ich den Jungs eine kurze Nachricht.

Wir sind so im Arsch!

Dann fügte ich noch eine weitere Nachricht hinzu, damit sie über alles Bescheid wussten.

Rika hat das Handy! Sie hatte gestern Abend Wills Hoodie an!

Soweit ich es erkennen konnte, war Michael in keinem der Videos zu sehen. Natürlich. Sie würde nichts tun, was ihrem kleinen Crush schaden könnte.

Ich stand auf und zog mir meine Jeans an. »Zieh dich an«, sagte ich zu Winter. »Wir müssen hier raus.«

Aber sie kniete nur auf dem Bett und wandte mir den Kopf zu. »Was ist los?«

»Jetzt«, befahl ich ihr, steckte mein Handy in die Hosentasche und schaute mich nach meinem Shirt um.

Aber sie rührte sich nicht. »Du machst mir Angst«, murmelte sie.

»Ist das etwa was Neues?« Ich packte meine Sachen zusammen und vergewisserte mich, dass ich Michaels Schlüssel hatte, aber als ich sie wieder ansah, hatte sie sich immer noch nicht in Bewegung gesetzt. »Ich sagte, zieh dich an. Los.«

Sie drehte den Kopf in Richtung ihres Handys, auf dem jetzt auch Benachrichtigungen eingingen. Eine nach der anderen. »Was ist hier los?«, wollte sie mit leiser Stimme wissen.

Ich stand da und wusste nicht, was ich tun konnte, um die Situation noch zu retten. Wie konnte ich sie hier wegbringen und dafür sorgen, dass sie nie etwas von diesem Albtraum, der hier gerade passierte, erfuhr?

Aber da hörte ich hinter mir einen Wagen mit Höchstgeschwindigkeit die Einfahrt entlangrasen.

Sie wusste, dass etwas nicht stimmte. So würde sie mit mir nicht davonlaufen.

Und sie waren bereits hier.

Ich ließ meine Sachen fallen, holte eine Zigarette aus der Tasche, zündete sie mir an und betrachtete sie, wie sie mit dem Bettlaken um ihren Körper gewickelt auf ihrem Bett saß. Ich wollte einfach nur in ihre Haare, ihre Lippen und in die Wärme ihres Bettes eintauchen, wie ich es vor ein paar Minuten noch getan hatte.

Wie konnte sich so viel in so kurzer Zeit ändern?

Sie hörte das Feuerzeug, roch den Rauch, und ein verwirrter Ausdruck legte sich auf ihr wunderschönes Gesicht. »Du rauchst?«, fragte sie leise.

Ich konnte hören, wie die Reifen quietschten, als das Auto draußen hielt und Türen zugeschlagen wurden.

»Lass mich nicht gehen«, sagte ich und atmete schwer. »Egal, was du hörst oder was sie sagen, lass mich nicht gehen.«

Sie schüttelte den Kopf. »Wie meinst du das?« Dann drehte sie sich wieder nervös zu ihrem Handy um. »Mein Handy spielt total verrückt. Was geht hier vor sich? Bitte?«

»Winter!«, brüllte ihr Vater von unten.

Ich beugte mich zu ihr und küsste sie auf den Mund, als er die Treppe hochrannte.

»Lass mich nicht gehen«, flüsterte ich.

Aber dann wurde die Tür aufgerissen, und ihr Vater kam

mit einem anderen Mann im Schlepptau herein und stürzte sich auf mich.

»Du Hurensohn! Geh weg von ihr!«

Er verpasste mir einen Schlag, und es war das erste Mal seit Jahren, dass ich nicht bereit gewesen war zurückzuschlagen. Ich wollte es nicht einmal. Wenn ich sie verlor, dann war mir alles egal.

Seine Faust landete auf meinem Kinn, und ich fiel gegen ihren Nachttisch, wodurch die Lampe darauf auf den Boden krachte.

Winter schnappte nach Luft. »Was ist hier los?«

Dann trat er mich in den Magen, und ich schnappte nach Luft und zuckte zusammen, als er es noch einmal tat.

»Dad, hör auf!«, schrie sie und stieg aus dem Bett. »Lass ihn in Ruhe!«

Der andere Kerl zog sie zurück, und da erkannte ich, dass es Mr Kincaid, mein alter Rektor, war. Er hielt Winter an den Armen fest, als sie versuchte, sich zu befreien.

»Du kleines, krankes Arschloch!«, knurrte Ashby mich an. »Ich habe eine einstweilige Verfügung gegen dich erlassen, und was tust du? Dafür wirst du in den Knast wandern. Wie konntest du es wagen?«

Er verpasste mir einen weiteren Schlag, und ich presste die Zähne aufeinander und hielt mir den Bauch.

Winter.

»Einstweilige Verfügung?«, wiederholte sie. »Was?«

Bitte nicht. Bitte finde es nicht so heraus. Verdammt.

»Wie konntest du nur mit ihm schlafen, Winter?«, schrie ihr Vater. »Was hast du dir dabei gedacht?«

Sie zog das Laken fester um ihren Körper und schüttelte den Kopf. »Woher weißt du das? Was ist hier los?«

Sie weiß nichts. Sie weiß nichts von dem Video, das geleakt wurde, sie weiß nichts von mir …

»Rufen Sie Doug Coulson an«, sagte Ashby zu Mr Kincaid. »Sagen Sie ihm, dass wir Torrance hier haben und dass er auf dem Weg hierher die anderen kleinen Scheißkerle einsammeln soll.«

Ich schloss meine Augen und spürte kaum, wie er mich an

den Haaren packte, als ich darauf wartete, dass Winter verstand.

Es war vorbei. Sie würde mich hassen.

»Torrance«, sagte sie leise, als sie hörte, was ihr Vater gesagt hatte. *»Damon Torrance?«*

Ich sah sie an, als er mich so fest an den Haaren packte, dass meine Kopfhaut brannte. »Winter«, flehte ich.

»Was?«, sagte sie zu sich selbst, und mehrere Emotionen huschten über ihr verwirrtes Gesicht. Noch immer versuchte sie, alles zu verarbeiten.

Ich machte einen Schritt in ihre Richtung. »Winter …« Aber ich wusste nicht, was ich sagen sollte. Stattdessen schrie ich Kincaid an, der seine Hände überall auf ihrer nackten Haut hatte. »Geben Sie ihr was zum Anziehen, verdammt noch mal!«, schrie ich ihn an.

Scheiße. Er würde mich verhaften lassen.

Aber das war mir egal. Ich machte mir nur Sorgen, wie sie reagieren würde.

Bitte, verlass mich nicht.

»Winter, hör mir zu«, sagte ich. »Es ist nicht so, wie du denkst.«

»Das ist Damon Torrance?«, fragte sie die beiden Männer.

»Das wusstest du nicht?«, fragte ihr Vater. »Du wusstest nicht, wer das ist?« Dann warf er mir einen hasserfüllten Blick zu und knirschte mit den Zähnen, als er das ganze Ausmaß der Sache erkannte. »Was hast du getan?«

»Winter, hör mir zu«, flehte ich sie an.

Aber sie begann zu schluchzen und legte eine Hand auf ihren Mund. »Raus!«, schrie sie und drückte sich an Mr Kincaid, um so weit weg von mir wie möglich zu kommen. »Bringt ihn raus! Bringt ihn hier raus!«

Ashby zog mich hoch, Blut tropfte von meiner Lippe.

»Winter, bitte«, flehte ich wieder.

»Hör auf!« Sie legte sich die Hände auf die Ohren und drängte sich an die Wand zurück. »Stirb einfach und lass mich in Ruhe!«

Sie war außer sich, und meine Augen brannten, aber ich

sah, wie sie sich an Kincaids Brust drückte und sich von mir abschirmte, als würde ich ihr wehtun.

Als wäre ich ein Monster.

Stirb einfach und lass mich in Ruhe.

»Ich hasse dich!«, schrie sie. »Du bist der pure Horror, und du musstest lügen, weil du wusstest, dass ich dich nie wollen würde! Niemand würde dich je lieben! Raus hier!«

Kincaid zog sie an sich und legte ihr eine Decke um den zitternden Körper, während sie weinte.

»Lasst ihn nicht mehr in meine Nähe«, flehte sie die Männer an. »Bitte, lasst nicht mehr zu, dass er mich noch mal berührt.«

Ich blickte auf meine Hände hinab, als Ashby mich aus dem Raum führte. Weg von ihr. Und all der Schmerz und Verlust drehten sich wie ein Zyklon in meinem Kopf.

Ich würde dich nie wollen. Niemand würde dich je lieben.

Ich hatte sie ruiniert, wie ich es vorausgesehen hatte.

Sie würde nie wieder unschuldig tanzen.

Sie würde nie wieder diesen Ausdruck der Bewunderung in ihrem Gesicht haben, wie sie es auf diesem Motorrad gehabt hatte.

Ich hatte sie für immer verändert. Ich hatte alles, was sie zum Schönsten gemacht hatte, das mir je passiert war, gebeugt, verdorben und gebrochen.

KAPITEL 21

WINTER

Fünf Jahre zuvor

Meine Hände zitterten, als ich die Voiceover-Option auf meinem Handy öffnete und dem zuhörte, was wir getan hatten und was jetzt jeder online sehen konnte.

Unsere Küsse und unser lauter Atem. Das Stöhnen und Keuchen.

Ich liebe … ich hasse dich.

Ja, ich hasse dich auch. Ich will nur Sex von dir.

Ach ja?

Es war, als wäre ich gar nicht dabei gewesen und als würde ich es jetzt wie die anderen miterleben. Als stünde ich außerhalb und hörte bei einer ekelerregenden Darstellung von etwas Bedeutungslosem und Oberflächlichem zu, obwohl es sich doch ganz anders angefühlt hatte. Schmerzerfüllt schluchzte ich auf, hörte, wie sein Handy auf den Boden fiel. Doch die Aufnahme brach nicht ab, sondern lief einfach weiter. Ich hörte die Geräusche, das Stöhnen und alles, was wir in der Dusche gemacht hatten. Es bestand kein Zweifel daran, dass wir gerade Sex hatten.

Meine Mutter hatte heute Morgen angerufen, bevor sie mit meiner Schwester in ein Flugzeug gestiegen war, und hatte mir versichert, dass ich auf dem Video nie nackt zu sehen war, da wir beide außer Sichtweite gewesen waren, als das Handy auf den Boden gefallen war. Aber es hatte trotzdem weiter aufgenommen.

Am laufenden Band trudelten irgendwelche Nachrichten auf meinem Handy ein, und ich wusste, dass ich sie nicht öffnen sollte. Aber ich hatte den ganzen Tag nicht rausgehen dürfen. Das Telefon unten und die Handys meiner Eltern waren ebenfalls nicht still geblieben, und ich wusste, dass es schlimm sein musste. Aber ich wusste nicht, wie schlimm es für *mich* war.

Ich klickte auf die Nachrichten, und Voiceover las mir die erste vor:

Du siehst nach Spaß aus, und den könnte ich gerade gebrauchen.

Ich knirschte mit den Zähnen, klickte auf die nächste und hielt mir das Handy ans Ohr.

Damon spielt also den guten Samariter, wie? Er hat wohl was übrig für die blinden, tauben und dummen Hühner. Schließ deine Augen, halt dir die Ohren zu und spreiz deine Beine, Baby.

Mein Gott, warum taten sie das? Mein Kopf dröhnte, und ich weinte noch mehr. Ich hatte nicht den blassesten Schimmer gehabt, dass er uns gefilmt hatte. Es war intim gewesen, persönlich.

Hässliche, nuttige Schlampe. Wie viele Schwänze musst du lutschen, damit dich jemand liebt? Du solltest dich selbst umbringen.

Die meisten kamen von Accounts, die ich nicht kannte, und ich weinte so sehr, dass ich keinen einzigen Ton herausbrachte. Ich wollte sterben. Er hatte mich benutzt. Er hatte das alles für den Kick getan. Hatte er mir das angetan, weil es ihn antörnte?

Die ganze Zeit. Die letzten zwei Jahre. Das Tanzen, das

Auto, das Motorrad, die Abstellkammer, das Theater, der Brunnen am Dorfplatz ... all das war der verdammte Damon Torrance gewesen. Ich stellte mir dieselben schwarzen Augen aus meiner Kindheit vor, wie sie mich im Tanzstudio beobachtet hatten.

Ich stöhnte auf, warf mein Handy aufs Bett und legte den Kopf in die Hände. »Ich könnte dich umbringen!«

Aber dann hörte ich jemanden in mein Zimmer stürmen. »Ich habe dir gesagt, du sollst dich vom Handy fernhalten!«, schrie mein Vater.

Ich nahm die Hände runter und schluchzte immer noch, als ich spürte, wie er etwas von meinem Bett nahm.

Ich griff nach meinem Handy, aber es war weg. »Ich brauche mein Handy!«

»Griffin ...«, unterbrach ihn meine Mutter.

Aber mein Vater hörte heute auf niemanden. »Genug!«, schrie er.

»Du wusstest, dass ich ihn mochte«, hörte ich meine Schwester irgendwo im Türrahmen sagen. »Er wurde verhaftet, Winter!«

»Gut!«, rief ich.

»Jetzt hassen uns alle.«

»Raus hier!«, schrie ich sie an.

Was war nur los mit ihr? Warum konnte sie bei allem, was passiert war, *nicht* auf meiner Seite sein?

»Du gehst übermorgen zurück nach Montreal«, fauchte mein Vater vor Wut schäumend. »Wir holen dich zurück, falls die Polizei dich braucht.«

»Du kannst ihn nicht anzeigen!«, erwiderte Ari.

Ich ließ den Kopf hängen und konnte einfach nicht aufhören zu weinen, egal, wie sehr ich es versuchte. »Ich wusste nicht, dass er es war.«

»Wer dachtest du denn, dass es war?«, wollte Ari wissen. »Du wurdest doch gewarnt, dass sie gerne solche Spielchen spielen! Das macht sie an! Als ob sich irgendein normaler Junge in dich verlieben würde! Hast du das wirklich gedacht?« Dann murmelte sie: »Verdammte Idiotin.«

Aufhören. Bitte hör auf.

Ich dachte …

Ich hatte gedacht, es wäre real. Ich dachte, er …

Das Gefühl von ihm auf mir in der Dusche überkam mich wieder, und ich bedeckte mein Gesicht mit den Händen.

Ich habe ihn geliebt.

Heute Morgen noch hatte ich ihn geliebt, und jetzt am Abend hoffte ich, dass er unvorstellbar litt.

»Das reicht, Ari«, zischte meine Mutter. »Geh jetzt in dein Zimmer!«

Nach einem Moment hörte ich ihre Schritte auf dem Flur und fragte mich, was Damon gerade tat. Saß er in einer Zelle? Oder in einem Raum, wo er mit dem Rest seiner Freunde befragt wurde, die auch wegen anderer Videoaufnahmen verhaftet worden waren?

Da kam mir in den Sinn, dass keiner von ihnen das selbst getan hätte. Das war auch für Damon schlimm.

Er hatte das Video nicht selbst hochgeladen. Warum hatte er es überhaupt erst gemacht?

Weil ich ihm gesagt hatte, er sollte ein Foto machen? Nein, er hatte vor seinen Freunden damit prahlen wollen.

Ich hatte versucht, etwas Trost in der Tatsache zu finden, dass er nicht gewollt hatte, dass die ganze Welt es sieht. Aber das war nur von kurzer Dauer gewesen.

Er hatte etwas von mir gestohlen.

»Du wirst dieses Haus nicht verlassen«, befahl mein Vater. »Du wirst das Telefon nicht benutzen. Du wirst nicht an die Tür gehen.«

»Ja, das weiß sie«, erwiderte meine Mutter mit angespannter Stimme. »Lass uns allein.«

Ich hörte, wie mein Vater seufzte, dann sagte er: »Ich muss mit Doug Coulson reden. Ich werde spät zurück sein.«

Mit diesen Worten verließ er mein Zimmer, aber nicht ohne meine Tür hinter sich zuzuschlagen. Ich zuckte zusammen. Er hatte mich nicht gefragt, ob es mir gut ging. Kein einziges Mal. Er hatte mich nicht umarmt … oder irgendwie so getan, als wäre das nicht alles mein Fehler. Er behandelte mich, als wäre ich zum Teil selbst dafür verantwortlich.

Ari hatte Sex. Das wussten sie. Hatte sie, schon lange bevor sie sechzehn gewesen war.

Aber ich hatte auf diesem Video willentlich mit jemandem Sex gehabt, und es war egal, mit wem. Mein Vater dachte, dass jeder, der mich wollte, mich ganz offensichtlich zum Opfer machen wollte.

Und siehe da, er hatte recht.

Ich war die Dumme, weil ich es nicht besser gewusst hatte. Weil ich gedacht hatte, ein »normaler« Junge würde mich wollen.

Ich spürte, wie die Matratze sich senkte, als meine Mutter sich neben mich setzte. »Hat er dir wehgetan?«

Jeder Muskel in meinem Gesicht zitterte. *Wie meinst du das? Blaue Flecken? Ist es das, was zählt?*

»Ja, ich weiß, er hat gelogen.« Sie berührte mein Gesicht und versuchte, mich zu trösten. »Aber hat er sich dir aufgezwungen? Wir müssen jedes Detail wissen, Winter. Das Gericht wird es wissen wollen.«

Ich schnappte nach Luft. Gericht. Mein Gott, diese Stadt würde mich lynchen.

»Er hat gelogen«, sagte ich. »Er hat mich glauben lassen, dass ich mit jemand anderem zusammen war.«

»Mit wem?«, fragte Mom. »Was hast du gedacht, mit wem du zusammen warst?«

Ich öffnete den Mund, um es zu erklären, aber es würde keinen Sinn ergeben. Ich war mir nicht einmal mehr sicher, ob es für mich noch einen Sinn machte.

Er hatte nie gesagt, dass er nicht Damon Torrance ist. Ich hatte Sex mit ihm gehabt, und mir war klar gewesen, dass ich nicht wusste, wer er war. Ich hatte seinen Namen nicht gekannt, hatte nichts über seine Familie gewusst, wo er zur Schule ging.

Niemand würde mir glauben.

Es gab wahrscheinlich noch andere Mädchen, die er verletzt hatte, und vielleicht würden sie meine Aussage stützen wollen, aber seine Familie war zu wohlhabend, und er war beliebt. Sie hassten ihn vielleicht, aber sie hatten auch Angst, ihn in der Öffentlichkeit nicht zu lieben.

Und die Jungs. Sie verherrlichten ihn. Er hatte mit einer Sechzehnjährigen geschlafen, und hey, es war ja nur eine Formsache. In dreiunddreißig Staaten war es schließlich legal. Nur nicht in unserem, richtig?

O Gott. Warum war ich nur so dumm gewesen?

»Hat er dich zu irgendetwas gezwungen, was du nicht wolltest?«, verdeutlichte meine Mutter ihre Frage.

Aber ich ließ nur den Kopf fallen und schüttelte ihn, weil ich nicht wusste, was ich antworten sollte. Nein, er hatte mich zu nichts gezwungen, das ich nicht hatte tun wollen, aber er hatte mich dazu gebracht, etwas zu tun, was ich nie mit Damon Torrance getan hätte.

Sie legte ihre Arme um meinen Nacken und drückte mich an ihre Brust. »Ist schon okay. Schhh. Ich bringe das in Ordnung«, sagte sie zu mir. »Wir bringen das in Ordnung.«

Sie rieb mir den Rücken und hielt mich lange fest, beruhigte mich und ließ zu, dass ich mich ein bisschen versteckte. Ich war irgendwie froh, dass mein Vater mir mein Handy weggenommen hatte. Diesen ganzen Scheiß anzuhören, machte mich ganz krank, und ich wollte, dass jeder es verstand. Aber ich wusste, es wäre zwecklos. Die Welt liebte es zu hassen, und im Moment war meine Blase der sicherste Ort.

Sie half mir, mich hinzulegen, und zog die Decke hoch. Ich hatte immer noch meine Klamotten an, aber ich war zu erschöpft, mich umzuziehen.

»Ich habe ein Glas Wasser auf den Nachttisch gestellt«, sagte sie. »Und daneben liegt eine Beruhigungstablette, für den Fall, dass du sie brauchst.«

Ich nickte und wusste, dass ich sie nicht nehmen würde. Meine Augen waren schwer, und ich würde schon bald einschlafen und morgen wieder aufwachen, um dem Albtraum erneut gegenüberzutreten.

»Mom?«, rief ich und hörte unten Musik, als ich mich im Bett aufsetzte.

Die Musik drang so klar in mein Zimmer, dass ich wusste, dass meine Tür offen sein musste. Dabei war ich mir sicher, dass Mom sie geschlossen hatte.

Ich drückte auf den Knopf des Weckers. »Null Uhr vierzehn«, las er vor.

Ich tastete nach meinem Handy, doch dann fiel mir wieder ein, dass mein Vater es mir weggenommen hatte. Stattdessen spürte ich das Wasserglas, das meine Mom mir dagelassen hatte, und nahm einen großen Schluck.

Die Nacht war immer noch so klar, als hätte ich überhaupt nicht geschlafen, und ich war zu müde, um neue Tränen zu vergießen.

»Mom, bist du da?«, rief ich.

Mir wurde übel, und ich brauchte etwas. Ich wusste nicht, was. Ich hatte den ganzen Tag nichts gegessen, das war es wahrscheinlich.

Gähnend schwang ich meine Beine, die immer noch in einer Jeans steckten, über die Bettkante und rieb mir die Augen. Ich wollte nur eine Suppe oder Kekse oder so. Dann würde ich vielleicht die Beruhigungstablette nehmen und für immer schlafen.

Ich bahnte mir meinen Weg durch den Raum, ging am Geländer entlang und hörte von unten die Klänge von *Sleep Walk* von Santo & Johnny. Jedes andere Mal hätte ich über diese Geste gelächelt. Meine Mom wusste, dass ich gerne Oldies hörte, um mich besser zu fühlen.

Aber es war nutzlos, sie zu spielen, während ich schlief.

Ich ging ins Foyer, doch bevor ich in die Küche gehen konnte, hörte ich den Piepton des Anrufbeantworters in der Nähe der Tür. Erneut musste ich gähnen, als ich darauf zuging. Es könnte ein Scherzanruf gewesen sein. Bestimmt waren heute einige eingegangen. Aber ich hatte mein Handy nicht, also für den Fall, dass Dad angerufen hatte …

Ich fand den Knopf, drückte ihn, und in meinem Kopf drehte sich alles. Mein Herz raste, als ich die Stimme meiner Mutter hörte.

»Hey, Liebes«, sagte sie. »Ich wollte dich nicht aufwecken. Deine Schwester hat sich rausgeschlichen, also bin ich los, um sie zu suchen. Die Türen sind abgeschlossen. Geh nirgendwohin. Ich bin so schnell, ich kann zurück.«

Die Musik drang aus dem Tanzsaal, und ich atmete so heftig, dass ich nach Luft schnappen musste.

Wer war in dem Raum?

»Mom?«, schrie ich.

Sie war es. Die Nachricht war bestimmt vom früheren Abend. Sie war wieder zurückgekommen.

»Mom!«, rief ich wieder.

Der Boden links von mir knarzte, und ich blieb stehen. Ich schnitt eine Grimasse und schloss die Augen, als der Albtraum weiterging, obwohl ich nicht mehr schlief.

Aber ich weigerte mich zu weinen. Ich presste meine Zähne aufeinander, ballte die Fäuste und drehte mich zu ihm um.

»Damon«, sagte ich zu meinem Geist, dessen Namen ich jetzt kannte. »Das ist das Gute daran, ein Kind reicher Eltern zu sein, oder? Man kommt in Windeseile auf Kaution raus.«

Ich schüttelte den Kopf.

Er würde davonkommen. Nichts würde ihm passieren. Kerle wie er mussten für nichts geradestehen.

»Deine Freunde wurden auch verhaftet, wie ich gehört habe«, sagte ich. »In der Stadt herrscht scheinbar ein ziemliches Chaos.«

Ich hörte nicht, wie er sich bewegte, aber das bedeutete nicht, dass er es nicht tat. Ich griff hinter mich und nahm eine goldene Figur vom Tisch, die eine spitze Stelle hatte, nur zur Sicherheit.

»Und du bist hier.« Ich lauschte angestrengt auf Schritte. »Warum?«

Er sagte kein Wort, und für einen kurzen Augenblick fühlte es sich an wie beim ersten Mal, als er eingebrochen war und mich zu Tode erschreckt hatte. Aber dieses Mal würde ich nicht in Sicherheit aufwachen. Er hatte seinen Spaß gehabt, und jetzt wollte er noch mehr.

»Willst du dafür sorgen, dass ich den Mund halte?«, fragte ich. »Mir wehtun? Oder willst du sehen, wie sehr du mir bereits wehgetan hast?«

War er hier, um mich zum Schweigen zu bringen, oder einfach nur, weil das perverse Arschloch nicht widerstehen konnte? Um den Schaden zu begutachten, den er dem Mädchen zugefügt hatte, das noch heute Morgen dazu bereit gewesen wäre, mit ihm davonzulaufen. Das davon geträumt hatte, in den kalten Bergen vor einem Kaminfeuer in seinen Armen in einem warmen Bett aufzuwachen.

Es hatte ihm nichts bedeutet.

»In den Nächten mit dir habe ich mich so gut gefühlt wie seit sieben Jahren nicht mehr«, sagte ich, und Tränen traten mir in die Augen. »Jetzt kannst du dich darüber freuen, dass du gewonnen hast. Ich bin darauf reingefallen. Ich würde mir am liebsten mein Herz rausreißen, weil das nicht mal ansatzweise so wehtun würde wie das, was du mir heute Morgen angetan hast. Ich *hasse* dich.«

Meine Beine begannen zu zittern, als ich weinte, und in meinem Kopf drehte sich plötzlich alles.

»Ich hasse dich«, sagte ich mit einem Kloß im Hals. »Und ich werde dich für immer hassen, also tu, was du tun musst, denn ich bin bereits tot.«

Ich würde nie wieder einem anderen Mann vertrauen. Ich würde meine Schule und mein Zuhause verlassen müssen, um dem Tratsch zu entfliehen.

Ich war diejenige, die für diese Lüge bezahlte, nicht er. Aber ich würde ihn mit mir runterziehen. Ich würde dafür sorgen, dass er sich an mich erinnerte und wusste, wie sehr er darin versagt hatte, das Schlimmste zu sein, das mir je passiert war, denn so wichtig war er nicht. Er war ein Nichts.

Ich liebte ihn nicht. Ich verstand ihn nicht einmal.

»Mein Vater hasst mich. Meine Schwester hasst mich«, sagte ich. »Meine Mom kann nicht auf eigenen Füßen stehen. Du hast dafür gesorgt, dass ich mich nicht mehr alleine gefühlt habe. Warum hast du das getan?«

Der Boden knarzte wieder, dieses Mal näher, und ich streckte die Hand aus, um mich vorzubereiten. Aber ich stolperte, mein Kopf drehte sich, und ich fiel zu Boden.

Was war hier los?

Ich fuhr mit der Hand über den Boden und konnte mich nicht abstützen.

»Was ... was ist mit mir los?«

»Du hast das Wasser getrunken«, sagte er endlich.

Das Wasser. Das Wasser? Dann erinnerte ich mich an das Glas, das meine Mutter in meinem Zimmer gelassen hatte.

Und meine Tür war offen gewesen, obwohl sie sie geschlossen hatte. Er war reingekommen, als ich geschlafen hatte. Er hatte mir etwas ins Wasser getan?

O mein Gott. Nein, nein, nein ...

Ich fing an, nach Luft zu schnappen, und versuchte aufzustehen, aber ich konnte meine Beine nicht bewegen. Wo war die Figur, die ich genommen hatte? Sie war doch gerade noch in meiner Hand gewesen.

»W... was hast du mir gegeben?«, stammelte ich.

Er packte mich, zog mich vom Boden hoch, hielt mich aufrecht und legte seine Arme um mich. »Schhh...«

Aber ich schüttelte wieder und wieder den Kopf. Nein. Bitte nicht.

»Was hast du vor?«, presste ich heraus. »Was willst du von mir?«

Ich versuchte, mich aus seinem Griff zu befreien, versuchte aufzustehen, aber mein Verstand funktionierte nicht mehr, und ich konnte meine Gliedmaßen nicht mehr kontrollieren.

»Ich wollte dich nur im Arm halten«, sagte er. »Ein letztes Mal.«

Im Arm halten? Was? Seine Stimme verklang, als käme sie vom Ende eines langen Tunnels.

»Ich wollte dich nur halten.« Seine Stimme klang leicht verzerrt, als meine Augen sich langsam schlossen. »Und sagen, dass es mir wirklich verdammt leid...«

»Was?«, fragte ich und brach an ihm zusammen. »Ich kann dich nicht verstehen.«

»Lass mich nicht gehen«, flüsterte er mir ins Ohr. »Lass mich nicht gehen.«

»Ich werde ...« Mein Mund war so trocken. »Ich werde dich ins Gefängnis bringen.«

Seine Lippen lagen an meiner Wange, und ich glaubte zu spüren, wie er still schluchzte.

Aber als ich in den Schlaf und in die Vergessenheit abdriftete, klangen seine Worte klar und deutlich in meinem Ohr. »Dann bete lieber, dass ich nie wieder rauskomme.«

KAPITEL 22

WINTER

Gegenwart

Ich saß im Theater, hörte mir die letzten Proben für die jährliche *Nussknacker*-Aufführung an und dachte daran, wie ich ebenfalls mit all den kleinen Kindern hier oben gewesen war. Die Bühne war mir damals riesengroß vorgekommen, und ich konnte mich immer noch daran erinnern, wie ich herumgesprungen war, während es geschneit hatte, und das Publikum kaum beachtet hatte, weil die Welt da oben viel zu schön gewesen war, um irgendwo anders hinzuschauen.

Jemand drängte sich an meinem Gangplatz vorbei und setzte sich neben mich.

»Wie geht's dir?«, fragte Rika.

Ich schenkte ihr nur ein schwaches Lächeln. Auf diese Frage gab es keine Antworten. »Gut« zu sagen würde komisch klingen. Ich legte meine von der Herbstluft kalten Hände in den Schoß und versteckte meinen Mund unter dem dünnen Schal, um mich mit meiner warmen Atemluft zu wärmen.

»Komm doch zu uns«, sagte sie.

Sie hatte dieses Angebot seit vorgestern Nacht in dem Spukhaus schon mehrmals gemacht, aber mein ganzer Körper fühlte sich jetzt irgendwie taub an und wollte nicht wegrennen. Ich wollte gewinnen.

»Ihr helft mir«, sagte ich. »Das weiß ich zu schätzen.«

Wir hatten uns gestern getroffen, weil sie und Michael eine Aufführung sponserten, und es war nicht viel, aber es war ein

Weg für mich, selbst etwas zu tun. Sie würden ihr Geld mit den Ticketverkäufen zurückkriegen – wenn es denn welche gab –, und den Rest würden wir als Gewinn aufteilen. Aber heute hatte sie mich mit noch mehr Ideen angerufen, darunter auch eine Tour. Vielleicht andere Tänzer, die übersehen wurden, zu scouten. Sie begeisterte sich wirklich dafür, und es war schön, einen anderen Menschen zu haben, der sich für mein Tanzen interessierte. Abgesehen von Damon …

»Du siehst irgendwie gefährlich aus«, sinnierte sie. »Als hättest du einen Plan.«

»Für die Tour oder für den Mann meiner Schwester?«

Sie schnaubte. »Für wen auch immer du diesen tödlichen Blick aufsetzt.«

»Ich hasse ihn«, sagte ich und zog die Ärmel meiner kurzen Jacke runter. »Ich hasse, was er mir angetan hat. Er hat seine Strafe verdient.«

Er hatte es verdient, ins Gefängnis zu gehen.

»Aber …?«, hakte sie nach.

Aber mein schwaches Herz dachte ständig daran, was er vor zwei Nächten im Bett zu mir gesagt hatte, als ich ihm die Messer an den Hals und an die Rippen gehalten hatte. Dass mich anzulügen der einzige Weg für ihn gewesen war, mir auf der Highschool näherzukommen. Vielleicht war es nur eine Lüge, die er meiner Mutter aufgetischt hatte, um sie loszuwerden.

Vielleicht auch nicht. Aber das rechtfertigte es trotzdem nicht.

»Es gab damals so viele Momente«, erzählte ich ihr, »die sich real angefühlt haben. Als hätte er anders sein können und ich auch.«

Er hatte mich mit einer Lüge verführt. Warum hatte ich Zweifel daran, dass er so war, wie er war?

»Ich hasse ihn wirklich«, sagte ich zu ihr. »Ich wünschte, ich könnte ihn jede Sekunde hassen.«

»Alex hat mir nach dem Abend im Spukhaus erzählt, was dir alles passiert ist«, erklärte ich ihr. »Wie sie fälschlicherweise gedacht haben, du hättest diese Videos hochgeladen, und wie sie dich gejagt haben, weil sie dachten, du hättest sie ins Gefängnis gebracht.« Ich hielt inne, als sie nichts sagte.

»Sie hat mir erzählt, was Damon getan hat. Aber du scheinst ihn nicht zu hassen. Warum nicht?«

Sie hatte ihn und unsere Familie zu ihrer Verlobungsparty eingeladen. Sie schien sich im Spukhaus in seiner Gegenwart nicht unwohl gefühlt zu haben. Ich hatte Gerüchte gehört, dass die beiden sogar irgendwelche Geschäfte machten.

Aber sie seufzte nur. »Warum hasse ich keinen von ihnen?«, fragte sie. »Ich nehme an, wenn du jemanden hasst, dann musst du ihn nicht für immer hassen.«

Aber es war nicht okay. Wie konnte sie ihm trauen? Wie konnte sie ihm vergeben?

»Ich entschuldige nicht, was er getan hat«, sagte sie und zögerte einen Moment. »Aber ... Ich weiß nicht. Ich sehe darin eine Chance. Ich kann es nicht erklären.« Dann fuhr sie fort. »Michael, Kai, Will ... Sie haben mich seit damals nie mehr enttäuscht.«

Ich wusste nicht, was sie, verglichen mit Damon, mit ihr angestellt hatten. Aber ich wusste, was er mir angetan hatte im Vergleich zu dem, was er ihr angetan hatte. Ich würde ihm nie verzeihen.

»Er hat dir nicht wehgetan, oder?«, fragte sie, als würde sie das auch nicht erwarten.

Eine weitere Frage, die schwer zu beantworten war. Hatte er mich gezwungen? Nein.

Bedrohte er mich? Spielte er mit meinem Verstand?

»Die Psychospielchen sind ein bisschen heftig«, sagte ich schließlich.

Sie schnaubte auf, als verstünde sie genau. »Ja, darin sind sie gut.«

Der Intendant rief etwas auf der Bühne, gab Anweisungen, und dann begann der Pianist, wieder zu spielen, als ich ein Dutzend Paare von Ballettschühchen über die Bühne laufen hörte und die musikalische Nummer erneut startete.

»Die einzige gute Erinnerung, die ich an Damon habe, ist eine, als wir Kinder waren«, erzählte Rika mir. »Ich war drei oder vier – die Erinnerung ist verschwommen, aber sie ist da. Wir waren in der Bibliothek. Ein anderes Kind hatte mich geschubst und mir mein Bilderbuch geklaut.« Sie lachte leise bei der Erinnerung. »Damon hat es sofort zurückgeklaut und mir wiedergegeben. Er hat nicht mit mir geredet, aber meine Mom hat ihn eingeladen, sich zu uns zu setzen und mit uns zu lesen, aber er musste mit seiner Nanny gehen, glaube ich.«

Ich stellte mir Damon dabei vor, wie er die Kontrolle über die Situation übernommen hatte. Ich war mir nicht sicher, warum sie mir das erzählte, als würde so eine süße kleine Geschichte rechtfertigen, wer er jetzt war.

»Ich hatte erst auf der Highschool Angst vor ihm.« Ihre Stimme klang nachdenklich, als würde sie selbst zum ersten Mal darüber nachdenken. »Nach allem, was in diesem Haus mit ihm passiert ist.«

»Das ist keine Entschuldigung«, sagte ich.

»Nein, ist es nicht«, stimmte sie mir zu. »Es ist ein Grund. Ganz einfach. Es gibt immer einen Grund dafür, warum die Dinge sind, wie sie sind.«

Ich kam spät nach Hause zurück, zog meine Schuhe und meinen Schal aus und ging in mein Zimmer. Ich hatte Damon seit fast zwei Tagen nicht mehr gesehen, und ich war mir nicht sicher, wo er war oder was er tat, aber ich war müde.

So müde.

Ich zog mich aus, schlüpfte in einen Pyjama, und die kühle Seide der Shorts und des Oberteils fühlten sich auf meinem erschöpften Körper regelrecht erfrischend an. Ich stöpselte mein Handy ein, um es zu laden, und ignorierte die Nachrichten von meiner Mutter.

Ich hatte meine Mom gestern Morgen erreicht, und sie hatte mir bestätigt, dass sie und Ari in Sicherheit waren. Als ich sie gefragt hatte, wie sie mich hatte zurücklassen können und wann sie wiederkommen würden, hatte sie einen Moment zu lange gezögert, und ich hatte aufgelegt. Sollte sie sich doch eine Entschuldigung zurechtlegen und mir eine Nachricht hinterlassen.

Hatte sie wirklich geglaubt, was er ihr erzählt hatte? Dass wir ineinander verliebt waren und Zeit brauchten, um wieder zueinanderzufinden?

Oder wollte sie das einfach nur glauben, weil es einfacher war, als sich zu wehren?

Ich schloss meine Tür ab, klemmte meinen Stuhl unter die Klinke und legte mich dann ins Bett und stellte meinen Wecker ein.

Aber so müde ich auch war, der Schlaf wollte einfach nicht kommen.

Unten wurden Türen geöffnet und geschlossen, ich hörte, wie sich Damons Security-Leute im Haus und auf dem Grundstück bewegten, mit der Anweisung, ein Auge auf mich zu haben, während er weg war.

Zuerst hatte ich gedacht, er hätte sie für mich eingestellt. Um mich daran zu hindern zu kommen und zu gehen, wann ich wollte, und um ihm zu berichten, was ich machte. Letzteres taten sie bestimmt auch, aber keiner von ihnen hatte mich aufgehalten, wenn ich irgendwohin gehen wollte, und ich hatte nie einen Befehl bekommen, etwas nicht zu tun oder das Haus nicht zu verlassen.

Ein Fahrer chauffierte mich, Türen wurden mir geöffnet, und wenn es nicht sie oder Damon gewesen waren, die mich an diesem Morgen oder vor Kurzem im Theater erschreckt hatten, dann fühlte ich mich tatsächlich etwas sicherer mit ihnen im Haus.

Wenn er weg war.

Vehement versuchte ich, den Gedanken wegzuschieben, der sich in mein Gehirn schlich. Dass ein Teil von mir wünschte, er wäre nicht weg.

Wo war er? Es war jetzt Tage her. Hatte er Mikhail immer noch?

Oder war Damon schließlich doch auf die Malediven geflogen? Ein Anflug von Eifersucht überkam mich, und ich holte tief Luft und zog mir das Oberteil über den Kopf, weil ich das Gefühl hatte zu ersticken.

Verdammt.

Was tat ich nur? Der Sex war gut, also vergaß ich, was für ein Arschloch er war? Was für ein Klischee.

Es war mir egal, dass er Rika verteidigt hatte, als sie vier gewesen war. Oder dass er als Kind missbraucht worden war. Viele Menschen durchlebten eine schlimme Kindheit.

Ich hatte geliebt, wen er vorgegeben hatte zu sein, aber seine Lüge hatte alles zwischen uns zunichtegemacht. Er hatte mich gedemütigt.

Warum war es so schwer, sich daran zu erinnern, dass alles, was ich bei ihm gefühlt hatte, ebenfalls eine Lüge gewesen war?

Das Spukhaus. Diese fantastische Angst. Das Adrenalin, dass durch meine Adern gerauscht war.

Dann erinnerte ich mich an seine starken Arme um mich herum.

Ich liebte die Gefahr. Die Art und Weise, wie er mich lebendig machte.

Mit meinen Fingern fuhr ich langsame Kreise auf meinem nackten Bauch. Zwischen meinen Beinen begann es zu pochen, und meine Nippel wurden hart unter dem Stoff meines BHs.

Tränen brannten in meinen Augen. Ich hasste mich selbst.

Weil ich ihn wollte.

Er hatte so gut gelogen, richtig? Dass ich alles fühlen wollte, von dem er mich überzeugt hatte, als er in meinem Bett gelegen hatte – damals, als ich sechzehn gewesen war.

Eine Träne löste sich aus meinem Augenwinkel und rann langsam über meine Wange, aber ich versuchte, nicht zu weinen.

Ich wollte ihn wieder fühlen. Aber ich konnte nicht. Ich konnte ihn nicht gewinnen lassen.

Ich hörte, wie draußen ein Auto hielt, die Tür geöffnet und geschlossen wurde und dann die Haustür.

Ich erstarrte, und mein Herz schlug schneller, als ich lauschte.

Schritte auf der Treppe.

Ein Knarzen im Boden.

Das Geräusch von langsam näher kommenden Schritten, und dann hörte ich Mikhail jaulen.

Ich schloss die Augen. *Nein.*

Er riss an meinem Türgriff. Als er nicht nachgab, weil die Tür abgeschlossen war, versuchte er es stärker.

Die Tür öffnete sich immer noch nicht.

Alles war einen Moment lang ganz still, ich krallte mich am Laken fest, wartete, und dann ...

Dann wurde die Tür eingetreten.

Ich schnappte nach Luft, als sie nach innen stieß, das Holz splitterte, und die Klinke fiel auf den Boden. Im gleichen Moment fiel mein Stuhl um und krachte auf den Boden.

Ich schoss im Bett hoch und schüttelte den Kopf über die Hitze, die mir durch den Bauch zwischen die Beine fuhr. »Nicht«, flehte ich.

Aber ich war mir nicht sicher, ob ich damit ihn oder mich meinte.

Ich hörte nicht, wie er sich bewegte, aber ich wusste, dass es Damon war. Nelkengeruch strömte in meine Richtung, und ich wusste, dass die Security-Leute ihn aufgehalten hätten, wenn es nicht er gewesen wäre.

Eine leichte Schweißschicht ließ den Seidenpyjama an meiner Haut kleben, und ich zog das Laken weg und schwang die Beine über die Bettkante.

»Bitte nicht«, flüsterte ich. »Ich kann nicht mehr klar denken.«

Seine Schritte kamen näher, und er blieb vor mir stehen. Ich hörte Eiswürfel in einem Glas, als er einen Schluck trank und dann mein Kinn in die Hand nahm. Besitzergreifend fuhr er mit den Fingern über meinen Kiefer.

»Du hasst es, dass du es willst«, sagte er mit leiser, tiefer Stimme. »Und doch tust du es.«

»Bitte.« *Geh einfach.* »Bitte.«

Fass mich nicht an. Halte mich nicht fest. Nimm mich nicht in die Arme.

Er stellte sein Glas auf meinem Nachttisch ab, und ich hörte, wie er etwas auszog – wahrscheinlich seine Jacke – und sie irgendwohin warf.

»Leg dich hin«, sagte er zu mir.

»Nein«, murmelte ich.

Ich hörte, wie Knöpfe davonflogen, als er sich das Hemd

aufriss, und dann das Klappern einer Schnalle, als er seinen Gürtel öffnete.

»Leg dich hin, Winter«, sagte er streng.

Er ist nicht er. Er ist nicht derjenige, in den ich mich verliebt habe.

Er war der Mann meiner Schwester, und er wollte dafür sorgen, dass ich nie wieder glücklich war.

Ich legte meine Hände an seinen Bauch und unterdrückte ein Schluchzen, als er mit den Fingern in mein Haar griff und meinen Kopf zu sich zog. Er beugte sich runter, und sein Atem streifte meine Lippen, als er sagte: »Auf den Rücken, Winter. Jetzt.«

Dann legte er seine Lippen auf meine, saugte und knabberte, und ich erwiderte seinen Kuss und ließ zu, dass er seine Zunge in meinem Mund schob. Ich spürte, wie das Verlangen nach ihm durch meinen Körper schoss.

Aber statt mich hinzulegen, zog ich mich zurück, berührte sein Gesicht und flehte ihn an, während er mir mit dem Daumen über die Wange fuhr. »Lass mich gehen.«

Er knurrte und schubste mich weg.

Ich schrie auf und krabbelte auf dem Bett weg von ihm, als er durch den Raum ging.

»Lass mich gehen«, ahmte er meine Worte nach. »Warum kannst du nicht den Mund halten? Warum könnt ihr alle nicht einfach den Mund halten?«

»Ich werde dich hassen, wenn du mir das antust«, sagte ich. »Ich werde dich verachten und nie aufhören zu versuchen, dir zu entkommen, weil ich dich nie lieben könnte. Weil du krank bist, und ich hasse die Gefühle, die du in mir hervorrufst! Ich könnte dich nie lieben!«

Etwas fiel klirrend auf den Boden, und ich wusste, dass er meine Kommode abgeräumt hatte.

Aber ich hörte nicht auf. »Und ich hasse mich selbst in deiner Gegenwart«, fuhr ich fort und versuchte weiter, ihm wehzutun. »Ich hasse, was ich mich selbst mit dir tun lasse. Denn der einzige Weg, dich von mir fernzuhalten, ist, es über mich ergehen zu lassen!«

»Das ist nicht wahr!«, zischte er.

Ich kletterte vom Bett und drehte mich in die Richtung, aus der seine Stimme kam. »Du bist so ein kleiner Junge. Ein Kind, das keine Kontrolle über sich hat. Du bist krank!«

Noch mehr flog auf den Boden, und ich hörte, wie mein Spiegel in seinem kleinen Wutausbruch zerbrach. Aber das machte mich nur noch stärker.

»Komm doch«, forderte ich ihn heraus. »Nimm mich. Tu das Einzige, das du tun kannst. Mehr kannst du mir sowieso nicht wegnehmen, und es ist mir völlig egal! Nimm das Haus. Nimm die Familie, die mich mit dir zurückgelassen hat. Nimm meine verdammten Klamotten und lass mich nackt hier rauslaufen!« Ein Schluchzen stieg in meiner Kehle auf, aber ich unterdrückte es. »Ich würde es liebend gerne tun, wenn es bedeutet, dass ich von dir wegkomme!«

Er kam auf mich zu und packte mich am Hals. »Du warst in mich verliebt!«

»Das warst nicht du. Es war nichts als eine Show!« Ich schlug seine Hand weg und stieß ihm gegen die Brust. »Du hättest sie nicht umbringen sollen«, sagte ich und zerrte die schlimmsten Dinge aus seiner Vergangenheit hervor. »Sie war die Einzige, die dich je geliebt hat. Sie war die Einzige, die dich berühren wollte, die sich um dich kümmern und in deiner Nähe sein wollte!«

Er holte tief Luft und rang nach Atem.

»Alle anderen musst du gefangen halten!«, fauchte ich ihn an. »Du hast nichts und niemanden! Niemand kann dich ausstehen!«

»H... h... hör auf«, stammelte er und schnappte nach Luft. »Bitte hör auf.«

»Ich hasse dich!«

»Winter, bitte nicht«, flehte er, und dann spürte ich, wie er sich wegbewegte, wie sein Körper gegen die Wand prallte und er auf den Boden glitt. »Bitte hör auf. Hör auf.«

Er stöhnte, als hätte er Schmerzen, und ich stand da, immer noch vor Wut schäumend, und Tränen brannten in meinen Augen.

»Bitte hör auf. Bitte«, flüsterte er wieder kaum hörbar.

Ich ballte die Fäuste. Was war los mit ihm? Warum stürzte

er sich nicht auf mich und warf mich aufs Bett, so wie er mich in dem Spukhaus auf den Boden geworfen hatte?

Stattdessen saß er einfach nur da, atmete tief ein und aus und wurde nach ein paar Minuten ruhiger.

Aber noch immer geladen, ballte ich die Fäuste. Wer war er? Wer zur Hölle war er?

Er war eine Maschine. Ein Monster. Ein Lügner.

Was sollte ich verdammt noch mal tun? Was wollte er von mir?

Aber er sagte nichts. Er saß einfach nur da. Ganz still.

Bis ich schließlich seine Stimme wieder hörte, ernst und ruhig. »Mein Vater hatte diesen Rottweiler«, sagte er, »die Hündin war trächtig, als ich sieben Jahre alt war. Er hat mir einen Welpen gegeben. Was mit den anderen passiert ist, weiß ich nicht.«

Ich schluckte die Tränen runter und stand steif da, bereit, wieder zuzuschlagen, wenn ich musste.

»Ich hatte nie etwas so sehr geliebt«, sagte er zu mir. »Dieser kleine Kerl war immer bei mir. Er ist mir überallhin gefolgt.« Er hielt kurz inne, bevor er fortfuhr. »Aber er hat ständig gebellt. Sogar wenn eine Stecknadel gefallen ist. Er hat so viel gebellt, und ich konnte ihn nicht zum Schweigen bringen. Jedes Mal wenn es geklingelt hat, wenn ein Auto in die Einfahrt gefahren ist oder jemand an der Tür geklopft hat. Ich konnte ihn nie schnell genug beruhigen, bevor mein Vater ihn hören konnte und wütend geworden ist.«

Mein Magen verkrampfte sich, und ich stellte mir den siebenjährigen Damon mit seinem Welpen in diesem schrecklichen Haus vor, stellte mir vor, wie er und der Hund einen Funken Glück verspürten.

»Aber sogar mit sieben Jahren«, fuhr er fort, »wusste ich schon, dass der Horror, meinen Welpen aufgehängt an einem Baum im Wald zu finden, nicht so schrecklich war wie die Erkenntnis, dass mein Vater gar nicht erst versuchte zu verheimlichen, was er getan hatte.«

Unglaube breitete sich in mir aus, aber ich blieb still.

»Er wollte, dass ich ihn fand.« Seine Stimme war jetzt tränenerstickt. »Sogar damals habe ich schon verstanden, dass es nicht der Hund war, der bestraft wurde, und dass er es mich beim nächsten Mal selbst machen lassen würde. Ich habe danach nie wieder um einen Hund gebeten.«

Ich schloss die Augen, als ich spürte, wie sich Tränen in meinen Augen sammelten. *O Gott.*

»Und ich habe sehr schnell gelernt, dass das Leben nicht so schön werden würde. Nicht, bis ich …«

Bis … er mich getroffen hat?

Ich setzte die Puzzleteile zusammen. Sein Hund mit sieben, die Party mit elf, wie sein Vater ihn angeschrien hatte und wie sich sein Verhalten verschlechtert hatte. Ich hatte nichts mit alldem zu tun.

»Ich war so allein«, erklärte er von der anderen Seite meines Zimmers. »Ich konnte nicht mit Menschen reden. Ich hatte keine Freunde. Ich hatte die ganze Zeit Angst.« Seine Stimme bebte bei der Erinnerung, als wäre das alles erst gestern passiert. »Ich wollte nur unsichtbar sein, und wenn ich nicht unsichtbar sein konnte, dann wollte ich, dass es endete. Ich würde davonlaufen, denn …« Seine traurige Stimme schweifte ab. »Denn die einzige andere Möglichkeit zu entkommen wäre der Tod.«

Ich konnte es nicht glauben. Das war es, was ihm durch den Kopf gegangen war, als wir uns das erste Mal begegnet waren? Welcher Elfjährige wollte sterben?

»Du warst so klein«, sagte er nachdenklich. »Als du in das Labyrinth gekommen bist und mich bemerkt hast, wie ich mich versteckt habe, als du zu mir gekommen und dich neben mich gesetzt hast, da war es, als …«

Als hättest du wieder einen Hund.

»Als wäre ich nicht mehr allein«, beendete er den Satz. »So klein. So still. Aber es hat mir alles bedeutet. Dich neben mir zu spüren.«

Verdammt, was machte er mit mir?

»Du hast mir an diesem Tag beigebracht, wie man überlebt«, sagte er. »Du hast mir beigebracht, stark zu sein und die nächste Minute zu überleben. Und die nächste und die nächste. Das konnte ich nie vergessen. Und als du auf die Highschool zurückgekommen bist und ich mich verändert hatte durch die ganze Scheiße, die ich gesehen hatte«, fuhr er fort, »und meine Bedürfnisse sich in etwas Hässliches und Krankes verwandelt hatten, habe ich trotzdem überlebt. Und ich habe für nichts und niemanden mehr alles runtergeschluckt, weil du mich gelehrt hattest, wie ich diese Scheiße loswerden konnte. Als ich dich wiedergesehen habe, habe ich mich schließlich nur noch nach einer letzten Sache gesehnt, von der mir klar geworden war, dass ich sie vermisst hatte.«

Ich verstand es nicht. Ich war acht gewesen. Wie hätte ich ihm denn beibringen können zu überleben? Zu kämpfen? Und was hatte er vermisst, nachdem er all das durchgemacht hatte?

»Ich wollte etwas Gutes«, gestand er. »Etwas Schönes vielleicht? Der Abend der Poolparty. Das Haus war ganz still. Es gab nur uns, aber du wusstest nicht, dass ich auch im Haus war. Ich habe dir beim Tanzen zugesehen.«

Ich erinnerte mich lebhaft an diese Nacht. Noch zwei Jahre danach hatte ich aufgeregt und verängstigt daran gedacht, mich aber auch irgendwie sicher gefühlt mit ihm.

»Du hast mich die Welt anders sehen lassen«, sagte er zu mir. »Das hast du schon immer, und es kam mir seltsam vor, weil ich es immer gehasst hatte, meiner Mutter als Kind beim Tanzen zuzusehen. Es war nur eine Lüge, die ich nicht ertragen konnte, aber du …« Er schweifte ab, suchte nach Worten. »Bei dir war es rein, wie ein Traum. Ich wollte dich nicht verändern. Ich wollte nur Teil davon sein. Von all dem Schönen, das du tun würdest.«

Einen Moment lang saß er nur schweigend da.

Mein ganzer Körper schmerzte. Ich hatte gar nicht bemerkt, dass ich die ganze Zeit über jeden einzelnen Muskel angespannt hatte. Das war das erste Mal, dass er so etwas sagte. Das erste Mal, dass er wirklich mit mir redete.

»Aber ich war immer noch ich, und ich habe dir in dieser Nacht Angst eingejagt, weil es das ist, was ich tue«, gab er zu und klang, als hasste er sich selbst dafür. »Doch etwas Erstaunliches ist passiert. Du bist mir gefolgt. Du wolltest diesen Abgrund auch spüren, solange du an meiner Seite warst. Und für ein paar unglaubliche Tage fühlte ich mich …«

Er musste den Gedanken nicht zu Ende bringen, denn ich wusste genau, was er sagen wollte. Ich hatte dasselbe gefühlt.

»Als es an der Zeit war, dir reinen Wein einzuschenken, konnte ich es nicht«, sagte er mit belegter Stimme. »Ich wollte einfach nur bei dir bleiben. Hinter dem Wasserfall, unter der Dusche, im Tanzsaal … einfach nur bei dir.«

Ich hörte, wie er aufstand.

Ein Gefühl, als bewegten sich die Wände auf mich zu und als ob meine Klamotten meinen Körper einschnürten, kroch in mir hoch. Ich bekam keine Luft mehr; es war einfach zu viel, was ich gerade aufnehmen musste. Und zu wenig, was vor all den Jahren gesagt worden war.

Warum hast du mir das alles nicht vor all den Jahren gesagt?

»Nichts war eine Lüge«, flüsterte er.

Dann ging er aus dem Zimmer, und meine Brust schmerzte so sehr, sehnte sich nach Luft oder nach ihm – ich wusste es nicht. Aber ich lief zum Fenster, riss es auf, saugte die frische Luft in mich ein und spürte, wie alles nachgab. Wegrutschte, verblasste, abklang.

Meine Angst. Meine Sorgen. Mein Hass.

Meine Wut.

Warum hatte er all das nicht vor langer Zeit gesagt? Warum?

KAPITEL 23

DAMON

Gegenwart

Die Fahrstuhltüren öffneten sich, und ich stürmte in Michaels Penthouse in der Stadt.

Ohne Umschweife bog ich um die Ecke und rauschte direkt ins Wohnzimmer. Michael, Kai und Will saßen auf Sesseln und Sofas, während Rika in der Nähe der offenen Balkontüren stand, durch die eine leichte Abendbrise hereinwehte.

Michael hatte dem Portier erlaubt, mich hochkommen zu lassen, also musste er neugierig genug sein nachzugeben, und ich war froh, dass die meisten hier waren.

Ich warf die Zeitung, die ich zu einem Flieger gefaltet hatte, vor Michael auf den Tisch und beobachtete, wie er sie mit wenig Enthusiasmus nahm.

Er dachte, er hätte das erste Wort.

Aber nein. *Ich* würde diese Unterhaltung kontrollieren.

Mein Blick schnellte zu Will. »Hasst du mich?«

Er schaute mich ernst an, sagte aber nichts.

Dann sah ich zu Rika. »Du?«, fragte ich.

Sie presste die Lippen aufeinander und wich meinem Blick aus. Auch sie beantwortete die Frage nicht.

Ihnen hatte ich am meisten wehgetan, und wenn sie die Vergangenheit auf sich beruhen lassen konnten, dann hatte ich eine Chance.

»Ihr seid nicht meine Feinde«, sagte ich zu ihnen. »Das will ich nicht.«

»Was willst du dann?«, entgegnete Kai.

Ich sah, wie Michael die Zeitung öffnete, um den Artikel zu lesen, der gestern in der *Post* erschienen war – über die Motto-Nacht, die dieses Wochenende im *Cove*, dem ehemaligen Vergnügungspark von Thunder Bay, veranstaltet wurde.

Ich wusste, dass sie daran interessiert waren, ihn zu kaufen. Es war an der Zeit.

»Ich will, dass wir uns wieder auf den Plan konzentrieren«, antwortete ich. »Den Plan, den Laden zu schmeißen.«

Wir wollten Thunder Bay und nicht nur ein Resort. Wir wollten *alles.* Einen ganzen Küstenort als unser eigenes kleines Clubhaus.

Aber Kai schnaubte nur. »Wir waren achtzehn. Wir hatten keine Ahnung, wie viel Geld und Beziehungen dafür nötig wären.«

»Wir haben Geld.«

»Nein, *Rika* hat Geld«, entgegnete Kai. »Wir haben unsere Eltern.«

Ich beugte mich vor. »Ich werde achtunddreißig Prozent der Hotels an der Ostküste, zwölf Fernsehstationen und genug Land kontrollieren, um meinen eigenen Staat gründen zu können, wenn ich will.«

»Aber erst wenn dein Vater tot ist«, sagte Will.

Ja. Was früher oder später der Fall sein würde.

»Du, Michael und Kai könntet Thunder Bay innerhalb von drei Jahren in ein erstklassiges Resort umwandeln«, erklärte ich. »Ihr könntet es zu den neuen Hamptons machen und die Elite aus Amerikas Großstädten anziehen.«

»Wir würden nicht mal die dafür nötigen Genehmigungen bekommen«, schaltete sich Michael ein. »Dein und mein Vater haben es ganz wunderbar geschafft, den Bürgermeister davon zu überzeugen, dass jegliche Jobs, die ein Resort mit sich bringen würde, es nicht wert wären, ihre Geschäfte von den Immobilien und Hotels in der Stadt abzulenken.«

Ich legte den Kopf schief. »Welcher Bürgermeister?«

Die vier starrten mich an und sahen verdutzt aus. Und genau in diesem Moment wurde ihnen klar, was genau ich in den letzten Monaten alles getan hatte, welche Informationen Crane und ich gesammelt hatten.

Ich hatte Winters Vater definitiv nicht nur fertiggemacht, um Winter zu bekommen.

Kai schüttelte den Kopf. »Krass.«

»Sie werden einen neuen Bürgermeister wählen, Damon«, widersprach Will. »In drei Monaten findet eine Sonderwahl statt, um Winters Vater zu ersetzen.«

»Ja.« Ich grinste. »Ich weiß.«

Und ich stand da und wartete darauf, dass ihre erbsengroßen Gehirne anfingen zu arbeiten. Thunder Bay brauchte einen neuen Bürgermeister. Einen, der uns alle Genehmigungen erteilen würde, die wir bräuchten, um neben dem *Cove* bauen zu können.

Und genau in diesem Raum saß der geeignete Kandidat dafür.

Will machte große Augen, als er über die Idee nachdachte, während Michael sich zurücklehnte und mich anstarrte.

»Das kann nicht dein Ernst sein«, lachte Kai auf.

Aber ich schaute nur zu Rika und fing ihren Blick ein.

»Was?«, fragte sie, als sie bemerkte, dass ich sie anstarrte.

»Du bist eine gute Schachspielerin«, spottete ich. »Politik. Das ist das größte Schachspiel.«

Sie fing zu lachen an. »Ich werde nicht als Bürgermeisterin kandidieren, um deine Geschäftsinteressen zu schützen, Damon. Ich will diese Stadt nicht leiten.«

»Warum solltest du das nicht wollen?«

Sie öffnete ihren Mund, um etwas zu entgegnen, war aber einen Moment lang sprachlos. »Warum ich?«, rief sie dann.

»Weil Michael keine Lust drauf hat, und der Rest von uns ist vorbestraft.«

»Hey, das hier ist Amerika.« Will lehnte sich mit einem selbstgefälligen Grinsen in seinem Sessel zurück. »Hier ist alles möglich.«

»Willst du, dass die Presse deine Vergangenheit ausgräbt?«, fragte ich herausfordernd. »Oder du?« Ich wandte mich an Kai.

Das Internet vergaß nichts. Wir würden nie unseren Frieden

bekommen, solange die Dinge ausgegraben und online gestellt wurden. Und vor allem Kai und Will hatten kein Interesse daran, ihren Familien diesen Stress anzutun.

»Die Mädels sind sauber«, sagte ich. »Rika muss es machen.«

Sie lachte leise auf und suchte ganz offensichtlich immer noch nach einem Gegenargument. Schließlich sah sie Michael an, der nach wie vor nichts sagte.

»Michael?«, bat sie ihn um Hilfe. Damit er ihr eine Ausrede gab, warum sie das nicht tun sollte.

Aber er zögerte und sah sie schließlich entschuldigend an. »Eigentlich ist es gar keine sooo schlechte Idee«, sagte er. »Es würde unsere Position stärken, und du würdest der Stadt guttun. Vielleicht sollten wir darüber nachdenken.«

Ihre Augenlider flatterten, und sie sah wütend aus. »Was ist mit Banks?«

»Für sie habe ich größere Pläne«, verriet ich ihnen.

»Ach, tatsächlich?«, entgegnete Kai. »Ich würde die Pläne gerne hören, die du für meine *Frau* hast.«

»Wenn es an der Zeit ist.«

Er schüttelte den Kopf, und keiner sagte mehr etwas, als sie über meinen Vorschlag nachdachten. Ich hatte bereits herausgefunden, dass Michael Investoren und eine Bank für das Land und das Resort hatte. Aber er zögerte, weil er vermutete, auf Schwierigkeiten zu stoßen, wenn er Leute einstellte und Genehmigungen beantragte. Dieses Problem war jetzt gelöst. Ich hatte mir den Arsch aufgerissen, um einen Platz an diesem Tisch zu bekommen.

Doch das würde nur funktionieren, wenn die verdammte Vergangenheit da bleiben würde, wo sie hingehörte. In der Vergangenheit.

Sie sagten nichts, tauschten Blicke untereinander. Es war so offensichtlich, dass sie sich den Kopf darüber zerbrachen, wie das alles ausgehen würde, wenn ich involviert war.

Vielleicht konnte ich sie auch nicht für mich gewinnen. Vielleicht wog die Vergangenheit zu schwer.

Aber dann sagte Will, ohne mich anzuschauen: »Sag, dass es dir leidtut.«

Dass es mir leidtut?

Ich brauchte einen Moment, um zu begreifen, wovon er redete.

Er wollte eine Entschuldigung. Für alles.

Ich senkte den Blick und runzelte die Stirn.

Er wollte, dass ich zu Kreuze kroch? Als hätten wir nicht alle Fehler gemacht und als hätte ich nicht bereits bewiesen, dass ich das hier wollte und bereit war? Dass ich nicht wieder zurückgehen würde?

Worte waren doch nur bedeutungslose Scheiße. Nichts wert. Ich hatte Winter gestern Nacht einen ganzen verdammten Monolog präsentiert, und von ihr war kein einziges Wort gekommen. Was wir taten, war von Bedeutung, nicht, was wir sagten.

Alle vier starrten mich an und warteten darauf, dass ich es sagte. Als wäre alles wieder gut, wenn ich diese vier Worte aussprach. Wäre es wieder gut?

Aber ich wollte sie zurück, und obwohl mein Vater mir beigebracht hatte, dass sich mächtige Männer nicht entschuldigten, könnte ich die Worte vielleicht – nur dieses eine Mal – aussprechen. Ich hatte schließlich Mist gebaut und eigentlich ziemliches Glück, dass sie mir nicht schon den Kopf abgerissen hatten.

Ich schluckte den bitteren Geschmack in meinem Mund runter. »Es tut mir leid.«

Sie starrten mich alle eine gefühlte Ewigkeit wie versteinert an, und mein Magen verkrampfte sich so sehr, dass ich gleich jemanden schlagen würde, wenn die Worte noch länger in der Luft hingen.

Dann erhob sich Michael von seinem Platz und schlüpfte in sein Jackett. »Melde dich bei Mike Bower und sag ihm, dass wir mit ihm reden wollen«, sagte er an mich gerichtet und ging dann zu Rika, um ihr einen Abschiedskuss zu geben.

Ich hätte fast gegrinst. Bower leitete den Stadtrat. Wir müssten mit ihm reden, um Rika als Kandidatin aufzustellen.

Will und Kai standen hinter ihm auf, nahmen ihre Sachen und folgten ihm.

»Und wir treffen uns morgen mit den Architekten am *Cove*«,

informierte Michael mich, als er an mir vorbeiging. »Um zehn Uhr.«

Ich nickte und akzeptierte seine Einladung, dabei zu sein. Eine Welle der Erleichterung überkam mich.

Sie gingen – ich war mir nicht sicher, wohin –, aber Rika und ich blieben noch einen Moment schweigend stehen. Ich wusste, dass sie etwas sagen wollte – vielleicht war sie wütend darüber, was gerade passiert war, dass sie in eine neue Rolle gesteckt worden war, die jede Menge Verantwortung mit sich brachte. Und das, ohne vorher gefragt worden zu sein. Aber dann nahm sie ihre Umhängetasche, hängte sie sich über ihre Schulter und ging an mir vorbei.

Dann hörte ich, wie sie innehielt, und ihre Stimme ertönte hinter mir. »Michael und Kai sind klüger als du, das ist dir klar, oder?«

Ich hörte zu.

»Denn wenn es eine Sache gibt, die sie über Rache wissen, Damon, dann die, dass sich Rache nicht annähernd so gut anfühlen wird wie Winters Liebe.«

Ich knirschte mit den Zähnen, spürte einen Stich in der Brust.

Verdammt, Rika.

»Aber ich denke, das weißt du bereits, oder?«, fuhr sie fort.

Fick dich, verdammt.

»Sie wird dich stärker machen«, sagte sie. »Und wir brauchen dich stark.«

Ich schloss die Augen, wollte nicht fühlen, was ich gefühlt hatte, als ich neunzehn gewesen war. Als ich mir selbst erlaubt hatte, sie zu wollen.

Als ich mir selbst erlaubt hatte, mich in sie zu verlieben.

Als ich meine Mauern runtergelassen und geglaubt hatte, dass das, was zwischen uns passierte, stärker war als alles und dass Jungs wie ich ein vollkommen anderes Leben führen könnten.

Aber verdammt, Rika hatte recht. Ich wusste, dass sie recht hatte.

Nichts in meinem Leben hatte sich je so gut angefühlt, wie zu sehen, dass Winter wegen mir glücklich war.

Ich hatte ihr letzte Nacht alles erzählt. Ich wollte, dass sie es verstand.

»Du solltest sie in Ruhe lassen«, fuhr Rika fort, und ihre Stimme klang jetzt nah, als hätte sie umgedreht und stünde direkt hinter mir. »Lass sie in Ruhe und in Sicherheit und lass ihr Raum zum Atmen.«

Ich habe dich nicht nach deiner Meinung gefragt.

Ich hörte, wie sie noch näher an mich herantrat. »Und in der Zwischenzeit – werde erwachsen. Such dir eine Arbeit und zeig ihr, dass du ohne sie überleben kannst. Ohne ihren Respekt hast du keine Chance.«

»Keine Chance worauf?«

»Keine Chance, nicht so wie deine verdammten Eltern zu werden«, antwortete sie.

Ein Kloß, so groß wie ein Baseball, steckte in meinem Hals.

Hatte sie recht? Lief es darauf hinaus? Würde ich je über Winter hinwegkommen? Würde ich je eine andere Frau wollen?

Ncin.

Und was, wenn ich sie schwängerte? Würden meine Kinder mich dafür hassen, dass ich ihr wehgetan hatte? War es nur ein verdammter, nie endender Teufelskreis, weil ich nicht wahrhaben wollte, dass Rika recht hatte und Michael und Kai wussten, was ich mich weigerte zu sehen?

Ich wollte sie.

Ich war letzte Nacht zusammengebrochen, weil ich das alles, was ich nun schon so lange durchzog, nicht wollte. Ich wollte nur das Mädchen zurück, das auf meinem Schoß gesessen hatte und mein Auto gefahren war.

Ich hatte sie glücklich gemacht. Ich.

Und statt mich an den Plan zu halten und sie dazu zu bringen, dass sie es hasste, mich zu wollen, hasste ich es, dass ich sie immer noch wollte.

Nichts war eine Lüge gewesen außer meinem Namen.

Es war real gewesen, und ich wollte es wieder.

Ich liebte sie, verdammt noch mal.

Ich drehte mich um und ging an Rika vorbei Richtung Fahrstuhl. Aber wieder hörte ich ihre Stimme hinter mir.

»Und, Damon?«, rief sie.

Ich blieb stehen.

»Wenn und falls sie es sich anders überlegt, bring sie irgendwohin. Nur ihr zwei.«

Was?

»Das nennt man ein Date«, erklärte sie mir. »Da tust du etwas, das sie mag und das sie glücklich macht. Und dafür werdet ihr eure Klamotten anbehalten.«

Sehr witzig.

Ich schüttelte den Kopf, verließ die Wohnung und ging zum Fahrstuhl, wo ich den Knopf für die Lobby betätigte.

»Ein verdammtes Date«, murmelte ich und schnaubte.

KAPITEL 24

WINTER

Gegenwart

Ich kam aus der Dusche, zog mich an und trocknete mir die Haare mit einem Handtuch, als ich draußen wieder die Motoren schwerer Laster und einen Presslufthammer hörte.

Was taten sie da? Das ging seit gestern Morgen so, und ich hatte mich sehr darum bemüht, es einfach zu ignorieren. Ich hatte vermutet, dass das Security-Team vielleicht neue Installationen veranlasste. Sie hatten Alarmsysteme installiert und Schlösser ausgewechselt, aber das hier klang nach mehr, nach richtigen Baumaßnahmen.

Ich ging zum Ende des Gangs, an meinem Zimmer vorbei, und stellte mich ans Fenster. Draußen erklang der Warnton eines rückwärtsfahrenden Lasters, und Arbeiter riefen einander etwas zu. Aber ich konnte sie nicht verstehen.

Damon war nach dem Streit in meinem Zimmer verschwunden, und ich hatte seit fast zwei Tagen nicht mit ihm geredet oder von ihm gehört.

Zwei Tage Freiheit, in denen ich im Tanzstudio zu Hause proben, mit Rika und Alex Pläne schmieden und Ideen sammeln konnte, wie ich zu Auftritten oder Festivals gelangen könnte.

Hinter mir kam jemand die Treppe hoch, und ich erkannte die Schritte. Crane hatte diese Art, sich mit seinem ganzen Gewicht auf die Füße fallen zu lassen, wenn er ging, es hörte sich fast wie ein Rutschen auf dem Holzboden an.

»Was soll der ganze Lärm da draußen?«, fragte ich über meine Schulter hinweg.

Ich spürte, wie er näher kam und wartete.

»Mr Torrance lässt den ›dummen, kitschigen, verdammten Brunnen‹ entfernen«, zitierte er Damon.

Fast hätte ich über die Art, wie er Damon imitierte, gelacht, aber dann kamen seine Worte bei mir an. »Entfernen …«, murmelte ich.

Er riss den Brunnen vor meinem Haus ab. Er warf ihn weg. Er wollte ihn loswerden.

Als wollte er keine Erinnerung an die Vergangenheit oder daran, in was er sich als Junge bei uns verliebt hatte. Er wollte alles zerstören.

Ich hielt mitten in der Bewegung inne und ließ das Handtuch sinken. »Ist er hier?«, fragte ich.

»Er ist in der Nähe.«

In der Nähe. Was sollte das heißen? War er immer in der Nähe? Sogar, wenn er nicht da war?

»Brauchen Sie etwas?«, fragte Crane. »Ich erwarte ihn heute nicht zu Hause zurück, aber ich kann ihm eine Nachricht übermitteln.«

Ich wusste nicht, wo ich anfangen sollte. Ich wollte ihm so viel sagen, aber in meinem Kopf herrschte immer noch ein Kuddelmuddel an widersprüchlichen Gefühlen.

Ich wollte nicht reden, aber ich wollte ihn im Haus spüren.

Ich drehte mich um, ging an der Wand entlang an Crane vorbei, ohne ihm zu antworten, und verschwand in meinem Zimmer, wo ich die Tür hinter mir verschloss.

Ich hatte versucht, nicht zu sehr über das, was er vorgestern Nacht gesagt hatte, nachzudenken – hatte mich mit Training und meinen Choreografien abgelenkt –, aber wenn ich auch nur eine Sekunde zur Ruhe gekommen war und nachgedacht hatte, war er wieder da gewesen. Er saß wieder an der Wand in meinem Zimmer und erzählte mir flüsternd von Albträumen, die ich nie zuvor erlebt hatte, und gestand Geheimnisse, die er so lange zu verheimlichen versucht hatte.

Sollte ich alles, was er getan hatte, vergessen? War plötzlich alles in Ordnung, nur weil seine Gefühle echt gewesen waren?

Ich ging in meinem Zimmer umher, legte Klamotten beiseite und räumte auf. Gestern Morgen, nach Damons Wutausbruch, war Crane hereingekommen und hatte alles aufgehoben, was sein Boss in der Nacht zuvor auf den Boden geschmissen hatte. Er hatte auch meinen Spiegel ersetzt. Als ich später nach Hause gekommen war, hatte er einen Handwerker geholt, der mir eine neue Tür eingesetzt hatte. Das Zimmer war fast wieder ganz in Ordnung.

Ich wünschte, Damon könnte sein eigenes Chaos genauso schnell beseitigen.

Es gibt immer einen Grund, warum die Dinge sind, wie sie sind.

Ich lag auf dem Bett, hörte draußen immer noch die Laster und die Bauarbeiter, schloss die Augen und spürte, wie sich mein Körper zwar entspannte, aber nicht mein Geist. Seine Anziehungskraft war überall. Ich erinnerte mich so gut an das Gefühl, wie wir uns gegenseitig geneckt und uns lachend geküsst hatten. An die Wärme seiner Arme um mich herum und die Art und Weise, wie sein Körper nach mir verlangt hatte. An die Art, wie er mich gewollt und wie ich mich immer nach seiner Grobheit und Gefahr gesehnt hatte. An sein Flüstern und an ihn.

Ich hatte mir schon immer die rabenschwarzen Augen von Damon Torrance vorgestellt, sogar als ich noch nicht gewusst hatte, dass Damon mein Geist war.

»Komm schon«, sagt er und zieht mich durch das Labyrinth. »Es wird dir gefallen.«

»Was ist es?«

Ich atme schwer und laufe ihm stolpernd hinterher, als er durch die andere Seite des Labyrinths und hinter die Hecken läuft. Er will mir etwas zeigen, aber ich würde eigentlich viel lieber im Brunnen bleiben. Es ist schön dort – irgendwie geheimnisvoll.

Aber er ist gerade so glücklich, und ich bin neugierig, kann nicht aufhören zu grinsen und habe Schmetterlinge im Bauch.

Wir laufen tiefer in den Garten hinein, unsere Klamotten sind nass und kalt, als wir uns dem Waldrand nähern, und dann sehe ich es. Ich reiße meinen Kopf hoch und sehe den langen Pfad aus

Holzbrettern in den Baumwipfeln und darauf ein Baumhaus, das von Zweigen und Blättern verdeckt wird.

Zumindest sieht es wie ein Baumhaus aus.

Es scheint noch nicht ganz fertig zu sein, aber es hat einen wirklich großen Boden und ein Geländer drumherum. Es liegt in einer Astgabelung von zwei Ästen und grünen Blättern umgeben. Dort oben ist man nicht einfach nur in einem Baumhaus. Man sitzt wirklich und wahrhaftig im Baum.

Ich lasse seine Hand los. »Wow. Hast du ein Glück.«

Er steht neben mir und schaut nach oben. »Gefällt es dir?«

Ich nicke und kann meinen Blick nicht abwenden. Ob er es wohl selbst gebaut hat, oder hat ihm jemand dabei geholfen? Es sieht nicht so schick aus wie andere, die ich gesehen habe, und sein Dad scheint mir auch nicht der Typ zu sein, der Baumhäuser baut.

»Du gehst zuerst hoch«, sagt er zu mir. »Falls du ausrutschst, bin ich hinter dir.«

Ich werfe ihm einen Blick zu, und seine dunklen Augen schauen mich unter den schwarzen Augenbrauen hervor an. Ich spüre ein Kribbeln im Bauch und drehe mich weg.

Warum bin ich plötzlich so nervös? Habe ich Angst? Es ist ein hoher Baum, oder?

»Ich glaube, meine Eltern würden wütend werden«, sage ich zu ihm. Ich bin bisher noch nie so hoch auf einen Baum geklettert.

Er macht ein trauriges Gesicht, und nach einem Augenblick nickt er nur mit enttäuschter Miene. »Okay.«

Ich komme mir schlecht vor. Ich will da hochgehen. Ich will mehr mit ihm machen. Er ist lustig. Er nennt mich nicht »Angsthase« oder wird wütend auf mich oder so.

Ich mag ihn.

»Du lässt mich auch wirklich nicht fallen?«, frage ich, um sicherzugehen.

Er blickt auf mich hinab, lächelt und sieht wieder ganz aufgeregt aus. Dann nimmt er meine Hand, und wir gehen zur Leiter, die Bretter sehen noch neu und stabil aus. Er lässt mich den ersten Schritt machen, und mein Herz beginnt, schneller zu klopfen. Denn wenn ich ausrutsche oder den Halt verliere, falle ich.

Aber ich spüre ihn direkt hinter mir, schlucke den Kloß in meinem Hals runter und fange an hochzuklettern.

Eine Sprosse nach der anderen erklimme ich den Baum, weigere mich, nach unten zu schauen, und halte meinen Blick nach oben auf die Tür im Boden des Baumhauses gerichtet, die ich durch die Blätter sehen kann.

Mein Tutu streift den Baumstamm, das Netzgewebe bleibt an der Rinde hängen, und ich halte mich an den Brettern der Leiter fest, als ich es wegziehe und weiterklettere.

Ein Windhauch fährt mir zwischen die Beine und macht meine nassen Klamotten noch kälter. Und ehe ich mich davon abhalten kann, blicke ich nach unten und … sehe, wie hoch wir sind. Ich schnappe nach Luft und schlinge meine Arme um das Brett vor mir.

»Ich habe Angst«, sage ich zu ihm. »Es ist so hoch.«

Er klettert hinter mich, stellt seine Füße neben meine und legt seine Hände auf dem Brett um meine.

»Ist schon okay. Ich halte dich«, sagt er. »Versprochen.«

Ich drücke einmal fest mit den Händen zu und beginne dann, mich wieder ein bisschen vom Baum wegzuziehen. Ich werfe einen Blick über meine Schulter. Er ist direkt vor mir, und unsere Nasen berühren sich beinahe. Ich begegne seinem Blick, und irgendetwas erfüllt meine Brust. Er ist so nah, dass es sich seltsam anfühlt. Als ob ich von irgendetwas angezogen würde.

Ich kann nicht wegschauen, und er wendet den Blick auch nicht ab. Es ist, als könne ich die Anziehungskraft nicht beenden.

Seine Lippen berühren meine, und ich habe das Gefühl, in einer Achterbahn zu sitzen.

Ich höre auf zu atmen, verspüre überall ein Kribbeln, dann ziehe ich mich weg.

Ich umklammere die Sprosse fester, und Hitze steigt mir ins Gesicht. »Warum hast du das getan?«

»Ich habe nichts getan. Du warst es«, erwidert er.

»Nein, war ich nicht.«

Mein Gott, ist mir das peinlich.

Ich schaue zu ihm zurück und versuche zu sehen, ob er wütend ist, aber er sieht genauso beschämt aus wie ich.

Ich habe ihn nicht geküsst, oder? Das war er.

Oder wir beide. O Mann …

Er stupst mich an. »Los, weiter.«

Und obwohl es mir immer noch peinlich ist, beruhigt sich mein Atem, weil ich jetzt weiß, dass er immer noch mit mir da hochwill.

Cool. Dann vergessen wir es einfach.

Ich klettere ganz hoch, halte inne und warte darauf, dass er sich hinter mich stellt und die Tür aufdrückt. Das tut er, und sie klappt nach oben und fällt auf den Boden des Baumhauses.

Erleichtert lächle ich, erklimme schnell die letzten Sprossen und klettere auf den Boden des Baumhauses. Dann richte ich mich auf.

Der Wind lässt mein Tutu flattern, und die Blätter des Baumes rascheln um mich herum.

»Wow«, hauche ich.

Es ist wie eine andere Welt. Ich drehe mich um meine eigene Achse. Der Raum ähnelt einem seltsam geformten Kreis, aber er ist groß, richtig groß. Ich kann über ein paar der Bäume sehen und erkenne den Glockenturm im Ort und die Dächer einiger Anwesen in der Gegend.

Ich deute in die Ferne und lächle. »Ich sehe das Meer!«

Durch die Äste hindurch hinter dem Wald liegt das silberne Wasser, das sich bis zum Horizont erstreckt. Ich lege den Kopf in den Nacken und blicke zu den Blättern über uns und den Ästen, die in Reichweite sind, falls wir noch höher klettern wollen.

Er hat so ein Glück. Das hier ist unglaublich. Ich wünschte, ich hätte so was bei mir zu Hause. Ich würde nie mehr weggehen.

Er lässt mich alles bestaunen, steckt seine Hände in die Taschen und geht um mich herum. Ich lasse meinen Blick über den Boden des Baumhauses schweifen, sehe eine Laterne, einen Schlafsack, ein paar Zeichnungen und leere Chipstüten und Getränkedosen.

Ich schaue ihn an. »Warum versteckst du dich im Brunnen, wenn du das hier hast?«

»Weil sie von diesem Ort wissen.«

Seine Antwort kommt schnell, also muss er aus Erfahrung sprechen. Wie oft versteckt er sich? Ist er immer allein, wenn er es tut? Er sollte nicht immer allein sein.

Ich gehe zum Geländer, von hier aus kann man sein Haus sehen, wo die Party noch immer im Gange ist. Aber ich bin zu weit entfernt, um jemanden zu erkennen oder etwas von der Musik zu hören.

Er stellt sich neben mich. »Warum heißt du Winter?«

»Es ist ein Gedicht von Walter de la Mare«, erkläre ich, sauge immer noch die weite Landschaft in mir auf, während ich einen Teil davon rezitiere. »›Dick legt sich die Dunkelheit über die Nacht,/und Funke um Funke das Frostfeuer entfacht,/und über das Meer aus gefrorenem Schaum,/schwebt bald schon der weiße Mond wie ein Flaum.‹«

Ich kenne das ganze Gedicht auswendig, aber wahrscheinlich will er es nicht hören. Meine Klassenkameraden, die mich nach meinem Namen fragen, interessieren sich auch nicht für das Gedicht.

»Es beschreibt den Winter«, erkläre ich. »Meine Mom hat gesagt, das Gedicht lässt eine kalte und trostlose Jahreszeit schön erscheinen. Sie hat gesagt, die Schönheit des Lebens liegt in dem, wofür wir leben, und sie ist überall. Du musst nur genau hinschauen.«

Er blickt gedankenverloren über das Geländer in die Ferne.

»Ich bin mir nicht sicher, warum sie mich so genannt hat, aber es gefällt mir«, füge ich hinzu.

Er setzt sich, lässt die Beine über den Rand hängen und legt seine Arme auf das Holzbrett, das festgenagelt ist, damit man nicht runterfällt. Ich zögere ungefähr drei Sekunden, bevor ich es ihm gleichtue. Ich setze mich neben ihn, lasse die Beine auch über den Rand hängen und lache, als ich wieder die Schmetterlinge in meinem Bauch spüre.

Ich spähe über den Rand, aber mir wird fast ein bisschen schwindelig, also ziehe ich mich wieder zurück.

Wir sitzen ganz still hier und genießen den Ausblick.

Doch dann merke ich, dass mir der Kopf wehtut, und beginne, meine Haare zu reiben. »Es tut weh«, sage ich laut und ziehe an meinem Dutt. »Meine Kopfhaut …«

Das passiert immer, wenn meine Haare den ganzen Tag so straff frisiert sind. Es fühlt sich dann immer so gut an, sie zu lockern.

Ich ziehe eine Haarspange heraus – die einzige in meinem Haar, die ich nicht im Brunnen gelassen habe – und beginne, die Nadeln aus meinem Dutt zu ziehen.

»Kannst du mir helfen?«, frage ich. »Schauen, dass alle draußen sind?«

Er greift hinter mich in meine Haare, zieht noch ein paar Nadeln heraus und hilft mir dann, das Gummi zu lösen. Da fallen mir die Haare über die Schultern. Ich fasse mit meinen Händen hinein, massiere meine Kopfhaut und seufze auf, weil es sich so gut anfühlt.

Ich sehe ihn an, er sieht mich an, und sein Blick wandert über mein Gesicht.

Die Haut unter meinem Kostüm wird wärmer.

Er dreht sich weg und atmet tief aus, als er wegschaut. »Ich küsse dich vielleicht noch mal, wenn wir älter sind«, sagt er. »Nur dass du es weißt.«

Mir klappt der Mund etwas auf, und ich will ein angewidertes Geräusch von mir geben für den Fall, dass er mich verarscht oder mich aufzieht, aber …

Sagt er die Wahrheit?

Schnell beiße ich mir auf die Lippe, damit ich nicht grinsen muss. Ich weiß nicht, warum ich grinsen will, aber ich kann nicht anders.

Er legt seine Hand neben meine auf den Boden des Baumhauses, und mein Herz klopft wie wild.

Wird er meine Hand halten?

»Winter!«

Ein Schrei durchschneidet die Luft, und ich zucke zusammen.

Ich blicke nach unten und sehe meinen Vater und meine Mutter in Richtung des Baumhauses rennen, ihre Blicke auf uns gerichtet.

»Warum läufst du weg, ohne deiner Mutter zu sagen, wo du hingehst?«, schreit er.

»Dad«, sage ich leise und habe plötzlich Angst, dass etwas nicht stimmt.

Warum ist er hier? Er war doch vorhin nicht hier. Er sieht wütend aus.

»Komm runter, Liebes«, ruft meine Mom und streicht sich über ihre Klamotten. »Es ist Zeit zu gehen.«

»Du hältst den Mund«, sagt Dad. »Sie und Arion werden nicht mehr hierherkommen. Du hast Glück, wenn ich dir keinen Sorgerechtsstreit aufhalse.«

Sorgerechtsstreit? War er sauer auf sie?

»Was ist hier los?« Ich blicke zu Damon hoch.

Haben wir etwas falsch gemacht?

Er schüttelt den Kopf, rutscht nach hinten und zieht mich mit sich. »Ich weiß nicht.«

Wir rutschen außer Sichtweite, stehen auf und spüren, wie der Boden unter uns vibriert, als ob jemand die Leiter hochklettert.

Er versteift sich neben mir und sieht genauso verwirrt aus, wie ich mich fühle. Ich hätte meiner Mom sagen sollen, wo ich hingehe, aber sie war bei Mr Torrance, und es ist einfach so passiert.

Ist er deshalb wütend?

Mein Vater kommt durch die Luke im Boden, seine Lippen sind schmal vor Wut und sein Anzug ist zerknittert. Er hievt sich durch die Luke, richtet sich auf und funkelt uns böse an. »Geh weg von ihr«, befiehlt er Damon.

Damon und ich tauschen einen Blick aus, und ich kann in seinem Gesicht erkennen, dass er genauso viel Angst hat wie ich.

Mein Vater geht auf uns zu, und Damon stellt sich vor mich.

»Hat er dir wehgetan?«, fragt mein Dad.

Aber Damon schüttelt den Kopf. »Habe ich nicht.«

Es klingt wie ein Flehen. Warum ist mein Vater so besorgt?

»Zieh Leine«, zischt er und schiebt Damon aus dem Weg.

Mein Dad packt meine Hand und zieht mich zu sich. Ich stolpere und schreie auf.

»Du sprichst nicht mehr mit ihm, und du wirst nie wieder zu diesem Haus kommen«, knurrt er. »Wenn Mom dich herbringt, erzählst du es mir. Hast du das verstanden?«

»Aber ich will, dass sie zurückkommt«, sagt Damon. »Bitte.«

»Was haben wir getan?«, frage ich meinen Dad.

Aber er ignoriert mich, presst seine Kiefer aufeinander und zerrt mich an der Hand Richtung Luke.

Ich schaue zu Damon, stolpere aber, als mein Vater mich zu dem Loch im Boden schiebt. Ich wirble herum, schaue auf den

Erdboden tief unter uns und schüttle den Kopf. Meine Knie zittern, und ich habe das Gefühl, mir gleich in die Hose zu machen.

»Ich habe Angst«, flüstere ich erstickt und fange an zu weinen. Ich kann die Sprossen, die nach unten führen, nicht sehen, wie ich es konnte, als wir hochgeklettert sind.

»Jetzt!«, zischt er.

Ich zucke zusammen. Zitternd und weinend krieche ich über den Boden zu dem Loch und weiß, dass ich ausrutschen werde. Mein Fuß wird wegrutschen. Ich weiß es. Ich kann die Sprossen unter mir nicht sehen.

Aber da kommt Damon zu mir, nimmt meine Hand und zieht mich von dem Loch weg. Er stellt sich wieder vor mich.

»Lassen Sie sie in Ruhe!«, sagt er. »Ich werde ihr helfen! Ich bringe sie runter!«

Mein Vater stürmt auf ihn zu, Damon macht einen Schritt zurück und tritt mir auf den Fuß. Ich schreie auf.

»Hauen Sie einfach ab!«, brüllt Damon. »Ich werde sie runterbringen!«

Er weicht weiter zurück, hat Angst, und ich stolpere, Schritt um Schritt. Wir stoßen aneinander, geraten ins Taumeln, und ich kann mich nicht halten.

»Du kleines Stück Scheiße!«, knurrt mein Dad.

»Lassen Sie sie einfach in Ruhe!«, schreit Damon.

Ich blicke hinter uns und sehe, dass wir genau auf das Geländer zuhalten. Er scheint es nicht mitzubekommen.

»Damon!«, flehe ich.

Er kracht in mich hinein, und unser Gewicht zerbricht den schmalen Holzbalken. Ich falle nach hinten, schreie auf und versuche, mich an irgendetwas festzuhalten.

»O Gott!«, höre ich meine Mutter von unten schreien.

Ich bekomme die Kante des Bodens zu fassen, kann mich aber nicht festhalten und falle über den Rand. Da packt mich eine Hand, und ich ringe nach Luft. Galle steigt mir die Kehle hoch, als meine Beine über dem Rand baumeln.

Ich blicke nach oben, und Tränen treten mir in die Augen, während Damon auf dem Bauch liegt und versucht, mich festzuhalten. Aber ich komme mir so schwer vor, als würde ich Richtung Boden gezogen werden. Mein Vater legt sich ebenfalls hin und will nach mir greifen, aber Damon und ich können uns nicht mehr festhalten. Da gleitet meine Hand aus seinen Fingern, und ich falle. Sein Blick trifft auf meinen, und für den Bruchteil einer Sekunde bleibt die Zeit stehen, als wir uns in die Augen schauen und wissen, dass ich verloren bin.

Ich falle und schreie – sein Gesicht ist das Letzte, das ich sehe, bevor ich überhaupt nichts mehr sehe.

Ich wachte blinzelnd auf, und Schweiß bedeckte meine Stirn, als Wärme durch mein Zimmerfenster strömte. Die Erinnerung – die Panik – saß mir immer noch in den Knochen, als wäre ich erst gestern über den Rand des Baumhauses gefallen.

Das war das erste Mal, dass ich mich an so viele Details erinnert habe, die mein acht Jahre altes Gehirn verbannt hatte. Er war so anders gewesen. Rika hatte recht.

Ich setzte mich im Bett auf und rieb mir immer noch müde die Augen. Müde vor Sorge und Hass und Wut.

Aber auch müde, weil ich das Gefühl hatte, immer zu verlieren.

Das war mein Dilemma mit Damon. Der Unfall war nicht seine Schuld gewesen. Ich wusste jetzt, dass mein Vater an diesem Tag nicht auf mich oder auf Damon wütend gewesen war. Er hatte meine Mutter und Mr Torrance zusammen erwischt und die Beherrschung verloren.

Alles war außer Kontrolle geraten, und Damon hatte Angst gekriegt. Wir waren Kinder gewesen. Er wollte mich nicht über den Rand schubsen. Das wusste ich jetzt.

Aber trotzdem ...

Irgendwie kam es mir so vor, als würde ich, wenn es um Damon ging, nie unversehrt aus einer Sache rauskommen. Egal, ob körperlich oder psychisch.

Ich stand auf und verließ mein Zimmer. Im Haus war es immer noch still, als ich die Treppe runter in den Tanzsaal ging. Ich war gestern so früh eingeschlafen, dass ich das Abendessen verpasst hatte, und ich brauchte unbedingt Kaffee. Aber ich musste mich auch unbedingt dehnen. Ich startete meine Playlist, ging zur Wand, schob den Vorhang zur Seite und öffnete das erste Fenster, um frische Luft reinzulassen.

Mitten in der Bewegung hielt ich inne, als ich draußen Wasser sprudeln hörte.

Viel Wasser, nicht wie Regen.

Ich dachte, er wollte den Brunnen loswerden?

Ich konnte die Bauarbeiter nicht mehr hören – keine Laster oder andere Maschinen. Hatten sie eine Wasserleitung erwischt? Was war das für ein Geräusch?

Ich verließ den Tanzsaal, ging zur Eingangstür, gab den Code ein, den Crane mir gegeben hatte und schaltete den Alarm aus. Dann öffnete ich die Tür, und der Klang von Wasser erfüllte die Luft, als ich ins Freie trat.

Barfuß ging ich über die Einfahrt, streckte meine Hände aus, tastete mich ganz langsam vor, um jegliche Maschinen oder Ausrüstung zu vermeiden. Dabei spürte ich so etwas wie Sprühnebel, und plötzlich veränderte sich der Boden unter meinen Füßen, und ich blieb stehen. Ich streckte meine Zehen etwas weiter vor und spürte, wie mir Wasser auf die Füße spritzte. Der Boden unter mir fühlte sich an wie Granit. Kein Becken oder etwas, wo sich das Brunnenwasser sammeln konnte. Einfach eine riesige Granitplatte am Boden. Vielleicht mit Wasserrinnen?

Ich ging weiter, und mein Herz schlug schneller, als ich meine Finger ausstreckte und die Wassertürme um mich herum berührte.

Mein Mund wurde ganz trocken, als ich versuchte, das alles zu begreifen. Was war das?

Ich trat auf einen Wassersprudel und schnappte nach Luft, als das Wasser überall um mich herumspritzte. Langsam folgte ich den sprudelnden Ausgüssen mit den Zehen, als ich mir meinen Weg bahnte. Ich streckte die Arme zu beiden Seiten aus, meine Finger folgten dem Wasser und spürten, wo es Wände und Windungen kreierte, in Sackgassen führte und um Ecken herumging. Das Wasser sprudelte hoch über meinem Kopf, während ich die Wege entlangging und kleine Nischen und versteckte Plätze fand. Meine Pyjamashorts und das Oberteil klebten an meinem Körper, und mein Haar hing kalt und nass über meinen Rücken.

Ich schloss die Augen, und meine Kehle wurde eng, als ich

mir vorstellte, was das Wasser hier formte. Die großen Kreise und all die Sprudel darin, die dieses kunstvolle Wunderland mit Nischen und Wegen erzeugten, und ich …

O mein Gott.

Tränen traten mir in die Augen, als es mir klar wurde. Er hatte den Brunnen nicht zerstört. Er hatte ihn *ersetzt.*

Meine Augen brannten.

Es war ein Brunnenlabyrinth.

Ich stand mittendrin, die Wassertürme schossen in die Luft und fielen neben mir wieder hinab, als die Tränen zu laufen begannen. Ich war in einer anderen Welt versteckt.

Genau wie sein Brunnen aus der Kindheit.

Genau wie das Baumhaus.

Damon, was hast du getan?

Ich ließ den Kopf zurückfallen, und alles brach in sich zusammen. Mein Herz, mein Kopf, mein Hass, mein Groll. Ich wollte ihn nur noch sehen. Ich wollte seine Stirn an meiner spüren und ihn atmen fühlen. Ich wollte, dass er mich hochhob und mich hier hielt, wo das Wasser und die Wände hoch genug waren, um uns zu verstecken.

Ich liebte ihn. Ich liebte ihn noch immer.

Verdammt noch mal.

Ich weinte, als die Musik aus dem Tanzstudio nach draußen drang, und fuhr mir mit einer Hand durch die Haare, weil alles nur noch aus mir herauswollte. Ich war es so leid, mich selbst zurückzuhalten. Ich war es leid, mehr Zeit damit zu verbringen, zu hassen, als damit, zurechtzukommen.

Ich wollte kämpfen und schreien und lachen und grinsen und küssen und schmecken und meine Arme um ihn legen – wusste, ich würde es nicht ertragen, ihn nie wieder zu spüren.

Ich schloss die Augen und begann, mich zu drehen, als Lana del Reys *Dark Paradise* durch das offene Fenster im Tanzsaal zu mir herüberhallte. Ich hob mein Bein, streckte meinen Rücken und stellte mich auf die Fußballen. Ich schoss hoch, tanzte und drehte mich, als die Musik mich ausfüllte und mich übernahm. Meine Arme schnitten durch das Wasser, spritzen und peitschten den Strahl, und ich tanzte und tanzte und tanzte. Mit der Hand fuhr ich mir über den Bauch, und mein nasses Haar wirbelte um mich herum und klebte mir an Gesicht und Körper.

Ich wollte tauchen und fallen.

Ich wollte ein Leben lang Zeit haben, nach etwas zu suchen.

Ich wurde langsamer, als die Musik endete. Dann hielt ich inne, als die Kühle des Wassers mir in die Knochen kroch, aber zum ersten Mal seit Jahren fühlte ich mich wach.

Ich war am Leben.

Ich wollte es. Ich wollte es alles.

Ich schob mir die Haare aus dem Gesicht und über meinen Kopf zurück und holte so tief Luft, dass sich meine Lunge plötzlich viel größer anfühlte.

»Winter?«, rief jemand.

Crane.

Ich ging durch das Brunnenlabyrinth, lächelte durch die Wassertürme hindurch und strich mein Haar glatt, während ich mir einen Weg zum Rand bahnte und seiner Stimme folgte.

»Wo ist er?«, fragte ich.

Crane war kurz still, dann sagte er: »Er ist im Moment beschäftigt. Soll ich ihm eine Nachricht zukommen lassen?«

Beschäftigt.

Okay. Wenn er spielen wollte, dann sollte er kommen und mich finden.

Ich war bereit.

»Lassen Sie ihn wissen, dass ich heute Abend mit ein paar Freunden beim Mottoabend im *Cove* sein werde«, sagte ich zu Crane. »Damit er seine Bluthunde nicht aussendet.«

»Und Sie werden um elf Uhr zurück sein?« Das war eher ein Befehl als eine Frage.

Aber ich legte nur den Kopf schief und konnte mir ein Grinsen nicht verkneifen. »Natürlich.«

Der Mottoabend im *Cove* wurde von ein paar Ehemaligen der Thunder Bay Prep organisiert und war die letzte Party in dem alten Vergnügungspark, bevor er verkauft wurde. Seit einer Weile schon gingen Gerüchte um, dass ein paar Investoren daran interessiert waren, das Gelände zu erneuern. Von den alten Fahrgeschäften, Achterbahnen, Spielen und Gruselkabinetts stand fast alles still und war schon seit meiner Kindheit verlassen und dunkel. Ich erinnerte mich daran, einmal als kleines Mädchen hier gewesen zu sein, als der Park noch in Betrieb gewesen war.

Die Meeresluft wehte durch den Park, die Musik dröhnte, und die Partygänger lachten und schrien, aufgeregt, wieder an die alten Zeiten der Highschool erinnert zu werden. Die meisten von ihnen waren Ehemalige, die jetzt auf dem College oder schon damit fertig waren, aber auch ein paar Schüler von Thunder Bay waren heute Abend hier. Es fühlte sich seltsam an, meine alte Schuluniform wieder zu tragen, die ich nicht mehr angehabt hatte, seit ich sechzehn gewesen war. Bevor ich wieder zurück nach Montreal geflohen war.

Zum Motto des Abends gehörte, dass wir unsere alten Uniformen anzogen, um den Schulgeist wiederzubeleben. Leider war mein Körper seit damals gewachsen und hatte sich verändert, also hatte ich Rika gefragt, ob sie eine zweite Bluse und einen Rock aus ihrem letzten Jahr für mich hatte. Meine Krawatte konnte ich aber ohne Probleme noch tragen.

»Komm, tanzen wir!« Alex zog mich am Arm.

Ich lachte, hielt mich an ihrem Arm fest und ließ mich von ihr auf die Tanzfläche führen, wo die DJs irgendwo rechts von mir Musik auflegten. Michael und Rika waren auch da, Kai und Banks waren bereits auf dem Weg, hatte Will gesagt, und von Damon hatte ich nichts gehört. Allerdings hatte ich mein Handy auch im Auto gelassen, damit ich gar nicht erst wüsste, ob er versucht hatte anzurufen.

Menschen rempelten mich an, und da ich nicht sehen konnte, wie es um mich herum aussah, stand ich einfach nur da, nicht sicher, wie ich vor anderen tanzen sollte. Ich hatte schon bei Schulveranstaltungen getanzt, aber das hier war anders.

»Ich kann in der Menge nicht tanzen«, rief ich über die Musik hinweg. »Ich werde noch jemandem ins Gesicht schlagen.«

»Ich hab dich.« Will trat hinter mich, legte seine Arme um meine Hüften und wiegte uns beide vor und zurück. »Du kannst mit mir tanzen.«

Was bestimmt nur eine Ausrede war, mich berühren zu können.

Ich griff hinter mich und tätschelte seine Wange. »Ein wahrer Ritter.«

»Siehst du, sie hat es verstanden«, scherzte er, wahrscheinlich zu Alex, zumindest hörte ich sie lachen.

Als er mich hielt, fühlte ich mich etwas sicherer, und wir bewegten unsere Körper im Rhythmus zur Musik.

»Misha!«, hörte ich ihn rufen. »Verdammt, Mann. Ich hätte nicht erwartet, dass du kommst.«

»Hey, Mann«, sagte ein anderer Kerl und kam näher.

Will hörte auf zu tanzen, hielt mich aber immer noch fest. Er griff über meine Schulter, um den anderen per Handschlag zu begrüßen.

»Wow, siehst du scheiße aus«, sagte Will.

»Sie haben gesagt, wir sollen unsere Schulklamotten tragen«, erwiderte der Typ. »Ich habe damals in der Schule nie meine Unform getragen. Also …«

Wills Brust bebte hinter mir vor Lachen. »Winter, das ist mein Cousin Misha Lare«, sagte er. »Ich glaube, er war in der Schule ein paar Jahre unter dir.«

Ich streckte meine Hände aus und schüttelte seine. Ich kannte den Namen, aber er war jünger, also hatten sich unsere Wege nicht gekreuzt.

»Und seine Freundin Ryen.« Will stellte sie vor, als wäre sie eine nervige kleine Schwester.

»Hi, Winter«, sagte sie.

Ich lächelte und folgte ihrer Stimme. »Hi.«

»Komm schon, Ryen«, sagte Will. »Hättest du Misha heute Abend nicht gerne in seiner Schuluniform gesehen?«

»Ihr seht alle aus wie Mitglieder einer Studentenverbindung, vor denen ich meine Töchter warnen würde, wenn sie aufs College gehen würden«, sagte sie.

Misha schnaubte auf, und Will lachte.

»Seid ihr zusammen?«, fragte Misha, und ich nahm an, dass er mit Will und mir redete.

»Nein, Mann. Sie gehört Damon.«

»Damon Torrance?«, fragte Misha so angewidert, als hätte er gerade etwas Giftiges zu essen bekommen.

Will hielt mich fester. »Ich weiß, Mann.«

»Ich gehöre nicht Damon.« Ich schüttelte den Kopf.

»Doch, das tut sie«, entgegnete Will.

Ich wollte nicht, dass man über mich sprach, als wäre ich jemandes Eigentum. Diese Art der Unterhaltung war okay, wenn man unter sich war, aber Mishas Tonfall verriet, dass er schon seine Meinung zu Damon hatte. Und die schien nicht positiv zu sein. Er kannte mich nicht. Ich wollte nicht, dass er voreilige Schlüsse zog.

»Wer ist Damon?«, fragte Ryen. »Habe ich ihn schon mal getroffen?«

»Gott, nein«, rief Misha aus. »Komm, wir holen uns ein Bier, bevor er auftaucht. Bis später, Mann.«

»Bis dann«, rief Will ihnen hinterher, als sie gingen.

Ich seufzte auf und dachte daran, dass noch viel mehr Menschen als ich eine Vergangenheit mit oder eine Vorstellung von Damon hatten. Er würde sich anstrengen müssen, wenn er in dieser Stadt eine Zukunft haben wollte. Natürlich nur, wenn es ihm nicht egal war, was andere über ihn dachten.

»Um ehrlich zu sein«, sagte Will und legte sein Kinn auf meine Schulter, »Misha hasst jeden.«

»Du musst es nicht schönreden«, sagte ich. »Wenn jemand weiß, auf was ich mich da einlasse, dann ich.«

Er lachte leise auf.

Dann stellte er sich aufrecht hin und hielt mich immer noch fest. »Wenn Damon bei mir war, habe ich mich immer stark gefühlt«, sagte er zu mir. »Er ist mächtig. Aber er tut einem weh.«

Ich verzog die Mundwinkel zu einem vagen Lächeln – ich wusste genau, wovon er redete. Die Highs mit Damon reichten bis zur Sonne.

Aber unsere Art von Spaß hatte ihren Preis.

Will zog sich von mir zurück und ließ mich stehen, während alle um mich herum tanzten und ich mich fragte, wohin er gegangen war. Ich streckte die Hände zu meinen Seiten aus und tastete nach ihm. War er weggegangen?

»Alex«, rief ich.

Wohin waren sie gegangen?

Dann trat jemand hinter mich. Seine Größe und die breiten

Schultern bedeckten jeden Zentimeter von mir, Nelkenrauch lag in der Luft, und ich wusste, dass er es war. Er legte seine Hand um meinen Hals, nahm mein Gesicht und drehte meinen Kopf. Ich schloss die Augen und spürte, wie er sich bückte und seine Stirn an meine presste.

Damon.

Dann legte er seine andere Hand um meine Taille und drückte mich an sich. Seine Brust hob und senkte sich hinter mir. Er fühlte sich an wie vor fünf Jahren. Wie vor sieben Jahren.

Und ich wollte es.

»Du solltest deine Schuluniform anziehen«, flüsterte ich, als ich erst über seinen Hoodie fuhr und dann nach seinem Gesicht tastete.

»So hast du mich damals gekannt.«

Ich wusste es zu schätzen, dass er der sein wollte, in den ich mich auf der Highschool verliebt hatte.

Aber sie waren immer noch dieselbe Person.

»Solange du Damon Torrance bist, ist es mir egal, was du anhast«, sagte ich zu ihm.

Er küsste mich, unsere Münder verschmolzen miteinander, und ich legte den Kopf schief, damit er den Kuss vertiefen und mit seiner Zunge in meinen Mund eindringen konnte.

Eine Flut der Erregung rauschte durch meinen ganzen Körper bis runter zwischen meine Oberschenkel, und ich keuchte, als seine Hitze sich auf meiner Haut ausbreitete.

Ich wollte mehr. So viel mehr.

Ein Bett. Eine ganze Nacht. Nur mit ihm.

»Hat es dir gefallen?«, fragte er gegen meinen Mund.

»Was?«

Ob mir der Kuss gefallen hatte? War das nicht offensichtlich? Mein Körper zerfloss in seinen Händen.

»Der Brunnen?«, erklärte er, als ich nichts weiter sagte.

Er drehte mich um, hob mich hoch, und ich konnte spüren, wie mein Rock nach oben rutschte, aber es war mir egal.

Bring mich einfach nach Hause.

»Es war unglaublich«, sagte ich und legte meine Arme um seinen Nacken. »Perfekt, um darin zu sitzen.«

Genau, wie wir es damals getan hatten.

Wir küssten uns wieder, diesmal noch leidenschaftlicher, und ich griff in seine Haare und jedes Mal, wenn er schneller werden wollte, zwang ich ihn dazu, langsamer zu machen, neckte ihn und zog mich kurz vor dem Kuss wieder zurück.

»Winter«, knurrte er leise.

Wir standen Nase an Nase da, atmeten schwer und wollten uns im Moment nicht einmal bewegen, um ein Bett zu finden.

Aber dann stellte er mich ab, nahm meine Hand und führte mich davon. »Komm mit.«

Wir gingen durch die Menge an Menschen, die tanzten oder einfach nur abhingen, die Musik dröhnte in meinen Ohren, und der Geruch von gegrilltem Essen hing in der Luft. Ich hielt seine Hand und blieb dicht bei ihm.

Ich war mir immer noch nicht sicher, wie ich über vieles, das passiert war und gerade passierte, denken sollte. Wie war das Gefängnis für ihn gewesen? Hatte ich Schuldgefühle deswegen?

Was war mit Arion? Was waren seine Pläne für uns beide, und was war mit meinem Vater? Fand ich es schlimm, dass Damon derjenige war, der ihn ans Messer geliefert hatte?

Ich packte seinen Arm und war völlig überwältigt von dem Verlangen nach ihm. Über den Rest konnte ich mir gerade keine Gedanken machen.

Versteck dich irgendwo mit mir. Versteck uns einfach.

Wir gingen tiefer in den Park, hörten hier und da Stimmen, aber die Musik und der Lärm der Party waren jetzt weit hinter uns, hallten nur noch leise in der Nacht wider, je weiter wir gingen.

Dann blieb er stehen. »Stufen.«

Noch immer seine Hand haltend, folgte ich ihm fünf Metallstufen hinauf. Dann blieben wir wieder stehen.

»Das Mitternachtslabyrinth«, sagte er leise.

Ich lächelte neugierig und legte den Kopf schief. Daran erinnerte ich mich nicht, aber beim Gedanken an ein weiteres Labyrinth schlug mein Herz schneller.

Er ließ mich vorangehen. In dem Labyrinth war es still, und

alles fühlte sich ruhig an. Wir mussten die Einzigen hier draußen sein.

Ich streckte meine Hände aus, wie ich es heute Morgen schon in dem Brunnen getan hatte, berührte die Plastikplatten auf beiden Seiten und hörte, wie sie zitterten, als wir reingingen und einen Weg entlangliefen. Die Wände endeten hier und da und zeigten mir, dass sich das Labyrinth in verschiedene Wege aufteilte. Ich ging ganz leise in meinen Chucks, lächelte, weil ich so leise sein konnte.

Dann kam mir eine Idee. »Marco«, rief ich.

Einen Moment später antwortete er hinter mir. »Polo.«

Ich drehte mich um, er packte mich und legte seine Hand unter meinen kurzen Rock, aber ich schob sie wieder weg und berührte sein Gesicht.

»Schließ die Augen«, sagte ich zu ihm und vergewisserte mich, dass sie geschlossen waren. »Lass sie zu und such mich.«

»Und wenn ich dich finde?«

Ich grinste über seinen zweideutigen Tonfall und wich zurück, um einen Vorsprung zu erlangen.

»Das wirst du nicht«, neckte ich ihn, fand sofort eine Abzweigung und huschte nach links weg.

Ich machte langsame und vorsichtige Schritte und berührte die Plastikplatten, von denen ich annahm, dass sie durchsichtig waren, weil sie sich genauso anfühlten wie in den Spiegellabyrinthen, in denen ich als Kind auf Jahrmärkten gewesen war. Hoffentlich beschiss er nicht. Er konnte mich durch die Platten sehen, ich ihn nicht.

Ganz behutsam ging ich einen Gang entlang, spürte, wie die Wand endete, bog diesmal nach rechts ab und schlüpfte durch die schmale Öffnung.

Ich wusste nicht, ob Damon sich schon in Bewegung gesetzt hatte, aber nach einigen Augenblicken hörte ich seine Stimme. »Marco?«, rief er, und ich hörte rechts von mir sein Echo.

»Polo«, antwortete ich und versuchte, nicht zu lachen.

Ich schlich den Gang entlang, bog auf einen anderen ab und stieß aus Versehen mit der Spitze meines Schuhs gegen eine Plastikplatte.

Sie gab ein quietschendes Geräusch von sich, und ich erstarrte. Schnell legte ich mir die Hand über den Mund.

Scheiße.

Seine schweren Schritte brachten den Boden zum Knarzen, aber da das Ding auf einem Trailer stand, quietschte der ganze Boden, sodass ich nicht ausmachen konnte, von wo er kam.

»Marco?«, sagte er plötzlich.

Ich zuckte zusammen und schnappte nach Luft – das kam direkt von der anderen Seite der Platte.

»Polo«, piepste ich pflichtbewusst.

Ein Schlag traf die Platte, und ich sprang erschrocken auf, weil ich merkte, dass er genau wusste, wo ich war. So schnell ich konnte, lief ich los, und dabei war es mir egal, dass ich laut und unbeholfen war.

»Marcooo?«, trällerte er, schlug gegen die Platten und versuchte, mich zu erschrecken, als er hinter mir herjagte.

Unglaublich. Sogar blind war er ein Löwe.

»Polo«, sagte ich schnell, huschte in einen anderen Gang, konnte mein Kichern nicht mehr kontrollieren.

»Marcooo«, ertönte seine bedrohliche Stimme irgendwo hinter mir.

O mein Gott. Ich ging schneller, schlug mit den Händen an die Platten und suchte nach dem Ausgang, konnte ihn aber nicht finden.

Wo war er?

»Marco!«, rief er wieder.

Wo ist der Ausgang, verdammt?

Ich suchte und tastete mit den Händen die Wände ab. Als ich eine Öffnung fand, schlüpfte ich hindurch und antwortete schließlich mit einem erleichterten »Polo«.

Aber dann war er da, packte mich und legte seine Arme um mich.

Ich schrie auf.

»Was ist mein Preis?«, flüsterte er mir ins Ohr.

Ich zitterte vor Lachen und Nach Luft-Schnappen. »Was willst du?«

»Ein Kleidungsstück?«

Ich schüttelte den Kopf, aber er drückte mich gegen eine der

Plastikplatten, kniete sich hin, griff mir unter den Rock und zog meinen Slip runter. Er zog ihn über meine Beine bis auf den Boden, und der raue Stoff meines Rocks rieb jetzt an meiner empfindlichen Haut. Er hob nacheinander meine Füße an und zog mir die Unterhose aus.

Die kalte Luft liebkoste mich. Nackt und entblößt zu sein, machte mich seiner Gegenwart noch bewusster, und ich sehnte mich noch mehr nach ihm. Ich fing zu rennen an, aber er hielt mich auf, drückte mich wieder zurück, hob eins meiner Knie an, drückte es seitlich an die Wand und spreizte meine Beine. Im nächsten Moment spürte ich seinen Mund an meiner Klit, und er begann zu saugen.

In meinem ganzen Körper explodierte ein Feuerwerk, das mir durch die Beine runterfuhr, als ich nach Luft schnappte und aufstöhnte.

»Damon ...«, keuchte und protestierte ich halb. Das konnte er doch nicht mit mir machen, nicht hier.

Aber es fühlte sich so verdammt gut an. Er küsste und massierte mich mit seiner Zunge, und ich legte den Kopf in den Nacken, konnte mir das Stöhnen nicht verkneifen, und es war mir egal, wer mich hörte.

Schließlich entzog ich mich ihm, stolperte zur Seite und hörte, wie er schwer atmete.

»Marco«, keuchte ich und vergrub meine Fingernägel in den Wänden.

»Polo«, entgegnete er knurrend.

Ich trat noch weiter zurück. »Marco.«

»Polo.«

»Marc...«

Da packte er mich an der Krawatte und riss mich an sich.

Ich schnappte nach Luft, als ich gegen ihn krachte.

»Was bekomme ich jetzt?«, fragte er nun mit bedrohlicher Stimme und hielt mich immer noch an der Krawatte fest.

»Du hast geschummelt«, protestierte ich. »Du hast deine Augen geöffnet.«

Niemals hätte er mich sonst so schnell finden können.

Aber er ignorierte meinen Protest. »Ich will deinen BH.«

Nett. Dann würde ich meine Bluse auch ausziehen müssen. Clever.

Aber ich war ihm einen Schritt voraus. »Ich habe keinen an.«

Er atmete tief aus, hob mich hoch und trug mich rückwärts tiefer ins Labyrinth hinein. Dann stellte er mich wieder ab, drückte mich gegen eine Wand und riss meine weiße Uniformbluse auf. Die Nachtluft traf meine nackte Haut, als die Knöpfe in alle Richtungen davonflogen und gegen die Wände und auf den Boden prallten.

Er presste seinen Körper an meinen, fasste nach unten und hob mein Bein hoch, um sich zwischen meine Oberschenkel schieben zu können. »Winter«, murmelte er.

Ich küsste ihn, liebkoste seine Zunge mit meiner und ließ ihn mit jedem Atemzug, jedem Stöhnen und Reiben meiner Hüfte wissen, dass ich ihn wollte. Jetzt und hier.

Er schob seine Hand tiefer unter meinen Rock, und ich nahm seine Unterlippe zwischen die Zähne, als ich ebenfalls nach unten griff und meine Hand in seine Jeans steckte.

Ich nahm seinen Penis in meine Hand, und harte, heiße Muskeln füllten meine Faust aus. Ich begann, ihn zu streicheln, und er wurde härter und härter.

»Jetzt«, keuchte ich. »Ich will dich jetzt, Damon.«

Er saugte die Luft zwischen den Zähnen ein. »Sag das noch mal. Mit meinem Namen.«

»Ich will dich jetzt, Damon.«

Da verlor er die Kontrolle, packte mein Kinn und presste seinen Mund auf meinen, um mir einen gierigen, leidenschaftlichen Kuss zu geben, bevor er sich zurückzog, um seinen Gürtel und seine Jeans zu öffnen.

Ich lehnte mich zurück, meine Bluse aufgerissen, aber meine Krawatte immer noch zwischen meinen Brüsten hängend. Ich spürte, wie er seinen Penis rauszog und ihn zwischen meine Beine legte, während ich mich an seinen Schultern festhielt. Dann stieß er mit den Hüften nach vorne und drang tief in mich ein.

Ja.

Er hob mich hoch, und ich legte meine Beine um seine Hüften, als er mich gegen die Wand drückte. Ich ließ meinen Kopf zurückfallen und stöhnte, als er wieder und wieder in mich eindrang. Sein Penis ging rein und raus, tief und fest, seine Hüften pochten zwischen meinen Beinen und brachten das ganze Gruselkabinett zum Wackeln. Ich legte meine Stirn an seine, während er mich nahm, und begann, meine Hüften in kleinen Bewegungen zu kreisen, um mich seinem Rhythmus anzupassen.

»Ja«, stöhnte ich. »Du fühlst dich so gut an.«

»Winter«, sagte er wie ein Gebet, und ich konnte den lustvollen Schmerz in seiner Stimme hören.

Ich küsste ihn wieder, wollte seine Haut spüren, wollte, dass er all seine Klamotten auszog. Aber auf keinen Fall hätte ich jetzt aufhören können.

Da hörten wir, wie sich in der Nähe jemand räusperte, und ich vergrub mein Gesicht in Damons Seite. Während sich die Lust tief in mir aufbaute, überkam mich gleichzeitig ein Gefühl der Scham.

Bitte nicht.

Aber Damon hörte nicht auf. Er nahm mich einfach immer weiter und kreiste in gleichbleibendem Rhythmus und mit stetiger Geschwindigkeit mit seinen Hüften an meinem Körper.

»Sir, Ihr Vater ruft an und will mit Ihnen sprechen«, sagte Crane.

Ich presste die Augen zusammen und wollte Damon sagen, dass er aufhören sollte, aber mein Orgasmus baute sich auf, und ich konnte mich nur an ihm festhalten.

»Behalten Sie die Tür im Auge«, zischte er Crane zu. »Keiner kommt rein.«

»Ja, Sir.«

Sein Vater musste ziemlich wütend sein, wenn Crane sogar hier reingekommen war, um Zeuge unserer kleinen Show zu werden. Scheiße.

Damon hielt mit einer Hand mein Gesicht, mit der anderen meinen Körper, und ich spürte, wie er noch tiefer in mich eindrang und mich ausfüllte.

Und dann kam ich.

»Damon«, stöhnte ich mit bebender Brust.

»Sag es noch mal«, knurrte er.

Ich schnappte nach Luft. »Damon.«

»Wer treibt es mit dir?«

O Gott, der Orgasmus überrollte mich. »Damon Torrance«, keuchte ich.

Mein Körper zog sich zusammen, und ich hielt die Luft an und erstarrte, während ich Damon weitermachen ließ und der Orgasmus meinen ganzen Körper durchflutete.

Mein Kopf wurde ganz leicht, Hitze strömte unter meine Haut, und ich schrie auf, als ich spürte, wie mein Körper immer nasser wurde, als er weitermachte.

Meine Gliedmaßen wurden schwach, und ich hatte das Gefühl, vor Erschöpfung zu fallen.

Er stellte mich auf dem Boden ab, drehte mich um und schubste mich gegen die Trennwand. Meine Brüste knallten gegen das Plastik, als er meine Oberschenkel auseinanderzog und von hinten in mich eindrang.

Er vergrub seine Finger in meinem Bein und hielt mich für ihn geöffnet, während er seine andere Hand vorne um meinen Hals legte und meinen Kopf zu seinem hochzog.

Gegen die Wand gedrückt, nahm er mich. »Meins«, sagte er gegen meine Lippen. »Verlass mich nie wieder.«

Er fuhr mit der Hand nach unten, drückte meine Brust, streichelte über meinen Bauch und hielt mich dann wieder am Hals fest.

»Verlass mich nie wieder«, sagte er erneut.

»Das werde ich nicht«, flüsterte ich.

»Sag, dass du mich liebst.«

Ich schluckte, und mein Mund war ganz trocken.

»Sag, dass du mich liebst«, forderte er mich auf.

»Ich liebe dich«, sagte ich und war überrascht, wie leicht es mir über die Lippen kam. »Ich liebe dich, Damon.«

Da legte er seine Arme um mich, hielt mich ganz fest, und da war es. Genau hier und jetzt. Alles, was ich fühlen wollte. Das machte mich glücklicher, als es das Tanzen tat.

Er war immer noch der Junge, der versprochen hatte, mich eines Tages wieder zu küssen, und ich war immer noch das

Mädchen, das die kleine, geheime Welt, die wir zusammen erzeugten, nie wieder verlassen wollte.

Nachdem er mich noch eine Weile gehalten, berührt und geküsst hatte, gingen wir durch den Park zurück, wo Crane das Auto geparkt hatte. Damon hatte mir seinen Hoodie gegeben, um meine zerrissene Bluse – oder besser gesagt, Rikas – zu bedecken. Er hielt meine Hand und führte mich durch die Menschenmenge, durch die Musik und an seinen Freunden vorbei, die klug genug waren zu wissen, dass sie uns alleine lassen mussten, weil er all ihre Anrufe ignoriert hatte.

Wir kamen zum Auto, und ich spürte Regentropfen auf meiner Hand, als er die Tür aufhielt. Ich stieg ein, und er folgte mir und setzte sich neben mich auf den Rücksitz.

»Fahren Sie«, sagte er zu Crane.

Über uns grollte Donner am Himmel, und ich hörte aufgeregte Rufe aus dem Park, als der Regen heftiger aufs Auto prasselte. Ich legte meinen Kopf auf Damons Schoß, die Augenlider wurden mir schwer, und mein Körper tat bereits weh von dem, was er mit mir an der Wand getrieben hatte.

Ich steckte eine Hand in die Mitteltasche seines Sweatshirts und grinste träge, als ich dort meinen Slip ertastete, froh, dass er ihn nicht dadrin auf dem Boden liegengelassen hatte.

Crane fuhr los, und ich streichelte mit einer Hand über Damons Wange, Nacken und zurück zu seinem Ohr.

Der Kies unter den Reifen knirschte, als wir auf die Straße fuhren, dann wurde der Boden unter uns glatt, und wir fuhren den nächtlichen Highway entlang.

Ich hatte ihm gesagt, dass ich ihn liebte. Aber er hatte es nicht erwidert. Das war okay. Ich musste es noch nicht hören. Aber er schien es hören zu müssen. Wie in dem Baumhaus, als wir noch Kinder gewesen waren. Als er mich verzweifelt hatte beschützen und an seiner Seite haben wollen.

Ich hatte von seinen Freunden den Eindruck bekommen, dass er nicht nur bei mir so besitzergreifend war. Wenn er etwas Gutes gefunden hatte, dann kämpfte er, um es zu behalten.

Das konnte einem Angst einjagen.

Aber es bedeutete auch, dass er wusste, was wichtig war. Er

arbeitete, um zu behalten, was wertvoll für ihn war. Wäre er seiner Ehefrau auch so treu ergeben?

Seinen Kindern?

Ich berührte ihn weiter und genoss einfach das Gefühl seiner Haut und das Gefühl des Friedens, das mich überkam, nur weil ich so bei ihm lag.

»Was hast du für ein Tattoo?«, fragte ich leise und erinnerte mich daran, wie meiner Freundin aufgefallen war, dass er eins hatte.

Er sagte einen Augenblick lang nichts und fragte auch nicht, woher ich es wusste, aber dann antwortete er: »Eine zerfallende Schneeflocke.«

Ich runzelte die Stirn. *Eine zerfallende ...*

»Warum?«, fragte ich.

»Wegen ›Winter‹ von Walter de la Mare«, antwortete er leise. »Etwas, das trotzdem noch wunderschön ist, nach allem, was ich ihr angetan habe.«

Ihr. Mir. Die Schneeflocke repräsentierte Winter.

Meine Kehle wurde eng, und ich musste grinsen, und gleichzeitig traten mir Tränen in die Augen. Wie machte er das? Wie brach er mir immer das Herz auf Arten, die ich liebte?

»Ich wünschte, du könntest das Meer sehen«, sagte er plötzlich und wechselte das Thema. »Die bewegten Wellen und das Mondlicht auf dem Schaum. Den Regen, der aus den dunklen Wolken unter dem silbernen Mond fällt.«

Ich stellte mir vor, was er sah, und ich fragte mich, ob er sich schuldig fühlte für das, was mir passiert war, und für all die Dinge, die ich nicht mehr sehen konnte.

»Ich höre es«, sagte ich leise zu ihm, als ich auf alles um mich herum lauschte. »Die Tropfen auf dem Dach, schwerer oder leichter in bestimmten Gegenden, weil die Bäume etwas davon abfangen.« Ich streichelte seinen Nacken und fand sein Ohrläppchen mit meinen Fingern, als ich nach mehr lauschte. »Die Kanaldeckel, die wir jede Minute oder so passieren, weil die Reifen über die Stellen fahren, wo das Wasser in die Kanalisation abfließt.« Dann sagte ich lächelnd zu ihm: »Und der Rhythmus der Scheibenwischer, wie sie nach *We Will Rock You* klingen, wenn die zwei vorne sich bewegen und dann der eine hinten. Das hört sich an wie ›wusch, wusch, WUSCH‹.« Ich ahmte den Rhythmus des Songs nach und wie die Scheibenwischer ihn imitierten.

Er lachte leise.

»Ich weiß, dass er zu schnell fährt, weil es heute Abend nicht windig war«, fuhr ich fort, »aber der Regen klingt sintflutartig, wenn er auf die Fenster trifft.« Ich benetzte meine Lippen und spürte, wie er seine Hand in meine Haare legte und immer wieder darüber fuhr. »Über dem Meer donnert es mehr als über dem Wald«, sagte ich und analysierte noch mehr Geräusche in meinem Kopf. »Und es kommt näher.«

Ich ließ meine Hand sinken und steckte jetzt beide in seine Tasche, um mich zu wärmen.

»Mit allem, was da draußen vor sich geht«, fuhr ich fort, »komme ich mir hier drinnen wie in eine Decke gewickelt vor – warm, trocken und in Sicherheit. Und die ganze Welt, die da draußen lebt, atmet und wütet, gibt mir das Gefühl, mich in einer anderen Welt innerhalb dieser Welt zu befinden. Wie ein Brunnen in einem Labyrinth.« Ich hielt inne und dachte nach. »Wie ein Zuhause.«

Alles mit ihm war wie ein Zuhause.

»Ich höre so viel mehr, als wenn ich sehen könnte«, sagte ich jetzt flüsternd. »Ich glaube nicht, dass ich all das nicht mehr hören wollen würde.«

Ich vermisste es, Dinge zu sehen und die Welt so zu genießen, wie es andere taten, aber ... ich sah die Welt jetzt dafür so anders. Eine Art Schönheit war durch eine andere ersetzt worden.

Ich legte meinen Kopf zur Seite, schloss die Augen und ließ mich von all den Geräuschen und der Hoffnung einlullen, dass es morgen noch mehr davon geben würde ohne jegliche Zweifel zwischen uns.

»Ich liebe dich wirklich«, sagte ich zu ihm, bevor ich einschlief.

Nur damit er es wusste.

Am nächsten Morgen wachte ich in Damons Bett auf, nackt und unter der Decke, und alles von letzter Nacht kam langsam zu mir zurück. Die Party. Das Labyrinth. Die Autofahrt. Die ungeheure Energie, die er heute Nacht im Bett noch gehabt hatte, nachdem wir heimgekommen waren.

Ich musste grinsen und fühlte mich gleichzeitig glücklich und erschöpft, aber auch wacher, als ich mich seit langer Zeit gefühlt hatte.

Ich spürte ihn nicht neben mir im Bett. Suchend fuhr ich über seine Decke und berührte sein Kissen, und meine Hand landete auf einem Zettel.

War er wirklich so dumm und hinterließ mir eine Nachricht?

Ich nahm den Zettel und bemerkte die kleinen Abdrücke auf dem Papier. Ich legte es in meine Handfläche, fuhr mit den Fingern über die Punkte und erkannte sofort die Blindenschrift. Ich ließ meine Finger von links nach rechts gleiten und entzifferte die Nachricht.

Bleib im Bett. Ich werde zum Frühstück zurück sein. Und nach dem Frühstück werden wir essen.

PS Dein Handy liegt auf dem Nachttisch.

Ich schnaubte auf, als mir klar wurde, dass ich sein Frühstück sein würde, und ließ mich aufs Bett zurückfallen. Überall in meinem Körper kribbelte es. Er hatte mir eine Nachricht hinterlassen. Ich hatte noch nie zuvor einen Liebesbrief bekommen, und das hier war definitiv einer.

Ich konnte nicht fassen, dass er einen Brailledrucker hatte. Nett. Mit den ganzen Audiobooks und Voiceovers las ich kaum noch Blindenschrift, aber wenn ich damit kleine Nachrichten von ihm bekam, dann liebte ich es.

Wie spät war es? Wir waren lange aufgeblieben, und wenn er noch nicht zurück war, musste es immer noch früh sein. Schlief er denn überhaupt mal?

Mein Handy klingelte, ich schnappte es mir vom Nachttisch und nahm ab. »Hallo?«, fragte ich in der Hoffnung, dass er es war, setzte mich aufrecht hin und wickelte die Decke um mich.

»Winter?«, rief Ethan. »Was ist da los?«

Ich hielt inne, und das Lächeln verging mir. Warum rief er mich an? Irgendwie wollte ich die Sache mit den Fotos, die jetzt zwischen uns stand, schon lange mit ihm klären. Aber im Moment war ich dafür nicht in der Stimmung.

»Ich kann jetzt nicht mit dir reden«, erwiderte ich. »Ich werde dich später anrufen.«

»Warum sind Fotos von dir online?«, rief er und schnitt mir das Wort im Mund ab. »Fotos von dir mit ihm?«

»Wovon redest du?«

»Von der Mottoparty gestern Abend!«, schrie er jetzt. »Es gibt Fotos von euch beiden, wie ihr euch küsst! Mehrere Leute haben Fotos gemacht! Hat er dich dazu *gezwungen*?«

Was? Fotos ... Ich wusste nicht ...

Dann erinnerte ich mich daran, wie Will und ich getanzt hatten, Damon hinter mich getreten war und wir begonnen hatten ...

Überall waren Leute gewesen. Überall um uns herum.

Ich ließ die Schultern fallen.

Winter Ashby hat Damon Torrance wegen Unzucht mit Minderjährigen ins Gefängnis gebracht. Und jetzt, wo sie alt genug ist, geht sie mit ihm ins Bett. Hier ist der Beweis, dass sie es dieses Mal absolut willentlich getan hat.

»Wie konnte ich nur so dumm sein?«, murmelte ich.

Vor aller Augen.

Aber es wäre sowieso irgendwann passiert, oder? Es war eine kleine Stadt. Die Leute würden irgendwann rausfinden, dass wir zusammen waren, und wir würden mit den Reaktionen leben müssen.

»Was ist mit dir los?«, fauchte er mich an, als wäre ich ein kleines Kind. »Du hättest wissen müssen, dass Leute zuschauen! Du hast ihn wegen Vergewaltigung ins Gefängnis geschickt. Daran werden sich die Leute erinnern. Und jetzt machst du mit ihm rum? Das lässt dich aussehen wie ...«

Wie eine Lügnerin. Ja, ich wusste genau, wie es mich aussehen ließ.

Manchmal sehnte ich mich nach der Zeit, als noch nicht alles aufgenommen und mit nur einem Klick der ganzen Öffentlichkeit gezeigt werden konnte. Natürlich sah es schlimm aus. Und jetzt wurden diejenigen, die immer seine Unschuld beteuert hatten, noch darin bestätigt.

»Er wusste, was er tat«, fuhr Ethan fort. »Wie konntest du darauf reinfallen? Warum lässt du dich von ihm anfassen? Wusstest du wieder nicht, dass er es war?«

Ich konnte die Ungläubigkeit in seiner Stimme hören.

Wieder.

»Ein paar Leute waren bereit, dir beim ersten Mal zu glauben, aber jetzt ...«, sagte er. »Sie werden niemals glauben, dass er dich ein zweites Mal ausgetrickst hat. Ich wusste, dass er clever ist. Aber ich hätte nicht gedacht, dass du so dumm bist.«

Ich legte auf und weigerte mich, ihm weiter zuzuhören. Ich hatte nichts Falsches getan. Wir hatten nichts Falsches getan. Wir hatten vor ein paar Jahren einen schlechten Start gehabt, und wir hatten beide jahrelang dafür bezahlt, aber wir würden das durchziehen. Wir wollten das.

Ich liebte ihn.

Und Damon hatte das gestern Abend nicht geplant. Er hatte nicht gewusst, dass sie Fotos machen würden. Er hätte das nicht getan.

Aber ganz tief in meinem Inneren gab es doch diesen kleinen Teil von mir, der sich nicht sicher war. Der Zweifel hatte.

Er hätte das nicht getan, oder?

Er hatte nicht gesagt, dass er mich liebt. Er hatte mich zweimal dazu gebracht, es zu sagen. Zweimal.

Warum hatte er es nicht erwidert?

KAPITEL 25

DAMON

Gegenwart

Ich ging durch die Hintertür, Mikhail folgte mir, und ich leerte den Rest der Wasserflasche und warf sie anschließend in den Müll. Ich gab etwas Futter in den Hundenapf und ließ ihn fressen, bevor ich den Gang runter und durch das Foyer ging.

Als ich die Treppe hochlief, hielt ich mir mein T-Shirt an die Nase und roch daran. Zigaretten und Sägespäne. Den Geruch hatte ich wahrscheinlich auch auf meiner Haut.

Na ja, damit würde sie zurechtkommen müssen.

Ich zog das Shirt über meinen Kopf, ging ins Schlafzimmer und warf es dort auf den Boden. »Ich bin dreckig und verschwitzt«, sagte ich und kickte meine Schuhe von den Füßen. »Aber da wirst du jetzt durchmüssen.«

Ich ließ das Licht aus, ging zum Bett und krabbelte hinauf. Ich sehnte mich danach, ihre Hände über ihrem Kopf festzuhalten und sie zu küssen, bis sie darum flehte, dass ich mit ihr schlief.

Aber das Bett war leer.

»Winter?«, rief ich.

Ich tastete umher und fand sie nicht, also griff ich nach der Lampe und machte das Licht an.

Sie war nicht hier. Aber die Laken waren zerknittert und noch warm.

»Winter?«, rief ich lauter.

Verdammt.

Ich stieg aus dem Bett, ging erst ins Badezimmer, dann in den begehbaren Kleiderschrank, aber auch hier war sie nicht. Dann verließ ich den Raum, ging zu ihrem Zimmer und riss die Tür auf. Nichts als gähnende Leere. Mein Herz schlug schneller, und ich biss mir auf die Lippe, um meine verdammten Nerven unter Kontrolle zu halten.

Vielleicht war sie im Tanzsaal.

Ich ging zum Geländer und wollte gerade die Treppe runtergehen, da sah ich Crane durch das Foyer gehen.

»Wo ist sie?«, wollte ich wissen.

Er blieb stehen, blickte zu mir rauf und schaute mir in die Augen. Aber dann senkte er den Blick wieder.

»Verdammt, wo ist sie?«, fauchte ich.

»Ein Auto hat sie abgeholt«, sagte er zu mir und sah aus, als würde er mir das am liebsten nicht erzählen wollen. »Sie sagte, sie fährt nach St Killian's und kommt in ein paar Tagen wieder zurück.«

»Und Sie haben sie gehen lassen?«

Er schloss den Mund und wich meinem Blick aus. Warum hatte ich extra Security eingestellt, wenn er sie einfach so kommen und gehen ließ?

»Ich hatte nicht den Eindruck, dass sie hier eine Gefangene wäre, Sir«, sagte er.

»Und hatten Sie vielleicht auch den Eindruck, dass ich Ihnen die Hölle heißmachen würde, wenn sie mir nicht sagen, was sie tut?«

Er schürzte die Lippen.

»War sie wütend?«, fragte ich.

Weißt du das wenigstens?

»Sie kam mir etwas durcheinander vor«, antwortete er. »Sie sagte, sie bräuchte etwas Zeit und Raum zum Nachdenken.«

Nachdenken.

Ich kniff mir in den Nasenrücken. Wenn Frauen nachdachten, dann liefen die Dinge nicht so, wie ich es wollte.

Was zur Hölle machte sie? Ich hatte getan, was Rika mir gesagt hatte. Fast. Ich hatte an etwas gearbeitet. Ich hatte eine Crew angeheuert, wir hatten den potthässlichen Brunnen abgerissen und einen neuen errichtet, den ich zwei Tage lang

Tag und Nacht selbst entworfen hatte, damit sie ihn finden, erkunden und hoffentlich lieben könnte.

Als ich gestern Abend die Nachricht bekommen hatte, dass sie im *Cove* war, hatte ich mir Hoffnungen gemacht. Aber nichts hatte mich darauf vorbereitet, wie sie es einfach so geschehen lassen hatte. Wie sie schon bereit gewesen war, als ich aufgetaucht war, und wie sie sich zum ersten Mal von mir hatte anfassen lassen, ohne sich zu zieren oder sich zu wehren.

Es war verdammt unglaublich gewesen, und für eine kurze Weile hatte es sich so angefühlt, als wären die Jahre zwischen unserer Kindheit und jetzt nie passiert. Nichts hatte existiert außer uns, vor allem nicht die ganze Scheiße dazwischen.

Es war eine Art Date gewesen. Ich hatte ihre Klamotten angelassen. Die meisten jedenfalls.

Aber jedes Mal, wenn der Zauber zu verfliegen begann, ließ sie all den anderen Mist wieder in ihren Kopf zurück, und ich bekam wieder eine Heidenangst, sie zu verlieren.

Vielleicht liebte sie mich, vielleicht auch nicht.

Aber so langsam wurde es offensichtlich, dass sie mich nicht wollte.

»Sir?«, rief Crane alarmiert.

Ich blickte auf, die Tür wurde geöffnet, und Männer, von denen ich einige schon gesehen hatte, andere nicht, kamen herein, alle in Anzügen und mit Handschuhen.

Ich schloss die Augen und seufzte. »Fuck«, stöhnte ich.

Mein Vater trat über die Schwelle. Er trug einen schwarzen Anzug und ein graues Hemd, und seine dunklen Augen suchten nach mir und fanden mich sofort. Er hatte letzte Nacht versucht, mich zu erreichen, und ich hatte ihn ignoriert. Er hielt mich eigentlich immer an der langen Leine, aber wenn er sie kürzer nehmen musste, dann tat es weh.

»Was willst du?«, fragte ich und ging die Treppe runter.

»Interessiert dich das überhaupt?«, fragte er. Dann sah er sich um. »Wo ist deine Frau?«

Ich hielt seinem Blick stand. Die Strenge meines Vaters war mit dem Alter nicht verflogen. Trotz seiner grau werdenden Haare, seiner faltigeren Haut und der heiseren Stimme, die er der ganzen Raucherei der letzten Jahre zu verdanken hatte, hatte er immer noch einen sehr gesunden Appetit.

Auf alles.

Vor allem darauf sicherzustellen, dass er alles in seinem Terrain unter Kontrolle hatte.

Leider hatte ich mich noch nie an seine Pläne gehalten und würde es auch nicht. Ich mochte vielleicht nicht besser als er sein, aber gleich waren wir auch nicht.

Er wartete noch einen Moment, aber als ich nicht antwortete, weil ich schon wusste, dass ihm klar war, dass Ari nicht hier war und wir noch keine Enkelkinder gezeugt hatten, spannte er seinen Kiefer an, reckte sein Kinn in die Höhe und deutete auf mich. »Packt ihn«, sagte er zu seinen Männern.

Was?

Sie stürmten auf mich zu, packten mich an den Armen und vergruben ihre Finger in meinen Schultern. Ich schlug um mich, um sie loszuwerden, und knurrte. »Nehmt eure dreckigen Finger von mir, verdammt noch mal!« Ich riss mich los und schlug einem gegen die Brust. »Mistkerl!«, brüllte ich.

Einer packte mich wieder am Handgelenk. Ich riss es weg und verpasste ihm einen Schlag, aber von hinten kamen noch mehr. Ich blickte zu Crane, der bereits festgehalten wurde und wütend und hilflos aussah.

Gabriel bezahlte die Security. Er bezahlte alles. Selbst wenn mein eigenes Team etwas hätte tun wollen, sie konnten nicht.

Mir wurde von hinten in die Beine getreten, meine Knie gaben nach, und ich fiel auf den Boden. Drei Männer hielten mich fest und drückten mich auf die Knie, einer packte mich im Nacken.

Langsam ging mein Vater vor mir in die Hocke. »Und wo ist die süße kleine Schlampe, die dir den Kopf verdreht hat?«, fragte er. »Wo ist sie?«

Winter.

Plötzlich war ich froh, dass sie nicht hier war. Michael und Rika waren für Gabriel keine Gefahr, aber bei ihnen war sie sicherer als bei irgendeinem anderem, wenn ich nicht bei ihr war.

»Dein Leben hätte so schön sein können«, sagte Gabriel.

»Du hättest alles Geld und alle Frauen haben können, die du willst. Du hättest nur einer einfachen Anweisung folgen müssen.« Seine Stimme klang unheimlich ruhig. »Es war wirklich nicht so schwer.«

Mit diesen Worten stand er auf, und die Muskeln in meinen Schultern wurden gedehnt, als jemand meine Arme fester zurückzog.

»Ich hätte deinen verdammten Arsch schon vor Jahren nach Blackchurch schicken sollen«, sagte er. »Aber wir können dich immer noch einsperren, oder? Dir etwas Zeit zum Nachdenken geben.«

Dann schlug er mir mit der Hand ins Gesicht – ein Schmerz, der mir nur allzu bekannt war. Ich knirschte mit den Zähnen.

»Und ich habe alle Zeit der Welt«, drohte er.

Nein. Was zur Hölle meinte er?

»Vielleicht wirst du in ein paar Wochen wieder zur Vernunft kommen«, sinnierte er. Und dann sagte er zu seinen Männern: »Bringt ihn weg.«

Ein paar Wochen?!

Sie zogen mich hoch, barfuß und oben ohne, und fesselten meine Hände hinter meinem Rücken. Dann zerrten sie mich mit sich. Schnell warf ich Crane einen Blick zu und zuckte mit meinem Kinn. Ich wusste, dass ihm klar war, dass ich Winter und den Hund meinte und dass er sich um alles kümmern musste.

Aber als alle anderen draußen waren, zog mich der Mann hinter mir an sich und legte plötzlich einen Arm um meinen Hals. »Auge um Auge, du Hurensohn«, flüsterte er mir ins Ohr.

Dann explodierte Schmerz seitlich unter meinen Rippen, und ich wusste, dass er mir gerade mit einer Klinge tief ins Fleisch geschnitten hatte. Ich stöhnte auf und spürte, wie das Blut herauslief. Trotzdem drehte ich mich, um dem Arschloch, das das getan hatte, ins Gesicht sehen zu können.

Miles Anderson.

Der Kerl, der Winter in seinem Auto gehabt hatte, als sie sechzehn gewesen war. Der Kerl, der auch Rika in derselben Devil's Night angegriffen hatte, in der ich es getan hatte.

Scheiße. Arbeitete er jetzt wirklich für meinen Vater?

»Ein paar Wochen«, sagte er gedehnt. »Das ist mehr als genug Zeit für uns, sie zu finden und ein bisschen Spaß mit ihr zu haben.«

Ich trat nach hinten aus und stöhnte auf, als ein sengender Schmerz durch meinen Rumpf fuhr.

»Es war lustig, die letzten paar Wochen mit ihr zu spielen«, sagte er. »Während wir darauf gewartet haben, dass Gabriel uns grünes Licht gibt.«

»Mistkerl«, zischte ich vor Wut schäumend.

Er war es gewesen, der sie in der Toilette des Theaters befummelt hatte. Er und seine Freunde waren an jenem Morgen ins Haus eingedrungen.

Wir hätten diesem Hurensohn vor all den Jahren so viel mehr aus dem Schädel reißen sollen als nur seinen Zahn.

Aber bevor ich eine Chance hatte, mich zu wehren, kam er um mich herum, trat mir mit dem Knie in den Magen, und ich sackte nach Atem ringend zusammen. Er steckte mir etwas in den Mund, zwang mich durch die Tür hinaus und auf den Rücksitz eines schwarzen SUVs, während ich versuchte, mich seinem Griff zu entreißen. Aber jedes Mal wenn ich mich bewegte, schmerzte die Schnittwunde so sehr, dass ich kaum noch Luft bekam.

Es war Ironie des Schicksals, dass mir nicht zum ersten Mal ein Messer in diese Seite gerammt wurde. Doch dieses Mal fühlte sich der Schnitt tiefer an.

Hustend fiel ich auf den Boden des Autos und sah mich nach meinem Vater um, aber er musste in einem anderen Auto sein.

Als der SUV losfuhr, betete ich, dass Michael und Rika es schaffen würden.

Bringt sie in Sicherheit. Lasst sie nicht allein.

Ich stolperte durch mein altes Zimmer, öffnete die Vorhänge und schaute nach draußen. Ich versuchte, die Fenster zu öffnen, aber sie waren verriegelt.

Verdammtes Arschloch. War ich etwa zehn, oder was?

Die Einfahrt vor dem Haus meines Vaters wurde von elektrischen Laternen und Scheinwerfern von kommenden und fahrenden Autos erleuchtet, während Männer in schwarzen Anzügen – einige mit Taschenlampen am Waldrand – hin und her liefen.

Ich war mir sicher, dass alle Walkie-Talkies hatten. Selbst wenn ich also das Fenster zerschlagen würde, würde ich nicht weit kommen. Und mir war auch klar, dass Anderson nur allzu gerne eine zweite Chance bekommen würde, mich zu schnappen.

Ich nahm das Handtuch von der Wunde, die das Arschloch mir verpasst hatte, und sah, dass der Stoff wieder durchtränkt war. Das war das dritte Handtuch. Die Wunde blutete immer noch.

Ich atmete schwer, und meine Nackenhaare stellten sich auf, als sich Hitze über meiner Haut ausbreitete. Ich trat vom Fenster zurück und stieß gegen eine Truhe am Boden.

»Fuck«, knurrte ich, warf das Handtuch weg, nahm mir ein T-Shirt aus der Kommode und streifte es mir über.

Ich musste hier raus. Bald, bevor ich keine Kraft mehr hatte. Sie hatten mir den ganzen Tag nichts zu essen gegeben, und niemand war gekommen, um nach mir zu sehen. Aber ich wusste, dass Wachen vor meiner Tür standen. Ich war aufgehalten worden, als ich vorher versucht hatte rauszugehen.

Ich sollte ihnen sagen, dass ich blutete. Mein Vater würde mir einen Arzt holen.

Solange ich mich benahm, Arion nach Hause brachte, den guten Ehemann spielte und wieder für ihn arbeitete.

Ich schüttelte den Kopf. *Scheiß auf ihn.*

Ich würde diesen ganzen Laden niederbrennen, mit ihm darin. Wenn er Glück hatte. So oder so musste ich hier rauskommen, bevor jemand Winter fand. Ich war der Einzige, der sie beschützen konnte.

Ich blinzelte die Flecken vor meinen Augen weg, ging ins Badezimmer und schlug mit der Faust gegen den Spiegel mit dem silbernen Rahmen über dem Waschbecken. Glasscherben fielen ins Waschbecken, und ich nahm einen Waschlappen, wickelte ihn um eine Scherbe und ging Richtung Tür.

Aber ich taumelte, und der Raum vor mir drehte sich.

»Was zur Hölle?«, zischte ich ungeduldig.

Die Wunde war erträglich, aber Schweiß bedeckte meine Stirn, und mir wurde schlecht. Ich blinzelte mehrmals fest, aber jedes Mal, wenn ich die Augen öffnete, wurde der Raum schwärzer, als würde ich immer tiefer in einem Tunnel versinken und das Licht am Ende immer kleiner und kleiner werden. Blut sickerte durch mein schwarzes T-Shirt und meine Hose runter.

Verdammt, das war nicht gut. Ich brauchte Essen. Oder Wasser. Und der Schmerz war verdammt nervig.

Ich rieb mir die Augen, aber anstatt zur Tür zu gehen, fiel ich auf mein Bett und ließ den Kopf in die kühle Decke sinken. Sie fühlte sich himmlisch an, und ich zog ein Bein an und versuchte, meinen Atem zu beruhigen.

Nur eine Minute. Nur eine verdammte Minute ausruhen.

Ich war mir nicht sicher, ob ich eingeschlafen war oder wie lange ich geschlafen hatte, aber als ich die Augen aufriss, war es pechschwarz im Zimmer.

Und irgendjemand saß rittlings auf mir drauf.

»Schhh …«, sagte der Schatten, und eine Hand legte sich auf meinen Mund.

Was? Wer war das?

Ich griff nach oben, packte die Gestalt und erkannte sie am Gefühl ihres Haares und ihres Kopfes in meinen Händen.

O mein Gott, das soll wohl ein Scherz sein.

»Winter?«, entfuhr es mir. »What the fuck?«

»Schhh …«, zischte sie und presste ihre Hand fester auf meinen Mund. »Du musst ganz leise sein. Sie sind direkt vor der Tür.«

Sie rettete *mich*?

»Wie bist du hier reingekommen?«, fragte ich.

Sie bewegte sich leicht, und ihr Knie rieb an meiner Wunde, aber es war mir egal. Ich nahm sie in meine Arme und küsste sie auf den Mund, ihre Stirn, ihre Wange …

Aber dann schüttelte ich leicht den Kopf. »Hey, du hast mich verlassen«, presste ich hervor.

»Ich bin direkt zurückgekommen«, sagte sie mit ihrer Hand über meiner. »Es tut mir leid. Michael hat mich zurückgebracht, und da haben wir gesehen, wie sie dich mitgenommen haben.«

Sie kletterte von mir runter und half mir auf. »Bist du ...?« Sie hielt inne und befühlte meine Klamotten. »Das ist nass. Ist das etwa *Blut*?«

»Wie bist du reingekommen?«, wollte ich wissen, ihre Frage ignorierend, und presste meine Zähne aufeinander, weil wieder ein stechender Schmerz durch meinen ganzen Rumpf zischte, als ich vom Bett aufstand.

»Als wir gesehen haben, was passiert ist, haben wir alle zusammengetrommelt. Banks hat uns erzählt, dass es zwischen den Wänden genügend Platz zum Klettern gibt, und das vom Keller bis hoch ins Dachgeschoss.« Sie nahm mich am Arm. »Sie ist mit Michael und Kai unten und lenkt deinen Vater ab.«

»Das Dachgeschoss liegt über dem Dach.« Ich führte uns ins Badezimmer, jetzt, wo ich wusste, wie sie reingekommen war. »Du bist über das Dach geklettert?«

Krass. Und ich hatte mir Sorgen gemacht, sie nicht zu finden, bevor mein Vater es tat.

Sie hätte sterben können. Wie konnte die anderen nur so dumm sein, sie hierherzubringen?

»Rika ist vor dem Badezimmerfenster«, sagte sie im Flüsterton. »Würdest du jetzt bitte den Mund halten?«

Na schön. Jetzt war sie ja schon hier. Der Schaden war angerichtet. Ich würde mich später darum kümmern.

Als wir ins Badezimmer gingen, warf ich einen Blick auf die Schlafzimmertür hinter mir und vergewisserte mich, dass sie immer noch geschlossen und uns keiner auf den Fersen war. Dann stieg ich auf die Toilettenschüssel und blickte durch das kleine offenstehende Fenster. Rika lag bäuchlings auf dem Dach und wartete.

Wo war Will? Warum taten die Mädchen das?

Ich konnte verstehen, dass Kai Banks nicht mit meinem Vater alleine lassen wollte, aber wo zur Hölle waren Michael und Will?

Ich stieg wieder runter und nahm Winter in meine Arme. Der Schnitt in meiner Seite brannte, aber ich manövrierte sie durch das Fenster, Rika ergriff ihre Arme und zog sie hoch. Ich holte Luft, atmete flach und abgehackt und versuchte, die Übelkeit zu unterdrücken, die wieder in mir aufstieg. Die Wunde musste definitiv genäht werden. Verdammt, ich hatte keine Zeit für diesen Scheiß.

Ich sprang wieder auf die Toilettenschüssel, stützte mich an der Wand ab und zog mich nach draußen.

»Alles okay, Damon?«, fragte Rika.

»Gehen wir.«

Ich atmete schwer und hörte, wie sie Winter Anweisungen zuflüsterte, bevor sie beide an den Rand des Daches kamen und begannen, darüber bis zum Dachfenster zu kriechen.

Mein Bein war nass vom Blut, aber die kalte Nachtluft kühlte meine Haut und weckte mich wieder auf.

Bestimmt hatten sie ein Auto in der Nähe geparkt. Nur noch fünf Minuten. Dann würde ich mich ausruhen können.

In gebückter Haltung folgte ich ihnen über das Dach, kletterte durch das runde Dachfenster, ließ mich fallen und stürzte auf den Boden.

Winter tastete sich eilig zu mir und berührte mein Gesicht.

Der Raum war dunkel, aber das Mondlicht schien rein, und als ich mich umsah, sah ich nicht nur Rika, sondern auch Alex. Alle drei Frauen starrten auf mich herab.

»Wollt ihr mich verdammt noch mal verarschen?«, jammerte ich, hielt mir die Seite und versuchte, wieder auf die Füße zu kommen.

»So dankst du also drei Frauen, die dir gerade den Arsch gerettet haben?«, fragte Rika amüsiert.

Dann deutete Alex mit dem Kinn auf mich und scherzte: »Wer ist dein Daddy?«

Winter schnaubte auf, und ich warf ihr einen bösen Blick zu, als ich aufstand. »Bringt mich einfach hier raus«, sagte ich zu ihnen. »Und, um Gottes willen, erzählt niemandem davon.«

Die drei lachten und gingen voran in den schmalen Korridor in der Wand, in dem Banks und ich als Kinder Holzbalken runtergerissen hatten, um unbemerkt durchs Haus zu kommen – entweder einfach nur zum Spaß oder um anderen Streiche zu spielen.

Rika und Alex gingen voran, dann Winter und dann ich. Wir kletterten zwischen den Wänden hindurch und hörten vage Stimmen auf der anderen Seite, als wir uns Stockwerk um Stockwerk nach unten vorarbeiteten. Jetzt verstand ich, warum sie die drei Frauen geschickt hatten. Es war hier drin viel enger, als ich es in Erinnerung hatte, weil ich damals noch ein kleines Kind gewesen war. Wir bewegten uns langsam und leise, da jeder, von dem wir nicht wollten, dass er uns fand, nur durch ein Stück Holz oder eine Tapete von uns getrennt war.

Als wir unten ankamen, trat ich durch das Loch in den Steinen, die die Kellermauer bildeten. Ich zwang meine Muskeln dazu zu funktionieren, sammelte jegliches bisschen Kraft, das noch in mir steckte, um weiterzugehen und es zum Auto zu schaffen. Alles, um Winter hier rauszukriegen.

Ein Handy vibrierte, und Rikas Gesicht leuchtete auf, als sie die Nachricht las.

»Okay, jetzt«, sagte sie und schaute uns an.

Was?

Aber ich hatte keine Zeit zu fragen, weil sie die Stufen hinauf und durch die Kellertür hindurchrannte. Alex, Winter und ich folgten ihr schnell. Draußen sprang sie auf den Beifahrersitz eines schwarzen SUVs, der direkt vor uns parkte, während Alex die Hintertür öffnete und einstieg. Winter und ich folgten ihr und ließen uns auf die Rückbank ganz hinten fallen.

Ich hatte keine Zeit zu schauen, wer fuhr, aber ich krachte gegen Winter, als sie ebenfalls einstieg und ihre Arme um mich legte.

»Fahr, fahr, fahr«, hörte ich Rika wem auch immer zurufen. »Ich schreibe Banks, dass sie rauskommen sollen.«

Wer immer auch fuhr, fuhr rückwärts statt vorwärts Richtung Tor, und ich hielt mich fest, als das Auto über den Boden holperte und nach links und rechts auswich, wahrscheinlich um nicht gegen die Bäume zu prallen. Wir mussten den Hinterausgang nehmen.

Winters Brust hob und senkte sich hinter mir, aber sie hielt mich ganz fest, als würde sie nicht zulassen wollen, dass mir etwas passierte.

Ich schloss die Augen und lauschte auf die Geräusche unter uns, um zu hören, was sie hörte, um zu wissen, wann wir endlich in Sicherheit waren.

Das Auto fuhr über holprigen Boden, Blätter raschelten unter den Reifen, aber ich hörte keine Motoren hinter uns, keine Rufe oder irgendeinen Alarm. Bis jetzt hatte uns noch niemand entdeckt.

Ich wusste nicht, was Banks tat oder welchen Dingen sie zustimmte, um meinen Vater abzulenken, aber ich wollte, dass sie jetzt und sofort dieses verdammte Haus verließ.

Und Winter hätte auch nie hierherkommen dürfen. Es war verrückt zu denken, dass wir es lebend hier rausschaffen würden.

Warum war sie überhaupt gekommen?

Sie machte mich wütend. In einem Moment schrie sie mich an, im nächsten konnte sie ihre Finger nicht von mir lassen, heute Morgen war sie davongelaufen, und jetzt war sie wieder hier. Würde sie morgen wieder beschließen, dass sie mehr Freiraum brauchte?

Wir fuhren auf eine geteerte Straße, legten quietschend eine Hundertachtzig-Grad-Wende hin und fuhren vorwärts weiter. Als das Auto ruhiger wurde und der Motor summte, fing ich an, leichter zu atmen.

»Du hast mich verlassen«, sagte ich, während ihr Kinn auf meiner Schulter lag und sie mich von hinten hielt. »Das tun sie alle.«

»Ich musste nachdenken.«

»Nachdenken«, wiederholte ich und schüttelte den Kopf »Verdammt, Baby. Letzte Nacht war perfekt.« Ich griff nach hinten und wuschelte durch ihr Haar. »Du wirst es wieder tun«, sagte ich und ließ die Hand sinken. »Du hättest mich einfach dalassen sollen. Warum hast du es nicht getan?«

Sie sagte nichts und legte ihre Wange an meine, bis sie die richtigen Worte gefunden hatte. »Weil ich Angst vor einem Leben hatte, in dem du nicht da bist.«

Ich blieb still und verstand fast sofort, was sie meinte. Wenn ich zurückblickte, hatte ich immer dasselbe gefühlt. Egal, ob wir zusammen waren oder nicht, ich hatte sie gewollt, und ich würde sie immer wollen.

»Wir können uns nicht für immer verstecken, Damon«, sagte sie. »Nicht in unseren Labyrinthen, unseren Brunnen, unseren Baumhäusern … Wir leben mit anderen Menschen auf dieser Welt, und ich will mich selbst respektieren. Ich musste nur … Ich musste nachdenken.«

»Du willst, dass *sie* dich respektieren«, entgegnete ich.

Hier ging es darum, was die Leute über uns reden würden. Sie dachte, sie würden ihr nicht mehr vertrauen, jetzt, wo sie denselben Kerl liebte, den sie ins Gefängnis geschickt hatte.

»Die Menschen halten mich für dumm, nur weil ich blind bin«, sagte sie zu mir. »Sie behandeln mich wie ein Kind. Ich will beweisen, dass ich es draufhabe. Dass ich jemand bin.«

»Du hättest stark sein sollen«, antwortete ich, und plötzlich wurden meine Finger eiskalt. »Wenn irgendjemand eine Ahnung davon hat, wie gemein diese Welt sein kann, dann sind das wir. Aber ich habe nur dich gebraucht, und du hättest nur mich brauchen sollen, verdammt. Und auf den Rest scheißen sollen. Wir hätten es geschafft. Wir hätten gewonnen.«

»Ich bin zurückgekommen«, sagte sie wieder. »Ich war kaum fünfzehn Minuten weg. Ich bin gleich zurückgekommen.« Sie küsste mich auf die Schläfe. »Und wir werden gewinnen. Das weiß ich.«

Klar. Vielleicht.

»Okay, da sind Banks und die Jungs«, rief Rika im nächsten Moment, und ich bemerkte die Scheinwerfer, die durch das Heckfenster schienen. »Wir haben noch ungefähr drei Sekunden, bis Gabriel es herausfindet.«

Meine Augenlider wurden wieder schwer, und mein Puls dröhnte mir in den Ohren. Ich fühlte mich nicht so gut.

Ich schluckte. »Manchmal frage ich mich, wie ich geworden wäre, wenn ich in Michaels Haus aufgewachsen wäre. Oder in Kais.«

Sie lachte leise. »Du wärst nicht wie sie.«

»Wahrscheinlich nicht«, stimmte ich ihr zu. »Menschen sind eine Mischung aus äußeren und inneren Einflüssen und können nicht alle Variablen kontrollieren. Manchmal, nur manchmal sind wir, wer wir sind. Sogar im Meer ist eine Schlange eine Schlange.«

»Und ein Löwe ein Löwe«, fügte sie mit einem Lächeln in der Stimme hinzu.

Blut tropfte aus der Wunde und tränkte mein T-Shirt.

»Ich hätte dich nach St Killian's bringen sollen«, sagte ich zu Winter. »In den Katakomben gibt es einen Raum.« Ich hielt inne, um sicherzugehen, dass sie zuhörte. »Du biegst am Ende der Treppe links ab und gehst weiter«, wies ich sie an und wusste, dass sie es sich in ihrem Kopf vorstellte. »Wenn du links von dir einen Luftzug spürst, bist du an einem Durchgang angekommen und biegst rechts ab. Fahr mit deiner Hand an der Mauer entlang, bis du den vierten Durchgang spürst, und geh durch. Das Wasser von der Schneeschmelze auf den Hügeln über der Kirche tropft durch die Decke und läuft wie ein winziger Wasserfall die Wände runter.« Meine Arme begannen zu fallen, und ich konnte sie nicht mehr halten. »Du kannst den feuchten Stein riechen, und es gibt dort ein kleines Becken, wo das Wasser sich anstaut, bevor es in einen Brunnen fließt. In dem Becken liegt etwas, das du haben kannst. Etwas von dir, dass ich aufgehoben habe. Etwas, das du vergessen hast.«

Sie wartete einen Moment, dachte wahrscheinlich nach. »Ich vermisse nichts«, erwiderte sie dann. »Es gibt nichts, das ich vergessen habe, Damon.«

Ich schloss die Augen. »Es gibt so viel, das du vergisst, Baby.«

Sie bewegte ihre Hand und schnappte dann nach Luft. »O Gott.« Sie stöhnte auf, und Angst erfüllte ihre Stimme. »Damon, bist du verletzt?«

Sie hob mein T-Shirt an und berührte meine Wunde. Ich stöhnte auf. Mein Gott, sie brannte jetzt wie Feuer.

»Will, fahr ins Krankenhaus!«, rief Winter panisch. »Er ist verletzt!«

»Was?«, rief Will.

Aha, Will fuhr also.

»Mach die Taschenlampe auf deinem Handy an«, sagte Rika. »Sieh es dir an.«

Ich ließ die Augen geschlossen, zuckte aber zusammen, als mich jemand mit hellem Licht anstrahlte.

»O mein Gott«, stieß Alex hervor. »Er ist blutdurchtränkt. Damon, wie lange blutest du schon?«

Ich stöhnte nur auf, und ihre Stimmen verschwammen.

»Will, fahr einfach«, hörte ich Rika rufen. »Beeil dich.«

»Verdammter Miles Anderson«, knurrte ich atemlos. »Wir müssen diesen Mistkerl umbringen.«

Das würde mir wirklich den Tag versauen.

»Warum hast du es mir nicht gesagt?«, schrie mir Winter ins Ohr.

»Ist schon gut.« Ich entspannte mich in ihren Armen. »Ich könnte gerade glücklich sterben.«

»Auf keinen Fall stirbst du jetzt«, widersprach Winter. »Du hast mir noch nicht mal gesagt, dass du mich liebst.«

Oh, das.

»Eines Tages«, zog ich sie auf.

»Damon, wach auf.« Sie rüttelte an mir. »Komm schon, wir ziehen das durch, richtig? Wir lieben uns. Wir ziehen das durch.«

Ihre Stimmen verblassten, als würde ich zwar zuhören, wäre aber gar nicht wirklich hier. Und zum ersten Mal in meinem Leben war mein Körper wirklich entspannt. Vollkommen entspannt.

»Wird er wieder gesund werden?«, hörte ich Winter weinen. »Bitte, Will, beeil dich! Bitte, fahr einfach.«

»Ich rufe in der Notaufnahme an, damit sie wissen, dass wir kommen«, sagte Rika.

Winters Körper bebte unter mir, aber ich wollte an keinem anderen Ort sein. Ich ließ zu, dass mein Körper fiel – fiel, fiel und fiel –, und saugte dieses Moment in mich auf, solange ich konnte. Denn wer wusste schon, wie lange es noch dauern würde. Und wenn ich nicht an Andersons peinlicher kleiner Messerwunde starb, dann würde sie wieder vor mir davonlaufen, um mehr Freiraum zu kriegen. Ohne Zweifel.

»Ich musste nachdenken«, hatte sie gesagt.

Mein Schwanz war letzte Nacht viermal in dir. Und du musstest nachdenken? Wirklich?

KAPITEL 26

WINTER

Gegenwart

Ich stand an die Wand gelehnt da, rieb meine Hände aneinander und fuhr über das mittlerweile getrocknete Blut auf meiner Haut, das bereits abbröselte. Die Telefone der Krankenstation klingelten, und im Fernseher liefen Nachrichten.

Es gibt so viel, das du vergisst.

Was hatte ich vergessen? Was wollte er für mich zurücklassen?

Es hatte sich so angehört, als hätte er mir etwas hinterlassen. Als würde er es nicht selbst wieder holen.

Meine Kehle brannte, fühlte sich an, als würde sie jemand mit einer Nadel bearbeiten.

Er wäre einfach verblutet? Weil er seinen Stolz nicht runterschlucken und um Hilfe bitten konnte?

Ich konnte es nicht fassen. Er war wahnsinnig. Und eine ganz leise Stimme in meinem Hinterkopf sagte mir, dass er mich verlassen hätte. Er hätte mich einfach alleine gelassen.

Ich spannte meine Kiefermuskeln an und weigerte mich, noch mehr Tränen wegen ihm zu vergießen.

Banks und Rika wanderten umher, boten mir Kaffee an und brachten mir schließlich einen Krankenhauskittel, damit ich aus meinen blutigen Klamotten schlüpfen konnte, aber ich stand wie angewurzelt auf der Stelle und wartete auf einen Doktor oder eine Pflegekraft, die uns sagen würde, was mit Damon war.

Kai und Michael waren auch aufgetaucht, und es war mir in den Sinn gekommen, meine Schwester anzurufen, um ihr zu sagen, dass er in der Notaufnahme war, aber der Gedanke war schneller wieder weg, als er gekommen war. Er würde sie nicht hierhaben wollen, und sie würde sich sowieso nur Sorgen darüber machen, ob sie ihr Geld auch noch bekäme, wenn er starb.

Ich hörte, wie sich Türen öffneten und schlossen, und spürte, dass sich die Leute um mich herum plötzlich in Bewegung setzten.

»Also, er hat sehr viel Blut verloren«, erzählte uns eine Frau. »In diesem Moment arbeitet der Arzt daran, die Wunde zu schließen, aber Mr Torrance braucht eine Bluttransfusion. Wir sind unsere Vorräte der Blutgruppe B negativ durchgegangen, aber es ist eine eher seltene Blutgruppe, und er kann nur Blut von einer anderen Person mit B oder null negativ bekommen.«

Ich war null positiv, fiel damit also aus.

»Wir mussten mehr Blut von einem Krankenhaus in Meridian City anfordern«, sagte sie zu uns. »Es wird hoffentlich bald da sein.«

»Banks?«, mischte sich Will ein. »Du bist doch null negativ, oder? Wir waren doch letzten Sommer alle beim Blutspenden. Er kann Blut von dir bekommen.«

Oh, sehr gut. Ich fing an, etwas ruhiger zu atmen, aber sie sagte nichts, und da wurde ich nervös.

»Ähm ... ja«, stammelte sie schließlich. »Aber ich, äh ... ich kann im Moment kein Blut spenden, denke ich.«

»Warum?«, wollte Will wissen.

Sie lachte leise nervös. »Ich bin, ähm ... ich bin schwanger.«

Keiner sagte etwas, aber ich musste fast ein bisschen grinsen wegen der Ironie.

Onkel Damon. Das wäre lustig.

»Ich habe versucht, einen Weg zu finden, es dir zu erzählen«, sagte sie an Kai gewandt, zumindest nahm ich das an. »Einen besonderen Weg. Tut mir leid, dass es jetzt so passiert ist.«

»Ja, sorry«, fügte Will hinzu, räusperte sich und realisierte, dass diese plötzliche Verkündung irgendwie seine Schuld war.

Ich hörte Bewegungen, Küsse und ein paar geflüsterte Worte, die ich nicht verstehen konnte.

»Okay, na gut …«, mischte sich die Krankenschwester wieder ein. »Wir werden das benötigte Blut schon bekommen. Keine Sorge.«

»Ich bin B negativ«, sagte Rika.

Ihre Stimme klang, wie meine sich anhören würde, wenn ich etwas zustimmen musste, von dem ich mir nicht ganz sicher war, ob ich es tun wollte.

»Oh, wunderbar«, sagte die Schwester. »Dann kommen Sie bitte mit mir.«

»Danke, Rika«, rief Banks, als sie gingen.

Ich holte tief Luft und entspannte mich etwas, bewegte mich aber immer noch nicht von der Stelle.

»Es tut mir leid«, hörte ich Banks sagen.

»Warum entschuldigst du dich?«, fragte Kai, und ich vernahm ein Lächeln in seiner Stimme. »Das ist eine tolle Überraschung. Meine Eltern werden ausrasten vor Freude.«

»Ich wollte nicht, dass du es so erfährst.«

»Egal. Aber wie geht's dir damit? Bist du bereit dafür?«

»Ich dachte nicht, dass ich es wäre«, antwortete sie. »Ich war mir nicht sicher, ob ich überhaupt Kinder haben wollte. Aber seit ich es am Montag erfahren habe, bin ich einfach nur …«

Sie kicherte, und dann hörte ich, wie jemand sprang, und leises Quietschen.

»Kein Wunder, dass du so viel gegrinst hast«, sagte Kai. »Und ich dachte, das wäre wegen mir.«

»Na ja, war es ja theoretisch auch.«

Er schnaubte auf. »Wir haben viel, auf das wir uns freuen können.«

»Setzen wir uns«, flüsterte sie.

Ich rieb mir die Augen und vergaß ganz, dass meine Hände voller Blut waren. Scheiße. Ich brauchte ein Waschbecken.

Ich wollte gerade gehen, aber dann hörte ich Kais Stimme.

»Was machst du da?«, fragte er.

In der Annahme, dass er mit mir sprach, blieb ich stehen.

Aber es war Will, der antwortete. »Sie hat gesagt, B negativ sei eine seltene Blutgruppe. Laut dieser Website ist es tatsächlich die zweitseltenste Blutgruppe im ganzen Land. Nur zwei Prozent der Bevölkerung haben sie.«

Wahrscheinlich schaute er sich gerade die Statistik auf seinem Handy an. Warum auch immer.

»Ja und?«, sagte Kai.

»Es ist doch schon irgendwie ein ziemlich großer Zufall, dass Damon und Rika exakt dieselbe seltene Blutgruppe haben, findest du nicht?«

Meine Augen wurden groß.

O Gott.

Aber ich ging weiter den Gang entlang, um die Toiletten zu finden, von denen Banks mir gesagt hatte, dass sie nur ein paar Türen von hier entfernt waren.

Bei dieser Truppe kam wirklich keine Langeweile auf, aber im Moment konnte ich wirklich nicht mit noch mehr Drama umgehen, als ich sowieso schon zu bewältigen hatte.

Diesem Thema konnten sich ruhig die anderen annehmen.

KAPITEL 27

DAMON

Gegenwart

»Winter?«, murmelte ich und spürte und roch sie überall, als ich in der Dunkelheit nach ihr suchte.

Ich konnte nichts sehen, und ich konnte auch meine Augen nicht öffnen, während ich mich auf dem Bett bewegte.

Mein Gott. Es war alles so verdammt schwer.

»Schhh …«, sagte eine Stimme. »Du wirst wieder okay. Schließ einfach deine Augen und ruh dich aus. Du bist in Sicherheit.«

Hände berührten mein Gesicht und meine Stirn, als würden sie meine Temperatur fühlen, und die Wärme ihrer Haut war wie ein Traum. Es fühlte sich an wie das erste Mal mit Winter unter der Dusche. Friedlich.

»Deine Hände sind warm«, sagte ich, so schwach, dass ich nicht einmal schlucken konnte, als ich meine Hand über ihre legte und sie auf meinem Gesicht hielt. »Ich bin ganz benebelt. Geh nicht weg, okay? Bleib einfach.« Ich atmete flach. »Bitte bleib.«

Ich spürte einen Kuss auf meiner Stirn. »Ich war die ganze Zeit hier«, flüsterte sie.

Als ich wieder aufwachte, brauchte ich ein paar Minuten, aber schließlich konnte ich meine Augen öffnen, und nach einer gefühlten Ewigkeit verschwand die Benommenheit.

War das ein Traum gewesen? Wo war Winter?

Ich stützte mich auf meine Ellbogen und richtete mich im

Bett auf. Dazu benötigte ich jeden Funken Kraft, den ich aufbringen konnte, und ich spürte einen stechenden Schmerz in der Seite.

Ach, verdammt. Ich hustete und berührte den Verband um meinen Oberkörper herum. In meiner Hand steckte eine Infusionsnadel, und zwei Herzmonitore waren an meine Brust angeschlossen.

Mein Nacken schmerzte, mein Kopf tat weh, und ich war total erschöpft.

Was zur Hölle hatten sie mir gegeben?

Aus den Augenwinkeln sah ich, wie sich jemand bewegte, und ich blickte auf. Alle waren im Zimmer – entweder schlafend, oder sie wachten gerade auf.

Will stand auf und kam zu mir, während Kai mit Banks, die sich an ihn gekuschelt hatte, auf einem Zweisitzer schlief. Michael und Rika schliefen auf einer Couch.

»Wie lange war ich weg?«, fragte ich ihn und sah mich nach einer Uhr um.

Er goss mir ein Glas Wasser ein, und ich trank es in einem Zug leer, bevor ich es ihm zurückgab, damit er nachschenken konnte.

»Ein paar Stunden«, sagte er. »Du schläfst nie lange.«

»Ich will hier raus.«

Die anderen fingen an, sich zu bewegen. Banks rieb sich die Augen und setzte sich auf, während Rika sich auf der Couch ausstreckte.

»Ja klar. Das wird nicht passieren.« Will gab mir noch ein Wasser. »Du musst dich ausruhen.«

»Scheiß drauf.« Ich ignorierte das Wasserglas, das er mir hinhielt und versuchte, die Decke von mir zu schieben.

Aber dann stand Michael auf der anderen Bettseite, und er und Will drückten mich wieder runter.

»Leg dich hin, oder *wir* legen dich hin«, drohte Michael.

»Ach, jetzt bist du besorgt?«

»Wenn du im Bett liegst, kannst du keinen Ärger machen«, stellte er fest. »Dieses Wissen beruhigt mich.«

Egal. Ich würde nicht hierbleiben. Ich würde mir lieber die Augenlider piercen lassen, als mich *auszuruhen*. Ich würde lieber einen Liter pisswarme Milch trinken, als im Bett zu bleiben und nichts zu tun. Ich würde mir lieber eine Brandverletzung dritten Grades an den Eiern zufügen. Oder eine Erdnussallergie entwickeln.

»Wo ist Winter?«, wollte ich wissen, nahm das Wasser und trank es.

Beide blieben still und warfen sich einen kurzen Blick zu.

Was? Mein Herz begann, wie wild zu schlagen.

Will räusperte sich. »Okay, ich will nicht, dass du ausflippst«, begann er. »Wir kümmern uns darum. Aber du musst ruhig bleiben, okay?«

Ruhig bleiben? Sie war auf dem Weg ins Krankenhaus im Auto gewesen, verdammt. Was war in der Zwischenzeit mit ihr passiert?

»Was?«, schrie ich und bemerkte, dass Kai links von mir aus dem Schlaf schreckte.

Rika und Banks kamen jetzt ebenfalls ans Bett.

»Sie ist, ähm …« Will hielt inne und suchte nach Worten.

Sie ist WAS?

Dann setzte er ein breites Grinsen auf und zog den Vorhang zurück, der das andere Bett im Raum verdeckte.

»Genau hier«, sagte er scherzend.

Winter lag schlafend und noch immer in Jeans und Sneakers und einem Sweatshirt, das ganz nach Wills aussah, auf dem gemachten Bett.

»Soll ich sie aufwecken?«, fragte er.

Ich schüttelte den Kopf und sah, dass ihre Mundwinkel zuckten. »Nein, lass sie schlafen.«

Ich seufzte, als alle um mein Bett herumstanden, und ich wünschte, sie würden alle gehen. Es fühlte sich so erbärmlich an, und ich wollte nichts lieber, als hier rauszukommen. Warum waren sie überhaupt noch hier? Bei Banks konnte ich es ja verstehen, aber der Rest von ihnen?

Ich fasste an mir herunter und riss das Pflaster und den Verband an meiner rechten Rumpfseite weg, um zu sehen, wie schlimm die Verletzung war. Als ich unter den Verband schielte, erkannte ich einen kleinen Einschnitt und musterte ihn intensiv.

»Drei Stiche?«, sagte ich laut.

Drei?

»Keine Sorge, innen sind mehr«, klärte Banks mich auf. »Zehn ganze Stiche. Supermännlich.«

Ich ließ den Kopf zurück aufs Kissen fallen und spannte meine Bauchmuskeln ein paarmal an, um den Schmerz zu testen.

»Die Verletzung an sich war nicht so schlimm«, erklärte Will und verschränkte die Arme vor der Brust. »Aber sie zu ignorieren schon. Du hast viel Blut verloren.«

»Zum Glück hat Rika dieselbe Blutgruppe«, sagte Michael.

»Ja, zum Glück«, murmelte Kai.

Ich hätte fast laut gelacht. Rika hatte für mich Blut gespendet? Im Ernst?

Ich warf ihr einen Blick zu und sah das Pflaster auf ihrem Arm, wo sie ihr Blut abgenommen hatten.

Interessant.

»Willst du dich nicht bedanken?«, drängte Michael.

»Irgendwann.«

Rika schnaubte auf. »Also, jetzt, da es ihm wieder gut geht, muss ich das Dojo zusperren.«

»Ich gehe auch.« Kai ging um Banks herum. »Heute ist noch eine Lieferung gekommen, die sortiert werden muss.«

»Wir sehen uns zu Hause«, sagte Rika zu Michael und gab ihm einen Kuss.

»Ich gehe auch«, sagte er.

Kai küsste seine Frau, als er, Michael und Rika sich auf den Weg machten.

Aber dann blieb Rika stehen und sah mich an. »Ich würde ja gerne sagen, ›Ich bin froh, dass es dir gut geht‹«, erklärte sie. »Aber ich habe mich noch nicht entschieden.«

Ich grinste, und sie schüttelte den Kopf. Wahrscheinlich mehr über sich selbst als über mich.

Sie gingen, und nur Will und Banks blieben zurück.

»Ich werde dir etwas Richtiges zu essen holen und ein paar Klamotten mitbringen«, sagte Banks grinsend und reichte mir eine weitere Wasserflasche. »Ich nehme an, du wirst nicht lange hier sein.«

Da hatte sie verdammt recht.

»Danke«, murmelte ich.

Sie beugte sich runter und tat etwas, das sie nie tat … Sie gab mir einen Kuss auf die Wange. Aber bevor sie sich wieder aufrichten konnte, griff ich nach ihrem Arm und schaute ihr in die Augen.

»Ich, ähm …« Ich schweifte ab, wollte etwas sagen, wusste aber nicht, was.

Vor meinen Freunden und vor Winter war Banks mein Zufluchtsort gewesen. Sie konnte mich deuten, auf mich aufpassen und einfach nur da sein, ohne zu reden oder Erwartungen. Sie war jahrelang das Beste in meinem Leben gewesen. Ich war es leid, ihr Leben mit meinem ganzen Mist zu belasten.

Ich wollte sagen, dass ich …

Ich wusste es nicht.

Die Worte schmeckten wie Sand auf meiner Zunge, und ich wusste, sie würden unaufrichtig und unnatürlich klingen, weil ich solche Dinge nie sagte, aber …

Schließlich blickte ich ihr nur in die Augen und zuckte mit den Schultern. »Du weißt schon.«

Ein liebevolles Lächeln legte sich auf ihr wunderschönes Gesicht, und ihre Augen wurden glasig. »Ja, ich hab dich auch lieb.«

Will schniefte neben mir und spielte den Gerührten.

Mit dem Kinn deutete ich in seine Richtung. »Geht. Beide«, sagte ich zu ihnen. »Raus hier.«

Will lachte, als Banks um mein Bett herum zur Tür ging. »Wir kommen mit Essen zurück«, rief er mir noch zu, bevor er Banks aus dem Zimmer folgte.

Ich hatte nicht vorgehabt, wieder einzuschlafen. Vor einem Moment hatte ich noch zu Winter rübergesehen und mich gefragt, warum sie sich so weit weg von mir auf das andere Bett gelegt hatte, anstatt sich an mich zu kuscheln. Aber ich war trotzdem erleichtert, dass sie überhaupt hiergeblieben war.

Was für ein verdammtes Chaos. Jedes Mal wenn etwas Gutes passierte …

Ich musste mit ihr nach Maine fahren. Raus in die Wälder,

weg von allen anderen, ohne WLAN. Vielleicht hätten wir dann etwas Zeit.

Der Vorhang zwischen uns war wieder zugezogen. Wahrscheinlich hatte ihn die Krankenschwester wegen der Privatsphäre geschlossen oder um Winter nicht zu wecken. Ich setzte mich im Bett auf und bemerkte eine braune Tüte auf dem Beistelltischchen und ein paar Klamotten auf dem Stuhl.

Waren Banks und Will schon wieder zurückgekommen?

Ich nahm die Tüte und öffnete sie. Als ich reinschaute, atmete ich den Duft von Marinas Piroggen ein und stöhnte auf, als mein Magen knurrte. Ich nahm mir eine und verschlang sie in wenigen Bissen, bevor ich die Decke wegzog und meine Beine über den Bettrand schwang.

»Winter«, sagte ich und machte mir nicht die Mühe zu flüstern.

Sie antwortete nicht, und ich sah auch nicht, dass sie sich hinter dem Vorhang bewegte.

Mein Körper tat verdammt weh, aber ich zwang mich trotzdem dazu, aufzustehen, mich zu strecken und meine Gliedmaßen kreisen zu lassen, um sie aufzuwecken.

Dann zog ich den Vorhang zur Seite, aber als ich auf das Bett blickte, war es leer.

Wo war sie?

»Winter?«, rief ich.

War sie im Badezimmer?

Ich versuchte zu gehen, aber die Kabel, die an meinem Körper befestigt waren, hielten mich zurück. Ich zog die Stecker aus der Wand, riss die Kabel aus den Herzmonitoren und entfernte meine Infusion. Sofort ergoss sich ein Blutschwall auf den Boden.

»Fuck«, murmelte ich.

Ich ging zum Stuhl, zog mir den Krankenhauskittel aus und ein T-Shirt und eine Jeans, die Banks mir gebracht hatte, an und schlüpfte in Socken und Schuhe.

»Winter?«, rief ich wieder.

Ich schaute mich um, konnte aber keine Uhr oder mein Handy sehen. Leider hatte ich auch keinen blassen Schimmer, wo ich es gelassen hatte, aber draußen war es dunkel, also wusste ich, dass es spät sein musste. Oder wirklich früh.

Ich ging durch den Raum zum Badezimmer, klopfte an die Tür und streckte meinen Rücken durch. Es fühlte sich gar nicht so schlimm an, wie ich gedacht hatte. Will hatte wahrscheinlich recht gehabt. Die Verletzung war nicht so schlimm.

Als keine Antwort kam, öffnete ich die Tür und fand sie auch im Bad nicht vor. Also öffnete ich die Zimmertür, ging in den Gang und sah mich zu beiden Seiten nach Winter oder einer Pflegekraft um.

»Hallo?«, rief ich.

Wo waren alle?

Alle Türen waren geschlossen, im Gang war es dunkel, und das einzige Licht, das ich sehen konnte, kam von einem Schreibtisch zu meiner Rechten. Ich ging darauf zu und trat an die Rezeption der Krankenstation heran – leer. Keiner war da.

Was sollte das? Es war spät, okay, aber irgendjemand musste doch da sein, oder nicht?

Immer noch lief mir Blut aus dem Einstich der Infusionsnadel über den Handrücken auf die Finger, und als ich eine Verbandsrolle auf einem Wagen sah, riss ich mir etwas davon ab und wickelte es um meine Hand.

»Hey!«, rief ich in die Dunkelheit.

Doch keine Antwort kam.

Irgendetwas stimmte hier nicht.

Ich ging zurück, an meinem Zimmer vorbei und um die Ecke Richtung Fahrstühle.

Da packte mich jemand, drückte mich gegen die Wand und legte mir die Hand über den Mund.

Ich hielt die Person am Kragen und wollte sie gerade wegschubsen, als ich erkannte, wer es war.

Rika.

Sie presste mir ihren Finger auf die Lippen und bedeutete mir, leise zu sein. Will stand hinter ihr, und beide schauten um die Ecke herum, von der ich gerade gekommen war.

Schließlich nahm sie ihre Hand von meinem Mund und wich zurück.

»Was ist los?«, flüsterte ich.

»Jemand hat heute Abend versucht, Alex aus dem Dojo zu entführen«, erzählte mir Will. »Sie konnte sich wehren und weglaufen, aber …«

Er blickte auf Rika hinab.

»Was?«, zischte ich und verlor die Geduld.

»Einer von ihnen war Miles Anderson«, sagte Rika.

Miles Anderson. *Einer von ihnen.* Das bedeutete, es waren mehrere.

Es war nicht schwer, ihr Motiv zu erraten. Und plötzlich dämmerte es mir.

»Mein Vater«, sprach ich laut aus, was ich dachte.

Rika sah mich mit angsterfülltem Blick an. »Ja. Ich kann Michael nicht finden, und …«

»Und Winter ist weg«, fügte ich hinzu. »Scheiße.« Ich fuhr mir mit der Hand durch die Haare und schaute ihr in die Augen. »Er weiß es.«

Sie nickte zustimmend.

»Wir haben Wachmänner angeheuert, um dein Krankenzimmer zu bewachen«, erklärte mir Will. »Wir werden uns darum kümmern, wenn …«

»Scheiß drauf«, schnitt ich ihm das Wort im Mund ab. »Wir gehen jetzt.«

»Dir geht's nicht gut genug.«

»Was glaubst du eigentlich, mit wem du redest?« Ich funkelte ihn böse an. »Hat dir jemand ins Gehirn geschissen?«

Er runzelte die Stirn und sah alles andere als glücklich aus. Doch dann schaute er zu Rika und lachte leise auf. »Ja, das haben wir uns schon gedacht«, flüsterte er, während er mir einen schwarzen Rucksack zuwarf.

Ich öffnete ihn, fand ein paar Klamotten, einen Hoodie und ein Handy darin. Ich nahm den Hoodie, ließ die Tasche fallen und zog ihn an.

»Wo ist Banks?«, fragte ich.

»Sie und Kai sind bei Alex und reden mit den Cops«, sagte Rika. »Sie ist in Sicherheit. Sie warten auf uns.«

»Hast du einen Plan?« Ich nahm den Rucksack, holte das Handy heraus und sah, dass Rika, Will und alle anderen schon eingespeichert waren.

»Nein, das ist dein Gebiet«, antwortete sie.

Mein Gebiet. Wegen all dieser kleinen Psychospielchen dachte sie, ich wäre gut in so was?

Aber nicht, wenn ich verletzt, hungrig und abgelenkt war.

Verdammt. *Winter.* Wenn er ihr wehgetan hatte ...

Ich versuchte, sie trotzdem anzurufen, nur für den Fall.

»Damon«, sagte Rika, als ich es klingeln ließ. »Gabriel wird mir Michael geben, weil er Respekt vor Evans Crist hat und als Zeichen der Gutwilligkeit. Aber Alex ist ihm ausgeliefert. Sie hat die Informationen gesehen, nach denen wir gesucht haben. Er wird sie finden und umbringen.«

Das weiß ich. Ich weiß, welche Probleme wir haben, Rika.

Aber sie redete weiter. »Und er weiß, dass – selbst wenn wir ihm die Beweise, die wir über den Unfall meines Vaters gesammelt haben, zurückgeben – wir klug genug waren, Kopien anzufertigen. Er wird eine Sicherheit wollen, dass wir sie nicht benutzen. Er wird Winter behalten.«

»Einen Scheiß wird er.«

Als niemand ranging, legte ich auf und ging zu den Fahrstühlen. Adrenalin schoss durch meine Adern, was vermutlich der Grund dafür war, dass ich meine Stichwunde im Moment überhaupt nicht mehr spürte.

»Er wird sie irgendwohin bringen, wo du sie nicht finden kannst, und ihr weiß Gott was antun.«

»Verdammt, Rika!«, knurrte ich über die Schulter zurück.

Was sollte das? Wollte sie, dass ich einen Herzinfarkt bekam? Winter war bei meinem Vater. Jede Sekunde zählte.

Wir betraten den Aufzug, und Will drückte auf den Knopf für die Tiefgarage.

Rika blieb einen Moment still. Als sie wieder zu reden begann, war ihre Stimme ruhig und sanft. »Nimm es auf«, sagte sie. »Verarbeite es. Und dann krieg wieder einen klaren Kopf. Und wenn du das geschafft hast, sagst du uns verdammt noch mal endlich, was wir tun sollen.«

Sie hatte recht. Ich musste mich beruhigen. Ich konnte nicht klar denken, wenn sich meine Gedanken wie ein Tornado drehten. Mein Vater hielt Michael und Winter ziemlich sicher in seinem Haus gefangen. Er versuchte nicht, sie vor uns zu verstecken. Er wollte uns schließlich anlocken.

Aber Rika hatte recht. Im digitalen Zeitalter gab es keine Garantien. Er wüsste, dass wir die Beweise kopiert hatten.

Er hatte Alex heute nicht kriegen können, und er konnte Michael nichts tun.

Winter war seine Absicherung.

Denk nach.

Verhandlungen waren zwecklos. Ich würde ihm Winter niemals überlassen. Wir mussten also auf das Anwesen schleichen, und er war nicht dumm genug, sich noch einmal von Banks ablenken zu lassen.

Fuck, fuck, fuck …

Meine Gedanken spielten ein Szenario nach dem anderen durch, und schließlich hatte ich es.

»David und Lev«, schoss es aus mir raus. »Sie arbeiten immer noch für Banks, oder?«

Die alten Angestellten meines Vaters, die sich im Schlechten von ihm getrennt hatten, hassten meinen Vater. Aber sie kannten das Anwesen und jeden, der für Gabriel arbeitete, wie ihre Westentasche. Jetzt arbeiteten sie für meine Schwester.

»Ja. Willst du, dass ich sie anrufe?«, fragte Will.

Ich nickte, und wir verließen den Fahrstuhl, sobald die Türen sich öffneten. »Sag ihnen, dass wir uns am Tor auf dem Hügel treffen. Sie sollen etwas Gutes von Marina mitbringen. Etwas, das die Männer meines Vaters vermissen.«

KAPITEL 28

DAMON

Gegenwart

Da wir wussten, dass die Männer meines Vaters besonders den Wald im Auge behalten würden, durch den wir gestern geflohen waren, schien es weniger riskant, sie dazu zu bringen, das hintere Tor für uns zu öffnen. Mit ein wenig Raffinesse und Mut zumindest.

»Danke, dass ihr gekommen seid.« Ich ging auf David und Lev zu, als diese aus ihrem SUV ausstiegen.

»Banks hat uns darum gebeten«, zischte Lev mich an.

Idiot.

Nachdem die beiden aus den Diensten meines Vaters ausgetreten waren, hatten sie angefangen, für Kai und meine Schwester in ihrem Haus in Meridian City zu arbeiten. Was genau sie taten, war mir nicht ganz klar, aber sie waren geblieben, also musste dort irgendetwas Aufregendes vor sich gehen.

Ich deutete mit dem Kinn auf die Dose, die Lev hielt. »Was habt ihr mitgebracht?«

Er hob den Deckel an, aber es war David, der antwortete: »Sie hatte schon Watruschki gemacht. Es sind auch Zephyrs drin.«

»Perfekt.« Ich griff in die Dose, nahm mir eins der Beeren-Marshmallows und steckte es mir in den Mund. Meine Geschmacksnerven explodierten, und mir lief das Wasser im Mund zusammen. Aber wahrscheinlich nicht nur, weil sie so gut schmeckten, sondern auch, weil ich seit zwei Tagen nichts mehr gegessen hatte.

Marina hatte auch für meinen Vater gearbeitet, bevor Banks sie mitgenommen hatte. Sie und meine Schwester waren das Einzige, was ich immer vermisst hatte, wenn ich von zu Hause weg gewesen war. Und jetzt, da sie nicht mehr da waren, gab es keinen Grund mehr für mich, zu Besuch zu kommen. Außer ich wurde gezwungen.

Ich nahm mir eine Watruschka und kaute sie kaum, bevor ich sie runterschluckte. Dann führte ich die anderen zu einem Baum und spähte um ihn herum. Das Tor auf dem Hügel, das mein Vater für Lieferungen, Caterer und Angestellte benutzte, lag um die hundert Meter entfernt und wurde von zwei Laternen beleuchtet.

Rika stand in der Nähe und pustete in ihre Hände, um sie aufzuwärmen, während Will sich einen Hoodie überstreifte und die Kapuze aufsetzte.

»Wir müssen nur das Tor aufbekommen«, sagte ich zu Lev und David.

Wenn wir sie dazu bringen könnten rauszukommen, würden sie die Kameras ausschalten, damit das geheime Treffen nicht gefilmt wurde.

»Und sie dann ablenken, damit wir reingehen können«, fügte Rika hinzu und steckte ihre Hände unter die Arme.

»Und wenn ihr wieder rausmüsst?«, entgegnete David.

Ich tauschte einen Blick mit Rika aus, doch keiner von uns hatte eine Antwort. »Damit befassen wir uns später«, sagte ich.

Ich hob den Rucksack vom Boden auf, führte Rika und Will zum Waldrand und wartete darauf, dass die winzigen Lichter an den Kameras ausgingen, damit wir uns bewegen konnten.

Hinter uns hörte ich David am Handy. »Hey«, sagte er.

Er war einen Moment lang still, dann lachte er. »Ach, bist du immer noch sauer deswegen?«, scherzte er. »Na gut, Lev und ich sind nicht als Freunde hier. Wir kommen mit einem Drogendeal. Wir haben einige von Marinas Watruschki dabei. Bringt uns eine Flasche Mamont mit und wir sind quitt.« Dann fügte er noch hinzu: »Wir haben auch noch Zephyrs.«

Er sagte nichts mehr, und als ich zu ihm schaute, legte er gerade auf und nickte mir einmal zu.

Gut. Sie hatten angebissen.

Ich holte etwas von dem Pflastertape hervor, riss mir drei Stücke ab und klebte sie auf die Wunde, um die Stiche zu verstärken und den Schnitt zusammenzuhalten. Ich hatte wirklich Glück, wenn der Mist nicht aufriss, bevor die Nacht zu Ende war.

Ich machte den Rucksack zu, aber Rika nahm ihn und setzte ihn sich auf, anstatt mich ihn tragen zu lassen. Ich hätte fast widersprochen, aber ich brauchte nicht noch einen Ausflug ins Krankenhaus, also ließ ich es bleiben.

Kurz darauf gingen die Lichter aus, und wir rannten los, über die Schotterstraße, sprangen über die niedrigen Hecken an der Mauer, kauerten uns hin und warteten darauf, dass sich das Tor öffnete.

Unser Atem stieg in die kalte Luft empor, und wir drückten uns gegen die Mauer und warteten.

Zum Glück tat mir meine Seite überhaupt nicht mehr weh, und ich wusste nicht, ob es wegen der Schmerzmittel war, die ich immer noch intus hatte, oder wegen des Adrenalins, aber ich wollte jetzt nur noch da rein. Rikas verdammte Überlegungen gingen mir im Kopf herum, und jede Sekunde, die Winter in diesem Haus verbrachte …

Ich ballte die Fäuste und versuchte, mich zu beruhigen.

Ein Quietschen ertönte, Eisenriegel schlugen aneinander, und das Tor öffnete sich. Ein schwarzer Chevy Tahoe fuhr durch, und die Scheinwerfer strahlten in den Wald vor uns. Er blieb stehen, Staub wurde unter den Reifen aufgewirbelt, und beide Türen öffneten sich. Zwei Kerle stiegen aus.

Ich wartete darauf, dass sie vor ihr Auto gingen, um mit den Jungs zu reden, und außerhalb unserer Sichtweite waren, aber bevor ich lossprinten konnte, packte Rika mich.

Ich riss meinen Kopf herum und warf ihr einen bösen Blick zu. Wir hatten keine Zeit zu verlieren. Was sollte das?

Aber sie schüttelte nur grinsend den Kopf. »Ich kenne diesen Trick.«

Dann lief sie in gebückter Haltung zur Rückseite des SUVs.

Was?

Doch Will und ich hatten keine Wahl. Nachdem wir uns kurz sprachlos einen Blick zugeworfen hatten, folgten wir ihr und liefen ebenfalls hinter das Auto, wo sie den Kofferraum öffnete und von hinten einstieg.

Ich schaute mich im Auto um, um sicherzugehen, dass es leer war. Die Deckenbeleuchtung war schon an, weil die Kerle die Türen offen gelassen hatten, also hatten sie nicht bemerkt, dass Rika den Kofferraum geöffnet hatte.

Scheiße. Das war eine dumme Idee.

»Sieht gut aus«, hörte ich einen der Typen vor dem Auto sagen. »Nur sie kriegt sie so toll hin.«

Vorsichtig stiegen Will und ich hinter Rika ein, und wir drückten uns alle auf den Boden, um nicht gesehen zu werden.

»Das ist eine dumme Idee!«, flüsterte ich Rika zu.

Sie verdrehte die Augen und zog den Kofferraumdeckel runter, schloss ihn aber nicht ganz.

»Iss du erst etwas davon«, sagte draußen jemand.

»Denkst du, ich will euch vergiften?«

Eine Pause entstand, in der David oder Lev wahrscheinlich das Essen für die Männer meines Vaters vorkosteten, dann hörte ich David wieder reden.

»Wo ist der Wodka?«, fragte er.

Das Auto bewegte sich unter uns, als jemand darin nach der Flasche suchte, die sie ihnen als Gegenleistung mitgebracht hatten.

»Hervorragend«, kam es von David.

»Sind die neuen Arbeitgeber zu gut für den Schwarzmarkt?«

»Wenigstens bekomme ich gutes Essen«, antwortete David. »Und du?«

Wieder wurde es still, dann fragte der Typ meines Vaters: »Nächste Woche wieder um die Zeit?«

Kommt schon, kommt schon, kommt schon …

Das Auto ruckelte unter uns, als die Männer wieder einstiegen, und ich beobachtete Rika, die mit angespannter Miene wartete. Sobald sie ihre Türen zuschlugen, zog sie auch den Kofferraumdeckel ganz herunter, damit man das Geräusch nicht hörte, und im Innern des Wagens wurde es dunkel, als die Kerle den Rückwärtsgang einlegten und losfuhren.

Ich atmete erleichtert aus, hatte gar nicht bemerkt, dass ich die ganze Zeit den Atem angehalten hatte.

Wenn das nicht funktioniert hätte, hätte ich Rika umgebracht.

Aber es hatte funktioniert, also …

Das Auto wendete, und ich hörte, wie sich das Tor wieder schloss, als wir die Nebenstraße zum Haus hinunterfuhren. Es waren nur ein paar Hundert Meter, aber so ging es schneller, und wir blieben unentdeckt. Guter Plan.

Als das Auto langsamer wurde, machten wir uns bereit, und als die Kerle den Motor ausmachten und ihre Türen öffneten, huschten wir hinaus, schlossen den Kofferraum wieder leise und versteckten uns neben der Garage, in der mein Vater seine Autos und Motorräder untergebracht hatte.

»Los!«, flüsterte ich den beiden zu, und wir huschten zum nächsten Gebäude, von wo aus wir einen besseren Blick auf das Haus hatten.

Wir versteckten uns in einer Nische an der Seitenwand und sahen uns um. Ich konnte mehrere Männer in der Garage hören, aber ich wusste, dass noch eine weitere Schicht auf dem Anwesen ihre Runden drehte.

»Was jetzt?«, fragte Rika.

»Die Waffen sind im Clubhaus«, flüsterte ich.

»Waffen?«, entfuhr es ihr. »*Das* war dein Plan?«

»Hast du einen besseren?«

»Wir schnappen ihn uns«, sagte sie.

»Was?«

Sie seufzte und sah mich ungeduldig an. »Wir haben keine Ahnung, wo sie sind oder ob sie *überhaupt* hier sind«, erklärte sie. »Nachdem wir dich befreit haben, hält er es vielleicht für keine gute Idee, sie direkt vor unserer Nase zu verstecken. Wir schnappen ihn uns und haben ein Druckmittel.«

Sie wollte meinen Vater entführen? Vorausgesetzt, wir schafften das, müssten wir ihn irgendwo verstecken, bedrohen und/oder quälen, bis er ihren Verlobten und meine … Winter freiließ.

Das klang nach viel Warterei.

»Ich habe nicht die ganze Nacht Zeit«, sagte ich also. »Wir holen uns Waffen.«

»Ja«, stimmte mir Will lachend zu.

Rika schenkte uns nur einen erschöpften Blick.

Gerade wollten wir uns an der Seitenwand entlang zum nächsten Gebäude aufmachen, als sie uns beide zurückzog. »Seht mal«, sagte sie leise.

Ich folgte ihrem Blick und erkannte mehrere Männer meines Vaters, die das Haus verließen – mit Winter und Michael im Schlepptau. Sie führten sie zu einem Auto, der verdammte Miles Anderson packte Winter an den Haaren und schob sie mit Gewalt in einen SUV. Ihre Hände waren auf dem Rücken gefesselt.

Sie wand und wehrte sich, und ich machte einen Schritt nach vorne, bereit zu töten.

Doch Will riss mich zurück. »Sie *sind* hier«, sagte er. »Wo gehen sie hin?«

»Er bringt sie weg«, vermutete Rika und sah mich an. »Ich habe es dir doch gesagt.«

Michael stolperte hinterher, riss sich los und griff einen der Typen an, aber da wurde ihm mit einem Schlagstock auf den Hinterkopf geschlagen, und er fiel auf die Knie.

Rika holte tief Luft und unterdrückte ein Schluchzen.

Ich machte mir allerdings mehr Sorgen um Winter. Denn sie war für meinen Vater entbehrlicher als Michael. Er würde weder den Sohn von Evans Crist töten wollen noch den Starspieler einer nationalen Basketballmannschaft.

»Wir müssen uns beeilen«, knurrte ich. »Los. Zurück zu den Autos.«

Wir zögerten keine Sekunde, wirbelten herum und rannten durch die Bäume, vorbei am Gartenlabyrinth und meinem alten Baumhaus und den kleinen Abhang hinunter, den Weg zurück, den wir gekommen waren. Die Wunde an meiner Seite begann zu schmerzen, also verlagerte ich mein Gewicht auf die rechte Seite.

Wie sollten wir hier rauskommen? Kein einziger Baum stand in der Nähe der Mauer, und wir konnten schlecht über das gottverdammte Tor klettern. Aber wir mussten unbedingt zur Hauptstraße kommen, bevor sie losfuhren und verschwanden.

So eine verdammte Scheiße.

Als wir uns der Mauer näherten und die kalte Nachtluft in meiner Lunge brannte, bemerkte ich, dass das Tor nicht geschlossen war. Nicht ganz zumindest. Erleichterung durchströmte mich, aber wir hielten nicht an, um unser Glück zu hinterfragen, sondern schlüpften durch die Öffnung und rannten zu unseren Autos, die hinter den Bäumen versteckt standen.

Als ich mich umdrehte, bemerkte ich, dass die Kameras wie tote Tiere an den Kabeln baumelten und dass etwas in den Scharnieren des Tores steckte. Ich lachte leise vor mich hin.

Danke, Jungs.

David und Lev mochten mich zwar hassen, aber sie wussten, dass meine Schwester es nicht tat.

Die Leute meines Vaters würden jeden Moment merken, dass die Kameras offline waren – wenn sie es nicht schon längst getan hatten.

Wir rannten zu den Autos, Rika sprang in Michaels alte G-Klasse, und Will und ich nahmen seinen SUV. Als wir auf die unbefestigte Straße fuhren, trat ich auf das Gaspedal, schaltete hoch und raste den leeren Weg hinunter. Ich stellte die Scheinwerfer niedrig und zählte die Sekunden in meinem Kopf, während Rika dicht hinter mir folgte.

Sie hatten sie im Auto. Sie mussten den ganzen Weg hinunter zur Auffahrt und durch das Tor fahren. Dann kämen sie auf die Straße, und hoffentlich hatten sie es nicht eilig, damit sie nicht weit vor uns waren.

Was, wenn ich sie aus den Augen verlor? Wo würde mein Vater sie hinbringen?

Wir fuhren auf den Highway hinaus, holperten und schleuderten über die Straße, als ich das Lenkrad nach rechts riss und aufs Gas trat. Rika wich hinter mir aus, um die Kontrolle über ihr Auto zurückzubekommen. Schnell richtete ich meine Augen wieder auf die Straße vor mir.

Doch in diesem Moment leuchteten Scheinwerfer von rechts

in der Ferne auf, und ich wurde sofort langsamer, weil ich wusste, dass *sie* es waren. Ich atmete schwer.

Wir hatten sie nicht verpasst. Sie verließen gerade das Anwesen.

Rika kam hinter mir ins Schleudern, weil sie nicht auf mein plötzliches Abbremsen vorbereitet gewesen war, und Will griff nach dem Griff über seiner Tür.

»Scheiße!«, rief er.

Sein Handy, das in seiner Halterung auf dem Armaturenbrett steckte, klingelte, und ich sah *Rika* auf dem Display. Will ging ran und schaltete das Gespräch auf laut.

»Bleib zurück«, befahl sie. »Fahr einfach hinterher.«

»Ich weiß!«, entgegnete ich.

Hielt sie mich für bescheuert? Was immer wir taten, würde Michael und Winter in noch größere Gefahr bringen. Wir mussten nachdenken.

Ich ließ mich zurückfallen. Hoffentlich bemerkten sie uns nicht, oder wenn doch, gingen sie im besten Fall davon aus, dass wir einfach irgendwelche x-beliebigen Autos waren, die zufällig in einiger Entfernung hinter ihnen fuhren.

Wie viele Leute saßen wohl in dem Auto? Abgesehen von Winter und Michael wahrscheinlich zwei? Die Männer meines Vaters arbeiteten immer mindestens zu zweit.

Wir ließen Rika in der Leitung, und Will kramte sein Taschenmesser hervor.

Das würden wir für ihre Kabelbinder brauchen.

Ich folgte dem Auto, vorbei an den Nachbaranwesen und dem Security-Schalter der Gemeinschaft, raus auf den Highway, aber anstatt in Richtung Meridian City zu fahren, wie ich angenommen hatte, nahm der Fahrer die rechte Ausfahrt in Richtung des Dorfes.

Gabriel wollte sie also doch in der Nähe behalten.

Ich schluckte ein paarmal, versuchte, meinen trockenen Mund zu befeuchten.

In einer weiteren Meile würden sie im Dorfzentrum an eine Ampel kommen.

»Kannst du noch mit dem Brecheisen umgehen?«, rief ich

und erinnerte mich an Rika, als sie sechzehn gewesen war, und an die Show, die sie in jener Nacht abgezogen hatte.

»Willst du sie einkesseln?«, schlug sie vor.

Ich nickte, auch wenn sie mich nicht sehen konnte. »Du nimmst die Rückseite. Los geht's.«

Will sprang von seinem Sitz auf, kroch in den Kofferraum und kramte etwas heraus.

Als er zurückkam, reichte er mir einen Baseballschläger und meine Maske und hielt selbst ein Brecheisen in der Hand, während er seine weiße Schädelmaske mit dem roten Streifen bereits auf dem Kopf hatte.

Ich zog die Maske auf – ich hatte ganz vergessen, dass wir uns nicht zeigen durften. Es waren Menschen auf der Straße, und obwohl es mir egal war, ob die Männer meines Vaters uns sahen, wollte ich nicht auf noch mehr verdammten Videos auftauchen, da wir das im belebtesten Teil der Stadt machen mussten.

Wir kamen an Häusern, Geschäften und von Autos gesäumten Straßen vorbei, und obwohl die meisten Läden in der Stadt bereits geschlossen hatten, waren immer noch einige Leute auf den Straßen unterwegs.

Perfekt.

Gabriels Leute wären vielleicht weniger geneigt, Waffen zu benutzen, wenn die Gegend belebt war. Mein Vater hielt seinen Scheiß unter Verschluss, auch wenn die meisten Leute in der Stadt wussten, was bei ihm ablief.

Vor uns tauchte die Ampel auf, sie fuhren langsamer, und ich drückte aufs Gas und beschleunigte.

»Los«, rief ich Rika zu.

Ich wich nach links aus, fuhr an den Männern meines Vaters, die gerade anhielten, vorbei und setzte mich genau vor sie, während Rika sie von hinten blockierte, damit sie nicht wegfahren oder zurücksetzen konnten. Ohne auch nur eine Sekunde abzuwarten, sprangen wir aus den Autos, Masken auf und Kapuzen in die Gesichter gezogen, schlugen mit unseren Waffen gegen ihre Fenster und zerschmetterten die Scheiben.

Passanten schnappten nach Luft oder schrien schockiert auf, aber ich verschwendete keine Zeit damit, mich um sie zu kümmern. Wir schlugen die Heckscheibe ein, griffen hinein und entriegelten die Türen. Während ich mich auf die beiden Kerle vorne stürzte, packten Rika und Will Winter und Michael.

Anderson und der andere Typ schrien auf, traten aufs Gas und versuchten wegzufahren, aber wir hatten sie so gut blockiert, dass sie keine Chance hatte. Sie schafften es lediglich, mit unseren Autos vor und hinter ihnen zusammenzustoßen. Noch bevor sie überhaupt Gelegenheit hatten, nach ihren Waffen zu greifen, hatten wir die beiden schon aus dem Auto befreit.

Will schnitt Michaels Fesseln ab, und Michael zögerte keinen Moment. Er riss die Tür auf der Beifahrerseite auf, zog sich hoch, schoss mit den Beinen ins Auto und trat dem anderen Typen ins Gesicht.

Will nahm Winter mit, kletterte zurück in unseren SUV, und Michael schnappte sich Rika und rannte zu ihrem Auto.

»Zurück zum Haus«, rief ich ihnen hinterher. »Ich schicke Crane.«

Rika nickte, Michael kletterte auf den Fahrersitz. Gerade noch so konnte ich erkennen, dass Blut aus seinem Hinteropf sickerte, und dann fuhren sie auch schon los, machten eine Kehrtwende und rasten an uns vorbei.

Ich sprang in den SUV und wendete ihn mit quietschenden Reifen. Als wir an Anderson und dem anderen Typen vorbeifuhren, sah ich, wie Anderson gerade versuchte, das Auto zu starten.

Es war mir egal, ob Cops in der Gegend waren oder ob jemand auf der Straße sie gerade anrief. Ich würde nicht anhalten, bis wir in Sicherheit waren.

Ich warf einen kurzen Blick zu Winter rüber, die auf Wills Schoß saß. Gerade löste er ihre Kabelbinder. Schnell überprüfte ich ihr Gesicht und ihre Kleidung. Sie trug immer noch dieselbe Jeans von gestern, die mit meinem Blut besudelt war, und Wills Kapuzenpulli. Sie sah nicht verletzt aus, abgesehen von etwas Blut, das von ihrer Lippe tropfte, und nichts an ihrer Kleidung deutete auf einen Kampf hin. Aber ihr engelsgleiches Gesicht und ihr weißblondes Haar sahen aus, als hätte sie heute Nacht viel durchgemacht. Ihre Augen waren rot, und in ihrer Miene konnte ich deutlich Sorge und Wut ablesen. Sie hatte Angst gehabt. Das war deutlich zu sehen.

Wie zur Hölle war das passiert? Ich hatte im Krankenhaus nicht lange geschlafen. Sie hatten sie nicht lange gehabt, richtig? Gott, wenn sie sie angefasst hatten ...

Schnell rief ich Crane von Wills Handy aus an.

»Hallo?«, antwortete er.

»Nehmen Sie alle Männer, die noch übrig sind, und machen Sie sich auf den Weg zu St Killian's«, befahl ich ihm. »Wir werden bald da sein.«

»Ja, Sir.«

Ich war mir nicht sicher, ob mein Vater ihn noch bezahlte, aber selbst wenn Crane nicht dorthin fahren würde, wie ich es ihm sagte, wusste ich, dass er Gabriel nicht sagen würde, wohin wir fuhren.

»Glaubst du, Gabriel wird dorthin kommen?«, fragte mich Will, nachdem ich aufgelegt hatte. Er hielt Winter immer noch auf seinem Schoß.

Ich schüttelte den Kopf. »Nein. Er wird sich Zeit nehmen, um sich neu zu sammeln. Aber irgendwann wird er kommen. Wir müssen bereit sein.«

»Ist da jemand hinter uns?«, fragte Winter, ihr Atem ging schwer.

Ich schaute hektisch in den Rückspiegel, während Will einen Blick über seine Schulter warf. Helle Scheinwerfer durchdrangen die Dunkelheit, als wir das Dorf verließen, und unsere Verfolger holten auf.

»Und sie kommen schnell näher«, sagte Will.

Woher hatte sie das wissen können?

Ich drückte aufs Gas und fuhr den Hügel hinauf, wo dunkle Bäume auf beiden Seiten standen.

»Haben sie dir wehgetan?«, fragte ich Winter.

Sie schüttelte den Kopf. »Sie haben mich nur erschreckt.«

Will nahm ihr Kinn und untersuchte den Schnitt an ihrer Lippe. »War das Anderson?«

»Ich glaube schon.«

Ich raste an den Sicherheitsleuten vorbei und machte mir nicht einmal die Mühe anzuhalten, als der Wachmann erschrocken den Kopf hob. Er arbeitete für die Familien in dieser Gemeinde, nicht für die Polizei. Er würde den Vorstand anrufen, um Probleme zu melden, bevor er die Bullen rief.

Ich drehte das Lenkrad und lenkte uns um die Kurve, aber als ich wieder geradeaus fuhr, schoss das Auto hinter uns direkt auf uns zu und rammte uns.

Winter keuchte, und wir wurden nach vorne geschleudert. Will hielt sie fest, während er seine Hand auf dem Armaturenbrett abstützte.

Ich raste um eine weitere Kurve und wollte gerade ...

»Nein, nimm die Abkürzung!«, schrie Will mir zu.

Ich riss das Lenkrad nach rechts. Will hatte recht. Jetzt erinnerte ich mich, dass sich St Killian's gegenüber eines Waldes befand, durch den sich ein kleiner Fluss wand. Und über diesen Fluss führte eine Brücke. Somit konnten wir all den kurvenreichen Straßen entgehen. Konnten sehr viel schneller fahren.

Anderson schoss an uns vorbei, aber im Augenwinkel sah ich noch, wie er bremste, als wir so schnell wie möglich auf die Brücke zurasten. Ich drückte meinen Körper in den Sitz, stützte mich mit dem Arm auf das Lenkrad und konzentrierte mich völlig auf die Straße und auf den Rückspiegel.

Adrenalin schoss mir durch die Adern, und wenn ich nicht so besorgt um Winter gewesen wäre, hätte ich vielleicht ein wenig Spaß gehabt. Natürlich wäre ich nicht geflohen. Ich hätte das Arschloch vorhin an der Ampel umgebracht. Aber ich war nur damit beschäftigt gewesen, sie da rauszuholen.

Scheinwerfer blitzten in meinem Rückspiegel auf. Scheiße, Anderson holte uns wieder ein und raste hinter uns her. Er kam schnell näher, und ich spannte jeden Muskel an.

»Haltet euch fest«, rief ich.

Er rammte uns, und Schweiß brach mir am ganzen Körper aus, als ich versuchte, vor ihnen zu fliehen.

Schnell blickte ich zu Winter. »Wir sind fast da.«

Sie öffnete den Mund, um etwas zu sagen, aber das Auto rammte uns erneut, und wir wurden auf unseren Sitzen herumgeschleudert.

»Verdammter Mistkerl!«, knurrte ich.

Wieder krachten sie in uns hinein, und ich schloss meine Hände noch fester um das Lenkrad und versuchte, es ruhig zu halten.

Und wieder.

Winter begann, verängstigt zu keuchen, während sie sich mit einem Arm an Wills Hals und mit dem anderen an das Armaturenbrett klammerte.

Wieder rammten sie uns.

»Haltet euch fest«, rief ich.

Vor uns tauchte die Brücke auf, und ich preschte vorwärts, raste darauf zu, Anderson im Schlepptau. Dann schossen wir auf die Brücke, und die Reifen des SUVs polterten über die Betonplatten. Unter uns breitete sich der dunkle Fluss still und schwarz aus.

Anderson beschleunigte und rammte uns wieder, aber bevor ich mich fassen konnte, schoss er herum und knallte in meine Seite.

»Verdammt noch mal!«, brüllte ich.

Das Lenkrad rutschte mir aus der Hand, das Auto drehte sich, und ich trat auf die Bremse, und dann ... Da war er ... Seine Scheinwerfer kamen direkt auf uns zu.

Will schrie auf, schlang seine Arme um Winters Kopf, und wir krachten durch das Brückengeländer. Die Hinterreifen rutschten über den Rand, während Andersons SUV ebenfalls mit beiden rechten Reifen über die Kante kippte. Winter schrie auf, als das Auto ins Schlingern geriet.

Ich hatte nur einen Moment, in dem ich meinen Blick auf Winters Gesicht richtete, dann begannen beide Autos zu rutschen. Ich griff nach ihr, nahm ihre Hand, zog sie in meine Arme und hielt sie fest, als beide Autos über den Rand und im freien Fall in den Fluss kippten.

Scheiße!

Das Auto krachte hinab, mein Kopf wurde zurückgerissen, und die ganze Welt drehte sich, während mir schwarz vor Augen wurde.

Was zur Hölle?

»Damon?«, hörte ich Winter nach mir rufen, dann berührte sie mein Gesicht. »D... Damon, wach auf!«

Ich kniff meine Augen zusammen, hob den Kopf und drehte ihn und versuchte, den Schmerz in meinem Nacken auszublenden. Dann öffnete ich sie wieder.

War ich bewusstlos geworden? Scheiße!

Winter saß auf meinem Schoß, fast Nase an Nase, weinte und küsste mich, als sie spürte, dass ich mich bewegte.

Ich stöhnte und rieb mir den Nacken, als ich zu Will hinübersah, der am Türgriff und an der Türklinke riss und seinen Körper gegen die Tür warf.

Ich brauchte einen Moment, um zu begreifen, was gerade passiert war, aber dann schaute ich nach vorne aus der Windschutzscheibe und sah, was um uns herum war.

Der verdammte Fluss. O Gott.

»Alles okay?«, fragte ich Winter.

»Ja.«

Panisch blickte ich mich um. Das Wasser strömte bereits durch die Lüftungsschlitze und unter dem Armaturenbrett hervor. Das Auto stand halb unter Wasser.

Verdammt.

Im nächsten Moment sank das Auto mit der Nase voran in die Tiefe. Ich schaute aus dem Fenster zu dem anderen Auto hinüber, sah aber kein Lebenszeichen aus Andersons Auto kommen. Es trieb kopfüber und sank ebenfalls langsam.

Winter rutschte von mir herunter, und ich zog an meinem Türgriff, tat es Will gleich und stieß mit meinem ganzen Gewicht gegen die Tür. Das trübe Wasser begann, die Fenster zu bedecken und hineinzuplatzen, und ich zerrte wieder und wieder und wieder, aber die verdammte Tür ließ sich nicht öffnen.

Ich kletterte von meinem Sitz, probierte die hinteren Türen und trat gegen die Fenster. Winter ging von Tür zu Tür, tastete sich vor und probierte es an den Fenstern und drückte auf die Knöpfe, während Will den Baseballschläger nahm und ihn gegen das Glas schlug.

»Beruhige dich doch mal!«, schrie ich ihn an.

Wir waren jetzt unter Wasser. Wenn er das Glas zerbrach, würde das Wasser hereinströmen.

Ich drückte so fest gegen die Hintertür, dass meine Muskeln brannten.

Scheiße, Scheiße, Scheiße, Scheiße ... Denk nach.

Meine Knie zitterten, als ich mich auf den Weg zurück nach vorne machte, durch das eisige Wasser schwappte und Winter hochzog, die bis zur Brust im Wasser war und zitterte. Ich hauchte ihr über die Lippen und versuchte, sie irgendwie zu wärmen.

»Im Moment lastet ein Druck von ungefähr dreihundert Kilo auf den Fenstern und Türen«, sagte ich zu ihr. »Sobald der Druck ausgeglichen ist, öffnen wir die Türen.«

»Wann ... wann ...«, stammelte sie und zitterte. »Wann wird er ausgeglichen sein?«

Die Kälte des Wassers drang mir bis in die Knochen. »Wenn sich der Wagen mit Wasser gefüllt hat.«

»Wenn er sich mit Wasser füllt, können wir nicht mehr atmen!«, schrie Will und kletterte von seinem Sitz. Seine Kleider und Haare waren völlig durchnässt. »Wir wollen nicht, dass es vollläuft!« Er stolperte und fing sich, während er den Kopf nach rechts und links drehte und panisch nach einem Ausweg suchte. »Damon, Mann ...« Er hyperventilierte fast, als ihm das Wasser bis zur Brust stieg und langsam das Auto verschlang. »Wir müssen ... Wir müssen hier raus. Ich kann nicht ... Ich kann nicht ...«

Er fing an, das Dach abzutasten, und suchte überall nach irgendetwas, das er fassen konnte, während er nach Luft schnappte.

Ich wandte mich von Winter ab und nahm sein Gesicht in meine Hände. »Ruhig atmen«, sagte ich zu ihm. »Vertrau mir. Wir kommen hier raus.«

Er sah mir in die Augen, sein Kinn zitterte, und ich erkannte in seinem Blick, dass er gerade zusammenbrach. »Bitte nicht ...«, flehte er. »Bitte verlass mich nicht.«

Ich presste meinen Kiefer zusammen und schämte mich wieder einmal für das, was ich ihm angetan hatte. Oder vielmehr, dass ich zugelassen hatte, was Trevor ihm angetan hatte. Dass ich ihn verlassen hatte.

Ich musste daran denken, wie ich niemals damit hätte leben können, wenn ihm in dieser Nacht etwas passiert wäre.

»Ich habe dich nie verlassen«, versicherte ich ihm und legte meine Stirn an seine. Dann drehte ich mich zu Winter um, nahm ihre Hand und legte sie um meinen Gürtel. »Du lässt nicht los«, befahl ich.

Sie zitterte vor Angst, und ihre Augen tränten. Das Auto knarzte unter dem Gewicht des Wassers, mit dem es sich langsam füllte, als wir in die Tiefen des Flusses gezogen wurden. Ich hielt sie hoch, damit sie so lange wie möglich atmen konnte.

»Sag mir, dass du mich liebst«, flüsterte sie. »Sag es.«

Ich blickte ihr in die Augen. Verdammt, ich hatte genug von diesem ganzen Mist. Wir würden nicht sterben. Und ich würde ihr diesen Scheiß nicht sagen, als hätte ich keine Chance, es ihr später noch zu sagen. Sie musste verdammt noch mal warten.

Ich hielt sie fest, Nase an Nase. »Eines Tages«, stichelte ich und zwang ein Lächeln in meine Stimme.

Sie lachte ein wenig, als sie schluchzte, und ich wünschte mir so sehr, sie wieder hinter mir auf dem Motorrad zu haben, wie in der Nacht, als ich ihr versprochen hatte, ihr eines Tages Rot zu zeigen. Selbst wenn ich sie anlog wie in jener Nacht, war es besser als das hier.

Sie packte meinen Gürtel, mein Herz pochte in meiner Brust, und Will und Winter keuchten um die Wette, als wir die letzte Luft im Auto einsogen. Ich schob uns hoch, immer weiter und weiter, und wir holten ein letztes Mal Luft, während Will neben uns einen Schluck Wasser in den Mund bekam, hustete und keuchte. Dann waren wir unter Wasser, und er trat um sich.

Verdammt.

Ich verschwendete keine Zeit. Mit Winter, die sich an meinem Gürtel festhielt, ging ich zu einer der hinteren Türen und drückte dagegen, aber sie rührte sich immer noch nicht. Ich fummelte am Schloss, um sicherzugehen, dass es nicht gesichert war, und drückte mein Gewicht in die Tür, so gut ich konnte.

Winter hielt still, aber ich konnte Will im Wasser kämpfen hören, weil er keinen letzten Atemzug bekommen hatte, bevor wir untergetaucht waren, und ich wusste nicht, warum sich die verdammte Tür nicht öffnete. Sie *musste* sich öffnen.

Komm schon.

Meine Hände zitterten so sehr, dass ich fast durchdrehte. Sie würden meinetwegen sterben. Schon wieder.

Bitte.

Ich drückte gegen die Tür.

Bitte, bitte, bitte.

Und dann drückte ich ...

Und sie öffnete sich wie von Zauberhand.

Für einen Moment wurde mir schwindelig, und ich fragte mich, ob sie das wirklich getan hatte.

O verdammt, ja. Gott sei Dank.

Ich tauchte in den Fluss hinein, zog Winter heraus, manövrierte mich dann erneut ins Auto und schnappte mir Will. Er strampelte mit den Beinen, schwamm hinaus und kämpfte sich Richtung Oberfläche. Ich folgte ihm und nahm Winters Hand von meinem Gürtel, ließ sie aber nicht los, als wir schwammen.

Einer nach dem anderen brachen wir durch die Oberfläche des Flusses und schnappten hustend und keuchend nach Luft. Das kalte Wasser stach wie Nadeln in meine Haut, aber zumindest konnte ich meine Wunde nicht spüren. Ein Schmerz nach dem anderen.

Wir mussten aus diesem Wasser raus. Ich schaute mich nach Anderson und seinem Partner um, aber da war niemand. Auch sonst sah ich nichts an der Oberfläche des Flusses.

Er war untergetaucht. Verschwunden.

Gut, dass wir ihn los waren.

»Kannst du schwimmen?«, fragte ich Winter. Sie war mit Will im Pool gewesen, aber der war nicht gerade tief.

»Ja«, presste sie hervor. »Ich folge dir.«

Ich drehte mich auf meine unverletzte Seite und schwamm in großen Zügen zum Ufer des Flusses. Immer wieder blickte ich mich um und vergewisserte mich, dass sie meinem Klang und der Bewegung des Wassers folgte.

Will schwamm neben mir, die Strömung zerrte an uns, aber wir kamen gut voran, und ich begann, den Boden unter mir zu spüren. Mein verdammter Körper war am Ende.

Wir erreichten das Ufer des Flusses, krochen aus dem Wasser und an Land.

Erleichterung überkam mich, als ich zusammenbrach.

»Scheiße, wir haben es geschafft«, stieß ich hervor.

Winter packte mein Bein und zog sich hoch.

»Wir können hier nicht bleiben«, sagte sie mit zitternder Stimme. »Wir müssen irgendwohin, wo es warm ist.«

Ich rollte mich auf die Seite und stöhnte vor lauter Schmerzen. Ich brauchte zehntausend Dinge, aber ich war so verdammt froh, dass sie hier waren und wir es geschafft hatten. Als ich meinen Kopf hob und aufblickte, sah ich ein einzelnes Licht zwischen den Bäumen und wusste …

Ich wusste es einfach.

St Killian's.

KAPITEL 29

DAMON

Gegenwart

Wir stolperten Richtung Kirche, uns war eiskalt, und wir waren dreckverschmiert, als Will eine Böschung hinaufkrabbelte und ich ihm mit Winter im Schlepptau folgte.

Keine Ahnung, ob mein Vater wusste, dass wir Michael und Winter befreit hatten, oder ob uns jemand auf den Fersen war, aber wir mussten nach drinnen und uns aufwärmen.

Unser Atem bildete Wolken in der Luft, und die nassen Klamotten klebten uns an der Haut, aber ich riss mich zusammen.

Wir waren fast da.

Will ließ den Kopf hängen und sah aus, als würde er gleich zusammenbrechen, aber er schien wie besessen – fast als versuchte er, vor etwas zu fliehen, während er davonhastete.

Aber anstatt in Richtung St Killian's zu laufen, ging Will auf etwas zu, das fast wie eine Höhle aussah. Ich spähte durch die Dunkelheit und sah unter einem Baum einen Eingang in der Erde. Wie ein Tunnel.

Was war das?

Ich folgte ihm, blieb hinter ihm stehen und hielt Winter fest, die unkontrolliert zitterte, während ich Will dabei beobachtete, wie er einen Code eingab.

Die Tür öffnete sich, und wir traten über die Schwelle. Will ging weiter, riss sich seinen Hoodie und das T-Shirt vom Leib und warf beides auf den Boden. Ich zog die Tür wieder hinter uns zu, nahm Winters Hand und sah mich um. Ich brauchte gerade mal zwei Sekunden, um zu realisieren, dass wir in den Katakomben unterhalb der Kirche waren. Ich hatte gewusst, dass es einen anderen Eingang gab, aber es sah so aus, als hätten Michael und Rika eine richtige Tür mit Sicherheitsschloss eingebaut.

Als ich das letzte Mal hier gewesen war, hatte alles nur aus Stein und Dreck bestanden. Jetzt aber fielen mir die polierten Hartholzböden, die Steinwände, die repariert und verschönert worden waren, und die Laternen auf, die den Flur auf beiden Seiten in ein unterirdisches Licht tauchten.

Ich folgte Will, und wir eilten alle in die massive Steindusche. Will nahm den einen Duschkopf und ich den anderen. Wir drehten die Regendüsen auf, sodass sie warm wurden und der Dampf aufstieg, und dann eilte ich zu Winter hinüber und zog ihr das Sweatshirt aus, während sie ihre Schuhe und Socken abstreifte.

Ich ballte die Fäuste vor Kälte und riss mir ebenfalls den Hoodie und das T-Shirt ab.

»Scheiße«, knurrte ich und stellte Winter unter das warme Wasser.

Will war vornübergebeugt, zitterte immer noch, aber jetzt, da sich das warme Wasser über ihn ergoss, war es sogar noch schlimmer. Was war nur los mit ihm?

Ich eilte zu ihm hinüber und packte ihn unter den Armen. »Komm schon, setz dich hin.«

Er versuchte aufzustehen, aber seine Beine gaben unter ihm nach, und er fiel auf mich drauf. Beide stürzten wir zu Boden, und ich konnte einfach nicht mehr. Ich gab auf, meine Kraft war weg.

Wir saßen da an der Wand, Wills Rücken an meiner Brust, und sein Kopf lag auf meinem Schlüsselbein, während das Wasser uns durchnässte. Meine Jeans klebte an meiner Haut, aber die Wärme sickerte in meine Knochen, und ich begann, mich von Minute zu Minute besser zu fühlen.

Nicht aber Will. Noch immer zitterte er, und sein Knie wippte in schnellen Bewegungen auf und ab.

Ich schlang meine Arme um ihn und versuchte, ihm zu helfen. »Wir sind in Sicherheit«, sagte ich. »Atme einfach.«

Aber er stöhnte, als hätte er Schmerzen, und ich drückte seine Arme, versuchte, das Blut in Wallung zu bringen oder so. Irgendetwas. Aber er war eiskalt und konnte sich einfach nicht beruhigen.

Was zur Hölle war los?

»Will, alles okay?«, fragte Winter.

»Er zittert«, sagte ich. »Komm her.«

Sie folgte meiner Stimme und kroch zu uns. Ich nahm ihren Arm und zog sie auf ihn, sodass wir ihn beide umarmten.

»Wir müssen ihn warm bekommen.«

»Alles ist gut«, sagte sie, setzte sich auf ihn und umarmte seine Brust.

»Ich wäre fast ertrunken«, stieß er stoßweise atmend hervor. »Schon wieder.«

»Schhh«, beruhigte ich ihn und hielt ihn fest, denn das war alles, was ich tun konnte.

Es gab nichts, was meine Tat ungeschehen machen konnte, ich konnte mich nur noch mehr dafür hassen, dass ich es überhaupt getan hatte.

Ich war mir nicht sicher, ob Winter wusste, wovon er sprach, aber sie hielt ihn einfach fest und sagte nichts.

»Ich habe das Gefühl, dass mich etwas verfolgt, Mann.« Er hörte nicht auf zu zittern. »Als ob es nur noch eine Frage der Zeit ist.«

Ich umfasste Winters Gesicht mit einer Hand und ihn mit der anderen und hielt sie beide fest.

»Ich k...k... kann nicht aufhören zu z...z... zittern«, sagte er. »Scheiße, ist m...m... mir kalt.«

»Ist schon gut.« Ich hielt ihn fester, wusste nicht, was ich tun sollte, um ihn zu beruhigen.

Er war nicht in Ordnung. Er war alles andere als okay. Rika hatte recht gehabt. Er befand sich in einer verdammten Spirale. Und ich bezweifelte, dass irgendjemand das volle Ausmaß des Chaos in seinem Kopf kannte.

Winter hob ihren Kopf. »Schließ die Augen«, sagte sie und legte ihre Hände auf seine Brust. »Schließ sie für einen Moment lang. Wir halten dich.«

Ich blickte zu ihm hinunter und sah, dass seine Augen geschlossen waren.

»Wir halten dich«, flüsterte sie wieder. »Wir sind bei dir. Wir sind für dich da. Wir werden nicht weggehen.« Sie legte ihren Kopf wieder auf seine Brust, während eine Hand auf meinem Oberschenkel ruhte. Sie atmete lange und tief ein und beruhigte ihn mit ihrer sanften Stimme. »Damon an deinem Rücken«, sagte sie, »und ich an deiner Vorderseite. Spür, wie wir atmen. Fühl uns.«

Ich tat dasselbe, neigte meinen Kopf nach oben, schloss die Augen und konzentrierte mich auf unsere Körper.

»Ein.« Sie atmete ein. »Und aus.«

Wills Körper zitterte, aber er versuchte es.

Ein.

Und aus.

»Langsam, Will«, sagte sie leise. »Mach langsam.«

Ihre Finger drückten meinen Oberschenkel, um mir zu zeigen, dass sie hier war, und ich rieb ihren Arm, während wir alle unsere Augen geschlossen hielten und versuchten, uns zu beruhigen.

»Spürst du ihn?«, fragte sie Will. »Spür seinen Körper hinter dir. Und spür mich.«

Das Zittern in Wills Körper begann nachzulassen, während sich sein Brustkorb immer langsamer hob und senkte, und wir alle konzentrierten uns auf jeden Atemzug, und unsere Brustkörbe bewegten sich im Einklang.

»Ein«, sagte sie zu uns. »Und aus.«

Wir atmeten alle aus, unsere Körper verschmolzen miteinander und bewegten sich wie eine Einheit.

Ein …

Und aus …

»Langsam«, flüsterte sie. »Beruhig dich mit mir.«

Seine Arme legten sich um sie, und wir saßen alle ineinander verschlungen und warm da, während Rika und Michael wahrscheinlich oben Amok liefen und sich fragten, was mit uns passiert war.

Die Handys von Will und mir lagen jetzt auf dem Grund des Flusses.

Aber ich konnte nicht nach oben gehen. Ich wollte mich nicht bewegen.

»Ein und aus«, sagte sie wieder.

Ich fuhr mit meiner Hand über ihren Rücken und fand ihr T-Shirt bereits ein wenig hochgezogen, weil Will seine Hand darunter hatte. Er bewegte sie nicht, sondern klammerte sich nur an ihre Wärme.

»Was auch immer hinter dir her ist, es hat versagt«, sagte ich zu ihm. »Du bist nicht am Arsch. Du bist der Stärkste von uns allen, weil du am meisten überlebt hast.«

Ich hatte versagt, ihn zu vernichten. Miles Anderson hatte versagt. Zweieinhalb Jahre im Gefängnis hatten versagt. Und diese Schlampe, die ihn in der Highschool wie Müll behandelt und immer noch einen Platz in seinem Kopf hatte, würde ebenfalls versagen.

Ich rieb Winters Rücken, und er begann, sie mit seinem Daumen zu streicheln.

Ihre Stimme und das Wasser lullten uns ein und entspannten uns. Alles war ruhig und warm und fühlte sich so gut an, dass ich einfach mehr davon wollte. Langsam kneteten wir ihre Haut, aber meine Hand begann ihren Rücken härter zu reiben, fordernder, als ich dem Verlangen nach Kontakt nachgab.

Ich wanderte hinunter zu ihrem Hintern. Ich musste fühlen, was mir gehörte. Alles fühlen, was genau hier mir gehörte.

»Wir haben alle viel Scheiße durchgemacht«, sagte Will.

»Zu viel Scheiße«, fügte ich hinzu.

Und nichts fühlte sich so gut an, wie fast alles, was mir auf der Welt am wichtigsten war, genau in diesem Moment zu halten.

Will und ich streichelten ihre Haut immer fordernder, als unser Atem wieder schneller wurde. Sie hob ihren Kopf leicht und streckte sich unseren Berührungen entgegen.

»Jungs«, keuchte sie, brachte aber keine weiteren Worte mehr heraus.

Will zog ihr das T-Shirt über den Kopf, sodass sie nun nur noch in ihrem BH dasaß. Ich umfasste ihr Gesicht und streichelte es, und sie legte ihren Kopf in meine Hand, während wir sie berührten – ihre Arme, ihren Hals, ihren Rücken.

Mit ihren Fingern fuhr sie über Wills Arme, und ich spürte, wie er seufzte und sich mehr entspannte, als ihre Hand von ihm abließ und meinen Arm berührte. Die Berührung ging mir direkt zwischen die Beine.

Wir wurden zu einem Netz aus Armen und Händen, unsere Hände auf ihr und ihre auf uns. Wir erwiderten unsere Zuneigung, während Will einen Rausch gegen den anderen tauschte und das Plätschern des Wassers die Welt draußen übertönte.

Sie richtete sich auf, hielt Wills Gesicht fest und küsste mich, lang und langsam, neckte mich mit ihrer Zunge, und kein Geräusch erfüllte die Dusche außer dem Atem zwischen uns.

Ich hielt ihr Gesicht mit einer Hand, umfasste mit der anderen ihren Hintern und zog sie an mich, wobei ich völlig vergaß, dass Will auch noch da war. Stattdessen rieb sie sich an ihm, und er stöhnte leise auf, als ihre Hüften aufeinandertrafen.

Winter erstarrte, ihre Lippen legten sich auf meine, und sie schien zuerst schockiert zu sein, aber dann entfuhr ihr ein Wimmern.

Ich beobachtete sie, spürte ihren Körper in meinen Händen, und dann küsste ich sie, und wir fielen übereinander her, während mein Herz pochte und mein Schwanz schmerzte, heiß und bereit.

Ich hatte alles genau hier. Alles. Ich hatte sie nicht gehen lassen.

Sie waren hier. Ich packte ihr Haar. *Meins.*

Ich bewegte sie auf ihm und biss ihr auf die Lippen, als sich sein Mund auf ihren Hals legte. Er schlang seine Arme um sie, als wäre sie alles, woran er sich festhalten konnte, und wir waren alle drei ein Durcheinander von Lippen und Händen, die bissen und zugriffen.

Will nahm ihre vom BH bedeckte Brust und nahm sie durch den Stoff in seinen Mund, während sie ihre Hüften auf ihm rollte und sich durch seine Jeans an ihm rieb.

Er packte ihre Hüften und sog die Luft durch seine Zähne ein, während er ihr half, sich zu bewegen.

»Lass sie nicht aufhören«, stieß er hervor. »Hör nicht auf.«

Sie legte eine Hand an die Wand hinter mir und hielt mein Gesicht mit der anderen, während wir uns küssten. Dabei hörte sie nicht auf, sich an ihm zu reiben.

Aber dann stöhnte sie plötzlich auf und zog sich zurück, kletterte von ihm herunter und stand auf.

Was ...?

Mir gefror das Blut in den Adern, und Will konnte nicht mehr zu Atem kommen, weil wir beide schmerzhaft hart waren und sie so sehr wollten.

Scheiße, was hatte ich getan? Hatte sie Angst?

Ich schloss meine Augen und ließ meinen Kopf zurückfallen.

»Es ist okay«, sagte ich zu ihr und blickte wieder auf. »Ich weiß, dass ich krank bin. Geh einfach. Du kannst gehen.«

Herrgott noch mal. Was tat ich hier nur?

Es hatte sich einfach so gut angefühlt, sie beide hier in meinen Armen zu halten, und ich wusste, Will hatte es auch gespürt. Nach so langer Zeit und so viel Wut ...

Aber sie schüttelte nur den Kopf. »Ich will nicht gehen.«

Warum bist du dann aufgestanden?

Gott, war sie schön. Mit diesem feuchten Körper, der töten konnte.

Ich wollte sie so sehr, verdammt.

Sie knöpfte ihre Jeans auf, ließ sie über ihre Beine gleiten und stieg aus ihr heraus. Sie griff nach hinten, öffnete ihren BH und strich ihre nassen Haare über eine Schulter, während ihre vollen und festen Brüste sich uns entgegenreckten. Will und ich waren wie erstarrt, als wir sie einfach nur ansahen.

Glatt und glühend. Nass und dampfend.

Mein Schwanz schwoll an, und ich starrte auf ihren roten, spitzenbesetzten Slip, wohl wissend, wie gut sich das, was darunter war, anfühlte.

Ich konnte das kleine Lächeln auf meinem Gesicht spüren, als ich mich zu Wills Ohr beugte. »Hast du den Scheiß gesehen?«, knurrte ich, während wir uns beide auf das Dreieck von Winters Slip konzentrierten.

Er atmete schwer.

»Du bleibst draußen«, befahl ich ihm.

Er gluckste, und sein spielerischer Tonfall war wieder der alte. »Und wenn ich es nicht tue?«

»Dann wirst du heute Nacht vielleicht doch noch sterben.«

Er lachte, und ich schob ihn weg und stand auf.

Ich ging zu ihr, hob sie hoch und warf sie mir über die Schulter. Dann gab ich ihr einen Klaps auf den Po.

Sie schnappte nach Luft.

»Mach das Wasser aus«, sagte ich zu Will. »Lasst uns ins Bett gehen.«

KAPITEL 30

WINTER

Gegenwart

Wir wären fast gestorben. Vor einer halben Stunde waren wir noch auf den Grund eines Flusses gesunken, und ich wollte sie nur festhalten und berühren und die ganze Nacht nicht mehr loslassen, so gut fühlte sich das alles gerade an.

Das war alles, was ich in diesem Moment wollte. Die beiden in Sicherheit, dass Damon wusste, dass ich an seiner Seite stand, und dass Will wusste, dass er zu uns gehörte. Wir waren für ihn da und würden ihn nicht fallen lassen.

Damon warf mich auf das Bett, und mein Körper zerbarst fast vor Verlangen. Ein Verlangen, das ich nicht einmal ansatzweise erklären konnte. Er legte sich auf mich, und seine nasse Jeans rieb an meinem Slip und machte mich fast wahnsinnig.

Ich hörte, wie jemand anderes die Zimmertür schloss. Damon war genauso geladen wie ich und zögerte keinen Moment mehr. Er öffnete seine Jeans, riss meinen Slip zur Seite, und ich spreizte die Beine, als er, so weit es ging, in mich eindrang.

Ich schrie auf, als sein Penis mich in voller Länge ausfüllte, und krallte mich an seinen Schultern fest.

Er stöhnte auf, stützte sich mit einer Hand ab, schob die andere unter meinen Hintern und stieß mit seinen Hüften hart und schnell zwischen meine Beine, als wäre er besessen.

»Damon«, keuchte ich und kreiste mit den Hüften, um mich seinen Bewegungen anzupassen.

Ich legte den Kopf zurück, und er bedeckte meinen Hals mit Küssen, als ich hörte, wie Kleidungsstücke auf den Boden fielen. Will musste sich seine Jeans ebenfalls ausgezogen haben.

»Verdammt, ist das heiß«, sagte er von der Seite des Bettes.

Ich stöhnte auf, meine Brüste hüpften vor und zurück wegen seiner schnellen, harten Stöße, und die zarte Haut meiner Nippel sehnte sich so sehr nach seinem Mund.

Damon stöhnte bei jedem Stoß auf und drang so tief in mich ein, dass ich jede Sekunde davon genoss. Im Moment wollte ich es hart.

Wild.

Dann hörte ich Wills Stimme neben meinem Ohr, als er sich auf das Bett legte.

»Wie fühlt es sich an?«, flüsterte er.

Ich drehte meinen Kopf zur Seite und spürte seinen Atem auf meinem Gesicht. »Dick«, stöhnte ich. »Es schmerzt so gut.«

Ich hielt mich an Damons Hüften fest, als Wills Mund näher kam. »Bist du feucht für ihn?«, fragte er.

»M-hm.«

»Du hast einen fantastischen Körper.« Er sog scharf die Luft ein. Dann fuhr er mit seiner heißen Zunge über meine Lippen, und Hitze strömte mir in den Bauch und ließ meine Klit noch mehr pochen.

»Ich will mit dir spielen«, flüsterte er. »Lass mich deine Muschi berühren.«

Ich fing zu keuchen an und wollte am liebsten schreien, weil sich alles so gut anfühlte, und ich wollte alles fühlen, aber mir wurde schwindelig, als Damon noch tiefer in mich eindrang und meinen Körper vor- und zurückdrückte, während er mich nahm.

Will legte seine Lippen auf meine. »Lass mich dich berühren, verdammt.«

Ich nickte.

»Ich werde sie jetzt anfassen, Mann«, sagte er zu Damon.

Damon blieb still, und ich streichelte mit meinen Händen über seine Brust und spürte, wie sich sein Körper instinktiv bewegte und sich nahm, was er brauchte. Das wollte ich für immer.

Ihn für immer.

Ich wollte diesen Ort halten, wo wir uns in unseren dunklen Ecken verstecken und alles fühlen konnten, was wir nicht immer verstanden. Fantastische Angst und Fallenlassen. Gefahr, Wut, Hitze und Verlangen.

So stark wie ein verdammtes Tier.

Schwarz und Rot.

Und unter der Erde, hinter einer verschlossenen Tür, in diesem Raum ließen wir es geschehen. Wir gaben einfach nach.

»O verdammt«, stöhnte Will, als er nach unten griff und meine Klit streichelte.

Seine weichen Lippen spielten mit meinen, liebkosten und neckten sie, und seine Finger zogen schnellere Kreise, während sein bester Freund es mit mir trieb.

Ich keuchte und stöhnte, Wills heißer Atem vermischte sich mit meinem, und ich schloss die Augen, als ich nach Damon griff und ihn an mich zog, um meine Hüften an ihm zu reiben. Ich spürte Wills und Damons Berührungen gleichzeitig.

Lust baute sich in mir auf, und mein Atem ging schwerer, als ich immer erregter und verzweifelter wurde. Da war es. Ich war fast so weit. Will drang mit seiner Zunge in meinen Mund ein und verschlang meine Lippen in einem leidenschaftlichen Kuss. Ich fragte mich, ob Damon uns zuschaute. Was sah er? Gefiel es ihm?

Ich konnte seinen Blick auf uns spüren.

Aber dann hörte ich seine Stimme, tief und heiser. »Ihr zwei …«, sagte er, und es klang wie eine Drohung, »… macht mich so hart.«

Seine Bewegungen wurden langsamer, und wir genossen jeden Zentimeter, den er in mich eindrang. Dann bedeckte er meine Brust mit seinem Mund.

Ich schnappte nach Luft, aber Will nahm seinen Mund von meinem und legte ihn auf meine andere Brust. Jetzt leckten beide an meinen Nippeln. Ich fuhr mit den Fingern durch ihre Haare – Damons waren länger und weicher, Wills kürzer und dicker –, als sie mich küssten, an mir saugten und mich bissen.

Ich legte den Kopf zurück und streckte ihnen meine Brüste entgegen.

Mein Gott, die beiden, wie sie mich gleichzeitig küssten …

Damon kam hoch und küsste mich auf den Mund, eindringlich und fordernd, dann verteilte er mehrere Küsse auf meinem Hals, und Will widmete sich wieder meinem Mund. Ich tauchte in Wills Mund und seinen Geschmack ein und zog Damon an mich. Er drehte mein Kinn zu sich, damit er mich wieder küssen konnte. Einer nach dem anderen küssten sie meinen Körper, bis sie wieder an der Reihe waren, mich auf den Mund zu küssen.

Damon verschlang wieder meine Brüste. Ich spürte Wills Lippen auf meinen, während Damon tief und hart in mich eindrang, dann kam er zurück nach oben, packte mich an den Haaren und forderte erneut meinen Mund.

Ich war atemlos und benebelt und konnte nicht mehr sagen, wer wer war.

»So heiß«, sagte Will. »Zuzusehen, wie er dich nimmt.«

Ich spreizte meine Beine weiter und wollte, dass Damon alles hatte.

»Er sagt, ich darf nicht in dich eindringen«, flüsterte Will mir ins Ohr. »Aber du wirst meinen Schwanz heute Nacht noch spüren, Winter.«

Ich stöhnte auf, und mein Atem stockte, weil ich das mit ihnen beiden wollte. Beide in meinen Armen und das überwältigende Gefühl, sie mit jedem meiner Sinne zu spüren, weil wir das hier brauchten.

Aber es war zu viel. Zu viel.

Damon zog sich aus mir heraus, und ich hatte nur einen Moment Zeit, in dem ich mich fragen konnte, was er tat, bevor er meine Muschi mit seinem Mund bedeckte. Will zog seine Hand zurück und streichelte mich am ganzen Körper auf und ab, während er an mir saugte und mich küsste.

Mein Brustkorb hob und senkte sich in schweren Atemzügen, als Damon mich mit seiner Zunge reizte, und ich zog scharf die Luft ein, als sich meine Lust wieder aufbaute.

»Hört nicht auf«, flehte ich. »Es fühlt sich so gut an, was ihr mit mir macht.«

Damon saugte so fest an meiner Klit, dass ich mich nur noch an ihm festhalten konnte.

Mein Orgasmus kam, und ich machte kurze und verzweifelte Atemzüge und war bereit zu explodieren. Da drang er mit seiner Zunge in mich ein, und ich erschauderte und schrie auf.

Der Orgasmus rollte über meinen ganzen Körper hinweg, und zitternd drückte ich seinen Kopf an mich, als er weiter meine Klit bearbeitete.

»O Gott«, stöhnte ich.

Aber als er aufstand und seine Jeans auf den Boden fiel, wollte ich noch mehr von ihm, bevor er sich wieder auf mich legen konnte. Ich zog mich von Will weg, kniete mich hin und rutschte ans Bettende, wo er stand. Dann schlang ich meine Arme um seinen Hals und küsste ihn mit aller Leidenschaft.

»Ich liebe dich«, flüsterte ich.

Er war heiß und hart, sein Penis stach wie ein Stahlrohr in meinen Bauch, und ich rutschte auf dem Bett zurück, ließ mich auf alle viere fallen und nahm ihn in meinen Mund.

Mein Gott, ich wollte das. Ich wollte ihn auf meiner Zunge. Ich wollte ihn überall spüren.

Ich saugte so fest an ihm, wie ich konnte, legte meine Hand um den Rest seines Penis und bewegte sie mit festem Griff langsam auf und ab. Ich hörte ihn stöhnen und spürte, wie sein Atem schneller ging.

Er packte meine Haare, während ich leckte und saugte, und ich ließ keine Stelle seiner weichen Haut unberührt. Er begann, mit den Hüften zu pumpen, während er meinen Kopf festhielt, und ich spürte, wie ich selbst feuchter wurde.

Ich rutschte zur Seite. »Will, komm her«, sagte ich leise. »Leg dich hin.«

Er kam zu uns, und als er in der richtigen Position war, hielt ich Damon in der Hand und warf mein Bein über Wills Körper, um mich rittlings auf ihn zu setzen.

»O ja, verdammt«, stöhnte er, als ihm klar wurde, was ich tat. Er rutschte noch weiter unter mich.

Zurück auf allen vieren, legte ich meine Lippen wieder um Damons Penis und nahm meinen Rhythmus wieder auf, während ich mit meinen Hüften auf Will kreiste, damit sich unsere Unterleiber aneinanderrieben.

Ein Stöhnen kam tief aus meiner Kehle, und Damon füllte meinen Mund aus, während ich auf Will ritt und mich mit meiner Muschi an seinem harten Penis rieb.

»Winter«, keuchte Damon.

Ich fuhr mit der Zunge auf der Unterseite seines Penis entlang und spürte, wie er tropfte und bereit war. Will packte mich an den Hüften, ebenfalls steif und bereit.

Damon zog meinen Kopf hoch und küsste mich, während ich mich weiter an Will rieb.

»Dreh dich um«, flüsterte Damon. Ich kletterte von Will herunter und begann, mich umzudrehen. »Laken«, befahl Damon seinem Freund.

Will legte sich ein Bettlaken über seinen Unterleib, ich kletterte wieder auf ihn und spürte seinen dicken, harten Penis durch den weichen, seidigen Stoff. Das Bett gab unter mir nach, und dann fühlte ich Damon an meinem Hintern. Er griff nach meinem Slip und riss ihn weg. Der schrille Klang von zerreißendem Stoff erfüllte die Luft im Raum, als er ihn von mir zog.

Er packte mich am Kinn und drehte mein Gesicht zu sich. »Kopf runter, Hintern hoch.«

Ein Schauder durchfuhr mich, ich beugte mich über Will, streckte meinen Rücken durch und wartete darauf, das zu fühlen, was ich wollte.

Will, der nun vor Lust zitterte, zog meinen Kopf an seinen Körper. Damon spreizte meine Beine noch weiter und drückte eine Hand auf mein Rückgrat, damit mein Hintern höher kam. Dann drang er von hinten in mich ein. Genau wie im Spukhaus. Erst vorsichtig und langsam mit der Spitze, dann folgte auch der Rest und füllte mich komplett aus. Wills Penis rieb unter mir durch das Laken an meiner Klit, und ich begann, mich zu bewegen, weil mir klar war, dass ich es war, die wusste, wie ich mich bewegen musste, um beiden gleichzeitig zu geben, was sie brauchten. Ich kreiste meine Hüften in einer Acht, hoch und runter über Wills Penis und wieder zurück zu Damon. Hoch und runter, hoch und runter. Hoch und runter.

Als sie begannen, sich meinem Rhythmus anzupassen, stöhnten und keuchten, wusste ich, dass ich es richtig machte. Ich stützte mich selbst auf den Händen ab und ritt sie beide – Will unter mir, Damon hinter mir. Will richtete sich etwas auf und saugte an meinen Nippeln, erst an einem, dann am anderen. Im Raum hörte man nur noch die Geräusche unserer Leidenschaft und unseres Verlangens. Wir brauchten diese Verbindung.

Damon stieß immer härter und fester zu, und ich tat es ihm gleich, während ich mich über Will beugte und seine Brust küsste. Er zog mich an sich, als ich an ihm saugte und knabberte, und innerhalb weniger Sekunden waren wir nichts als Körper, Münder und Hände und ein tief sitzendes Verlangen.

Ich kam zuerst, schrie auf und erschauderte, als die Emotionen aus meinem tiefsten Innern durch meine Klit fuhren, mich den Kopf in den Nacken werfen und jegliche Kontrolle über meinen Körper verlieren ließen. Ich kniete einfach nur da, und mein Orgasmus durchfuhr mich immer noch, als Will kam. Sein Körper spannte sich unter dem Laken an, und er griff nach meiner Hüfte und meiner Brust.

Damon drückte mich runter, hielt meine Schulter fest und drang immer schneller, härter und fester in mich ein, während Will ihm meinen Kopf entgegenhielt, um mich zu stützen.

Damon stöhnte knurrend auf, seine Bewegungen wurden schneller und wilder, und dann kam er. Er stieß noch einmal ganz langsam zu, dann ließ er los.

Er zuckte noch ein paarmal, dann brach er auf meinem Rücken zusammen – schweißbedeckt.

Alle drei waren wir völlig atemlos. Meine Augenlider fühlten sich schwer an, und ich konnte ihre Herzschläge auf meiner Haut spüren.

Ich entspannte mich auf Wills Körper, spürte Damon hinter mir, und selbst wenn die Angst und die Sorge wegen dem, was heute passiert war, morgen wiederkommen würden, konnte ich gerade nicht darüber nachdenken.

In diesem Moment wollte ich einfach nie wieder diesen Raum verlassen. Erst als die Luft kalt wurde und sich unser Atem beruhigte, kroch ich von Will herunter, und Damon stand ebenfalls auf. Will warf das schmutzige Laken vom Bett, und eine Stunde später konnte ich seinen gleichmäßigen Atem hören, als er links von mir eingeschlafen war.

Damon umarmte mich von hinten. Wir waren beide noch wach, aber ich wusste, dass er das Licht ausgemacht hatte. Ich drückte Damons Arm an meine Brust, und jetzt, wo wir alle ruhiger waren, wartete ich darauf, dass die Schuldgefühle kamen.

Die Scham. Die Sorge. Der Zweifel.

Aber sie kamen nicht. Zumindest jetzt noch nicht. Wir hatten uns berührt und geküsst, hatten uns gegenseitig fallen lassen, und ich war dankbar, dass sie hier waren. Am Leben und in Sicherheit.

Ich wollte nicht nachdenken.

»Ich habe das noch nie eine Frau bei mir tun lassen«, brach Damon das Schweigen.

»Was tun lassen?«

»Mich mit ihrem Mund zu befriedigen«, antwortete er. »Da unten.«

Er hatte noch nie zugelassen, dass eine andere Frau seinen Penis in den Mund genommen hatte?

»Ich habe einfach nie …«. Er schweifte ab. »Das ist nichts, das ich …«

Er hatte Mühe, die richtigen Worte zu finden, aber mir wurde klar, worüber er redete, und als ich sprach, versuchte ich, die Traurigkeit aus meiner Stimme rauszuhalten. »Ich weiß«, unterbrach ich ihn und ersparte ihm den Rest.

Seine Mutter und das, was sie ihm angetan hatte. Er mochte das nicht, und der Grund dafür war sie.

»Warum hast du es mich tun lassen?«, fragte ich mit sanfter Stimme.

»Ich habe gar nicht darüber nachgedacht, bis es vorbei war«, flüsterte er. »Es war, als wäre sie gar nicht da. Nur du warst da.«

Er holte tief Luft und legte seine Arme fester um mich. »Ich liebe dich«, sagte er.

Sofort brach ich in Tränen aus. Freudentränen.

Er drehte mich um, kletterte auf mich und küsste mich, als

er sich wieder zwischen meine Beine drängte. »Ich liebe dich«, flüsterte er wieder gegen meine Lippen.

Ich hielt sein Gesicht in meinen Händen.

Gott, ich liebe dich auch.

Und als ich nach Luft schnappte, weil er wieder in mich eindrang, wusste ich, wovon er vor all der Zeit geredet hatte. Die Wut und der Zorn und die Hitze und das Verlangen – Jahre davon hatten zu diesem Moment geführt, in dem wir schließlich wussten, was wir waren und für wen wir lebten.

Rot.

Von all den Farben gefiel mir Rot am besten.

KAPITEL 31

WINTER

Gegenwart

Devil's Night.

Ich wachte auf, ohne zu wissen, wie lange ich geschlafen hatte, aber ich wusste, es war spät gewesen, als wir ins Bett gegangen waren. Es musste also jetzt Morgen sein, was bedeutete, dass heute die Nacht der Nächte war. Devil's Night.

Ich spürte Körper zu meiner Linken und Rechten, und in meinem Inneren kribbelte es. Meine Hände ruhten auf meinem Bauch, lagen auf dem T-Shirt, das Damon gestern Abend in einer der Schubladen im Zimmer gefunden hatte.

Alles von der letzten Nacht kam wieder hoch, und obwohl meine Wangen vor Verlegenheit glühten, konnte ich nicht leugnen, wie gut ich mich genau hier und jetzt fühlte. Jeder Muskel schlummerte noch, und mein Geist war in Frieden, wenn auch nur für ein paar Augenblicke.

Ich hob meine rechte Hand, umfasste ein Gesicht und fühlte Damons Kiefer und seine geraden Augenbrauen, seine Nase und seinen warmen Hals. Ich hob meine andere Hand und fand Will schlafend auf dem Bauch vor. Sein weiches Haar fiel ihm über die Stirn.

Wir drei. So viel Schmerz und Enttäuschung.

Ich war ein wenig verängstigt, aber ich wusste, dass sie es auch waren. Also blieb ich einfach liegen und lauschte in die Stille. Zwar wusste ich, dass wir unter der Erde waren, trotzdem war ich überrascht, dass ich nicht viel hören konnte. Keine Schritte über uns. Keine Handwerker. Die Katakomben ähnelten einer ziemlich massiven kleinen Festung. Ich war nie hier gewesen, bevor sie angefangen hatten, es zu renovieren, aber die Dusche war beeindruckend.

Damon hatte etwas darüber gesagt, dass er hier unten etwas versteckt hatte, nicht wahr? In einem flachen Becken? Oder in einem Brunnen? Ob der Raum, den er beschrieben hatte, wohl immer noch hier war?

Während die beiden weiterschliefen, kletterte ich leise aus dem Bett und fand den Weg zur Schlafzimmertür.

Was hatte er gesagt, wohin ich gehen sollte?

Unteres Ende der Treppe oder so.

Ich verließ das Zimmer und wusste, dass die Dusche auf der anderen Seite des Flurs war. Gestern waren wir von rechts gekommen, und ich glaubte nicht, dass wir an einer Treppe vorbeigekommen waren. Also bog ich links ab und ging weiter, als ich Musik hörte. Ich folgte dem Klang, während ich die Wand entlanglief.

Am Ende der Treppe biegst du links ab, hatte er gesagt, *und gehst weiter.*

Nach einer gefühlten Ewigkeit, in der mein Herz mit jedem Schritt, den ich mich von Damon entfernte, ein bisschen heftiger schlug, war die Musik jetzt ganz laut, und ich streckte meine Hand aus und ertastete den Beginn einer Steintreppe. Ich setzte meinen Fuß auf die erste Stufe, um mich zu vergewissern. Das musste die Treppe sein, die in den Kathedralenbereich des Hauses hinaufführte.

Mit dem Rücken zur Treppe wandte ich mich nach links und ging den Gang entlang. Der Boden verwandelte sich von Marmor in Stein und Schmutz, und die Wände waren weniger poliert und körniger unter meinen Fingern. Als ich einen Luftzug spürte, drehte ich mich nach rechts und streckte meine rechte Hand aus, strich über die Wand und zählte die Türöffnungen.

Verdammt, dieses unterirdische Stockwerk war riesengroß. Ich fragte mich, was ich hier unten in der Highschool verpasst hatte, aber andererseits war es wahrscheinlich besser, es nicht zu wissen.

Als ich den vierten Eingang erreichte, blieb ich stehen. Sofort drang das Tropfen von Wasser an meine Ohren. Das Rinnsal, von dem er mir erzählt hatte. Angst machte sich in mir breit. Mittlerweile hatte ich mich so weit von den anderen entfernt. Aber mein Herz machte einen Sprung, weil ich tatsächlich den Ort gefunden hatte, den Damon beschrieben hatte.

Ich trat ein, schluckte meine Nervosität runter und folgte der Wand bis zu einer Stelle, an der ich Wasser über die Steine laufen spürte. Es tropfte in ein kleines Becken. Ich kniete mich davor, tastete suchend die Felsen ab, steckte meine Finger ins Wasser. Zischend sog ich die Luft ein, das Wasser war eiskalt.

Trotzdem tauchte ich meine Hand hinein und tastete herum. Meine Finger stießen auf mehrere Steine, bis ich zu einer geraden Kante mit einer Ecke kam. Ich griff danach, fuhr mit den Händen darüber, bis ich erkannte, was es war: eine Art Schachtel.

Ich schob sie aus ihrem Versteck und setzte sie auf dem Boden ab. Dann tastete ich suchend nach dem Verschluss und öffnete ihn. Vorsichtig streifte ich meine Hand über das, was darin war, um sicherzugehen, dass es nicht scharf war. Als ich eine Plastiktüte fand, zog ich sie heraus, entwirrte sie. Was auch immer darin eingewickelt war, fühlte sich hart an. Ich öffnete sie, und zwei Gegenstände fielen in meine Hände. Langsam fuhr ich mit den Fingern darüber. Der erste Gegenstand fühlte sich wie Perlen an, der zweite war kleiner und aus Metall.

An dem mit den Perlen war noch etwas befestigt, und ich brauchte nicht lange, um das Kreuz auf dem Rosenkranz zu erkennen. Es war Damons Rosenkranz. Der, den er in der Highschool getragen hatte, und der, den er im Brunnen umhatte, als wir Kinder gewesen waren.

Der andere, metallene Gegenstand hatte eine scharfe Spange und ein Muster darauf. Eine Haarspange.

Und dann blitzte eine Erinnerung auf – ich hatte sie mir aus dem Haar genommen. Warum hatte ich sie ihm gegeben?

Der Rosenkranz, die Haarspange, der Brunnen ...

Ich hatte ... Ich hatte ihn gebissen.

Die Erinnerung war so flüchtig, aber sie war lebendig und stark. »Ich habe ihn an diesem Tag gebissen«, sagte ich laut, und die Erinnerung kam zurück. »Bevor wir zum Baumhaus gegangen sind. In diesem Brunnen hat er sich von mir beißen lassen. Er war froh, dass ich es getan habe. Warum?«

Was hatten wir in diesem Brunnen gemacht? Und warum war es wichtiger für Damon als das, was danach im Baumhaus passiert war?

Ich ließ die Schachtel und die Tasche stehen und nahm die Gegenstände mit mir in den Korridor, wo ich meine Schritte zurückverfolgte.

»Winter?«, hörte ich Rikas Stimme.

»Hey«, antwortete ich und hielt ihr meine Hand hin.

»Hast du dich verlaufen?«, fragte sie und kam auf mich zu, damit ich ihren Arm nehmen konnte.

Aber ich schüttelte nur den Kopf. »Ich bin nur auf Erkundungstour«, sagte ich zu ihr. »Bringst du mich bitte zur Toilette?«

»Geht's dir gut?«

»Ich hoffe doch«, scherzte ich.

Ich hatte keine Ahnung, wie ich darauf antworten sollte, und so wie mein Leben bisher verlaufen war, konnte die Antwort in fünf Minuten schon anders aussehen.

Frag mich später.

Aber im Moment musste ich einfach noch einmal duschen. Die Böden in diesem Teil der Katakomben waren nicht renoviert und schmutzig.

Und dann war da noch die letzte Nacht, also …

Sie führte uns beide in das geräumige Badezimmer, und ich fand den Kosmetikstuhl und ließ mich auf den Sitz fallen.

»Sind sie noch im Bett?«, fragte sie und wühlte im Schrank herum.

Ich öffnete den Mund, um Ja zu sagen, aber dann wurde mir die Art ihrer Frage bewusst, und ich erstarrte.

Sind *sie* noch im Bett? Hier unten gab es mehr als ein Schlafzimmer, da war ich mir sicher. Woher sollte ich wissen, ob Will noch im Bett war?

Es sei denn …

»Du hast es gehört«, sagte ich, und meine Schultern sackten ein wenig zusammen.

Ich konnte es nicht fassen. Ich hatte wirklich kein ausschweifendes Sexleben, aber wenn ich einmal Sex hatte, wusste jeder alles darüber.

»Ich habe ein bisschen was gehört«, sagte sie, und ich konnte die Belustigung in ihrem Tonfall hören.

»Michael auch?«

Dass sie nicht darauf antwortete, sagte mir alles.

Verdammt noch mal.

»Ist schon gut«, beruhigte sie mich, kam zu mir und tupfte mir etwas auf die Stirn. Ich zischte, als ich eine Wunde spürte, von der ich gar nicht gewusst hatte, dass sie da war.

Die musste ich mir bei dem Unfall gestern Abend zugezogen haben.

Ich runzelte die Stirn. »Was du jetzt denken musst.«

Jedes Stöhnen und jeder Schrei, der letzte Nacht meinen Mund verlassen hatte, ging mir durch den Kopf, und ich fühlte mich ein wenig gedemütigt. Private Dinge mussten privat bleiben, denn nicht jeder würde es verstehen. In meinem Kopfkino sah ich, wie sie und Michael gestern Abend runtergekommen waren, um sich zu vergewissern, dass es uns gut ging, und dann gehört hatten, was sie gehört hatten. Es musste so oberflächlich gewirkt haben.

»Ich denke ... ich verstehe«, sagte sie zu mir. »Und du musst dich mir nicht erklären.«

Ich schätzte ihre Höflichkeit, aber trotzdem ...

Sie säuberte meinen Schnitt, schwieg einen Moment lang und klebte dann ein Pflaster auf meinen Haaransatz.

»Unser Leben ist eine Reihe von Plänen«, sagte sie schließlich. »Tage, Wochen, Monate, Jahre ... und dann gibt es Momente. Momente, die man nicht kommen sieht und die man nicht plant, aber alles, was man braucht, alles, was man fühlen will, ist in diesem Moment.«

Ich hörte ihr zu und ließ es auf mich wirken.

»Menschen kommen zusammen, und für einen winzigen Moment«, fuhr sie fort, »ist es schön und pur, weil man nicht denken kann und es auch nicht will. Man *fühlt* einfach.« Sie hielt inne und fuhr dann fort. »Die Momente sind das, woran wir uns erinnern.«

Menschen kommen zusammen. Also ...

»Du und Michael und ...?«

»Kai«, antwortete sie leise. »Bevor er verheiratet war, natürlich.«

Ich hörte, wie sie einen Deckel auf eine Tube drehte und dann den Deckel des Erste-Hilfe-Sets schloss.

»Also glaub mir, wenn ich sage, dass ich es verstehe«, erklärte sie mir. »Männer müssen sich nicht schämen, wenn sie Sex zu ihren Bedingungen genießen. Das solltest du auch nicht.«

Ich schenkte ihr ein kleines Lächeln und war dankbar, dass wir alle unsere Geheimnisse hatten.

»Du hast ein paar Flecken an deinem Hals«, sagte sie zu mir. »Nur zu deiner Information.«

Flecken? *Knutschflecken?*

Wunderbar.

»Hast du ihm also verziehen?«, fragte sie mich.

»Wem?«

»Damon.«

Ich dachte einen Moment lang nach und stieß einen langen Seufzer aus. Nun, das war eine gute Frage.

»Ja«, antwortete ich. »Nein ... Ich weiß es nicht. Ich war so lange wütend. Aber ich liebe ihn.«

»Du weißt nur nicht, ob du ihm vertrauen kannst.«

»Ich weiß nicht, ob ich es sollte«, stellte ich klar.

Sollte ich vollkommen vertrauen?

Ich wollte ihm vertrauen, und es gab Dinge, die würde ich nie bezweifeln. Ich wusste, dass er immer für mich da sein würde. Ich wusste, dass er mich liebte. Ich wusste, dass, egal, wie lange es andauerte, es wahrscheinlich das Glücklichste und Unglücklichste sein würde, was ich je erleben würde. Er machte mich so wütend, dass ich ihn am liebsten schlagen würde.

Aber dann gab es nichts Besseres, als ihn zu küssen.

Ich sollte ihm nicht verzeihen. Das war die Antwort aus dem Lehrbuch. Aber ich wollte nie wieder ohne ihn sein, also in Wirklichkeit … Es war keine Frage gewesen, ob ich ihm verzeihen würde.

»Wirst du *mir* verzeihen?«, fragte sie plötzlich.

Verwirrt zog ich die Brauen zusammen. »Was?«

Sie verstummte, und ich bemerkte nicht, dass ich den Atem angehalten hatte, bis meine Lunge anfing zu schmerzen.

»Ich habe Damon die Informationen über deinen Vater gegeben«, sagte sie schließlich.

Mir klappte die Kinnlade runter, und ich wusste nicht, was ich darauf antworten sollte. Ich hatte gedacht, dass Damon dafür verantwortlich war, und die Wut, die ich in diesem Zusammenhang gefühlt hatte – auf Damon und meinen Vater –, hatte ich bereits hinter mir gelassen.

Aber zu wissen, dass Rika mit ihm zusammengearbeitet hatte. Dass sie seine Pläne gekannt und ihm geholfen hatte?

»Rika.« Eine strenge Stimme durchbrach die Stille, und ich zuckte zusammen.

Damon. Er stand am anderen Ende des Raumes, wahrscheinlich in der Tür, und nach einem Moment spürte ich, wie Rika von meiner Seite wich und wegging.

»Ruf Banks und Kai an«, sagte er dann mit sanfter Stimme. »Holt sie hierher. Und kannst du ihr etwas zu essen besorgen?« Und dann, nach einem kurzen Moment, fügte er noch ein »Bitte?« hinzu.

»Wir haben oben schon das Frühstück vorbereitet. Ich bringe einen Teller runter«, sagte sie. »Und ein paar Klamotten.«

Ich wünschte mir irgendwie, ich müsste mir jetzt nicht ihre Kleider leihen, aber ich hatte keine andere Wahl. War ich böse auf sie? Sie hatte Damon Informationen gegeben, die mein Leben für immer verändert hatten. Informationen, die meinen Vater dazu gebracht hatten, uns zu verlassen und zu fliehen.

Aber andererseits gehörte das Geld, von dem wir lebten, nicht uns, und mein Vater war kein guter Mensch.

Auf die eine oder andere Weise hätte Damon bekommen, was er wollte. Mir gefiel nur nicht, dass mehr Leute als nur er daran beteiligt waren. Ich fühlte mich wie eine Schachfigur. Eine Schachfigur, die auf einem viel größeren Schachbrett stand, als ihr bewusst gewesen war. Und die zudem noch machtlos war.

Und ihre Familien waren auch nicht gerade heilig, also welches Recht hatten sie, meine zu zerstören?

Damon kam zu mir und umfasste mein Gesicht mit einer Hand. Ich zog mich nicht zurück, aber ich rutschte in meinem Sitz umher, weil ich nicht wirklich in Stimmung war.

Er kniete sich hin, sodass er mit mir auf einer Höhe war. »Wenn du mich nicht hasst, dann hasse sie auch nicht«, sagte er. »Ich hatte Informationen, die sie gebraucht hat, und sie wiederum hatte das, was ich wollte. Sie hat es fast sofort bereut, als sie sie mir gegeben hat.«

Ich wusste, dass er recht hatte. Ich sollte bei ihr nicht mit einem anderen Maß messen als bei ihm.

Ich hatte gerade meine Wut auf ihn verarbeitet, und das brachte das wieder hoch.

Er nahm die Gegenstände aus meiner Hand, und ich blinzelte, als mir wieder einfiel, dass ich sie hatte.

»Warum waren sie hier?«, fragte ich.

Er antwortete nicht sofort, aber dann sagte er: »Wahrscheinlich habe ich gedacht, sie seien hier sicher. Ich wollte sie nicht bei mir zu Hause lassen, als ich wusste, dass ich ins Gefängnis musste.«

Ins *Gefängnis.*

Drei Jahre.

Und ich war nach Montreal zurückgeschickt worden, um dem Sturm und Chaos zu entkommen, die über die Stadt hereingebrochen waren, als er, Will und Kai verurteilt worden waren. Und um den Sticheleien und dem Geflüster der anderen zu entkommen, die mich für eine Schlampe hielten.

Er hatte mich angelogen. Das hätte er nicht tun dürfen, und er hatte dafür bezahlt.

Aber zwischen uns war noch so viel mehr als das. Begraben in den Rissen all der zerbrochenen Dinge, wo die Worte immer wahr und die Tage ohne ihn zu lang waren.

Als niemand sonst die Welt so aussehen lassen konnte wie er, und selbst Jahre später noch vermisste ich in den stillen Teilen meines Geistes das Gefühl von seinem Blick auf mir.

Vielleicht war er in diesen Nächten, in denen er sich in mein Haus geschlichen und mich auf Abenteuer mitgenommen hatte, der echte Damon Torrance gewesen.

Ich legte meine Stirn an seine, nahm meine Haarspange zurück und steckte sie in mein Haar. »Ich muss ganz dringend duschen.« Ich grinste. »Steigst du mit mir in meinen Brunnen?«

Ich hörte, wie er ein Lachen ausstieß, dann stand er auf und zog mich in seine Arme.

KAPITEL 32

DAMON

Gegenwart

»Ahhhh, fuck!«, rief ich und zuckte zusammen, als ich Banks dabei zusah, wie sie meine Wunde säuberte. Schnell nahm ich einen Zug von meiner Zigarette. Es fühlte sich an, als wäre ich von einem glühend heißen Schürhaken getroffen worden.

Sie saß vor mir auf einem Stuhl, auf Augenhöhe mit den Stichen, und schüttelte den Kopf. »Was zur Hölle hast du nur damit angestellt?«

»Eine ganze Menge.« Will kicherte, als er in Michaels und Rikas Luxusküche kam und die massive Marmorinsel umrundete.

Wie ich es mir schon gedacht hatte, hatten sie das Gebäude komplett verhunzt. Ich hatte es nicht über mich gebracht, mir den Rest des Hauses anzusehen, nachdem ich nach oben gekommen war.

Banks tupfte das Blut von der aufgerissenen Naht ab, und ich hoffte einfach nur, dass nichts im Inneren gerissen war, als eine kleine Welle der Übelkeit durch meinen Magen rollte. Aber zum Glück war sie schnell wieder weg.

Will stellte sich neben Winter, die mir gegenüber an der Kücheninsel saß, senkte den Kopf und flüsterte ihr etwas ins Ohr.

»Verpiss dich«, sagte ich in seine Richtung.

Er konnte mit ihr reden. Aber nicht auf *diese* Weise.

Er sah zu mir und lachte, hob dann aber abwehrend die Hände und wich zurück.

Es hatte sich nichts geändert. Das durfte er nicht vergessen.

»Du musst wieder ins Krankenhaus, Damon«, sagte Banks.

»Vergiss es.« Ich blies den Zigarettenrauch aus. »Mach einfach einen Schmetterlingsverband.«

»Soll das ein Witz sein?«, entfuhr es ihr.

In dem Moment betrat Rika in einem schwarzen Anzug und mit einer kleinen Reisetasche die Küche. Ihr Haar war zerzaust und wild. Ohne auch nur irgendetwas zu sagen, nahm sie mir die Zigarette aus dem Mund und sah sich schnell nach Michael um, bevor sie einen Zug nahm.

Doch bevor ich mich beschweren konnte, durchfuhr mich so plötzlich ein Schmerz, dass ich laut zischte. »Scheiße, Banks!«

Sie schüttelte nur den Kopf, und ich bemerkte kaum, wie Rika mir die Zigarette wieder zwischen meine Lippen steckte. Ich atmete ein paarmal aus und vergrub dann meine Fingernägel um die Wunde herum in meiner Haut, um den Schmerz damit zumindest ein wenig abzulenken.

Ich schluckte den Schmerz runter und sah zu Rika, die gerade ihre Tasche öffnete und anfing, irgendwelche Sachen hineinzuräumen.

»Wir brauchen Waffen«, sagte ich zu ihr.

Sie sah mich nicht an, sondern holte nur etwas aus ihrer Tasche und knallte es auf den Tresen neben mir.

Ich zog eine Augenbraue hoch. »Das ist keine Waffe.«

Es war der Dolch, den wir ihr vor zwei Jahren als Drohung gegeben hatten. Zufälligerweise derselbe, mit dem sie mich damals gestochen hatte, nicht weit von der Wunde entfernt, die ich jetzt hatte. Ihr Schnitt war allerdings nicht so tief gewesen.

»Das ist unser Weg«, antwortete sie, immer noch auf ihre Aufgabe konzentriert.

»Unser Weg?«

Was zur Hölle sollte das bitte bedeuten?

Sie öffnete den Reißverschluss ihrer Tasche und starrte mich mit einem harten Blick an. »Wenn du diese Stadt willst, dann führen wir sie nicht an, indem wir ein Massaker in den Straßen anrichten«, stieß sie hervor. »Sie werden uns nicht fürchten, weil wir bewaffnet sind. Sie werden uns fürchten, weil wir nie versagen.«

Sie schnappte sich die Tasche und stakste hocherhobenen Hauptes davon.

Ich schnaubte. »Frau Bürgermeisterin ...«

»Halt die Klappe«, rief sie mir zu.

Aber Michael fing sie auf, schloss sie in seine Arme und führte sie selbst ab, wobei er mich anlächelte. »Ich wusste, dass sie sich für die Idee erwärmen würde.«

Ja, wir hatten sie. Definitiv.

Banks schnitt zwei Zentimeter lange Stücke vom Erste-Hilfe-Klebeband ab, schnitt dann Dreiecke zu, um die Schmetterlinge zu formen, und klebte sie auf den Einschnitt, um die Haut zusammenzuhalten, bis ich ins Krankenhaus zurückkehren konnte.

»Was werdet ihr tun?«, fragte Winter.

»Du meinst, was werden *wir* tun?«, neckte ich sie.

Sie würde heute Abend mitkommen. Wir würden die Sache ein für alle Mal beenden.

Sie zuckte mit den Schultern. »Ich kann hier bei Crane bleiben«, sagte sie. »Ich würde euch nur aufhalten.«

Ich kniff die Augen zusammen und sah sie an. Sie war wunderschön, trug einen engen schwarzen Rollkragenpullover und eine schwarze Hose. Ihr Haar lag offen und glänzend über dem Rücken, und Rika hatte ihr sogar beim Make-up geholfen. Sie war bereit. Warum dachte sie, dass sie plötzlich nicht mehr mitkommen würde?

Ich würde euch nur aufhalten.

Ich löste mich von der laut protestierenden Banks und ging um die Insel herum zu Winter. Ich griff unter ihre Arme und zog sie langsam vom Stuhl, sodass wir Nase an Nase standen.

Sie versuchte, das Gesicht abzuwenden, aber ich folgte ihr mit meinem. »Ich habe es nicht eilig«, flüsterte ich.

Ihre Mundwinkel verzogen sich, als ob sie versuchte, sich nicht aufzuregen. »Ich will nicht, dass du dir Sorgen um mich machst«, gab sie zu. »Du musst dich heute Abend konzentrieren.«

Ich starrte sie an und dachte an all die Momente, die in den nächsten Jahren kommen würden, wenn sie denken würde, dass wir ohne sie schneller vorankämen. Dass wir ohne sie mehr Spaß hätten. Dass wir das volle Ausmaß eines Abenteuers besser ohne sie erleben könnten. Dass wir mehr Freiheit hätten, wenn sie nicht dabei wäre.

So würde ich nicht leben. So würde ich sie nicht leben lassen.

»So machen wir das hier nicht«, sagte ich. »Das ist nicht mehr dein Leben.«

Ihre Mundwinkel zuckten, als ob sie weinen würde, aber sie tat es nicht.

Wenn ich jemals denken würde, dass ich etwas nicht mit ihr machen könnte, dann würde ich es gar nicht tun.

»Dein Platz ist an meiner Seite«, erklärte ich. »Sag es.«

»Mein Platz ist an deiner Seite«, flüsterte sie gehorsam.

»Lauter.« Ich schüttelte sie sanft, aber mein Ton war entschlossen. »Meine Freundin bittet nicht um Erlaubnis. Sie ist eine Naturgewalt. Sag es lauter.«

Ihr Kinn begann zu zittern, aber ihre Stimme war fest. »Mein Platz ist an deiner Seite.«

Und ich küsste sie, um sicherzugehen, dass sie es verdammt noch mal auch glaubte. Sie war immer gewollt.

Dann setzte ich sie wieder ab, ziemlich zufrieden mit mir, dass ich ihr ein kleines Lächeln hatte entlocken können.

Da schlenderte Alex in die Küche. Mehrere Kleidungsstücke hingen über ihrem Arm, und sie legte sie auf der Kücheninsel direkt vor mir ab. Es war ein schwarzer Anzug mit einem weißen Hemd und schwarzer Krawatte. So ähnlich wie der von Rika. Handschuhe und Schuhe lagen ebenfalls auf dem Haufen.

Ich schaute sie fragend an.

»Es ist schließlich eine Party.« Sie grinste mir zu und legte meine Maske darauf.

Ich lachte ein wenig. Die Ironie war mir nicht entgangen.

Wir waren keine Jungs in Hoodies mehr. Es war an der Zeit, uns wieder in Thunder Bay einzuführen.

Eine halbe Stunde später zog ich meine Krawatte hoch, schlüpfte in meine schwarzen Lederhandschuhe und ging durch die Vordertür zu einem der Motorräder, die Michael bereithielt. Ich hatte keine Ahnung, ob sie alle ihm gehörten, aber im Ort hätten unsere Autos heute Abend keinen Platz, also waren Motorräder das Mittel der Wahl.

Ich überprüfte, ob der Dolch fest in meiner Brusttasche steckte und stieg auf das Motorrad neben Michaels. Ich war mir nicht sicher, warum ich den Dolch mitnahm, aber wir beide hatten schließlich eine gemeinsame Geschichte. Also warum nicht?

»Komm schon, Alex, steig auf«, rief Will.

Ich sah über meine Schulter und entdeckte Alex, die grinsend den Kopf schüttelte, als sie sich auf das Motorrad schwang und sich hinter ihn setzte.

Kai und Banks nahmen das vierte Motorrad, während Lev und David uns in Michaels G-Klasse unterstützten.

Rika und Winter, die einen kleinen Rucksack trug, traten aus der Kathedrale, wobei Winter sich von Rika zu mir hinüberführen ließ. Ich nahm ihre Hand, während sie mit der anderen nach dem Sitz tastete.

Ich lächelte. Sie trug eine Augenbinde aus durchsichtigem rotem Stoff. Ich konnte immer noch ihre Augen sehen, aber es war die perfekte Maske, denn sie behinderte ihre anderen Sinne nicht, mit denen sie die Welt wahrnahm.

»Weißt du, was du tun musst?«, fragte ich.

»Sag mir einfach, wann«, sagte sie bloß und stieg hinter mir auf. Dann schlang sie ihre Arme um meine Taille.

Ich löste meine Maske von meinem Handgelenk und zog sie mir über den Kopf. Rika, die hinter Michael stand, tat es mir gleich.

»Dein Vater wird auch da sein«, warnte ich Michael.

Doch er lachte einfach nur in sich hinein, schaltete das Motorrad ein und ließ den Motor aufheulen. »Eins nach dem anderen«, rief er mir mit einem Grinsen im Gesicht zu.

Wir zogen alle unsere Masken runter, hielten uns an den Griffen fest und fuhren los.

Verdammt richtig.

Es war der perfekte Ort.

Ein öffentlicher Platz. Keine Kinder. Chaos und Tumult.

Es schien, als ob in den letzten Jahren die Liebe mit unserer

Abwesenheit gewachsen war und die Stadt Thunder Bay beschlossen hatte, ihren eigenen Unfug zu veranstalten, offenbar aus Trauer über den Verlust der Apokalyptischen Reiter.

Am frühen Abend hatte es eine Halloween-Parade mit einem Umzug für die Kinder gegeben, aber ab 22 Uhr galt die Ausgangssperre, und alle unter sechzehn mussten drinnen bleiben.

Damit die Erwachsenen spielen konnten.

In ein paar Kneipen musizierten Bands, Getränke wurden auf der Straße ausgeschenkt, und der gesamte Dorfplatz war ein einziger dunkler gotischer Zirkus mit Verkäufern, Spielen, Künstlern und Darstellern. Halloween-Dekorationen verwandelten die Stadt in das reinste Gruselkabinett, und alle Bewohner trugen Kostüme und Masken. Es gab Gerüchte von sehr intimen und moralisch fragwürdigen Treffen, die privat oder nur auf Einladung erfolgten. Die Veranstaltung hatte begonnen, auch einige Leute aus den Nachbarstädten anzuziehen.

Es war alles sehr … niedlich.

Nicht schlecht, wenn man sich mit ein paar Freunden auf ein Bier treffen wollte, aber das war nicht die echte Devil's Night. Alle anderen trugen heute ihre dunklen Kostüme. Doch für uns war das die Nacht, in der unsere Maskerade abfallen konnte.

Wir hielten an der Ampel, das Dorfzentrum vor uns, und warfen uns gegenseitig einen Blick zu, um eventuelle Fragen in letzter Minute zu klären.

Ankommen. Ablenken. Eindringen.

Das war der Plan.

Ich schob meine Maske hoch und sah über meine Schulter zu Winter.

»Bist du bereit?«

»Wie eine Bowlingkugel«, wiederholte sie Rikas Anweisungen für ihre Rolle heute Abend.

Ich spürte, wie sie den Rucksack zwischen uns schob, damit sie leichter hineingreifen konnte.

Ich zog die Maske wieder runter und drückte ihren Oberschenkel. Dann ließ ich den Motor aufheulen und gesellte mich zu den anderen.

Die Menge lag vor uns, drängte sich an den Tischen der Cafés und Bars auf den Bürgersteigen oder lungerte in Gruppen um die Verkäufer am Rande der Straße herum. Aber die Straße war nicht mehr allzu voll, denn die Parade war schon seit Stunden beendet.

Me Against the Devil von Relentless ertönte aus Lautsprechern auf dem Platz, während Schüler von der Highschool und Studenten vom College tanzten und auf und ab hüpften. Wir warteten nur einen kurzen Moment, bevor wir losstürmten. Winter hielt sich mit einer Hand an meinem Arm fest und machte sich mit ihrer anderen bereit.

Wir rasten in den Lärm hinein, das laute Brummen unserer Motoren übertönte jedes andere Geräusch auf dem Platz, und die Leute hoben ihre Köpfe und richteten ihre Augen auf das, was hier vor sich ging, während wir um den Platz fuhren. Michael und ich, mit Rika und Winter, rasten um die Kurve und drehten eine ganze Runde um den Platz. Wir hörten Rufe und Jubel, als wir beschleunigten und unsere Reifen quietschten. Kai und Will folgten etwas langsamer und beobachteten die *White Crow Tavern*, als sie vorbeifuhren.

Der Wind rauschte an uns vorbei, ich sah die Polizeiautos, die um den Platz herum parkten. Rika zückte ihre Farbpistole und hielt sie in den Himmel, während Michael uns noch einmal um den Platz führte. Die Musik spornte mich an, und ich packte den Lenker fester, um schneller zu fahren.

Auf die Plätze … Ich tippte zweimal auf Winters rechtes Bein.

Sie zog den Ring von einer Rauchgranate und rollte sie wie eine Bowlingkugel aus ihrer rechten Hand. Sie kugelte über die Straße und grüner Rauch quoll hervor, als sie auf dem Bordstein aufschlug.

Die Leute schrien aufgeregt, als Rauchschwaden in die Luft stiegen und einen Nebel bildeten. Falls doch noch Kinder in der Nähe waren, war es wenigstens ungiftig.

»Habe ich es geschafft?«, fragte sie in mein Ohr.

»Perfekt.«

Ich wünschte, sie könnte es sehen. Ich fuhr nach links und

blieb mit quietschenden Reifen stehen. Dann tippte ich auf ihr linkes Bein, als ich spürte, wie sie eine weitere herausholte.

Sie zog den Ring und rollte die Kugel aus ihrer linken Hand. Sie blieb unter einem Auto liegen, und lila Rauch stieg auf.

Wir fuhren wieder los, und ich konnte ihr Lachen hören, als ich von einer Seite zur anderen raste, um die Menge anzufeuern. Ich bemerkte die Polizeibeamten, die uns geduldig beobachteten, und fragte mich, wie weit sie uns gehen lassen würden.

»Paintballs?!«, schrie ein Kerl auf dem Bürgersteig, auf dessen grauem Pullover bereits ein großer roter Fleck prangte. Genau in der Mitte. Er deutete auf uns und lachte. »Ich kriege dich, Rika! Ich weiß, dass du das warst!«

Ich lachte und fuhr weiter. Wir zündeten weitere Granaten, während Lev und David die Drohnen über uns fliegen ließen, die sie als Sensenmänner getarnt hatten. Mit Schädeln, Totenköpfen und schwarzen Roben kreisten sie über dem Platz und schwirrten um die Leute herum.

Wir hatten jedermanns Aufmerksamkeit, die Rauchwolken verstaubten die Luft und vernebelten die Sicht.

Ich tippte auf Winters linken Oberschenkel.

Sie warf eine weitere Granate, aus deren Dose rosa Rauch aufstieg.

Ich fuhr weiter, tippte auf ihr rechtes Bein, und eine weitere Kugel rollte, aus der roter Rauch kam.

Alle vier Ecken des Platzes waren in Farbwolken gehüllt, und Rika feuerte ein paar Paintballs gegen die Ziegelwand über den Schaufenstern des Ladens ihrer Familie.

Banks und Alex, beide mit ihren eigenen Masken, hielten ihre Granaten in die Luft und ließen den Rauch hinter sich aufsteigen.

»In Ordnung, fang einfach an, ein paar zu werfen«, rief ich Winter über die Schulter zu. »Stürzen wir sie alle ins Chaos!«

Ich fuhr, sie warf eine Kugel nach der anderen und leerte ihren Vorrat, und ich beobachtete, wie der Rauch die Gegend einhüllte und eine dichte Decke bildete. So dicht, dass ich langsamer fahren musste, um etwas zu sehen.

Schließlich löste sie sich von mir, hielt sich nur noch mit

den Oberschenkeln an mir fest und nahm eine Granate in jede Hand. Dann zog sie an den Ringen, während sie sie in die Luft hielt.

»Woo-hoo!«, schrie sie und lachte.

Wir drehten alle eine letzte Runde und fuhren dann zur *White Crow Tavern*, wo wir unsere Show beendeten.

Die Leute strömten auf die Straße und schrien, als die Drohnen über sie hinwegflogen und im Rauch verschwanden.

Ich stieg vom Motorrad und zog meine Maske ab.

»Hast du Spaß?«, fragte ich Winter und half ihr vom Motorrad.

Sie warf die Dosen weg und schob den Rucksack wieder auf ihren Rücken. »Keine Ahnung.« Sie lachte wieder. »Was kostet dieser Spaß?«

»Dass du für den Rest deines Lebens bei mir bleibst«, antwortete ich und legte meinen Arm um ihre Taille. »Das wird heftig werden.«

Ich führte sie in die Taverne, alle anderen folgten. Als wir drinnen waren, schaute ich über meine Schulter zu Kai.

»Es waren keine Sicherheitsleute an der Tür, als wir vorbeigefahren sind«, berichtete er. »Vielleicht ist er noch nicht da.«

Er war hier. Dies war ein jährliches Treffen und das einzige Mal, dass er seine seriösen Geschäftspartner von außerhalb zu sich nach Hause einlud. Oder zumindest so nah an sein Zuhause, wie er es wollte. Mein Vater war methodisch in seiner Routine, und sein Stolz hätte es ihm nicht erlaubt, dass er das verpasste oder absagte.

»Los«, sagte ich.

Wir strömten in die Taverne, die eigentlich keine Taverne mehr war. Es war ein Versammlungshaus aus der Revolutionszeit mit Kaminen, original Holzböden in einigen Räumen und drei Etagen mit Ess-, Trink- und privaten Pokerräumen.

Die Kundschaft war schicker als die Feiernden draußen, die immer noch in dem farbigen Rauch versanken.

Die Männer trugen Anzüge und Smokings, während die Frauen Cocktailkleider und Augenbinden trugen.

»Verteilt euch«, sagte ich, und jeder von uns behielt seine Maske auf, um mit der Menge zu verschmelzen.

Wir strömten aus, einige nach links, andere nach rechts, und hielten uns am Rande der Party. Der Raum war klein und voller Leute, aber wir schoben uns zwischen den Tischen hindurch und versuchten, alle Gäste im schummrigen Kerzenlicht zu erkennen.

Ich wusste, dass er hier war. Vielleicht hinten oder auf einem anderen Stockwerk?

Dann entdeckte ich ihn – mitten im Raum mit einer Wendeltreppe, die sich hinter ihm nach oben schlängelte. Er trug seinen üblichen schwarzen Anzug, diesmal mit einem weißen Hemd und ohne Krawatte, und stand bei einem Mann und nippte an seinem Getränk.

Will trat zu uns, und ich ergriff Winters Hand.

»Es sind verdammt noch mal viel zu viele Leute«, murmelte er.

Ich nickte. »Ich bin davon ausgegangen, dass es in einem privaten Speisesaal sein würde.«

Wir konnten das nicht in der Öffentlichkeit machen.

»Wie kriegen wir ihn allein?«, fragte er.

Ich wusste es nicht. Ich musste nachdenken. Ich suchte den Raum ab und entdeckte seine Wachen – drei, die um den Raum herumstanden, und wahrscheinlich waren noch ein paar mehr irgendwo draußen.

Ich wusste, dass wir die Wachen ausschalten mussten, aber ich nahm an, dass es im ersten oder zweiten Stock hätte passieren müssen. Weniger Leute. Weniger Zeugen. Wenn wir hier mit der Scheiße anfangen würden, wären die Bullen innerhalb von Sekunden da.

»Du bringst alle anderen dazu zu gehen«, antwortete Winter schließlich für mich.

Ich sah zu ihr hinunter.

»Wie sollen wir das machen?«, fragte Will.

Sie zog ihren Rucksack ab und holte ein paar verbliebene Rauchgranaten raus.

»Ausnahmsweise werden alle mit mir auf gleicher Höhe sein«, scherzte sie.

Das bedeutete, dass sie hier drin blind herumstolpern würden. Ich lächelte, nahm die Granaten und gab sie Will. »Mann gegen Mann«, sagte ich und grinste ihn an.

Er ging los und gab den anderen die Basketball-Verteidigungsstrategie weiter – jeder sollte eine Wache decken, wenn es hart auf hart kam.

Ich nahm meine Maske ab, glättete mein Haar und richtete meinen Anzug.

»Bewach die Tür«, rief ich Lev zu, der gerade hereinkam.

Ich überlegte kurz, Winter hierzulassen, damit mein Vater sie nicht sah, aber das würde sie allen anderen ausliefern, wenn sie es zu ihr schafften. Also zog ich sie mit mir und ging zu meinem Vater hinüber, wobei ich darauf achtete, dass sie hinter mir blieb.

Ich nahm einen Drink von einem Tablett, ging auf die beiden zu, und der Mann, mit dem Gabriel sprach, sah nur kurz in das Gesicht meines Vaters, erhaschte den auf mich gerichteten Blick und verstand sofort. Er entschuldigte sich, und ich ging langsam auf meinen Vater zu.

Gabriel betrachtete mich und dann die Leute um uns herum, fragte sich wahrscheinlich, was ich mir davon versprach. »Was willst du?«, fragte er.

Ich trat vor, blieb an seiner Seite stehen und nahm einen Schluck von meinem Getränk.

»Thunder Bay«, antwortete ich mit leiser Stimme.

»Du kannst so viel mehr haben.«

»Geh«, befahl ich und ignorierte ihn. »Oder ich sorge dafür, dass du gehst.«

Er lachte nur und nippte an seinem Drink. »Es bräuchte schon viel mehr als das, um mich zu Fall zu bringen.« Und dann sah er mich an, ein Grinsen breitete sich auf seinem langen Gesicht aus. »Du bist immer noch ein Scheißkind. Immer noch tough und hart im Umgang mit allen anderen, nur nicht mit mir.«

Winter griff von hinten an meine Jacke, und ich spürte, wie ihre Stirn meinen Rücken berührte und mich daran erinnerte, dass sie hier war.

Aber ich starrte ihn an und wusste, dass er recht hatte. Selbst als ich als Kind endlich angefangen hatte, den Mund aufzumachen und mit den Leuten zu reden, alles niedergeschlagen hatte, was mich niederschlagen wollte, andere verletzt hatte, damit sie mich nicht verletzen konnten, war er derjenige gewesen, den ich immer gefürchtet hatte, weil ich ihn brauchte. Wie viel schlimmer wäre es für mich ohne sein Geld und seinen Einfluss gewesen, die mich beschützten?

An einem bestimmten Punkt hatte ich begonnen, mich zu fragen, ob ich mich so verhalten hatte, weil ich es konnte? Oder hatte ich mich so verhalten, weil es das Einzige gewesen war, was mich in diesem Haus am Leben gehalten hatte? Denn Elfjährige sollten nicht darüber nachdenken, wie sie ihr Leben beenden könnten.

Der Raum setzte sich in Bewegung, und ich wusste ohne Zweifel, dass – mit meinen Freunden und Winter an meiner Seite – nichts, was er mir androhte, meine Handlungen ändern würde. Ich brauchte ihn, sein Geld und seinen Schutz nicht. Ich wollte einfach, dass er ging.

Weg aus dieser Stadt und weg von uns.

Und wenn er nicht freiwillig gehen würde, würde ich nicht zögern, diesen kleinen USB-Stick zu benutzen, um ihn wegzuschicken. Er würde ihn vielleicht nicht zu Fall bringen, aber ich würde mich nicht schlecht fühlen, wenn ich es versuchte.

Blauer Rauch stieg um uns herum auf, und ich hörte, wie die Leute anfingen zu schreien, als sich der Raum mit dicken Wolken füllte, weil Will heimlich zwei Rauchgranaten gezündet hatte.

Wir ließen uns nicht aus den Augen, während die Gäste um uns herum hustend versuchten, den Rauchbergen zu entkommen, und sich gleichzeitig Sorgen machten, ihre Kleider zu beschmutzen.

Ein kleines Lächeln umspielte seine Lippen, denn er wusste, was los war. Ich tat es ihm gleich und lächelte zurück.

Der Rauch nahm den ganzen Raum ein, wie eine Zigarette in einem Glas, wehte zwischen uns hin und her, und plötzlich bewegten sich alle, gingen zu den Türen und rannten los, um dem verpesteten, geschlossenen Raum zu entkommen.

In diesem Moment stieß irgendwer mit Winter zusammen, sie fiel in mich hinein, und ich stürzte nach vorne. Ich wirbelte herum und sah sie zu Boden fallen, verloren im Rauch. Schnell bückte ich mich, griff nach ihr und zog sie wieder hoch, als jemand vorbeirannte und sie mit dem Knie am Kopf traf.

»Bist du okay?« Ich stellte sie auf die Beine und hielt ihr Gesicht fest.

Sie nickte ein wenig erschüttert. »Ja.«

Ich sah mich im Raum um und versuchte zu sehen, ob Will und die anderen zu den Wachen gekommen waren und ob Lev immer noch die Tür bewachte, aber ich konnte nichts erkennen. Dann drehte ich mich wieder zu meinem Vater um, aber … nichts. Nichts als leere Luft.

Er war verschwunden.

Ich nahm Winters Hand und schob uns durch die Menge, bis ich Lev fand, der immer noch an der Tür stand, als alle hinausströmten.

Er hob seine Maske zur Hälfte an. »Er ist nicht durchgekommen«, sagte er zu mir.

Ich drehte mich um, um zum Hinterausgang zu gehen, aber genau in dem Moment hörte ich ein Klirren über mir. Ich spähte die schmale Wendeltreppe hinauf und sah zwei schwarz gekleidete Männer die Treppe hinaufsteigen.

»Er geht die Treppe hoch«, rief ich Lev zu. »Du bleibst hier!«

Ich ging auf die Treppe zu und legte Winters Hand auf das Geländer.

»Viele steile Stufen.«

Sie griff nach dem Geländer und fand die erste Stufe. »Ich hab's.«

»Bist du sicher?«

»Los!«, rief sie.

Das brauchte ich mir nicht zweimal sagen zu lassen. Ich rannte die Treppe hinauf, warf einen Blick zu Winter hinter mir und sah, wie sie sich am Geländer festhielt und die Stufen hinaufjoggte, während ich ihre andere Hand hielt.

Ich versuchte, die Treppe hinaufzusehen, aber der Rauch hatte sich dort oben festgesetzt und vernebelte alles. Ich hatte keine Ahnung, wohin er gegangen war. Er durfte nicht entkommen. Wir mussten es an einem öffentlichen Ort machen, und ich wollte nicht, dass er Zeit hatte, seine Leute neu zu formieren oder sich zu verstecken.

Wir erreichten das obere Ende der Treppe, und ich schaute den langen Flur entlang, entdeckte mehrere Zimmer. Dieses Gebäude gehörte ihm nicht. Er war hier nur zu Gast. Er hatte nicht zufällig Verstärkung oder so hier versteckt, oder?

Will rannte hinter uns her und kam an unsere Seite, und Michael, Alex, Rika, Banks und Kai folgten schnell.

»Er ist in einem der Zimmer«, flüsterte ich.

Wir wollten gerade den Gang hinunterlaufen, als Winter mich zurückhielt. »Warte«, platzte sie heraus. »Er würde sich doch nicht selbst einschließen. Gibt es eine Feuerleiter?«

Will und ich tauschten einen Blick aus. »Das Dach«, sagte er.

Ich knirschte mit den Zähnen, lehnte mich über das Geländer und rief zu Lev hinunter. »Geh nach draußen«, rief ich. »Bewach die Feuerleiter!«

»Okay!«

Ich legte Winters Hand auf meinen Arm. »Bleib hinter mir«, befahl ich ihr.

Sie nickte, ich stürmte los, und alle folgten mir, als ich die kleine dunkle Treppe zur Linken nahm.

»Stufen«, warnte ich sie.

Sie griff nach dem Geländer, atmete schwer und versuchte, Schritt zu halten, und sobald sie die erste Stufe erreicht hatte, rannte sie los, als stünden ihre Beine in Flammen.

Wir flitzten die Treppe hinauf und stießen durch die Türen am oberen Ende. Zusammen strömten wir auf das Dach, auch hier war die Luft noch immer rauchgeschwängert, und blickten uns suchend um. Von hier oben konnte man das Licht der Laternen der Stadt und die Bäume des Parks sehen.

Und meinen Vater, der mit einem seiner Männer auf den Rand und auf die Feuerleiter zulief.

Sie wirbelten herum, der Wachmann griff nach seiner Waffe, doch plötzlich flog etwas durch die Luft an uns vorbei und schlug direkt gegen die Stirn des Wachmanns, sodass er zurückgeworfen wurde, seine Knie nachgaben und sein Körper auf das Dach stürzte.

Was zur Hölle?

Ein Dolch klirrte neben ihm auf den Boden; der Stumpf musste ihn außer Gefecht gesetzt haben.

Ich sah zu Rika hinüber. Breitbeinig stand sie da, den Arm noch immer ausgestreckt. Dann richtete sie sich auf und atmete schwer.

Okaaaaay.

Mein Vater sah zu seinem Mann am Boden und atmete lang und tief ein, als er seine momentane Situation einschätzte.

Dann richtete er seinen Blick auf mich. »Du wirst nicht tun, was nötig ist.«

Ich nahm Winters Hand von meiner Jacke, berührte kurz ihr Gesicht. Dann entfernte ich mich von ihr und ging auf ihn zu, während alle anderen zurückblieben.

»Ach wirklich? Tatsächlich habe ich das schon mal gemacht«, sagte ich und dachte an meine Mutter. »Hast du wirklich geglaubt, dass sie all die Jahre einfach nur am Strand gechillt hat?«

Mit zusammengekniffenen Augen sah er mich an, legte den Kopf schief und sah fast beeindruckt aus. Er musste geahnt haben, dass meine Mutter tot war. Sie war seit Jahren nicht mehr aufgetaucht.

Und er hatte gewusst, dass ich sie dazu bringen würde, mich in Ruhe zu lassen, wenn sie nicht wegblieb.

»Du hast es zugelassen«, stieß ich hervor und machte einen Schritt nach vorne. »Du hast zugelassen, dass sie mir das angetan hat.«

»Erspar mir dein Gejammer«, erwiderte er. »Eine kleine Muschi ist genau das, was jeder heranwachsende Junge braucht.«

Fassungslos starrte ich ihn an.

»Und was hast du mit *ihr* gemacht?«, fragte er. »Wo ist sie?«

Du willst wissen, wo die Leiche ist?

Ich hielt seinem Blick stand, griff in meine Brusttasche und holte den Dolch, der dort steckte, heraus.

Seine Augen huschten erst zu ihm und dann zu mir.

»In der Nähe«, spottete ich.

Ich verstärkte meinen Griff um den Schaft, und das Leder meiner Handschuhe knirschte.

»Das wirst du nicht tun«, sagte er zu mir. »Du kannst es nicht.«

Du weißt, dass ich es kann. Und ich würde es tun.

»Verschwinde«, murmelte ich.

Aber er blickte hinter mich. »Ist sie schon schwanger mit meinem Enkelkind?« Er musterte Winter von oben bis unten. »Solange diese Blindheit nicht genetisch bedingt ist, kannst du dich mit ihr fortpflanzen, so viel du willst. Mir war sowieso klar, dass du Bastarde haben würdest.«

Ich schoss nach vorne.

»Ich würde an deiner Stelle nicht die Kontrolle verlieren«, sagte er schnell. »Du musst mich am Leben lassen. Wie soll ich sonst mein Testament so ändern, dass es auch dich wieder einschließt?«

Ich hielt inne.

Seine Augen funkelten vor Belustigung, als er darauf wartete, dass ich etwas sagte.

Das verdammte Geld war mir egal.

Aber wenn nicht ich, wer dann?

»Banks ist mehr ein Sohn, als du es je warst«, fuhr er fort. »Ich hätte es wirklich besser wissen müssen. Dieses Kind wurde in der Gosse geboren. Und stark wird man nur, wenn man vom Leben geprüft wird. Du hast nie etwas für dein Geld getan. Diese Schwäche hast du von deiner Mutter.«

Ich blickte hinter mir zu meiner Schwester, die ihre Maske abgenommen hatte und mich nun besorgt ansah.

»Banks …«, sagte ich leise.

»… ist meine Alleinerbin«, beendete er meinen Satz. »Ich habe mein Testament letztes Jahr geändert. Sie ist verantwortungsbewusst, fleißig und intelligent. Sie wird mein Lebenswerk nicht in den Ruin treiben. Wenn du brav bist und dich wieder einfügst, werde ich das Testament noch einmal ändern.«

Etwas von dem, was er sagte, erzeugte eine solche Wut, dass ich das Gefühl hatte, als würde sich mein Magen verknoten.

Als ob ich es immer noch hasste, dass er mich nicht für gut genug hielt.

»Es ist eigentlich eine Art Ironie«, fuhr er fort. »Dass ich so lange mein ganzes Vertrauen und all meine Energie in dich gesteckt habe, weil ich geglaubt habe, dass eine Tochter nie das sein kann, was ein Sohn sein kann, und jetzt sieht es so aus, als ob deine Schwestern die wahre Macht in Thunder Bay übernehmen würden. Nicht du.«

Schwestern?

Ich sah ihn verwirrt an, als sich ein langsames, gemeines Grinsen auf seinem verdammten Gesicht ausbreitete.

Wovon redete er?

Ich hatte nur *eine* Schwester.

KAPITEL 33

DAMON

Gegenwart

»Sie sind fantastisch, oder?«, fragte mein Vater und blickte hinter mich. »Ich bin nicht unglücklich darüber. Ich kann es kaum erwarten zu sehen, wozu sie fähig sind.«

Langsam drehte ich mich um und schaute über meine Schulter, aber etwas sagte mir, dass ich bereits wusste, wen er meinte. Eigentlich hatte ich es immer gewusst.

Ich sah zu Rika und Banks, die sich keinen Zentimeter vom Fleck bewegt hatten, uns beobachteten und mich nun fragend anschauten.

Ich schloss die Augen, weil mein Herz so heftig pochte.

Verdammter Mistkerl.

»Schwestern …«, wiederholte ich und drehte mich wieder zu ihm um.

»Es war eine Ironie des Schicksals, dass ich jede Frau so leicht schwängern konnte außer meiner eigenen.« Gabriel zog eine Zigarre aus seiner Brusttasche. »Aber Christiane war wunderschön. Ich hatte nicht vorgehabt, sie zu schwängern, aber ich wusste, dass ein Kind mit solchen Genen gut aussehen würde.«

Ich konnte es nicht glauben. Aber andererseits ergabes auch so viel Sinn. Die Sterne standen endlich günstig.

Er zündete sich eine Zigarre an, und Rauchschwaden stiegen in die Luft.

»Rika …«, sagte ich mit leiser Stimme. »Sie ist von dir.«

»Oh, schön wär's«, stieß er hervor und lächelte vor sich hin. »Aber nein, Erika ist eine Fane.«

Wie bitte?

Dann bin ich nicht ...

»Aber ein paar Jahre *vor* ihr«, fuhr er fort, »hat Christiane einen Sohn zur Welt gebracht.«

Er nahm einen Zug von seiner Zigarre und kniff seine Augen gegen den Rauch zusammen. Und dann sah er mich mit einem derartigen Funkeln in den Augen an, dass mir klar wurde, wie sehr er diesen Moment gerade genoss.

Einen Sohn.

Ich hielt den Atem an.

Sie waren meine Schwestern, aber Erika war nicht von meinem Vater. Das bedeutete also ...

Ich fletschte die Zähne. »Du lügst.«

Er brach in Gelächter aus und genoss jede Sekunde davon.

Das konnte nicht wahr sein.

»Natalya Delova war meine Mutter«, behauptete ich. »Ich sehe aus wie sie.«

»Schon möglich, aber du bist nicht aus ihrer Muschi gerutscht«, sagte er unwirsch.

Ich stand da, unfähig zu sprechen. Er musste lügen. Es war unmöglich. Es konnte nicht sein, dass das direkt vor meiner Nase passiert war und ich es nicht gewusst hatte. Sie hätte es nicht ... Wie hätte ich das nicht wissen können? Sie hätte mit mir gesprochen oder etwas getan.

Das Lachen meines Vaters erfüllte die Luft mehr als der Rauch oder der Lärm unter uns.

Ich hob meinen Blick wieder und sah ihn an.

»Schraeder Fane war für ein paar Monate außer Landes«, erklärte er, »und ließ seine hübsche neue Frau allein zu Hause.« Er deutete mit dem Kinn auf mich. »Ich konnte einfach nicht widerstehen und habe mich an seiner hübschen kleinen Braut vergangen.«

Wie er es immer getan hatte.

So wie ich wusste, dass er es in den Zimmern unseres Hauses getan hatte, spät in der Nacht, als ihre Schreie durch die Wände gedrungen waren.

Ich erstarrte, als mir klar wurde, wie ich gezeugt worden war. »Du hast sie vergewaltigt.«

Er lachte und zuckte dann mit den Schultern. »Spielt keine Rolle.«

Ich rechnete in meinem Kopf nach. Sie war jung. Immer noch. Sie war in Winters Alter gewesen, als Rika geboren worden war. Sie musste also ein Teenager gewesen sein, als ich auf die Welt gekommen war. Achtzehn? Neunzehn?

»Als Schraeder zu seiner schwangeren Frau nach Hause kam«, fuhr er fort, »bestand kein Zweifel daran, was ich getan hatte. Er war bereit, dich wie sein eigenes Kind aufzuziehen und die Stadt mit seiner kleinen Familie zu verlassen, aber das konnte ich nicht zulassen. Echte Männer lassen ihre Söhne nicht von anderen Männern aufziehen.«

Ich starrte ihn an. Dachte er wirklich, er hätte mich erzogen? Indem er mich eingeschüchtert, mich verprügelt und mich wie sein Eigentum behandelt hatte?

»In der Nacht, in der du geboren wurdest, kam ich und habe eingefordert, was mir gehört«, erklärte er. »Sie hat geschrien und geweint. Und dann ist sie die nächsten Jahre in Depressionen versunken und hat angefangen zu trinken. Ich hätte wirklich nicht gedacht, dass sie es so schwernehmen würde, aber … als Rika gekommen ist, ging es ihr etwas besser.«

Die Mutter von Rika war viele Jahre lang ein Wrack gewesen. Während der paar Male, die ich sie in meiner Kindheit in der Öffentlichkeit gesehen hatte, war sie immer eine kaum funktionierende, Tabletten schluckende Alkoholikerin gewesen.

Es war alles seine Schuld. Sie war kaum noch am Leben gewesen, und Rika hatte kaum eine Mutter gehabt. Nicht weil sie ihren Mann verloren hatte oder so. Sondern wegen ihm und dem, was er ihr angetan hatte.

Aber sie war immer nett gewesen, nicht wahr? Jetzt, wo ich darüber nachdachte. Immer gutmütig und lieb.

»Sie sind schließlich in Thunder Bay geblieben«, fuhr mein Vater fort. »Wahrscheinlich um in deiner Nähe zu sein.«

Kein Wunder, dass er nicht mit der Wimper gezuckt hatte, obwohl er wusste, was Natalya in meinem Zimmer mit mir angestellt hatte. In seinen Augen war sie nicht meine Mutter gewesen.

In seinen Augen hatte sie aus mir einen Mann gemacht.

»Als du ein Teenager warst«, sagte er zu mir, »habe ich herausgefunden, dass sie und ihr Mann vorhatten, dir die Wahrheit zu sagen, sobald du achtzehn Jahre alt werden würdest. Also habe ich mich um Schraeder gekümmert. Mit ein wenig Hilfe, natürlich.«

Mit der Hilfe von Evans Crist. Michaels Vater.

Da er die Vollmacht über den Nachlass gehabt hatte und Christiane zu glücklich und betäubt gewesen war, um sich darum zu kümmern, hatte Evans seine Chance, ein weiteres Vermögen zu kontrollieren, gesehen. Das größte Vermögen der Stadt.

Ich sah zu Rika. Sie runzelte die Stirn und fragte sich wahrscheinlich, worüber wir redeten. Mein Blick wanderte zu der Narbe an ihrem Hals.

»Ich hatte nicht erwartet, dass Rika an diesem Tag im Auto sitzen würde, aber …« Mein Vater brach ab. »Und dann hat der hiesige Hausarzt Christiane mit einem netten kleinen Cocktail versorgt, der sie für den Rest ihres elenden Lebens gefügig machen würde.«

Er trat auf mich zu, aber ich wollte zurückweichen. Die Wände kamen näher, obwohl wir draußen waren, und ich hielt die Klinge in meiner Hand, als die volle Erkenntnis über das, was geschehen war, wie eine Tonne Ziegelsteine auf meine Schultern herabkrachte.

»Du hast Christiane nie wirklich beachtet, nicht wahr?«, spöttelte er.

Aber ich hörte ihn kaum, denn ich war in meinen eigenen Gedanken verloren.

Ich hätte ein anderes Leben haben können. Christiane wäre anders gewesen. Ich hätte gute Eltern gehabt.

»So, wie sie dich auf Partys oder auf der Straße in der Stadt angesehen hat«, fuhr er fort.

Sie hatte mich angeschaut? Nein, daran konnte ich mich nicht erinnern. Was hatte sie gesehen, als sie mich beobachtet hatte? Was hatte ich getan?

Meine Kehle wurde trocken, ich hatte Probleme zu atmen, und meine Hand, die immer noch den Dolch hielt, begann zu zittern.

»Ihr Herz brach, lange bevor Rika geboren wurde. Lange bevor ihr Mann gestorben ist«, redete mein Vater weiter.

Sie wollte mich, trotz dem, was mein Vater ihr angetan hatte? Ihr Mann *wollte mich trotzdem?*

»Sie hat dich so lange angeschaut, ganz offensichtlich«, fuhr Gabriel fort, näherte sich mir immer weiter und quälte mich mit dem, was sich direkt vor meiner Nase abgespielt hatte, ohne dass es mir bewusst gewesen war. »Ich hatte das Gefühl, sie könnte zur Bedrohung werden. Ich habe sogar überlegt, auch sie aus dem Weg zu schaffen.«

Was, wenn ihr nicht gefallen hatte, was sie sah? Was, wenn sie deshalb nie an mich herangetreten war? Was, wenn sie mich aufwachsen gesehen und gedacht hatte, dass ich genauso werden würde wie er?

Was, wenn sie sich vor mir gefürchtet hatte?

»Ist dir das wirklich nie aufgefallen?«, fragte er und sah mich an, als wäre ich das dümmste Stück Scheiße auf der Welt.

Wut kochte in mir hoch, ich fühlte mich, als drehte sich mir mein Magen um, und die unterschiedlichsten Bilder von ihm tauchte in meinem Kopf auf.

Wie er sie vergewaltigte. Ihr Leben zerstörte.

Wie er mich entführte, während sie schrie.

Wie er sie gezwungen hatte, einer anderen Frau dabei zuzusehen, wie sie mich ein paar Meilen die Straße runter aufzog.

Wie er mich in dieses Haus gebracht hatte, und das Grauen, das ich hatte schlucken müssen.

Ich blickte zu ihm auf, presste meine Kiefer aufeinander, während ich versuchte, alles zu verarbeiten. Und eins war mir klar: Niemals würde ich ihm Enkelkinder schenken, die er in die Finger bekommen könnte.

»Ich dachte, du wärst so viel scharfsinniger als das«, sagte er zu mir. »Aber ich schätze, sie war auch nicht sehr klug, also ...«

Ich schrie auf, packte ihn an der Schulter und rammte ihm den verdammten Dolch direkt in seinen verdammten Magen.

Hinter mir schnappten meine Freunde nach Luft, und ich hörte Banks meinen Namen rufen, aber es war kaum ein Flüstern.

Er zuckte zusammen, sein Mund stand offen, als er zum ersten Mal in seinem erbärmlichen Leben mit weit aufgerissenen Augen dastand und aussah, als könnte er plötzlich nicht mehr atmen.

Ich zog den Dolch raus und rammte ihn wieder rein, fühlte, wie er sich in sein Fleisch grub. Ein Schauder breitete sich auf meinem ganzen Körper aus, Eiseskälte drang in mein Blut, während die Wut ein wenig abkühlte.

Ich zog die Klinge wieder heraus, starrte ihm in die Augen und rammte den Dolch dann ein weiteres Mal in seinen verdammten Körper, vergrub ihn in seinem Bauch … ein letztes … Mal.

»Stirb einfach«, sagte ich direkt in sein Gesicht. »Stirb.«

Er stotterte und röchelte, seine Knie gaben unter ihm nach, und sein Körper sackte zu Boden, als er von meinem Messer abrutschte und zusammenbrach.

Jemand schluchzte leise hinter mir, aber alle anderen waren still, als wir zusahen, wie sich sein Blut über das ganze Dach ergoss und sein weißes Hemd sich scharlachrot färbte.

Ich starrte auf ihn hinunter und hielt seinem Blick stand. Jemand näherte sich von hinten, aber ich winkte mit meiner Hand, die an meiner Seite hing, ab und gestikulierte, dass sie sich verdammt noch mal zurückziehen sollten.

Das Gewicht in meinem Bauch begann, sich aufzulösen, und ich lief nicht weg.

Ich wollte das sehen.

Ich wollte sicherstellen, dass er starb.

»Geht's dir gut?«, fragte Winter und schlang ihre Arme um mich, während ich in Handschellen dasaß. »Was wird jetzt passieren?«

Ich kuschelte mich an sie und vergrub mein Gesicht in ihrem Nacken.

Ich habe keine Ahnung.

Aber ich hatte keine Angst mehr. Sie war in Sicherheit. Meine Freunde waren in Sicherheit. Egal, was passierte, wenigstens diese Gewissheit hatte ich.

»Es wird alles gut«, flüsterte ich.

Seltsamerweise fühlte ich mich nur müde, nicht einmal besorgt oder wütend oder schuldig, wie ich es vielleicht hätte sein sollen. Ich war einfach nur froh, dass er weg war und dass sie frei war. Das war es wert.

Der Leichenbeschauer legte meinen Vater, der bereits in einem Leichensack steckte, auf die Bahre, während die Polizisten miteinander sprachen und auf die Spurensicherung warteten.

Kai hatte dafür gesorgt, dass keiner von uns etwas sagte, bis wir mit den Anwälten gesprochen hatten.

Aber ich war derjenige, der mit dem Messer und dem Blut an der Hand gefunden worden war.

Ich würde ins Gefängnis gehen.

»Geh mit Banks und Kai«, sagte ich.

Ich wollte, dass sie heute Abend aus Thunder Bay rauskam. In die Stadt, mit neuer Luft und Raum zum Atmen.

Weg von dieser Scheiße.

Sie unterdrückte ihre Tränen, als sie mich küsste. »Das ist nicht mehr dein Leben«, flüsterte sie. »Ich gehe nirgendwohin.«

Ich konnte nicht verhindern, dass sich ein Lächeln auf meinem Gesicht ausbreitete, als sie mich wieder küsste. Ich würde es ihr nicht sagen, aber das rettete mir den Abend.

Banks zog sie zurück, als der Polizist mich von meinem Sitz hochzerrte und mich wegführte. Ich schaute über die Schulter zu ihr und betete wie verrückt, dass das nicht das letzte Mal war, dass ich sie berührt hatte.

Als ich an Rika vorbeiging, trafen sich unsere Blicke, und sie wusste, dass da Dinge passiert waren, die sie nicht verstand. Ich hätte ihn nicht töten sollen. Das war nicht Teil des Plans gewesen.

Aber sie hatte nichts von dem Gespräch zwischen mir und meinem Vater gehört.

Diesen Scheiß hob ich mir für einen anderen Tag auf.

Für den Moment …

»Einer weniger«, sagte ich zu ihr. »Um den Rest musst du dich kümmern.«

Stunden später war meine Wunde medizinisch versorgt worden, und ich hatte eine Zimtschnecke bekommen, die immer noch ungeöffnet auf dem Tisch des Vernehmungszimmers vor mir lag. Meine Augen brannten vor Erschöpfung, und mein Magen knurrte, aber ich konnte das verdammte Gebäck nicht essen, weil ich mit Handschellen gefesselt war. Das wussten sie.

Sie hatten noch nicht versucht, mich zu verhören, weil ihnen wahrscheinlich klar war, dass ich klug genug war, meine Rechte zu kennen. Aber sie hatten auch keine Blutproben von meiner Hand genommen oder mich aufgefordert, meine Kleidung ausziehen. Ich wurde neugierig, was zur Hölle da draußen vor sich ging, denn es kam niemand herein, und mir war auch mein Anruf nicht genehmigt worden. Was, wenn ich pissen musste?

Ich rieb mir das Gesicht an der Schulter und gähnte, während das Neonlicht auf mich herabschien.

Wo war Winter? Ich stellte sie mir vor, wie sie friedlich schlafend in unserem Bett lag, wie ich es mir wünschte.

Aber ich wusste, dass es nicht so war. Sie war wach und aufgeregt, genauso müde und besorgt, wie ich es war. Langsam dämmerte mir, dass ich zwar froh war, dass sie in Sicherheit war, weil mein Vater nun keine Gefahr für sie mehr darstellte, aber ich wollte auch nicht, dass sie ohne mich durch diese Welt ging. Ich wollte nichts verpassen.

Das war der einzige Grund, warum ich das, was ich getan hatte, bereute.

Plötzlich öffnete sich die Tür, und ich drehte meinen Kopf.

Ein kleiner Mann in einem grauen Anzug, der zwar grau meliertes Haar hatte, aber immer noch ziemlich jung und fit wirkte, trat in den Raum. »Hallo«, sagte er, trat zur Seite und ließ den Beamten hinter sich eintreten. »Ich bin Monroe Cason.«

Der Polizist kam herüber, und ich sah zu, wie er mir die Handschellen abnahm und sich wegdrehte, um zu gehen, sich aber davor noch mit zusammengepressten Lippen umdrehte und die Zimtrolle aufhob, um sie vor mir abzulegen.

Hm?

Ich stützte mich mit den Unterarmen auf den Tisch, hob die Rolle auf und drehte sie kurz in den Händen, bevor ich sie gegen die Tür schleuderte, gerade als er sie schließen wollte.

Idiot.

Ich blickte zu dem Kerl auf und zog eine Augenbraue hoch. »Ich habe keinen Anwalt angerufen.«

Er lächelte leicht und sah nach oben. Ich folgte seinem Blick und entdeckte eine Videokamera. Und nach einem weiteren Moment ging das Licht aus.

Was zur Hölle war hier los?

Ich wandte den Blick von der Kamera ab und starrte ihn an, beobachtete ihn dabei, wie er in seiner Aktentasche kramte und etwas in Plastik Eingewickeltes herausholte. Er legte es vor mir auf den Tisch.

»Ich kann mich darum kümmern, wenn Sie wollen, aber ich dachte, Sie wollen es vielleicht mit eigenen Augen sehen«, informierte er mich.

Ich beugte mich über das Päckchen und erkannte den Dolch, den Rika mir im Haus gegeben hatte. Sauber und wie neu. Aber vielleicht könnten noch Blutreste daran gefunden werden. War das der Grund, warum er mir vorschlug, ihn zu vernichten? Warum sollten sie mich die Mordwaffe zerstören lassen?

Ich sah ihn mit zusammengekniffenen Augen an. »Was ist hier los?«

»Sie können gehen«, sagte er.

Mein Herz machte einen Sprung. »Warum?«

Er atmete leise aus, legte seine Aktentasche auf den Tisch, öffnete sein Jackett und setzte sich hin. Dann zog er ein Blatt Papier aus seiner Tasche und legte es vor mich.

»Niemand wird um Ihren Vater trauern«, sagte er zu mir. »Es gibt sogar ziemlich viele Menschen, die sehr glücklich – und dankbar – sind, dass er weg ist. In der Zeugenaussage steht, dass Sie und Ihre Freunde zum Feiern in die Stadt gekommen sind. Als Sie zufällig auf das Dach gegangen sind, hatte einer der verärgerten Angestellten Ihres Vaters ihn gerade umgebracht, und Sie haben ihn in seinem Blut auf dem Dach liegend vorgefunden.«

Ich überflog das Papier und sah, dass genau das dastand.

»Alle haben unterschrieben«, fügte er hinzu, als ich die Unterschriften sah.

Deshalb hatten sie keine Blutprobe von mir genommen. Oder meiner Kleidung.

»Seine Wachen ...?«, hakte ich nach.

Was war mit seinen Bodyguards? Sie wussten davon.

Aber er antwortete schnell. »Sie stehen jetzt auf der Gehaltsliste Ihrer Schwester, da sie die einzige Erbin Ihres Vaters ist. Sie hat mir versichert, dass sie ihr Haus und alle, die darin arbeiten, unter Kontrolle hat.«

Ihr Haus. Es klang seltsam, das zu hören, aber irgendwie auch gut.

Und die Cops? Das Blut war an dem Dolch gewesen. Meine Fingerabdrücke. Die Menschen mochten vielleicht froh sein, dass mein Vater weg war, aber so etwas konnte man nicht einfach unter den Teppich kehren.

Und es gab auch noch viele, die mich nicht mochten. Jetzt waren sie meinen Vater los. Warum sollten sie mich also nicht ins Gefängnis gehen lassen und mich ebenfalls loswerden?

»Wer ist Ihr Arbeitgeber?«, fragte ich ihn skeptisch. »Wer bezahlt Sie? Wer hat die Stadt bezahlt, bei dieser Sache wegzuschauen?«

Er schaute mich, ohne mit der Wimper zu zucken, an und antwortete dann fast feierlich: »Jemand, der will, dass Sie eine Chance haben, Mr Torrance.«

Ich lehnte mich in meinem Stuhl zurück, schloss die Augen.

Ich kannte die Antwort, ohne dass Cason sie aussprechen musste.

Christiane Fane.

Eine Stunde später schloss ich die Haustür auf und trat mit Winter ein. Ich konnte noch immer nicht glauben, dass ich draußen war. Ich wusste, dass das Gerede in der Stadt wahrscheinlich schlimm war, und ich hatte keine Ahnung, wie Evans Crist reagieren würde, da ihm sicherlich klar war, dass wir wussten, wie Rikas Vater gestorben war. Wie *sie* fast gestorben wäre.

Aber darüber konnte ich mir im Moment keine Gedanken machen. Mein Vater war die größere Bedrohung gewesen, und obwohl wir alle noch nicht in Sicherheit waren, war ich davon überzeugt, dass sich unsere Gegner etwas Zeit lassen würden, bevor sie zu uns kamen.

Und wenn sie es taten, dann wären wir bereit.

Ich fuhr mir mit den Fingern durch die Haare, wollte gerade einfach nur duschen und ins Bett gehen, aber es gab noch eine Sache, um die ich mich vorher kümmern musste.

Ich zog die Tür zu und schloss ab.

»Ich will mich jetzt einfach nur mit dir in den Brunnen setzen«, sagte Winter träge und legte ihren Kopf an meinen Arm, als ich ihre Hand hielt und sie mit mir führte.

»Dafür haben wir noch jede Menge Zeit«, erwiderte ich. »Aber ich habe eine andere Idee.«

»Ach ja?« Sie klang amüsiert, als könnte sie sich schon vorstellen, was ich in diesem Moment tun wollte.

Aber anstatt die Treppe hochzugehen, ging ich weiter den Flur entlang und durch die Küche.

Sie hob ihren Kopf. »Wohin gehen wir?«

»Das wirst du schon sehen.«

Ich führte sie nach draußen, über die Veranda, am Pool und dem Poolhaus vorbei und hinter die Hecke zu den Bäumen. Wir gingen langsam, während sie sich ihren Weg über den Boden und herabgefallene Äste bahnte, aber als wir bei der großen Weißeiche ankamen, hob ich sie hoch und trug sie über den Laub- und Holzschutt, den ich noch nicht weggeräumt hatte.

Als ich sie absetzte, nahm ich ihre Hand und legte sie an den Baumstamm.

Sie ließ ihre Hände über die Rinde gleiten, tastete auf und ab, bis sie auf einem Brett landete, das in den Baumstamm genagelt war. Sie zog sich zurück, richtete sich auf und verzog das Gesicht, als sie verstand, warum ich sie hierhergebracht hatte.

Ihr Brustkorb bewegte sich nur leicht unter ihren flachen Atemzügen, und ich konnte die Angst in ihrem Gesicht sehen.

Ich ging um sie herum, legte meinen Arm um ihre Taille und küsste ihren Hinterkopf.

»Ich bin jetzt stärker«, flüsterte ich. »Ich werde dich nicht fallen lassen.«

Ich spürte, wie ihr Körper bebte, aber sie sagte nichts. Sie stand einfach nur da und ging die ganze Scheiße in ihrem Kopf durch. Nach einem weiteren Moment streckte sie die Hand aus, schwer atmend, aber entschlossen, und tastete mit dem Fuß nach der ersten Stufe, während sie das Brett vor sich festhielt.

Ich beobachtete, wie sie anfing zu klettern, sich Zeit ließ, einen Schritt nach dem anderen, und ich folgte ihr, ohne sie auch nur einen Moment aus den Augen zu lassen.

Auf halber Höhe hielt sie inne, als der Wind durch ihr Haar peitschte. Aber sie ging weiter.

Nur noch eine Stufe.

Und noch eine.

»Bleib stehen, Baby«, sagte ich zu ihr, als sie oben angekommen war. Ich wollte nicht, dass sie sich den Kopf stieß.

Sie blieb stehen, während ich den Abstand zwischen uns verringerte, und dann griff ich über ihren Kopf und stieß die Tür im Boden auf.

Sie wedelte mit der Hand, um die Entfernung abzuschätzen, kletterte hindurch und krabbelte auf den Boden. Vorsichtig richtete sie sich auf, als ich nach ihr durchkam, und blieb eine Zeit lang stehen, um sich zu orientieren. Aber dann machte sie ein paar vorsichtige Schritte und fand schließlich das Geländer.

Ich hielt ihre Füße im Blick, um sicherzugehen, dass sie nicht stolperte. Die Bretter des Zauns hatte ich extra dicht genug aneinandergenagelt, damit wir nicht fallen konnten, aber sie konnte trotzdem ausrutschen und sich verletzen.

Ich ging herum und vergewisserte mich, dass alles gut hielt, inspizierte das Spitzdach, um zu sehen, ob beim letzten Regen

Wasser durchgesickert war. Ich hatte überlegt, ein ganzes Haus daraus zu machen, komplett geschlossen, aber vielleicht war das hier besser für Kinder. Im Moment gefiel es mir auf jeden Fall, dass es an den Seiten offen war. Denn so konnten wir den Wind spüren und das Rauschen der Bäume hören.

»Hier bist du also immer hingegangen?«, fragte sie, immer noch mit Blick nach draußen. »Keine hundert Meter von mir entfernt.«

Ich stellte mich hinter sie. »Niemals.«

In all den Nächten, in denen ich weg gewesen war, war ich immer noch hier gewesen.

Ich hielt ihre Taille mit einer Hand und lehnte mich mit der anderen an das Geländer, starrte auf das Haus hinunter und dachte darüber nach, wo wir heute vor fünf Jahren gewesen waren.

Es war Halloween gewesen, und ich war gerade verhaftet worden.

»Wie geht's dir?«, fragte sie.

Ich wusste, dass sie meinen Vater meinte. Wusste, dass sie eigentlich wissen wollte, ob ich wütend war.

Ich war mir immer noch nicht sicher. Ich war froh, dass er weg war, aber ich versuchte immer noch herauszufinden, was das bedeutete und was der nächste Schritt war.

Das Wichtigste war, dass ich nicht mehr allein war, und das machte einen großen Unterschied. Wir würden gut zurechtkommen.

Leider aber nicht so gut, wie ich es mir wünschte. Selbst ich wusste, wie viel Scheiße aufgeräumt werden musste, wenn ich morgen aufwachte. Ich hatte eine Menge zu tun.

»Ich habe kein Geld, kein Haus, eine Frau und eine wahrscheinlich schwangere Freundin«, versuchte ich zu scherzen.

Einen Moment lang blieb sie still, aber dann sagte sie: »Ich frage mich, ob es einfacher ist, eine Annullierung zu bekommen, wenn die Ehe nie vollzogen wurde.« Sie ließ die Worte eine Minute lang in der Luft hängen. »*Falls* sie nie vollzogen wurde.«

Ich schaute zu ihr hinunter, weil ich wusste, worüber sie sich Sorgen machte. Hatte ich mit Ari geschlafen …?

Ich drehte ihr Kinn zu mir. »Das nennt man Betrug«, erklärte ich. »Wenn man eine Ehe eingeht ohne die Absicht, sie zu vollziehen. Da bin ich dir weit voraus, kleiner Teufel.«

Ein verlegenes, vages Lächeln umspielte ihre Lippen, und ich konnte sehen, wie sich ihre Schultern entspannten.

Die Heirat mit Ari hatte mich ins Haus gebracht, und dadurch hatte ich sie alle unter meinen Fittichen gehabt. Es war ein Mittel zum Zweck gewesen. Es hatte nicht lange gedauert, bis ich der Tatsache ins Auge gesehen hatte, dass ich es kaum ertragen konnte, mit dieser Frau eine Mahlzeit zu essen, geschweige denn mit ihr ins Bett zu gehen. Ich hatte gewusst, wen ich wirklich wollte.

Winter setzte sich auf den Boden und ließ ihre Beine über den Rand baumeln, wie wir es als Kinder getan hatten. »Banks wird das Erbe nicht wollen«, sagte sie. »Du kannst sein Testament anfechten, wenn du willst.«

Ich atmete aus und setzte mich neben sie, stützte mich auf meine Hände und schaute durch die Blätter des Baumes, der uns vor der Welt verbarg.

»Scheiß drauf«, sagte ich. »Er hatte recht. Sie wird besser damit zurechtkommen, als ich es getan hätte. Und ich will sowieso nichts von ihm.«

Sie nickte. Keine einzige Sorgenfalte bildete sich auf ihrer Stirn; sie sah fast glücklich aus, und mit ihrem wehenden Haar und diesen dunkelrosa Lippen war sie wieder acht, und ich war elf und konnte nicht aufhören, sie anzuschauen.

Sie blickte zum Haus hinaus, und ich war froh, dass es ihr hier oben zu gefallen schien.

»Was siehst du?«, fragte ich.

Sie atmete tief ein, ließ sich dann langsam zurückfallen und legte sich auf den Boden, wobei ihre Beine noch immer über den Rand hingen.

Ein kleines Lächeln umspielte ihre Lippen. »Ich sehe uns die Nacht hier oben verbringen.«

Ich stürzte mich auf sie, nahm ihr Gesicht in meine Hände und strich mit den Lippen über ihre.

Ja, verdammt.

KAPITEL 34

DAMON

Gegenwart

Ich schlug die Autotür zu, schloss ab und lief dann vor Kälte zitternd den Gehweg entlang. Es würde bald schneien. Das konnte ich spüren. Ich zog den Reißverschluss meines Pullovers hoch und steckte meine Hände in die Taschen meiner Jeans, als ich die Tür zum Theater öffnete und hineinging. Wärme schlug mir entgegen, und ein paar Angestellte stellten Blickkontakt her, sahen aber wieder weg, als sie merkten, dass ich es war.

Ich war jeden Tag gekommen, um Winter abzusetzen und abzuholen, also wussten sie, warum ich hier war.

Außerdem wusste die ganze Stadt, was letzte Woche wirklich in der Taverne passiert war, und selbst wenn niemand deswegen weinte, wechselten sie trotzdem die Straßenseite, wenn sie mich kommen sahen. Sie hielten ihre Köpfe gesenkt, gingen mir aus dem Weg und antworteten besonders höflich mit Ein- oder Zweiwortsätzen, wenn ich Essen bestellte oder mein Auto betanken wollte.

Tatsächlich hatte ich bemerkt, dass sie dasselbe taten, wenn sie Will oder Rika oder Kai sahen. Uns alle, um genau zu sein.

Es war, als ob in der Stadt eine Wachablösung stattfand oder so und sich die Leute nicht sicher waren, ob sie Angst haben sollten.

Ich ging am Verkaufsschalter und an den Treppen, die zum

Balkon und den oberen Rängen führten, vorbei und öffnete die Doppeltür, die ins Erdgeschoss des Theaters führte.

Musik erfüllte den Raum, während Winter sich auf der Bühne bewegte, sich drehte und herumwirbelte, ihr ganzer Körper war geschmeidig, wie eine Einheit.

Ich ging den kurzen Gang zum Orchesterbereich entlang und beobachtete, wie ihr das lange graue Kostüm um die Beine flatterte und ihre Haare um sie herumwirbelten, während sie sich vor und zurück bewegte. Es gab keine Worte, um zu beschreiben, wie schön sie war.

Aber das würden sie alle bald herausfinden. Michael und Rika sponserten eine kleine Tour, bei der sie in anderen Theatern und auf Festivals den Eröffnungstanz aufführen sollte. Und wenn alles gut lief, würden wir weitersehen. Ihre zwanzigminütige Einlage würde noch ein paar Monate brauchen, bis sie bereit war, aber sie probte bereits jeden Tag für ihren Auftritt.

Und obwohl es gut war, verdiente sie alles, was noch vor ihr liegen könnte. Und ich würde sie nicht aufhalten oder sie entmutigen, irgendetwas zu tun. Aber ich fragte mich auch, was ich jetzt tun sollte. Das Einzige, worin ich immer gut gewesen war, war Basketball, aber dieser Zug war abgefahren. Ich hatte nicht die Geduld, gut mit anderen zusammenzuarbeiten, und ich wollte absolut nichts mit dem Geld oder den Geschäften meines Vaters zu tun haben. Banks hatte es, also würde es in der Familie bleiben. Das war alles, was mich interessierte.

Ich würde sein verdammtes Geld nicht nehmen, und ich würde auch meine Freunde um nichts bitten. Alles, was Winter und ich uns aufbauten, würde von uns kommen und uns gehören.

»Damon, bist du hier?«, rief Winter.

Ich blickte zu ihr auf, hatte gar nicht bemerkt, dass die Musik geendet hatte. »Ich komme.«

Ich stieg die paar Stufen an der Seite der Bühne hoch, ging zu ihr, hob sie hoch und legte ihre Beine um mich, wie ich es die letzte Woche jeden Tag getan hatte, wenn ich sie um fünf von der Probe abgeholt hatte.

Sie lächelte mich an, fuhr mir mit den Fingern durchs Haar und küsste mich.

»Sieht gut aus«, sagte ich.

»Klar, du bist ja auch voreingenommen.«

»Ich lüge nicht.«

Sie schnaubte, und ich trug sie hinter die Bühne zu den Umkleiden, damit sie ihre Sachen holen konnte.

Sie begann, meine Wange zu küssen, und hinterließ kleine Schmetterlinge auf meinem Gesicht – an meinem Ohr und meinen Hals hinunter. Ich wollte sie nach Hause bringen und mit ihr duschen. Jetzt sofort.

»Wie war dein Tag?«, fragte sie und knabberte an meinem Ohr.

»Gut«, murmelte ich und genoss ihre Aufmerksamkeit zu sehr, um mehr zu sagen.

Ich hatte sie heute Morgen um elf Uhr abgesetzt und war zu Kai gefahren, um meine Schlangen zu holen, um die sich Banks gekümmert hatte. Dann war ich zu meiner Wohnung im Delcour gefahren und war auch in meinem Zimmer im Haus meines Vaters gewesen, um den Rest meiner Sachen auszuräumen.

Ich hätte mich nach Arbeit umsehen sollen, aber im Moment wollte ich sie nur heimholen, bevor es anfing zu schneien. Und dann würde ich sie die ganze Nacht wach halten, um ein Kind zu machen, das wir definitiv noch nicht ernähren konnten.

Wir erreichten ihre kleine Umkleide, und ich ließ sie runter und sah dabei zu, wie sie ihre Tasche packte, ihre Wechselklamotten herausholte und sich gleich dort auszog. Ich nahm die Tasche und war halb versucht, ihren Hintern auf den Waschtisch zu setzen und sofort loszulegen, aber … es war kalt. Ich würde auf die heiße Dusche warten.

»Fertig?«, fragte sie, bekleidet mit Jeans, flachen Schuhen und einem Pullover mit Zopfmuster.

Ich reichte ihr meinen Arm und führte sie aus dem Raum durch den Backstagebereich, den Hinterausgang und in die Gasse.

»Kann ich fahren?«, fragte sie neckisch.

Ich lachte leise vor mich hin. »Du kennst doch die Regeln.«

Spät, dunkel und keine Zeugen.

Wir gingen um die Ecke des Gebäudes und traten raus auf die Straße. Ich ließ ihre Tasche in meinen Kofferraum fallen, bevor ich das Auto aufschloss.

»Weißt du«, rief sie mir über die Motorhaube hinweg zu, anstatt einzusteigen. »Es gibt Dinge im Haus, die wir verkaufen können. Kunst, Möbel, Teppiche ... Ich habe auch etwas Schmuck.«

»Nein.«

»Damon, ich ...«

»Ich mach das schon«, unterbrach ich sie so sanft wie möglich. »Ich werde mir einen Job suchen. Ich kümmere mich darum. Mach dir keine Sorgen.«

Es war nicht so, dass ich von ihr erwartete, nichts zu tun, oder dass sie nicht eine Partnerin war, aber ich hatte ihren Vater bloßgestellt. Es lag in meiner Verantwortung, das in Ordnung zu bringen und ihr das Leben zurückzugeben, das sie gewohnt gewesen war. Ein Leben, das sie verdiente.

Und es war definitiv nicht okay für mich, nichts zu tun. Ich würde ein Einkommen finden. Ein legales.

Sie öffnete ihre Tür, und wir stiegen beide hinein. Mikhail sprang von seinem Platz auf dem Beifahrersitz auf den Rücksitz, um Platz für Winter zu machen.

Gerade wollte ich ihm den Kopf streicheln, als mein Handy, das ich in der Konsole liegen lassen hatte, klingelte. Eine lokale Nummer.

Ich nahm ab. »Hallo?«

»Damon Torrance?«, fragte ein Mann.

»Ja.«

»Hier ist Grady MacMiller«, stellte er sich vor. »Von der Hiberian Bank?«

Der Name kam mir vage bekannt vor.

»Ja?« Ich steckte meinen Schlüssel in das Zündschloss und startete den Wagen.

»Hören Sie«, sagte er. »Ich weiß, das klingt jetzt sehr merkwürdig, aber ich muss es versuchen. Ich bin gestern vorbeigekommen, um das Ashby-Haus zu begutachten, während Sie weg waren.«

Deshalb war mir sein Name bekannt. Das Haus gehörte jetzt Banks als Teil des Vermögens meines Vaters. Sie versuchte, die Geschäfte in Ordnung zu bringen, und sie hatte mich gewarnt, dass jemand vorbeikommen würde.

Es erinnerte mich auch daran, dass Winter wahrscheinlich nichts im Haus verkaufen konnte. Alles darin gehörte nun Banks. Ich rieb mir die Augen vor Frustration.

»Nun, ich hatte meine Kinder dabei«, fuhr er fort. »Leider war das Kindermädchen krank, und meine Frau ist …«

»Ja?«, unterbrach ich ihn.

O Gott.

»Es tut mir leid«, sagte er schnell. »Entschuldigen Sie. Jedenfalls haben wir das Baumhaus und das Brunnenlabyrinth gesehen, und ich habe mich beim Sicherheitsdienst erkundigt, und die haben mir gesagt, dass Sie der Designer sind. Stimmt das?«

»Der *Designer*?«, wiederholte ich und warf Winter, die mir den Kopf zugewandt hatte und zuhörte, einen Blick zu. »Ich … äh … nein. Ich habe es gebaut, wenn Sie das meinen. Worum geht es denn?«

»Nun, meine Kinder haben beide Bauwerke geliebt«, platzte er heraus. »Sie haben sie regelrecht verehrt. Es war wie am Weihnachtsmorgen. Ich fühle mich so komisch dabei zu fragen, wenn man bedenkt, wer Ihr Vater ist – oder war – tut mir leid für Ihren Verlust, Sir«, fügte er hinzu. »Aber ich muss einfach fragen … Sie wären nicht zufällig bereit, noch so etwas zu bauen, oder? In meinem Garten? Für meine Kinder?«

»Noch *was*?«

»Ein Baumhaus und ein Springbrunnenlabyrinth.«

Ich lachte auf. »Äh, nein. Tut mir leid.«

»Oh, ich, äh …«

»Ich muss gehen«, sagte ich und schüttelte den Kopf.

Ich legte auf und lachte leise vor mich hin. Um Himmels willen. Was war ich? Der Dad aus der Nachbarschaft, der bei Bauprojekten half? Vielleicht beim Umzug?

»Grady MacMiller?«, fragte Winter.

Ich ließ mein Handy in der Konsole verschwinden und legte den Gang ein. »Ihm hat der Scheiß, den ich in deinem Haus gebaut habe, gefallen«, antwortete ich. »Und jetzt will er, dass ich genau so ein Baumhaus und einen Springbrunnen für ihr Grundstück baue.«

»Und du hast Nein gesagt?«

»Für so was habe ich keine Zeit«, entgegnete ich. »Ich muss mir einen Job suchen und herausfinden, was wir tun sollen.« Dann hielt ich inne, richtete mich auf und begriff plötzlich. »Ohhhhh.«

»Ja, du Dummkopf!«, kreischte sie.

Er hatte versucht, mich einzustellen.

Um zu entwerfen und zu bauen.

Ich hatte mir nie Gedanken darüber gemacht, ob die Konstruktionen, die ich in Winters Haus errichtet hatte, gut waren oder nicht, aber es hatte mir Spaß gemacht, sie zu planen. Ich war voll und ganz auf die Arbeit konzentriert gewesen, und ich hatte es definitiv genossen, etwas zu tun, bei dem ich in Ruhe gelassen wurde. Das Eintauchen in all die kleinen Ecken und Nischen, in denen ich mich immer noch am liebsten mein ganzes Leben lang verstecken wollte. Nur jetzt mit ihr.

Ich würde das gerne beruflich machen, wenn ich könnte. Ich hatte nur noch nicht daran gedacht. Ich hatte noch ein Dutzend andere Designs, die übrig geblieben waren, als ich mir die Entwürfe für Winter ausgedacht hatte.

Aber …

»Ich kann nicht für die Leute in meiner eigenen Stadt arbeiten, als wäre ich ein Diener.«

»O Mann.« Sie verdrehte die Augen. »Erster Halt Thunder Bay, nächster Halt Weltherrschaft. Wie findest du das?«

Das bedeutete, es war ein Anfang. Daraus könnte viel mehr werden.

Sehr viel mehr.

Aber dann fiel mir wieder das Wichtigste ein.

»Ich war wegen eines Sexualverbrechens im Gefängnis«, erinnerte ich sie. »Keiner wird wollen, dass ich in der Nähe seiner Familie arbeite.«

»Und ich glaube nicht, dass Grady MacMiller deine Vergangenheit entgangen ist«, meinte sie. »Er wollte dich trotzdem einstellen, Damon.«

Ja, das stimmte wohl.

Ihm war offensichtlich klar, was für ein Prozess es gewesen war. Sobald ich Winter geheiratet hätte, wüssten alle, dass es viel komplizierter war als das, was vor Gericht gesagt worden war.

Und dann vielleicht ... durch Mundpropaganda ...

»Ruf ihn zurück und gib mir das Handy«, sagte sie mir. »Ich werde so tun, als wäre ich deine Assistentin, die zwischen den Klienten und dem temperamentvollen Arschloch-Künstler vermittelt.«

Ich grinste, steckte einen Finger unter ihren Kragen und zog ihr Gesicht an meins. »Zuerst duschen wir.«

Dann fuhr ich uns so schnell wie möglich nach Hause.

Später an diesem Abend, lange nachdem die Sonne untergegangen war und ich Winter alleine gelassen hatte, damit sie mit Alex an einigen Marketingideen für die Tournee arbeiten konnte, ging ich zu einer Haustür, an die ich noch nie geklopft hatte und von der ich auch nie gedacht hätte, dass ich jemals daran klopfen würde.

Es gab so viel, was ich über die Jahre verpasst hatte, und als ich es jetzt zusammenfügte, passte alles wie ein Puzzle zusammen.

Das Eis, das sie mir gegeben hatte, als ich sieben gewesen war. Wie sie behauptet hatte, der Kellner hätte ihr und Rika ein Eis zu viel gegeben.

Wie sie mich bei der Abschlussfeier angesehen hatte und ich mich gefragt hatte, warum sie überhaupt da war. Aber dann hatte ich gedacht, sie sei als Freundin der Familie da, weil Michael auch seinen Abschluss gemacht hatte.

In meinem letzten Schuljahr hatte ich durch die Gerüchteküche gehört, dass sie Rika gesagt hatte, sie sollte sich von mir fernhalten, als sie neu auf die Schule gekommen war. Ich hatte gedacht, es wäre, weil mein Ruf mir schon damals vorausgeeilt war. Tatsächlich hatte sie Angst gehabt, dass etwas zwischen uns passieren könnte.

Sie hatte recht gehabt, sie zu warnen. Wenn ich daran dachte, wie oft ich diese Grenze mit Rika ausgetestet hatte ...

Scheiße, verdammt.

Ach egal, auf lange Sicht war es nur eine weitere Sprosse auf der Leiter der abgefuckten Scheiße, die ich begangen hatte und die unsere kleine Gruppe ein wenig interessanter machte. Wir würden darüber hinwegkommen.

Als ich klingelte, ließ ich eine Hand in die Hosentasche meines schwarzen Anzugs gleiten, unter dem ich ein ebenso schwarzes Hemd trug. Heute Abend musste ich nicht Winters Damon sein.

Die Tür öffnete sich, und ich sah in ihre Augen. Ihr Lächeln verblasste, und ihre Brust sackte beim Atmen immer tiefer ein.

Ich starrte in ihr Gesicht, sah es mit neuen Augen und studierte ihre Gesichtszüge, um zu versuchen, etwas von mir zu erkennen. Blondes Haar, wie das von Rika, in einem modischen, unordentlichen Dutt mit Haarsträhnen um ihr Gesicht herum. Dünn, durchtrainierter Körper – viel gesünder als noch vor ein paar Jahren, als sie mit Pillen und Alkohol zugedröhnt gewesen war.

Sie trug eine enge schwarze Hose und eine ärmellose schwarze Bluse, und ihr Make-up ließ sie so viel jünger aussehen als Mitte vierzig.

Von mir sah ich allerdings nicht viel. Oder vielleicht dröhnte mein Puls so stark in meinen Ohren, dass ich einfach zu ungeduldig und abgelenkt war, um klar zu denken.

»Ist es wahr?«, wollte ich wissen.

Sie ließ ihre Hand von der Türklinke fallen, stand da, als wäre sie in Trance.

»Ist was wahr?«, hörte ich jemanden sagen.

Und dann trat Rika hinter ihrer Mutter hervor, ihre Finger durch den Henkel einer Kaffeetasse gesteckt, und schaute mich an.

Im Gegensatz zu Christiane und mir sahen sich Rika und ihre Mutter sehr ähnlich.

Als niemand etwas sagte, richtete sich ihr Blick auf ihre Mutter. »Mom?«

Aber Christiane senkte den Blick, ihre Lippen zitterten, und sie wusste, dass es vorbei war. Es gab kein Verstecken mehr.

»Mein Großvater hat immer eine Geschichte erzählt …«,

sagte sie schließlich, immer noch mit einem Hauch ihres südafrikanischen Akzents, »über eine Vorfahrin aus Persien. Vor Jahrhunderten. Eine Frau namens Mahin.« Ihre ernsten Augen hoben sich und trafen meine. »Er hat gesagt, von ihr habe er sein schwarzes Haar und seine Rabenaugen.«

Mein schwarzes Haar und *meine* rabenschwarzen Augen.

»Und er hat gesagt«, fuhr sie fort, »alle paar Generationen tauchen sie wieder auf.«

Hitze schoss durch mein Blut, und ich war so wütend, aber ich war mir nicht sicher, ob ich es sein sollte, und selbst wenn ich es nicht sein sollte, wollte ich es sein, denn es musste noch jemanden geben, an dem ich das auslassen konnte.

Wie konnte man nur so schwach sein?

Ich versuchte, ihre Lage zu verstehen. Mein Vater war ein gefährlicher Mann, und ich wusste, dass er sie bedroht und ihren Mann getötet hatte und dass sie davon hatte ausgehen müssen, dass er auch Rika etwas antun wollte, aber …

Wie konnte man so leben? In dieser Stadt, unter seiner verdammten Nase, in dem Wissen, dass das eigene Kind eine Meile entfernt ist und jeden Tag ohne einen lebt? Wieso hatte sie mich nicht von der Straße geschnappt, als ich fünf oder acht oder elf war, und war einfach weggerannt?

Schraeder Fane war wohlhabend gewesen. Sie hatten Geld gehabt. Hatte sie auch nur eine Ahnung, wie es in diesem Haus für mich gewesen war?

Im gleichen Moment wurde mir etwas anderes klar: Wenn ich nicht in Gabriels Haus aufgewachsen wäre, hätte ich nie für Banks da sein können.

Trotzdem …

Rika sah zwischen uns hin und her und zog verwirrt die Stirn in Falten.

»Du warst das im Krankenhaus«, sagte ich zu Christiane und erinnerte mich an die Stimme und die beruhigende Berührung ihrer Hände auf meinem Gesicht.

Tränen stiegen ihr in die Augen. Sie holte tief Luft, machte einen Schritt auf mich zu.

Aber ich wich zurück, um sie auf Abstand zu halten. »Ich habe keine Verwendung für eine Mutter«, warnte ich sie.

»Nicht mehr.« Und dann deutete ich auf Rika. »Aber ich habe viel Verwendung für sie. Das hier ändert nichts. Stell dich nur nicht zwischen sie und mich.«

»Wovon zur Hölle redet er da?«, fragte Rika ihre Mutter, und ihre Stimme wurde härter. Dann drehte sie sich zu mir um. »Damon?«

Ich brach den Blickkontakt mit Christiane ab – fertig mit meinen verdammten Eltern – und sah Rika in die Augen. »Ich habe dir gesagt, du würdest mir nie entkommen«, erinnerte ich sie. »Ich habe es immer gespürt.«

Sie schaute ihre Mutter an, die Sorge stand ihr ins Gesicht geschrieben. »Mom? Bitte? Was ist denn los? Was ist hier los?«

Ich wandte mich ab und ging zu meinem Auto zurück, wobei ich Rika immer noch ansah. »Wir werden die Welt beherrschen, Rika.« Ich streckte meine Hände aus und grinste. »Du, Banks und ich.«

Ich drehte mich um, ging zu meinem Auto und hörte, wie Rika ihre Mutter anflehte, endlich etwas zu sagen.

Aber es brachte nichts.

Ich fuhr davon, während Christiane Fane immer noch im Türrahmen stand und mir hinterhersah.

Das war alles, was sie je getan hatte.

Und hoffentlich war sie klug genug, nicht mehr zu versuchen. Sie war nicht willkommen, jetzt, wo mein Vater tot war und ihr nicht mehr im Weg stand.

Ich reagierte nicht gut auf schlechte Eltern. Das sollte sie niemals vergessen.

EPILOG

DAMON

Ich zog mein Handy vom Ladekabel, hielt es hoch, und das Licht stach in meine müden Augen, als ich all die Benachrichtigungen sah, die mich in der letzten halben Stunde langsam aufgeweckt hatten.

Dieser verdammte Will.

Verpasste Anrufe, Textnachrichten, Fotos ... Will hatte die Zeit seines Lebens in Rio.

Oder in Cartagena. Ich wusste es nicht mehr genau.

Will am Strand. Will mit ... Wie war noch gleich ihr Name? Will, wie er am Strand in der Sonne lag, sich nicht seinen Arsch abfror wie wir hier in Thunder Bay im Januar. Will, wie er gutes Essen in sich reinschaufelte und herzhaft lachte.

In den fast drei Monaten seit der Devil's Night hatten wir ihn clean, aber nicht trocken bekommen, und als Kai, Michael und ich uns wieder unseren Frauen, unseren Häusern und unserer Arbeit gewidmet hatten, war er aufgebrochen und auf Reisen gegangen. Er hatte gesagt, er braucht einen Tapetenwechsel, aber er war jetzt schon eine ganze Weile weg, und obwohl die Bilder toll aussahen und er wirklich den Anschein machte, glücklich zu sein, wusste ich, dass er sich im Grunde einfach nur im Kreis drehte, drehte und drehte, bis er schließlich das Gleichgewicht verlieren und fallen würde.

Jetzt, da er vierundzwanzig war, würde seine Familie seine Selbstzerstörung nicht mehr lange tolerieren, bis sie ihm den Geldhahn zudrehen und ihn zum Heimkommen zwingen würden.

Ich warf die Decke zurück, zog mir eine Pyjamahose an und rief Will an. Aber er ging nicht ran. Also schrieb ich ihm eine Nachricht, um ihn wissen zu lassen, dass ich wach war und er mich anrufen konnte.

Dann ging ich zu dem deckenhohen Fenster, blickte auf den Balkon des großen Schlafzimmers. Unmengen an Schnee waren gefallen, der nun wie Zuckerguss auf dem Steingeländer lag, während draußen der Wind heulte und die Bäume zum Knarzen brachte.

Ich nahm die Zigarettenschachtel vom Tisch, zog eine heraus, hielt sie mir unter die Nase und roch den Tabak und die Nelken. Meine Lippen brannten, und ich steckte sie mir in den Mund, rollte sie hin und her und spürte bereits die tröstliche Wirkung.

Winter versuchte, mich dazu zu bringen, mit dem Rauchen aufzuhören – was eigentlich keine Option war. Ich war kein *Nichtraucher.*

Aber dann hatte sie Kinder erwähnt und den Geruch, der an meinen Klamotten haftete, und dass Passivrauchen töten konnte, und ob ich wirklich wollte, dass das Baby wie Scheiße roch?

Ach, scheiß drauf.

Ich ging zur Balkontür, nahm mein Feuerzeug vom Tisch, schlüpfte in meine Schuhe und öffnete die Tür, um rauszugehen. Da hörte ich ihre verschlafene Stimme von der anderen Seite des Raumes.

»Hey«, sagte sie aus dem Bett. »Ist alles in Ordnung?«

Ich fluchte leise, nahm die Zigarette wieder aus dem Mund und zerquetschte sie in meiner Faust.

Verdammt. Sie hätte es an mir gerochen, wenn ich wieder reingekommen wäre, aber wenigstens hätte ich dann schon eine geraucht.

Ich warf das Feuerzeug und die kaputte Zigarette auf den Schreibtisch, kickte meine Schuhe von mir und trat ans Bett.

»Alles okay«, beruhigte ich sie und bückte mich, um sie zu küssen.

»Du wolltest rauchen, stimmt's?«, sagte sie und setzte sich auf.

Ich seufzte und legte mein Handy auf das Nachttischchen. »Ich sterbe hier, Baby«, brummte ich und ließ mich aufs Bett fallen.

Sie schnaubte. »Du musst nicht aufhören«, erwiderte sie. »Ich werde dich deshalb nicht verlassen. Es ist nur gesünder.«

Dann kletterte sie auf mich und setzte sich rittlings auf meinen Schoß.

»Ich weiß.« Mit den Fingern fuhr ich unter ihr Oberteil, über ihren Bauch und berührte die weiche Haut, die immer noch keinen Hinweis darauf lieferte, dass sich darunter ein Kind verbarg.

Sie war erst in der achten Woche, und mit der ganzen Tanzerei trainierte sie viel von dem, was sie aß, wieder ab. Ich machte mir Sorgen, dass das Baby nicht genug bekam, also fütterten wir sie alle ständig. Zum Glück war ihre Tour kurz, und sie hatte nur noch ein paar Vorstellungen, bevor sie eine schöne lange Pause einlegen konnte.

Wir hatten es immer und immer wieder durchgekaut, dass sie sich und das Baby mit den Auftritten in Gefahr brachte, aber sie hatte mir entschieden versichert, dass sie die Tour beenden könnte.

In den letzten Monaten war es gut für sie gelaufen, und sie hatte bereits Zusagen für weitere Projekte, nachdem das Baby geboren wäre.

Ich hatte versucht, bei jeder Vorstellung dabei zu sein – egal, wo –, aber nach der Arbeit, die ich für Grady MacMiller erledigt hatte, war ein Job nach dem anderen über mich hereingebrochen, und ich musste arbeiten. Ein paar Familien hatten mich zu ihren Sommerhäusern im Süden geschickt, um für sie dort Projekte umzusetzen, und ich war ziemlich damit beschäftigt, weitere zu planen, die für den Frühling und Sommer bereits in Auftrag gegeben worden waren.

Ich sorgte dafür, dass Rika, Banks oder Alex bei ihr waren, wenn sie die Stadt wegen einer Aufführung über Nacht verlassen musste und ich nicht dabei sein konnte.

Und obwohl ich die Rechnungen zahlte und uns eine Zukunft aufbaute, hatte ich nachgegeben, als Banks das Haus an Winter zurückgegeben hatte, einschließlich des Besitzes von allem, was sich darin befand. Banks hatte Winter geraten, es allein in ihrem Namen zu halten, damit sie mich rausschmeißen könnte, wann immer sie wollte.

Sie hatten darüber gelacht.

Und Banks hatte sich auch an die Abmachung meines Vaters mit Margot und Ari gehalten und ihnen eine nette Abfindung gezahlt, obwohl die Ehe kein Jahr gehalten hatte und jetzt annulliert worden war. Sie waren in die Stadt gezogen, und Ari wollte nie wieder mit mir im selben Raum sein.

Irgendwie würde ich schon die Stärke finden, damit leben zu können.

Und wir hatten immer noch nichts von Winters Vater gehört. Ich hoffte, dabei würde es auch bleiben.

Winter legte ihre Stirn an meine und streichelte mit den Fingern über meine Arme. »Es schneit«, flüsterte sie.

»Woher weißt du das?«

Wir waren nicht draußen. Sie konnte es nicht fühlen.

»Ich kann es hören«, sagte sie. »Hör mal.«

Wir saßen da, ganz ruhig und leise, und ich schloss meine Augen und versuchte, die Welt so zu sehen, wie sie es tat. Ich atmete ein und roch die kalte Luft. Stille klingelte in meinen Ohren, und zuerst konnte ich nichts hören.

Aber dann …

»An der Scheibe«, murmelte ich.

Sie nickte lächelnd. »Ich liebe dieses Geräusch. Als ob die Welt schlafen würde.«

Genau so sah es auch tatsächlich aus, dachte ich, als ich mich an die weiße Decke erinnerte, die draußen alles überzog. Wie das Wasser es schaffte, die Welt um mich herum mein ganzes Leben lang zur Ruhe zu bringen, und in der einen oder anderen Form suchte ich es immer wieder auf und versteckte mich darin.

Draußen vor dem Fenster fiel der Schnee und belud die Luft mit noch etwas mehr Schönheit. Diese Bewegung ließ die Welt lebendig aussehen, selbst wenn alles andere still war. Ein bisschen hübscher. Ein bisschen friedlicher. Ein bisschen geschützter.

Sie hatte das immer an mir verstanden. Sie fühlte es auch.

Sogar als wir noch Kinder gewesen waren, hatte sie es gewusst.

Ich sitze im Brunnen, das Wasser schwappt aus dem Becken über mir über die Ränder, umhüllt mich und versteckt mich vor ihr. Mein Finger sticht, er trieft vor Blut. Ich habe mich an einem Dorn geschnitten, als ich durch das Labyrinth gerannt bin, aber ich wage es nicht, ein Geräusch zu machen oder gar zu atmen.

Sie sucht nach mir, und ich will einfach nur in Ruhe gelassen werden. Mein Kinn zittert.

Lass mich einfach in Ruhe.

Bitte.

»Hallo, Süße«, sagt sie, als sie von einem kleinen Mädchen angerempelt wird. »Hast du Spaß?«

Ich schließe meine Augen und stelle mir vor, dass ich weit weg bin. In einer Höhle. Oder draußen auf dem Meer. Irgendwo weit weg von hier. Ich reibe die kleinen Kratzer an meinem Handgelenk, die ich mir gestern zugefügt habe, um zu testen, ob ich den Mut habe, es zu tun. Vielleicht werde ich es nicht tun. Vielleicht aber auch doch. Wenn ich es täte, müsste ich nicht hier bei ihnen bleiben. Ich müsste hier nicht leben. Es wäre vorbei.

»Hast du meinen Sohn gesehen?«, höre ich sie fragen, und ich öffne meine Augen. Meine Haare und Tränen trüben meine Sicht. »Er liebt Partys, und ich will nicht, dass er die hier verpasst.«

Ich mag keine Partys. Meine Knie zittern unkontrolliert. Ich mag überhaupt nichts.

»Nein«, sagt die Kleine.

Aber ich sehe, wie sie mich durch das Wasser anstarrt, und ich habe Angst, dass sie meiner Mutter verrät, dass ich hier bin.

Bitte nicht.

Als meine Mutter endlich geht, kommt das kleine Mädchen auf den Brunnen zu und schaut sich um, ob noch jemand da ist.

Als sie näher kommt, ruft sie meinen Namen. »Damon?«

Sie kann von mir aus auch gehen. Ich will alleine sein.

»Geht's dir gut?«, fragt sie.

Geh einfach, verdammt. Ich will nicht reden.

Ich weiß ganz genau, dass ich nicht das Richtige sagen werde, und ich will auf keinen Fall irgendwelche Fragen beantworten.

Geh einfach.

»Warum sitzt du da drin?« Sie späht durch die Wassertropfen, und ich zittere, während die Kälte durch meine Kleidung dringt. »Kann ich auch reinkommen?«

Ich sehe, dass sie ein Tutu trägt – alles an ihr ist weiß –, und ihr Haar ist zu einem ordentlichen Dutt geflochten. Sie ist jünger als ich, eindeutig eine der Schülerinnen meiner Mutter. Winter? *Glaube ich jedenfalls. Sie war schon mal hier, und ich war in derselben Klasse wie ihre Schwester.*

»Ich sehe dich manchmal in der Kathedrale«, sagt sie jetzt. »Aber du nimmst nie das Brot, stimmt's? Wenn die ganze Reihe aufsteht, um die Kommunion zu empfangen, bleibst du immer sitzen. Ganz alleine.«

Das Kindermädchen bringt mich jede Woche hin – meine Eltern wollen, dass ich den Gottesdienst besuche, gehen aber selbst nie hin. Es ist auch das Einzige, gegen das mich diese Schlampe ankämpfen lässt. Es fühlte sich alles so falsch an wie das Make-up, das sich die Frauen über ihre blauen Flecken schmieren, um zu verheimlichen, was mit ihnen passiert. Es ist die reinste Show.

»Ich habe auch bald Kommunion«, sagt sie. »Also, das ist zumindest der Plan. Aber man muss zuerst zur Beichte gehen, und das gefällt mir nicht.«

Meine Mundwinkel zucken, und meine Wut verfliegt ein bisschen. Mir gefällt dieser Teil auch nicht. Beichten hält mich nie davon ab, dieselben Fehler zu machen. Es erscheint mir seltsam, Vergebung für etwas zu bekommen, was ich immer wieder tue und von dem ich weiß, dass es falsch ist, auch wenn es mir nicht leidtut.

»Willst du, dass ich gehe?«, fragt sie schließlich, als ich nichts sage. »Wenn du willst, dann gehe ich.«

Ich sitze nur da und bin nicht mehr so frustriert wie noch vor einem Moment. Für eine Minute habe ich sogar den Schmerz in meiner Hand und meine Eltern vergessen.

»Mir gefällt es hier nur nicht besonders«, erklärt sie mir. »Meine blöde Schwester zerstört alles.«

Ich habe das Gefühl, sie zu verstehen. Mir gefällt es hier auch nicht besonders. Wir könnten uns verstecken.

Zusammen.

Wenn sie will.

»Ich werde gehen«, sagt sie und dreht sich langsam um.

Aber ich greife mit meiner Hand durch das Wasser und lade sie stattdessen ein reinzukommen.

Sie hält inne, sieht mich und dreht sich wieder um. Ihre Augen leuchten auf, und sie zögert kaum eine Sekunde, nimmt meine Hand und steigt in den Brunnen.

Das Wasser spritzt, und sie schnappt nach Luft, als das kalte Wasser sie trifft. Kichernd setzt sie sich neben mich.

»Wow, das ist so cool«, sagt sie, schaut sich um und betrachtet den Schatten des Beckens über uns und das Wasser um uns herum.

Mir fallen ihre weißen Ballettschühchen auf, als sie ihre Knie an die Brust zieht. Alles an ihr ist so klein.

»Was ist mit deiner Hand passiert?«

Ich werfe einen Blick auf meine Hand, drehe sie um, wasche das Blut unter dem Wasser weg und wische sie dann an meiner Jacke ab.

»Tut es weh?«, fragt sie.

Ich sage immer noch nichts. Aber ja, es tut ein bisschen weh.

»Mein Dad hat mir was Cooles beigebracht. Soll ich es dir zeigen?«

Ihre Stimme klingt so … entspannt. Als ob sie nicht wüsste, wie schlimm alles sein kann.

»Es kann helfen, den Schmerz loszuwerden«, erklärt sie mir. »Lass es mich dir zeigen.«

Sie nimmt meine Hand, und ich versuche kurz, sie zurückzuziehen, aber dann halte ich inne und lasse zu, dass sie mich berührt.

Sie hält sie vor sich hoch. »Bereit?«

Bereit für was?

Sie findet den Schnitt an der Innenseite meines Zeigefingers in der Nähe des Fingerknöchels, setzt aber ihre Zähne auf der anderen Seite des Fingers an und drückt zu, um die Haut zu dehnen, ohne sie einzureißen.

Ihr Blick trifft auf meinen, und so bleibt sie mehrere Sekunden lang und erhöht den Druck noch ein wenig.

Aber es tut nicht weh. Ganz und gar nicht. Es fühlt sich sogar irgendwie gut an, denn das lästige Stechen des Schnittes ist plötzlich weg. Einfach weg. Wie ein Notschalter.

Dann hört sie auf, in meinen Finger zu beißen. »Er hat gesagt, wenn du an mehreren Stellen verletzt bist, registriert dein Gehirn immer nur einen Schmerz zur gleichen Zeit«, erklärt sie. »Normalerweise den stärkeren. Eines Tages hatte ich einen eingerissenen Fingernagel, und es hat wirklich wehgetan, und weißt du, was er getan hat? Er hat mir in den Finger gebissen. Es war so seltsam, aber es hat funktioniert. Ich habe den anderen Schmerz nicht mehr gespürt.«

Ein Schmerz nach dem anderen. Also wenn etwas wehtut, kann man es weniger wehtun lassen, indem man mehr Schmerzen hinzufügt?

Das Stechen kehrt zurück, aber nicht mehr so stark, und das Gefühl ihres Bisses ist immer noch da.

Sie tut es noch einmal, und wieder verschwindet das Stechen.

»Ist das okay?«, fragt sie. »Besser?«

Ich möchte lächeln, und ich glaube, ich tue es auch ein wenig, als ich nicke.

Erstaunlich. Wenn der Schnitt tiefer wäre, müsste ich dann fester zubeißen? Und muss es denn ein Beißen sein? Kann ich etwas anderes tun, damit der Schmerz aufhört?

Sie lässt meine Hand los und lächelt zu mir hoch. »Es macht mich nicht so froh wie Oreos mit Eis, aber es tut trotzdem gut.«

Oreos mit Eis, hm? Ja, das mag ich auch.

Wir sitzen noch eine Weile da und genießen das Rauschen der Wasserfälle, das Labyrinth wird still, und in den Hecken leuchten hier und da Glühwürmchen auf. Die Musik verklingt, und die Party scheint zu Ende zu gehen. Nichts existiert mehr außer unserem kleinen Versteck.

»Ich wünschte, wir müssten den Brunnen nicht verlassen«, sagt sie.

Müssen wir auch nicht. Jedenfalls noch nicht. Sollen sie doch kommen und uns finden.

»Warum trägst du den Rosenkranz?«, fragt sie.

Ich folge ihrem Blick, schaue nach unten und sehe die Holzperlen unter meinem Hemd hervorschauen, wo sie an meinem Kragen hängen.

»Sie werden wütend, wenn Kinder ihn wie eine Halskette tragen, weißt du?«, merkt sie an.

Ein Lachen entweicht mir, und ich kann nicht anders. Ich muss schlucken. »Ich weiß.«

Deshalb mache ich es ja auch. Zur Erstkommunion schenkt man den Mädchen weiße und den Jungen hölzerne. Pater Behr war richtig sauer, als einige von uns sie sich um den Hals gehängt haben. Als ich herausgefunden habe, wie falsch das ist, habe ich angefangen, sie immer so zu tragen.

Es gibt nicht viel, was ich tun kann, um mich zu wehren – zu Hause sowieso nicht –, also suche ich mir irgendwelche dummen Streiche aus, mit denen ich durchkomme.

Ich ziehe mir den Rosenkranz über den Kopf, halte ihn über ihren und hänge ihn ihr um. »Jetzt bist du auch böse.«

Sie begutachtet ihn und reibt das Kreuz zwischen ihren Fingern, das Silber über dem Holz.

»Du kannst ihn haben«, sage ich.

So hat sie eine Erinnerung an mich.

»Bist du sauer, dass ich hier bin?«, fragt sie auf einmal.

Sehe ich sauer aus?

Als ich nicht antworte, sieht sie zu mir auf.

Ich schüttle den Kopf.

»Darf ich dann wiederkommen?«, drängt sie hoffnungsvoll.

Und ich nicke.

»So machen wir es«, sagt sie, nimmt den Rosenkranz ab und zieht eine silberne Schmuckspange aus ihrem Haar. Sie nimmt beides und legt die Sachen in eine kleine Nische unter dem oberen Becken, wo sie versteckt sind. »Weil das unser Geheimversteck ist.« In ihren Augen funkelt pure Aufregung. »Es ist, als ob ein Teil von uns immer hier wäre. An unserem Platz.«

Ich lehne meinen Kopf zurück an den Brunnen und schaue auf die Gegenstände, die unser Versteck beanspruchen, und lächle. Sie ist nett. Ich mag es, wie sie mit mir spricht.

Und ihr gefällt es hier auch.

Winters Mund schwebte über meinem, und unsere Lippen neckten sich gegenseitig, als ich ihr das weiße Shirt über den Kopf zog und zur Seite warf.

Ihre Brust hob sich gegen meine. »Damon«, flehte sie beinahe.

Ich küsste sie langsam und sanft, ihre Hände quälten mich mit federleichten Berührungen, und ihr Körper war so warm, dass ich mich daran berauschte.

»Damon«, hauchte sie, legte den Kopf zurück und ließ sich von mir necken und mich an ihrem Hals knabbern.

»Pssst«, flüsterte ich. »Leise wie ein Mäuschen.«

Der Schnee draußen wurde zu Wasser, und der Klang rauschte in meinen Ohren, als der Brunnen um uns herumsprudelte und mich und meinen Körper mit der einzigen Person, die mich wirklich kannte, einlullte. Die einzige Frau, die den Mann brauchte, der ich war, und die alles war, was ich brauchte.

Ich hatte nichts von dem, was ich hatte, verdient, aber ich tat alles, um sicherzustellen, dass ich alles, was kommen würde, auch verdiente. Wir würden eine Familie gründen, würden unsere Freunde und unser Zuhause haben, und jede verdammte Nacht würde sie genau hier sein, mich umgeben und sich mit mir verlieren. Wo der Rest der Welt nicht existierte und es nur uns gab.

Immer nur uns.

Ich drang in sie ein, und sie begann, ihre Hüften zu bewegen, nahm mich in sich auf und ließ mich wieder heraus, während sie ihren Kopf zurückwarf und ich ihre Brust drückte und sie in den Hals biss.

Draußen tobte die schneebedeckte, stille Nacht, und unsere ganze Welt war hier, genau jetzt.

Ich wünschte, wir hätten den Brunnen nie verlassen müssen.

Das taten wir auch nie.

KILL SWITCH – BONUSSZENE

DAMON

»Du bist wahnsinnig!«, schrie Bryce, ging weg, drehte sich dann aber noch einmal um und stürmte erneut auf mich zu. »Ich gehe, und dieses Mal werde ich nicht wieder zurückkommen!«

Okay, mach's gut.

Ich legte die Kerbe des Hammers um den Nagelkopf, zog den Nagel heraus und entfernte den ganzen Mist, den er heute Morgen fabriziert hatte. Die Muskeln in meinen Armen waren angespannt und heiß, und wenn er jetzt nicht endlich ging, würde ich ihn verdammt noch mal höchstpersönlich rauswerfen.

»Ich meine es ernst, Damon!«, schrie er wieder und stellte mich auf die Probe.

Ohne aufzusehen, zeigte ich ihm meinen Mittelfinger. Dann hörte ich, wie Dosen auf den Boden fielen. Vermutlich hatte er gegen irgendetwas getreten, als er zur Tür gestürmt war.

»Hey, was ist hier los?« Kai platzte herein, und die Schwingtür knallte, als er vom Empfangsbereich ins Lager stürmte, in dem wir arbeiteten. »Was ist hier los?«

»Er ist verrückt«, sagte Bryce. »Er kann nicht mit Menschen zusammenarbeiten!«

Leise lachte ich vor mich hin.

Kai seufzte; er war genauso am Ende seiner Kräfte wie ich.

Also wirklich. Keiner hier konnte selbstständig denken. Man musste ihnen jede verdammte Kleinigkeit erklären, und Gott bewahre, wenn man ihnen mehr als eine Anweisung auf einmal gab. Dann setzten ihre blöden Gehirne aus, weil sie sich nicht alles merken *und* gleichzeitig atmen konnten.

Ich entfernte die letzten beiden Nägel, zog das Vierkantholz ab und warf es zur Seite, um alle Beweise dafür zu beseitigen, dass er heute hier irgendetwas gearbeitet hatte.

»Er ist temperamentvoll, aber er wird Kompromisse eingehen«, sagte Kai zu Bryce. »Wir hatten das doch schon mal.«

»Kompromisse?«, zischte Bryce. »Er hat mir eine *Axt* an den Kopf geworfen!«

»Wenn ich sie dir an den Kopf hätte werfen wollen, hätte ich dich auch am Kopf getroffen«, knurrte ich leise.

Stille senkte sich über uns, und dann hörte ich Bryce' Stimme. »Ich haue ab, Mann.«

Ich kniete mich hin und zog die Nägel aus dem nächsten Brett, das er kaputt gemacht hatte.

»Bryce, komm schon.«

»Lass ihn gehen«, sagte ich zu Kai.

Die Tür schwang auf und schlug gegen die Wand, und der Rest der Arbeiter um mich herum räusperte sich und machte sich wieder an die Arbeit, während Kai auf mich zuging.

Warum war er überhaupt hier, verdammt? Wenn ich Will nicht haben konnte, der sich um den Scheiß hier kümmerte, dann wollte ich eine der Frauen. Michael und Kai stressten mich.

»Wie willst du denn das alles schaffen?«, wollte Kai wissen, und ich bemerkte einen Stapel Papiere, den er in seiner Faust zerknüllte.

»Viel besser ohne diesen Idioten hier.«

»Damon …«

Aber ich schüttelte den Kopf.

Hör einfach auf, verdammt.

Ich musste die Rahmen für drei weitere Baumhäuser bauen, bevor in neun Tagen das Baby kam. Ganz zu schweigen davon, dass ich an den Entwürfen für den Brunnen vor der neuen Bibliothek von Meridian City arbeitete, die noch immer nicht fertig waren. *Und* ich musste herausfinden, was zur Hölle ein »Frauenschuppen« sein sollte, weil Catherine O'Reilly das neue Baumhaus ihres Sohnes so toll fand und dachte, ich könnte ihr etwas Eigenes bauen.

Sie zahlte das Doppelte, um es vor dem ersten Schnee in ein paar Monaten zu bekommen, also hatte ich nicht Nein sagen können.

Die ganze Woche über waren Fotografen vorbeigekommen, um Aufnahmen der laufenden Arbeiten für die neue Website zu machen, um die sich Alex kümmerte. Zum Glück hatte sie alles organisiert, damit wir online gehen konnten. Ich wollte nur, dass die Leute mich im Lager in Ruhe ließen. Ich kam hier schneller voran ohne Hilfe.

Aber insgeheim wusste ich, dass ich auch Teil meines eigenen Problems war. Das Kind der Langstons hatte ein Baumhaus gewollt, aber als ich herausgefunden hatte, dass es von Piraten besessen war, hatte ich alles, was bereits fertig gewesen war, über Bord geworfen und stattdessen mit dem Entwurf für ein großes Schiff begonnen. Scheiße, was hatte ich mir nur dabei gedacht?

Ich schaute auf den Bug und die Masten, die bereits gebaut waren, und spürte, wie ein Lächeln meine Lippen umspielte. Es würde verdammt fantastisch aussehen, wenn es erst einmal fertig war. Es war alle Mühe wert, wenn es dem Kleinen gefiel.

»Du bist völlig überarbeitet«, sagte Kai nun. »Du bist gerade erst aus Washington zurückgekommen, warst davor in Kalifornien, dein Baby ist auf dem Weg, die Projekte stapeln sich …« Er brach ab, und ich spürte, wie er näher kam. »Ich kann nicht glauben, dass ich das sage, aber ich denke, du solltest wieder anfangen zu rauchen.«

Ich runzelte die Stirn. Ich hatte eigentlich nicht ganz damit aufgehört. Wahrscheinlich würde ich das nie.

Ich hob den ersten Rahmen auf, lehnte ihn an die Wand und ging dann zum nächsten.

»Du brauchst keine Angestellten, du brauchst ein *Team*«, sagte Kai und folgte mir. »Ich nehme keine Aufträge mehr an, bis wir den Laden auf Vordermann gebracht haben. Mit festem Personal. Ich habe bereits an der Uni Bescheid gesagt, dass du wieder studieren wirst.«

Ich warf ihm einen finsteren Blick zu. Er hatte nicht unrecht. Ich hatte nur keine Zeit, mich damit zu beschäftigen.

Aber Kai fuhr fort. »Du brauchst einen Büroleiter, du

brauchst ein Designerteam und eine Empfangsdame, und das bin nicht *ich*. Ich habe genug um die Ohren.« Er rieb sich den Nacken. »Alle reißen sich den Arsch auf, um dich beschäftigt zu halten, aber du wirst viel weniger gestresst sein, wenn es zu Hause reibungslos läuft.«

»Na schön, von mir aus«, sagte ich schnippisch. »Dann kümmere du dich darum. Ich will schneller als geplant fertig werden.«

Mach einfach, was du willst, und lass mich damit in Ruhe.

Ich wusste, dass sie mir alle einen Haufen Gefallen taten, und ich war dankbar, dass sie hier waren, denn ich war für vieles davon nicht geschaffen. Nichts wäre mir lieber gewesen, als dass jemand anderes das Gesicht des Unternehmens war. Dann könnte ich mich im Hintergrund halten, entwerfen und bauen, und man würde mich endlich in Ruhe lassen. Wenn Will hier wäre, könnte er das tun. Ihm würde es sogar Spaß machen.

Aber er war in letzter Zeit nicht oft hier. Er war für ein paar Monate nach Hause gekommen, dann aber schnell wieder weggeflogen, weil er den Freiraum brauchte, den er sonst nie gebraucht hatte. Er, Alex und ein paar andere waren im Sommer mit dem Rucksack durch Skandinavien gereist, aber als sie nach Hause gekommen waren, war er dortgeblieben, und ich hatte ihn seit Wochen nicht mehr gesehen.

Obwohl er sich regelmäßig meldete.

Ich glaubte, er fühlte sich ausgegrenzt. Er sah Michael mit Rika, Kai mit Banks und mich mit Winter und kämpfte mit dem Gefühl, nicht richtig dazuzugehören. Er hatte Alex, aber sie war nicht das, was er brauchte, und er rannte immer wieder weg, um nicht nachdenken oder fühlen zu müssen. Oder handeln zu müssen.

Kai drehte sich um und ging zurück in die Lobby, blieb dann aber stehen und holte sein Handy aus der Tasche. »Ach, Scheiße«, sagte er. »Wo ist dein Handy?«

»Wieso?«, brummte ich.

»Weil es an der Zeit ist.«

»Zeit für was?«

Er starrte auf sein Handy und grinste vor sich hin. »Ich

schätze, deine Freundin mag es auch, dem Zeitplan voraus zu sein.« Dann schaute er mich an. »Sie hat vor zwei Stunden Wehen bekommen. Wo ist dein verdammtes Handy?«

Das Herz schlug mir bis zum Hals.

Was?!

Schnell klopfte ich meine Jeans ab und sah mich um.

Scheiße!

Dann entdeckte ich es auf einem Stapel Bretter und eilte hinüber. Ich drückte den Einschaltknopf, aber es ging nicht an.

»Scheiße, es ist leer. Wo ist sie?«, schrie ich Kai an.

Zwei Stunden. Sie hatte schon seit *zwei Stunden* Wehen?!

Aber er lachte nur. »Im Krankenhaus. Los geht's.«

Warum lachte er? Hatte er etwa vergessen, wie panisch *er* gewesen war, als sein Kind vor ein paar Monaten auf die Welt gekommen war?

Ich stürmte aus dem Zimmer und hörte, wie Kai den Jungs sagte, sie sollten um fünf Uhr abschließen. Hastig verließen wir das Gebäude und stiegen in mein Auto.

Beim Krankenhaus angekommen, stürmten wir durch die Eingangstür, wussten Gott sei Dank ganz genau, dass der Kreißsaal im zweiten Stock war, weil Banks dort im Mai ihr Kind bekommen hatte. Ich wusste nicht einmal, dass Winter heute in der Stadt war. Was zur Hölle war nur los mit mir? Sie hatte mir wahrscheinlich eine Nachricht geschickt, aber ich hatte gestern Abend vergessen, mein Handy aufzuladen, und ich wusste nicht, wie lange es schon aus war.

Wir fuhren mit dem Aufzug hoch, stürmten raus, sobald sich die Türen öffneten, und liefen zum Büro der Pflegekräfte. Dann entdeckte ich Banks, die mit ihrem und Kais Sohn im Arm auf einem Stuhl saß.

Madden.

Kurz Mads. Mads Mori. Der arme Junge klang wie ein Attentäter.

Ich berührte ihr Gesicht, als ich vorbeiging, und sie lächelte breit und freute sich für mich. Mads knabberte mit seinem zahnlosen Mund an ihrem Kinn, machte süße Geräusche und so 'nen Scheiß.

Aber dann durchdrang ein Schrei die Luft, gefolgt von einem Keuchen, und ich hörte eine Männerstimme und Alex' Anweisungen. »Ich bin bei dir!«

Ohne zu warten, stürmte ich in den Kreißsaal, und mein Herz schlug mir bis zum Hals. So hatte ich Winter noch nie gehört. O Gott. Sollte das so klingen?

Sie lag auf dem Bett, und ich eilte zu ihr und half Alex, sie zu halten, während sie nach dem Arzt verlangte.

»Sechs, sieben, acht …«, zählte die Hebamme weiter.

»Baby«, keuchte ich und küsste sie.

»Damon«, presste sie hervor, als sie merkte, dass ich neben ihr war.

»Neun, zehn«, beendete sie.

Und Winter atmete aus und saugte die Luft ein. »Ich hatte solche Angst, dass du nicht kommen würdest«, sagte sie. »Meine Fruchtblase ist beim Einkaufen geplatzt, und es kommt so schnell.«

»Ich war bei ihr«, erklärte Alex.

Ich schlang meine Arme um Winter und küsste sie auf die Stirn, Wangen und Lippen und stellte sicher, dass sie meine Nähe spürte.

»Danke«, sagte ich zu Alex.

Winter zitterte, und ich betrachtete ihr Gesicht und sah, wie sie sich auf die Unterlippe biss und ihr Tränen in die Augen stiegen.

Und einfach so war sie wieder acht, unsere Finger entglitten uns im Baumhaus, und ich konnte nicht verhindern, was mit ihr geschah.

»Warum weint sie?«, schrie ich den Arzt an.

»Weil es verdammt wehtut!«, brüllte sie an seiner Stelle.

»Dann geben Sie ihr doch etwas!«

»Dafür ist es jetzt zu spät«, murmelte er durch seine Maske und schaute dann über Winters Beine hinweg. »Außerdem wollten Sie doch eine natürliche Geburt, richtig?«

»Warum zur Hölle?«, platzte ich heraus und sah auf sie hinab, als hätte sie drei Köpfe. »Darüber haben wir nicht gesprochen.«

Sie knurrte und stützte sich wieder auf ihre Ellbogen.

»Also gut, tief einatmen und pressen!«, sagte der Arzt. »Eins, zwei, drei, vier ...«

»Aaah!«, presste sie zwischen den Zähnen hervor. Ihr ganzer Körper war angespannt und starr, und ich wollte nichts lieber, als mich zu dem Arzt zu stellen und zwischen ihre Beine zu gucken. Aber ich wollte auch nicht weg von ihr.

»Fünf, sechs, sieben ...«, riefen sie.

Winters Gesicht war feuerrot, und Schweißperlen standen ihr auf der Stirn.

»Acht, neun ...«

Sie verzog das Gesicht, schrie kurz auf, und eine Träne lief ihr über die Wange. Ich ballte die Fäuste und konnte meine Augen nicht von ihr abwenden.

Verdammte Scheiße. Warum lehnte sie absolut legale Drogen ab?

»Okay, der Kopf ist draußen«, sagte der Arzt zu uns.

Meine Lunge entleerte sich, ich konnte wieder atmen, und mein Magen machte einen Purzelbaum. Ich bewegte mich, um zu schauen, aber sie zog mich zurück. »Bleib bei mir.«

Ich beugte mich wieder zu ihr und küsste sie, aber ich fing an zu lachen, konnte einfach nicht anders.

Ich wusste nicht, warum ich fühlte, was ich fühlte, aber es war unglaublich. Was auch immer es war.

»Ich wette, es ist ein Junge«, sagte sie und holte tief Luft.

»Wenn du dich irrst, musst du diese Badewannensache für mich machen«, sagte ich und erinnerte sie an unsere Wette.

Wir hatten uns das Geschlecht des Kindes nicht sagen lassen, weil wir uns überraschen lassen wollten.

Sie lachte trotz ihrer Schmerzen. »Das tue ich so oder so für dich. Das weißt du doch«, entgegnete sie.

»Okay, noch mal pressen«, sagte der Arzt zu ihr.

Alex und ich hoben sie wieder hoch, und sie atmete ein paarmal tief ein. Dann holte sie noch einmal Luft und hielt sie an, drückte die Augen zu und presste, als sie wieder mit dem Zählen begannen.

»Eins, zwei, drei ...«

Ich starrte auf ihr Gesicht, und so vieles auf einmal überkam mich, als ich sie beobachtete, aber vor allem wollte ich sie einfach nur festhalten. Ich konnte nicht glauben, dass das hier geschah.

»Vier, fünf …«

Ich würde so ein Versager sein. Ich würde so viele Dinge falsch machen mit ihr und diesem Kind.

»Sechs, sieben, acht …«

Aber verdammt, ich würde sie lieben. Es war mir egal, ob ich perfekt war. Ich wollte nur all das sein, was mein Vater nicht war. Ich wollte das mit ihr noch eine Million Mal machen, und ungeachtet der ganzen Scheiße, die noch in mir brodelte, wusste ich bereits, dass ich besser war als er.

»Neun, zehn …«

Der Arzt zog sich zurück, Winter brach zusammen, und ich hörte einen schrillen Schrei durch den Raum klingen.

»Es ist ein Junge!«, sagte der Arzt.

Ich schaute zu ihm rüber und sah kleine rote Arme und Beine, als sie den Mund frei machten und ihn untersuchten. Dann brachten sie ihn zu uns und legten ihn auf Winters Brust, zugedeckt mit einer kleinen Decke.

Sie lächelte, begann aber zu weinen und schlang ihre Arme um ihn, und ich stand nur da und konnte eine Minute lang nicht atmen.

»Ein Junge«, sagte sie. »Hab ich dir doch gesagt.«

»Mein Gott.« Ich lächelte, strich leicht über seinen Kopf und hatte fast Angst, ihn zu berühren. »Holy shit.«

Ich prüfte seine Finger und zählte seine Zehen, hielt eines seiner langen Beinchen, während er strampelte.

»Siebenundfünfzig Zentimeter groß, dreitausendneunhundert Gramm schwer«, sagte die Hebamme irgendwo hinter uns.

»Das ist groß«, kommentierte der Arzt. »Er wird Basketball spielen, Damon.«

Ich lächelte, ließ aber meinen Blick nicht von meinem Mädchen und meinem Kind.

Ich wünschte mir irgendwie, wir wären jetzt verheiratet, aber mit dem Geschäft, Winters Tanzen und der Schwangerschaft hatten wir beschlossen, uns Zeit zu lassen und es richtig zu machen. Ich wollte es so machen, wie wir es uns vorstellten.

Alex ging, wahrscheinlich um allen Wartenden zu sagen, dass er auf der Welt und gesund war, und dann fiel mir ein, dass Will nicht hier war.

Ich zögerte. Er sollte hier sein. Von all meinen Freunden sollte *er* hier sein.

»Wie sieht er denn aus?«, flüsterte Winter mit rauer Stimme zu mir hoch.

Ich strich mit meiner Hand über die Köpfe der beiden. »Als würde er nächstes Jahr mit uns im Springbrunnen herumlaufen«, sagte ich zu ihr. »Er ist perfekt, Baby. Schwarze Haare, ein bisschen angepisst …«

Sie schnaubte, und ich stellte mir vor, wie er in einem Jahr aussehen würde, wenn er laufen und rennen und lachen und spielen würde. Ich wollte den Lärm. Ich wollte ihn überall im Haus. Ich wollte, dass das von jetzt an unser Leben erfüllte.

»Herzlichen Glückwunsch«, sagte der Arzt, als die Pflegekräfte sauber machten.

Ich wandte den Blick nicht von meinem Kind ab. »Wie schnell kann sie wieder schwanger werden?«, fragte ich den Arzt.

»Damon …« Winter lachte leise.

Ich hörte, wie der Arzt ebenfalls lachte. »Ich glaube, es gefällt ihm, Vater zu sein«, sagte er an Winter gewandt.

Aber ich drehte nur meinen Kopf zu ihm, sah ihm in die Augen, und dem Doktor entgleisten die Gesichtszüge.

»Oh, Sie meinen es ernst«, sagte er, als er merkte, dass ich nicht lachte. Er öffnete den Mund, um zu sprechen, aber er brauchte ein paar Augenblicke, um die richtigen Worte zu finden. »Ähm, in ein paar Monaten, würde ich sagen«, antwortete er schließlich. »Es war eine gesunde Schwangerschaft. Aber sie braucht Zeit, um zu heilen.« Dann sagte er es noch einmal, langsamer und bestimmter, als würde er mich warnen wollen. »Sie sollten ihr Zeit zum Heilen geben.«

Meine Mundwinkel zuckten vor Belustigung.

Hielt er mich etwa für ein Monster?

Die Nacht verging, und sie brachten Winter in ein anderes Zimmer und das Baby zum Waschen. Als ich ihn wieder bekam, hielten wir ihn alle eine Weile. Banks, Kai, Michael und Rika gingen schließlich, aber ich bat Alex zu bleiben, falls Winter etwas brauchte und weil wir sie nicht allein lassen wollten. Ich blieb neben seinem Bettchen und schaute ihm beim Atmen zu, während Mutter und Sohn schliefen. Aber nachdem ich selbst nicht schlafen konnte, musste ich mir die Beine vertreten.

Ich ging zu Winter hinüber und nahm mein Handy vom Ladegerät, während ich ihr ins Ohr flüsterte. »Ich gehe frische Luft schnappen«, sagte ich zu ihr. »Bin gleich wieder zurück.«

Sie stöhnte leise und nickte, und ich ging und schloss die Tür hinter mir. Draußen vor dem Krankenhaus lag die milde Augustluft dick und schwer auf meiner Haut, und ich streckte die Arme über den Kopf und gähnte. Ich atmete den Geruch von heißem Asphalt und dem frischen Brot aus der Bäckerei die Straße runter ein und wählte Wills Nummer. Doch der Anruf wurde direkt zum AB weitergeleitet.

Ich schüttelte den Kopf.

Fast hätte ich aufgelegt, aber da überkam mich ein plötzlicher Anflug von Wut. »Du hast gewusst, dass mein Kind diesen Monat auf die Welt kommt«, schnauzte ich. »Warum bist du nicht hier? Du hast es verpasst. Weißt du, du bist einfach nur verdammt ...«

Aber dann hielt ich inne und legte auf. Ich knirschte mit den Zähnen, weil ich nicht wusste, was ich sagen sollte.

Arschloch.

Nach einem kurzen Moment überkamen mich Schuldgefühle. Ich hatte kein Recht, bei ihm so auszuflippen.

Ich rief ihn erneut an und wartete, bis der AB wieder ranging. »Ich vermisse dich«, sagte ich. »Wir vermissen dich *alle.* Wir brauchen dich, okay? *Mein Sohn* braucht dich. Du bist sein Lieblingsonkel. Das weiß ich jetzt schon. Melde dich doch einfach ...«

Ich schüttelte wieder den Kopf und legte auf. Ich sollte nicht wütend sein. Ich hatte selbst genug Scheiße gebaut, weil ich gedacht hatte, ich bräuchte es.

Aber das war so wichtig für mich. Ich wollte, dass er Teil dieser Erinnerung war.

Ich drehte mich um und wollte wieder reingehen, da sah ich eine Rauchwolke hinter der Ecke hervorkommen. Ich ging darauf zu und entdeckte schließlich Rika, die mit übergeschlagenen Beinen auf einem Holzbalken direkt neben dem Parkplatz saß und eine Davidoff rauchte.

Ich ging zu ihr und stellte mich neben sie. Ohne mich anzusehen, gab sie mir die Zigarettenschachtel und das Feuerzeug, als hätte ich danach gefragt.

Was war nur los mit ihr? Sie hatte sich die letzten paar Monate sehr seltsam benommen, und ich war schon fast versucht, sie wieder zu entführen, Michaels Jacht zu stehlen und sie mit raus aufs Meer zu nehmen, bis die Sache zwischen uns geklärt war. Wir hatten keine Chance gehabt, uns früher zu unterhalten, aber sie war offensichtlich aus einem bestimmten Grund hier.

Ich nahm die Zigarettenschachtel, zog eine Kippe heraus, zündete sie an und genoss den willkommenen, vertrauten Geschmack. Ich nahm noch einen Zug, atmete den Rauch aus und gab ihr die Zigaretten und das Feuerzeug zurück.

»Ich werde ihr sagen, dass sie einen Enkelsohn hat«, fing sie an und starrte immer noch geradeaus.

Deshalb saß sie also um vier Uhr morgens hier draußen? Um herauszufinden, wie sie eine Situation handhaben sollte, die sie verdammt noch mal nichts anging?

»Sag ihr, was du willst.«

In den Monaten, seit ich herausgefunden hatte, dass Rikas Mutter auch meine Mutter war, hatte ich nicht versucht, mit Christiane Fane Kontakt aufzunehmen. Sie hatte für meine Freiheit gesorgt, nachdem ich meinen Vater umgebracht hatte, aber in meinen Augen hatte sie mir das auch geschuldet. Also nein, ich war ihr nicht dankbar. Scheiß auf sie.

Es war nicht wichtig zu gewinnen, aber der Kampf war es. Und sie hatte überhaupt nicht um mich gekämpft. Sie in meinem Leben zu haben, würde absolut nichts bringen.

Aber Rika protestierte weiter. »Damon, du kannst ihr das nicht antun. Sie hat es verdient, an seinem Leben teilzuhaben.«

»Glaubst du das wirklich?«, fragte ich sie, obwohl sie mich

immer noch nicht anschaute. »Was, wenn mein Vater mir nie die Wahrheit erzählt hätte? Hätte *sie* es getan? Ich hatte nicht gerade den Eindruck, dass das ihr Plan gewesen wäre.«

»Vielleicht wäre das tatsächlich ihr Plan gewesen, wenn sie erfahren hätte, dass er tot ist«, entgegnete sie. Dann stand sie auf und sah mich an. »Die Wahrheit ist, sie wollte dich. Sie hätte dich nicht weggegeben oder verlassen. Und sie war nicht die beste Mutter, die sie sein konnte, aber sie hat mir nie wehgetan. Sie hat nie die Hand gegen mich erhoben, und sie hat mich geliebt.«

Ich schüttelte den Kopf, das war mir egal.

Zumindest versuchte ich, mich nicht darum zu kümmern.

Ein Bild von Christiane tauchte in meinem Kopf auf, wie sie mich weinend in ihren Armen gehalten hatte, bevor mein Vater mich ihr weggenommen hatte. Ich konnte mir den Schmerz nicht vorstellen.

Aber ich blinzelte und schüttelte den Kopf. Nein, ich war jetzt selbst Vater, und ich wusste ohne Zweifel, dass sich nichts zwischen meinen Sohn und mich stellen konnte. Sie war viel zu lange schwach gewesen. Mein Kind brauchte so jemanden nicht.

»Sie ist auch nicht die einzige Familie, die du hast«, stellte Rika fest. »Sie hat jede Menge Verwandte in Afrika und Europa. Willst du nicht, dass deine Kinder das erleben?«

»Nein«, entgegnete ich, ohne zu zögern. »Meine Kinder werden Winter und mich haben.« Dann schaute ich zu ihr rüber. »Und dich.«

Sie runzelte die Stirn.

»Und Banks, Alex und die Jungs«, fügte ich hinzu. »Und sie werden deine Kinder haben. *Das* ist ihre Familie. Es ist genau die Familie, die ich mir für sie wünsche.«

Und bevor sie noch etwas erwidern konnte, schnippte ich die Zigarette weg und ging rückwärts zum Eingang des Krankenhauses zurück.

»Ich werde dieses Spiel gewinnen«, rief sie mir drohend zu.

Ich drehte mich um und konnte mir ein Grinsen nicht verkneifen. »Ich freue mich schon auf deinen nächsten Schritt«, spottete ich.

Dann ging ich zurück ins Krankenhaus.

Ehrlich gesagt machte ich mir keine Sorgen. Sie würde vielleicht gewinnen, aber nicht heute Nacht, und es würde auch nicht passieren, wenn ich es letztendlich nicht selbst wollte. Die Aussicht darauf, wieder mit Rika zu spielen, machte mir einfach zu viel Spaß. Sollte sie es doch versuchen.

Ich hasste meinen Vater für alles, was er getan hatte, aber auch wenn ich es nicht gerne zugab, dieser Teil gefiel mir. Ein Teil von mir hatte sich schon immer gefragt, warum ich mich zu Rika immer etwas mehr hingezogen gefühlt hatte als zu anderen Frauen – abgesehen von Winter und Banks. Ich hatte mich gewundert, warum sich alles, was zwischen uns gewesen war, immer so natürlich und unausweichlich angefühlt hatte. Wie ich sie schon tausendmal hätte verletzen oder umbringen können, mich aber immer irgendetwas davon abgehalten hatte.

Natürlich war sie ein Teil von mir. Natürlich. Seit der letzten Devil's Night ergab alles einen Sinn. Alles schien sich zu fügen, und ich hatte keine Angst.

Wie Banks – und wie Winter und ich – war Rika einzigartig. Sie war für das Wilde gemacht, und ich wollte sie in meiner Familie.

Ich ging den Flur zurück und fuhr mit dem Aufzug nach oben. In Winters Zimmer angekommen, schloss ich leise die Tür hinter mir. Ihr Handy lag auf dem Nachttisch, und eine App spielte Regengeräusche ab, während sie schlief. Ich ging zu dem schlafenden Baby, das noch immer fest und warm eingewickelt war. Aber es trug jetzt eine schwarze Mütze mit weißer Aufschrift: *Neu in der Crew.*

Ich lachte leise und sah zu Alex hinüber, die auf dem Stuhl neben seinem Bettchen schlief. An die Mütze konnte ich mich unter all den Dingen, die Winter gekauft hatte, nicht erinnern. Ich würde Alex danken müssen. Das war ziemlich lustig. Sie musste aufgewacht sein und die Mütze gewechselt haben, während ich draußen gewesen war.

Ich legte den Kopf schief und sah zu ihm hinunter. Ich hatte gedacht, dass er rund um die Uhr weinen würde, aber er war ziemlich ruhig. Vielleicht wusste er, dass er in Sicherheit war.

Oder vielleicht war er auch einfach nur müde, und morgen würde es erst richtig losgehen.

»Wie geht's ihm?«, hörte ich Winter flüstern.

Ich sprang auf die Beine, und mein Blick schnellte zu ihr. Sie hatte sich aufgesetzt, und ihr blondes Haar fiel in schöner Unordnung um sie herum.

»Er schläft«, antwortete ich.

Als ich bemerkte, wie erschöpft sie aussah, beugte ich mich zu ihr hinunter und hielt ihr Gesicht. Wir waren beide in den letzten Tagen auf den Felgen dahergekommen, bei allem, was zurzeit passierte, und es war an der Zeit, einen Gang zurückzuschalten. Ich hatte noch so viel erledigen wollen, bevor das Kind kam, aber dafür war jetzt keine Zeit mehr. Sie würde mich zumindest in den nächsten Wochen noch sehr brauchen. Irgendwann würde ich jemanden einstellen müssen, der uns mit dem Baby half. Wir wussten, dass das die Realität war.

Aber im Moment würde ich es genießen, nur zu dritt zu sein.

Ich küsste sie, und sie legte ihre Hand auf meine. »Ich würde gern duschen.«

Ich stand auf und nahm ihre Hände. »Ich helfe dir.« Ich half ihr aus dem Bett und führte sie vorsichtig durch das Zimmer zum Badezimmer. Auf dem Weg dorthin stupste ich Alex an. »Alex?«, sagte ich und sah, wie sie zuckte. »Kannst du ein Auge auf das Baby werfen? Wir gehen unter die Dusche.«

Sie nickte und gähnte, und wir gingen ins Bad, aber ich ließ die Tür einen Spalt weit offen – nur für den Fall.

Winter verschwendete keine Zeit, ihren Krankenhauskittel auszuziehen, als ich die Dusche anmachte, um das Wasser warm genug zu bekommen. Sie legte ihre Arme um meine Hüfte und klammerte sich an mich, als würde sie umkippen.

»Du riechst wie damals in der Highschool«, sinnierte sie.

»Ich habe eine Zigarette geraucht«, gab ich zu, obwohl ich mir ziemlich sicher war, dass sie wusste, dass ich ab und zu noch rauchte. »Ich habe mich einfach so gut gefühlt.«

»Das gefällt mir.«

Ich wollte den Geruch nicht in meinen Klamotten haben,

wenn ich das Baby hielt, aber die Aussicht auf eine Zigarette hin und wieder machte das »Aufhören« leichter.

Ich zog mir meine Sachen aus, hob sie mit mir in die Dusche und schloss die Tür hinter uns.

Sobald ich sie unter den Wasserstrahl gestellt hatte, sah ich, dass Blut aus ihr heraustropfte und den Boden rosa färbte.

Mein Magen verkrampfte sich etwas. Ich wollte mehr Kinder, aber ich wollte nicht, dass ihr Körper das alles durchmachen musste. Ich wusste, dass es ihr wieder gut gehen würde, wenn da unten erst einmal alles verheilt war, aber es kam mir fast unfair vor, dass manche Frauen das fünf- oder sechsmal durchmachen mussten. Manchmal noch öfter. Es sah brutal aus.

Und ich wollte sie nie wieder so weinen sehen.

Wir wuschen uns die Haare, dann seifte ich ihren Körper ein, wusste, dass sie ziemlich fertig sein musste, da sie es mich ohne Widerrede tun ließ.

»Was wirst du machen?«, fragte sie, als ich mich vor sie kniete und ihre Beine wusch. »Mit Christiane?«

Ich hielt inne und dachte nach. Bei Rika war ich zu stolz, um nachzugeben, aber bei Winter fühlte ich mich freier. »Denkst du, ich sollte sie in unser Leben lassen?«, fragte ich, ohne sie anzusehen.

Sie legte ihre Hände auf meine Schultern, um sich abzustützen, als ich ein Bein hob und ihren Fuß wusch. »Ich denke, wir haben es nicht so eilig, dass wir jetzt irgendwelche Entscheidungen treffen müssen.«

Ich grinste in mich hinein. Ich liebte ihre Art. Sie machte mich besser, weil ich es liebte, sie glücklich zu sehen, aber sie drängte mich auch nicht.

»Unsere Familie kommt an erster Stelle«, fügte sie hinzu.

»Unser Familie …«, wiederholte ich.

Meine Familie. Meins.

Ich fuhr damit fort, sie zu waschen, und rieb ihr das Blut von den Oberschenkeln.

»Stehst du je an einem Klippenrand oder einem Balkongeländer«, fragte sie, »und hast diesen Moment, in dem du dich fragst, wie es sich anfühlen würde zu springen?«

Ich runzelte die Stirn.

»Irgendwie erregt von dem Gedanken, nur einen Schritt vom Tod entfernt zu sein?« Sie drückte meine Schultern. »Nur einen Schritt …«, sagte sie. »Und alles ändert sich?«

»Ja«, sagte ich leise. »Das symbolisiert ein Bedürfnis von selbstzerstörerischem Verhalten. Das ist nicht so ungewöhnlich.«

Beim Autofahren denken wir, wenn auch nur für einen Moment, daran, das Lenkrad in den Gegenverkehr zu reißen, oder auf einem Schiff daran, vom Geländer in den Abgrund des schwarzen Wassers unter uns zu springen. Es sind flüchtige Gedanken und kleine Wagnisse, die wir unserer Psyche erlauben, weil wir es leid sind, nicht zu leben, und weil wir die Angst brauchen. Wir wollen uns daran erinnern, warum wir leben wollen.

Und einige von uns sind mehr als andere versucht, den Nervenkitzel zu spüren, davon besessen, wie sich in diesem Moment alles ändern könnte. Dass es nicht darum geht, wer wir sind, sondern was wir sind. Tiere entschuldigen sich nicht dafür, was sie tun müssen, um zu überleben.

»Es gibt einen französischen Ausdruck dafür«, sagte sie. »*L'appel du vide.*«

Ich sah zu ihr auf, ihre rosafarbenen Lippen waren vom heißen Wasser beschlagen.

»Das ist es, was uns verbindet«, erklärte sie mir.

»Wen?«

»Unsere Familie.«

Unsere Familie?

»Kai, Banks, Michael, Rika, Will, Alex …«, zählte sie auf. »Du und ich. Wir haben das alle. *L'appel du vide.* Den Ruf der Leere.«

Ich hielt inne und schaute sie an. »Der Ruf der Leere«, murmelte ich.

Hatte sie recht? War es das, was uns verband? Gleich und Gleich gesellte sich schließlich gern, und wir lebten in dem Bedürfnis, einen Schritt weiter zu gehen und alles zu fühlen, wozu wir fähig waren. Die Angst war erschreckend, aber auf der anderen Seite herauszukommen, definierte unsere Realität neu.

»Das gefällt mir«, sagte ich schließlich.

Sie hielt inne. »Ich liebe dich.«

Ein Stich durchzuckte mein Herz, wie immer, wenn sie das sagte. Als ob ich mich wieder und wieder neu in sie verlieben würde.

Ich stand auf, schlang meine Arme um sie und strich ihre Haare unter dem Wasser zurück.

»Du bist so schön«, sagte ich. »Auch wenn du mir einen Sohn geschenkt hast, obwohl ich mir ausdrücklich eine Tochter gewünscht habe.«

Sie brach in ein Lachen aus. »Ich habe dir *gar nichts* geschenkt!«, argumentierte sie. »Es ist das Chromosom, das der Mann beisteuert, das über das Geschlecht des Kindes entscheidet. Das ist alles deine Schuld.«

Wir lächelten beide, und ich stupste sie mit meiner Nase an. Ich war mir nicht sicher, warum ich dachte, dass das Kind ein Mädchen werden würde. Vielleicht hatte ich es nur gehofft. Ich schien besser mit Mädchen zurechtzukommen. Banks, Winter, Rika … Wahrscheinlich hatte ich Angst.

»Wir müssen es einfach weiter versuchen«, neckte ich sie.

Sie kuschelte sich an meinen Hals, verteilte kleine Küsse darauf, und Schauer liefen mir über den ganzen Körper.

»Ich liebe dich«, flüsterte sie. »Ich liebe dich.«

Mein Penis begann, hart zu werden, und ich schüttelte den Kopf. »Nicht …«, flehte ich. »Du wirst mir die nächsten Wochen zur Qual machen.«

Wir konnten für wer weiß wie lange keinen Sex haben.

»Er ist perfekt, weißt du?« Ich ließ meine Hände über ihren Rücken gleiten. »Du hast das richtig toll gemacht. Ich hoffe nur, dass er mehr von dir als von mir in sich hat.«

Sie nickte zustimmend, und ich gab ihr einen Klaps auf den Po.

Sie lachte. »Wie wollen wir ihn denn nennen?«, fragte sie.

»Das haben wir noch nicht entschieden?«

»Nicht dass ich mich erinnere.«

Ich schloss die Augen und schüttelte den Kopf. Mein Gott,

ich hatte keine Ahnung. Nichts Altes, bitte. Und nichts Biblisches.

Oh, und kein Name, der für beide Geschlechter geht. Wie Peyton, Leighton oder Drayton.

»Irgendwelche Vorschläge?«, fragte sie.

Aber ich lehnte mich nur an die Wand zurück und zog sie an mich. »Morgen«, sagte ich.

Im Moment wollte ich einfach nur mir ihr ins Bett gehen und so lange schlafen, wie wir konnten.

Der Name war unwichtig. Er hatte meine Haare, und morgen würde ich vielleicht sehen, ob er ihre Augen hatte.

Wenn er meine hatte, dann übersprang doch nichts Generationen, und Christiane hätte Blödsinn geredet.

Ich konnte es nicht erwarten, das herauszufinden.

DANKSAGUNG

Wie immer zuerst an meine Leser und Leserinnen – so viele von euch haben mich begleitet, haben ihre Begeisterung mit mir geteilt und ihre Unterstützung angeboten – tagein, tagaus. Und ich bin dankbar für eure fortwährende Begeisterung und Treue. Danke. *Nightfall* (Devil's Night 4) wird der letzte Band der Reihe sein.

Und jetzt zum Rest …

An meine Familie – mein Ehemann und meine Tochter ertragen meinen verrückten Terminkalender, meine Bonbonpapiere und meine gedankliche Abwesenheit, wenn ich gerade wieder an eine Unterhaltung, einen Plot-Twist oder an eine Szene denke, die mir beim Abendessen gerade eingefallen ist. Ihr beide ertragt wirklich viel, ich danke euch für eure Geduld.

An Jane Dystel, meine Agentin bei Dystel, Goderich & Bourret LLC – auf keinen Fall könnte ich dich jemals hergeben, also bleib bei mir.

An die PenDragons – ihr seid mein Lieblingsort auf Facebook. Danke, dass ihr das Unterstützungssystem bildet, das ich brauche, und immer positiv seid. Und danke für die Playlist-Vorschläge! Das hilft mir sehr! Besonderer Dank gilt den hart arbeitenden Admins Adrienne Ambrose, Tabitha Russell, Kristi Grimes, Lee Tenaglia, Lydia McCall Cothran und Tiffany Rhyne. Ohne euch könnte ich das nicht.

An Vibeke Courtney – meine Indie-Redakteurin, die jeden Schritt, den ich mache, gründlich überprüft. Danke, dass du mir beigebracht hast, zu schreiben und alles auf den Tisch zu legen.

An Kivrin Wilson – lang leben die stillen Mädchen! Wir haben die lautesten Meinungen.

An Milasy Mugnolo – du liest und gibst mir genau das Selbstvertrauen, das ich brauche, sowie das Gefühl, dass ich wenigstens eine Person habe, mit der ich bei einer Signierstunde reden kann.

An Lisa Pantano Kane – du stellst mir immer die schwierigsten Fragen.

An Jodi Bibliophile – keine Cowboys. Verstanden. Kein Schamhaar. Niemals. Keine Kondome. Na ja, manchmal vielleicht. Aaahh – Augenrollen – ich hab's versucht. Danke, dass du meine Bücher liest und unterstützt, und danke für deinen geistreichen Sinn für Humor, mit dem du mich immer zum Lachen bringst.

An Lee Tenaglia – du machst so tolle Kunst für die Bücher, und ich bin so froh, dass du diese Teufel genauso sehr magst wie ich!

An alle Blogger – ihr seid zu viele, um alle beim Namen zu nennen, aber ich weiß, wer ihr seid. Ich sehe eure Posts und die Tags und all die harte Arbeit, die ihr euch macht. Ihr verbringt eure Freizeit mit Lesen, Bewerten und Fördern. Und ihr tut das umsonst. Ihr seid das Lebenselixier für die Welt der Bücher, und wer weiß, was wir ohne euch tun würden. Danke für eure unermüdliche Mühe. Ihr tut es aus Leidenschaft, was all das umso erstaunlicher macht.

An Jay Crownover, die bei jeder Signierstunde zu mir kommt und sich mit mir unterhält. Danke, dass du meine Bücher liest und eine meiner größten Unterstützerinnen bist.

An Tabatha Vargo und Komal Petersen, die die ersten Autoren waren, die mir nach dem Erscheinen meines ersten Buches geschrieben und gesagt haben, wie sehr ihnen *Bully* gefallen hat. Das werde ich nie vergessen.

An T. Gebhart – danke, dass du dir immer Zeit für mich nimmst und mich fragst, ob ich eine Lieferung echter australischer Tim Tams brauche. (Immer!)

Und an B. B. Reid fürs Lesen, das Teilen mit den Ladys und dafür, dass du mein Resonanzboden bist. Ich kann es nicht erwarten, in deinen Kopf zu kriechen. Zwinker-zwinker.

Es bestätigt mich, von den eigenen Leuten erkannt zu werden. Positive Einstellung ist ansteckend, also danke an meine Autorenkollegen und -kolleginnen, die die Liebe weitergeben.

An jeden (angehenden) Autor und jede (angehende) Autorin – danke für die Geschichten, die ihr teilt. Viele davon haben mich auf der Suche nach einer wundervollen Flucht zu einer glücklichen Leserin und einer besseren Autorin gemacht, die versucht, eurem Standard gerecht zu werden. Schreiben, erschaffen und niemals aufhören. Eure Stimme ist wichtig, und solange sie aus euren Herzen kommt, ist sie richtig und gut.

Contentwarnung

Dieses Buch enthält Szenen und Beschreibungen, die bei manchen Menschen traumatische Erinnerungen auslösen können.

Bitte entscheide selbst, ob du emotional mit folgenden Themen umgehen möchtest:

Vergewaltigung, Gewalt, Tod, Selbstverletzung, Selbstmordversuch, Entführung, zweifelhaftes Einverständnis, Mord, Drogenkonsum, Drogenabhängigkeit, Tierquälerei, emotionaler und physischer Missbrauch, Pädophilie, häusliche Gewalt, Mobbing und Frauenfeindlichkeit.

Bitte lest dieses Buch nur, wenn ihr euch emotional dazu in der Lage fühlt. Falls es euch mit diesen (oder anderen) Themen nicht gut geht, findet ihr unter der Nummer der Telefonseelsorge rund um die Uhr kostenlose und anonyme Hilfe.

TelefonSeelsorge Deutschland | 0800/111 0 111 · 0800/111 0 222 · 116 123 | https://www.telefonseelsorge.de/
TelefonSeelsorge Österreich | Notruf 142 | https://www.telefonseelsorge.at/
Schweizer Verband Die Dargebotene Hand | Notruf 143 | https://www.143.ch/

Euer *everlove*-Team